国家社会科学基金西部项目结题成果(项目编号:2015XZW020)
井冈山大学中国语言文学学科建设经费资助

李波 著

明代提学官与地域文学研究

南京大学出版社

目　录

引言 ·· 001
　一、研究现状 ·· 002
　二、研究的对象、基本思路和框架 ································· 006
　三、研究方法和创新之处 ··· 008

第一章　明代提学制度研究 ··· 010
　第一节　明代提学的设置及其基本职责、职能 ················ 011
　　一、明代提学的添设 ·· 011
　　二、明代提学的基本职责与职能 ································ 015
　第二节　提学制度的调整及发展变化 ····························· 018
　　一、添设之初的质疑和调整 ······································· 018
　　二、罢而复设及调整 ·· 020
　　三、万历之前的建议与修正 ······································· 021
　　四、万历初期的调整 ·· 027
　第三节　明代提学的文学教育职能 ································· 029
　　一、从明代提学设置背景及添设原因来看 ··················· 032
　　二、从明代提学官的职责范围来看 ····························· 035
　　三、从明代提学官的文化身份来看 ····························· 037
　　四、从明代提学官督学效果来看 ································ 041
　　五、小结 ·· 044

第二章　明代提学督学及其相关活动 ················· 045
第一节　明代提学的督学活动 ····················· 045
一、颁布督学公文 ······························· 046
二、授课讲学 ································· 048
三、教诫生徒 ································· 051
四、考核生员 ································· 052
五、选聘、考核教官 ···························· 053
六、选拔贡生、童生与指导社学 ···················· 055
七、其他督学管理行为 ·························· 057
第二节　明代提学督学过程中的相关活动 ············· 057
一、巡历及途中游览、创作活动 ···················· 058
二、督学之余的交往与交流 ······················ 064
三、督学期间的其他文化活动 ····················· 070

第三章　明代提学督学中的文学活动 ················· 073
第一节　督学过程中的文学创作——明代提学的地域抒写 ····· 073
一、提学督学过程中的地域抒写案例分析 ·············· 074
二、省志和地域文集收录提学作品举例 ··············· 084
三、提学地域抒写对地方文学的影响 ················· 093
第二节　督学中的文学交流活动——与地方文人的交往和交流 ··· 098
一、明代提学与地方作家的交往与交流概述 ············ 098
二、以提学为视角的考察——以朱应登、崔桐和薛应旂等人为例 ····· 103
三、以地方作家为视角的考察——以陕西作家康海为例 ······ 110
第三节　督学中的文学批评活动——对生员文章的考核性评价 ··· 120
一、添设提学的潜在要求和明文规定 ················· 121
二、考核士子的现实需要 ························ 124
三、提学对士子文章的评价 ······················ 133
四、提学评价士子文章的影响 ····················· 147

第四章　明代提学影响地域文学研究 150
第一节　明代提学作家身份考察 150
一、各省提学有文集者统计及分析 151
二、明代重要诗歌总集《明诗综》收录明代提学作家作品情况 178
三、明代重要文学流派中的提学作家 185
四、明代提学官的作家身份及其特殊意义 186
第二节　明代提学对地方士习和文风的整饬 187
一、明代士习（士风）与文风研究综述 188
二、整饬士习与文风是提学的职责与诉求 191
三、提学整饬士习与文风的具体举措 201
四、影响及评价 217
第三节　提学作家对生徒作家的培养 227
一、明代提学作家培养生徒作家现象 227
二、提学作家培养生徒作家的原因分析 229
三、提学作家培养生徒作家的方式及内容 237
四、提学作家培养生徒作家的结果与影响 242
第四节　明代提学贡献地域文学的其他方面 245
一、弘扬地方文化与文学传统 246
二、宣扬地方作家、作品 248
三、促进地域文化与文学的传播与交流 258

结语 261

附录　明代提学简考 265
一、北直隶提学简考 267
二、南直隶提学简考 288
三、山东提学简考 308
四、山西提学简考 325
五、河南提学简考 344

六、陕西提学简考 ……………………………………………… 364
七、四川提学简考 ……………………………………………… 389
八、湖广提学简考 ……………………………………………… 411
九、江西提学简考 ……………………………………………… 435
十、浙江提学简考 ……………………………………………… 456
十一、福建提学简考 …………………………………………… 477
十二、广东提学简考 …………………………………………… 495
十三、广西提学简考 …………………………………………… 514
十四、云南提学简考 …………………………………………… 532
十五、贵州提学简考 …………………………………………… 548
十六、明代提学总体数量及籍贯分布情况 …………………… 565

参考文献 ……………………………………………………………… 568
后记 …………………………………………………………………… 583

引　言

　　文学教育是影响文学发展的重要因素,因而是我们审视文学及其演变发展的重要观测点。中国古代的文学教育有其自身的规律和特点,这些规律和特点也是影响古代文学发展的重要因素。可以说,我们对中国古代文学的研究离不开对中国古代文学教育的考察。因为对中国古代文学教育的考察为我们审视古代文学的生成、发展过程提供了特殊的视角,故而具有特殊的价值意义。正如研究者指出:"中国古代的文学教育源远流长,形成了生生不息的优良传统,对中国古代文学的生成、发展和传播,对促进中华民族学术文化的繁荣和发展,激励民族精神的传承和发扬,起到了重大作用。"[①]

　　当然,中国古代文学教育本身也是一个相当复杂的问题,它不仅是一个关涉文学的教育问题,由于受到当时社会政治经济制度、风俗文化观念等其他因素的深刻影响,它更应该是一个绾结诸多文化因素的综合问题。就明代而言,科举制度影响下的地方学校教育空前繁盛,特别是科考制度和官方学校教育制度确立和完善之后,学校教育成为影响地方文化发展的重要方面。在此背景之下,明代文人几乎均为学校出身,学校教育对明代文人的培育和影响也显得至关重要。因此,我们认识此期的文学特别是地域文学的发生、发展的历程就离不开对学校教育的考察。有明一代,自提学官添设之后,他们便掌控着一省的学政大权,作为影响一省读书人的大宗师,他们对地方学校教育的成败有着举足轻重的地位和作用。故此本课题选择明代文学教育中一个相当重要的

[①] 郭英德:《中国古代文学与教育之关系研究》,北京大学出版社,2012年,第1页。

角色——明代提学官来审视明代文学教育在地域文学发展过程中的作用和价值,旨在揭示明代科举制度下地方提学官对地域文学的贡献及影响,从而为明代文学特别是地域文学的研究提供一个可供参考的崭新视角。

实际上,明代地方提学官管理一省学政,"为一方之师","总一方之学",且多以学行兼优者担任。其中不乏李梦阳、何景明、李攀龙这样的文坛盟主,更有一批知名的作家如边贡、王廷相、张邦奇、朱应登、宗臣、陆深、李维桢、吴国伦、王世懋、陈文烛、江盈科等人,还有陆时雍、钟惺等文论家,另有薛瑄、蔡清等一批理学作家。明代提学以学官、作家、地域文学代表及文学流派传播者等身份对督学省份的地域文学产生了积极的影响,有着不可忽视的贡献。研究明代提学官与地域文学之关系,有助于揭示文学特别是地域文学发展过程中文学教育相关因素的作用,从而有益于文学发展之规律性因素的发现。

一、研究现状

(一) 国外及港台地区

中国古代科举制度及其文化对东亚、东南亚国家如日本、朝鲜、越南等都有着深远的影响。受国内相关研究的启发和带动,国外也出现了专门研究科举制度或该制度与文学关系的一些成果。如日人宫崎市定所撰《科举》一书(浙江大学出版社,2018年中文版)对中国古代的科举制度有所介绍,又如韩国李成茂所著《高丽朝鲜两朝的科举制度》(北京大学出版社,1993年中文版)则是一部专门介绍古代朝鲜科举制度的论著。但是以上两部著作侧重于制度的研究而较少涉及文学,故于此不作详述。在港台地区,就科举与文学关系开展研究较早且已有不少成果。如罗龙治《进士科与唐代的文学社会》(《台大文史丛刊》,1971年)主要探讨了进士科考对唐代文学造成的影响;台湾成功大学王三庆《越南科举与儒家典籍之传承》(收入《明代文学与科举文化》一书,中国社会科学出版社,2011年)一文则探讨了越南科举制度在促成儒家思想与典籍传承过程中的重要性。由此可见,国外及港台地区围绕科举制度以及科举制度与文学之间关系的研究已有不少研究成果。但针对地方提学官与地域文学关系的研究则尚未发现,目前仍属空白。

(二) 国内

对科举与文学关系的研究,自傅璇琮先生《唐代科举与文学》(陕西人民出版社,1986年)一书出版以来,此方面的研究已经颇为赡富,在明代科举与文学研究领域同样也是硕果累累。其中以陈文新等人撰写的《明代科举与文学编年》(武汉大学出版社,2015年)一书为标志性成果。该书首次以编年形式展现了有明一代文学与科举之间的互动关系及其历史进程,试图厘清与之相关的文献史、文学史、文化史上的若干疑难问题,以丰富、更新人们对明代科举与文学的认识。此外较有代表性的研究还有赵善嘉《明清科举与文学》(《上海师范大学学报》[哲学社会科学版]1992年第1期),黄明光《论明代科举制度对文学的影响》(《零陵学院学报》2003年第4期),王建《试论以选文为中心的明代科举与文学的关系》(《中国文学研究》2003年第4期),林红、柳克《论明代科举对文人文学的影响》(《吉林省社会主义学院学报》2007年第2期),叶楚炎《论明代科举对通俗小说的影响》(《文艺研究》2010年第10期)等论文。它们或从文学中的科举因素入手,或从科举影响文人的具体方面出发,阐明了明代科举对文学产生的重要影响作用。可以说目前国内有关明代科举与文学的研究已经成为明代文学研究的一个重要学术增长点。限于篇幅及与本课题的相关性,其他相关研究成果此处不予详细列举。

就学官制度与文学关系展开的研究是对以上研究的发展和细化,是力图从更为微观、具体的层面阐明科举给文学带来的深刻影响。而对明代学官——地方提学,实际上学术界已经予以较多关注。

目前学界对明代地方提学官的督学活动及相关制度的研究较为丰硕。阎现章《论明朝的地方教育管理》(《河南大学学报》[哲学社会科学版]1987年第4期)明确指出明代地方提学制的创设使地方教育行政管理机构从政府的行政系统中独立出来,无论在当时还是在后世都产生了深刻的社会作用。而陈宝良《明代学官制度探析》(《社会科学辑刊》1994年第3期)一文则较早地介绍了"明代提学院道官员"即提学官的设置情况及其主要职责,并指出地方提学官优劣与否实与当地文化兴衰有着密切的关联。郭培贵《试论明代提学制度的发展》(《文献》1997年第4期)则从历时的角度探讨了明代提学制度创立、发展和成熟的全过程,揭示了明代提学制度的内在机制及其运转变化规律。黄明光、徐书业《明代省级教育行政官员——"提学"研究》(《广西教育学院学报》1998年第2期)对明代"提学"的始设时间、职权、考试制度、督学效果等都有详细的考述。尹选波《明代督学制度述论》(《学习与探索》1999年第5期)则侧重从教育制度的层面对提学的督学活动进行较为全面的阐释。高权德《试论明代的教育及其管理制度》(《山西大学学报》[哲学社会科学版]2005年第6期)对提学官也有所论及。董兴艳《"提调官"与明代地方教育管理体系》(《历史教学》2007年第11期)则把提学官放在整个地方教育系统中来进行考察,阐明了提学官与教官、提调官之间的关系。另外吴宣德《中国教育制度通史·明代卷》(山东教育出版社,2000年),史仲文、胡晓林主编《中国全史·教育卷》(中国书籍出版社,2011年)等书对明代提学官也都有相关绍述。徐永文《明代地方儒学研究》(中国社会科学出版社,2012年)一书更是设置专门章节对提学制进行详细讨论,阐明了明代提学官的历史演变与重要教育功能。以上研究在阐释明代提学官相关制度的同时,亦多对其积极的社会影响作用进行了肯定。唯有李源、韦东超《明代提学官制施行背景及其效果探析》(《中央民族大学学报》[哲学社会科学版]2014年第4期)一文,认为明代的提学官制并非明王朝官学教育制度进一步发展的产物,而是明朝僵化的官学教育发生危机之后,统治者为了扭转其衰败趋势而实施的补救性措施。文章虽对提学官的效能有所质疑,但也并未否定其对地方文化的积极贡献与影响作用。

总之,以上有关明代地方提学官的相关研究丰富了人们对明代提学官的认识和了解,也说明目前学界已经充分注意到了明代提学给明代地方教育带来的重要影响作用。但是也应该看到,以上研究对地方提学官的贡献及影响的探讨主要还是集中在教育与科举领域,针对地方提学官的多重文化身份以及他们对地域文学的巨大推动作用,学界的关注与深入研究仍显不够。

目前关于明代提学官与文学关系的研究成果可谓寥若晨星。师海军、张坤《教育、科举的发展与关陇作家群的兴起——明代中期关陇作家群形成原因探析之一》(《西北大学学报》[哲学社会科学版]2011年第1期)一文从教育、科举的角度考察明代关陇文学兴起的原因。文章注意到陕西提学杨一清在推动地区教育和科举发展过程中所起的突出作用,实际上也在一定程度上揭示了明代地方提学官对关陇地域文学的贡献与影响。拙文《明代陕西提学对关中文人文集出版贡献探究》(《中国出版》2014年第15期)一文,则是通过对陕西提学推动关中文人文集出版的历史事实来说明他们在督学过程中给关中文学事业繁荣所带来的积极促进作用。文章从一个具体的方面揭示了地方提学官对地域文学的突出贡献,是研究地方提学官文学影响与贡献的有益探索。但以上研究仅仅揭示了陕西提学对地域文学贡献与影响的一个方面,其他行省提学则并未纳入考察,故而研究宽度与深度都亟需进一步拓展。

就明代地域文学的研究现状而言,目前已经有一批相当丰厚的研究成果呈现于世。其中最具代表性的就是由上海师范大学李时人教授指导的一批硕博论文,它们集中整理并探讨了明代各省作家及其文学活动的基本情况。其中包括高建旺《明代广东作家和明代广东文学研究》(上海师范大学,2006年)、周潇《明代山东作家研究》(上海师范大学,2006年)、杨挺《明代陕西作家研究》(上海师范大学,2007年)、汪如润《明代河南作家研究》(上海师范大学,2007年)、乐万里《明代四川作家研究》(上海师范大学,2007年)、程莉萍《明代京畿作家研究》(上海师范大学,2007年)、刘方《明代湖广作家研究》(上海师范大学,2007年)、李精耕《明代江西作家研究》(上海师范大学,2008年)、郭永锐《安徽明代作家研究》(上海师范大学,2008年)、刘廷乾《江苏明代作家研究》(上海师范大学,2008年)、沈云迪《明代福建作家研究》(上海师范大学,2008年)、刘慧《明代山西作家研究》(上海师范大学,2008年)、钱方《明代滇黔桂作家研究》(上海师范大学,2008年)等。此外还有针对明代各省下辖地区作家的研究如秦凤《明代松江府作家研究》(上海师范大学,2006年)等论文。此系列学位论文通过检索相关文献资料获取了大量各地域内作家的相关信息,为作家编写生平传记、为其诗文别集撰写叙录,对各地域内的重要作家之文学活动与成就进行了详细的考察与研究。可以说这些分省、分地区的作家研究为广泛开展明代地域文学的研究提供了宝贵的资料和研究的基础。

当然,以上研究因侧重于对明代地域文学相关文献资料的收集和整理,对影响地域文学发展的诸多文化层面与因素自然无暇顾及。而实际上,明代地域文学的研究也正处在一个拓展期,故而目前从教育、科举等视角对其展开的研究便少之又少。因此,作为明代地方教育系统中最重要的学官,同时兼具作家与地域文化交流者身份的明代提学,他们对明代地域文学的贡献及影响便更值得深入研究。这既是对明代科举与文学研究的具体发展和合理延伸,也是对明代地域文学研究多元视角的一种运用与有益尝试。

二、研究的对象、基本思路和框架

(一)研究对象内容

因审视"地方提学官"的角度有所不同而导致本课题的研究对象涉及以下几个方面:

提学官"为一方之师","总一方之学",管理一省学政。若是从"地方提学官"的学官身份来考察他们对当地文学的贡献及影响,则偏重于考察明代科举制度下地方提学官对地域文学的贡献与影响。从提学官的职掌出发,揭示提学官在主持科举考试和管理学校一切政务的督学活动过程中可能对地方士子产生的文学影响作用,尤其关注其文学教育职能和文风导向作用。

提学官均为"经明行修,厚重端方之士",在品行与才学方面尤为突出,且他们多为当时知名作家。若是从"地方提学官"的作家身份来考察他们对当地文学的贡献及影响,则偏重于考察作为知名作家与文士的提学官与地方文人及作家的交流和切磋,考察他们的文学创作及文学观念给当地文坛、文人士子带来的影响,甚至包括他们利用职务之便与地方官员共筑文雅之事的具体行为。

提学官任职采取籍贯回避政策,多是异地为官。若是从"地方提学官"的地域身份来考察他们对当地文学的贡献及影响,则偏重于考察地域文学之间的交流和相互影响,尤其关注江浙发达文化圈与闽赣次发达文化圈对陕甘、云贵川等欠发达文化圈的影响与相互交流,揭示提学官在明代地域文化交流过程中的重要作用以阐明他们对地域文学的积极影响与突出贡献。明代提学制推行200余年,从历时的角度考察历代提学官对地域文学的贡献与影响以便从一个侧面揭示明代地域文学发展的大致面貌。

(二)总体框架

首先,对明代地方提学官员名单(分省)进行考证与辨析,在此基础上对提学官多重文化身份予以揭示并分类统计(考证部分)。其次,阐述明代地方提学官的设置及其基本职能并结合相关制度阐释其影响地方文化与文学的若干方面(制度层面的考察,为引论与辅助论证部分)。再次,明代地方提学官在各种文化身份下对地方文学的贡献与影响(身份层面的考察,为主体论证部分)。其后,结合各省地域文学各历史时期发展的基本态势,在综合考虑各位提学官员文学贡献与影响的基础之上,考察并评价提学官这一整体给某省地域文学发展带来的影响作用。在此基础上进一步阐明其对明代文学的贡献与影响,或以最具代表性的若干省份为例进行论证(历时性与整体性考察,为主体论证部分)。最后,结合明代地方提学官的文学贡献与影响,参照科举制度下其他学官的文学影响,对其进行总体评价与评估(宏观考察与比较研究,结论部分)。

(三)研究思路

本课题研究在广泛收集相关资料的基础上通过实证性研究从多重角度阐明明代提学官与地域文学的关系。其具体研究思路如下图所示:

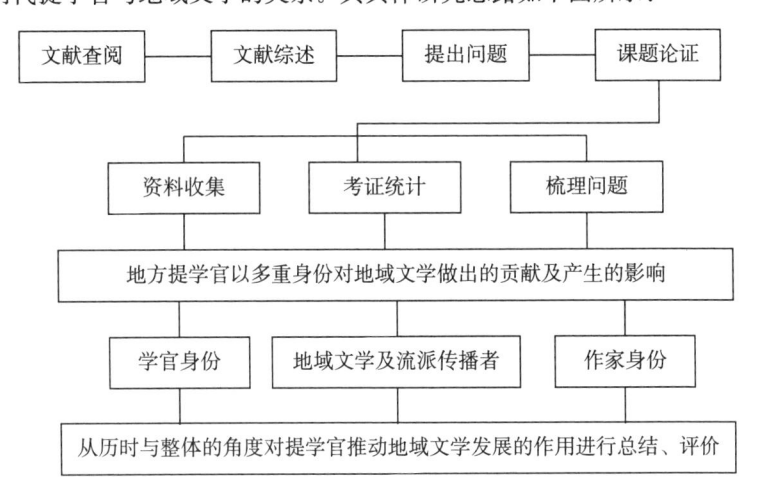

```
文献查阅 → 文献综述 → 提出问题 → 课题论证
                                    ↓
        ┌───────────┬───────────┐
     资料收集      考证统计      梳理问题
        └───────────┼───────────┘
                    ↓
    地方提学官以多重身份对地域文学做出的贡献及产生的影响
        ┌───────────┼───────────┐
     学官身份   地域文学及流派传播者   作家身份
        └───────────┼───────────┘
                    ↓
    从历时与整体的角度对提学官推动地域文学发展的作用进行总结、评价
```

三、研究方法和创新之处

（一）研究方法

本课题拟采用的主要研究方法如下：**归纳和演绎法**。通过综合、归纳，掌握研究动态，把握学术前沿，理清国内外学界对科举制度与文学关系研究尤其是学官制度与文学关系研究的现状。通过演绎法分析地方提学官影响地域文学的不同层面与方式及其对地域文学有所贡献的主要原因。**文献研究法**。通过广泛收集有关提学官与科考生员、地方文人作家之间的交往资料，并检阅各地方志与文人别集中的相关内容，揭示提学官的文学贡献及影响。**制度分析法**。分析明代提学官制度在学理层面对文学造成的必然影响。**静态分析与动态分析相结合的方法**。通过此法，对明代地方提学官对地域文学的贡献及影响有一个全景式的把握。既有对某一固定时期内提学官对地域文学贡献与影响的研究，也能在地域文学演进变化的动态历程中来揭示提学官的贡献及影响。

（二）创新之处

1. 在文学与科举研究领域内，首次阐明了明代地方提学官与地域文学的内在关系。既更新、丰富了对明代提学官文化建设功能的认识，也完成了从一个侧面对明代地域文学发展内在规律的研究和探索。

2. 研究认为明代地方提学官无论是以学官身份还是以作家、地域文化及文学流派传播者等身份都对督学地区的文学做出了重要贡献，产生了重要影响作用。研究以地方提学官为切入点，向上联系到明代科举制度及与之密切相关的政治、经济、教育文化，从而揭示了影响地域文学发展的宏观背景；向下联系到明代地方生员与文人作家的文学活动，从而较为客观地揭示了推动地域文学发展的具体因素与方面。

3. 研究综合运用教育、历史、政治、民俗、地理、文学等学科视域和方法进行研究，无疑使研究涵盖面更广，角度更为新颖，更具客观性，也更有说服力。

项目研究采用动静结合、个体与整体交互审视、参照的方法,通过明代地方提学官这一独特视角,尝试从一个侧面揭示其影响明代地域文学演进发展的内在机制。

第一章
明代提学制度研究

在阐述明代提学与地域文学关系之前,有必要先对明代提学制度进行一番考察。因为明代提学制度是对明代提学官各项职责、权力及功能作用的制度规定,也是明代提学开展督学活动并在此过程中进行文学活动的基本前提。因此,对这项制度展开分析研究是考察、分析明代提学影响地域文学的重要前提,当然也是从制度分析层面阐释明代提学影响士子文化、文学教育进而影响地域文学发展的重要组成方面。

本章拟从以下几个方面对明代提学制度展开研究:

首先,一项制度的设立必然有其特定的历史背景。明代提学制度的设立也离不开明代政治文化背景的影响,特别是明代科举制度和学校制度的影响。这是明代提学添设之初必须阐明的基本内容。

其次,尽管制度具有相对的稳定性,但它并不是只有一成不变的固化形态。它会随着历史背景的变化和人们现实需要的改变而发生变化。明代提学制度的变化和调整是影响提学督学行为并进而影响其教育效果的重要方面。因此,从历时的角度对明代提学制度及其相关变化内容进行纵向的梳理的确是准确掌握明代提学制度的需要。

再次,基于考察研究的目的,我们将会把提学制度下提学官文学教育职能的考察作为明代提学制度研究的重点。或者说,对提学制度下提学文学教育职能的阐释是明代提学制度研究中最重要的组成部分。因为对明代提学制度的分析,其落脚处还是在对此制度作用的阐释。而明代提学制度最显著的作用就是对明代提学文学教育职能的规定和凸显,这其中的作用机制和效果是阐明明代提学贡献于地方文学的关键。

以上三方面内容,是我们从制度层面了解明代提学贡献于地域文学发展的重要前提和基本视角,也是在制度层面对明代提学影响地域文学发展原因的一种解释。

第一节　明代提学的设置及其基本职责、职能

明代提学为何在明正统初年添设?添设之初的提学又具备哪些职责、职能?这是我们了解提学制度的重要方面,也是我们阐释提学文学教育职能的制度依据。下面我们结合相关史料对以上两个问题作一个简略的梳理和论述。

一、明代提学的添设

在中国古代官制历史上,"提学"一职最早设置是在宋代。据《宋史·职官志》记载:"提举学事司　掌一路州县学政,岁巡所部以察师儒之优劣、生员之勤惰,而专举刺之事。崇宁二年置,宣和三年罢。"[1]由此说明宋代提举学司的设置最早是在崇宁二年(1103),它作为宋代路一级教育管理机构,对地方州、县学校实施行政管理。其主官即提举学事官(即提学)的职责为专门负责对州、县学校师儒和生员的监督举报纠察。提举学事官并不亲自授课讲学,所以他们虽然是负责学校行政事务的官员,但并不是严格意义上的学官。又据《宋史·徽宗本纪》记载,崇年四年(1105)十一月,"丙辰,置诸路提举学事官"[2]。据此来看,宋代提学官普遍设置很可能是在此之后。但也同样是在徽宗时期的宣和三年(1121)二月,提学制度被废除:"乙酉,罢天下三舍及宗学、辟雍、诸

---

[1] （元）脱脱等:《宋史》卷167。
[2] （元）脱脱等:《宋史》卷20。

路提举学事官。"①此后提学制度在宋代仍有延续。宋高宗绍兴十三年(1143)八月,"丁亥,命诸路有出身监司一员提举学事"②,但次月又令州县主、副官负责其事。到了绍兴十六年(1146),又有变化:"五月壬申,浚运河。命诸路漕臣兼提举学事。"③此后史书则没有明确记载。

　　金朝也曾设提举学事官,金世宗完颜宗时期,大定六年(1166)曾授予提举学事官选补州府学生之权。元世祖至元二十四年(1287)闰二月,"设江南各道儒学提举司"④。至元二十六年(1289)九月又在高丽国置儒学提举司。元成宗时期贞元元年(1295),"庚辰,诏各省止存儒学提举司一,余悉罢之"⑤。说明此前元朝的儒学提举司在各省不止一处。在元武宗至元仁宗之际的至大四年(1311)七月,"丁卯,完泽、李孟等言:'方今进用儒者,而老成日以凋谢,四方儒士成才者,请擢任国学、翰林、秘书、太常或儒学提举等职,俾学者有所激劝。'"⑥完泽、李孟的建议被元仁宗采纳,也说明当时儒学提举官在读书人中具有一定的威望和影响力。此后元代各省儒学提举有废有立,不予详述。关于元朝儒学提举司的职能,《元史·百官志》有明确记载:

　　　　儒学提举司,秩从五品。各处行省所署之地,皆置一司,统诸路、府、州、县学校祭祀教养钱粮之事,及考校呈进著述文字。每司提举一员,从五品;副提举一员,从七品;吏目一人,司吏二人。⑦

元朝儒学提举司乃一省学政管理机构,学校的祭祀活动、学生的教育以及学校的供给等问题,都由其负责。值得注意的是提举司还负责审核士人上呈的著述文字,这些职能显然较宋代有所增加。另外人员上也有所增加,除了主官之

---

① (元)脱脱等:《宋史》卷22。
② (元)脱脱等:《宋史》卷30。
③ (元)脱脱等:《宋史》卷30。
④ (明)宋濂等:《元史》卷14。
⑤ (明)宋濂等:《元史》卷18。
⑥ (明)宋濂等:《元史》卷24。
⑦ (明)宋濂等:《元史》卷91。

外还有副职及其他下属官吏。

朱元璋曾沿用元代旧制,于至正二十年(1360),"丁卯,置儒学提举司,以宋濂为提举,遣子标受经学"①。当然这可能是朱元璋尊崇儒士、收拢士心的策略。当值天下割据、战乱频仍,朱元璋也不可能真正推行儒学提举制度。立国后,朱元璋曾令其女婿驸马都尉梅殷提督山东学校兼理地方事务,但也只是偶然之举,并没有形成明确的规章制度。而实际上,在明朝立国不久,其地方学校的规模和生员数量较往代已有明显增加。早在洪武二年(1369)冬十月,朱元璋就下诏令广建地方学校:

> 辛巳,上谕中书省臣曰:"学校之教,至元其弊极矣,使先王衣冠礼义之教,混为夷狄上下之间,波颓风靡,故学校之设,名存实亡。况兵变以来,人习于战斗,惟知干戈,莫识俎豆。朕恒谓,治国之要,教化为先;教化之道,学校为本。今京师虽有太学,而天下学校未兴,宜令郡县皆立学,礼延师儒,教授生徒,以讲论圣道,使人日渐月化,以复先王之旧,以革污染之习。此最急务,当速行之。"②

很明显,朱元璋是把兴办地方学校提升到治国理政的战略地位上来审视和思考的。从治国的角度来看,实施教化实在是基础和关键。因此朱元璋认为振兴广大地方学校迫在眉睫。但朱元璋考虑到生徒、师儒,还没有为地方学校配置专门的管理官员,这就为后来提学的设置埋下了伏笔。从明朝立国到正统元年(1436)之前,地方学校的管理,由府州县的长官(知府、知州、县令)负责,称其为提调官。但地方长官毕竟不是专门监管学校事务的官员,他们在处理繁杂的政务之余,实际上也很难有精力管理学校事务。尤其是随着新建王朝励精图治时代的结束,吏治的松懈必然导致地方长官对学校管理的懈怠。于是,学校教育出现弊病也会成为一种必然。

早在永乐时期,地方学校就存在一些问题。如永乐六年(1408)巡按云南

---

① (明)胡广等:《明太祖实录》卷8。
② (明)胡广等:《明太祖实录》卷46。

监察御史陈敏奏言：

> 云南自洪武中已设学校,教养生徒,今郡县诸生多有资质秀美,通习经义,宜如各布政使司,三年一开科取士。又言师儒之职,为后学矜式。云南郡县学校官,多用土人,学问肤浅,容止粗鄙,不称师范。宜别选用经明行修之士,庶几教育有法。①

虽然这只是边省地方因人才匮乏而导致的师资问题,但也能说明地方学校教育确实存在种种不足。监管地方学校的巡按御史虽然职权较大,但他的监督范围广,也很难专注于学校事务。到了宣宗时期,虽然明朝国力更为强盛,但是地方学校存在的弊病却日益凸显。如宣德三年(1428)负责学校教育的礼部尚书胡濙就曾上书直指弊病,其文曰：

> 近奉敕谕学校之官,所以立教兴贤必求其实效。臣钦遵圣谕,以近时学校之弊言之：天下郡县学应贡生员多是记诵文词,不能通经,兼以资质鄙猥不堪用者亦多。此皆有司不精选择教官,不勤教诲,是以学业无成,徒费廪馔。②

礼部尚书胡濙的忧虑正是明代地方学校自然发展的必然,不能精选教官、生员学业素养的不足显然不是当时提调官和巡按御史所能解决的问题。况且,这一现象在此后并没有得到改善。针对这一问题,宣德六年(1431)二月,巡抚江西侍郎赵新在上书言事中专门提到对应的解决方案。其文曰：

> 学校储养贤俊以资任用,近教官多非其人,生徒因而懈怠。惟记诵程文,以备科贡。府县官出身或由吏胥,或由人才,不知养贤为重,安能加意提调？今各处养马、屯田、治农皆别设官,以董其事。乞令六部议,或以翰

---

① (明)杨士奇等：《明太宗实录》卷78。
② (明)杨士奇等：《明宣宗实录》卷30。

林院官,或御史郎中员外郎,老成有学问者,授以方面之职,专督学校。选择师范,考课生徒,其直隶则令礼部委官往来提督,庶学政兴举,人材有成。①

尽管当时赵新的意见并没有被采纳,却为正统元年明代正式添设提学提供了思路。正统元年(1436)少保兼户部尚书黄福指出地方儒学的弊病所在,其文曰:

> 近年以来,各处儒学生员不肯熟读《四书》、经史,讲义理,惟记诵旧文。待开科入试以图幸中。今后宜令布政司、按察司官半年一次遍历考试,庶得真才。②

结果"下行在礼部,会官议每处宜添设按察司官一员,南北直隶御史各一员,专一提调学校"。自此,明廷添设提学官,随即任命首批13位提学,明代提学制度也正式确立。明代提学官在地方隶属于按察司,在按察使之下,一般领副使衔(四品)或佥事衔(五品),专督学政。

二、明代提学的基本职责与职能

职责,是指"职务上应尽的责任"③,更多强调的是职位上应尽的义务。职能是指,"人和事物以及机构所能发挥的作用与功能"④。两者略有不同,而又密切相关,职责强调工作内容,相对具体,职能强调工作的作用,相对抽象;职责是职能的充分体现,职能是职责的作用结果。为了更清晰地阐释提学制度之内涵,我们对此两方面均予关注,但更侧重对提学作用和功能的考察。明代

---

① (明)杨士奇等:《明宣宗实录》卷76。
② (明)李贤等:《明英宗实录》卷17。
③ 罗竹风:《汉语大词典》(第八卷),上海辞书出版社,2011年,第711页。
④ 罗竹风:《汉语大词典》(第八卷),上海辞书出版社,2011年,第711页。

提学添设之初,明廷即对其基本职责作了明确的规定,其基本职能也由此明确。这就是明英宗给首批即将赴任地方的提学官员颁布的敕谕。其内容如下:

> 学者不惟读书作文,必先导之孝弟、忠信、礼义、廉耻等事,使见诸践履以端本源。
>
> 士贵实学,比来习俗,颓敝不务,实得于已,惟记诵旧文,以图侥幸,今宜革此弊,凡生员《四书》本经,必要讲读,精熟融会贯通,至于各经子史诸书,皆须讲明,时常考试,勉励庶几,将来得用不负教养。
>
> 学者所作,《四书》经义,论册等文,务要典实,说理详明,不许虚浮夸诞。至于习字,亦须端楷。
>
> 学校无成,皆由师道不立。今之教官贤否不齐,先须察其德行,考其文学。果所行所学皆善,须礼待之。若一次考验学问疏浅,姑且诚励,再考无进,送吏部黜罢。若贪淫不肖,显有实迹者,即具奏逮问。
>
> 学校一切事务并遵依洪武年间卧碑,不许故违。
>
> 师生每日坐斋读书,及日逐会馔,有司金与膳夫不许违误缺役。
>
> 生员有食廪六年以上,不谙文理者,悉发充吏,增广生入学六年以上,不谙文理者,罢黜为民当差。
>
> 生员有阙即于本处官员军民之家,选考端重俊秀子弟补充。
>
> 生员之家,并依洪武年间例优免户内二丁差役。
>
> 所在有司,宜用心提调学校,严束师生教读,不许纵其在外放荡为非。学校殿堂斋房等屋损坏即量工修理,若推故不理者,许指实移文,合干上司以凭降黜。
>
> 遇有军民利病,及不才官吏贪酷害人事,干奏请者,从实奏文。
>
> 有军民人等诉告冤枉等事,许其词状,轻则发下卫所府州县从公处置,重则送按察司提问。
>
> 科举本古者乡举里选之法,近年奔竞之徒,利他处学者寡少,往往赴彼投充增广生员,诈冒乡贯应试,今后不许。
>
> 提调学校者如有贪淫无状,许巡按监察御史指实奏闻。

遇有卫所学校一体提调，武职子弟令其习读《武经七书》《百将传》及操习武艺，其中有能习举业者听。①

我们不妨根据以上内容对提学官的职责与职能作一个简单的归纳梳理：

教导生徒的职责：这是明代提学官最主要的职能作用——**教育职能**的充分体现。即敕谕前三条规定之内容，足见其重要性。敕谕中所谓的"学者"，其实就是儒学生员，前三条敕谕始终围绕提学与生员的关系来规定提学职责。具体分解为四个方面：第一，指导生徒读书撰文；第二，指导生徒德行养成；第三，整饬士习、学风；第四，匡正文体、规范文风。可以说明代提学对生徒的培育职责是其职能的主要构成方面，也是其**最为突出的**职能作用。

考核教官的职责：此即敕谕第四条内容之规定。考核学官的依据包括学识和德行两个方面。从职能角度来看，属于提学的**教育管理职能**。

考校、选补生员的职责：此即敕谕第七、八条内容之规定。包括考核生员和选补生员两个方面。具体来说，以文理的优劣区分生员等次，以此施行奖励或惩处；另一方面则是考选优秀童生入补为儒学生员。属于提学的**教育管理职能**。

管理学校相关事务的职责：此即敕谕第五、六、十条内容之规定。包括对师生行为的约束规范、对地方官修缮校舍、为师生提供生活保障进行监督等方面。属于提学的**监督管理职能**。

严查冒籍的职责：此即敕谕第十三条内容之规定。说明提学具有监督、管理考试纪律的**监察职能**。

兼理风宪的职责：此即敕谕第十一条、十二条内容之规定。因为提学官归属于按察使司的缘故，所以也被称为风宪官。但是对于不法之事，只是要求提学"从实奏问"而已，也就是说保留提学的通报权。这也是提学的职责、职能之一，显然不是其职能的重点。

接受监督的职责：此即敕谕第十四条内容之规定。明确了提学接受巡按御史监督的职责。

---

① （明）李贤等：《明英宗实录》卷17。

提调卫所学校的职责：此即敕谕第十五条内容之规定。明确了提学督学中对巡历所至卫所学校的教育、管理职责。与儒学学校不同之处在于，卫所学生学习内容有所不同而已。同样属于提学的教育、管理职能。

通过对敕谕内容的分析不难发现，敕谕前三条规定的内容最为重要，这实际上是对提学教导生徒职责的规定。由此可见，提学的教育职能应是其核心职能。这是明代提学官作为"一方宗师"的文化权力和责任，也是其发挥重要作用的体现。这一职责和职能也是对明代提学亦官亦师特殊身份的最好说明。当然其他职责任务的要求和职能作用的发挥也都是提学督学活动中必须履行的职务责任和功能作用。无论如何，正统元年提学敕谕的颁布都为后世提学制度的调整和修正提供了重要参考和基础。

第二节 提学制度的调整及发展变化

提学官在明正统元年（1436）添设之后，随着英宗敕谕的颁布，他们的职责、职能也基本明确。但是在其后的发展过程中，明廷对提学既有过短暂的废除，也有着更多的调整。这些变化对提学制度的完善有着重要的影响，因此也是我们梳理、分析明代提学制度时不可忽视的重要内容。下面根据时间先后对这些变化之处略作梳理，同时对其职责与职能的调整加以阐述分析。

一、添设之初的质疑和调整

提学添设之后，刚开始也遭到了不少非议，这也促使明廷对提学职责的要求越来越明确具体。据《明英宗实录》记载，正统十年（1445）四月，有地方官员对提学作用有所质疑。其文曰：

> 广东左参议杨信民奏："自设提调学校官以来，监临上司，嫌于侵职，巡历所至置之不问。如广东诸处阻山隔海，提学官不过岁一至而已。虽曰职专，徒为文具，乞罢之便。"事下礼部议。尚书胡濙等言："提学之官俱

出大臣建白廷议推选,难遽停罢。但中间实有不职者,遂至因循废弛,请申饬之。凡布按二司所至处,自应提督考校府、州、县。提调正官每月朔望宜照例诣学,考其勤惰。今乃彼此推调,略不加意,是非设官之过,实由旷职之弊。"上曰:"学校废弛,大是弊事,尔等即同都察院官察诸不职者,以名闻朕,将黜之。其司、府、州、县提调官拘牵小嫌,故行避事,及巡按御史不举奏者,皆不可不治。今姑宥之,尔等即以朕意,通行戒饬。"濙等又言:"在外各官,一时不能悉其贤否,且无实可指,请但令巡按御史询察纠举,庶得其实。"上从之,仍命濙等察实以闻。①

根据文献记载内容可知,提学添设之初,与原来采用的提调官之间有一定的冲突,在学校管理问题上两者的关系并没有处理好。另外,在实际的督学过程中,提学官还存在有不尽职的情况——即巡历地方学校不勤。这其中还不能排除因一省地域有远近,山川有阻隔,特别是在边境地区,时有动乱乃至战争给提学督学带来的现实困难。为明确提学巡历地方学校的职责,明廷对提学的督学又增加明文规定:"十年,令提学官遍诣所属学校,严加考试,提督生徒学业,务见实效。"②

无独有偶,正统十三年(1448)七月,针对提学官督学过程中存在的问题亦有类似的记载,这次是由山西儒学训导举人张干的上书引发的争论。其文曰:

    洪武、永乐旧例,生员十年一考,学问长益者留俟科贡,学问荒疏者黜为吏民。留者有向进之心,黜者无怨悔之意。近年增置御史、佥事等官,专于提督学校,然地里有近远,学校有多寡,有岁仅一至者,有岁不一至者,甚者不至本学,而预拘生徒于他处俟考。务实学者或为所黜,却将懵然无知子弟选补入学。曾几何时又复考退,乞敕该部会议将御史等官取回别用,第依旧例,庶乎生徒安心,进学期底于成。③

---

① (明)李贤等:《明英宗实录》卷128。
② (明)申时行等:《大明会典》78。
③ (明)李贤等:《明英宗实录》卷168。

这一次礼部会议的结果却是同意废除提学制度,但终因明英宗的坚持而作罢。但是英宗也明确指出:"不遵旧例诣学课试生徒者,俱治罪不宥。"①由此说明提学最核心的职责所在其实还是在"课试生徒",张干指责提学的关键处也正在于此。"课试生徒",就是考查、考核生徒,必然要求提学公平公正;而考核生徒又必然和教导生徒有关,必然要求提学敬业勤勉。因此这两方面其实都是对提学官职责的潜在规定。

综合以两条文献资料来看,所以无论是广东左参议杨信民,还是山西儒学训导张干,他们对提学的批评其实质还是缘于提学的失职,故而明英宗以加强对提学的惩戒为对策而平息了非议和争论。但是在这两次争论当中,提学的核心职责也更为明确。一方面督学必须勤勉,考核必须公正;另一方面则育人以长远,得才以实学。然而前者实际上已有不小难度,而后者也并不是一般循吏所能。故此,明代提学官,凡能在两个方面出色完成其职责者,都是颇有政绩的佼佼者。

正因为提学官职责的履行需依赖于个人的素养和能力的高低,一旦吏治败坏,提学官员的素养也会受到影响,提学履行职责的能力便会相应下降,提学的贡献价值也会大打折扣。因此,我们不能脱离明朝政治制度和官风士习来孤立地审视提学这个整体,他们应是明朝官吏整体的一部分,尽管他们本以学行见长的士大夫构成。

二、罢而复设及调整

明代提学自正统元年(1436)添设之后,曾在景泰元年(1450)遭到废除。"景泰元年革罢提学风宪官。听巡按御史、各司府州县官、提督考察"②,这其实就是恢复到提学添设之前的状态。但是也有一些区别,那就是依旧赋予按察司副使和佥事在各自巡视区域内督学的职责,只是不再有专门的提学官员设置而已。很明显,这一制度更会加剧地方提调官和按察司官员在学校管理

---

① (明)李贤等:《明英宗实录》卷168。
② (明)申时行等:《大明会典》卷78。

上面的冲突,结果是可想而知的。当然,这也是明廷经历"天子北狩"的动荡之后,一度无暇顾及文教,且基于裁汰冗员现实需要的一种结果。但这一局面随着明英宗的复位而得到改变。天顺六年(1462),明代提学制度一度中断12年之后,明英宗重新将其恢复。

在被废除之前,毕竟提学制度已经施行过14年,此时明英宗对提学制度有了更深的认识。所以恢复提学制度之后,他再次颁布敕谕,在正统元年敕谕的基础上对提学制度有所调整和完善。其调整内容大致梳理如下(以下引文均为敕谕内容):

教导生徒:对生员进学的过程和方式有着明确的规定。明确生徒"不许徒务口耳之学","为学功夫,必收其放心",这也是对提学教导生徒的明文规定。

明确提学职权:明确府、州、县提调官管束生徒的职责,也是对提学职责的补充。明确规定布政司、按察司及巡按御史不许侵越提学职权,是保证提学专门提督学校的补充规定。

选补生员:不许徇私舞弊,要求更为严格。

督学范围职责:增加提学管理社学的职责,督令有司设立社学,并一年一次考校。明显增大了督学范围。

选拔岁贡生员:明确提学考选岁贡生员的职责并提出具体要求。

其他:明确提学督学随从人员和交通费用等事宜。

从以上调整内容来看,实际上天顺六年的敕谕与正统元年敕谕区别并不明显,只是在原来的基础上有所补充而已。提学职责调整增加的地方主要是管理社学和选拔岁贡两个方面。至于提学的其他职责则基本与正统元年的规定保持一致。

三、万历之前的建议与修正

(一)弘治时期对提学制度的调整

弘治七年(1494)四月,礼部回复办事官郑善桓要求严加考核一事。其文曰:

> 谓天下学校生员,额外滥收者多,然科贡各有定额,往往淹滞衰老,及登仕途,遂至昏耄。若不严加考选,未免贤愚同滞。请令各处提学等官,通将各学生员考选,存其年貌问学堪中者,否者黜之。若考官偏听徇情,听巡按御史劾治,仍将去留名数,同明年科举,册缴部以凭稽考。各年岁贡生,公文内亦须备开,经某官选留之数。若仍有衰老及鄙猥残疾并内府考试不中者,即将原考选官名移文吏部,不与推升,任满不许加级,以此薄示劝惩。自后悉遵旧例,三年一行,凡遇廪膳有缺,须于增广内选补。若无可选,宁缺以待,不许将别学增广调补,以启奔竞之风。①

礼部所奏牵涉到提学官考选科考生员和岁贡生员以及补选生员的问题,其实质就是加强提学考选的严肃性和公正性。至于采取的措施,包括留存档案,接受巡按御史纠察、纳入业绩考核(与其升迁挂钩)等方面。这个提议得到了弘治皇帝的批准而予以施行。由此事例也不难判断,明代提学官掌握的核心权力其实就是考选之权。补选生员、拔贡、参加乡试,无论哪一项都是决定士子功名前途的关键一环,对他们来说至关重要。正因为提学官员掌握着考选生员的权力,他们对生员的教导才能发挥最大的作用和效力。因此,提学官对生员的影响,特别是在科考文章方面的导向性,实际上要远远大于学校师儒对他们的影响。

弘治十二年(1499)十二月,吏科给事中许天锡上书讨论孔庙和建阳书坊失火之事,其中涉及对提学职责的建议。其文曰:

> 仍令两京国子监及天下提学等官,修明学政,严督生徒,务遵圣代之教条,痛革俗儒之陋习。遇有前项不正书板,悉用烧除。如有苟具文书,坐以违制之罪。②

这个建议得到了礼部的支持:"请令巡按、提学等官,逐一查勘。如京华日

---

① (明)李东阳等:《明孝宗实录》卷87。
② (明)李东阳等:《明孝宗实录》卷157。

钞等书板,已经烧毁者,不许书坊再行翻刻。先将经、传、子、史等书及圣朝颁降制书一一对正,全存者照旧印行,半存及无存者,用旧翻刊。务令文字真正,毋承讹习舛以误来学。"①结果孝宗皇帝采纳了他们的意见。其实早在正统七年(1442)三月,时任国子监祭酒的李时勉就有一则建议:"近年有俗儒假托怪异之事,饰以无根之言,如《剪灯新话》之类,不惟市井轻浮之徒,争相诵习,至于经生儒士多舍正学不讲,日夜记意以资谈论。若不严禁,恐邪说异端日新月盛,惑乱人心,实非细故。乞敕礼部行文,内外衙门及提调学校佥事、御史并按察司官巡历去处,凡遇此等书籍,即令焚毁,有印卖及藏习者问罪如律,庶俾人知正道不为邪妄所惑。"②因为书籍与读书人之间的关系紧密,所以图书的刊布流传也一定会影响到读书人风气的形成。故此禁毁不宜流传的书籍也应是提学官的责任,只不过提学官并不是唯一责任者。与此相比,弘治十二年(1499)的调整不但肯定了提学对书籍的禁毁职责,还赋予提学查勘、修补、刊印书籍的责任,这当然也是提学文化职能的合理延伸。其后地方文人文集的刊印,有不少提学的鼓励提倡,大概与此职责的明确也有一定的关系。

弘治时期对提学教导生徒的具体内容也有建议和调整。弘治十七年(1504)六月,南京礼部郎中李哲建议加强生员的"武教"以培养将才。礼部覆奏:

> 我朝府、县学校各有射圃。近年以来,士子止尚科目,而武教遂废。请行提学官每月一二次令生儒习射,兼读古兵法诸书。庶文事武备,兼行不废。③

这实际上是对明朝儒学原有传统的恢复。据《大明会典》记载,洪武二十五年(1392),"定礼射书数之法","遇朔望,习射于射圃"④。此后正统年初仍

---

① (明)李东阳等:《明孝宗实录》卷157。
② (明)李贤等:《明英宗实录》卷90。
③ (明)李东阳等:《明孝宗实录》卷213。
④ (明)申时行等:《大明会典》卷78。

有大臣反复建议,故而有研究者认为射、书、算在明代学校教学中不太被重视①,这的确也是事实。但我们通过对提学所撰文献的了解可知,后世提学中也有不少人坚持"射礼"教育。

(二)嘉靖时期对提学职责、职能的补充修正

嘉靖九年(1530)七月,明廷对提学匡正文体、规范文风的职责予以强调并作出明确要求。其文曰:

> 都给事中王汝梅,御史赵兑俱以申敕各提学官,正大命题,严慎入学为请。礼部覆其疏。上曰:"国家以文取士,文体所系,全在提学一官。必须崇雅黜浮,然后士习可变。且诸生廪增有额,其附学者岂宜反过正数?民间一切子弟规避徭役营求入学,提学官多徇情市恩,政纪何在?其令从实校文,简汰其老稚庸凡不堪作养者。若奉行不实,听抚按官参究以闻。"②

明代提学影响士子文风、文体的关键之处,其实在明代提学制度确立之初的正统时期就已经得到充分体现:正统敕谕前三条赋予提学督导生徒的职责,同时敕谕第七条又赋予提学专门考核生员的权力。如此一来,在"以文取士"的科举制度下,提学对文章的评价便显得尤为重要,乃至对士子来说是决定其科考命运的关键,所以嘉靖皇帝才指出"文体所系,全在提学一官"。在这个问题上,嘉靖皇帝是明代第一个真正认识到提学与文体、文风之深刻关系的君王。他的确较为深刻地认识到提学肩负的职责及其深远影响:提学对文体、文风的导向影响着士习的优劣,而士习优劣又直接影响着人才的优劣和多寡,人才的多寡与优劣又影响着国家的治乱。提学—文体(文风)—士习—人才—国家,从前至后构成一个前后因果关系。正因为认识到这一点,嘉靖时期明廷对提学的调整才更为频繁。当然,实际上,提学为国家培养生徒的过程也不是完

---

① 徐永文:《明代地方儒学研究》,中国社会科学出版社,2012年,第47页。
② (明)徐阶等:《明世宗实录》卷115。

全封闭的,这个过程还会受到一些外在因素的影响。但提学在其中的关键影响作用却是毋庸置疑的。嘉靖皇帝申令提学"从实校文",将提学落实职责的重点放在"校文"环节上,也正是基于以上原因。

又嘉靖十年(1531)正月,礼部尚书李时认为为了恢复岁贡得人的传统,应对提学考送岁贡生员进行考核。其提出的建议次年得以普遍施行:"廷试有不中生员一名以上,提学官提问;五名以上提学官降用。"①这可以看作是对提学校士成效的量化考核,也是对提学教授生徒职责的明确化。但嘉靖十五年(1536)后,明廷又免除了对提学的降级处罚规定。

又嘉靖二十三年(1544)六月,吏科给事中陈棐弹劾四川、江西提学旷职。明廷处理结果如下:

> 下吏、礼二部看详,得旨:提学官专敕迪士,系一方风化,视他职为重。迩年各官不通行巡历岁考,偷惰废职,又营求进表应朝,甚失事体。②

巡历地方学校,本是提学督学中的重要工作职责,这是提学教导生徒职能的重要保障。但通过陈棐的弹劾和明廷的处理意见,也能反映出当时提学旷职较为普遍的事实。由此可知,在嘉靖时期明代提学教育教导职能存在弱化的现象。

又嘉靖二十九年(1550)六月,礼部给事中杨永绳再次上书批评提学官才不称职的情况。其文曰:

> 今提督学校之官,狃于词华,而略于本实。是以学术不正,人才不古。宜慎选其人,使各砥砺名节,分别劝惩,以称朝廷建学之意。有骫徇私者,罪之。③

---

① (明)徐阶等:《明世宗实录》卷139。
② (明)徐阶等:《明世宗实录》卷287。
③ (明)徐阶等:《明世宗实录》卷362。

杨永绳认为提学失职的原因在于提学本身素质方面存在问题,即提学拘泥于文章辞藻的华丽而忽略了文章思想的庄重。如此说来,连提学的学问素养都存在问题,那么他们培育的人才自然达不到朝廷用人的要求和需要。因此,杨氏建议严格选拔提学官员。杨永绳的建议同样得到了嘉靖皇帝的认可。他明确指出:"提学官,士子表率,自今宜慎选行谊端方者为之。不得徒尚文艺,循资滥推。"①照理讲,"行谊端方"和"崇尚文艺"本身并没有冲突,但是此时提学官员的选拔首先看重文学方面的才华也是一个不争的事实。这就是"以文取士"科举制度本身可能存在的一种矛盾:一方面朝廷培养士子的目的是使其成为具有实学的官吏,另一方面又以文章优劣来考核士子。当考核者对文章的评价完全抛开思想内容而看重文章的辞藻,那么这种考选的结果则可能与预期目标背道而驰。如何保证提学官员所选拔士子符合朝廷的要求?那就是文章、道德并重,思想、辞藻兼具,同时还要保障考核的公正。士子乃至提学官员为何徒尚文艺? 这与整个社会的浮躁趋利的环境不无关系。嘉靖皇帝将提学官失职的原因归咎于选任之失,且指责提学一味崇尚文艺,显然没有抓住问题的实质。其结果是,明代提学失职的状况显然不能也不可能得以扭转。

故而直到嘉靖末期的四十五年(1566),礼部大臣仍为提学重文艺的倾向而焦虑:

> 各提学官必身先化导,以德行督课诸生,毋专事文艺,此儒学所当议处者也。至于文体敝坏,内而两都,外而列群,靡然同风,其弊皆由书肆刊文盛行,便于采摘。请悉按天下私鬻冗书无当实用者,一切铲毁。②

与此前不同的是,礼部官员将文体弊坏的原因归咎为"书肆刊文"影响的结果,当然他们也不可能据此揭示科举制度的弊病。但与此前一味指责提学官的失职有着明显的不同,至少他们已经发现了社会风气的影响。

---

① (明)徐阶等:《明世宗实录》卷362。
② (明)徐阶等:《明世宗实录》卷559。

四、万历初期的调整

如上所述,明代提学教导生徒的核心职责和职能弱化趋势明显,培育人才的效果不佳。基于万历之前,特别是正德和嘉靖时期,提学制度存在的诸多问题及其积弊所致的现实结果,万历之初,明廷对提学制度作出了重新调整。在首辅张居正的推动下,"万历三年,换给提学官敕谕"①,这已成为万历初年政治改革的重要组成部分。与正统元年(1436)和天顺六年(1462)的敕谕相比,一百余年之后的提学敕谕又发生了哪些变化呢,下面我们对其变化调整之处略加梳理说明。

第一,敕谕第一条对提学的教学(讲学)活动内容作了明确的规定。这是对提学教导生徒职责的适时调整。原本提学官在儒学学校教授生徒是常态,但是随着书院的兴起,讲学的流行,提学教授生徒的方式变得多样化了,随着授课形式的变化,授课的内容也变得多样起来。实际上,讲学的盛行也是思想解放的一种形式,遵照经书的讲授难免缺乏吸引力。故此,敕谕第一条居然是对提学的授课作了更为具体的规定。朝廷对提学教导生徒的方式和内容都进行了规定,由此可见提学职责与职能方面存在的微妙变化。虽然同样是教导生徒,但是明代后期,提学对士子思想的引领和控制作用显然大不如前,士子与朝堂的关系较之前更为疏离。

第二,敕谕第二条特别强调提学的德育职能。该条内容甚至明确规定了提学考取生员时在道德和文艺方面的取舍问题:"生员中有敦本尚实、行谊著闻者,虽文艺稍劣,亦必量加奖进,以励颓俗。"②这样的要求其实在此之前一直有官员士大夫呼吁,由此说明提学在考选人才时对文章有所倚重的确是普遍现象。其结果就是提学道德教育职能的弱化甚至是丧失。但实际上,提学官员对生员道德品质的教育及其影响作用还是相当有限,其根源在社会、封建王国的政治统治。

---

① (明)申时行等:《大明会典》卷78。
② 同上。

第三,对提学整饬学风和文风的职责有了更加明确的规定。敕谕第四条对提学教授生徒的教材较之前作了更加明确的规定,当然是为了改善学风的需要。除了对士子行文风格的明确规定之外,甚至对提学所出试题也进行了规范要求。

第四,突出提学官管理生徒行为的职能。敕谕第三条内容即是对提学管理生员行为的明确要求,相较之前,生员的行为受到更多约束,如出入衙门、陈说民情、议论官员贤否即可以行止有亏革退。

第五,对提学考校生员、选考童生、考选科举生员、拔贡的要求更为严格。根据敕谕第八条规定,提学岁考需严格校阅生员,其考核不仅仅在"校文","有捏造流言、思逞报复者,访实拿问,照例问遣"①。同时考选童生时也严格控制数量。敕谕第十六条严格规定科举生员的数量。敕谕第十四条、十五条对考贡要求更为严格,再次与提学考核挂钩。

第六,对提学巡历地方学校的职责和行为有明确规定。敕谕第六条规定提学必须每年巡视地方考校生儒,不许调考、不许迎送,当地发卷,明示赏罚。不许提学招邀诗朋酒友游山玩水。敕谕第七条之规定赋予提学更大的监察权力,贪污官吏和军民不法重案及教官犯法,提学都有权拿问,加强了提学作为风宪官的职能。

第七,突出提学振兴地方风教的职能。敕谕第十七条明确要求提学以振兴纲常为职任,但推举名宦、乡贤、孝子、节妇、乡饮礼宾更为严格。敕谕一再申令提学不得随意推举以上名号,说明当时提学冒滥混杂的情况比较普遍。这也是明廷强化提学风教职能的原因,但是区区提学一职显然不能扭转世风日下的社会发展大趋势。

万历初期,重新颁布提学敕谕,既是对当时提学制度的调整,其实也是对此前提学制度问题的集中反映,也颇能说明明代提学存在的积弊。很明显,万历三年(1575)的提学敕谕对提学职责、职能的规定更加明确,要求更加严格;对提学的教化职能、管理生徒的职能、规范文风、整饬士风的职能乃至教学职能都有着更加明确的规定;同时对提学履行职责、实施职能的过程有着更多的

---

① (明)申时行等:《大明会典》卷78。

约束。万历三年(1575)的提学敕谕充分体现出"振纲纪"、"固邦本"的政治改革特点。张居正在给陕西提学李维桢的书信中也透露出这样的信息。其文曰：

> 顷有人以执事为太严者,然不如是,焉能振颓纲而正士习乎？世俗之所非议,不谷之所深喜也。愿益坚雅操,以副鄙望。①

与之前学政的松懈相比,张居正对学政的调整显然更为严格,以致于"大邑君子额隘,艰于进取,亦多怨之者"②。但不可否认的是,万历三年的提学敕谕是针对学政的弊病而发,对提学的职责和职能也有不少提振之处,就像张居正本人对提学传统的推崇与肯定一样,他的出发点是积极的,可惜"万历新政"持续不久,即因张居正的病亡而告终。

万历十年(1582)之后,明朝学政的痼疾依旧没有得到很好的解决和改善。明代提学制度随其依存的明代政治制度之衰败而日渐没落。如万历三十二年(1604)七月,礼部署部事左侍郎李廷机再次上书言及提学怠职的普遍情形。实际上,随着明代朝纲日益混乱衰败,提学职能的弱化也成为历史发展的必然。在此背景之下,提学官作为"一方宗师"的影响力显然也会遭到进一步弱化。因此,进入明季之后,不但提学教导生徒之素质受到质疑,即便是提学官员本身的素养也往往遭受非议。提学制度随着明朝政权的衰败而衰落已成为历史之必然。

第三节　明代提学的文学教育职能

我们在本章第一节对明代提学的添设及添设之初明廷对其基本职责、职能的规定作了分析说明；第二节则从历时的角度对提学制度在有明一代的变

---

① (明)张居正：《张太岳集》卷11《答陕西学道李翼轩》,中国书店,2019年,第235页。
② 孟森：《明史讲义》,中华书局,2006年,第280页。

化发展进行了追踪考索;从本课题研究的目标来看,无论是对提学及其相关制度作横向的分析说明,还是从纵向的维度关注其在历史演进中的变化和调整,都是为了更好地阐明明代提学与地域文学之间的密切的关联性。实际上,通过我们对明代提学添设之初的缘由及明廷对其职责与职能之规定的分析可知,在明代提学的众多职能作用当中,教导生徒是其核心职能。正统之后,明朝历代对提学制度的修正也无不围绕这一职能作用的实现和改善而展开。而在"以文取士"的科举考试制度之下,教导生徒的基本模式属于一种典型的文学教育形态,或者说,明代提学教导生徒的实质是一种文学教育。下面对此问题作一专题阐释,借此说明,明代提学与地域文学之关系,其实首先有来自明代提学制度的潜在规定和保障。

明代提学官的添设与儒学生员文化素养和文学素养严重不足的现状密切相关。明廷对提学职责的规定也明确将文学、文化教育纳入其中,从而使提学之文学教育职能得以制度化。明代提学官出身科考且多以作家著称的特殊文化身份亦使其往往采用"以身示范"的教育模式,因而其文学教育职能更得彰显。而从实际的督学效果来看,提学官在各省的督学反响也充分说明他们对文学之士的培养更显成效。明代提学官在督学过程中,通过对儒学生员乃至府、州、县学教官的教育引导及监督管理,在教育内容、教育手段及考核目标等层面均体现出他们在文学教育方面的突出职能作用。揭示明代提学的文学教育职能是充分认识其文化价值的重要方面,亦是揭示明代地域文学发展变化深层原因之关键一环。

提学作为官职,最初设置于宋徽宗崇宁二年(1103)。当时称"提举学事司","掌一路州县学政,岁巡所部以察师儒之优劣,生员之勤惰,而专举刺之事"。但其添设不久便于宣和三年(1121)废除。然设置提学官专门督理地方学政的做法却在后代得以沿承。"金设提举学校官,元有儒学提举司。明置提学道。清设督学道、提学使等。"[①]事实上,提学制度在元明清时期得以延续并在一定程度得到了发展和完善。故而,在科举时代,主持地方学政的提学官,对地方教育甚至是地方文化的影响都是不容忽视的。

---

① 罗竹风:《汉语大词典》(第六卷),上海辞书出版社,2011年,第747页。

近年来，随着明代科举文化研究的不断拓展与深入，明代提学制度及其深远影响也引起了学界的较多关注。郭培贵《试论明代提学制度的发展》一文指出明代提学制度"对当时的教育、士风、人才选拔及官员素质都产生了深刻而广泛的影响"①。黄明光、徐书业《明代省级教育行政官员——"提学"研究》一文则强调"提学官在明代地方教育行政管理中具有十分重要的作用"②。以上两篇文章对明代提学的突出教育职能及影响作用都有较为充分的认识和肯定。而针对明代提学官职能展开专题性研究则是李源的《明代提学官职能研究》一文。作者认为"当前学术界关于明代提学官职能的研究，多局限于学政领域，然而明代提学官的职能不仅限于学政，还涉及科举考试、书院、书籍刊布以及风教等诸多领域"③。该文主要就提学官的科考监管职能和社会风教职能进行了详细的阐述，但对明代提学的其他文化职能则较少论及。有鉴于此，本文拟就明代提学的文学教育职能作一专题阐述，以求对明代提学研究有所补益。

在探析明代提学官文学教育职能之前，我们首先要对"文学教育"和"职能"这两个关键词做一个必要的解释。所谓职能，就是指"人和事物以及机构所能发挥的作用与功能"④。所谓文学教育，"指的是教育者与受教育者相互之间，经由文学文本的阅读、讲解与接受，丰富情感体验，获得审美愉悦，培养语文能力，进而传授人文知识、提高文化素养、陶冶精神情操的一种教育行为"⑤。据此而论，明代提学的文学教育职能即是指明代提学官在督学过程中指导生儒阅读文化、文学经典，培育其文学、文化素养及精神情操的职责作用。明代提学作为"总一方之学"的大宗师，其文学教育职能尤为突出，本书拟从以下几个角度来予以阐明。

---

① 郭培贵：《试论明代提学制度的发展》，《文献》1997年第4期，第62页。
② 黄明光、徐书业：《明代省级教育行政官员——"提学"研究》，《广西教育学院学报》1998年2期，第16页。
③ 李源：《明代提学官职能研究》，中南民族大学硕士学位论文，2015年，第1页。
④ 罗竹风：《汉语大词典》（第八卷），上海辞书出版社，2011年，第711页。
⑤ 郭英德：《中国古代文学与教育之关系研究》，北京大学出版社，2012年，第9页。

一、从明代提学设置背景及添设原因来看

明代提学之文学教育职能首先可以从其设置背景及添设原因来予以分析说明。

明朝开国者朱元璋认为兴办学校是教化的关键所在,即所谓"治国之要,教化为先;教化之道,学校为本"[①]。正是在这样的治国思想指导下,明朝统治者在洪武二年(1369)十月诏令天下府、州、县设置儒学。但是为明廷施行教化、培养人才的儒学教育发展了近半个世纪之后,渐显疲敝。如宣德三年(1428)当时重臣礼部尚书胡濙上书建言:"臣钦遵圣谕,以近时学校之弊言之。天下郡县学应贡生员,多是记诵文词,不能通经,兼以资质鄙猥,不堪用者亦多,此皆有司不精选择,教官不勤教诲,是以学业无成,徒费廪饩。"[②]从学校教育的角度来看,这至少反映出两个方面的信息:一方面说明当时儒学生员选拔失当,且多学业不精,而学业不精又主要体现在只会背诵现成文章,不能独立撰写文章,读书不通经史等方面,据此也可以说生员的文化素养严重不足、有负教养,白白浪费了官家的粮食。另一方面说明儒学教官多不尽职守,对生员的教导难有成效。其实儒学生员不学、教官失职的情况早在永乐、洪熙年间既已是普遍现象。永乐二十二年(1424)九月,平江伯陈瑄上言:"今府州县教职多非其人,生员务学亦少。"[③]故此,针对学校弊病添设专门的督学官员便显得相当必要。

实际上早在宣德六年(1431)巡抚江西侍郎赵新就曾提出过这样的建议,可惜当时未被采纳。到了英宗时期,生员荒废学业,读书仅以应付科考的状况更为突出:"近年以来,各处儒学生员不肯熟读《四书》、经史,讲义理惟记诵旧文,待开科入试以图幸中。"[④]不能熟读经典,更不能详究文章义理,只能背诵

[①] (明)胡广等:《明太祖实录》卷46。
[②] (明)杨士奇等:《明宣宗实录》卷40。
[③] (明)杨士奇等:《明仁宗实录》卷4。
[④] (明)李贤等:《明英宗实录卷》17。

陈旧文章以投机应考,生员素质的不堪依旧突出地体现在文化、文学素养的低下方面。而更为重要的是生员文化素养和文学素养的不足还会导致更为严重的后果。恰如户部尚书黄福所言:"士子至有不通文学,难以当官。宜专设宪官,提调学校,必选于众文学才行兼备、足以仪表者,乃可充任。"①虽然这里的"文学"与我们今天所言的"文学"有所不同,更多指的是文化之意,但是阅读文化经典,深究经书义理,以至于独立撰写文章,明代儒学教育要求士子们掌握的这些课业内容也的确是提升其文学素养的必然要素。"不通文学"就是学业不精,学业不精则不能做官。所以生员文学、文化素养的缺乏与儒学(学校)培养合格的行政官员的目标存在着明显的背离和矛盾。

  关于这一点我们还可以通过检阅明代生员每日学习的课业内容来加以佐证。如洪武二年(1369)规定生员每天的学习内容:"侵晨,讲明经史,学律;饭后,学书、学礼、学乐、学算;未时,学习弓弩、教使棍棒、举演重石。学数件之外,果有余暇,原学诏、诰、表、笺、疏、议、碑、传、记者,听从其便。"②这里明显突出了经、史等文化内容在生员日常学习中的主导地位。而且"明代中后期,随着科举考试对学校影响的进一步加强,礼、乐、书、算、律、射已不是学校教育的重点"③。这就意味着在明代生员的课业中文化教育内容占据绝对主体,故而儒学生员文化、文学素养的不足直接反映出儒学教学质量的低下。正是基于这样原因,黄福对生员文化、文学素养的不足才会特别的介意。因为士子们在文化、文学素养方面的不足已经严重影响到王朝官吏的选拔,这不仅是一个严重的教育问题,更是一个重大的政治问题。

  故此,明代儒学教育以培养合格的官吏为目标就必然重视读书人文化素养的提高,而重视文化素养的提高就必然会有利于士子们文学素养的提升。反过来讲,明代儒学生员文学素养的不足也说明其文化素养的低下,进而说明其难以胜任王朝用人之需,这就是黄福主张添设提调学官的重要依据。也就是说,儒学生员在文化、文学素养方面的欠缺已经使其难以满足明王朝官吏的

---

① (明)黄佐:《南雍志》,《续修四库全书》史部第749册,上海古籍出版社,2002年,第128页。
② (明)王圻:《续文献通考》,台湾商务印书馆,1986年,第379页。
③ 徐永文:《明代地方儒学研究》,中国社会科学出版社,2012年,第48页。

选拔,这就是当时添设提学官员的一个直接原因。因此,在这样的背景之下,设置提学官的针对性已经非常明确,一方面是政治文化制度发展的必然所需,另一方面还与当时儒学生员文化素养和文学素养严重不足的现实密切相关。故而添设提学官的历史背景对提学官员的文化、文学教育职责实际上已经做出了潜在的规定与要求。

正是在明代儒学生员因文化、文学素养不足导致其难堪其任的历史背景下,明廷采取了添设提学官的对应举措:"下行在礼部会官议,每处宜添设按察司官一员。南北直隶御史各一员,专一提调学校。"①从添设提学的直接原因来看,显然就是针对儒学生员不能熟读经书,不能深究义理的现状而采取的对应举措。而研读包括四书、六经等文化经典,深究经书要义恰恰就是文学教育的重要内容。所以从明代提学添设缘起来看,提学官员的设置正是针对当时儒学生员文学、文化素养的不足而设,所以明廷在提学官的选拔方面对其文学才行才有更高的要求。明代提学官最初的添设为儒学生员的文学、文化素养的培养和提高而设,由此可见明代提学官的文学教育职能在其众多职能作用中的优先性和突出性。

虽然明代提学添设最直接的原因是出于改变儒学生员不良学风的需要,但明代提学官实际上却通过拥有"专一提调学校"的权力来保障其育人作用的实施,而明廷赋予提学这一权力又颇能体现其文学教育职能的特点。因为明朝设立儒学的目的在于"育人才,正风俗"②,通过施行教化达到治理国家的根本目的。明朝设立地方儒学"学者专治一经,以礼、乐、射、御、书、数设科分教"③,又显然是以古代汉族传统文化教育为主要内容。因此明代学校的文学教育职能本身也就相当突出,明代提学官的设置就是为了更好地监管地方学校实现其教化百姓、教育人才、培育官员的目的。因此,明廷添设提学来管理文化教育职能本身就十分突出的地方儒学,也就更加凸显了明代提学官的文学教育职能和作用。换句话讲,明代提学正是针对地方学校培育生员文化素

---

① (明)李贤等:《明英宗实录卷》17。
② (明)胡广等:《明太祖实录》卷46。
③ (清)谷应泰:《明史纪事本末》,中华书局,2015年,第204页。

养和文学素养不足的现状而设,那么,明代提学突出的文学教育职能也便是潜在之义了。

二、从明代提学官的职责范围来看

以上只是从明代提学设置背景及直接原因对提学文学教育职能进行的分析。实际上,决定明代提学职能包括文学教育职能的关键所在则是明廷赋予他们的职守与职责。从提学的职守来看,文学教育职能是其职责范围内最重要的一个方面。

正统元年(1436),明英宗敕谕首批新任提学的十五条内容,实际上就是对提学职守的明确规定,后世只是在此基础上稍有损益而已。其文曰:"学者不惟读书作文,必先导之孝弟、忠信、礼义、廉耻等事,使见诸践履,以端本源。"①这第一条谕令首先就规定了提学教育儒学生员、督查儒学教员读书作文的职责。"读书"当然是培育文学素养的重要方面,"作文"自然是文学才能的直接体现。那么,提学督促生员"读书作文"也就是对他们进行专门的文学教育了。所以提学官的文学教育职能是显而易见的。而教导孝悌、忠信、礼义、廉耻则属于思想品行教育内容,这也是提高文化修养进而提高文学修养的重要方面。古人讲求先道德而后文章,道德文章不可割离,思想素质和道德品行是文学素养的基础,思想品质的教育也是文学教育的必要方面。如此看来,提学官对生员乃至地方府、州、县学官进行的品德教导,也是其文学教育职能的具体体现。

谕令还对提学官的文学教育职责进行了明确规定:"凡生员《四书》、本经必要讲读精熟,融会贯通,至于各经、子、史、诸书皆须讲明。时常考试勉励,庶几将来得用,不负教养。"②督促生员阅读四书五经等古代文化经典,亲自到地方学校讲授经史子集等文化知识,这些都是提学以文学文本经典阅读、讲授等形式开展的文学教育活动。"时常考试勉励",是指提学通过岁考或科考的方式督查生员学习经书和写作文章的能力,这可看作是对以上文学教育内容的

---

① (明)李贤等:《明英宗实录》卷17。
② (明)杨士奇等:《明宣宗实录》卷40。

成效考核。另外,成化三年(1467)朝廷还明确要求提学评定生员等级时应遵循"行优,文艺赡,治事长者列上等"[1]的具体标准,其实就是将道德、文章这些文学素养的基本要素作为生员选拔的重要依据。尽管提学官设置之本意并不完全着力于对生员文学素质的培养,但是提学官督学的原则和方式又必然促进生员文学水平的提高。这一点从生员的选拔和考核中已经有明确的导向。这种激励性的导向更能说明提学在促进生员文学素养提高过程中的积极作用。故而明代提学对生员进行的文学教育是较为全面的,因其官师身份,其效果也更为显著。可以说,明代提学官以大宗师的地位,兼具教师和督导的双重身份,使其文学教育职能特别凸显。

敕谕第三条规定"学者所作四书经义论册等文,务要典实,说理详明,不许虚浮夸诞"[2]。这条谕令明确规定了提学官员对儒学生员文章创作进行指导、审查、评判的职责和标准。生员写作文章的优劣直接由提学官员来评判,并且因为提学官员握有拔贡和岁考的职权,故而他们对文章的评判便直接决定着生员的科考命运。因此他们对生员文章的意见具有绝对的权威和决定性的影响。换句话说,提学官员对生员文章写作方面的教育与指导会特别受到生儒们的重视,这就是提学官员作为官师在文学教育方面的特殊性。总之,因为提学的特殊职权使其文学教育职能尤为突出。尽管他们对生员进行文学教育的机会和时间并不比府、州、县学长期从事教学的学官更多,但因为他们有着选拔和淘汰生员的权力和更大的影响力,故而他们对生员进行文学教育的效果就更为突出明显。

谕令第四条则明确了提学对地方教官的考核和监督职能。"先须察其德行,考其文学"[3],德行、学问、文章都是文学素养的重要构成方面,由此可见提学对下级学官的考核显然又以文学素养的高低为准。明代提学不但要考核教官还要为他们做表率,《大明会典》记载:"成化三年令提学官躬历各学,督率教

---

[1] (明)申时行等:《大明会典》卷78。
[2] (明)李贤等:《明英宗实录》卷17。
[3] (明)李贤等:《明英宗实录》卷17。

官,化导诸生。"①也就是说提学的文学教育对象又不仅仅局限在生员层面,还需考虑对平日教授生员课业的学官的教导和监督,用今天的话说提学对生员文学教育师资有监管和培训的权力和职责。提学官员对下级学官和生员都有教育化导的职责,这既是对提学文学教育职能范围的补充,也是对提学文学教育影响范围的拓展和强化。

从明英宗谕令前四条的内容可以看出,明廷对提学职责的规定首先以提学的文化、文学教育职能为基础,这也恰恰反映了明代提学作为学官的基本职守。另外,谕令第六条规定以文章之文理是否具备来判定生员奖励或罢黜,以文章的高低来评判生员优劣,也都能说明提学对生员文学素养培育及监督的重要决定作用。明代提学官并不刻意培养作家,但是在对生员进行文化教育的过程中,对其文学素养的培养确实涉及较多,从写字的规范性到文学经典文本的学习研讨,再到学问的积累及文章的写作,甚至是道德品质的修炼、提升等各方面、各环节均有体现。故此,明代提学在履行提学职责的过程中对生员进行的文学教育是多方面的。尽管对生员进行全面而严格的文学教育并不是提学职责的全部内容,但文学教育职能的确是明代提学官员的基本职责所在。

三、从明代提学官的文化身份来看

如果说明代提学的文学教育职能主要是由其职守决定,那么作为文学教育的实施者,提学官员的主体条件也必然是影响文学教育特点和效果的重要方面。实际上明代提学的文学教育职能因其文化身份的特殊性而愈益彰显。关于明代提学的文化身份,我们首先可以从明代提学最初的选拔条件来加以说明。明英宗以"慎简贤良"的标准选拔第一批提学官,"贤"是就提学官员的品行来说的,"良"则主要是就其学问而言。这说明明代提学官必须在学、行两方面特别突出,也就是说他们的文化、文学修养都堪称卓异,唯有如此,他们才能为生员和教官们做出表率,即"率而行之,必自身始。必自进其学,学充而后

---

① (明)申时行等:《大明会典》卷78。

有已。谕人必自饬其行,行端而后有以表"①。也就是说明代提学自身的文化、文学修养特别高,他们正是以此作为出任地方"大宗师"的基本条件。仅以明英宗时期首批提学为例,十三位提学中有九人是进士出身,三人为举人,一人为监生,且不少人具有在翰林院、国子监、府学任职的经历(见表1-1)。明代提学官都是饱学之士、均有科考经历且多为进士出身,而且他们不少人已具有一定的教育经历(国子监、府学)。明代提学的这些文化特点显然更有利于他们具备、发挥其文学教育职能。

表1-1　明代首批提学出身及督学省份情况表

姓名	籍贯	出身	前任职务	督学省份
胡轸	江西丰城	永乐十三年进士	盐运司同知	浙江
刘虹	江西永丰	建文二年进士	郁林知州	湖广
薛瑄	山西河津	永乐十九年进士	监察御史	山东
高超	江西吉水	永乐三年举人	监察御史	福建
高志	南直隶句容	永乐十三年进士	工部郎中	山西
欧阳哲	江西泰和	永乐十九年进士	吏部主事	河南
王钰	浙江诸暨	永乐十年进士	修撰	江西
彭琉	江西安福	永乐十六年进士	编修	广东
陈璲	浙江临海	永乐九年进士	检讨	广西
康振	江西庐陵	永乐六年举人	检讨	四川
庄观	南直隶歙县	永乐九年举人	国子监学正	陕西
程富	南直隶歙县	宣宗监生	布政司检校	北直隶
彭勋	江西永丰	永乐十三年进士	府学教授	南直隶

既然明代提学都是品行卓异、学问渊博的饱学之士,那么他们的文化素养和文学修养自然也非同凡响。而作为管理一方学政的"大宗师",他们以身作则地进行示范教育,就必然增强他们对生员和教官的教育引导效果。从这一点来看,明代提学官与生员的关系和汉代五经博士与博士弟子的师徒关系有

---

① (明)李贤等:《明英宗实录》卷17。

些相似,故而其示范教育作用也尤为突出。明代提学以学行兼优的读书人担任,他们的文学素养较高,在亲自示范的督学过程中,他们的文学示范作用也就特别明显。也可以说明代提学身先示范的教育模式为其文学教育职能的实现提供了主体条件。无论是在品行方面还是在学识方面,明代提学官都需要躬身示范,所以他们的文化、文学修养都足以成为生员和教官学习的楷模。明代提学官的选拔条件保证了他们特别能够胜任文学教育者的工作,他们履行其职责的过程其实就是他们实施文学教育的过程。

以上只是考察了首批明代提学的科考出身,说明因科考出身的主体条件和复制其身的教育模式更有利于明代提学文学教育职能的实现。以科考出身的明代提学官之文学修养其实已经相当突出,正所谓"数十年读书人,能中一榜,必有一部刻稿"[①],也就是说多数进士出身的提学官员已经能称之为作家了,那么他们亲身示范的教育当然也就必然包括文学教育。实际上,明代提学官员中很多人都是当时颇有影响的文学家。翻开一部明代文学史,我们会发现明代提学中的知名作家数量相当可观,其中也不乏文坛之执牛耳者。下面我们仅以明代陕西地方提学为例加以说明(见表1-2)。

表1-2 明代陕西提学中的作家及其著述统计表[②]

提学(作家)	主要著述	文坛影响
伍福	《南山居士集》	
马中锡	《东田诗集》	早有诗名
杨一清	《石淙诗集》	与李东阳并称,号为"南李北杨"
王云凤	《虎谷集》	"河东三凤"之一
李逊学	《悔轩集》	
李昆	《东岗小稿》	
朱应登	《凌溪集》	"弘治十才子"之一
祝萃	《虚斋遗稿》	

---

① 叶德辉:《书林清话》,上海古籍出版社,2012年,第154页。
② 引用李波《明代陕西提学简述》中的列表,原载《沧桑》2014年第4期,第46页。

续 表

提学（作家）	主要著述	文坛影响
秦文	《迹东集》	
何景明	《何大复集》	明"前七子"之首
唐龙	《渔石集》	官辙所至，必有留题
刘天和	《问水集》	
敖英	《心远堂文草》	颇有文名，时人号之"敖清江"
王邦瑞	《王襄毅公集》	
孔天胤	《孔文谷集》	盛有诗名
王凤灵	《笔峰诗文集》	
汪文盛	《节爱府君诗集》	
章衮	《介庵先生文集》	
谢少南	《粤台稿》	所至皆司文墨，郁有时名
靳学颜	《靳两城先生集》	卓然成家
薛应旂	《方山先生文录》	
李攀龙	《沧溟集》	明"后七子"领袖
徐善庆	《来清轩诗》	
刘有诚	《宦游二纪》	
徐用检	《鲁源文集》	
李维桢	《大泌山房文集》	明"末五子"之一
王世懋	《王奉常集》	"后七子"领袖王世贞之弟，颇有文名
许孚远	《敬和堂集》	
余寅	《农丈人集》	
姜士昌	《雪柏堂集》	
祁伯裕	《余清馆集》	
李㰒	《李忠毅公集》	
钱天锡	《诗牗》	

"这一名单所列提学作家已经占据了陕西历任提学总数的大半,还有一些提学虽没有文集传世,但也留下了不少文学作品。像孙应鳌、冯惟讷、杨德政、顾大章、汪乔年等,《明诗综》都存有其诗。"①以作家身份担任以身示范的地方学政,明代提学对地方生儒进行的文学教育和突出影响作用是可想而知的,也就是说作家身份使明代提学对生儒的教育影响尤其是文学教育影响作用更为显著。

四、从明代提学官督学效果来看

以上是从明代提学相关制度及其自身特点来阐释明代提学文学教育职能的突出性,虽然仅限于理论分析,但也确凿可信。但是要更有力地说明明代提学的文学教育职能之突出性,最有力的证据还在于他们督学的效果,即当时人们对提学官开展文学教育活动进行的评论。关于这一点,我们只能结合历史事实案例来进行分析。

我们首先以首批提学官为例对其督学效果进行一个简要的介绍。从提学督学省份的地方通志记载信息来看,绝大部分提学的督学业绩都受到人们的肯定和颂扬。如首任浙江提学胡㦤,"任浙江都转运盐使司运同,持身廉俭,一毫不妄取于人。常俸不给,至鬻园蔬足之。请托不行,商旅被惠。每出,人争趋言,愿为犬马走,因肩其轿,行挥不去。升浙江按察司副使提学,士人宗之"②。胡㦤以其在盐运司同知任上的为官清廉赢得了浙江百姓的拥戴和敬仰,而他担任提学时也就成为当地读书人学习的榜样、宗尚的楷模。这就是提学官对生员品行教育的正面导向,也算是对明英宗"率而行之,必自身始"训诫的真正落实。而品行教育本身也是文学教育的重要方面和内容,所以士人推崇并学习提学官的举动也恰恰说明提学官对生员们所进行的教育作用包括文学教育作用是积极而有效的。首任山东提学薛瑄既是明代理学大家,也是当时著名的文学家。他提督山东学政期间,"揭白鹿洞学规,开示学者,延见诸

---

① 李波:《明代陕西提学简述》,《沧桑》2013年第4期,第48页。
② (清)和珅等:《大清一统志》卷215。

生,亲为讲授,人皆称薛夫子"①。这也是提学亲自开展文化、文学教育受人推崇的又一案例。人们以"夫子"相称,显然也是对其教育包括文学教育行为的高度认可。另外首任江西提学王钰"文学笃实,行己方正,所至公于劝惩,士心悦服"②,提学官在文章写作方面的垂范作用、在行为品质方面的模范作用,都体现得相当充分。士人心悦诚服,这其中的教育包括文学教育的影响作用和效果显然是不言而喻的。像这样的例子非常多,广东提学彭琉、广西提学陈璲、陕西提学庄观、南直隶提学彭勖等都在文章、学识与道德品行方面为当地读书人树立了榜样而影响了当地士风、文风,其文学教育作用尤为卓著。

关于明代提学文学教育职能的具体体现及事例,我们还可以举很多鲜活的典型例子。如有着明朝提学第一人之称的陕西提学杨一清。他在督学陕西期间,"创正学书院,选英俊居其中,躬自教督。所拔识李梦阳,以文学召擢,状元康海,吕柟,名士马理、张璿,皆与焉"③。杨一清本人虽然在历史上以政治家、军事家而著称,但是他在当时文坛也同样具有较高的知名度。其任职陕西提学期间极为赏识的门生之一也是明代复古派的倡导者、"前七子"领袖李梦阳就曾把他与当时的文坛盟主李东阳相提并论:"我师崛起杨与李,力挽一发回千钧。"④值得注意的是杨一清正是以李梦阳突出的文学才能而将其擢升异等,显示了明代提学官对文学的重视。实际上,李梦阳的文学主张也能在杨一清那里找到渊源。李梦阳曾倡言"文必秦汉,诗必盛唐"⑤,而杨一清实际上也有明确的复古诗论主张:"朝绎而暮究,著为诸作。弛张阖辟,骎骎上慕秦汉。"⑥诗文追慕秦汉,这一文学主张简直就是李梦阳的先导。另外,朱彝尊《明诗综》引用《诗话》之论,指出杨一清学习韩愈、苏轼、陈与义及陆游等人的诗作。其实这一论断也能说明杨氏与李梦阳复古文论的相似,只不过前者之

---

① (清)岳浚等:《山东通志》卷11。
② (明)李贤等:《大明一统志》卷45。
③ (明)杨一清:《杨一清集》,中华书局,2001年,第1186页。
④ (明)李梦阳:《空同集》卷19。
⑤ (清)张廷玉等:《明史》,中华书局,1974年,第7384页。
⑥ (明)杨一清:《石淙诗稿》,《四库全书存目丛书》集部第40册,齐鲁书社,1997年,第394页。

复古对象较李梦阳更为宽泛罢了。这种文学观念的相似也颇能说明师生之间文学观念影响及传承的存在,究其原因,当然是提学文学教育职能之作用使然。

　　杨一清对李梦阳文学创作的鼓励和影响我们还可以通过《读李进士梦阳诗文喜而有作》这首诗来印证:"细读诗文三百首,寂寥清庙有遗音。斯文衣钵终归子,前辈风流直到今。剑气横秋霜月冷,珠光浮海夜涛深。聪明我已非前日,此志因君未陆沉。"①在诗中杨一清对李梦阳寄予了极高的期望,俨然已将其视为自己诗文创作理想与追求的继承者,那么他对得意门生的指点与培养就可想而知了。

　　以上事实说明,提学官员杨一清对生员李梦阳的文学教育影响是确实存在的,他甚至将李梦阳作为自己的继承者来进行培养。而后来李梦阳在文学方面的成功也充分验证了杨一清对其进行文学教育的效果和突出作用。不但培养了李梦阳这样的文坛领袖,杨一清在其督学期间还直接引导了关中文学的一度复兴。如师海军就曾撰文指出:"(杨一清)培养了关陇作家群的许多核心人物,直接导致了关陇作家群的形成和发展。"②明代提学主导的文学教育作用不但影响到生员的文学素养乃至成就,他们培养的生员通过科考的途径获取功名出仕为官,其中还有相当一部分人因为学行优异而被任命为提学官,而他们又继续发挥其文学教育职能,再度培养又一批文学家。如我们上文提到的李梦阳,在出任江西提学之后,又培养了敖英等生员;而敖英科举入仕之后又以提学的身份到陕西督学。如此一来,明代提学对文学人才的培养已然构成一种良性循环的模式。因此,明代提学的文学教育职能及其影响是相当深远的,其文学教育职能发挥之大小其实在一定程度上也可以通过地域文学的兴衰强弱来进行判断。

---

①　(明)杨一清:《石淙诗稿》,《四库全书存目丛书》集部第 40 册,齐鲁书社,1997 年,第 411 页。
②　师海军、张坤:《教育、科举的发展与关陇作家群的兴起——明代中期关陇作家群形成原因探析之一》,《西北大学学报》(哲学社会科学版)2011 年第 1 期,第 120 页。

五、小结

上文我们分别从不同的视角对明代提学文学教育职能进行了分析、阐释。从明代提学设置背景及创设针对性目的阐明了履行文学教育职能是明代提学最主要的职责所在；从明代提学的职守范围阐明了文学教育的具体内容、形式及实现目标及监督手段；从明代提学的文化身份尤其是作家身份揭示其主体文化特征从而阐明提学文学教育职能的突出优势；从明代提学实际的督学效果和业绩阐明了他们对文学之士进行的培育、培养和文学观念影响的客观存在。

总之，明代提学在诸多方面对地方生员、士子造成的文学教育影响是显而易见的。在文学教育的课程、教师、教育效果、目标考核、教材等方面都有涉及。习字、经典文本的阅读和学习、人文知识的讲解与传授、文章写作的指导与规范，文风的引导和干预、文学素养的考核、师资力量的培训和教学质量的监督与考核等，以上诸方面都是明代提学开展文学教育的内容和形式。这些方面也说明了明代提学之文学教育职能的丰富性和突出性。正是在明代提学文学教育职能的作用之下，通过学校科考而入仕的读书人具备了较高的文学素养和才能，甚至出现了科考进士人人有文集的局面。从这个层面上来讲，明代地方文学的勃兴与明代提学文学教育职能作用的凸显是密不可分的。明代文学的成就，尤其是传统诗文的成就与前代相比也许并不突出，但是文学创作的广泛度和自觉性确实是值得称道的，这一点只要我们看看明人文集的数量便能得出可信的答案。而在明代文学创作队伍庞大的背后，是明代地方提学官文学教育职能的充分发挥和积极贡献。故此，我们在研究明代地域文学时对地方提学与地域文学发展的深层关联应该引起足够的重视。明代提学官突出的文学教育职能给明代文学带来的积极影响是不容忽视的，这也是我们审视明代地方提学之文化贡献时不可忽略的重要方面。

第二章
明代提学督学及其相关活动

我们考察明代提学与地域文学的关系，其实有一个重要的前提条件，那就是我们必须确保以提学的身份来考察明代提学与地域文学之间的关系。也就是说，我们考察明代提学与地域文学的关系必然需要以明代提学的督学活动或相关活动为前提，在提学的督学活动或相关活动中来考察这种关系。这应该是研究论题的潜在之意，也是我们需要交待的重点环节。

正是在督学活动及其相关活动中，提学的职责和职能才能充分展现出来。而提学职责和职能的规定内容又是我们考察提学督学行为的主要依据，这就是本章内容与第一章内容之间的内在关联；同时，明代提学开展的各项文学活动及其相关活动也都是在其督学过程中完成的，可以将其视为督学活动中的特殊活动。因此，对提学督学活动的考察更有利于我们对提学文学活动的考察，这就是本章与第三章内容之间的关联。同时，我们对明代提学影响地域文学的相关考察也以提学的督学活动为基本背景。因此说，提学督学活动及其相关活动是我们阐释明代提学与地域文学关系的重要一环。

第一节　明代提学的督学活动

首先需要说明的一点是，我们此处虽然探究的是提学官的督学活动，但我们并不打算将其作为纯粹的教育问题来看待，或者说将其仅仅作为教育活动来看待。我们将尽量揭示提学官督学活动中与文学相关的内容，以此作为我们了解、掌握明代提学开展文学教育乃至文学创作、文学交流、文学批评等活动的前提和背景。

督学，作为一项教育活动，狭义上是指"督导视察教育行政及主持考试"[①]的活动。我们此处采用广义上的含义，即指明代提学官巡历地方所开展的教育活动，包括教学活动和教育管理活动。督学既然作为一项活动，显然也是"为某种目的采取的行动"[②]，必然是以人物的行为动作及其造成的后果为基本内容。基于本文督学概念的内涵所指，我们对明代提学督学活动的考察就以提学官在督学过程中以教导生徒和管理学校为目的的主要行动为中心进行考察。下面我们以提学官员督学过程中开展活动的先后时间为序，对这些活动的内容及性质略作说明。

一、颁布督学公文

提学敕谕是皇帝以玺书的形式对提学官员督学活动的明文规定，也是提学官必须遵照执行的最高法则，因此提学称自己为"钦差提督学校某地某官"。提学一般到某地督学首先需明确督学相关规定，这些规定除了敕谕之外，还有当时朝廷对学政的最新要求。这些规定和要求如何让地方官员、儒学师生知晓并遵行？一般需要颁布督学公文，当然从现存的相关文献资料来看，也并不是每一位提学官员都颁布有督学公文。督学公文具有约定教育教学行为的性质，一般来讲是督学活动开展之前的制度建设活动，常常是提学官员督学活动的重要组成部分。督学公文的形式可以是学约、教条、学政公移、督学檄文等，其颁布的主要对象是儒学生员、童生，兼及教官和提调官。

一般来说，学政公文内容更为丰富、对督学事宜的规定也更为详明。我们以万历三十八年（1610）浙江提学毕懋良的《两浙学政》（以下简称学政书）为例加以说明。该学政书首先说明了颁布学政公文的缘由和依据，然后申明士子遵循伦理、士习、学风以及禁止其所为之事；其后明确文章要求，在结构、命意、

[①] 罗竹风：《汉语大词典》（第七卷下），上海辞书出版社，2011年，第1229页。
[②] 辞海编辑委员会：《辞海》（第六版缩印本），上海辞书出版社，2010年，第814页。

第二章 明代提学督学及其相关活动

辞藻、格调方面均有提倡；其后言明学习教材,包括经书、宋儒性理之书、诸子、史书和名家之文及明臣奏议,要求"或悟其理趣,或取其故实,或摘其词藻,博古而通于制义"①；其后是对诸生衣食方面规定,提倡节俭、淡泊；其后规定生徒文会要求；其后是对提调官管理、教化诸生的要求；其后是对教官行为的规范及对其奖惩的申明；其后是对选拔生员的规定,明确以文章文理为衡量标准；其后申明其督学公正、公平的原则；其后是对书吏作弊的明文告诫；其后是对提学关防诈伪及冒充提学亲旧的告诫；其后明确规定考核生员标准：以三等簿区分,其中"行谊超卓、不妨破格奖赏,文艺稍劣、免其降黜,但不许借此保廪保贡"②；其后为规范生员出入衙门之规定,至衙门必有挂号,事情必有票簿登记,规矩甚多,要求甚严；其后是对提调官和教官的相关考核规定；其后是对名宦、乡贤、孝子、节妇及乡饮礼宾制度的明文规定；其后是对所属发文规范及其记载内容的说明；其后是对《宪纲要览》内容的明文规定,包括所列名目次序、提调官及佐贰首领、教官与下属、乡贤等相关信息,是提学官了解地方学政的主要依据；其后是《格眼册》内容,包括提调官督行、旧有学规、教官履历、生员等次等各类信息、各类奖惩记录等,属于儒学的"档案"之类的资料；其后是对教官聘任和离任以及府州县礼房史职守的规定；其后是对生员各类例假的规定；其后是对生员退学的规定,说明士子退籍的现象在此时较为普遍；其后是六等考核之法的规定；其后是生员六等帮补之法的规定；其后是选取生员保结的规定；其后是生员考试请假的规定；其后是选取科考（乡试）生员的有关规定；其后是生员丁忧复学的规定；其后是对生员涉嫌司法的处置规定；其后是对学田管理的规定；其后是对儒童考试的规定；其后是对卫所学校学生入学的规定；其后是提学对巡历地方时间、迎送、防护、饮食、交通、住宿等事宜的规定；其后是对按临地方学校事务的规定；其后是对考场设置的要求和规定；其后是对试卷规格、编号的规定；其后是对考试诸人员分工及其职责的规定；其后是对考试发落的规定；其后是对犯规处理的规定；最后是对各种文书送达的要求。可以说这份学政书将提学督学过程中的每一个环节都作了周详的安排

---

① （明）毕懋良：《两浙学政》,昌平黉写本。
② 同上。

和细致的说明,对我们进一步了解提学的督学活动大有裨益。

而学约、教条、檄文的制定则相对简单,是提学官在师生学习相关事项上作出的相应规定和告诫。其内容根据当时朝廷的要求、地方学政背景和提学官整饬学政的要求而定,故而其内容也不会超出学政书的范围,但有所偏重。我们以嘉靖三十八年(1559)福建提学宗臣的《闽学约言》(以下简称《学约》)为例加以说明。《学约》由序文和八篇专论构成,与学政书相比,《学约》涉及内容多与学习有关。宗臣对其颁布的《学约》作了简要说明:"上绎皇纶,下程圣训,远采昔典,近稽物情,作《闽学约言》,总约八篇,分约三十七条。"①《学约》颁布的对象也有明确所指:"学官弟子及二三大夫其亦思所以共守之。"②其内容则根据八篇专论题目可以明确,即《遵帝》《辨学》《宏志》《慎履》《勤业》《谈艺》《端范》《戒俗》,因此宗臣《学约》的理论性较强,涉及操作性的规定则相对较少。学约甚至还有针对某一学习问题而单独颁布。如正德时期陕西提学何景明颁布有关古文学习的学约,其《学约古文序》揭示学习古文的方法,其实是学习上的指导意见。当然相对而言其说理性更强,与督学事务则关系不大。

二、授课讲学

按照提学添设之初英宗颁布的敕谕规定,教导生徒是提学官的重要职责。但是敕谕却并没有明确规定提学官需亲自授课讲学。敕谕前三条内容规定生员学习之务,但是似乎强调的只是提学监督生员所须达到目标。如第二条规定:"凡生员《四书》、本经必要讲读精熟,融会贯通,至于各经、子、史诸书,皆须讲明,时常考试勉励。庶几将来得用,不负教养。"③也就是说提学督促生员进学的目标是非常明确的,但是并不需要亲自讲学授课,这也正好契合"提调学校"之意,即提学作为提调学校的官员,具有管领、调度学校的职权。但是明廷添设提学官似乎又同时明确了他们的"师儒"身份,而不仅仅是官员。《明英宗

---

① (明)宗臣:《宗子相先生集》,《明别集丛刊》第三辑第28册,黄山书社,2016年,第191页。
② 同上。
③ (明)李贤等:《明英宗实录》卷17。

实录》记载英宗给首批赴任地方提学官的口谕,其文曰:

> 今慎简贤良,分理学政,特命尔等提督各处儒学。夫一方之学总于汝,是一方之师系于汝矣。率而行之,必自身始,必自进其学,学充而后有已。谕人必自饬其行,行端而后有以表下。学有成效惟尔之能,不然惟尔弗任。①

也就是说,尽管提学是提督学政的官员,但他们又是以自身学识和品行的优异为前提条件来担任这一职务,并且他们在学行方面仍须不断进取、提升以作为生徒的表率。因而明代提学官实际上已经具备了师儒的所有特点,所以传授知识、教导德行实际上也成为他们督学活动的重要内容之一。

到了正统四年(1439)八月,湖广按察司副使曾鼎提出建议:"提学之官,所至须留旬日,难疑答问。先兴起其孝弟忠信、礼义廉耻之行,然后考其文词。"②结果明廷予以采纳。难疑答问,提学就需要讲授,也就是说提学需要亲自授课。而提学官每到儒学停留一旬,也为其授课讲学提供了时间上的保障。到了成化三年(1467)三月,礼部尚书姚夔也提出类似建议:"自今各处提调学校官,务须躬亲遍历,督率教官,化导诸生。"③也被采纳施行。也就是说提学亲自教授生徒的职责其实在后世逐渐得到明确。

如弘治末期南直隶提学御史陈琳就曾以教职为己任:"科条品第,一以陶育开导为务。不尚威严,念(教)责为本职,岂可以教事自诿,上疏陈端本修政十五事。"④这里所谓的"教事",当然是指教授生徒之事,也即说明提学官亲自给士子们讲学授课理应被认为是一种常态。提学所撰讲稿是其从事教学活动的最好印证。如嘉靖中期浙江提学阮鹗所撰《礼要乐则》,据《四库全书总目》介绍:"此书乃其以御史督学直隶时所作,以教诸生者。"⑤也就是说该书实际

---

① (明)李贤等:《明英宗实录》卷17。
② (明)李贤等:《明英宗实录》卷58。
③ (明)刘吉等:《明宪宗实录》卷40。
④ (明)柯维骐:《南京兵部右侍郎陈公琳传》,《国朝献征录》卷43。
⑤ 四库全书研究所:《钦定四库全书总目》,中华书局,1997年,第1259页。

上是阮鹗教授浙江士子时使用的教学资料,说明提学亲自给生员授课的情况也是常有之事。广东、福建提学田汝成《讲章》、陕西提学敖英所撰《慎言集训》、山东提学徐学聚所撰《明朝典汇》等都属于这种性质。实际上,提学官亲自讲授课程,往往也是其勤于督学的明证。如《明史》记载督学名臣陈选的事迹,其文曰:

> 已,督学南畿。颁冠、婚、祭、射仪于学官,令诸生以时肄之。作《小学集注》以教诸生。按部常止宿学宫,夜巡两庑,察诸生诵读。①

南直隶提学陈选督学地方,颁布学习课程、撰写课程教材、课后检查,都是其亲自教导生徒的有力证据。撰写教材,说明陈选亲自为生徒讲授课程,这也是他能够深切了解学政、善于鉴别生徒的重要原因、当然也是其取得督学政绩的关键。弘治时期号称"提学之最"的陕西杨一清,更是如此,"公乃益自振励,创正学书院,选英俊居其中,躬自教督"②。正德时期浙江提学刘瑞在浙江地方学校亲自讲学并将讲义收入文集之中。又如嘉靖时期山西提学陈讲,"建河汾书院,萃士之良者,课业有程,多所造就"③。特别是提学提倡和兴建的书院,提学官或邀请名贤主讲,或亲自讲学其中,是提学培育地方精英人才的主要方式。

无论是大规模的讲学,还是小范围的授课,都是提学亲自教授生徒的形式。提学官督学的核心环节是授课讲学。授课讲学是提学履行宗师身份的重要环节,也是提学真正履行教育职能的核心环节。至于提学讲授课程的内容、方法及其特点,其实是一个值得深入研究的课题。但是就提学官授课讲学与文学教育的相关性来看,小范围内的授课涉及文学教育更多,而大规模的讲学活动往往是经书的讲解。这一点可以从提学作家对生徒作家的文学指导相关记载上得到印证。这也说明提学官在教导生徒的过程中也往往遵循先经义而

---

① (清)张廷玉等:《明史》,中华书局,1974年,第4388—4389页。
② (明)杨一清:《杨一清集》,中华书局,2001年,第1119页。
③ (清)觉罗石麟等:《山西通志》卷85。

后文章的原则。但是提学官在授课讲学过程中不同程度地开展着文学教育活动,这一点又是的确存在的。

三、教诫生徒

所谓教诫,就是提学官对生徒的教导训诫。与授课讲学时的知识传授相比,教诫多是一种思想教育,更多是提学官针对士子个人行为品行或士子群体风气的导向性教育活动。这也是提学官教导生徒的常用方式,也是其督学活动的主要内容之一。

我们可以列举几个事例来予以说明。万历末期山东提学梅之焕,曾在"考课之暇,辄进诸生而教诫之。贤者降阶执手,重以慰藉;不类者,嚼齿唾,以申夏楚"[1]。据此来看,教诫生徒是提学官在对生徒学业考核的基础上,或奖或惩的一种教育教导方式,它具有一定的针对性,也可能并不完全在公开场合进行,是建立在士子行为基础上的教育教导活动。又如《明诗综》引用李呆堂所述有关嘉靖初期北直隶提学王应鹏教导生徒做人和作文的事迹:"视学畿内,告诫诸生,以为'学先立志,不得轻议正人长者,自绝于名教。文章无徒仿摹字句,其中索然,致贻学术之祸'。一何深中后来学者之病,痛切其言之也。"[2]王应鹏对生徒的教导,正是针对士子的不良习气而发,而论者以为切中要害。由此可见,教诫是提学官纠正生徒行为、思想包括其文学创作和文学思想的重要教育手段,也是提学帮助生徒改进不足的重要过程。天顺时期广东提学邹允隆训诫诸生"以立身行道之要,不徒章句文字而已"[3]、嘉靖时期广西提学谢少南训诫其生徒张鸣凤作文之法等等事例,均属于提学官教诫生徒的教育活动。总之,教诫是提学官就生徒存在问题给以针对性指导的教育行为,它具有帮助生徒进学、提升的教育目的。

---

[1] (清)王葆心:《蕲黄四十八砦纪事》卷3。
[2] (清)朱彝尊:《明诗综》,中华书局,2007年,第1633页。
[3] (清)郝玉麟等:《福建通志》卷48。

四、考核生员

考核生徒和教官,是提学官行使其教育管理职能的重要环节,也是其作为行政官员的主要职权。如果说提学授课讲学、教诫生徒都属于教学活动的范畴,那么考核生徒和教官则属于教学管理的范畴。在"以文取士"的科举时代,提学考核的内容和方式都与文学密切相关。

其中对生员的考核又分为岁考、科考两种。"岁考是提学官巡历府州县学时进行的考试,目的是对诸生的学习情况进行甄别,按例应一年一试。"[1]据此可知,岁考也是提学官到府、州、县学校巡历时开展的主要督学活动,是一种最常规的考试形式。最初提学到地方学校考核生员,也有半年一次,或者因为地域辽阔超过一年举行;后来岁考逐渐成为惯例,但也并不一定真正做到一年一试。至于岁考考试内容与科举考试实并无二致。如嘉靖时期福建提学田汝成在其《岁考文优录序》一文中讨论了明兴以来科举考试的变化,其中涉及岁考体制。其文曰:

> 自乡举里选之义微,而校文取士。追揽本始盖亦古者言扬之遗……明兴,损益旧服,统缉圣真,罢诗赋而崇九经。粹然大雅,简造俊秀,三试而举之。文凡七体,七体之制,论策易而经义难。盖义主通经,经由圣作,苟非淹洽,畴测精微。故经义者,德行之金声,而艺文之宝裘也。[2]

从以上记述内容来看,岁考与科举考试的三场考试实则无异:第一场测试经传,第二场测试论断,第三场测试时策。弘治时期广西提学姚镆为浙江提学陈仁所撰《岁考录序》也记述了以上三类考试内容,并且言明每一类测试对文章评价的标准有所不同。

---

[1] 杨学为主编:《中国考试通史》(第3卷),首都师范大学出版社,2008年,第15页。
[2] (明)田汝成:《田叔禾小集》,《四库全书存目丛书》集部第88册,齐鲁书社,1997年,第438页。

至于岁考的考试等次及其结果,《明史·选举志》则有明文记载:

> 提学官在任三岁,两试诸生。先以六等试诸生优劣,谓之岁考。一等前列者,视廪膳有缺,依次充补,其次补增广生。一二等皆给赏,三等如常,四等挞责,五等则廪、增递降一等,附生降为青衣,六等黜革。继取一二等为科举生员,俾应乡试,谓之科考。①

由此可见,岁考不但关系到生员的等次待遇问题,最重要的是它和提学主持的科考有着更为直接的联系,也就是说它还影响着生员的科举前途。而所谓的"六等",又是以文理的区分来衡量的,因此与文章评价密切相关。

科考,是提学官主持的另一类考试,一般至少三年一次。它是确定生员是否具有资格参加乡试的考试。它和岁考的关系上述引文已经言明,即只有在岁考中取得一二等的府、州、县学生员才具备科考资格。提学官对生员科举命运的影响作用由此可见一斑。科考考试内容与岁考无异,只是区别等级为三等而已,唯有一二等可参加考试。其评价标准与岁考也完全一致。因此岁考、科考是提学官督学活动中以考核方式决定生员前途的关键,而考核的标准尽管并不完全以文章为唯一参照,但却是主要依据。

五、选聘、考核教官

教官,"古代主管学政之官员和官学教师之统称"②。在明代府、州、县学校中,教官包括府学教授、州学学正、县学教谕及他们的副使训导。因为明代教官属于官员序列,所以其任命之权在吏部。因而实际上提学官对其仅有考核权,而并没有选用之权。但是我们此处所说的教官,是指由提学或其他地方官员所创办的书院中的教官。这类学校因为提学和其他地方官员的提倡,反而在师资上有着更高要求。提学在选取教官问题上也拥有自主权。如天顺时

---

① (清)张廷玉等:《明史》,中华书局,1974年,第1687页。
② 翟国璋主编:《中国科举辞典》,江西教育出版社,2006年,第152页。

期江西提学李龄选用中举不久的生徒周孟中等人到白鹿洞书院任教。又如弘治时期广西提学姚镆采取到江西、福建等省选取举人教官的策略来提高广西的科考成绩。其文曰：

> 为隆师道以作兴人才事……今之广西虽杂居百越，文化未著，其间英才茂质，宁无待教者乎？欲便差人前往江西、福建等处访请素有闻望举人，真可以启迪来学，师表后进者，每经一名。前到本省，于书院、贡院等衙门，各居住，通于各学。选取年少力学，稍有资地生员，二百五六十名，使之以经从群聚一所。日逐分讲以专功课。朔望会考以励勤能。本职亲自程督以防偷惰。①

可见提学官为了提升科考成绩，也将选聘教官视为其督学活动的一项内容。特别是在（进士）科考弱势地区，创办书院、聘请教官也是其振兴地方文教的重要举措。另外，尽管提学没有直接任命教官的权力，但他们却有荐举人选的权力。如天顺时期北直隶提学御史李奎就曾以善于举荐教官而改变地方士习，"举儒士黄辅等五十余人，分主师席，士习丕变"②。因此，在一定程度上来说，提学官对教官的选用也有一定的主导权，而不仅仅是考核时的奖罚而已。

提学对教官的考核，也是其督学活动内容之一。提学添设之初的敕谕中对这一督学之责即有明文规定："今之教官，贤否不齐，先须察其德行、考其文学，果所行所学皆善，须礼待之。若一次考验学问疏浅，故且诫勉；再考无进，送吏部罢黜。"③其后两次提学敕谕也有相关规定，足见明廷对提学监督教官之责的重视。与提学相比，教官常驻学校，能时常指导生员学业，所以他们也是影响生员质量的关键因素。因此，提学官对教官的考核，实际上是出于教导生徒的需要。值得一提的是，提学对教官的考核依旧以德行和文学为评价依据。虽然明廷强调考核以德行为先，但是倘若教官学问疏浅，最后也只能"送

---

① （明）姚镆：《东泉文集》，《四库全书存目丛书》集部第46册，齐鲁书社，1997年，第721页。
② （清）谢旻等：《江西通志》卷86。
③ （明）李贤等：《明英宗实录》卷17。

吏部别用"。据此可知,教官依旧要以包括文章撰写方面在内的学问才能作为胜任教职的前提。

六、选拔贡生、童生与指导社学

选拔贡生和童生其实就是地方儒学学生的"出"与"入"两个方面的问题。即选拔贡生是儒学生员除了通过科考之外,进入仕途的另一出路;而选拔童生其实就是从童生中选取合格者充实府、州、县儒学,成为儒学生员。自提学官添设之后,这两项权力都由提学官掌握,因此,选拔贡生与童生也是提学督学活动的重要内容。

除了纳贡之外,贡生的选拔都需要考试。岁贡的选拔依据与提学官平时对生员的考核有关,"岁贡之始,必考学行端庄、文理优长者以充之。其后但取食廪年深者"[①]。也就是说其最初考核的标准仍与科考方法无异,但是后来也主要以年岁长者充选:"(嘉靖)十三年奏准、提学官一遵祖宗旧规,以食粮年深充贡。"[②]相对而言,提学主持的选贡更能擢拔英才,因为其选拔更为灵活。选贡起于弘治时南京祭酒章懋的建议:"乞于常贡外令提学行选贡之法,不分廪膳、增广生员,通行考选,务求学行兼优、年富力强、累试优等者,乃以充贡。"[③]因此,通过选贡提学官能够直接将生员中确实具有真才实干的士子选拔到国子监中读书进学。但是因影响岁贡的正常进行,不久却被废除。恩贡生即荫生,实则是明廷给予官员的福利,虽然"由提学官考送部试",但大多流于形式,提学官在选拔当中并无实质性主导作用。

童生入学考试即童试,需要经过县、府、道三级考试。道,即由提学道主持的考试,也称院试,是决定童生是否入学的关键。提学官主持的童试一般在其巡历地方学校时举行。提学官作为最后的裁决者,他们对童生文章的评价将是决定士子是否录取的重要因素。很多善于鉴别人才的提学官从童生入学考

[①] (清)张廷玉等:《明史》,中华书局,1974年,第1681页。
[②] (明)申时行等:《大明会典》卷78。
[③] (清)张廷玉等:《明史》,中华书局,1974年,第1681页。

试开始便已能选拔到士子精英。如山东提学王慎中,在主持童试时便能识拔殷士儋和谷中虚等人。"甚至有生童试文一篇,即许其终身。所造如殷棠川学士,谷近沧司马,皆以童年入试,大加赏识,遂越诸生,超等补增,不知何从得之。"①由此可见,尽管童生考试之前需要就其身份、品行等方面的情况进行所谓的"保结",但最终决定录取与否仍以试文为参考依据,即提学对童生试文的判断是最终决定因素。

提学官添设之后不久,不但主持童生入学考试,同时还需肩负童生的督导之责。天顺六年(1462)的提学敕谕中第十七条明确规定:"尔凡提督去处,即令有司每乡每里俱设社学,择立师范,明设教条,以教人之子弟。年一考校,责取勤效,仍免为师之人差徭。"②也就是说提学官对地方社学,虽然以督促设立为主要工作,但是也有"考校"之责,说明提学对童生的教育还同样负有教督之责。因此,童生的教育问题也成了提学官督学的内容之一。如此看来,提学督学地方的任务实际上是相当繁重的,他们的影响也不止在儒学学校范围之内。

毕竟童生是生员选拔的基础,所以实际上有不少提学官非常重视童生教育,如正德时期广东提学魏校《岭南学政》就将社学事宜纳入其督学计划。其文曰:

>社学宜于各乡择子弟端谨明敏者,聚而教之。延请有学行者,俾为教读。日以文公《童蒙须知》令其演习,以收放心。初授以《养蒙大训》,四言五言口诵,既熟乃授以《小学》《近思录》《四书》,然后治经观史。知识稍开,毋得教以属对作文,散其淳朴。先教之释字、直解大义。既通,乃教之演字,渐长其辞,次演一句,又次而演通章,久之自知作文之法。③

通过提学官魏校拟定的童生教学计划,包括从收心、识字、读经、作文等循序渐进的几个阶段,使我们对明代士子从入学开始接受的文化教育和文学教

---

① (明)焦竑:《国朝献征录》卷92。
② (明)李贤等:《明英宗实录》卷336。
③ (明)魏校:《庄渠遗书》卷9《岭南学政》。

育有着更为全面和清晰的了解。而这一过程同样展现了提学官对士子成长的深远影响以及士子文学素养的形成与提学文学教育的关系。

七、其他督学管理行为

明代提学在督学过程中除了实施以上与教育教学密切相关的督学行为，还有不少教育管理行为，这些行为也是提学督学活动中的重要组成部分。只不过与提学的教育教学活动相比，它们多是纯粹的教育行政管理行为而已。如提学对地方提调官修缮学校设施的监督、对学校饮食供应的监督、对生员校外行为的管束、对冒籍奔竞之徒的惩治等等都属于提学的督学管理行为。鉴于这些督学活动对提学教导生徒的影响不大，且与文学教育活动没有直接关联，本文在此不作阐述。

以上是对提学官督学过程中的主要活动的阐述。当然，我们还可以将这些活动再细分、细化为更具体的活动事项。但基于研究目的的需要，我们在此仅作简略的梳理，旨在为揭示提学在督学活动中的文学教育及其影响作用作一个背景分析。因此我们对提学的督学活动实际上有所择取，这是需要再次申明的一点。即便是粗略的选取提学官的督学活动来看，他们在每一活动中的主导作用及其在此过程中所开展的文学教育也是相当明显的。因此，这些督学活动也是我们其后阐释明代提学官之文学教育职能、分析其影响生徒成长、培养作家生徒等方面内容的重要前提。或者说文学教育活动是以上活动的重要组成部分，是督学活动的某一侧面。同时，我们对明代提学影响地域文学发展的认识与理解也需要以此为基本前提。

第二节　明代提学督学过程中的相关活动

本章上一节内容，我们对明代提学官在督学过程中以教导生徒和管理学校为目的的主要督学行为进行了分析梳理，旨在揭示明代提学官所从事的教育教学活动其实蕴涵着文学教育因素。借此，也为进一步开展对明代提学影响地域文学作用机制的探究提供真实可靠的背景支撑。然而明代提学的督学活动其实也只是其履行督学职责行动之一部分，尽管它的确属于最能体现提学核心职能的活动形态。但是提学在实施督学过程中的其他相关活动其实也必然或多或少与其督学行为相关。特别是提学在巡历地方学校时开展督学活动前后从事的相关文化活动①，一方面与提学的督学活动存在关联，另一方面与提学的文学活动密切相关。包括提学的文学创作和文学交往活动，其实很多是在这些活动中开展实施的，因此，这类活动也应该纳入到我们对提学活动的考察范围之内。

与提学督学活动相关，但不在其督学职责范围内的相关活动，我们称之为督学过程中的相关活动。下面我们择取几项与提学督学相关的活动予以分析阐释。

一、巡历及途中游览、创作活动

提学官负责一省学政，需亲自到地方府、州、县巡历督学。无论是最初添设之初"半年一次遍历考试"②的建议，还是成化时期"提调学校官有一年巡历一遍者，有三二年一遍者"③的现实情况，有明一代，提学官跋山涉水巡视地方学校的基本模式始终没有改变。

我们对提学督学活动的分析，实际上是择取了提学在巡历至各级学校之后所开展的教育教学活动。那么他们是如何巡历至每一所学校？他们在旅途中会经历那些遭遇？从事哪些活动？诸如此类的问题，同样值得我们关注。因为这些问题的掌握实际上有助于我们对提学督学生活的全面了解。下面对明代提学督学地方时巡历相关事宜略作阐述。

（一）巡历的准备、范围和时间

提学官一般在出巡一个月前会行文通知即将巡视地方学校的提调官和教

---

① 此处使用狭义的督学概念，即提学教导、考核师生，监督管理学校事务。
② （明）李贤等：《明英宗实录》卷17。
③ （明）刘吉等：《明宪宗实录》卷40。

官并告知其预办事项,让其做好准备。出发前三天至发牌到日,需由巡捕官带兵护送。敕印、使用力夫和车马均由地方衙门提供。到达地方,官吏可在境内迎接、师生在城外迎接。

原则上提学官应该对地方学校进行逐一巡视,督学时间的长短则与地方学校的数量有关,而学校的数量实际上又与一省府、州、县的数量有关。据研究者分析,甚至有些行省如陕西、山西、山东、河南、福建、广东等每一府、州、县都设有学校[1],学校覆盖率达到了100%。因此,提学巡历地方学校的任务实际上是非常繁重的。为了便于呈现提学巡历地方学校的范围与时间,下面我们可以试举一例来予以说明。

陈文烛于万历二年(1574)正月由淮安府知府升任四川提学副使,他对其赴任第一年巡历地方的情况有所记述,我们可以借此对其督学范围和进程有一个大概了解(详细督学地方请参看下文巡历期间文学作品记载)。其文称:

> 万历甲戌,予奉命董蜀学事,是年入蜀秋试,于北冬试,于南明年乙亥春试,于东夏试,于西及期而周。再试如初,即丙子秋也。[2]

万历二年是进士科考之年,当然就不存在乡试的情况。因此陈文烛进入四川进行的"秋试",其实是他巡历地方学校时对生员进行的岁试,只不过是在秋天举行,故而称其为"秋试",与后面的冬试、春试、夏试对应。据文可知,陈文烛进行的秋试其实应该在西面的成都府及其附近地区,而成都府在"嘉靖四十五年后领州6、县25"[3],且均设学。暂不考虑四川西面的其他地区如眉州、嘉定州、雅州、邛州等地方学校,仅成都府就有31所学校,巡历遍考也需要不少时间。从文中的描述来看,陈文烛在万历二年(1574)的秋试中对四川西部地区学校的巡视应该没有全部完成。故而他在第二年即万历三年(1575)"于

---

[1] 参看徐永文:《明代地方儒学研究》,中国社会科学出版社,2012年,第17页。
[2] (明)陈文烛:《二酉园文集》卷4《品士录序》,《四库全书存目丛书》集部第139册,齐鲁书社,1997年,第52页。
[3] 郭红、靳润成:《中国行政区划通史·明代卷》,复旦大学出版社,2017年,第101页。

东夏试"之后,才"于西及期而周"。这里的"期"就是明廷给提学巡历学校所提出的时间要求,一般来讲是一年一次,"提学官职司考较,载在敕书,岁周一次"①。陈文烛从万历二年的秋季开始考校生员,到万历三年的夏天结束。说明四川提学陈文烛的确是在规定的一年时间内完成了考核。"再试如初"的时候已经是丙子秋即万历四年(1576)秋天了。而万历四年是乡试之年,陈文烛应该是在四川秋闱之后才重新开始下一轮的巡历督学。如此看来,陈文烛巡历地方学校其实也并未做到一年一试,而是三年两试。这在当时也较为普遍,尤其是在四川、湖广、陕西这些地域辽阔的省份。如此看来提学巡历完地方学校需要耗费很长时间,其中的艰辛自不待言。

(二)巡历渐衰

正因为巡历地方学校异常艰辛,所以往往巡历情况也成为明代提学官督学勤惰的晴雨表,甚至直接与督学效果密切关联。如陕西首任提学庄观,"陕西疆里散阔,山川险阻,公不惮劳苦,岁一躬莅,必得其实。以故八郡士子,争先奋励,以学成名立期"②。由此可见,巡历地方学校实际上是提学督学勤勉、化导生徒的前提保障。然而提学巡督地方的确存在着较多不足,越到后世越明显。这既有提学官员自身的问题,也有一些客观因素。但从整体来看,最终还是受制于政治统治的影响。随着明朝政治的衰败,学政也随之衰败,提学的巡历活动也无不受此影响。

提学官不能按时巡历地方,不外乎两方面原因。主观方面就是提学官的怠政。如嘉靖二十三年(1544)礼科给事中陈棐弹劾提学旷职,世宗皇帝下旨:"迩年各官不通行巡历岁考,偷惰废职,又营求进表应朝,甚失事体。今后宜令巡按御史劾奏。"③由此说明嘉靖时期提学巡历渐衰、懒惰废职的情况较为普遍。不求尽职,但求干进,提学官的素质也可见一斑。这当然也是对明代学政状况的一个侧面反映。尽管朝廷一再重申,但是到了万历时期情况依旧如此,

---

① (明)叶向高等:《明神宗实录》卷498。
② (明)张楷:《陕西按察司副使庄公观行状》,《国朝献征录》卷94。
③ (明)徐阶等:《明世宗实录》卷287。

甚至更为严重。万历二十四年(1596),吏科给事中刘道亨指陈"两浙多士之区,六年不经岁考"①的事实。刘道亨并不单单列举提学官的怠政,他的目的在于说明朝廷"废官"现象的普遍性。由此看来,明代提学怠政懒政,如果说在正德之前是较为少有的现象,那么在嘉靖之后,则是一个普遍现象,到了万历之后就更为严重,而其根本原因就在统治者的乱政、怠政。

当然提学官不能按时巡历地方学校也有一些客观原因,如边境地区的战乱、少数民族地区的动乱、路途遥远与交通不便、自然灾害如洪水、环境恶劣如瘴气等方面的影响。而每一位提学官巡历地方学校的情况也有所不同,不能一概而论。但从整体来看,明代提学巡历地方的实际情况又与明廷的政治统治状况构成表里关系。即提学巡历反映学政状况,而学政状况又反映政治状况。

(三) 巡历中的游览与文学创作

因为巡历过程的漫长,提学在赶赴巡视学校的过程中自然也会有其他的相关活动,这是毫无疑问的。在此,我们仅对其巡历过程中的游览活动和文学创作活动稍加分析阐释。有时候,这两类活动其实是一体的,即提学往往在游览地方名胜风景时写下游览之作。我们通过提学的文学作品来梳理其行踪则更是如此。下面我们仍以四川提学作家陈文烛为例,对其游览之作的相关情况作一些梳理。在分析提学巡历地方行踪的同时,也对其在此过程中的文学创作情况和游览情况有所反映。

陈文烛《二酉园诗集》对其在四川督学期间创作的诗歌作品有明确标示,这显然有利于我们对陈文烛督学地方所从事的相关活动的考察。现统计如下:

在四川所作五言古诗 39 首,其中 24 首抒写入川路途见闻及督学所见地域风物:《入蜀》《瞿塘峡》《滟滪堆》《八阵迹》《巫山高》(**以上夔州府**)《酬熊茂初吉士见赠时谪常德》(**重庆府**)《游凌云寺用曾中丞韵》(**嘉定州**)《中岩寺》(**眉州**)《游杜工部草堂》《青羊宫》《浣花溪纳凉》(**以上成都府**)《登陈子昂读书台》(**潼川州**)《大竹道中》(**顺庆府**)《嘉定早发谏李元甫修撰王引瞻少参有同游之

---

① (明)叶向高等:《明神宗实录》卷 298。

约》《余入峨山鉴灯沙门随处索题口占付之真镜楼》《歌凤台》《双飞桥》《白水寺》《顶心坡》《雷洞坪》《獅狲梯》《欢喜厅》《光相寺》《峨山绝顶访通天上人》(**以上嘉定州**)。

在川所作七言古诗21首,其中1首诗写游览,3首记述与人之交往。《周公瑕为余书浣花草亭碑寄谢》(**成都府**)《饮陈于韶宪使卧云楼醉赋》(**保定府阆中**)《大峨行》(**嘉定州**)《瀚台云驭歌》(**成都府**)。

在川所作五言律诗36首,其中5首交往之作,16首为游览之作。《游中岩寺》《谒诺距那尊者像蜀人裤子则应》《岁月楼》《下岩寺》《中岩寺》《上岩寺》(**以上眉州**)《唤鱼潭》《玉泉坎》(**崇州**)《祖觉台》(**眉州**)《乌尤寺同南宪使作》(**嘉定州**)《静边寺》(**顺庆府渠县**)《宿慈云寺读陈子兼学宪壁间之作感怀》(**成都府金堂县**)《叙南道中怀曾司马》(**叙州府**)《余得宋文与可字碑友人李元甫修撰为诗记之因次其韵亦蜀中奇事也》《金沙寺》(**崇州**)《薛涛井》(**成都府**)《望牛头寺用杜韵》《望牛头寺用杜韵》《上牛头寺用杜韵》《阆中留别王元德宪使》(**以上保宁府阆中**)。

在川作五言排律6首,其中交往之作有两首均在**成都嘉会亭**。《嘉会亭同宪长林振起宪副王召之金宪周道可张子贞赏山茶》《嘉会亭同金宪杜与言甄子一送宪长刘养吾北上》。

在川所作七言律诗60首,《白帝城》《滟滪堆》《飞练亭》(**以上夔州府**)《蟠龙洞》(**夔州府梁山县**)《张将军庙》(**保宁府**)《访任少海翰林席上赋》(**顺庆府南充县**)《同杜吏部游锦屏山》(**保宁府**)《过新都怀杨用修学士二首》(**成都府新都县**)《同朱秉器太守游温泉寺兼怀青溪社中诸子》(**重庆府**)《登合州钓鱼城读唐石头和尚草庵歌兼寄张中丞肖甫》(**重庆府**)《汪参知田宪使招饮治平寺》(**潼川府遂宁县**)《巫山寄陈于韶程孟孺》(**夔州府巫山县**)《夔州见邸报戏述兼寄社中诸子》(**夔州府**)《潼川道中得陈仁甫太史书》(**潼川州**)《武侯祠》(**成都府**)《夜泊中岩寺怀家大人按察公》(**嘉定州**)《送王召之宪使先余游峨山》(**成都府?**)《凌云寺别司马曾公用原韵》(**嘉定州**)《同李修撰高大行饮浣花草堂》(**成都府**)《刘宪长养吾衙内观梅》(**成都府**)《云台观》(**潼川州**)《云台山酬黎大参见怀有作》(**叙州府**)《夔州得张中丞肖甫见怀之作却寄》(**夔州府**)《吾友肖凌云由新安司训转新津学谕余待其主大益书院而凌云高致矣赋此寄怀》(**成都府**)《夏日同张子常宪副任汝贤金宪登澄清楼》(**成都府**)《汉阳李舍人使蜀乞余诗寿尊公六十》(**成都府**)《陈元忠修撰北上过阆迟余不果贻书云一江寒雨万壑秋风恨不共话因足之以酬来韵兼呈尊公阁老》(**保宁府阆中**)《袁民悦刘养吾方伯李汝贡廉访孙顺之大参杜与言李伯受金宪饯余工部草堂时有山东之任》(**成都府**)《出蜀寄王敬美参伯兼询元美廷尉》(**出川**)《夜泊夔门酬杨懋功祠部用原韵》(**夔州府**)。

在川作七言排律两首,《酬赵孟敏太守惠文谷全刻兼寄孔汝锡方伯》《别陈于韶宪使用原韵》(**保宁府阆中**)。

在川作七言绝句9首,其中4首为交往之作,3首为怀人思乡之作,2首为怀古之作。《嘉州怀傅表叔尚书公及家大人按察公》(**嘉定州**)《嘉定寻郭璞尔雅台》(**嘉定州**)《过盐亭读文与可竹诗感怀》(**潼川府盐亭县**)《崇庆七夕》(**成都府崇庆州**)《眉州中秋》(**眉州**)《阆州访于韶陈先生》(**保宁府阆中**)《浣花溪别妙琴上人》(**成都府**)《别张肖甫中丞用原韵十首》(**重庆府铜梁县**)《射洪闻郭笃周代余》(**潼川州射洪县**)。

通过对《二酉园诗集》诗歌作品的统计可知,陈文烛在四川创作的诗歌作品总共有183首,占其全部诗作的12.82%。其中具有明确的地域标识的作品有102首,占陈氏入川诗作的55.74%。其中巡历地方过程中的诗作(不含成都和入川、出川途中所作)大约有70首,占到地域抒写作品的68.62%。而这些诗作中又以游览地方风景名胜和与文人交往、思念家乡和家人等题材为主。因我们稍后将对提学巡历途中拜访地方文人的活动另做阐述,在此我们重点将陈文烛游览地方风景名胜的情况略作统计如下:

表2-1 四川提学陈文烛巡历地方途中游览情况统计表
(不计成都城内及赴任途中)

游览诗作	地点	数量	备注
《登陈子昂读书台》	潼川州	1	
《白水寺》《顶心坡》《雷洞坪》《狮狑梯》《欢喜厅》《光相寺》《大峨行》等诗,《游峨山记》	嘉定州	11	峨眉山
《游中岩寺》《谒诺距那尊者像蜀人祷子则应》《岁月楼》《下岩寺》《中岩寺》《上岩寺》《祖觉台》	眉州	7	

续　表

游览诗作	地点	数量	备注
《唤鱼潭》《玉泉坎》《金沙寺》	崇州	3	
《静边寺》	顺庆府渠县	1	
《望牛头寺用杜韵》《望牛头寺用杜韵》《上牛头寺用杜韵》	保宁府阆中	3	杜甫曾游览
《蟠龙洞》	夔州府梁山	1	
《张将军庙》《同杜吏部游锦屏山》	保宁府	2	
《登合州钓鱼城读唐石头和尚草庵歌兼寄张中丞肖甫》	重庆府	1	张佳胤家乡
《云台观》	潼川州	1	
《嘉定寻郭璞尔雅台》	嘉定州	1	郭璞注书处
《崇庆七夕》	成都府崇庆	1	
巡历涉及5府3州，合计33首(篇)诗文作品			

通过对四川提学陈文烛巡历地方情况的统计可知，明代提学官在巡历地方学校的过程中对地方风景名胜和历史文化遗迹有着浓厚的兴趣，这也往往成为他们抒写的对象。东西南北、名山大川，各地的风景名胜都在提学作家的笔下频繁出现。这也充分说明提学巡视地方学校的活动也伴随着游览和文学创作等活动的开展，而提学游览及其文学创作，正是他们直接贡献于地域文学的重要成果。

二、督学之余的交往与交流

交往是人的基本需要，而人的交往具有"同质性"原则，即人们往往跟他们有同类倾向的人之间的交往的可能性更大。提学到一省督学，必然会与人交往，而他们交往的对象除了儒学师生之外，最多的就是地方文人和在当地为官者，这些文人和为官者显然与提学具有某种类似性。当然，我们此处所关注的主要是提学官教育、教学活动之外的交往和交流，和提学官在考校儒学师生时的督学活动有所区别。这类活动也是提学官督学生活当中的重要组成部分，同时也是对他们督学生活的真实反映。下面我们依旧以提学文学作品为依据对提学官的交往活动作以分析。

（一）与地方文人和官员之间的交往和交流

正如我们在统计四川提学陈文烛入川诗作时所见，在地方督学的提学官有相当多的作品是记述其与地方文人或在该地为官的文人之间的交往，这也是提学官督学地方过程中与人交往活动的真实记录。当然这些文学作品中的记录也只是提学督学过程中与人交往的一部分，但仅从这一部分内容我们也能了解提学督学过程中的相关活动，这显然是我们认识提学活动的重要方面，也是我们认识提学贡献于地域文学的重要依据。我们同样根据陈文烛诗作对其交往情况略作统计。

表2-2　四川提学陈文烛巡历地方时与人交往情况统计表
（仅从诗作来看，不计入川与出川）

交往诗作	地点	交往对象	籍贯（家乡）
《嘉定早发谏李元甫修撰王引瞻少参有同游之约》	嘉定州	李得春	湖广
《余入峨山鉴灯沙门随处索题口占付之真镜楼》	嘉定州	僧人	未知
《峨山绝顶访通天上人》	嘉定州	僧人	未知
《周公瑕为余书浣花草亭碑寄谢》	成都府	周国卿？	
《饮陈于韶宪使卧云楼醉赋》	保定府阆中	陈宗虞	四川（阆中）
《乌尤寺同南宪使作》	嘉定州	南轩	陕西
《宿慈云寺读陈子兼学宪壁间之作感怀》	成都府金堂	陈鎏	南直隶
《叙南道中怀曾司马》	叙州府		
《余得宋文与可字碑友人李元甫修撰为诗记之因次其韵亦蜀中奇事也》	崇州	李得春	湖广
《阆中留别王元德宪使》	保宁府阆中	王来贤	

续　表

交往诗作	地点	交往对象	籍贯（家乡）
《嘉会亭同宪长林振起宪副王召之金宪周道可张子贞赏山茶》《嘉会亭同金宪杜与言甄子一送宪长刘养吾北上》	成都府	林一新 刘庠	福建 南直隶
《访任少海翰林席上赋》	顺庆府南充	任瀚	四川（南充）
《过新都怀杨用修学士二首》	成都府新都	杨慎（亡）	四川（新都）
《同朱秉器太守游温泉寺兼怀青溪社中诸子》	重庆府	朱孟震	江西
《登合州钓鱼城读唐石头和尚草庵歌兼寄张中丞肖甫》	重庆府	张佳胤	四川（铜梁）
《汪参知田宪使招饮治平寺》	潼川府遂宁	田应弼	
《巫山寄陈于韶程孟孺》	夔州府巫山	陈宗虞	四川（阆中）
《夔州见邸报戏述兼寄社中诸子》	夔州府	青溪社	各省
《夜泊中岩寺怀家大人按察公》	嘉定州	陈柏	湖广
《送王召之宪使先余游峨山》	成都府？		？
《凌云寺别司马曾公用原韵》	嘉定州		？
《同李修撰高大行饮浣花草堂》	成都府	李得春	湖广
《刘宪长养吾衙内观梅》	成都府	刘庠	南直隶
《云台山酬黎大参见怀有作》	叙州府		
《夔州得张中丞肖甫见怀之作却寄》	夔州府	张佳胤	四川（铜梁）
《吾友肖凌云由新安司训转新津学谕余待其主大益书院而凌云高致矣赋此寄怀》	成都府	肖凌云	？
《夏日同张子常宪副任汝贤佥宪登澄清楼》	成都府	张崇伦 任惟一	湖广 四川（嘉定）
《汉阳李舍人使蜀乞余诗寿尊公六十》	成都府	李？	湖广
《陈元忠修撰北上过阆迟余不果贻书云一江寒雨万壑秋风恨不共话因足之以酬来韵兼呈尊公阁老》	保宁府阆中	陈于陛	四川（南充）

续 表

交往诗作	地点	交往对象	籍贯（家乡）
《袁民悦刘养吾方伯李汝贡廉访孙顺之大参杜与言李伯受金宪饯余工部草堂时有山东之任》	成都府	袁随等	北直隶
《酬赵孟敏太守惠文谷全刻兼寄孔汝锡方伯》	保宁府阆中	赵讷	山西
《别陈于韶宪使用原韵》《阆州访于韶陈先生》	保宁府阆中	陈宗虞	四川（阆中）
《浣花溪别妙琴上人》	成都府	僧人	四川（华阳）
《别张肖甫中丞用原韵十首》	重庆府铜梁	张佳胤	四川（铜梁）
《射洪闻郭笃周代余》	潼川州射洪	郭棐	广东
交往文人诗作 47 首。			

另据《二酉园文集》可知，陈文烛在四川督学期间撰写的文章还有《夔州府志序》《雅州志序》《四川乡试同年录序》《四川武举同年录序》《武举录后序》《杨升庵太史年谱序》《杨太史集序》《古文短篇序》《中川选集序》《秦苑吟编后序》《卧云楼诗序》《近罾轩稿序》《周五津集序》《品士录序》《赠方伯林公序》《赠少司马曾公序》《赠都御史罗公序》《赠侍御何公还朝序》《杨升庵先生集序》《寿罗先生序》《建杜工部浣花草亭记》《重修瀼西草堂记》《牛头山工部草堂记》《礼部尚书李公祠堂记》（**富顺**）《四川按察司分巡川北道题名记》（**保宁府**）《遂宁令罗公生祠记》《游峨山记》《宋谏议田公碑》（**嘉定州**）《重修崇仁祠碑》（**嘉定荣县**）《叙州府建学碑》《金堂曾公传》等 30 篇。

根据陈文烛的诗文作品可知，他在督学四川期间与当地文人如张佳胤、任瀚、陈于陛、任惟一、陈讲、陈宗虞、谢东山、赵贞吉、周逊等人有交往、交流。陈文烛特别推崇四川已亡乡贤杨慎，为其刻书作序；另重庆府铜梁人张佳胤因与陈文烛父陈柏为同年之故，与陈文烛交往甚密。根据陈文烛自述，他到四川督学之后曾刻意主动拜访地方文人，其中对四川作家杨慎更有崇拜之情，对任瀚和谢东山也有推崇、学习之意，陈文烛本人也受到任瀚和谢东山的热情接待和极力推崇。除此之外，因为湖广文人在四川为官者较多的缘故，陈文烛与家乡文人之间的交往也较多。随着他们交往与交流的是他们作为作家之间的文学交流活动。提学督学期间、督学之余的文学活动实际上也是他们贡献地域文学的活动形式,因此是我们分析提学影响地域文学的重要来源。这些活动内容及其影响需要我们在具体的案例中来分析说明,此处旨在言明明代提学督学之余与地方文人交往活动的客观存在。

(二) 与师生的诗文交往

提学与儒学师生之间除了在督学活动中构成一种教导、管理的关系之外,其实在课业之外他们之间还可以是文人之间的交往,存在类似于诗友、文友之间的交流。这是提学与学校师生关系的另一方面。这种关系之下他们之间的交往活动也呈现为另一种风貌。

一般而言,提学官为地方儒学宗主,是高高在上的大宗师。因此提学官中也不乏严厉者,当然也有温和亲切者。后者如天顺时期的江西提学李龄,"言温气和,举动不苟"[1],又如"性质温良,问学纯正"[2]的蔡清、不尚威严的陈琳等等。客观而论,明代提学学行优异的入选条件为明代提学的总体素质提供了基本保障。当然也有正德时期间洁这样不学无术的提学,还有因作奸犯科而被罢官的北直隶提学戴仁,但这类提学毕竟是少数。温和亲切的提学与儒学师生之间的关系自然比较亲近,即使是那些严厉的提学也并不一定与师生关系疏远。这里所谓的严厉,需要分而言之,一种是指考核筛选生徒时的严厉,一种是持一种居高临下的姿态。后一类者则很难和师生有交往,遑论诗文交流。但是督学温和亲切者和一般督学严厉者与姿态高傲者有着明显的不同,他们或以师长或以尊者的方式面对生徒和教官,但是总能与生徒、教官有交往和交流,这也是他们深受士子拥戴的重要原因。

"待诸生蔼然可亲"的福建提学朱衡,当其生徒出任儒学教职前来拜别时,他仍以师长的口吻予以鼓励。其文曰:"配玺曾陶俊,擅材汝擅长。青藜分太

---

[1] (明)周孟中:《提学李金宪先生挽诗序》,(明)李龄:《宫詹遗稿》,《四库未收书辑刊》第五辑第17册,北京出版社,1997年,第392页。

[2] (明)李贤等:《明一统志》卷49。

乙,玉树丽文章。笔阵风声练,书谈锦作囊。就中千百士,谁不羡升堂。"①尽管此时朱衡已经不在福建提学任上,但是他对生徒出任教职的态度和他对生徒的关爱、期许,也能侧面印证他往日与生徒的交往情况。这样的例子很多,可谓不胜枚举。

实际上,即便是对生徒较为严厉的提学,在课业之余,他们往往也与生徒之间有诗文交往。如嘉靖末期,姜宝与孙应鳌两人为进士同年且同时为提学官,两人常就学政事宜有所探讨。前者谓后者曰:"谓关中士子山野仗兄严以治之。弟正谓教士子不在严也。昨过咸阳,闻取入学者两生,弟甚诧异。"②一县仅取两名生员入学,姜宝显然是对孙应鳌的过于严格有批评之意。但是即使这样严格的提学官也有与生徒的诗文交往,特别是孙应鳌卸任之际的离别之作,更能显示出他与陕西生徒之间的深厚情谊。其诗有曰:"文章两汉须归厚,俊杰三秦定孰先。斜日灞桥临远道,依依歧路莫悲怜。"③孙应鳌督学陕西时的生徒温纯曾撰文称其师"喜为诗",而他自己也深受影响,颇能说明师徒诗文交往活动带来的影响作用。实际上,提学官特别是提学作家经常与生徒分享其诗作也是常有之事,如山西提学王鸿儒在其诗作中就曾有"左右非吾徒"的感慨。

提学官能与师生进行交往与交流,包括诗文方面的交往和交流。这是对提学与生徒、教官之间关系的一种补充。提学与师生之间的诗文交往活动并不在提学的教育、教学范围之内,当然也并不是双方交往的常态。而且提学、儒学师生特别是前者在此过程中撰写的文学作品,在他们的创作当中也并不占据多么重要的分量。特别是与提学和地方文人作家之间的文学交流相比,提学与生徒之间的文学交流毕竟显得相当有限,但是提学与生徒之间的诗文交往,对于密切双方的关系,对于提学影响生徒的文学创作而言,其作用和意义却不可忽视。诸如明朝中期像李梦阳、何景明这样的文学大家,他们在督学

---

① (明)朱衡:《赠门人张达甫分教广西》,《朱镇山集》(明别集丛刊第五辑第97册),黄山书社,2016年,第194页。
② (明)孙应鳌:《孙应鳌集》,人民文学出版社,2017年,第542页。
③ (明)孙应鳌:《孙应鳌集》,人民文学出版社,2017年,第367页。

江西和陕西时,也有与生徒的交往之作,因而其他提学作家也不例外。检阅提学所撰诗文作品,我们会发现,与师生具有诗文交往关系的提学其实不在少数。而提学对生徒的影响,也能在这一活动当中找到一些依据和缘由。

三、督学期间的其他文化活动

明代提学教导生徒,主要目的是为朝廷培养实用人才,还有一个重要目的就是推行教化。提学以上两个方面的职能作用其实是由明代儒学学校的性质决定的。在明朝立国者朱元璋看来,学校应该具备"敦笃教化"[①]的功能。所以管理学校的提学官,自然也需要关注地方风教,因此明廷也将风教所关事宜赋予提学来进行管理。尽管直到万历三年(1575)的提学敕谕才对这一职能予以强调,但是提学官自添设之初便具有风教职能。这一职能为提学官从事一系列与社会风教相关的文化活动提供了保障和依据。

(一) 推崇名宦、乡贤

提学督学地方,教导生徒、教化百姓,他们对地方名宦和乡贤的推崇是颇为积极的,这是他们督学的同时,乐于从事的文化活动。因为这实际上与他们的督学活动也有一定的关联。正如万历时期山东提学范谦在出任礼部尚书后在其所撰写的《学政事宜疏》一文中所言:"各府州县之中,择其宦绩可纪,乡望最著者,立名宦乡贤二祠于泽宫之傍。非直以褒往哲,亦以训将来,使后学之士有所观感而兴起也。"[②]因此,明代提学推崇名宦和乡贤实在是与他们教育、教导生徒的职责密切相关,提学推崇名宦与乡贤的行为其实对生徒是有影响作用的。如陈文烛为了引导四川士子正文体,以陈子昂和苏轼对当时文风的扭转为榜样,鼓励生徒;广西提学潘恩甚至以曾在柳州为官的柳宗元激励本省士子。

---

① (明)朱元璋:《明太祖集》,黄山书社,2014年,第2页。
② (明)范谦:《范文恪先生双柏堂集》,《明别集丛刊》第三辑第61册,黄山书社,2016年,第304页。

提学在推崇名宦和乡贤方面的积极努力,江西提学李梦阳在其《宗儒祠碑》一文中有较为真实的反映。其文曰:

> 宗儒祠旧名三贤祠。三贤祠者,祠唐李宾客、宋周朱二公者也。故皆木主。弘治间江西按察司佥事提学苏公,止模周朱二公像于中,而迁李宾客主于别室。及副使邵公为提学,则又以尝从朱子讲学于洞者十四人从祠之,改曰宗儒祠。①

无论祭祀的对象有怎样的不同,提学官以祭祀理学名臣来鼓励后学的宗旨并没有改变。由此可见,对名宦、乡贤的推崇及其采取的行动的确是提学督学期间一项重要的文化建设活动。

与搭建名宦、乡贤祠堂以供祭祀相比,提学官采用更多推崇的方式还是在他们擅长的领域,即为名宦和乡贤刻书作文,为其思想的传承和传播付诸行动。如明代提学往往为朱熹、程颐、程颢刻书作序;又如嘉靖之后多任浙江提学为王阳明祠撰文;嘉靖初期陕西提学唐龙为宋代名臣范仲淹而撰写《邠州文正公祠记》一文,又为祭祀唐代伟大诗人杜甫而创作《杜子祠记》。提学推崇名宦和乡贤的活动在他们的文集中都有明确的记载,难以一一列举。但是在提学推崇名宦和乡贤的对象当中也不乏作家,如杜甫、李白、柳宗元等。因此这些活动也能给地方文化乃至文学兴起带来积极的影响作用。

(二) 劝励名节(孝子、节妇)

劝励名节,包括旌奖孝子和烈女、节妇等方面,这是明代提学为服务封建王朝统治需要,规范人伦、激励风俗的行为。这也是提学官发挥其风教职能更为直接的形式,它对于劝励士人、改善社会风气有着积极的影响作用。如戴珊督学陕西,"遍历列郡,所至表节孝以励风俗"②;李梦阳督学江西时,有《请表节义本》,以旌表孝子节妇的行为。这里的节就是节妇,孝即是孝子,也就是当

---

① (明)李梦阳:《空同集》卷41。
② (明)杨廷和:《明武宗实录》卷8。

时社会的道德表率。不过,正如《老子》所言,"大道废,而有仁义。智慧出,有大伪"①,明代提学特别是在士风日下的明代中后期,其劝励名节的行为所起到的作用和意义并不突出,对于影响士子风气的实际作用也并不明显。故而本文于此不予详细阐述。

当然,提学在督学之外,还有其他的文化活动,诸如举行乡饮宾馔,撰写《乡试录》《岁考录》,为地方编撰方志等等。这些活动都比较具体,每一位提学官所作所为也存在不同,需完整地考察提学的各项活动还需结合具体的个案来考察。

总而言之,明代提学在其职责范围内所从事的文化活动,包括其教导生徒的督学活动以及与督学活动相关的其他活动,都是我们审视其贡献于地域文学的重要来源。以提学的文化活动为参照点和线索,有利于我们对其影响作用包括文学影响作用的考察和分析。通过对提学督学活动及其相关活动的分析和梳理,我们对提学在教育、教学生徒过程中所发挥的文学教育作用有了大致的把握;对提学巡历地方过程中的文学创作有了粗概的了解;对提学督学之余与地方文人和生徒之间的文学交流有了基本的认识;以上诸方面都是我们分析提学相关活动带来的结果,为我们进一步探究提学的文学活动提供了大致范围。因此也可以说,对提学督学及其相关活动的考察的确是我们探究明代提学影响地域文化、文学的重要前提和依据。

---

① 《老子》第十八章。

第三章
明代提学督学中的文学活动

这里的文学活动,其时间范围是指提学官在地方(行省)开展督学活动期间,其空间范围自然是督学所在的省份。因此,明代提学官督学活动中的文学活动,实际上与督学省份的文学之间便建立起一种密切的关系,即提学官督学中的文学活动是地域文学活动中的组成部分。同时,基于提学官的教育职能和管理职能,他们对地域文学的影响作用又不仅仅限于这些方面。

第一节 督学过程中的文学创作
——明代提学的地域抒写

若要论明代提学对地域、地方文学最直接的贡献,那无疑就是他们在督学过程中的文学创作。古代官员凡到一地任职,难免会有应酬交往、应对公务之作,更有山川游览、旅途纪行之叹,有所抒发本不足为奇。但是作为"一方宗师"的提学官,他们到各省地方督理学政,巡历府、州、县乃至卫所儒学学校,和一般的镇守官相比,他们的交往应对和旅途纪行的经历可能更为丰富。这为他们创作更多的地域性作品提供了潜在的可能。提学官在地方创作的文学作品既是他们贡献于地域文学的直观呈现,也是他们认识地方地域文化的主要方式,更是他们襄助地方文化的集中体现。对我们而言,梳理提学在督学过程中的地域抒写,显然更有利于我们掌握明代地方提学官对地域文化乃至文学发展的有益贡献,甚至于对我们深入了解提学督学地方的教育活动及其价值都有着特殊的认识意义。

那么什么是地域抒写呢？我们首先应给它一个明确的界定。本文所谓地域抒写是指提学官在督学省份内以具有明显地域标识的人、事、物为写作对象的文学创作。强调其文学抒写的地域特色，是考虑提学作家创作环境和时间因素，对其创作进行的微观考察和具体分析。需要说明的是，为了保证提学的创作是其在督学时完成，我们尽量选择在某省仅有一次任职经历的提学官员作为分析案例。同时，为了凸显提学官的地域抒写，我们选择的作品尽量以凸显地域特点的作品为主。选择提学官时以时间为序但并不刻意选择某一知名提学作家。因为我们的目的是阐明提学直接贡献于地方文学的历史事实，并尝试通过这些作品反映提学官对地域文化的了解和认识，从而通过他们的文学创作揭示其督学生活的不同侧面。这样的选择不会影响我们对提学地域抒写整体情况的了解掌握和分析判断。

一、提学督学过程中的地域抒写案例分析

明代提学官在督学过程中有大量的诗文创作，这些作品中包含不少地域抒写，但是要想将这些地域抒写作品全部罗列出来的确存在现实困难。一方面是因为并不是所有的提学官都留有文集，另一方面是留有文集的提学官之数量也相当庞大，其地域抒写作品也很难一一列举。有鉴于此，本文将选择不同时期不同省份的提学官为案例，拟对他们文集中的地域抒写之基本面貌和特征作以粗略的分析，并以此作为阐明他们对地域文学有着直接贡献的主要依据。

（一）首任山东提学薛瑄作品中的地域抒写

薛瑄是明朝添设提学官之后的首任山东提学，正统元年（1436）五月，薛瑄由监察御史出任山东提学佥事。正统六年（1441）九月，薛瑄以廉能端庄有学识而被征召至京，不久后出任大理寺左少卿。薛瑄在山东督学时间长达五年有余，颇有政绩："首揭白鹿洞学规，开示学者，延见诸生，亲为讲授。才者乐其

宽,而不才者惮其严,皆呼为薛夫子。"①薛瑄有作品《敬轩集》,这是我们考察其督学山东时文学创作中地域抒写的主要依据。

薛瑄之父薛贞长期在河北、河南等地方学校担任儒学教谕,中间还曾到四川马湖府任职。薛瑄常年随父学习,出仕前可谓已经游历甚广。出仕后又先后任湖广、云南御史、山东提学佥事、大理寺左少卿、南京大理寺卿等职,他每到一地,常有游览之作,有不少凸显地域特色的文学创作。如《潇湘八景》,他自己也交代创作动机:"余少时闻潇湘八景之清致,而未得一游也。今年冬来湖南,始得亲历而游览之。遂为八诗,以写其趣。"②

薛瑄诗作的地域标识特点尤为明显,因此我们梳理其督学山东时的作品则较为方便。薛瑄诗歌作品中具有明显地域抒写标识的作品约有118首,占到了薛瑄诗歌作品的7.86%③(如附表3-1所示)。其内容主要是描写山东地方风物景色,这类作品占比为60%;反映齐鲁儒家文化的诗作有8首,占比8%,涉及者则很多;记述其督学各地的诗作有22首,占比为22%;描写山东各地名胜古迹的诗作有10首,占比为10%。这些极具地域标识的作品可以反映出几个方面的内容:首先,作为提学,薛瑄督学足迹几乎遍布齐鲁大地,从南面的郯城到北端的登州,从东部的福山、栖霞、胶州到巨野、嘉祥、东平、汶上,近六年中三次遍历各处督学,可见其督学之勤劳。其次,从诗作情感、情绪上来看,薛瑄以非常积极、乐观的心态前往督学。这一点还可以从他乐于接受提学一职的态度中得到验证。再次,作为一代儒宗,薛瑄非常推崇齐鲁儒家文化,在他的诗作中经常表达自己对孔孟文化的推崇和赞赏。如他在赴任山东途中写道:"已沐圣明新化雨,乃瞻邹鲁旧儒风。小臣谬忝咨询职,愿得英贤佐九重。"④齐鲁儒家文化的吸引也是他乐于前往督学的重要原因。最后,薛瑄在山东督学所创作的诗作因其具有明显的地域标识而成为明代齐鲁文学遗产中的重要组成部分,是提学官贡献地方文学的直接证据。

---

① (清)张廷玉等:《明史》,中华书局,1974年,第7228页。
② (明)薛瑄:《薛瑄全集》,山西人民出版社,1990年,第88页。
③ 据宁志荣《薛瑄传》记载,薛瑄作品"存世文章260余篇,诗歌1500余首"。北岳文艺出版社,2017年,第5页。
④ (明)薛瑄:《敬轩文集》卷9《祗命山东》。

表3-1　明正统元年(1436)至六年(1441)山东首任提学薛瑄诗文作品中的地域抒写

纪行之作	交往之作	描写人文景观	描写自然风光
《泰山何严严》(赴任) 《穆陵关夜雨》(孤旅) 《琅琊行》(回京) 《临淄道中》(写景抒怀) 《巨野道中》(写景抒怀) 《嘉祥分司元宵》(感时令) 《按部出济南》 《七夕宿郯城》 《发长清》 《登州抵福山道中二首》 《晓出东平州十韵》 《祗命山东》 《宿灵岩寺》 《秋日灵岩道中》 《渤海道中》 《兖州道中》 《青州府迎诏》 《秋日东平道中》 《过五道岭》 《宿清薇省行馆》 《东平行有竹翳于恶木荒草命仆芟治嘉植乃遂诗以纪之》 《闻蛙有怀》(德平分司闻蛙有怀湖南之作) 《暮春道中见桃花尚开》(暮春德平道中群花落尽桃花一树尚开赋此)	《行台杂咏简黄宪长暨诸宪僚二十首》 《送杨参议》 《冬夜怀魏希文》 《送王秀才省兄归京师》 《送王秀才》(齐鲁文化) 《送虞宪使考满归京》 《题王司训汶阳亲舍图》 《梦与陈侍御话旧》 《菊开忆去秋同官台中共赏》(夏津分司) 《泰安州重寄李太亨》 《宁阳行台元夕忆黄宪使》 《十二景为衍圣公孔彦缙赋》(二十四首) 《诗礼堂为衍圣公赋》 《崇恩堂为衍圣公赋》 《沂滨书舍为曲阜令孔公堂赋》	《沂滨书舍记》 《鲁义姑诗序》 《屈轶生尧庭》 《齐都歌》(咏史) 《邹平分司杂咏二首》(咏物) 《莱芜怀古》 《鱼台分司》(哲理) 《读峄山碑(李斯篆)》 《古滕薛城》 《题寿光分司壁画四景》 《游灵岩寺》 《穆陵关》(咏史抒怀) 《重题胶州行台二首》 《兰陵怀古》 《德州词》 《泉林寺》(纪游) 《题四知台》(昌邑) 《题壁间松鹤图》	《古松怪石歌》(咏物) 《东平行台十五栢》(咏物) 《题汶上分司二小栢》(咏物) 《青州分司榴花》(咏物思乡) 《胶州》(写景) 《栖霞行台夏日》(写景) 《栖霞见仙桃》 《再咏汶上分司二小栢》 《三咏汶上分司二小栢》 《临朐分司四小栢二首》 《重题临朐行台四栢二首》 《青青岭上松》 《望海歌》(写景) 《望岳》(写景抒怀) 《登州行》(督学写景)
24	57	20	17

（二）成化时期浙江提学张悦作品中的地域抒写

张悦，字时敏，南直隶松江华亭人，天顺四年（1460）进士。张悦曾于成化六年（1470）十二月由江西佥事调任浙江提学佥事，于成化十一年（1475）二月，因升任四川按察副使而卸任。后曾任四川按察使、湖广按察使、右佥都御史、工部右侍郎等职。其督学浙江"力拒请托，校士不胡名，曰'我取自信而已'"①。诗文著述有《定庵集》五卷（明弘治十七年刘琬刻本），本文据此统计其作品。

张悦作品中具有明显的地域抒写的主要是诗歌作品。其中《题严子陵祠堂》（四首）作于浙江余姚，表达了作者对隐士严光的赞美和自己对隐逸生活的向往。《途中值雪有感》作于嵊县，诗中有"刻舟移去归何速，郢曲歌来和亦难。自是忧民心愈切，只应多识外方寒"②的句子，显示出提学张悦对百姓生活的关心。诗作《舟过兰溪水浅难进舍舟而陆俄而又值雨雪交作有感而赋》，记述了督学过程中的艰辛经历；《抒怀二首》虽然没有明确的地域标识，但是诗作的时间背景被反复渲染（入仕十年，正值提学任），且诗作对督学生活有明确的反映："官事只同家事处，宦情不逐世情迁。此心可与神明鉴，清夜焚香敢告天。"③这与正史当中对其清廉的记载完全符合。另外还有《腊月二十六日夜归阻风钱塘江中次日天晴始克到驿感而有作》也是督学纪行之作，《观潮阁次韵》《谒岳武穆王庙》是对浙江史地名胜的游览之作。

总体看来，这11首地域抒写作品在张悦的诗歌作品中的占比不算太高，只有4%，但是也能从这些诗作中反映出他对督学生活的感受。一方面，"心怀忧世志，囊罄卖山资。得失皆由命，谋为不用私"④，督学清廉而不徇私情；另一方也有常常抒发督学艰辛之作，甚至有"才疏职尚卑"的感慨。

---

① （清）张廷玉等：《明史》卷185《张悦传》，中华书局，1974年，第4898页。
② （明）张悦：《定庵集》卷1《途中值雪有感》，《四库全书存目丛书》集部第37册，齐鲁书社，1997年，第278页。
③ （明）张悦：《定庵集》卷1《途中值雪有感》。
④ （明）张悦：《定庵集》卷1《抒怀二首》。

（三）弘治时期山西提学王鸿儒作品中的地域抒写

王鸿儒,字懋学,河南南阳人,成化乡试第一,二十三年(1487)进士。王鸿儒曾于弘治九年(1496)至正德元年(1506)间督学山西,督学时间长达十年之久。督学山西期间"士风甚盛"[①]。著述有《凝斋集》等,今有《王文庄公集》(明崇祯元年王应修刻本)传世,本文据此其统计其作品。

王鸿儒在山西督学时间较长,其作品中的山西地域抒写尤为丰富。这一方面是因为王鸿儒长期督学山西的缘故,另一方面则是他督学路途艰辛,且身处边地时有感发而有大量创作(如表3-2所示)。

表3-2 明弘治九年(1496)至正德元年(1506)山西提学王鸿儒诗文作品中的地域抒写情况统计表

地理纪行	史地名胜	地方时事	地方风物
《比赴大同宿广武驿》(苦旅) 《灵石道中晓行有作》(苦旅写景) 《晓出五台山》(即景抒情) 《长子道中》(纪行写景) 《过宁武关》(忧边) 《由保德赴兴县中途田家晓起漫赋》(叙行) 《秋日由宁乡赴隰州道中》(见闻感怀) 《宿佛光寺早行二首》(纪行写景) 《自大安驿晓起赴寿阳县》(写景抒怀) 《自成晋驿赴忻州道中》(写景抒怀) 《徐沟道中》(写景抒怀) 《自浑源赴大同道中二首》(边塞)	《游晋祠观难老泉》(好奇赞赏) 《偏头关》(地理形势) 《宿二贤庙在蒲州南》 《谒尧庙》 《至闻喜怀裴赵二丞相》 《自河曲赴保德观天桥有作》	《闻大同有警》(时事) 《九日三司同登山西省城西南角楼会饮》 《蒲县试诸生值雨》(叙事抒怀) 《汾州试诸生作》(述考) 《和山阴分司壁间韵》(怜民生) 《保德分司和顾秋官天锡壁间韵》(边事) 《闻大同事》 《闻虏骑过荞麦川下营掳掠》 《云中即事》(边患) 《大同新修察院记》	《徐沟夜月》(咏物抒情) 《题大同分司堂下双松》(咏物) 《游报恩寺》(汾阳写景) 《解州西湖》(写景) 《巳未腊月十四日夜阴次日晨起雪深一尺感而有作山西》(感时写景) 《凌井驿对雨》(写景) 《静乐山中见大松》(咏物) 《咏保德分司堂后千叶柏树》(咏物) 《芹泉驿》(写景)

[①] (清)觉罗石麟等:《山西通志》卷85。

续　表

地理纪行	史地名胜	地方时事	地方风物
《南关道中》（写景抒怀） 《宿盂县西烟村值雨》（见闻感怀） 《自五台赴崞县中途值雨望原平驿在滹沱河西不可得至闻大莫村有寺可居欲赴之》（纪行苦旅） 《过宁武关》（写景伤边） 《盂县分司雨夜独坐》（即景感怀） 《自盂县赴忻州山行有作》（苦旅） 《五台夜雨》（苦旅） 《出巡回至忻州》（路途感怀） 《应州道中》（思报国） 《洪洞夜大风》（叙事抒情） 《赵城道中》（见闻有感） 《襄陵分司》（行旅） 《闻喜早行》（苦旅） 《晚赴岳阳县》（苦旅） 《由岳阳赴赵城山路险甚至广胜寺午饭》（苦旅） 《自浑源赴大同道中》（感边事） 《端氏道中》（壮行） 《至偏头关戏作》（立边功） 《盂县道中》（思报国） 《襄陵观察分司二首》（思归隐、赏景自适） 《兴岚道中》（苦旅） 《怀仁道中》（即景感怀） 《怀仁县阻雨》（苦旅） 《应州值雨》（思归隐） 《沁州道中》（思乡） 《隰州道中》（思归隐）		《山西新修察院记》	《五台夜雨》 《游龙祠》（思乡） 《蔚州二首》 《秋日晋阳书院对雨》 《襄垣雨后》 《五凤楼》 《汾阳后土祠》 《绛县题竹》 《太原县夜起大风寒甚》

续　表

地理纪行	史地名胜	地方时事	地方风物
《自兴县赴保德州途中作》(路险) 《二月二十二日夜风大作旦日当赴石州故预及之》(苦旅) 《自曲沃赴闻喜道中作》(即景抒怀) 《出雁门关赴山阴途中作》(颂太平) 《襄垣与刘廷瑞饮至晚旦日赴沁州途中有作》(纪事) 《宿佛光寺早行二首》(苦寒) 《宿寺河塔铺》 《灵石道中》 《宿雁门关》(边塞生活)			
51	6	11(诗作9,文2)	18

从作品数量来看,涉及山西地域抒写的诗作有86首之多,占其所有诗作的22%;如果将其督学时期的其他诗文作品算在内,其占比远远超过了其所有作品的三分之一。这也说明,王鸿儒督学山西时期是其创作的高峰期。从其地域抒写作品的内容来看,抒写督学途中旅途艰辛的作品有近20首之多,颇能反映其督学生活的艰苦与不易。其次是对地方风物的描写,而其中又大多是在督学途中完成。据此可知王鸿儒督学之勤勉,北到大同,南到蒲州,甚至是偏僻如边塞的偏头关、保德州,都有他督学的行踪。而在抒写途中见闻时,作者还时不时地抒发边境之忧、边民之困,报国之志。作为提学官他也有将考核生员的场面付诸诗歌,且经常与生徒分享其诗作。如《秋日由宁乡赴》抒写督学旅途所见,诗人感慨"左右非吾徒,有怀无与语"[1],亦由此可见王鸿儒与生徒之间的深厚情谊。王鸿儒诗文讲求自得,不刻意求工。故有人推崇其诗:"其诗文以自得为宗,自然为趣。其才无所不骋,而驭之以法,不为战国

---

[1] (明)王鸿儒:《王文庄公集》卷2。

之纵横;其学无所不阙,而束之以裁,不为六朝之雕绘;于境无所不收,而以情附境,不为庄列之宏恢;于情无所不摹,而以礼定情,不为屈宋之怨诽。"①可惜雍正《山西通志》仅录其诗作《游晋祠观难老泉》一首。

(四)正德时期陕西提学何景明作品中的地域抒写

何景明,字仲默,河南信阳人,弘治十五年(1502)进士。何景明于正德十三年(1518)至十六年(1521)期间出任陕西提学副使,"关中得人于时为盛,竟以学政勤劳得心疾告归。行李萧然,至家卒"②。有《雍大记》《何大复集》等传世。何景明与李梦阳同为明"前七子"首领,于当时颇有声名。本文据《何大复集》统计其作品。

何景明诗文作品较多,督学陕西时期的作品主要收集在"秦集"卷当中。其中的地域抒写也不少,从诗文内容上来分有以下几类:咏古迹与地理名胜的诗作有《鸿门行》《长安大道行》《慈恩寺》《拜将坛》《秦岭谒韩祠》《登五丈原谒武侯庙》《普缘寺有马融读书洞》《普缘塔》《说经台》《草堂寺》《咸阳原》《磻溪》《益门》《昭烈庙》《鹿苑寺即摩诘宅》《过华清宫》《首山》《两河口》《辋川》《长安》《凤县》《宝鸡县》《汉中砍二首》《终南篇》等,共24首;地域抒写特点突出的送别诗仅有《陇右行送徐少参》《途中寄别饯送诸生》2首;写景类的诗作有《太白山歌》《长安月》《与韩汝庆行归长安望月》《长安柳》《青峰阁晓霁》《新开岭》《柴关》《武关》《望终南》等9首;督学纪行类诗作有《九日登慈恩寺合三首》《到鄠简王敬夫》《同敬夫游至华阳谷闻歌妙曲》《过康子德涵彭蠡别业》《过马溪田村居》《东河三月晦日》《草店雨行》《马道骤雷雨复霁》《弘道书院》《渡泾渭》《周至清明日》等11首。从数量上来看,这些诗作在何景明所有作品中的占比并不高。但是从内容上来看这些诗作带有明显的历史书写特点,充满了厚重的历史沧桑感,说明作者对陕西历史文化底蕴的偏好和关注。另外,何景明在督学过程中与陕西作家的交往也是值得关注的焦点。此外,还有少量的督学相关记述文章如《略阳县迁建庙学记》《书院课士雨至有作》,为陕西方志所作的序

---

① (明)董其昌:《重刻王文庄公集序》。
② (清)刘於义等:雍正《陕西通志》卷52。

文《武功县志序》等,也是何景明地域抒写中比较特殊的一类。

(五) 嘉靖时期湖广提学乔世宁作品中的地域抒写

乔世宁,字景叔,陕西耀州人,嘉靖十七年(1538)进士。乔世宁于嘉靖二十五年(1546)至二十九年(1550)出任湖广提学副使,离任时曾受到湖广抚按官林云同、王忬的极力挽留:"校士精勤,寒暑不辍,且品裁服人,请稍假以岁月,俟有成效,不次拔擢。"①由此说明乔世宁督学湖广颇有政绩。其著述有《丘隅集》《耀州志》等,《御选明诗》《明诗综》录其诗作。本文据《丘隅集》(明嘉靖四十二年刻本)统计其作品。

乔世宁督学在湖广时的地域抒写作品以游览之作为主,其中地理纪行类诗作有《洞庭阻风二首》《武昌道中》《溆浦道中见风土多异又会兵征苗即时感怀》《朱坊西河下有岩洞绝险盖往时土人避兵处余顷以虏患日迫因作南丘庄下通诸洞既为警备兼遂隐怀》(以上两首忧边)等5首;地方风景名胜游览诗作有《入太和山》《遇真宫》《宿玉虚宫》《南岩》《宿紫霄宫》《将下山》(以上武当山),《自郧归江行望太岳》《九日东湖道中》《登太和山天柱峰》《应城观音岩瀑泉》《望九嶷》《后湖行十首》《湘妃庙》《洞庭祠》《黄鹤楼三首》《飞升台太和山》等27首;地方时事记述之作有诗作1首:《闻岭南警报》(作于湖广,内有"未信洞苗能水战,转愁倭艇趁风来"之句),文两篇:《武昌重修石堤记》《怀坡亭记》;还有记述地方风俗的诗歌作品《巫山歌》《郢门曲》两首。又有为地方文人文集作序1篇即《洞庭渔人集叙》,为地方刊刻文集作序1篇即《武昌刻汉魏诗纪序》(雍正《湖广通志》收录),为地方学校学官作传1篇即《华亭教谕传》。共计诗歌作品35首,文章5篇,其中诗作占其全部作品的8.8%。

从这些地域抒写作品的地理位置上来看,从湖广南面的宁远(九嶷山)到北面的郧县(太和山即武当山),跨越2000多里地,既是乔世宁游览名山的证据,也是其督学行踪的最好说明。甚至西到保靖、永顺宣慰司,都有乔世宁督学的踪迹,更能说明乔氏督学的勤勉和艰辛。从这些地域抒写作品的内容来看,虽多是写景之作,但仍含有厚重的历史思考和对现实的深切观照,这一点

---

① (明)徐阶等:《明世宗实录》卷360。

与其师何景明的作品有一定的类似之处。另外值得注意的是,湖广提学乔世宁给地方作家文集作序、为刻印古代诗文集作序,体现出他对地方文学的鼓励和支持,这实际上也是提学贡献于地方文学的重要方面。

(六)明嘉靖时期广西提学袁袠作品中的地域抒写

袁袠,字永之,南直隶吴县人,嘉靖五年(1526年)进士。袁袠于嘉靖二十年(1541)至二十二年(1543)出任广西提学佥事。后辞官卸任,督学有声。袁袠当时甚有文名,著述颇丰,有《吴中先贤传》《世纬》《袁永之集》《岁时记》等。本文据《衡藩重刻胥台先生集》统计其作品。袁袠在广西督学仅一年有余,其间遭患瘴疠,不久辞官归隐。其地域抒写作品不多,具体情况如表3-3所示。

表3-3 明嘉靖二十年(1541)至二十二年(1543)广西提学袁袠诗文作品中的地域抒写情况统计表

地方督学	异乡之思	史地名胜	地方纪行纪事	地方风物习俗
《阳朔试诸生赋五仄五平诗》(其中有"所贵造士者,同心希苏湖"之句,可见其督学之目标与动力)	《苍梧作》《春去》《忆横塘别业》《桂林卧病书怀》(表达羁旅之思)	《谒柳祠》《谒刘贤良祠》	《宾州逢马侍御君卿》《度昆仑关寄马侍御君卿》《广西副总兵公署续题名碑记》《游桂林诸山记》《游乳洞记》	《乌蛮滩》《昭潭见雪》《自柳至平乐书所见五首》

从这些作品的数量上来看,诗歌有16首,文章3篇,在袁袠全部作品中占比不高,大概是出于其实际督学时间较短的缘故。从写作的地理位置上来看,有南面的横州、宾州,东面的贺州、平乐,北面的桂林,中部的柳州等。从内容上来看,作品对广西的异地风景和风俗的描写居多,在抒写异地风物的同时,作者也记述了自己的乡关之思。

(七)明朝万历时期四川提学郭子章作品中的地域抒写

郭子章,字相奎,江西泰和人,隆庆五年(1571)进士。郭子章于万历十四年(1586)至十七年(1589)出任四川提学副使,在四川督学三年。郭子章盛有文名，"子章天才卓越，于书无所不读，著述几于汗牛，燕闽晋粤蜀浙吴楚，所历皆有草"①。《明诗综》《御选明诗》《粤西诗载》录其诗作。郭子章督学四川，颇有政绩，"品士称得人，尤工词章，为士林佩服。又搜求遗贤，以激励后学"②。著述有《蠙衣集》《黔记》《豫章书》《豫章诗话》等。本文根据其《蠙衣集》统计其作品。

郭子章在《蠙衣集》中，有《蜀草》十卷，乃其"督四川学政所作"③。这些作品虽然创作于四川，但是涉及地域抒写的并不多，且全部为文章，竟无一首诗歌作品。《蜀余录序》是汇集生员文章佳作拟予刻印而作的序文，对四川地理风貌的多样性和士子文章的多彩斑斓作了关联性的阐述；《四川乡试序齿录后序》是为万历十六年(1588)四川乡试中举70人序齿录所作的序文；《入蜀四奇稿序》是为陈文烛之父在四川所作文集写的序文；《西试记》为其督学四川的详细记载，属于督学纪实类文字，是后人了解提学督学过程的重要文献；《西南三征记》记载平定少数民族三次动乱的事迹；另外还有为地方提倡风俗教化所作文字《大儒祠铲饼铭序》《温江三烈祠碑》。郭子章作品中涉及四川地域抒写的作品虽然只有区区7篇，可以说在其宏富的著述中占比少之又少，但是这些作品因对其督学事迹有十分完整的记载，故而有着重要的参考价值。特别是《西试记》一文，和他在四川撰写的《学约》，是我们了解提学督学活动的重要依据。

二、省志和地域文集收录提学作品举例

上文我们对提学在督学过程中以地方人、事、物为写作内容的作品进行了举例分析，借此基本呈现了明代提学地域写作的基本面貌和特征。这些作品不但为提学督学当地时创作，而且以当地的人、事、物为对象，可以说是明代提学贡献于地方文化和文学的重要组成部分。实际上，这也是当时人们普遍持有的观念，而证明这一观念的依据就是地方文献对这类作品的收录。明代提学官因普遍具有贡献于地方文化的功绩，他们的作品特别是地域抒写的作品往往被地方文献所收录，即成为地方文化、文学的组成部分。

---

① (清)谢旻等：《江西通志》卷79。
② (清)黄廷桂等：《四川通志》卷6。
③ (明)郭子章：《蠙衣生传草》卷16《著述总目》。

我们这里所说的地方文献,主要是指地方志和地域性文集。同样,因为这类文献数量庞大,我们只能选择个别文献,予以举例说明。地方志收录提学作品实际上也难以统计,因为首先地方志数量庞大,除了省志还有大量的府州县志,且方志还有年代、版本之不同。考虑到,提学的督学范围为一省之域,我们姑且以省志为分析对象,地方性文学文集也基本遵循这一原则。

(一)地方志(省志)收录提学作品情况举例(山东、湖广、江西、广东、云南)

"明朝是中国方志发展的重要时期"[①],特别是明代中后期以后,方志编撰成为一种潮流。而此后各省省志常有重修,为了尽量呈现明代提学地域抒写作品被省志收录情况,本文尽量选择明代后期或清代前期地方通志(省志)作为研究对象。同时,尽量选择设有艺文志或文苑志的地方通志。

1. 嘉靖时期山东省志收录情况

嘉靖《山东通志》,是山东较早的通志之作,恰为嘉靖时期的山东提学陆釴完成纂修。该书设有"艺文"部分,但全部是古代书目。而"遗文"部分则收录古今文学作品,也仅有两卷内容。其中只收录两位山东提学官员的作品,具体情况如下表3-4所示。

表3-4 嘉靖《山东通志》收录山东提学文学作品统计表

提学作家(督学时间)	籍贯	作品	体裁	卷数
薛瑄(正统元年至六年)	山西	《过嘉祥诗》《过古滕薛》《胶州道中》	诗	37
		《鲁义姑诗序》	序文	37
王廷相(正德十六年至嘉靖元年)	河南	《尹亭宴集》《商河闻雁》《修金乡馆竹》	诗	38
		《岱岳》《登济南城楼》	诗	
		《上巡抚陈公治矿盗议》	议论文	

---

① 中国地方志指导小组编:《明代方志选编·序跋凡例卷》,中国书店,2016年,前言。

此外,该书还收录其他省份提学李梦阳、何景明、边贡的文学作品。

2. 明万历时期湖广省志收录情况

万历《湖广总志》为时任南京工部尚书徐栻主持编撰。徐氏曾于嘉靖四十四年(1565)至隆庆元年(1567)期间出任湖广提学副使,当时即"亲造志局"[①]。该书辟有《文苑志》(卷76至卷94)收录古今名家之作。其收录原则为"上古迄今,止录其有关楚事者"[②]。其中湖广提学作家作品也有收录,其入选情况见表3-5所示。

表3-5 万历《湖广通志》收录湖广提学文学作品统计表

提学作家(督学时间)	籍贯	作品	体裁	所在卷
许宗鲁(嘉靖六年至八年)	陕西	《崇阳洪》	七言古诗	82
		《桃花源招渔人》《雁峰寺》	七言律诗	84
		《高吾书舍记》《吕柟镇郧楼记》	记	88
崔桐(嘉靖八年至十年)	南直隶	《桃源》	七言律诗	84
张邦奇(正德十年至十五年?)	浙江	《明山书院记》	记	88
乔世宁(嘉靖二十五年至二十九年)	陕西	《武昌刻汉魏诗纪叙》	序	88
孙继鲁(嘉靖十九年至二十一年)	云南	《习杜祠堂记》	记	88

另外,该书还收录其他省份提学官员的诗文作品。这些提学包括薛瑄、李梦阳、何景明、黄佐、陈束、朱应登、张佳胤、吴国伦、孙应鳌、张时彻等人。当然这些作品都具有地域抒写的特点。

3. 清康熙时期江西省志收录情况

嘉靖《江西通志》没有艺文志,故而选择康熙《江西通志》作为研究对象。

---

① (明)徐栻:《湖广总志序》,中国地方志指导小组编:《明代方志选编·序跋凡例卷》,中国书店,2016年,第55页。

② (万历)《湖广总志·凡例》,中国地方志指导小组编:《明代方志选编·序跋凡例卷》,中国书店,2016年,第62页。

其艺文部分收录江西提学作品如下:邵宝诗作4首(《东林寺》《石钟山》《石门寺》《和林俊武宁道中》)、文1篇(《孙烈妇碑亭》);夏寅诗作3首(《浪矶》《出湖口》《天宁寺》);李梦阳诗作6首(《曲江亭阁》《拟岘台集》《庐山陟峤》《德安趋浔阳》《天池寺歌》《雨泊丰城》)、文4篇(《南昌新建二县学碑记》《浩然堂记》《曲江祠亭碑》《江西按察司副使周君传》);苏祐诗作1首(《武阳道中》);钱继登文1篇(《过圆通赠上人》);黄汝亨文一篇(《玉版居记》);钱樨文1篇(《袁州袁先生祠记》);王宗沐诗1首(《游玉山》)。显然明代江西提学作品成为江西文学的重要组成部分,在方志中得以明确呈现。

4. 明万历时期广东省志收录情况

万历《广东通志》于万历三十年(1602)由广东番禺人、致士光禄卿郭棐主持编撰完成。郭氏曾于万历五年(1577)至八年(1580)出任四川提学副使,且在任上曾主持编撰万历《四川通志》。另外两位参与人是广东东莞人袁昌祚、广东南海人王学曾,其中前者于万历八年(1580)到十一年(1583)出任广西提学。该书《艺文志》上卷为著作书目,中卷和下卷为文学作品。收录原则是"表山川,增形胜,系民事,则录,余则略"①,实际上收录多为本地文人之作,和万历《湖广总志》不限楚人的编撰态度有所不同。即便如此,也有两位提学的作品入选,分别是田汝成的诗歌《游石室山》和林如楚的诗歌《游曹溪》。前者为浙江人,嘉靖十一年(1532)至十三年(1534)督学广东;后者曾两次出任广东提学,通志编撰时,为广东参政。同样,该书也收录其他提学的作品:本地如郭棐、黄佐、袁昌祚、李义壮,其中郭棐和黄佐的作品收录最多;其他省份提学则只有吴国伦,共收录了3首诗作。

5. 明天启时期云南省志收录情况

天启《滇志》编撰时间较长,吸收众稿之长,故而被誉为明代方志中的善本。该书设有《艺文志》(十八卷至二十九卷),共十二卷,可以称得上宏富,在明代省志中的规模也是最大的。同样,该书收录云南提学作品的数量和规模也是最大的。具体情况见表3-6所示。

---

① 万历《广东通志·凡例》,中国地方志指导小组编:《明代方志选编·序跋凡例卷》,中国书店,2016年,第99页。

表 3-6 天启《滇志》收录云南提学文学作品统计表

提学作家(督学时间)	籍贯	作品	体裁	所在卷
童轩(成化五年至十年)	江西	《重修云南县儒学记》	记类	20
		《点仓山》《天井铺》	七言古诗	27
		《等五华寺戒上人楼》《下关驿书怀》	七言律诗	28
王臣(弘治十一年至十五年?)	江西	《咸阳王庙铭》	铭类	25
彭纲(弘治十五年至正德三年)	江西	《忠祠记》	记类	21
		《宿邓川驿》	五言绝句	29
李默(嘉靖十七年至十八年)	福建	《王忠文祠墓记》	记类	21
吴鹏(嘉靖二十年至?)	浙江	《重修昆明县志记》《重修崇圣寺记》	记类	20/21
		《洱海行台》《混沌亭》	七言律诗	28
张佳胤(嘉靖四十四年至隆庆元年)	四川	《游安宁温泉记》	记类	19
		《英武关雨行二首》	古体诗	26
		《同何振乡游太平寺》《送曾心泉饷武定军》	七言古诗	27
		《龙池》《九月集圆通寺有怀》《署中秋怀》《送卢璧山征武定》	七言律诗	28
		《夜宿太华》《西郊即事》	五言绝句	29
聂良杞(万历十年至十四年)	江西	《云南府儒学乡贡题名记》	记类	20
王大谟(万历十九年至二十一年)	湖广	《五华揽翠》《涌泉寺和韵》《涌泉觞池分韵》	七言律诗	28
刘廷蕙(万历二十三至二十六年)	福建	《霁虹桥记》《重修永平县儒学记》	记类	19/20
范允临(万历三十二年至三十五年)	南直隶	《新建曲江桥武安王庙碑记》	记类	21

续 表

提学作家(督学时间)	籍贯	作品	体裁	所在卷
黄琮(万历三十七年至四十二年)	山东	《增建云南提学道署记》《改迁云南府儒学记》《修建五华书院记》	记类	20
江河(万历四十五至四十七年)	江西	《新建松华坝石闸碑记铭》《大理府新建督学试院记》	记类	19/20
林士标(天启元年至三年)	福建	《五华寺纪游》	七言律诗	28
杨师孔(天启三年至?)	贵州	《春日同诸方伯王给谏等太华》	七言古诗	27

该书收录了14位云南提学的38部文学作品,也可以说,云南提学的作品在整个《艺文志》当中也占有相当重要的分量。另外,该书还收录了其他省份提学官员的作品。这些提学官根据其作品多寡顺利排列如下:杨一清、冯时可、陈善、王世性、郭棐、李梦阳、马卿、朱应登、吴国伦、谢东山、张泰、张西铭、唐龙、袁茂英、刘节、董裕、李攀龙、张时彻、江盈科,合计19人41部作品。这些作品都是在"无关于滇者,文虽工,弗录"①的原则下选取的,也充分说明云南提学官员地域抒写作品的丰富可观。另外,从天启《滇志·艺文志》的收录情况来看,明代云南提学对云南地方文学的贡献是非常突出的,以上数据就是最直观的证据,具有较强的说服力。

(二)地方文学文集收录提学作品举例

地方文学文献,即以收录某一地域内文学作品或作家为主的文献。基于我们考察明代提学被地方文学文献收录的需要,本文对"某一区域"必须做出相应的限定,即专指省一级的区域范围,以此与作为一省学政的提学相对应。一般而言,以地域作家为收编对象的文献则会以区域内作家为基本收录原则,

---

① 天启《滇志·附序例》,中国地方志指导小组编:《明代方志选编·序跋凡例卷》,中国书店,2016年,第118页。

故而会排除外地人氏的作品。这样的文献如广东提学张邦翼和瞿峐所编的《岭南文献》、清人宋弼所编《山左明诗抄》等。这样一来，一省提学作为外地任职官员，他们的文学作品肯定会被排斥在选编之列。故此，我们仅能选择以地域性作品为收录对象的地方文学文献。在满足以上条件的前提下，以明代一省的文学作品文献为研究对象，考察它们收录提学作品的基本情况，以此说明明代提学官贡献于地方文学的直观成果。

1. 嘉靖时期《全蜀艺文志》收录提学作品情况

《全蜀艺文志》是明代四川提学副使周复俊于嘉靖二十三年(1544)左右所编，周氏"复博采汉魏以降诗文之有关于蜀者，汇为一书"①。该书收录有关于蜀地的作品，且为明代中后期所编，完全符合我们的选择要求。令人意外的是，全书竟然没有收录一篇四川提学的文章。虽然该书以收罗唐宋文章为主，但是也有少量明人之作。而周复俊之前的四川提学也有二十余人，且不乏王廷相和张邦奇这样的知名作家，这个结果确实令人意外。不过，该书还是收录了其他省份提学官员的文章。如陕西提学何景明诗歌 5 首，江西提学李梦阳诗歌 1 首，浙江提学吴伯通诗歌 2 首、文章 2 篇，山西和浙江提学刘瑞文章 1 篇。其中后两位为四川人氏。当地文俊之作品收录不多，亦可见该书选取之严格。

2. 《粤西诗载》收录明代广西提学诗作情况

《粤西诗载》二十五卷(附词一卷)，与《粤西文载》《粤西丛载》同为清朝康熙年间桂林通判汪森所编。汪氏所编三集"取历代诗文有关斯地者，详搜博采，记录成帙"②。四库馆臣对其评价颇高："以视《全蜀艺文志》，虽博赡不及，而体要殆为胜之。"③这里的"粤西"和今天的粤西地理范围有所不同，指的是当时的广西地区。所以颇能反映广西提学对当地文学的贡献。实际上，三集

---

① 《四库全书总目》卷 189《总集类四》，四库全书研究所：《钦定四库全书总目》，中华书局，1997 年，第 2645 页。
② 《四库全书总目》卷 189《总集类五》，四库全书研究所：《钦定四库全书总目》，中华书局，1997 年，第 2663 页。
③ 同上。

所收诗文作品,均有广西提学作品。本文此处仅以《粤西诗载》为例来分析该书对提学诗歌作品的收录情况。如表3-7所示:

表3-7 《粤西诗载》收录明代广西提学诗作统计表(按作品前后顺序)

提学作家 (督学时间)	籍贯	作品	所在卷
潘恩(嘉靖十二年至十五年?)	南直隶	《贺张总戎凯旋诗》	1
		《乙未元日寓郁林》《过冯当世祠诗》《藤县途中夜行》《柳城道中被火作》《庆远道》	5
		《赋双鱼须寄子云亭桂岭吟送汪弘斋金宪北上》	8
		《昭州道中》《过伏波祠二首》《三洲岩次韩襄毅》《象矶》《过检篙滩答金之乘金宪二首》《送丘止山之任柳城》《寄寄亭二首》《道林寺次之乘韵》	11
		《游柳山》《再登湘山寺》《七星岩次韵》《桂山亭双鹤次韵》《靖江王太平崟次韵》《懋德堂次韵》《游风洞和夏松泉方伯》《逍遥楼》《兰麻道中作》《系龙洲》《立春日至浔州见桃花》《晓发宜州》《送邓贡士元性还南宁》《邕州道中》	17
		《同程松溪游冰井寺八首》	24
唐冑(嘉靖三年至六年)	广东	《劝古田诸生归学诗》	5
黄佐(嘉靖八年至十年)	广东	《雨中不获游湘山同陈宋卿集湘皋书屋作》	5
		《剑歌行发桂林作》《都城引送陈七表兄之横浦》《漓山篇》《鸣岗亭歌》《三峰歌》《吊张将军》	8
		《赠别章评事归靖江》《灵川寄怀》《兴安道中》	11
		《桂林元夕》《送李稚大广右视学》《横州伏波庙》	17

续 表

提学作家 (督学时间)	籍贯	作品	所在卷
袁袠(嘉靖二十年至二十二年)	南直隶	《赋五平诗言别》《阳朔试诸生赋五仄五平诗》	5
		《荒五岭》《南中作效高达夫体》	8
		《送人谪全湘》《虞山别藩臬诸寅长三首》《自柳至平乐书所见五首》《谒刘贤良祠》《谒柳祠》《宾州逢马侍御君卿》《乌蛮滩》《苍梧作》《昭潭见雪》	11
		《犀潭》《度昆仑关寄马侍御君卿》	17
		《兴安道中见杜鹃花有感》《登月华洞寄藩臬诸公》	21
谢少南(?)	南直隶	《苍梧别同行诸僚遂发左江涂次奉怀》	5
		《冬雷行》	8
		《龙隐岩》《登七星岩》《游独秀山》《游靖藩宗室池亭》《苍梧李氏园》《苍梧岁暮即事》《闻沈紫江总戎捷报》《苍梧夏泊呈同行杨少室宪长》	12
		《合江亭赠龙云东中丞》《湘源》《登桂江观音阁》《九日同诸僚虞山谯集》《柳州北郭新作镇越楼与康磐峰少参览眺》《柳州谒刘贤良祠》《谒柳子厚祠》《秋日柳山游览》《藤江漫成》《乌蛮滩谒马伏波祠》《南宁道中》《左江道中》《魏此斋大参招游玄风圃》《至日同杨右使浮舟湘山渡看梅》	17
		《康磐峰少参经略怀远赋赠十韵并呈魏此斋大参》《昆仑关二十韵》	20
		《永福道中》《府江杂言》《柳江逢涨》《南宁台中见梅》《再过柳江》	24
王宗沐(嘉靖二十九年至三十二年)	浙江	《九月十六日全州公署对月》	5
		《苍梧舟中》	12
		《游玄风圃见梅花》《桂江舟泛赠送潘汝信姜重明袁期跃三友》《藤江舟中》	18

续 表

提学作家 （督学时间）	籍贯	作品	所在卷
刘节（正德十四年至嘉靖二年）	江西	《游南山》	11
		《风洞》《柳山》	17
		《玉烛新·赠萧都宪平古田》	25
方弘静（嘉靖四十三年至隆庆元年）	南直隶	《兴安道中》《夏日同刘藩伯蔡宪使王总戎游郭外诸洞时总戎以辟瘴方见赠》《华景洞作》《再游冠岩》《府江舟中》《风洞二首》	12
		《伏波庙作》	18
		《平乐舟中》	21
黄润玉（正统二年至八年）	浙江	《平南风景》《桂林诸葛亭》	15
姚镆（弘治十六年至正德五年）	浙江	《过邕纪行》《题伏波祠》	17
周思兼（嘉靖四十三年至？）	南直隶	《送沈古林少参赴岭南》	18

仅从《粤西诗载》来看，该书就已经收录了11位广西提学的诗歌作品，这些提学在整个明代广西提学中的占比为1/6稍多。而所选诗歌作品的数量则有135首之多。明代广西提学贡献于广西地方文学的历史功绩得到了最好的验证。同时，该书还收录46位明代其他省份提学官员的诗歌作品，数量也不少。明代提学贡献于明代地方文学的作用也得到了充分体现。从入选广西提学的籍贯来看，他们大多来自文化相对发达的省份（南直隶5人、浙江3人），这也说明文化发达省份对相对弱势地区的影响更大。

三、提学地域抒写对地方文学的影响

我们重点关注明代提学地域抒写作品的原因，其实也正是看重明代提学对地域文学所带来的影响作用。毕竟他们身为一省学政，即为一方学宗，他们亲身参与文学创作的举动必然对地方士子起到一定的示范作用。上文对明代提学地域抒写作品的统计和分析说明明代提学在督学过程中的地域抒写是一种普遍现象。至少从今天留存的文献来看，凡有文集存世的提学官，必然有涉及督学省份的地域抒写作品。而地方省志在其艺文志部分收录明代提学作品特别是其地域抒写作品的事实，则说明当时人们已将这类作品视为地方文学的重要组成部分。这一方面体现出明代提学对明代地方文学的贡献；另一方面，这实际上也是明代提学地域抒写作品带来积极影响，被人们普遍接受的结果。然而，明代提学官在督学过程中地域抒写性质的文学创作给地方文学所带来的影响远不止这两点。我们在此仅就提学地域抒写之影响地域文学的可能性再作一点分析和考察。

（一）从提学地域抒写的环境和背景来看

通过我们对提学地域抒写作品的分析可知，提学官的地域抒写作品大多是在督学过程中进行的创作。也就是说，无论是督学旅途中的纪行之作，还是督学路上的游览之作，这些作品的写作背景和创作环境都离不开提学官的督学活动，或者说都是提学官督学活动的正常延伸。那么，如此看来，作为提学官督学活动当中的组成部分自然也会影响到提学官的其他督学活动。譬如我们前文提到的山西提学王鸿儒，当他创作诗歌《秋日由宁乡赴隰州道中》之时，就曾在诗中感叹眼前所见与心中所感不能与其生徒分享的遗憾。言外之意则表明，他在平时经常与其门生分享他的所见与感闻。这是提学督学生活的组成部分。不但如此，甚至还有提学官将其生徒作为其地域性抒写的直接交流对象。如弘治时期江西提学邵宝所作《都昌阻风用陈后山韵与诸生》一诗，就是他写给生徒的诗作。其中写道："诸生故多情，侍我同笑语。大哉天地间，茫茫分散聚。题诗记淹留，知者书付与。"[1]邵宝在诗中化用儒家典故"点也吾与汝"，颇有些自况自比的意味。诗作营造出一种"教学"的语境氛围，有教导、有鼓励，也可以说这首地域抒写之作简直就是一场提学指导生徒的教学活动。正德时期江西提学李梦阳以文坛盟主身份主持江西学政，亲自在白鹿洞书院讲学，曾作《白鹿洞别诸生》《余邹二子游白鹿书院歌》等诗作，显然这些诗作本

---

[1] （明）邵宝：《容春堂集》卷2。

身就是其督学活动的明证。当然,这样的诗作毕竟属于特例,提学官员的地域抒写作品不可能都是在督学教学过程中完成,而更多是教学活动之外的个人情感的表达。但即便如此,提学文学创作要么在督学途中完成,要么在地方学校考校生徒时完成,即使是游览地方名胜之作也离不开督学的前提背景。因此,若从提学地域抒写的写作环境和背景来看,提学的创作的确离不开其督学活动。何况诗文创作本是文雅之事,与提学士子宗主的文化身份相当契合,所以与其督学活动的关系相当密切。

既然提学在督学过程中的文学创作与其督学活动有必然的关联,那么提学官员的地域文学抒写对当地士子产生一定的导向、引导作用便也不足为怪。尽管这种影响会因为提学与生徒之间的关系亲疏而有所不同,但是提学在督学过程中的创作能够影响到地方学校生员的可能性的确存在。特别是那些督学时间较长、督学成效显著、颇得士心的提学官,他们对生徒的影响更大,而他们的文学创作的影响作用也更为明显。而地方生员作为当地的秀才,正是地方文学未来的主体力量。我们甚至也可以说,在明代科举制度完全确立之后,明代作家几乎无人不是出自学校。从这个层面上来说,提学官员对一省士子的影响,即是对未来一省文学创作者的影响,其影响作用之程度和时间不可不谓之大且远。这样的例子也有很多,如陕西提学杨一清对门生李梦阳、康海等人的影响;万历时期四川提学陈文烛就曾记载其师湖广提学张天复对他的教导:"先生尝谓文章之妙与化工等,作者寄身于翰墨,见意于篇籍,不托飞驰之势,而名溢缥囊,天壤俱蔽。"[①]提学官鼓励生员创作文章,自然是他的经验之谈,这对士子们将来成长为作家显然是有益的。因此,提学官的地域抒写给生员们营造出文学创作的良好氛围,他们亲身示范的做法,可以说传递了相当积极的引导信号。

(二)从提学地域抒写作品的流传情况来看

相较于提学在督学省份创作的其他文学作品,地域抒写性质的文学作品受到人们的更多关注。特别是他们以新奇的审美眼光,来审视地域风光和风

[①] (明)陈文烛:《二酉园文集》卷5《鸣玉堂稿序》。

俗人情，必然给人们带来不一样的感受。这一点在上文所列举的提学地域抒写作品中都能够得到很好的验证。而最重要的是，作为地方士子宗主，明代提学官与地域内作家的交流频繁，如陕西提学与陕西作家康海的交往①。另外特别是那些督学时间较长的提学官与地方学校生员和学官之间的接触也不少。故此，他们的作品特别是地域抒写作品往往被后者所熟知。那么如此一来，当地文人及提学生徒阅读并传播其诗文，地方文献收录其诗文，这就为明代提学官地域抒写作品的流传提供了更为便利的条件。

如上文所述，提学与生徒有很多诗文交流的机会，这本身也可以是提学教学活动的内容。同时，提学官主持一省学政、影响一地文风，因此提学官诗文作品必然受到广大生徒重视。

如嘉靖时期山东提学王慎中，其文章就曾受到生徒仿效学习："初山东士子见先生所为广东录，争相慕效。先生自以所作虽峭厉雄奇有可喜然不足为式，而所谈乃成化、弘治间诸馆阁博厚典正之格。士由此知向往，其文一出于正。"②提学的文章受到生徒的追捧，那么，这就增加了提学官创作诗文作品在生徒之间流传的可能。因为诗歌不但是训练文章写作的主要方式，还是情感交流的重要形式，更是科考文章的重要参考依据。同时，提学与生员之间的亦师亦友的关系在诗文作品的赏析中得到更好的体现。提学官员创作的地域抒写作品在士子之间流传更广、受到的普遍关注度更高。因此，他们的文学创作所带来的影响也可能较其他地方官员更为显著。特别是在本地的传播，提学地域抒写作品的传播具有更多的便利条件，这显然有利于提学对地方文学的影响，这也是其他地方官员无法比拟的。总而言之，提学的诗文作品尤其是地域抒写作品，在督学地域流传更广，影响也更大，它的导向效应也更为突出。

（三）从提学官在文坛的地位和影响来看

上文我们通过对省志和地域性文学文献收录提学地域抒写作品情况的整

---

① 参见张秀兰、李波：《陕西提学与康海交往简述》，《渭南师范学院学报》2015年第21期，第16—20页。
② （明）焦竑：《国朝献征录》卷92。

理和梳理而得知：提学地域抒写收录的多寡，除了与提学地域抒写作品的数量有关，还与提学官在当时文坛的地位或者说提学作为作家的文学影响力有关。我们必须注意到这样一个事实：明代提学官以"学行优异者"充任，实际上很多人完全能够被称得上是作家①。那么显然这些作家的作品可能更能引起人们的关注，其影响力也更大。这就是为何各省地方志，如嘉靖《山东通志》和万历《四川通志》艺文志部分总会收录不少李梦阳和何景明作品的缘故。王慎中督学山东其文章受到生徒追捧的原因也是他的文名所致。因此可以说，明代提学官特别是那些在文坛颇有影响力的作家，他们的地域抒写作品则具有更突出的影响力。我们上文考察《粤西诗载》一书中收录作品最多的提学官潘恩、袁袠、谢少南、黄佐等都属于这种情况，他们都是当时颇负盛名的作家。也就是说，提学官员作家往往具有更大的知名度和影响力，所以他们的地域抒写作品影响范围也更大，甚至让提学的地域抒写超越了地域界限。这又是地方提学官对地方文学的又一贡献之处。

总体来看，明代提学官在其督学过程中的确创作了不少颇具地域特点的文学作品，这些地域抒写作品要么记载其督学纪行见闻感受，要么描写异域风光、史地名胜，同时也有不少当地发生的人和事的相关记载，还有不少有关文化活动的文章。这些颇具地域特点的地域抒写作品往往被地方志和区域文学文献所收录，也反映了明代提学官通过地域抒写作品的创作直接贡献于地方文化和文学发展的历史事实。而提学贡献于地方文化与文学的事实也必然对地方文学的发展带来更为深远的影响。这种影响因提学主持一方学政的缘故而得到大大强化，而提学官员大多兼具作家的文化身份则为他们在更大范围内影响地方文学的发展提供了更大的可能。总之，明代提学影响地方文化与文学的发展是多方面的，其地域抒写作品于地方文化与文学发展的贡献虽只是其中一个方面，但仍然值得我们重视。

---

① 参见拙文《明代陕西提学简述》中有关图表"明代陕西提学中的作家及其著述"，《沧桑》2014年第4期，第47—48页。

第二节 督学中的文学交流活动
——与地方文人的交往和交流

与地方文人的交流与交往是提学督学过程中开展文学活动的重要组成部分。我们选择提学与地方文人的交往与交流来进行考察,是考虑明代提学与地域文学的关系而言,故此,对其他文学交流与交往活动不作探讨。明代提学在督学期间与督学省份作家文人之间的交往与交流,是其影响地方文学同时也是其接受地方文学影响的一种方式。尽管这样的影响与提学整饬地方士习和文风、培育生员作家、撰写地域性作品、推动地方文教事业影响地方文学发展的效果相比可能微乎其微,但是这毕竟是明代提学影响地方文学并接受地方文学影响的有效途径。这种影响尽管从总体来看并不明显,但是也不排除在个别提学和地方作家那里,他们之间的交流和交往对彼此的影响确实不容低估。

一、明代提学与地方作家的交往与交流概述

从对话与交流的角度来看,如果说明代提学督学过程中的地域抒写是其与地域山川风物,乃至地域文化之间的对话。那么,提学与地域范围内生活的人所开展的交流则更应是一种常态,也更值得我们关注(参见附图1明代提学交往与对话对象示意图)。实际上,明代提学对地方文化和文学产生影响的关键所在也正在于此。在提学影响地方文学方面,我们除了重点关注提学对生员的文学教育之外,提学与当地乡贤特别是地方作家之间[1]的交往和交流同样值得我们关注。因为这种交流与交往不仅仅是提学个人与他人的文学交流过程,也可能是地域文学之间的交流和对话。下面,我们尝试对这一问题展开论述。

---

[1] 考虑到古代士人往往仕宦在外的缘故,本文所谓的"地方作家"是指出生并在仕宦之前生活在该省的文人(作家),并不是指一直生活在该地的文人(作家)。

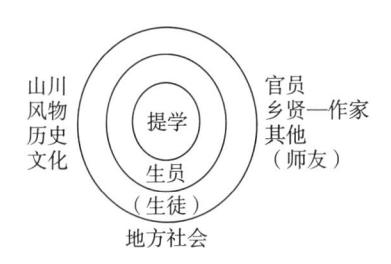

图1 明代提学交往与对话对象示意图

（一）从交往和交流的原因来看

明代提学在督学过程中与当地文人作家交往、交流，实际上有着客观的必然性。首先，提学本身都是学行优异的士人精英，他们绝大多数都是进士出身①。因此，同年进士之间便有着密切的联系，提学到地方督学，与督学所在省份的同年进士之间的联系便会增多，或者说他们的联系会更加紧密，他们之间的交往与交流也成为必然，这也是人之常情。如嘉靖时期南直隶提学、江西人胡植，他与浙江提学、南直隶人薛应旂之间的交往就属于这一类型。两人同为嘉靖十四年（1535）进士，而胡植督学南直隶时，薛应旂赋闲在家，尚未出任浙江提学。前者往来慰问，而后者对其督学南直隶的业绩则赞誉较多。薛应旂撰文记述他们的交往，其文曰：

> 日闻左右校士作人，不遑暑刻，乃辱垂念不置，时赐教音，宠以华翰，侑以多仪，荒野草堂永为生色矣。菲薄鄙人何以承此厚情也？惟夙夜砥砺以无负执事责成之意，庶或可以报称于万一。不知颓堕之资，终能克副鄙怀否？数年来，南辅文宗，固多名流。然以道义匡范诸生，而不屑屑于文章，课试之末者，自萧章二公之后，赖有公在。所谓师严然后道尊，道尊然后民知敬学。古人立教，自是如此。②

---

① 正统时期尚有举人出任提学，成化时期北直隶提学阎禹锡为举人出身，实为特例。此后明代提学均为进士出身。

② （明）薛应旂：《方山文录》卷4《答胡象冈提学》。

南直隶提学胡植并不嫌弃罢官在家的薛应旂,主要的原因是他们有着同年之谊。提学以"道义匡范诸生"为职责,他们与地方名贤包括作家之间的交往与交流,即在提学督学的合理范围之内,也是提学与地方作家之间相互切磋文艺、交流思想的行为。正德时期的陕西提学何景明与罢黜在家的陕西作家康海之间的交往也与此类似,下文我们再作详细说明。提学与地方文人因同年关系的缘故使他们的交流、交往成为必然。提学与地方文人之间甚至还可能是师生关系(士子与提学宗师或举人、进士与座主的关系),那么,他们之间的交往和交流则更具必然性。

其次,提学到地方督学往往乐于与当地作家交往,而地方文人也有仰慕提学作家盛名者则主动与其交往。从提学角度来看,因为当地作家在士子中具有较大的影响力,作为士子宗主的提学也有与其交往的必要;从地方作家角度来看,提学官学行兼优、为地方宗师,地方文人自然愿意与其交往。当然这两种情况也不能完全绝对化,客观地讲,提学和地方文人之间的交往也有掺杂功利目的的情况,比如邀取声名、攀附权贵等。但我们考察的主要方面,还是基于两者对地方文化和文学有着共同兴趣和爱好的交流与交往,这样的交往与交流其实也比较普遍。如隆庆末年,贵州提学吴国伦与贵州知名作家孙应鳌之间的交往既是如此。孙应鳌曾在嘉靖四十年(1561)至四十三年(1564)间出任陕西提学,后官至佥都御史抚治郧阳,于隆庆三年(1569)辞官养病直至万历元年(1573)复仕。吴国伦为"后七子"成员,自视甚高,交游甚广,于隆庆五年(1571)出任贵州提学。吴国伦一到贵州督学便与孙应鳌相见,其诗作《抵清平不得遽见山甫中丞先赋一诗奉怀兼订金凤山之约》颇能说明他渴望与孙应鳌交往的心态。两人作为当时文坛知名作家,他们的交往与交流当然以文学切磋为主,如吴国伦《报孙山甫中丞书》一文其实就是一篇赏析两人诗作的文论。在提学与地方文人交往类型中,还有一类特殊的例子,即与提学交往的地方文人有可能在他的家乡为官甚至出任提学,如此一来,两者因为"同道中人"的缘故,提学与督学省份的文人作家之间的交流与交往也便成为一种常见现象。

再次,提学作家与地方作家尽管不是同年和师生关系,但他们原本就有交往、交流,因督学之故,两者的交流则更为频繁。如陕西提学何景明、朱应登与李梦阳,原本在京师时已有交往,督学地方之后,他们甚至将督学关中期间的诗作寄予关中人氏李梦阳欣赏、评点。可以说在他们的交往和交流过程中还带有一些"江山之助"。这类情况在前后七子诗派及其外围诗人中也普遍存在,是提学作家与地方文人交往的典型形态。

最后,提学作家在督学过程中,实际上也有交往与交流的需要。而地方文人作家同样如此,提学官员为一方宗师,更容易成为他们交往与交流的对象。也就是说两者之前尽管没有任何联系,但他们之间却有着交往与交流的内在需求。江西提学李梦阳在巡历抚州时曾写下《冬日抚州赠友》一诗,很好地表明了督学过程中交友的心态。其诗曰:

> 晨光郁将布,时严气自凛。阳也谅匪力,厥阴无亦甚。时极理终固,情成势难寝。徒然江汉纪,莫制北飑凛。寒湍落孔家,霜色峻石廪。甘菊冬始华,赤树纷如锦。校阅才及旬,劳拙遗安枕。既已阻携玩,胡由接芳衽。拟岘行共陟,寄言备醇饮。①

这首诗作赠送的对象是不是抚州当地或者江西当地的友人,还不得而知,但是李梦阳在诗中将其督学之余渴望与士人交往、交流的心态摹写得相当清楚。朝廷为了防止提学因交友携玩耽误督学有明令禁止,所以李梦阳写下"既已阻携玩,胡由接芳衽"的诗句。从李梦阳的诗作可知,提学在督学地方的过程中与当地名贤以及仕宦于此的士大夫进行交往、交流既是其身心调剂的需要,也是其提升自身学行、推动地方文教兴盛的现实需要。所以朝廷明确禁止,未免妥当。从这里也可以看出,提学作家李梦阳渴望与地方乡贤,特别是地方作家交往交流的心态。这种心态也是提学普遍持有的态度。

另外,还有一种情况,也是提学与地方文人作家交往与交流的原因。即生员和举子中有不少文人作家,他们当时已颇有文名,但并未出仕,从这个角度来讲,他们仍属于提学生徒,因此,他们之间的交往便是提学宗师和生徒之间的交往。如陕西提学王云凤和牛斗、韩邦奇、韩邦靖等人的交往,浙江提学薛

---

① (明)李梦阳:《空同集》卷12。

应旂与向程的交往,湖广提学葛寅亮与谭元春的交往。这类交往虽然也可以视作提学与地方文人的交往,但将其放在"提学作家培育生徒作家"一节中进行阐述可能更为合适。

以上是提学与地方文人作家交往与交流的原因,其实也是对其类型的梳理。据此而论,不管是提学出于文学切磋的需要还是出于督学相关事宜的现实需要,他们与地方作家之间的交往与交流已经成为一种常态。尽管明廷颁布明令禁止提学诗酒文会,携友游玩,但是这种正常的文化交流和文学切磋,不但有助于地方文教事业,显然也是提学特别是提学作家和地方文人作家的交往需要。

(二) 从交流与交往的方式和内容来看

尽管我们今天考察明代提学官与地方文人作家交往、交流的主要依据是文献资料,而这些文献资料从文体上看主要是诗歌(酬答)和书信,但实际上,明代提学与地方文人作家之间的交往与交流方式可能远远不止这两种形式。他们交往与交流的内容可能也远远超出了我们今天所能了解的范围。通过文献我们也能了解到提学与地方文人之间的交往与交流可能还有以下形式。

会晤与拜访:提学与地方坐堂官员相比,属于巡历官,他们在各省督学,需要跋山涉水亲历地方学校。如此一来,他们就有亲自拜访地方文人的机会,甚至有在旅途中会晤的可能。上文所举的例子中吴国伦与孙应鳌的交往就是从吴国伦巡历贵州清平卫学校拜访后者开始的。特别是那些因养病辞官、罢官、弃官归隐的士人,提学在督学巡历至其家乡时往往要登门拜访。这是当时提学与地方文人作家交往的一种常态。

宴饮集会:宴集是古代文人聚会的重要方式,所谓"集",说明人数上较多,是多人交往和交流的一种方式。提学巡历至地方,具有参与地方文人聚会的可能性。如陕西提学在康海的浒西别墅宴饮,并且他们与康海交往的其他地方文人之间也有交流。提学参与地方文人集会的方式与地方文人之间进行交往与交流,这种交往与交流超越了一对一的简单模式。这也是明代提学融入地方文化圈乃至文学集团的一种体现。贵州提学吴国伦与贵州作家刘秉仁的交往就包括两人同时参与宴集的情况,吴氏诗作《元夕同诸大夫宴刘子元中丞宅观灯》对此有文学性的描写。当然,提学和地方文人的交流方式还是以诗歌酬答和书信往来为主,特别是他们在文学方面的切磋和交流,更多是通过诗作的赠答乃至评点和评价来完成的。

(三) 从交往与交流的影响来看

明代提学与地方文人作家的交往和交流,从积极的方面来看,至少带来以下几个方面的影响:一是提学与地方文人作家以文学交流和切磋为交往的主要内容,显然有助于彼此文学素养的提高;二是两者往往以推动地方文教事业振兴为共同目标,两者的交往与交流使他们更能形成合力,从而推动地方文化与文学的发展;三是提学作家和地方作家之间的交往与交流有助于对彼此地域文化及文学的了解,两者的交流有助于不同地域地方文化和文学的沟通和交流;四是提学作家和地方文人的交往对地方士子文学创作而言有着积极的引导作用,他们在文学方面的交流和切磋可能成为影响地方读书人的重要风向标;五是从提学和地方文人作家的角度来看,他们的交往和交流也是扩大彼此文学影响力的重要方式。

总之,明代提学与地方文人作家的交流与交往是前者影响地域、地方文学的重要途径之一,同时也是前者接触督学省份地方文化与文学的主要方式,是提学作为外来者,受督学地方地域文化、文学影响的重要方式。通过明代提学这一主体媒介,明代地域文化和文学之间存在交流和沟通的可能。当然这是一个相当微妙的过程,需要通过具体的案例来分析说明。

二、以提学为视角的考察——以朱应登、崔桐和薛应旂等人为例

为了进一步阐明明代提学与地方作家之间的交往与交流,以及他们在交往与交流过程中可能存在的文学切磋和思想交流,我们下面再列举具体的案例来分析。因为一般情况下,提学在地方督学的时间为一个考满周期,所以他在督学期间与地方文人作家的交往毕竟相当有限,为了真实地呈现提学在督学期间与地方作家的交往与交流,我们选择不同省份的三位提学来进行考察。

（一）陕西提学朱应登督学期间与地方作家的交往与交流

朱应登,字升之,南直隶宝应人,弘治十二年(1499)进士。与李梦阳、康海、何景明、王廷相等人并称"弘治十才子"。朱应登在京师时与李梦阳等人已有来往,"他参加李梦阳文人集团的诗酒唱和,时间较短"①。李梦阳《章园饯会诗引》记载他和朱应登等人的集会,其中就有创作上的切磋。其文曰:

> 予会升之河西关,有倾盖之雅。是时升之书学欧阳询,诗吾不知其谁学,知其为唐也。今其书若诗,吾不知其谁学,知其为六朝也……予好文而未能,窃以所尝自规者,为升之告试,质诸华玉,以为何如?②

李梦阳对朱应登和顾璘等人学习六朝诗歌的倾向表示不满,而以自己推崇的文学旨趣来要求诗友,这显然是作家之间的文学切磋。当然后来朱应登等人也确实受到李梦阳的影响,在复古的取向上有所调整。朱应登后来于正德六年(1511)三月出任陕西提学副使,恰好李梦阳也于此前一月出任江西提学,但两人的交流却并没有阻断。朱应登在督学过程中写下不少有关陕西的诗作并寄给李梦阳。后者给朱应登回赠诗作,其诗曰:

> 煌煌百二宅,怀里念前都。孰无雍门哀,恨役久长途。登赋时有望,所苦言辞粗。自蒙新什惠,披玩忘晨晡。疏越发潜响,烂若湍锦舒。惭亦作者末,欲画安我愚。浏浏回中吟,宛游秦陇隅。清渭韵浟浟,南山笔巍如。谁云篇目寡,已包千里余。读既摇我心,倘附西飞凫。③

提学作家朱应登将抒写关中风物的诗作寄给关中人氏李梦阳,自然有分享之意。而李梦阳对其诗作的评价甚高,"自蒙新什惠,披玩忘晨晡",文学知

---

① 何宗美:《文人结社与明代文学的演进》,人民出版社,2011年,第216页。
② (明)李梦阳:《空同集》卷55。
③ (明)李梦阳:《空同集》卷12,《酬提学陕西朱君以巡历诸什见寄》。

己之间的交流亦不过如此。朱应登在李梦阳家乡督学,写下关于李梦阳家乡的诗作,致使后者思乡之情得到满足和慰藉,两人的感情愈加深厚。

如果说,陕西提学朱应登与李梦阳之间的交流因为地理区域的阻隔只能书信往来,那么,督学陕西的朱应登与罢官在家的康海之间的交往则更为直接。据康海所撰《同承裕、升之过浒西别业》《朱升之祖德诗》《答朱升之》等诗作可知,嘉靖八年(1529)朱应登曾亲自到康海居住的浒西别墅拜访,两人少不了文学上的交流和切磋。后来朱应登到云南为官,康海写下《有怀凌溪子》一诗,该诗有曰"明珠白璧君休惜,还望重来细讨论"①,侧面交待了当时两人切磋文艺的情形。朱应登当时也创作有《浒西山庄留别康修撰海》一诗,其后还有《奉赠对山康子之作》两首,在文学切磋的同时还有对康海的宽慰和鼓励。

(二) 湖广提学崔桐与地方文人的交往与交流

崔桐,字来凤,南直隶海门人,正德十二年(1517年)进士(探花)。崔桐于嘉靖八年(1529)八月由湖广右参议升任提学副使,嘉靖十年(1531)十一月升福建左参政而卸任(生员被黜5名遭降一级)。崔桐在湖广连续任职长达整整4年之久,其中有两年多的时间担任提学,我们主要考察其督学湖广时的交往情况。

崔桐在湖广为官期间,与同年、湖广作家黄冈人王廷陈有来往,而且两人关系较为密切。崔桐《登赤壁寺阁王稚钦携酒至》一诗是两人诗酒共享的记述。其诗曰:

> 赤壁高阁对江流,江草青连苏子洲。银汉桥虚愁鹊度,珠光塔古抱龙游。风云旧物吾仍取,词赋仙翁去不留。谩约王乔招白鹤,夜深还共月明舟。②

王廷陈在正德末便已罢官归家,所以崔桐以"王乔"来指代其人。王氏著述颇

---

① (明)康海:《对山集》,社会科学文献出版社,2016年,第218页。
② (明)崔桐:《崔东洲集》卷5。

丰,有《梦泽集》传世,在当时是"极具影响的湖广作家"①。崔桐此诗虽未必是其督学湖广时所作②,但是通过诗歌内容可知,两人关系甚密,他们之间的交流与交往应是一种常态,其中自然少不了文学方面的切磋。

崔桐在督学期间与另一名湖广作家张璧也有来往。张璧,字崇象,湖广石首人,正德六年(1511)进士。四库馆臣对张璧的评价不高,"今观其诗文,殆亦如其为人焉"③,意谓其诗文平平。张璧于嘉靖七年(1528)十二月"以父丧守制回籍"④。崔桐曾撰写《祭东轩张先生文》祭祀其父,其文曰:"令子同官,爱我教我,契托十年。今也南游,访旧吊邅,寄情觞豆,江汉茫然。尚飨。"⑤由此可见两人之间的交情甚笃。张璧于嘉靖十二年(1533)才服阕复任,崔桐《饮阳峰张学士幽居》一诗,很可能是此期作品。由此可见,崔桐督学湖广时两人之间的交往和交流应该是较多的。

崔桐与另一位湖广作家张治也有来往。张治是湖广茶陵人,为茶陵四大学士之一。崔桐曾作《同张龙湖饮张阳峰宗伯水亭二首》,张龙湖即张治,张阳峰即张璧,但这显然不是崔桐督学湖广时的作品,此不予阐述。但张治同样在崔桐督学湖广时丁忧居家,崔桐与他有交往、交流也是极有可能的。此外,崔桐和湖广当地的文人也有交往,如《中秋前夕集王玉山宅二首》《中秋夕小雨集袁静庵宅二首》记载了他到当地友人家作诗饮酒的情形,其诗曰:

秋半楚山素,月酒幽庭彩。挥杯坐不辞,只恐清阴改。
楚月如厌客,忽掩城东雨。聊醉袁绍杯,共作秋花主。⑥

以上诗作,都是崔桐与当地文人交往的明证。

---

① 刘方:《明代湖广作家研究》,上海师范大学硕士学位论文,2007年,第79页。
② 也可能是崔桐为湖广右参议时所作。
③ 《四库全书总目》卷176。
④ (明)徐阶等:《明世宗实录》卷95。
⑤ (明)崔桐:《崔东洲集》卷20。
⑥ (明)崔桐:《崔东洲集》卷9。

（三）浙江提学薛应旂与地方作家的交往与交流

薛应旂，字仲常，号方山，南直武进人，嘉靖十四年(1535年)进士。薛氏于嘉靖二十九年(1550)至三十二年(1553)出任浙江提学副使。薛应旂在创作上颇有特点，"所著以时文帖括见长，与王鏊、唐顺之、瞿景淳称'时文四大家'，诗则不沿'七子'之习"①。

其与浙江籍提学作家王宗沐有交往。王宗沐曾两为提学，也是当时较为有名的作家。"初官刑部，即入诗社，与李攀龙、王世贞等倡和，有名于当时。"②当薛应旂于嘉靖二十九年(1550)十月出任浙江提学之时，王宗沐已于当年二月出任广西提学佥事。王宗沐主动写信与薛应旂，后者撰文回应。其文曰：

> 鄙人无似承乏贵省学政，两入赤城，备领前哲行义，如台学源流所载者，真所谓多贤之地也。既见金石两公，面领高论，不啻古人。再询诸士，谓更有敬所王公，生虽未睹光仪，而向往之心，盖已驰于象郡矣。即承华翰，殊慰瞻企，因在孤旅，厚币不敢承领，谨附使返璧。暑冗中，草率奉复，未尽欲言。③

虽然是王宗沐主动写信于薛应旂，但据薛文可知，浙江提学薛应旂实际上对王宗沐已有所耳闻。原因是提学薛应旂到台州(赤城)督学时，访询乡贤时，已得知其人。同时，王宗沐得知薛应旂督学其乡后，便主动写信交往。两人之前从未相识，因为督学之故，有"同心之谊"，所以自然乐于交往。另外，从薛应旂的角度来看，他与王宗沐交往是因为推崇乡贤的缘故。而王宗沐作为在外为官的浙江人氏，对督学其乡的提学宗师当然也较为热情。其实薛应旂在外为官时也曾与督学家乡的提学有交往。他曾撰写《答胡象冈提学》一文，对督

---

① 李时人：《中国文学家大辞典·明代卷》，中华书局，2018年，第1516页。
② 李时人：《中国文学家大辞典·明代卷》，中华书局，2018年，第90页。
③ （明）薛应旂：《方山先生文录》卷4《答王敬所提学》。

学南直隶的胡植大加赞赏:"数年来,南辅文宗,固多名流。然以道义匡范诸生而不屑屑于文章课试之末者,自萧、章二公之后,赖有公在。所谓师严然后道尊,道尊然后民知敬学,古人立教,自是如此。"①据此而论,仕宦在外的文人对家乡提学的赞誉既是一种嘉奖也是一种督促。因此,他们的交流包括文学方面的交流实际上也有助于地方文教。

与王宗沐的交往类似,薛应旂在督学浙江时与福建提学朱衡也有书信来往,虽然朱衡并不是浙江人氏,但是两人作为同道中人,互相切磋督学事宜的交往与交流颇能代表提学官与督学省份士人的交流状况。当然,提学之间的交流也不仅仅是谈论督学之道,作为作家的提学官之间,在文学层面的切磋与交流自然是一种常态。如薛应旂在督学浙江时与陕西提学孔天胤之间的交往就是一个典型的事例。薛氏感叹孔天胤在关中的创作:"公近来著作必多,且关中山川雄壮,西京风气犹有存者,为助不少。"②这样的例子不少,陕西提学朱应登和李梦阳诗文往来也有类似情况。

薛应旂督学浙江期间与仕宦在外的两浙文人也有不少交往,如与浙江宁海人石简之间的交往就是一个典型案例。石简当时为副都御使巡抚云南,他对其家乡的提学官薛应旂较为关注,曾让他的儿子捎书信给薛应旂。薛氏撰文回复石简,其文曰:

> 令子承芳至,辱手书恳切,足知道义之爱。仆亦谓提学官,士习民风所系,故不敢启幸门,以坏人心术,不意竟以是获罪大方。至有在京师诋毁者,谓仆朴责诸生至死。浙中虽有造言之人,亦原无此说。不知四三千里外,何人更复为此也。昨过贵郡,见一所公,亦甚相谅。古谓善者好之,仆虽菲薄,然受二公之知,则亦可以自慰矣。鄙人虽不能谢绝世味,然于宦情则寔淡薄,行使止尼,固未尝少留意也。彼何人者,挟此腐鼠以恣恐吓,亦何为哉。此固不足与辨,亦聊以对公一笑耳。阳明祠在绍兴者,旧以新建伯题额。余谓阳明之所以取信于后学者,其重轻不系于此,故敢更

---

① (明)薛应旂:《方山先生文录》卷4《答胡象冈提学》。
② (明)薛应旂:《方山先生文录》卷4《与孔文谷》。

订直书曰:阳明先生祠。此亦一时鄙见,公乃以碑文见属,则仆之浅陋,岂能窥测阳明之蕴奥,而赞扬其万一哉。若其格言至论,散在诸集,或有一二挦入者,他日有暇,当尽为校阅,汇成一编。公亦当不吝往复用相质正可也。令子在省时,科场事冗,遂失奉复,兹因便役,附此区区,请教之私,总未能一一。嗣容再布。①

从书信的内容来看,薛应旂一方面向对方解释自己遭受诬陷的缘由,另一方面也叙述了自己推崇乡贤的举措。从薛应旂的事例来看,提学在地方督学也需要当地士人的支持和援助。另据信可知,提学薛应旂推崇地方乡贤的举动得到石简的大力支持。薛应旂和石简在如何继承发扬王阳明之学的问题上有着共同的目标。实际上,在地方文化担当方面,提学官与地方文人有着共同的使命——共襄地方文化,这也是提学官与地方文人交流交往的重要内容之一,这往往是他们之间易于交往、交流的重要原因。当然,提学与地方文人作家的交往也有出于利益关系者,如浙江武康人骆文盛就曾写信请托②。但这已经不属于本文讨论的范围,于此不赘。

总而言之,尽管从明代提学的角度来考察他们与督学省份地方文人的交往与交流存在较大困难,特别是对他们交往与交流案例的选择上,一方面很难确定其活动时间,另一方面又很难以提学督学时段(一般在三年之内)来限定。或者说,以有限的督学时间为范围来考察他们的交往与交流有相当的局限性。但是仅从有限的时间范围来看,明代提学与地方文人作家之间的交往和交流也的确是一种常态。尽管这种交往和交流的频度和深度会因人而异,也会受到交往双方自身素质的影响,且他们的交往性质也不仅仅局限在文化和文学层面。但不可否认的是,提学与地方文人特别是提学作家与地方知名作家之间的交往和交流的确给双方都来了积极的影响:一方面,提学作家对地方文人作家的推崇为地方士子确立了榜样,鼓舞了士气,也营造了良好的文学创作氛

---

① (明)薛应旂:《方山先生文录》卷4《答石玉溪都宪》。
② 见《方山先生文录》卷4《答骆两溪太史》一文,其中有"即承手翰,已领所谕。但令器还需出考,中间去取糊名,编号决不敢一毫着意也"。

围;另一方面,地方名贤包括知名文人作家与提学官的交往与交流也促进了提学对地方文化和文学的认识与了解,从而为地方文化和文学的传播和传承提供了可能。从这两个方面来看,明代提学对督学区域内地方文化和文学的贡献,的确是通过他们与地方文人作家的交往和交流来实现的。

三、以地方作家为视角的考察——以陕西作家康海为例

明代陕西文学一度复兴,尤其在正德、嘉靖年间,"一时号为极盛"[①]。在这一过程中,总一方之学,为一方之师的提学则起到了积极的推动作用,陕西提学与关中文人作家的交往便是一个有力的佐证。正是通过陕西提学与关中作家的交往与交流,无论是在对关中作家文学修养的培育与培养方面还是在作为作家身份的提学官员与关中作家的交流与切磋方面,乃至在地域文化与文学的交流与相互促进方面,均体现出陕西提学给关中文学带来的积极影响。而在明代陕西作家群当中,作为"在明代中期可以与李梦阳相提并论的文学家"[②],状元康海又无疑是一个杰出的代表[③]。因而考察陕西提学与关中作家康海的交往便具有更为典型的意义。下面以历任陕西提学在任的时间为顺序,将其与康海的交往活动做一个初步的考察。

首先,为了便于确定与康海交往陕西提学的名单,有必要先对康海的生平做一个简单介绍。康海(1475—1540),字德涵,号对山,陕西武功人。康海"出生于陕西武功县一个世代仕宦兼巨商的家里"[④],于成化十九年(1483)九岁时"受教于仕宦归来的内乡丞冯寅"[⑤],而在弘治元年(1488)十四岁时又随其父

[①] (清)万斯同:《明史》,《续修四库全书》第 331 册,上海古籍出版社,2002 年,第 171 页。

[②] 师海军:《康海的文学成就及其在明代中期的文学地位》,《西北大学学报》(哲学社会科学版)2012 年第 1 期,第 62 页。

[③] (明)张治道《对山文集序》亦指出:"是时信阳何仲默,关中李献吉,王敬夫号为海内三才,而公尤独步,虽三君亦让其雄也。"

[④] 焦文彬、张登第:《康海评传》,《陕西师范大学学报》(哲学社会科学版)1980 年第 3 期,第 91 页。

[⑤] 金宁芬:《康海研究》,崇文书局,2004 年,第 88 页。

旅居山西平阳,于弘治三年(1490)返回武功并拜牛经为师。"年十八,入为县学弟子员"①,并受到督学杨一清的赏识。弘治十一年(1498)以《诗经》举乡试,第二年会试不第,到国子监游学。弘治十五年(1502)二十八岁时中状元,授翰林院修撰。正德五年(1510),以刘瑾逆党之罪名被黜落为民。此后闲居乡里三十年直到嘉靖十九年(1540)去世。从康海的生平履历来看与其有交往的陕西提学最早的一位可能是马中锡。据《明孝宗实录》记载弘治二年(1489)"陕西按察司管粮佥事马中锡提调学校"②,但是在弘治元年(1488)康海的父亲康镛因出任山西平阳知事一职,携康海居平阳,直到弘治三年才返还武功,且康海回乡先入私塾,直到弘治五年(1492)十八岁时方才进入县学。而马中锡已于弘治四年(1491)初调离陕西提学任,故而其继任者杨一清才是与康海有真正交往的第一位陕西提学。

(一)明代第一提学杨一清与康海的交往

杨一清,是明代最为著名的提学之一,《明一统志》称其"所拔士多,魁天下"③。杨氏督学陕西的时间较为确切,据《明孝宗实录》记载杨氏于弘治四年三月出任陕西提学佥事,而此时康海已经随父由山西平阳归陕。又据康海密友王九思《明翰林院修撰儒林郎康公神道之碑》一文记载,康海于弘治五年入县学为生员。因为明代提学官员督学过程中有"岁试校文"的环节,所以以提学身份督学关中的杨一清与身为诸生的康海之间产生交往便也成为必然。实际上,身为县学生员的康海此时已经受到了杨一清的赏识,杨一清以地方之师的提学身份给康海以极大的鼓励:"杨邃庵督学陕西,亟以状元许之,然公实以此自负也。"④王九思的记载也侧面说明了提学杨一清在康海最终成就举业过程中的积极作用。毫无疑问,提学杨一清的推崇与赞许给康海以极强的自信。弘治九年(1496),杨一清更是将其选拔到由其一手创办的正学书院就读。康

---

① (明)王九思:《渼陂集》,伟文图书出版社有限公司,1977年,第910页。
② (明)李东阳等:《明孝宗实录》,"中央研究院"历史语言研究所影印本,1962年,第648页。
③ (明)李贤等:《大明一统志》卷33。
④ (明)王九思:《渼陂集》,伟文图书出版社有限公司,1977年,第710页。

海本人也无不自豪地记述此事:"予为诸生时,邃庵先生提学关内,以予就业正学书院。"①所以康海视杨一清为业师并对其推崇备至。在《奉寿邃庵先生诗序》一文中称:"古今人以师道感服天下者,孔孟程朱之后,逮先生才五见耳。"②把杨一清与孔孟程朱并列,这样的评价不可谓不高。康海引用同乡马昊之言更能表达关中士子对这位提学的感激之意:"吾辈所以不辱乎先人之训,能自立于天壤之间者,先生之教泽也。"③受其教导指点的缘故,关中士人对杨一清的评价很高,而备受赏识的康海对其业师的铭感之意更是不言而喻。康氏在《上邃庵先生》一文中写道:"今日所急在正士风,士风一正,则上可以正朝廷,下可以正天下。此吾师之所以教海,而海之所以学于吾师者也。"④由此表明提学杨一清对以康海等士子们思想观念的深刻影响,据此也充分体现出提学官员作为地方之师的文化教育作用和贡献。

对于康海,杨一清也以高足、知己视之。其《翰撰康德涵谒予平凉行台》一文中有对康海"关西多士有龙头"的赞许和欣赏,而《送康状元德涵还京》一文"更是表达了对康海文章的肯定和鼓励"⑤。在嘉靖四年(1525)年末由三边总制卸任而被召回内阁之际,他曾反复寄函召见康海:"如不见允,发第三疏,即飘然归江南耳!此非知己,不敢以告,亦孰肯信之哉?……德涵望于初二日到彼,使得饱聆清诲,以慰数千里长别之怀,谅惟不外。"⑥从对生员康海状元的期许,再到督陕时仍以政事相咨,以致到暮年辞别陕西时的一再约见,可以看出陕西提学杨一清与康海之间亦师亦友的关系。可以说,在康海成为状元甚至是文坛知名作家的过程中,杨一清无疑是一位慧眼识珠的伯乐。而对康海而言作为提学的杨一清对其更有教化培育之功。故此,康海在《送邃庵先生序》一文中就曾感慨地写道:"於戏,某之所以为某,皆先生之为也。"⑦实际上

---

① (明)康海:《康对山集》卷40《怀远将军西安右护卫指挥使陈公淑人曹氏合葬墓志铭》。
② (明)康海:《康对山集》卷33。
③ 同上。
④ (明)康海:《康对山集》卷9。
⑤ 盛林忠:《杨一清研究》,浙江大学硕士学位论文,2008年,第43页。
⑥ 唐景绅、谢玉杰:《杨一清集》,中华书局,2001年,第547页。
⑦ (明)康海:《对山集》,社会科学文献出版社,2016年,第391页。

在陕西提学杨一清的奖掖与扶持之下,还有诸如李梦阳、吕柟、马理、张璁等一批关中知名文人不断涌现,而康海只是提学杨一清培育的关中士人中的杰出代表而已。

(二)王云凤、李逊学、沈文华与康海的交往

王云凤,字应韶,号虎谷,山西和顺人。王云凤曾两任陕西提学,第一次是在弘治十一年(1498)末杨一清卸任陕西提学副使之时,王云凤以佥事续任,此任截止到弘治十四年(1501)五月王氏升任本司兵备副使为止。第二次是在弘治十七年(1504)七月在杨一清的推荐下由兵备副使改任提学副使,王氏此任直到正德二年(1507)春升任山东按察史方止。由此看来,王云凤到陕督学时,康海已举于乡且不久即到帝京参加会试,此后又游学国子监。故此,王云凤应该与其没有多少交往。但即便如此,康海与王云凤之间也有过接触。据康海《明故通议大夫四川按察司按察使马君墓志铭》一文记载:"虎谷继邃庵取君缉正学书院,予时已领乡举,或过长安,虎谷辄语予曰:'马应龙,书院诸生未能或之先也。'"[①]按常理,中举的康海与初次到陕的新任提学之间并无师生之义,故而难有交往。但康海路过长安之际,两人竟有会晤,而其中缘由康海在文中已予说明。即继杨一清创办正学书院后,陕西提学通过正学书院招揽、培育才俊并与关中士人进行交往、交流[②]。那么,作为就读正学书院而中举的康海与王云凤之间谈论诸生学业也就并不偶然了。

李逊学,字希贤,河南上蔡人,成化二十三年(1487)进士。李逊学督学陕西在弘治十四年五月至弘治十七年七月,在任有三年左右。康海此时正在京师任翰林修撰,与李逊学应该没有直接交往,但是《送李先生序》则是应关中诸生之请而作[③]。

沈文华,字崇实,湖广安陆人,弘治九年(1496)进士。沈氏于正德四年

---

① (明)康海:《康对山集》卷19。
② 据《陕西通志》卷二十七记载:"弘治中提学王云凤建书楼于正学书院广收书籍以资诸生诵览。"
③ 金宁芬:《康海研究》,崇文书局,2004年,第120页。

(1509)春由河南府知府升任陕西提学副使,正德五年(1510)"以忤权贵左迁参议,遂谢政归"①。沈文华在陕督学时间较短,仅有一年左右。而这个时间恰巧也是康海由京师归葬其母于武功而后遭遇罢黜的时间。康海《答沈崇实》一文证明了两人交往的确存在。其文曰:"辱念隆笃,有国士之与,故敢率尔答谢,若他人则闭口矣。不能瞻送旌节,徒切倚望,伏惟为国自重,万万。"②实际上,康海被罢黜之时也正是沈文华被降职贬谪之际。据此推测,两人当有同病相怜之意。从文中可知,提学沈文华对康海是极为推崇的,对于康海的遭遇也有声援,更有宽慰之辞,可惜沈氏也即将辞官而去。由此不难看出,提学沈文华与康海之间应属于志趣相投文人之间的交往。

(三)李昆、朱应登与康海的交往

李昆,字承裕,山东高密人,弘治三年(1490)进士。据《山东通志》记载李昆于正德五年(1510)八月由汉中分巡道佥事改任提学。而据《明武宗实录》又知正德六年(1511)二月李昆升任"本司副使",至于其具体职守则并未言明,但延平府知府朱应登与此同时升任陕西提学副使之事实则说明李昆已调离提学职任③。故李昆督学陕西当在正德五年八月至正德六年二月,在任半载。虽然李昆在陕西提学任上的时间并不很长,但是因为他长期在陕为官,与康海的交往明显要更多一些。康海有《寄李承裕二首》《再寄李承裕》《再和东岗子席上二首》等诗作,还有应李昆之请为其所作《东岗记》等,由此可见李昆与康海的交情并非一般。康海对李昆的评价颇高,《送王克承序》一文中写道:"夫自明兴以来,承流宣化之臣,予于关中得二人焉,高密李承裕与王先生耳。"④此处王先生不可确考,但是李承裕则是李昆无疑。康海对李昆文武功业兼备的成就及其贵不易其贱的品质都极为推崇。而李昆则羡慕康海的悠闲生活:"美哉,子之居浒西也,洋洋乎不可得而系,休休焉其有余闲也。眡予,日走且驰。

---

① (明)李贤等:《明一统志》卷61。
② (明)康海:《康对山集》卷10。
③ 《明武宗实录》卷七十二记载:"升延平府知府朱应登为陕西按察司副使,提调学校。"时值正德六年二月。
④ (明)康海:《康对山集》卷4。

以哓哓于功名之间,不得恒守其庐,岂不大戾哉?"①可以说两人是志趣相投的密友,故而在陕为官时的李昆也常是康海浒西别墅的座上宾。

朱应登,字升之,南直宝应人,弘治十二年(1499)进士。朱应登于正德六年三月经杨一清推荐由延平知府升任陕西提学副使。正德九年受人弹劾,言其"才力不及"而改任云南兵备副使。朱应登和李昆一样也是康海的密友,康海《于浒西别墅同承裕升之作》一诗曾写道:"义厚情自叶,道合契滋深。"②明显是把李昆、朱应登视为情投意合的挚友。《有怀凌溪子》称朱应登"一代风流不数人,偶然相见即相亲"③,甚至把作为诗人的朱应登与"曹刘"相提并论。"还望重来细讨论",点明了与朱应登之间还有着诗友之间的切磋与探讨。另外,康海对作为提学的朱应登的评价也很高,其文曰:"曩凌溪子提学关内,勤勤恳恳,若将一变而至于道矣,加之以年,则学者诵习之力,岂或少让于浮梁君哉?"④而朱应登也有《浒西山庄留别康修撰海》《奉赠对山康子之作》等诗作赠与康海,其中后一首有"避名只恐名将出,息马悬车徒自深"⑤之句,其推崇康海之意同样溢于言表。朱应登作为"弘治十才子"之一,是当时著名的作家,是"南方诗坛的领军人物之一"⑥,故此康朱两人的交往不但是提学作家与本土文人的交往,其实也是一种南北诗坛的交流与对话。

(四) 何景明、唐龙与康海的交往

何景明,字仲默,河南信阳人,康海同年进士。何景明于正德十三年五月到陕督学,十六年七月以疾致仕。何景明与康海、李梦阳同为前七子领袖,何景明到陕督学之后与康海相互唱和更是壮大了前七子的声势。其实早在帝京任职期间何景明与康海等人就有交往唱和,乔世宁《何先生传》记载:"是时,北

---

① (明)康海:《康对山集》卷15《东冈记》。
② (明)康海:《康对山集》卷9。
③ (明)康海:《对山集》,社会科学文献出版社,2016年,第218页。
④ (明)康海:《康对山集》卷11《送朱升之序》。
⑤ (明)朱应登:《凌溪先生集》卷8。
⑥ 杨挺:《明代诗人朱应登生平与创作考论》,《扬州教育学院学报》2007年第8期,第22页。

地李献吉,武功康德涵,户杜王敬夫,历下边庭实,皆好古文辞。"①正史记载何景明与李梦阳交往更多,其实康海对何景明也有影响。王九思在《渼陂集自序》一文中就曾写道:"献吉改正予诗者,稿今尚在也。而文由德涵改正者尤多,然亦非独予也,惟仲默诸君子,亦二先生有以发之。"②说明康海作为前七子领袖其实对何景明亦有一定的影响。故此何景明到关中督学的四年,其实也是七子派重新集结振兴的时期。何景明《寄康子》一诗更能表达相聚的欣喜及其重整七子声势的愿望:"十年朋辈飘零尽,海内兵戈战斗余。"③康海也有类似之作,其《喜仲默至》则写道:"十年方邂逅,百岁几徜徉。词赋名须久,安危望已长。"④其久违知己的喜悦不言而喻。康何的再次相聚,对于再振七子声势显然是大有益处的。故此,经过康海与何景明的鼓噪,再一次壮大了七子派在关中的声势,关中也成了七子派影响最著、持续最久的区域,这一点可以从当时关中文坛作家的诗学取向上得到验证,即他们大多是七子派的支持者,有着七子派的诗学祈向。因此,从这个角度来说,提学时期的何景明当是康海的文坛盟友,并且以其提学官员的影响力进一步巩固了七子诗学在关中文坛的统治地位。

唐龙,字虞佐,浙江兰溪人。据《明实录》记载,唐龙在正德十六年(1521)七月由河南道监察御史升任陕西提学副使,嘉靖五年(1526)十一月升任山西按察使,在陕督学五年有余。又嘉靖十年(1531)九月出任三边总制直至嘉靖十四年(1535)七月,所以唐龙在陕为官的时间长达九年之久。唐龙在陕督学也颇有业绩,据《陕西通志》记载:"时士学趋诡异,乃新正学书院。选士群肄之,划其奇靡而约诸理,其所登进悉为名臣。"⑤而康海与唐龙的交往也与后者的勤勉督学有关。在督学的过程中唐龙也有借机拜访康海的经历,如康海《喜虞佐过二首》一诗记载:"不睹唐夫子,劳劳又复春。……辎车何日到,目断浒

---

① (明)何景明:《何大复集》,中州古籍出版社,1989年,第667页。
② (明)王九思:《渼陂集》,伟文图书出版社有限公司,1977年,第885页。
③ (明)何景明:《何大复集》,中州古籍出版社,1989年,第483页。
④ (明)康海:《康对山集》卷10。
⑤ (清)刘于义等:《陕西通志》卷51。

西秋。"①这正是唐龙督学关中时顺道拜访康海的真实写照。康海对唐龙的督学业绩也有直接的肯定和赞许,该诗第二首既是为此而作:"教法久倾废,惟君得坦途。向来中夏试,真是数年无。驾驭非吾道,逢迎笑腐儒。早闻滇海论,直欲愧潜夫。"②《赠渔石子序》又称:"关中名士,凡有与被渔石之教者,莫不渐德感化。钝者奋而利者惧,于是彬彬然,视往益懋。予观其盛,友其人,未尝不附髀而叹,以为渔石子善教乎吾关中也,盖若是哉。"③康海作为关中名士代表且身为唐龙的友朋显然更能切身地体会到唐龙给关中士风带来的积极影响。而唐龙对康海也是极为佩服的。其《寿太史对山六旬》则写道:"鸿儒呈世瑞,豪气薄人寰。首对贤良策,分趋供奉班。宣麻传紫检,视草曳青纶。文采千官耸,声名百氏攀。"④故此,唐龙视康海为关中鸿儒,对其文学才能也颇为服膺。唐氏《岐阳道中怀康对山》更有对康海悠闲生活的羡慕之意。另外,唐龙与康海的文学主张也几近相同。"唐子尝言,文不如先秦不可以云古,非诚哉知言者乎?"⑤可以说,唐龙成了继何景明之后而与康海彼此呼应的文坛密友。不但如此,作为提学的唐龙还时常与康海品鉴关中士子才能。这一点在康海《明故霑化县儒学教谕赵公墓志铭》一文中得到侧面反映,其文有曰:"壬午时春年十四,渔石唐公虞佐、石冈蔡公承之,为予道其才。"⑥提学的主要职责就是识拨人才,而作为状元的关中名士,康海在评鉴当地才俊方面显然更有发言权,所以这往往也成为陕西提学与康海交往而时常谈论的话题,这当然也可以看作是陕西提学频与康海交流交往的一个重要原因。

(五)刘天和、敖英、王邦瑞、孔天胤与康海的交往

刘天和,字养和,湖广麻城人。刘天和在嘉靖五年由山西提学改任陕西提学,在嘉靖六年(1527)十月升任南京太仆寺少卿而离任。先是刘天和以监察御

---

① (明)康海:《康对山集》卷13。
② 同上。
③ (明)康海:《康对山集》卷28。
④ (明)唐龙:《渔石集》卷4。
⑤ (明)康海:《康对山集》卷6。
⑥ (明)康海:《康对山集》卷5。

史的身份巡按陕西,得罪宦官而下狱,在关中深得民心。因此刘天和到陕督学也受到士人推崇、爱戴,康海作为关中士林领袖也乐于与其交往。故而在《寿刘母太夫人董氏七十诗序》中对其提拔张时济、许伯成等关中才俊的行为大加赞赏。

敖英,字子发,江西清江人。敖英在嘉靖六年(1527)末出任陕西提学佥事,嘉靖十年正月升任河南提学副使而离任。敖英作为一位用心校士的提学官员对关中状元康海也是特别关照。康海《答敖子发》记载:"执事在关中,以躬履之余诱掖多士,与所谓声音笑貌者,不可同年语也。……忽承佳贶,益重悚愧,使还先此布谢。不日将往华山,假到省下当遂趋侍。"①由文中可知,康海对敖英的督学实绩是颇为赞赏的,而提学敖英则主动向这位状元才子赠送礼物以示尊敬。提学官员对关中名士的特别优崇也由此可见一斑,这当然也是历任陕西提学总乐于与康海交往的一个重要原因。

王邦瑞,字惟贤,河南宜阳人。王邦瑞在嘉靖十年(1531)正月出任陕西提学佥事一职,嘉靖十一年(1532)六月因"岁贡生员左经等十名"②不合格而被降级改用。王邦瑞与康海的交往较少,在康海文集中仅有一次记载。《渔石类稿序》:"出以示陕西提学佥事凤泉王子惟贤,因刻之以传。谓予知唐子者,宜序诸其首。"③王邦瑞为当时的陕西总制唐龙刻书则邀请康海为之作序,至少在这件事上,说明两人因共筑文雅之事,有所来往。一方面该书作者是康海的好友,另一方面作为提学的王邦瑞为当地士人或在本地为官者刻书亦是其宣扬士教的职责所需。

孔天胤,字汝锡,山西汾州人。嘉靖十一年(1532)七月出任陕西按察司佥事,提调学校。嘉靖十三年(1534)八月因降为祁州知州而离任,在任两年。孔天胤与康海的交往在康海《送文谷先生序》一文中有所交待。其文曰:"予以壬辰冬再诣长安,文谷子来访予,睹其人听其言有孚之君子也。当时诸君子相访者顾无能如文谷子,于是定交焉。"④孔天胤主动拜访康海当然是倾慕其名声,

---

① (明)康海:《康对山集》卷10。
② (明)夏言:《南宫奏稿》卷1。
③ (明)康海:《康对山集》卷28。
④ 同上。

亦有作为总一方之学的提学官对地方士林领袖的尊崇之意。而康海对这位榜眼提学的君子之器更是倍加赏识，两人的交往因其相互欣赏而开始。在孔天胤离任到康海去世的七年间，还有四位陕西提学王凤灵、汪文盛、龚守愚、龚辉曾先后到任，但他们与康海的交往却没有文献记载。一则可能是有的提学如前两任提学督学时间短暂，故而交往的机会少；另则是相关资料的缺乏，使后人还未完全了解到他们之间的交往历史。

以上，我们主要对历任陕西提学与康海的交往做了简单的考述。实际上，我们重点关注的还是陕西提学在职任上与康海的一些交往活动。从数量上来看，从杨一清算起，直到康海去世的嘉靖十九年（1540）共有18任陕西提学，与康海有过交往且有文可考的就有13人，大多数陕西提学都与康海有过直接的交往与交流。尤其是杨一清、李昆、朱应登、何景明、唐龙等人，可以说是康海交往群体中的重要人物。他们与康海的交往也不仅仅限于提学职任之内，因而他们的思想包括文学思想也会与康海产生交互的影响。比如杨一清，作为康海的业师其影响力尤为突出，其推崇先秦文章的思路在康海那里得到了更为明确的回应；何景明、唐龙等人与康海相互切磋，其文学主张也基本一致，为复古派在关中的影响壮大了声势。而从陕西提学与康海交往的类型来看，有以师长身份培育其文学修养的杨一清等人，也有以同年友人、文坛盟友身份与其切磋文艺的朱应登、何景明等人，更有以地方宪学官员与其共筑文雅之事的李昆、王凤灵等人；有识鉴才俊而与其相互交流探讨的提学王云凤、唐龙等人，还有视康海为关中名士与鸿儒的敖英、王邦瑞、孔天胤等人。总之从这些提学与康海的交往来看，历任陕西提学无不以士教为己任，关中名士康海更是他们热心交往的对象，他们试图通过与康海的交往，奖掖士子，宣扬文教。而从历任陕西提学的作家身份来看，他们与作为关中作家杰出代表的康海进行交往则是一种关外作家与关内作家之间的交流和切磋。这些拥有作家身份的提学官员很多即是当时的知名作家，如朱应登、何景明、敖英、孔天胤等人，他们与康海的交往与交流也代表了关中文学与其他地域文学的交流与互动。从朱应登、何景明到唐龙等人，与康海之间都有不少诗友倡和之作。他们参与到康海的文学交往活动之中，是康海与文人交往的重要组成部分。通过与康海的频频交往，我们了解到陕西提学与地方文人之间的密切互动关系。他们参与地方文化、文学建构与建设的方式与内容也由此可见一斑。正是通过与陕西提学的交往与交流,康海的文学活动也更为丰富多样,其影响力也不仅仅局限于关中一隅①。

第三节 督学中的文学批评活动
——对生员文章的考核性评价

明代于英宗初年添设提学官,以此来管理一方学政,这一制度的建立对明朝教育影响较为深远。近二十年来,学界对明代提学的研究有一个由冷趋热的发展过程。总体来看,目前对明代提学的研究逐渐趋于多元。就研究的领域来看,从最初的政治、教育制度研究(如高春平《明代教育监察制度述略》②、郭培贵《试论明代提学制度的发展》③诸论文)到考察提学的文化职能及社会影响研究(如王力、王凤杰《明代贵州提学官员与地方社会》一文和李源《明代提学官职能研究》一文),再到考察提学的文学贡献研究(如李波《明代陕西提学对关中文人文集出版贡献探究》④)。从研究的维度来看,逐渐由过去宏观性的制度考察(如尹选波《明代督学制度述论》⑤一文),发展到当下微观视角的个体关照(如赵金丹《明代陕西提学贾鸿洙生平著述考》⑥一文)。也就是说,明代提学引起了更多研究者的关注,由此,明代提学的研究也逐渐迈向深入。

就目前的研究现状来看,微观层面的研究还远远不够,这实际上对于我们更加深入地揭示明代提学及相关制度的文化内涵及价值显得相当必要。作为

---

① 后七子诗派的王世懋、李维桢等人对康海也推崇备至,其中前者为康海文集作序。
② 高春平:《明代教育监察制度述略》,《晋阳学刊》1997年第5期,第98—102页。
③ 郭培贵:《试论明代提学制度的发展》,《文献》1997年第4期,第62—78页。
④ 李波:《明代陕西提学对关中文人文集出版贡献探究》,《中国出版》2014年第15期,第54—56页。
⑤ 尹选波:《明代督学制度述论》,《学习与探索》1999年第5期,第126—131页。
⑥ 赵金丹:《明代陕西提学贾鸿洙生平著述考》,《咸阳师范学院学报》2017年第1期,第82—86页。

明代地方教育系统中最重要的学官,同时兼具作家与地域文化交流者身份的明代提学,他们对明代地域文学的贡献及影响便更值得深入研究。这既是对明代科举与文学研究的具体发展和合理延伸,也是对明代地域文学研究多元视角的一种运用与有益尝试。虽然,目前从文学层面对明代提学开展的研究还并不多见,但是从明代提学开展督学活动及其最终培养人才类型的角度来看,探索明代提学影响地方文化乃至文学发展,实际上也是继续深入研究明代提学教育现象的必然。有鉴于此,我们拟就明代提学影响地方文学发展的具体问题即明代提学在考核生员的过程中对其文学创作的批评指导,来阐明他们对地方文学发展所起到的影响作用。

在阐述论题内容之前,我们有必要对论题中的重要概念和讨论对象稍作说明。这里所谓的"文学批评"是指围绕文学作品展开的鉴赏、评价。正如西方当代著名文学理论学者雷内·韦勒克所言,"文学批评"其实是一个难以界定的概念,因为"词的意义是词在语境中所取得的意义"[①]。就本文而言,此处采用"文学批评"最普通的含义,即文学批评是指与文学活动相关的评价活动。就本文来说,是指明代提学官对生员文章(文学)创作进行的评判和评价,我们并不打算使用今天狭义的文学概念来区分这种文章创作与纯粹的文学创作之间的差异,可以肯定的是,即使使用狭义的文学概念,明代士子的文章创作也不能排除其文学属性。另外还需要强调的是,提学对士子文章的评价是权威性的,同时也带有功利性,在封建社会科举时代,甚至可以说是一种基于王朝治国理念和用人理念下的考察与审核。但是这种官方性质的考核性评价又会因为提学官员主观认识的不同而得到不同程度的修正或改变,甚至在不同时期会呈现出不同的态势。关于这些,我们只能在具体的文学批评活动中来阐释这种影响的存在。

一、添设提学的潜在要求和明文规定

一项活动的开展必然有其开展的必要性,明代提学官员对生员文章进行

[①] [美]雷内·韦勒克:《文学批评的概念》,中国美术学院出版社,1999年,第33页。

的评价活动实际上是由明代提学制度决定的。这是明代提学官开展文学批评活动的必然性,也为其影响地方文学之必然性提供了坚实的依据。也就是说,基于提学制度的需要,明代提学官对生员的文章写作开展文学批评是一种必然。在提学制度之下,明代提学必然成为生员文章创作的文学批评者。正是通过对生员文学创作的批评,明代提学实现其引导生员创作的职责,而经过学校教育的士子是地方文学的生力军。通过管理地方学政、对士子文章创作进行权威性评价,明代提学官员成为影响地方文学的重要力量。

明代提学官员的添置即明廷对其职责的要求与规定,已经在制度设计层面明确了提学在督学过程中开展文学批评活动的必然。提学即提调学校,提调即管理,管理需要评价,评价即批评,已然构成一个环环相扣的逻辑关系。

首先,明代提学官即为士子文化与文学教育不足的现状而设。提学作为官师既能对士子文化、文学素养的提升进行监督也能进行亲自指导,这也是提学添置的重要原因。明宣宗、英宗时期,生员荒废学业,读书仅以应付科考的状况较为普遍。户部尚书黄福上书指出:"近年以来,各处儒学生员不肯熟读四书、经史,讲义理惟记诵旧文,待开科入试以图幸中。"[①]不能熟读经典,更不能详究文章义理,只能背诵陈旧文章以投机应考,生员素质的不堪突出地体现在文化与文学素养的低下方面。而更为重要的是生员文化素养包括文学素养的不足还会导致更为严重的后果:"士子至有不通文学,难以当官。宜专设宪官,提调学校,必选于众文学才行兼备、足以仪表者,乃可充任。"[②]士子"不通文学"显然是学业不精的体现。不能明经传道,甚至写不好文章,这样的儒生显然是不能出任官吏的。所以士子文学、文化素养的缺乏与儒学[③]培养合格的行政官员的目标存在着明显的背离和矛盾。因此,添置提学的目的就包括对士子文化与文学素养的培养和监督。而培养离不开指导,监督离不开批评(评价)。也就是说,针对明朝儒学教育中人才培养的现实问题,特别是在士子文化、文学修养方面的严重不足,添设提学官的目的正是要改变这一现状。故

---

① (明)李贤等:《明英宗实录》卷17。
② (明)黄佐:《南雍志》,《续修四库全书》第749册,上海古籍出版社,2002年,第128页。
③ 这里指的是培养生员的学校(府、州、县学)。

此,在"以文取士"的科考制度背景下,提学对士子日常的文章创作进行指导便是其添设之初的潜在要求。

其次,我们再来看看明代提学添设之初的有关规定,这些规定也能佐证其添设之初的目的。正统元年(1436)五月,明英宗在给首批即将赴任的提学官员的敕谕中提出:"(十五条之第三条)学者所作四书经义、论册等文,务要典实,说理详明,不许虚浮夸诞。至于习字,亦须端楷。"[1]这一道敕谕可以说对提学官员督学活动中的文学批评进行了明确的规定,且这一点在天顺六年恢复提学官设置时再次得以重申。考虑到提学在地方督学的具体对象,文中"学者"主要是指儒学生员,当然也可以包括尚未入学的童生,我们可以统称为士子;"四书经义"是指《四书》义和经义,士子在科举考试中需撰文对其进行解读;"论册"是指科举考试中论、判语、诏、诰、表、策等应用文体,士子在科举考试中需撰写相应文体的文章。总之,科举考试离不开文章撰写。所以,明英宗的敕谕就明确规定了提学对士子文章撰写的监督管理之责。"典实"是指文章典雅平实,"详明"是指文章详直明了,"虚浮夸诞"是指文章虚假浮华、夸张虚妄不真实。这里明显对士子所做文章有着明确的标准定位,而这其实也是对提学官员督学活动中监督引导士子文章写作的明确指示。这种来自最高统治者的明确指示,很显然,将在提学官员的督学活动中成为一种常规性的基本准则。由此可见,明代提学官员就士子文章写作进行监督、引导,实际上在提学制度确定之初就已经予以明确。

再次,明朝学校制度实际上对提学开展文学批评活动也有着潜在的要求。这一点只需从提学的全称上来看便可清晰明了。明代提学是指提调某处学校[2],如《两浙学政》一书中提学官毕懋良自称"钦差提督学校浙江等处提刑司副使毕"[3],广东提学魏校也自称"钦差提督学校广东等处提刑按察司副使魏"[4]。也就是说,明代提学是管理地方学校的行政官员,而这里的地方学校

---

[1] (明)李贤等:《明英宗实录》卷17。
[2] 某处一般是指某省,明代后期南直隶和湖广添设提学,某处则指某些行政区域。
[3] (明)毕懋良:《两浙学政》卷首,万历三十八年昌平黉写本,日本国立公文书馆馆藏。
[4] (明)魏校:《庄渠遗书》卷9《岭南学政》。

主要还是指儒学①。明代(儒学)学校则主要是为科举考试服务的,"明制,科目为盛,卿相皆由此出,学校则储才以应科目者也"②。从生员入学考试、岁考、乡试、会试其基本内容大同小异,或者可以说:"各级学校教育的宗旨均在于通过科举考试(为士子)跻身官僚阶层做必要的功课和应试准备。"③因此明代科举考试的内容便在很大程度上决定着儒学的教学性质。也就是说,儒学(学校)的性质实际上决定了提学官员管理学校的核心内容。简而言之,明代提学官也必须为科举制度服务。虽然明代确定了以经义论策取士的策略,和唐朝的诗赋取士、宋代的经义取士有所不同,但文章取士的基本思路却没有改变。既然以文章取士,那么文章撰写对科考士子的重要性自不待言。而作为管理一方学政的大宗师,提学官对文章撰写的指导便在所难免,甚至成为重中之重。"学校者,人才之所自出也,而提学者,实握其机于上。"④明代依靠学校,以科举取士,而科举又以文章选士,因此,提学对学校的管理当然也应包括对士子文章的指导和监督。所以提学官往往将自己督学称为"校士",或者干脆称为"校文",其缘故正在于此。所以提学官作为管理一省学政的官员,实际上其更重要的身份还是培育人才的宗师。而指导士子文章创作也是其重要的职责之一,因此对士子文章进行批评指导便在所难免。这既是提学作为官师的必然,也是明代学校的基本性质使然。

二、考核士子的现实需要

如果说提学官的添设已潜含着指导士子文章写作的要求,皇帝的敕谕则又明确了提学评价士子文章的基本标准,而明代地方儒学学校服务科举的性

---

① 包括府、州、县儒学,都司卫所儒学,土司儒学。区别于阴阳学、医学、武学以及乡镇一级的社学。
② (清)张廷玉等:《明史》卷69《选举志》。
③ 王凯旋:《明代科举制度研究》,北方联合出版传媒(集团)股份有限公司、万卷出版公司,2012年,第84页。
④ (明)江以达:《午坡文集》卷3《福建提学署碑记》,《四库全书存目丛书》集部第89册,齐鲁书社,1997年,第101页。

质实际上又明确了提学官以"校文"为主的督学职责,那么,明代的科举考试制度,则为提学官评价士子文章提供了根本的制度保障。也就是说,自明朝科举制度确立之后,对士子的各类考核便离不开文章写作。对士子文章进行评价,实际上是考核士子的现实需要。而提学官添设之后,管理学政的他们则需要通过对士子文章的评价,来完成他们对士子的各类考核。

(一) 明代"以文取士"的学校考试制度

明朝开国皇帝朱元璋相当重视学校教育。早在元末割据政权时期,朱元璋就设置了学校:至正十九年(1359)正月"命宁越知府王宗显立郡学"[1];至正二十年(1360)五月,刚刚与陈友谅经历一场大战的朱元璋"置儒学提举司,以宋濂为提举,遣子标受经学"[2]。至正二十五年(1365)九月,以集庆路学为国子学,添设学官。而到明朝立国之后的洪武二年(1369)冬十月,朱元璋又诏令天下府、州、县建立儒学学校。洪武八年(1375)正月"诏天下立社学"[3]。学校建立,则考试制度随之建立。洪武三年(1370)五月明朝开始设科取士,朱元璋颁布诏令,确立了科举考试的相关制度。其乡试会试文字程式如下[4]:

> 第一场试《五经》义,各试本经一道,不拘旧格,惟务经旨通畅,限五百字以上。(指定经传略)《四书》义一道,限三百字以上。
> 第二场试礼乐论,限三百字以上,诏请表笺。
> 第三场试经史时务策一道,惟务直述,不尚文藻,限一千字以上。
> 第三场毕后十日面试,骑观其驰骤便捷,射观其中数多寡,书观其笔画端楷,律观其讲解详审。殿试时务策一道,惟务直述,限一千字以上。

从以上乡试会试考试内容来看,且不论殿试和第三场考试都是千字以上

---

[1] (清)张廷玉等:《明史》,中华书局,1974年,第7页。
[2] (清)张廷玉等:《明史》,中华书局,1974年,第9页。
[3] (清)张廷玉等:《明史》,中华书局,1974年,第30页。
[4] 据王世贞《弇山堂别集》卷81《科试考一》记载,中华书局,1985年,第1540页。

的时策长文,就是前两场考试,尽管都以经书的阐释为主,但最后都要以文章的方式呈现出来。所以文章写得如何对考试的成败显然至关重要。故此,文章写作的重要性在这样的考试中自然不言而喻。也正因为如此,朱元璋在经历了连续三年科举考试之后(洪武六年),竟决定废弃科考。他的理由如下:

> 朕设科举以求天下贤才,务得经明行修,文质相称之士以资任用。今有司所取,多后生少年。观其文词,若可与有为,及试用之,能以所学措诸行事者甚寡。朕以实心求贤,而天下以虚文应朕,非朕责实求贤之意也。今各处科举,宜暂停罢。别令有司察举贤才,必以德行为本,而文艺次之,庶几天下学者知所向方,而士习归于务本。①

朱元璋注意到这些通过科举考试选拔的人才,文章的确写得不错,即"观其文词,若可与有为",可是到后来却发现他们并不一定具有真才实干,多不能学以致用,即"所学措诸行事者甚寡"。他所谓的"虚文应朕"就是基于这样的判断。朱元璋的本意显然是想通过科举来选拔官吏,为其王朝统治所用,所以他需要的是崇奉儒学而忠于君主的能吏。故此朱元璋对应试者撰写文章的文词并不在意,在意的是他们具备作为官吏处理现实事务的能力。"虚文"成为朱元璋暂停科考的主要理由,但也恰恰说明文章写作在当时科举考试当中的重要性。而实际上,科考中的"文章"与"才干"并不是对立的两个方面,就连抵制"虚文"的朱元璋自己也仍旧以"经明行修,文质相称"来定位他心目中的贤才。所以到洪武十七年恢复科考之后明廷所颁布的《科考成式》并没有改变"以文取士"的基本模式:

> 乡试八月初九日第一场,试《四书》义三道,每道二百字以上,经义四道,每道三百字以上,未能者许各减一道(略经传要求)……十二日第二场,试论道,三百字以上,判语五条,诏、诰、章、表内科一一道。十五日第三场,试经史策五道,未能者许减其二,俱三百字以上。次年礼部会试,以

---

① (明)胡广等:《明太祖实录》卷79。

二月初九日、十二日、十五日为三场,所考文字与乡试同。①

这次调整,除了取消洪武三年(1370)时第三场考试后进行的骑、射、书、算、律等五项测试外,还明显增加了经义测试的内容数量,但将问见解结撰成文的考核方式却并没有改变,相反反而得到了强化。以致顾炎武对此进行了批评:"文辞增而实事废,盖与初诏求贤之法稍有不同。"②乡试会试考核内容的确定显然决定了地方学校的教学内容乃至考核方式,因为地方府、州、县学生员的培养,正是为参加乡试的选拔而准备,会试只不过是对乡试入围者的进一步选拔而已,而为府、州、县学输送合格生员的社学,其教学内容与考核方式也必然与此考试内容密切相关。如此便构成一个上下相联的学校考试体系,从而形成"取士则以科目,养士则以学校"③的局面。正如研究者指出:"明代从中央到地方,各级学校之间通过考试建立了层层筛选的机制,形成一个完整、严密的体系。进入县级以上的各类学校都要经过严格的考试,从学校毕业参与选官也要经过考试,可以说,考试渗透到教育的各个环节。学校内部的日常考试也较前代更为系统严密。学校考试与科举制度紧密地结合起来。"④也就是说,明代地方学校包括社学对士子的考核也必然受到明代乡试会试"以文取士"模式的影响。

(二)提学官对地方学校士子的考核

我们可以就此对府、州、县学甚至社学的考试、考核内容再做一番详细的考察,以说明在地方学校各级各类考试中,"以文取士"模式的影响和存在。在提学管理学政的过程中,因为考核的需要,他们对士子文章进行评价也成为一种现实需要。

---

① (明)胡广等:《明太祖实录》卷160。
② 顾炎武:《日知录》卷16《经义策论》,见黄汝成:《日知录集释》,上海古籍出版社,2006年,第940页。
③ (明)何塘:《栢斋集》卷4《张生入学序》。
④ 杨学为主编:《中国考试通史》(第3卷),首都师范大学出版社,2008年,第2页。

《明史·选举志》称:"明代学校之盛,唐、宋以来所不及也。"[1]而文中所指的"学校"即府、州、县三级官学。府、州、县学作为地方官学的绝对主体,既是科考士子的主要来源,也是中央国学(南北国子监)生源(贡生)的主要输送者,同时它也是明代提学官学政管理的主要对象。由于其直接为科考服务的性质,其考核内容也围绕乡试会试基本格式来设计。

首先来看府、州、县学生员的入学考试。

生员入学考试,也就是童生试。自明代提学官添设之后,童生要成为府、州、县学正式学生即生员(俗称秀才)先后需要经过县试、府试、院试三道考核。而其考核的内容也大同小异:赵子富在《明代学校与科举制度》一书中引用明人张文麟于弘治十一年(1498)参加童试的亲身经历来记述其具体内容:县试《四书》、本经、论、策各一篇,府试时为本经、论各一篇,院试时仍为《四书》、本经、论、策各一篇。[2] 如此看来,其实在生员入学考试时其考试内容就已经与乡试会试的内容相差无几,虽然是以经义的测试为主,但是依旧遵循的是以文取士的基本模式。那么,提学在决定最后的取舍时,也必然要以应试童生的文章来评判。赵子富从考试难易程度对此进行了说明:"一般说来,县试、府试比较容易通过,而决定去留的院试则困难一些。如张文麟县试时颇为县令称道,府试时为第二名,而院试则落榜。在明代试图走读书中科举之路的人很多,加之主司对考生的文字好恶不同,所以通过童子试进入学校并不是件容易之事。"[3]的确,与主持县试的知县和主持府试的知府相比,提学官对应试童生显然更为陌生。甚至他们对童生的家庭出身和品行行为往往都一无所知,所以还需要地方官为其做保结。如此一来,提学官据以衡量童生的依据也就只有其应试文章了。如此看来,主持生员入学考试最后一关的提学,在是否录取问题上拥有最后的决定权,而文章的优劣则往往是他们主要的评判依据。这样一来,对童生应试文章的评价便也成为一种必然。

---

[1] (清)张廷玉等:《明史》卷45《选举志》。
[2] 张文麟《端严公年谱》,转引自赵子富:《明代学校与科举制度》,首都师范大学出版社,1995年,第45页。
[3] 赵子富:《明代学校与科举制度》,首都师范大学出版社,1995年,第45页。

这一做法在正德时期广东提学魏校的《岭南学政》和万历时期浙江提学毕懋良的《两浙学政》等文献资料中都能得到验证。最显著的一个例子就是江西提学邵宝,他在弘治十三年(1500)至十八年(1505)督学江西的四五年间,完成了四次院试。每一次院试的依据当然是童生们的文章。尽管是童生的文章,邵宝也非常重视。他在《瘞卷铭》一文中写道:

  江西诸生小试文总三万余卷,盖自弘治庚申至乙丑,凡四视学,所得也。念皆英才,精力所寓,故携庋草堂时一展焉。然纸久则敝,敝则弃,且亵者理必有之,于是穴地以藏,为铭其上曰:是惟奎壁之精,庐麓之气,其腾耀而不可掩者。既行于世矣,兹其不可久者,亦安可弃也。还之造化,亦曰义哉,亦曰义哉。①

小试,就是"明清童生应生员(秀才)考试的俗称"②。提学邵宝这里所谓的"小试"显然指的就是通常由提学主持的"院试"。邵宝收集这些小试文,是因为它就是邵宝选拔童生进入地方学校的唯一依据。按照规定这些文章都是要"存档"的。而提学邵宝珍藏这些文稿,还有看重其价值的用意在里面。他甚至认为这些文章是"奎壁之精,庐麓之气",由此可见他对文章的看重。那么在这样的认识之下,提学以文章取士的思路也就不难理解了。

其次,我们再来考察提学官对府、州、县生员的考核。明廷添设提学官,"专督学校,不理刑名"③,所以他们的主要职责就是督导学校、管理地方学政,而"岁考和科考是提学官的基本职责"④。而岁考、科考的考试内容其实与生员入学、乡试会试的考试内容区别不大,仍旧以经、书、论、表、策为基本内容。只不过因区别生员等级的需要,提学需要将其判别为多至六个等级,并给予相应的奖励或处罚。但是提学官评判等级的依据,除了生员的德行之外,其实仍

---

① (明)邵宝:《容春堂前集》卷9《瘞卷铭》。
② 翟国璋:《中国科举辞典》,江西教育出版社,2006年,第17页。
③ (清)张廷玉等:《明史》卷69《选举志一》。
④ 徐永文:《明代地方儒学研究》,中国社会科学出版社,2012年,第62页。

然是文章的优劣。从这个角度来说,提学其实是通过衡文来品藻,如万历时期浙江提学毕懋良曾向诸生公布其考核办法:

> 考案,一等文理平通。增附俱挨次补廪。附无廪缺,先补增。原停降法社者,俱准收复,照序补廪。二等文理亦通。附补增,增补廪。原停降者,俱准收复。序补青衣法社者,俱复附,候原附补增尽,亦准补增。三等文理略通。无帮补。原廪增停降及青衣法社者,照例俱准收复。若廪先已降增、后复以增降附者,止收附增。四等文理有疵。增附责戒,廪停不作缺,限六个月送考定夺。原系停降及青衣法社者,俱不准收复。五等文理荒谬。廪停作缺,原停廪者降增,原降增者与增广俱降附,附降青衣,青衣法社,俱候岁考定夺。原法社者,黜。六等文理不通。廪十年以上,考发附近充吏。六年以上,与增十年以上,发本处充吏。不愿者,听内进学。未及六年者,姑发社。余俱黜为民。凡一应补考生员,即考居一二等者,不准帮补,青社不许衣巾参谒,违者黜。①

很明显,在提学官毕懋良考核生员的过程中,"文理"成为评判等级的重要标准,而文理实际上就是对文章的总体评价,这一点早在明英宗的敕谕中其实已有所强调②。文章评价的结果直接关系到生员的升降罢黜,如此看来,提学官正是通过品鉴生员的文章来品评其品行和学识的高低,从而决定其科考命运。

仍然以江西提学为例。嘉靖中期江西提学苏祐对岁考文章进行总结并以此来鼓励士风。其文曰:

> 魏曹丕言文以气为主,宋黄庭坚言文以理为主。然理明则气昌,是不相离者也。窃自扬榷如此云。己亥之夏,余被命督学江西。冬十月视蒙

---

① (明)毕懋良:《两浙学政》,明昌平簧写本。
② 据《明英宗实录》卷17记载,明英宗给首批赴任的提学的敕谕中有:"生员有食廪六年以上,不谙文理者,悉发充吏。增广生入学六年以上,不谙文理者,罢黜为民当差。"

第三章 明代提学督学中的文学活动

阅岁,庚子夏岁考事竣,爰得文之优者为录,通若干篇。曰:是非所谓文邪?是非所谓气之昌者邪?然亦未尝被理矣。间精微有未致,肯綮有未融,时日之限。知言者不以为病,譬九方皋之于马尔。余非善相马者,江西之产固多骐骥也。故存原卷不加笔削,俾览者知多士之气之完。或有得于骊黄之外者,至若善养浩然充之以塞乎?天地之间,余不能不厚望于多士尔矣。①

从苏祐的记述可知,他平时的"校士"其实就是"校文",提学官苏祐对江西儒学生员进行岁考的成果不就是文章所提到的若干篇文章吗?苏祐对这些文章的评价如此之高,是因为这正是其督学的成果所在。正是通过岁考文章,苏祐看到了江西士子的彬彬兴盛。据苏祐之文可知,提学官对士子文章加以"笔削"是常事,这种"笔削"不仅仅是修改文章,其实还包含评点、评价文章等日常操作。由此可知,提学官以文章考核士子的确是一种常态。

文章写作成为地方学校生员们学习的日常,这一点即使在相对独立的书院中也不例外。如天顺年间江西提学李龄所拟定的《白鹿洞规》就明确规定:

每业习举业者,除三六九日作文字或学答策一篇,月终通九篇。就于作文日随作诏诰表一道。未习经书者,止作四书文字九篇。夫能行文者,作破承九个,稿成赴本斋先生处改过。按季收贮,听候考校,毋得誊写旧文,虚应故事。②

据此规定可知,为准备科举考试的缘故,生员学习文章写作是其最基本的学习任务。按照规定,生员平均每月写作文章27篇,这还不包括写作文章的当天所撰写的诏、诰、表等实用文体。如果将其一并计算在内,生员每月写作

---

① (明)苏祐:《毂原文草》卷4《岁考录题辞》,《四库全书存目丛书》集部第89册,齐鲁书社,第296页。
② (明)李龄:《宫詹遗稿》,《四库未收书辑刊》第五辑第十七册,北京出版社,1997年,第352—353页。

的文章合计有36篇之多。这样的文章写作强度不可谓不高。即使是那些还没有学习经书的士子,也要写作"四书文字"。文章写作对士子而言其重要性自然不言而喻。而文章撰写之后,还要经过先生的修改,然后等待提学的"考校"。这个"考校"其实就是提学的评价和指导。

  提学官以文章作为考核生员的方式,当然是基于明朝考试制度的规定。除了这个制度因素之外,明代提学官考校士子以文章为依据,还有一个操作层面的原因,即明廷尽管要求提学官以考察士子学行为依据,甚至明确要求"先道德而后文艺",但是地方提学官与一省士子的数量比实际上是难以实现这一目标的。如曾任陕西提学的山西人王云凤曾指出:"提学所统少亦不下万余人,非有朝训暮诲、耳提面命之相亲也。"①按照今天的话讲,士子与提学官之间构成的生师比是10000∶1,尽管明代提学官也有常到地方学校讲学的活动,甚至有主持地方书院讲学的经历,但是要求他们准确掌握数以万计的生员之品行,尽管儒学学校有格眼册等资料存在,恐怕操作起来也不现实,至少不好区分、甄别。因此,以文章评价作为考核生员的方法,的确是提学官考核地方学校的现实需要。

  提学官以文章考核生员的方式,甚至影响、改变了社学教育。

  社学,"元、明、清的地方基层学校。元至元二十三年(1286),颁令各路五十家编为一社,每社建一学校,择一通晓经者为教师,农闲时令子弟入学,读《孝经》《小学》《大学》《论语》《孟子》"②。据《大明会典》记载:"洪武八年,诏有司立社学。延师儒,以教民间子弟。"③其教学内容基本沿用元朝旧制,只不过在教授经书之外,还增加了律令的学习。照理说,社学作为学童启蒙阶段的学习,应该在经书的学习上打好基础。故此,正德时期的广东提学魏校在其《岭南学政》中明确要求社学,"宜于各乡择子弟端谨明敏者,聚而教之。延请有学行者,俾为教读。日以文公《童蒙须知》,令其演习,以收放心。初授以《养蒙大

---

① (明)王云凤:《博趣斋稿》卷14《山西提学题名记》,《续修四库全书》第1321册,上海古籍出版社,2002年,第189页。
② 翟国璋:《中国科举辞典》,江西教育出版社,2006年,第82页。
③ (明)李东阳等:《大明会典》卷78《学校》。

训》,四言五言口诵,既熟乃授以小学、《近思录》、四书,然后治经观史"①。

但是在后世的演变中,社学也逐渐向科举考试看齐,其对接科举考试的趋势也日益突出。如郑纪作于弘治末年的《漳州府社学记》一文便指出:"古人闾巷之学,即今之社学也。近世父兄之于子弟,幼小入乡校,即俾其习对偶文字之学。洒扫礼乐之事,目不及见。古人之所收者,今则放之。所养者,今则残之。小学之教已荡然矣。"②学习"对偶文字之学",其实就是学习文章写作,这与社学生童学习经书大义的基本教学要求显然不符。究其原因,生员以文章定取舍的考核制度的确是"罪魁祸首",也从一个侧面说明了文章评价在提学考核生员过程中的重要性。

三、提学对士子文章的评价

明代提学官对士子文章开展的文章评价活动其实只是其学政管理中的一项督学活动,并不是为着纯粹的文学批评目的。但是,如前所述,基于科举考试的内容和形式,实际上,提学官对士子文章的评价活动又构成一种文学批评活动。故而这种文学批评活动实际也是科举制度下提学督学活动的有机构成部分。我们只是从文学批评的角度来进行审视,而并不排斥其科举考试的基本属性,更不可能将其视为纯粹的文学批评活动,这是必须说明的一个基本前提。下面我们从评价的依据和评价的具体导向性两方面对明代提学评价士子文章的情况略作说明。

(一) 评价的基本依据

既然提学官员的督学活动受到明代科举制度的影响和制约,那么,实际上,提学官对士子文章的评价就会有一个总体原则,而这个总体原则是在明廷最高统治者设计科举考试之初就已经予以规定或者至少说予以大致规定的。这是因为科举制度本身就是封建王朝选拔官吏、教化百姓的主要手段,因而必

---

① (明)魏校:《庄渠遗书》卷9。
② (明)郑纪:《东园文集》卷5。

然出自统治者的精心设计并为其统治服务。

实际上,明朝开国者朱元璋在立国之初确定科举格式之际,就已经对科举考试当中的文章体式有着大致的规定。这一定位也基本确立了明朝官方对科试文章的基本定位。明朝创建者朱元璋在洪武六年停罢科考时,就曾对科考文章的性质有所规定:

> 朕设科举以求天下贤才,务得经明行修,文质相称之士以资任用。今有司所取,多后生少年。观其文词,若可与有为,及试用之,能以所学措诸行事者甚寡。朕以实心求贤,而天下以虚文应朕,非朕责实求贤之意也。①

朱元璋是想通过科举来选拔官吏,为其统治所用,所以他更注重人才的实际才能,所谓"以所学措诸行事"就是其用意的真实反映。故此,朱元璋对应试举子徒有文采而无实际才干的状况是极为不满的,这也正是他罢停科考的原因。但是对"天下贤才"的观念性认识,又使朱元璋一方面厌弃"虚文",另一方面又仍旧以"文质相称"来描绘他所渴求的人才,其实这是他出于招揽治国人才的需要。故此,在明朝科举制度建立者朱元璋这里,实际上应试文章的基本格调和定位就已经确立。朱元璋还明确表明他对当时文章的看法:

> 洪武二年三月,上谓学士詹同曰:"古人为文或以明道德或以通世务,如典谟之言皆明白易知,无深怪险僻之语。至如诸葛亮《出师表》,亦何尝雕刻为文? 而诚意溢出,使人感激。近世文士不究道德,不达世务,立辞艰深,意实浅近,即使过于相如、杨雄何俾实用? 自今翰林为文,但取通道理、明世务者,无事浮躁。"②

这与朱元璋在罢停科举时的意见何其相似,由此也充分说明朱元璋对科

---

① (明)胡广等:《明太祖实录》卷79。
② (明)张朝瑞:《皇明贡举考》卷1《文体》。

举文章的严格规定。不但如此,他此后他还陆续明确了科举文章的标准:"经义不拘旧格,惟务经旨通畅。""策惟务直述,不尚文藻。""诏、表、笺、奏、疏,毋用四六对偶,悉从典雅。"①朱元璋作为明代科举制度的创设者,他对科举文章的明确规定,显然对后世有着深远的影响。明朝科举考试,应试士子撰写的文章显然不同于一般的文学创作,当然又不能排除其具有的文学性。"有明一代,统治者一再申明,应试者的文风一定要朴实典雅,在对儒家思想全面领会的基础上,要有自己的见解,且能言之有理。"②而这一思路就是在朱元璋那里确立下来的。朱元璋的继任者也在不断强调科考文章的文体特征。

《皇明贡举考》专门以"文体篇"来记述明廷对科举考试文章体式的要求:

> 宣德二年三月,上谓翰林儒臣曰:……士习视朝廷所尚,朝廷尚典实则士习趋于厚,朝廷尚浮华则士习日趋于薄。此在朝廷激励成就之有道也。
>
> 成化十三年十二月,少詹事黎淳奏科场出题作文定式……奉圣旨出题校文并刊录文字必须合式,依经按传,文理纯正。
>
> 弘治七年,令作文务要纯雅通畅,不许用浮华险怪艰涩之词。答策不许用谬误杂书,之陈及时务须斟酌得宜,便于实用,不许泛为夸大及偏执私见,有背醇厚之风。
>
> 嘉靖六年,奏准取士之文,一依国初限字之法,务要平实尔雅、裁约就正……十一年,礼部题为正文体以变士习事……今后会试文卷,务要醇正典雅,明白通畅。③

根据以上要求我们也可对明廷对科举文章的基本标准有一个简单的归纳:平实典雅而不尚辞藻,明白通畅,文理纯正,以儒家经传为法式。

明廷对科举文章的明文要求伴随着科举制度的实行而一直在延续,特别

---

① (明)张朝瑞:《皇明贡举考》卷1《文体》。
② 杨学为主编:《中国考试通史》(第3卷),首都师范大学出版社,2008年,第136页。
③ (明)张朝瑞:《皇明贡举考》卷1《文体》。

是到嘉靖时期尤为严厉。"以正文体而变士习"的呼声不绝于耳。明廷对科举文章提出各种规定要求并予以不断重申，其实也恰好说明了"以文取士"模式在科举时代的牢固定位，同时也反映出，这种取士模式与统治者的初衷存在着一定的抵触和背离。但是，毕竟这种模式伴随着科举考试，甚至成为科举考试制度的重要组成部分。

既然明廷在国家层面对科举文章有如此的重视和关注并不断申令其要求，那么作为管理地方学政的提学官显然必须遵循这一要求。或者可以说，明廷对科举文章的明文规定也成为地方提学官校士与校文的金科玉律。当然在评价士子文章时，尽管大多遵循朝廷的基本标准，提学官可能也会有自己的见解与认识。另外对士子文章的评价也可能会更加具体、具有更强的甄别性。甚至到万历时期，提学对士子文章的评价也并不完全遵循朝廷的规定，而多少体现出提学官员自己的文章观念。此后统治者也一再重申科试文章的要求，究其原因，与科举考试以"文章取士"的模式不无关系。

（二）批评导向

"从考试内容和考试文体来看，科举却是一种文学考试或经学考试"[①]，既然士子文章是经学和文学的综合体，那么文章自然是不可剥离的重要方面，且是最为直观的方面。"以文取士"的最终目标当然还是在"人"，"文"只是手段和方式。选取怎样的人才决定着需要怎样的文章，然而对考试文章的要求又反过来深深影响着选取人才的质量。这就是明朝历代不厌其烦重申科试文章要求的原因。明代提学官显然要遵循官方对科考文章的规定来考校士子文章，这是他们评价士子文章的总体原则。然而，提学官对士子文章的批评显然需要更具体，更具操作性，因为毕竟他们需要以评价的方式完成对文章的甄别，从而达到考核人才的目的。在这一具体目标之下，甚至有时候不可避免地带有他们自己的认识和见解。下面我们结合提学批评士子文章的实例，根据时代先后顺序，对提学批评士子文章的情况作以梳理。

[①] 刘海峰：《中国科举文化》，辽宁教育出版社，2010年，第332页。

1. 批判先文艺而后道德的倾向

早在提学官添设之初的英宗时期，提学对地方士子科举文章中存在的不良倾向就有着清醒的认识，他们对此有着刻意的引导和规范，其评价文章的态度与立国之初朱元璋对科举文章文体明文规定基本保持一致，这当然也与英宗对提学的敕谕有关。如天顺时期的江西提学李龄对士子文章创作的纠正："自奉命提调江西学校，虑士之为学者，先文艺而后德行，忽经传而尚浮辞。下车之初，即其教条，欲学者敦德行而究心。"①尽管这里并没有直接记述提学李龄批评士子文章的详细细节，但是他对士子文章的批评态度已是相当明了——反对先文艺而后德行的作文思想、反对徒饰辞藻的文章。那么，他对江西士子文章撰写的引导和规范情况也便由此可想而知。

成化末年曾任浙江提学的郑纪在为新任山西提学王鸿儒作文赠别时②，谈到了他对当时士子文章的一些看法，这当然也是他督学浙江的经验总结。其文曰：

> 近世学者，习为科举文字。并其家庭洒扫应对，昏定晨省之礼，目不及见。自旦达暮，手不停披，悉皆藻绘时文，惟欲求媚主司之心目而已。父兄之所责望，师友之所引掖，己身之所期待，止此而已。间有谈及孝弟、忠信、礼义、廉耻之事，则群聚而非诋之，不以为妄，则以为愚，至无与立谈者。呜呼，是果孰妄而孰愚耶？或谓时制以文取士，无怪其然矣。予以国朝提学敕谕，先德行而后文艺，敦实行而戒浮华。苟天下提学之官皆能钦遵圣谕而行，务使生徒躬行孝弟，实德润身，则积中发外，出词吐气，自尔精纯通畅，科目亦在其中。入仕之时，举而措之，咎夔伊周事业将不在于古人矣。此盖懋学已试之成验，于行申以赠之。③

---

① （明）周孟中：《提学李金宪先生挽诗序》，《宫詹遗稿外编》卷6，《四库未收书辑刊》第五辑第十七册，北京出版社，1997年，第375页。

② 弘治九年八月，王鸿儒由南京户部员外郎晋升为山西提学佥事，此时郑纪正在南京太常寺卿任职上，所以有赠别之作。

③ （明）郑纪：《东园文集》卷8《送王懋学提学山西序》。

郑纪曾在成化二十三年(1487)至弘治二年(1489)间出任浙江提学,他对当时学政的现状应该有着较为深切的体会。他对士子文章的评价也能代表提学官员对士子文章的普遍看法,同时也能代表官方对士子文章创作的明确导向。郑纪强调了明廷官方对科举文章的基本定位——先德行而后文艺。的确,尽管"时制以文取士"是一个不争的事实,但是这并不意味着科举文章的写作就是堆砌辞藻,徒饰增华。好的文章的确需要有深刻的思想内容,如孔夫子所讲"有德必有言",从这一点上来说,明廷强调士子先德行而后文艺的确也无可厚非。所以郑纪严厉批评当时士子出于科考功利目的和勤于文章写作、"藻绘时文"的做法,而大力提倡养德修身、发而为文的文章写作思路。这与唐代古文大家韩愈教导后辈作家的思路何其相似:"根之茂者其实遂,膏之沃者其光晔,仁义之人,其言蔼如也。"① 先道德而后文章,德为言本,这既是封建王朝培养合格官吏的需要,其实也是培养优秀作家的必要,如此方能保证士子才能与德行匹配,文质的表里如一。

实际上,明代士子文章创作追求辞藻而忽略道德修身的情况一直存在,甚至在某一时期内显得特别突出。在"保存明代盛时元气之美"②的弘治一朝尚且如此,遑论朝政日渐衰败的正德、嘉靖、万历王朝。所以实际上,此后各代提学官对士子文章日趋浮华趋向的批评不绝于耳。这一情况在嘉靖朝尤为普遍,如嘉靖九年十一月兵部给事中王玑曾上书指出:"今之学校,文词日盛,德行风微。"③所以嘉靖时期提学对士子文章的批判较多,在文词和德行关系方面的导向性尤为明显。如嘉靖中期福建、湖广提学江以达在其撰有的《岁考录序》一文中居然径直讨论文辞和道德的关系。全文如下:

> 岁考者,岁一考也。何考?考文也。考其文已乎?周子曰:"文辞,艺也。道德,实也。笃其实而艺者书之。"是不足考乎?然则是录也,其实笃

---

① (唐)韩愈:《答李翊书》,见郭绍虞:《历代文论选》,上海古籍出版社,2001年,第115页。
② 孟森:《明史讲义》,中华书局,2006年,第192页。
③ (明)徐阶等:《明世宗实录》卷119。

而艺书者乎？未也。艺而不佚其实者也。国家之以文取士也,谓文真足以得士也。谓真足以得士者谓实笃而艺书者也。汲经嚅道,本原深矣。崇论弘议,规模立矣。审势筹物,经纬明矣。以措诸用,谁能艺之。是故支离而险侧者,叛道者也。时似而暗合者,望道者也。叛者已矣,望犹未也。韩子因文见道,文犹先于道也。非周子笃其实而艺者书之也。①

提学官江以达是在对生员进行岁考的基础上撰写的这篇文章,故名《岁考录序》。虽然此文通篇并没有点名批评士子文章之意,但又显然是针对当时士子科试文章之弊病而发。与大多数提学强调道德而贬低文艺不同的是,江以达推崇韩愈的"文以载道",他认为文章本身就是德行的体现,它并不是道德的修饰,因此他对所录岁考文章做出了较为客观的评价而不是一味地抬高。提学江以达阐明他对文章和道德关系的认识,也是表明他的评价立场,这当然也是他评价士子岁考文章的标准。从江以达的批评中我们也看到提学官不但对士子文章创作的纠正,对提学评价士子文章的偏颇之处,提学同样有着自觉的更正意识。

2. 批判新奇之文

对士子科试文章的要求,从朱元璋开始便强调平实典雅,正统时期的提学敕谕也明确要求士子文章"不许虚浮夸诞",宪宗、孝宗时期也都有相应要求。据此也说明士子科举文章也一直存在这样的倾向。但是在正德之后,似乎这一倾向更为突出。

曾于弘治末、正德初期先后出任广西和福建提学的姚镆,记述了这种变化。姚镆在其《岁考录序》一文中,记述了士子文章的新变化,并详细介绍了浙江提学对士子文章的评价和导向原则。其文曰:

> 科试之文,我高皇帝著有定式,非经书不可以命题,非传注不以解经。为文章必典则而敷畅,其词理俱优者则录以示。间多造道之言,蔼然治世

---

① （明)江以达:《午坡文集》卷 2,《四库全书存目丛书》集部第 89 册,齐鲁书社,1997 年,第 67 页。

之文。百数十年来，风俗同而学术正，未之有改也。逮自正德以来，一二好奇之士，出于其间。始挟负才智，倡为新说，逞独见而自谓真传，卑前人而私相贤重。俨然孙叔敖之谈笑，而不知身之为优孟也。以此簧鼓后学，后学亦靡然响之。作为文章往往弃传注为长物，其词支离背叛，恍惚汗漫而无所于归。至有读之终篇而不知其为何题者。其为经中之妖，文中之愚者，弊也何矣。①

从姚镆对正德时期科试文章的批判态度来看，这篇文章应该作于嘉靖年间。但姚镆正是在正德五年（1510）至九年（1514）出任福建提学，因此他对正德时期士子文章的批评也应是亲身经历、有感而发，也可以看作是他对当时士子文章评价的基本态度。姚镆认为正德以后，士子中有好奇之士，自负其才而倡导新说，文章抛弃了以经书为依据的传统，思想空洞无物，词语支离破碎。姚镆甚至将这类文章比喻为"经中之妖，文中之愚"。姚镆作为提学对这类文章的批判和打压也由此可知。但事实上，这股文章的好奇之风，显然不仅仅是"一二好奇之士"所倡导。正如姚镆所言，"挟负才智"、"逞独见而自谓真传"正是其中一个原因。科举以文章取士，士子为了炫耀才能，自然要追求新意，无论是在文章的立意和辞藻的运用方面都需要追求新奇。这也是片面追求文章写作而忽略内在德行修养的必然，因此这一弊病的出现实际上伴随"以文取士"科考制度始终。但是明代士子文章在正德前后新奇怪诞之风愈加炽烈也的确是事实，这与当时的士风和社会政治也不无关系。"文变染乎世情，兴废系乎时序"②，其实能很好地说明明代士子文章风气转变的根本原因。士风决定文风，而影响士风的关键因素还是时代政治背景。成化和弘治的气象与正德之后的社会怎么能同日而语？"一二好奇之士"显然也不具备影响士子文章倾向的能力。

---

① （明）姚镆：《东泉文集》卷3，《四库全书存目丛书》集部第46册，齐鲁书社，1997年，第512页。
② （南朝梁）刘勰：《文心雕龙·时序》，詹锳：《文心雕龙义证》，上海古籍出版社，1989年，第1713页。

针对士子文章的弊病,提学也有明确的批评指导。姚镆《岁考录序》正是为此而作。

> 我文宗宪副陈公以纯雅博大之学,清介磊落之操,奉上命视学于浙,乃有忧焉……群试之后,乃复取其制作之优异者,萃其文名为《岁考录》。锓之梓以广其传,用以厘正士习,予得而读焉。公鉴别甚精,评品甚当。义取其发挥明白,本传注而成章;论取其参据经史,雄浑峻拔而有断;策取其上下古今区处,事务皆凿凿有见非苟焉者,力破新格以还旧观。其余诡道之评,驾虚凿空之说,缪妄不切之论,一黜而不予等。①

提学陈公(疑为嘉靖时期浙江提学副使陈儒)针对士子文章崇尚新奇的弊病,在岁考文章的品评方面有着明确的导向和指引。譬如解释经义部分,选取那些以经书及其传注为依据而合理发挥的文章,这样的文章以经传为本,有理有据,自然不是诡道之评;议论部分,选取那些以经书和史书为依据,气势雄浑,有论有断的文章,这样的文章自然不是荒谬之言、谬妄之论;时策部分,选取以古今历史为依托,以事实为依据而有见地的文章,这样的文章自然不是凿空之说。这些选取文章的导向其实就是提学评价文章的标准。取与舍之间的权衡,正是提学官对士子文章的规范与导向。姚镆对浙江提学陈公纠正士子文章新奇文风的推崇,其实也可能是他批判正德时期士子好奇之文的对应举措,这也反映出明代提学多以宗经思想来纠正士子新奇文风的基本思路。

3. 批判浮靡之文

从文章特点上来看,浮靡与新奇比较相近,只不过浮靡更侧重于辞藻方面而已。故而在明代士子文章新奇之风渐起的同时,文章浮靡之风也随之倡行。万历初期四川提学陈文烛即指出当时士子文章当中的这一倾向。

> 万历甲戌,予奉命董蜀学事……即蜀多文章家,今所习举业彬彬矣。

---

① (明)姚镆:《东泉文集》卷3,《四库全书存目丛书》集部第46册,齐鲁书社,1997年,第512—513页。

然弘德以前质而不俚,嘉隆以后华而渐靡。概观海内时使然也。圣天子广厉学官,思正文体。余所录士,大都文达意耳、意称物耳,期从先进而塞明诏。嗟乎,陈隋之士浮,陈子昂氏振之而唐文变焉。嘉祐之士奇,苏子瞻氏振之而宋文变焉。因二先生以风蜀,因蜀以风海内,至今声华溢于缥囊。二三子宁不射洪眉山其人哉? 若士工于进取,士可工于品藻而无关于文体之正,则余也诚拙,几为士衡所窃笑矣。①

陈文烛认为文章华靡是嘉靖和隆庆时期士子文章的倾向,他所判断的时间大概与当时人们对新奇文风兴起时间的判断相差不远。说明文章追求新奇与文章辞藻华靡情况是比较类似的。其实在陈文烛之提学宗师张天复那里,他对绮丽文章也有着明显的批判倾向。他在《刻四书正传选义引》一文中明确指出:"置科以来,海内得与正传仅数家耳。比岁余奉命典学楚中,每进学官弟子于庭,校其文而上下之。楚故多材,瑰奇雄灏咸得于父兄师友之所渐。"②张氏尽管肯定了楚地士子文才不凡的特长,但他也明确指出科考文章与一般词赋作品的明显不同:"夫说理者,屏浮夸绝绮丽,与词赋之习异。"③所以张天复对嘉靖时期湖广诸生文章的浮靡之风是有所抑制的,这是他作为提学官对士子文章的批评导向作用的充分发挥。其门生陈文烛也应该是受其影响,所以他到四川督学之后,以四川乡贤整改文风的事迹鼓励四川士子改变浮靡文风。在整饬士子华靡文风问题上,张天复与其门徒陈文烛前后相续,持续努力,可谓是提学师徒的一场接力,由此可见提学在纠正士子浮靡文风方面的坚持。

陈文烛作为当时文坛的重要作家,他对士子文章的弊病应该是看得比较清楚的。与其交往甚密的另外两位重要作家张佳胤和吴国伦,也在此前不久分别担任云南和贵州提学。他们对当时士子文章当中的这一倾向也有批评性的指导。如嘉靖四十年(1561)张佳胤主持河南乡试之时即对新奇、浮靡文风

---

① (明)陈文烛:《二酉园文集》卷4,《四库全书存目丛书》集部第139册,齐鲁书社,1997年,第52页。
② (明)张天复:《鸣玉堂稿》,《续修四库全书》第1348册,上海古籍出版社,2002年,第486页。
③ 同上。

有批判打压。其在文中写道:

> 某固仰见明制极矣,何乃年来,操觚之士或缛词远实,习诵口耳,上枝叶之末,伤醇雅之致,间有一二表表俗习,率又新语炫奇,概于圣贤之蕴,悬如柄凿。某故执居常之抱,穷神志之力,有一于此,黜之。斯所录者,斌斌可观,不诡名理。①

吴国伦于隆庆时期督学贵州,他则以地方质朴之习勉励生员克服当时士子浮靡的通病。其文曰:"是岁贵州乡举,士献书且成,某以校役得有言木简……今观贵士,瘠而物力最侵,士伏穷巷,率多餐粥不充,短褐不完,甚者不免于负汲,无复纷华浮丽之习,足以荡耳目而夺其恒心。此其质不易漓也。记天下士由文反质,以趋于本质之化则贵土其先乎?"②这其实还是表明吴氏对浮靡文风的批判之意,只不过吴国伦以贵州士子的质朴来批判天下士子文章的不足。同一时期,几位重要提学作家反复对士子文章浮靡之风进行批判,足见当时士子文章浮靡之风的盛行,也可见提学批评士子文章之针对性。然而从结果来看,似乎他们也无力改变这一趋势。

4. 批判抄袭剽窃之文

明代士子进学以圣贤经书为基础,撰写文章则以史传及历代古文大家为模范,正如明代提学官在批判、纠正士子文章新奇、浮靡之风气时所采取的方案——宗经思想一样,明代官学的崇古思想是比较浓厚的。宗经崇古前提下,也容易养成剽窃之习。明代提学对士子文章这类陋习也有批判和纠正。弘治末期北直隶提学顾潜在其提学公移《申严条约事》一文中对士子的这类做法已有告诫。其文曰:

> 作文贵纯正明白,戒用尖新险怪之语。又须博学强记,四书五经之外

---

① (明)张佳胤:《居来先生集》卷32《河南辛酉乡试录序》。
② (明)吴国伦:《甔甀洞稿》卷40《贵州乡试录后序》,《四库全书存目丛书》集部第123册,齐鲁书社,1997年,第189—190页。

旁及诸子诸史并唐韩柳宋欧苏曾王诸家之文，庶几临文资取不穷。或用其事，或师其意，或仿其格，无不可者。或徒记诵近时刊印时文并讲义等书，苟应考校，则其立志不远，取法已单。验出必行惩责。①

提学御史顾潜对士子作文当中新奇险怪的文风的批判之意是显而易见的，他的建议也基本没有脱离宗经崇古的思路。但是他也注意到对经典文章的学习方式，即用事、师意、仿格而已，言外之意对那些照抄照搬的学习显然也是不予支持的。故而他紧接着对"徒记诵近时刊印时文并讲义等书"的做法予以批评，这其实就是对抄袭剽窃行为的批判，只是顾潜将抄袭剽窃行为限定在士子对那些时文和讲义的抄袭背诵方面而已。但是士子撰写文章若存在抄袭剽窃行为则要受到提学的严厉惩治，这一点又是非常明确的。

陕西提学靳学颜所撰《举业正学序》一文对当时的举业文章也有批评。此文作于嘉靖二十六年（1547）之后，很可能是他出任陕西提学期间的作品。尽管此文具体撰写时间不能确考，但通过此文可反映靳氏评价当时士子文章的态度却是没有任何疑问的。试看其文：

  故义愈工而经愈仄，乃今士习异尚。剽掠为章，缀辏为什，肌理为旨，关格为气，匪直无所发扬，恢弘经旨百一，且不为有无，无所加损，已吁弊哉！故予每与吾子坐论，未尝不嗟焉。②

如果说弘治末期北直隶提学顾潜批评士子抄袭剽窃的行为还侧重指的是他们对时文讲义的抄袭背诵，那么，此处陕西提学靳学颜所批评的剽掠就不仅仅是时文而是古文，甚至包括经义。"剽掠为章""缀辏为什"，这不就是对经义的剽窃抄袭吗？这样的"文章"怎么会有所"发扬"？又怎么会"恢弘经旨"呢？虽然靳学颜对这一士习崇尚也的确显得无可奈何，但他对士子文章撰写中这

---

① （明）顾潜：《静观堂集》，《明别集丛刊》第一辑第84册，黄山书社，2016年，第148页。
② （明）靳学颜：《举业正学序》，《四库全书存目丛书》集部第102册，齐鲁书社，1997年，第664页。

一投机取巧行为的批判态度还是相当坚决的。

在靳学颜出任陕西提学同时,他的进士同年薛应旂出任浙江提学。与靳学颜一样,薛应旂对当时士子文章剽窃的行为也痛加贬抑。他在《郭溪窗稿序》一文中就曾严厉批判当时士子文章抄袭的弊病,并说明他在督学浙江时对此弊病的惩治。其文曰:

> 今制以文取士,是关气运之隆替治忽。而士之业是文者,则率多抄袭装缀,言鲜由衷,其于士习治体盖深有可虞者。故余视浙江学每每病之。①

薛应旂这段记述与其同年靳学颜的见解何其相似。由此可见,当时士子文章抄袭剽窃行为的严重程度。作为提学,两人对士子文章剽窃行为的忧虑心态也是类似的。同时,和顾潜一样,他们企图通过文章考核来贬抑并改变这一陋习的做法也基本相似。但事实是,当时士风已不可扭转,士子文章陋习包括剽窃之习,薛应旂自己也感觉难以改变。在与同时期福建提学朱衡的书信来往中,薛应旂再次谈到他对当时士子文章陋习的看法。其《答朱镇山提学》一文中有曰:

> 浙中自昔多才之地,仆岂敢有所轩轾。但近来士子聪明俊伟者,十仅一二。其诸缀缉浮套,相扇成风,虽文辞末艺,亦多非由中之语。一及格言正论则相顾错愕,此非有大涵养、大力量者,恐不能斡旋转移也。鄙人菲薄,振起无由,如蚕负山,唯日惴惴耳,将何以辱兄之下问哉。②

薛应旂在文中对浙江士风的评价是较为客观的,"缀缉浮套"不正是剽窃

---

① (明)薛应旂:《方山先生文录》卷9,《四库全书存目丛书》集部第102册,齐鲁书社,1997年,第326页。
② (明)薛应旂:《方山先生文录》卷4,《四库全书存目丛书》集部第102册,齐鲁书社,1997年,第259页。

抄袭行为吗？而且士子之间"相扇成风"，以致他们对那些格言正论都已经惘然不知了，这是抄袭剽窃的必然结果。作为明代科考大省的浙江尚且如此，此时其他各地的情况恐怕也不容乐观。尽管浙江提学薛应旂在福建提学朱衡面前称自己"不能斡旋转移"，可能有谦虚之意，但事实上，提学的批评引导乃至以考核惩戒为手段的举措其作用也的确相当有限。

5. 肯定士子文章

当然明代提学对士子文章的评价，也不尽是批判性的否定。对士子文章积极的方面予以肯定和提倡，实际上是明代提学批评导向的另一面。当然，士子文章的优点很多，我们也不可能将明代提学对士子文章的正面评价逐一列举。在此我们略举两例，仅以阐明明代提学对士子文章批评导向亦有推崇和肯定的一面而已。

嘉靖时期江西提学苏祐，在其督学江西的第二年即嘉靖十九年（1540）所作《江西庚子同年序齿录后序》一文中，对其选拔士子考中举人者所作文章大加推崇，甚至谈到他平时对生员文章的肯定。其文曰：

> 嘉靖庚子秋九月九日，江西中式之士王生渤等有序齿之会，苏子观而乐焉。曰："夫余是信其以文取士之验也。"盖质之义协，要之信贞，礼文乐情咸昭达自然者云。初余历试诸生，见其谈礼乐而说诗书也。理邃而辨，体简而腴，辞畅而则，气健而舒，思冲而警，曰文在是矣。则咸取之矣。然尚虑歧于广途而未符玄识之鉴也。乃今罔不中焉。其人虽温文雅亮，重厚秀爽之不同，皆文之所由著，是礼乐之器而信义之奥也。①

文中苏祐对江西士子所作文章的肯定是不遗余力的，考察其评价内容可知，苏祐评价乡试举人文章"义协""信贞"，且一律以宗经为准。而这些刚中举人的士子正是苏祐前年"历试"选拔出来的科考生。苏祐又评价他们的文章："理邃而辨，体简而腴，辞畅而则，气健而舒，思冲而警。"无论这个评价是否客

---

① （明）苏祐：《榖原文草》卷1，《四库全书存目丛书》集部第89册，齐鲁书社，1997年，第294页。

观,提学苏祐对士子文章的肯定性评价是相当明确的。与提学对士子文章的批判性评价一样,它同样能对士子文章撰写起着一定的导向作用。

无独有偶,嘉靖十九年(1540)的福建乡试提学官田汝成也撰有《福建乡试录序》,其文曰:"提学副使田汝成登进之士三千有奇,简其可者九十人。览其词,率多驯厚尔雅,温而不冽,文质相扶,捃摘古今而折衷孔孟。凡齐梁之脂艳,庄列之诪张,一无淄缁。信遵义之昌言,迎风而雅化者也。佥谓可以贡矣。乃列上名氏并其文而录之。"①很明显,福建提学田汝成与江西提学苏祐都在极力肯定士子文章宗经而典雅的特点。文章典雅宗经与当时士子文章好奇浮靡的倾向恰恰相左,因此,提学对这类文章的肯定和推崇恰恰是对士子不良文风的抑制。也就是说,提学官对士子文章的批评导向有肯定推崇和批判贬斥两方面。而实际上,这两方面又是相互统一的,是明代提学批评士子文章时采取的两种不同取向而已。

四、提学评价士子文章的影响

明代提学官对地方学校生员包括社学生童文章写作的评价,具有明显的批评导向性。最主要的原因是他们作为管理学政的官员,具有决定士子科考命运的权力。而在具体的操作层面,提学选取士子的主要依据又是以他们的文章来进行衡量。如此一来,提学对士子文章的评价对士子而言就具有极其重要的决定意义。正如湖广提学陈凤梧所言:"品士维公,一字一句,必加评品,曰一卷一人之功名也。"②明代提学对士子文章的评价关系着士子的举业前途甚至人生命运,因此提学对文章的评价必然被士子所重视。

天启年间福建提学钟惺的一段记述颇能说明提学官之文章批评思想对士子的重要影响作用。其文曰:

---

① (明)田汝成:《田叔禾小集》卷1,《四库全书存目丛书》集部第88册,齐鲁书社,1997年,第414页。

② (明)焦竑:《国朝献征录》卷59。

> 钟子之教闽士也,不惟不敢有所挟以求士,而且深怪夫士之舍所学以徇吾所求者。尝请于予:"文若何而必中?"予厉色答之:"某知有好不好文字,不知有中不中文字。"正告诸生,今写其意所欲言,力所能言,机缘所不容不言者。凡以士之应吾求者,不如是则不真,士有真品而后有真文。乃始因其才力机缘所至,而后收之,勿强士之文以就我,于以养其气而全其所守,文体之中,而士习寓焉。①

据文可知生员向提学宗师钟惺打探"文若何而必中",而遭到批评。其实这也是一般生员的普遍心态,因为只有迎合提学对文章的评价标准,生员撰写的应试文章才能在岁考、科考等各类考试中获得提学官的青睐。据此可知,提学在校士过程中对士子文章的评价对士子的影响之大。故而才有生员向提学官发出这样的询问。钟惺在文学批评上的主张是"反对摹拟,主张标新立异,张扬个性"②,这一文学批评主张同样影响着他对士子文章撰写的要求。只不过钟惺并未意识到自己对文章的看法其实也是一种批评的导向,也会导致生员的盲从。因为一方面他批评生员的询问,而另一方面他又确实提出了自己对文章的要求。实际上,钟惺要求生员要抒写自己的性情,其实也是一种文章评价导向。当然我们也会发现,钟惺对士子文章写作的要求明显与朝廷的要求是背离的,这既是明代文学发展的必然结果,也是提学宗师文学批评思想的充分呈现。当然,这只是在明季朝廷统治更为衰弱的时期,士子包括提学不再以宗经崇古为唯一准则的情况下发生的事情。

实际上,有明一代,更多时候,提学官对士子文章所开展的批评活动也是严格遵循着明廷对科举文章的要求来进行的。如嘉靖九年(1530)七月,嘉靖皇帝就明确指出:"国家以文取士,文体所系,全在提学一官。必须崇雅黜浮,然后士习可变。"③因此,朝廷对提学官监管士子文章的职责尤为看重,乃至于

---

① (明)钟惺:《隐秀轩集》卷十八《闽文随录序》,上海古籍出版社,2017年,第346—347页。
② 汪涌豪、骆玉明:《中国诗学》,东方出版中心,1999年,第494页。
③ (明)徐阶等:《明世宗实录》卷115。

有提学如刘汝楠因"前乡试之文,艰深诡异"①而被人弹劾,最后不得不改任他职。因此,从这个层面上来看,明代提学对士子文章的评价因为秉持着明廷对天下士子的取舍标准,其权威性和影响力尤为突出也是必然。

而另一方面,由于提学官本身具有较高的文学修养,大多数提学官对文章写作都有着他们自己的见解和看法,甚至是他们的文学观念和立场,对于他们评价文章的态度也多少具有影响。从这个角度来看,明代提学在官方制度的规定性之下,也带有其自身的个性特征。他们对士子文章的评价和指导也多少会带有他们自己的主观判断,甚至有可能受到文学流派的影响而进一步影响到他们对科举文章的取舍。因此提学作为一省的宗文之主,他们对地方士子应试文章的批评指导不容忽视。

---

① (明)徐阶等:《明世宗实录》卷234。

第四章
明代提学影响地域文学研究

从明代提学的文化与文学教育职能及其在督学过程中所开展的各项文学活动来看,明代提学对地域文学的影响已经得到一定程度的体现。为了更好地分析明代提学给地域文学发展所带来的积极影响,我们选取提学影响地域文学的主要方面进行梳理。这种梳理侧重静态的分析梳理而不是纵向的历史描述,因此和上一章内容从动态的角度分析明代提学的活动有所不同。首先,在主观条件方面,明代提学几乎都是进士出身,学行优异,且他们当中的很多人兼具作家的文化身份,这为他们在督学过程中给地方文学带来积极影响提供可能;其次,提学对地方士子的影响既然是其影响地方文学的主要方式,那么,其影响士子的方式也是我们考察的重要方面;再次,明代提学作家对生徒作家的培养是其影响地方文学的显性形态,自然也是我们重点考察的内容。最后,明代提学助力地方文学的其他方面也是其影响地域文学的构成方面,自然也是我们梳理、考察的内容。下面分别对以上几个方面进行阐述。

第一节 明代提学作家身份考察

我们研究明代提学与地域文学的关系,首先是基于明代提学具备贡献地域文学的前提研判。而明代提学之所以能够对明代地域文学产生一定的影响,当然主要还是因为他们在明代科举制度下,总"一方之学",为"一方之师"①的缘故。然而将明代提学与地域文学联系起来的另外一个原因则是因为明代提学大多兼具一个文化身份——作家。因为这个身份，使我们对明代提学影响明代地域文学的研究有了更为丰富的视角和内容。这是我们在阐释明代提学与地域文学关系时，不得不首先予以阐明的一个重要问题。

作家，这个词在古代已有使用。《太平广记》引用《卢氏杂说》记载："唐宰相王玙好与人作碑志。有送润毫者，误扣右丞王维门。维曰：'大作家在那边。'"②《辞海》引用李东阳《麓堂诗话》来解释这个词："唐之盛时，称作家在选列者，大抵多秦、晋之人也。"③因此《辞海》对"作家"的解释是"古指文学上有卓越成就的人"，"今泛指具有一定文学成就的文学创作者"④。按照《辞海》的解释，古今对"作家"的理解主要还是对文学成就高低的认定有所不同而已。然而，如果我们再考虑王维对王玙"大作家"身份的理解，倘若他的话没有讽刺之意，则王维所指的"作家"应该是指作者更为合适一些。因为王玙在当时恐怕也难以称得上是"文学上有卓越成就"的作者。因此本文于此仍旧采用今人的概念，即有文学创作的成果并具有一定文学成就的人即是我们所谓的作家。以这个标准来看，古代凡是有文章存世的人我们都能称之为作家。而在古代已经被认定为作家者，我们自然更应该承认其作家的身份。基于这样的认识和界定，我们再来统计、分析明代提学官员当中的作家。借此为我们进一步探讨明代提学的文化及文学贡献奠定基础。

一、各省提学有文集者统计及分析

文集，是指"一人或数人作品汇集编成的书"⑤。何谓作品？"指文学艺术创作的成品"⑥。也就是说，我们这里所谓的文集，主要是以文学性为主的作

---

① （明）李贤等：《明英宗实录》卷17。
② 罗竹风主编：《汉语大词典》（第一卷），上海辞书出版社，2011年，第1254页。
③ 辞海编辑委员会：《辞海》（第六版缩印本），上海辞书出版社，2010年，第2575页。
④ 同上。
⑤ 罗竹风：《汉语大词典》（第六卷），上海辞书出版社，2011年，第1536页。
⑥ 罗竹风：《汉语大词典》（第一卷），上海辞书出版社，2011年，第1251页。

品汇编。这样的作品集能够较好地反映出提学官员作为作家的文学成就,说明他们在文学方面具有一定的造诣,也可能影响到他们的督学甚至影响到地方地域文学的发展。当然,除了文学家的身份,他们同时也可能具有政治家、教育家、史学家、哲学家乃至军事家、律学家或者其他的文化身份。而这些文化身份之间本身并没有冲突。本书旨在揭示明代提学官员普遍具有作家的文化身份,故而对这一身份之证据有所侧重性选择并予以专门呈现而已。基于这样的目的,我们对提学文集还是有所选择,并不是属于集部文集就一定选取,需视其作品内容是否具有文学性(狭义)而定。

下面我们分省统计其数据。统计表中注明提学之姓名和籍贯及其著述名称,并同时标明记载其文集的文献。需要说明的是,因本书统计提学文集以黄虞稷《千顷堂书目》为主要依据,故提学文集没有另外注明其他记载文献,则均默认为出自《千顷堂书目》之记载。若只有其他文献记载该文集,则予以标注。

(一)北直隶提学中有著述者统计表

提学	籍贯	著述	记载文献或收录丛书
程 富	南直隶	《流芳集》	
李 奎	江西	《九川集》《归田录》	《江西通志》
陈 政	广东	《东井集》	
陈 炜	福建	《耻斋集》	
阎禹锡	河南	《孙子集解》《自信集》	
张 泰	广东	《阙里志》	
张西铭	云南	《鹤轩集》	《云南通志》
陈 玉	南直隶	《友石亭集》《奏议》	
顾潜南	直隶	《稽古政要》《静观堂集》	
周 宣	福建	《秋斋集》	
王应鹏	浙江	《定斋集》《闽疏稿》《东台稿》《抚畿稿》《杂著稿》	
朱 衣	湖广	《汉阳志》	

续 表

提学	籍贯	著述	记载文献或收录丛书
郑洛书	福建	《思斋集》	
朱廷立	湖广	《两崖文集》《两厓诗集》《盐志》	
谢少南	南直隶	《粤台集》《河垣稿》《谪台稿》	
王 达	山东	《椒宫旧事》《桂林机要》	
阮 鹗	南直隶	《章枫山年谱》	
徐南金	江西	《承恩堂文稿》	
杨美益	浙江	《西巡稿》	
潘季驯	浙江	《留余堂集》《潘大司空历官奏疏》	
徐 爌	南直隶	《古太极测》	
颜 鲸	浙江	《春秋贯玉》	
庞尚鹏	广东	《行边漫纪》《百可亭摘稿》《百可亭奏议》	
凌 儒	南直隶	《旧业堂集》	《明别集丛刊》第三辑第47册
董 裕	江西	《董司寇文集》	《明别集丛刊》第四辑第6册
周孔教	江西	《周中丞疏稿》	《周怀鲁先生集》
高 举	山东	《行师选要》	
左宗郢	江西	《麻姑山志》	
左光斗	南直隶	《左忠毅公集》《左忠毅公奏疏》	

北直隶提学67人,有著述者29人,有文集者21人。

(二)南直隶提学中有著述者统计表

提学	籍贯	著述	记载文献或收录丛书
彭 勖	江西	《书传通释》《读书要法》《山东郡县通省胜览》	

续　表

提学	籍贯	著述	记载文献或收录丛书
孙　鼎	江西	《诗义集说》	
陈　选	浙江	《小学句读》	
薛　纲	浙江	《三湘集》《榕阴蛙吹》①	
司马垔	浙江	《兰亭集》	
张　璿	北直隶	《家藏集》《东巡录》《抚宁录》	
张鳌山	江西	《南松堂稿》	
萧鸣凤	浙江	《静庵文录》《静庵诗录》《静庵教录》	
刘　隅	山东	《范东集》《古篆分韵》	
章　衮	江西	《介庵先生文集》《随笔锁言》	
邱养浩	福建	《集斋类稿》	《福建通志》
闻人诠	浙江	《南畿志》《芷兰集》	
黄洪毗	福建	《瞻云集存稿》《翠岩集》	
赵　镗	浙江	《留斋漫稿》《衢州府志》	
吴　遵	浙江	《九芝堂集》	
周斯盛	陕西	《山西通志》	
耿定向	湖广	《耿定向集》	
周弘祖	湖广	《内篇》《外篇》	
周　禧	湖广	《临清州志》	
谢延杰	江西	《两浙海防类考》	
李学诗	山东	《桃花洞集》	《山东通志》
杨廷筠	浙江	《杨氏塾训》《易显》	
熊廷弼	湖广	《性气集》	
吕图南	福建	《壁观堂集》	

---

① （清）陈梦雷《古今图书集成》卷 44 记为《崧阴蛙吹》。

续　表

提学	籍贯	著述	记载文献或收录丛书
毛一鹭	浙江	《遂安县志》	
过庭训	浙江	《明代分省人物考》	
霍镆	山西	《虞邱案牍》《两河宪檄》《兰台督学奏议》《两河畿辅造士录》《校士气先录》	
倪元珙	浙江	《回奏复社疏》	
南直隶提学77人，有著述者28人，有文集者17人。			

（三）山东提学中有著述者统计表

提学	籍贯	著述	记载文献或收录丛书
薛瑄	山西	《敬轩集》《读书录》	
沈钟	南直隶	《休斋集》《晋阳稿》《休翁诗集》《思古斋文集》	《江南通志》
陈镐	南直隶	《金陵人物志》《矩庵漫稿》	《江南通志》
李逊学	河南	《悔轩集》	
赵鹤	南直隶	《维扬郡乘》《金华正学编》《耽胜集》《金华文统》《具区集》	
江潮	江西	《钟石遗稿》	
王廷相	河南	《王氏慎言》《王氏家藏集》《浚川奏议》	
周宣	福建	《秋斋集》	
戴冠	江西	《邃谷集》	
高尚贤	河南	《供储录》	
余本	浙江	《孝经集注》《南湖文录》	
夏尚朴	江西	《东岩文集》《东岩诗集》	
陆钶	浙江	《山东通志》	

续　表

提学	籍贯	著述	记载文献或收录丛书
曾于拱	江西	《曾于拱文集》	
叶　份	南直隶	《莲峰集》	
王慎中	福建	《家居集》《遵岩文集》	
杨　博	山西	《杨襄毅公奏疏》《虞坡文集》	
陈祥麟	福建	《四书诗经正蒙》	
徐南金	江西	《承恩堂文稿》	
吴维岳	浙江		《御选明诗》《明诗综》录其诗作
袁尊尼	南直隶	《鲁望集》	
蹇　达	四川	《督府奏疏》	《明诗综》录其诗作
李　袠	河南	《黄谷琐谈》《李太史集》《明艺补集》	
范　谦	江西	《双柏堂集》	《御选明诗》《明诗综》录其诗作
李化龙	山西	《李襄毅公诗文稿》	
周应治	浙江	《至道编》《霞外麈谈》	
李三才	北直隶	《双鹤轩诗集》《漕抚小草》	
徐学聚	浙江	《明朝典汇》《历朝党鉴》《抚闽疏草》《两浙名贤录》	
李开藻	福建	《性余堂草》	
南居益	陕西	《渭上续稿》	
王　宇	福建	《升庵新语》，另有诗文集	
贺万祚	浙江	《大业斋集》	《御选明诗》录其诗作
项梦原	浙江	《宋史偶识》	
汤道衡	南直隶	《礼记纂注》	
山东提学65人,有著述者34人,有文集者27人。			

（四）山西提学中有著述者统计表

提学	籍贯	著述	记载文献或收录丛书
彭 琉	江西	《书传通释》《读书要法》	
沈 钟	南直隶	《休斋集》《晋阳稿》《休翁诗集》《思古斋文集》	《江南通志》
杨一清	云南	《西征日录》《阁谕录》《石淙类稿》《吏部题稿》	
杨文卿	浙江	《松畦集》《笔谈类稿》《苕溪集》	
王鸿儒	河南	《凝斋集》《掾曹名臣录》，"书得欧颜法"，颇有诗名	
石 玠	北直隶	《东溽漫稿》	
陈凤梧	江西	《毛诗集解》《周礼校正》《射礼集要》《困知记》《修辞录》等	
边 贡	山东	《华泉诗集》《华泉文稿》	
陈 霆	浙江	《唐余纪传》《水南集》《两山墨谈》《渚山堂诗话》	
刘 瑞	四川	《改本三国志》《童观录》《劝学稿》	
林 魁	福建	《白石野稿》《归田录》	
马 卿	河南	《马氏家藏集》	
许 赞	河南	《松皋集》	《明诗综》录其诗作
何 塘	河南	《柏斋集》《儒学管见》《阴阳律吕》	
刘天和	湖广	《问水集》	
方 鹏	南直隶	《昆山人物志》《矫亭集》	
刘储秀	陕西	《西陂集》	
陆 深	南直隶	《俨山诗微》《书辑》《豫章漫抄》《翰林记》《俨山外集》等	
陈 讲	四川	《茶马志》《中川集》	
曹 嘉	河南	《漫山集》	

续　表

提学	籍贯	著述	记载文献或收录丛书
胡　松	南直隶	《滁州志》《庄肃公奏疏》	
廖希颜	湖广	《东云存稿》《三关士心》	
陈　棐	河南	《广平府志》《八阵图说》《礼垣六事疏》	
南居益	陕西	《晋政略》《青箱堂集》《抚闽疏》	
蔡国熙	北直隶	《春台文集》《守令懿范》	
薛　亨	陕西	《学海丛珠》	
王守诚	河南	《王守诚文集》《续编太常集礼》	
范守己	河南	《造夏略》《洧川县志》《御龙子集》	
李三才	北直隶	《双鹤轩诗集》《漕抚小草》	《明诗综》录其诗
李开藻	福建	《性余堂草》	
吕纯如	南直隶	《学古适用编》	
文翔凤	陕西	《太微经》《南都新赋文太青先生》	《明别集丛刊》第五辑第37册
袁继咸	江西	《六柳堂遗集》	
山西提学66人,有著述者33人,有文集者28人。				

（五）河南提学中有著述者统计表

提学	籍贯	著述	记载文献或收录丛书
欧阳哲	江西	《雪坡集》	
刘　昌	南直隶	《五台集》	
陈　选	浙江	《小学句读》	
吴伯通	四川	《石谷遗言》	
车　玺	山西	《河南名贤祠录》	
王　敕	山东	《云芝稿》《大成乐谱》	
秦　金	南直隶	《凤山集》	

续　表

提学	籍贯	著述	记载文献或收录丛书
刘　玉	江西	《执斋文集》	
边　贡	山东	《华泉诗集》《华泉文集》	
王　韦	南直隶	《南原家藏集》	
徐文华	四川	《西台奏议》	
萧鸣凤	浙江	《敬庵文录》《诗录》《教录》	
魏　校	南直隶	《庄渠文录》	
敖　英	江西	《慎言集训》《东谷赘言》	
刘　夔	山西	《黄崖集》《金陵稿恒阳集》	
齐之鸾	南直隶	《入夏录》《蓉川全集》	
顾梦圭	南直隶	《疣赘录》《入蜀稿》	
陈　束	浙江	《后岗集》	
葛守礼	山东	《葛端肃公集》	
翁大立	浙江	《督抚江西奏议》	
王应钟	福建	《缶音集》	
徐　儒	浙江	《东溪文集》	
亢思谦	山西	《慎修堂集》	《四库未收书辑刊》第五辑21册
杨俊民	山西	《河南忠臣集》	
李　汶	北直隶	《次溪南游纪》《出塞诗》	《明别集丛刊》第四辑40册
李化龙	北直隶	《李襄毅公诗文稿》	
王士性	浙江	《五岳游记》《玉砚集》	
董光宏	浙江	《历官纪录》《秋水阁集》	
叶秉敬	浙江	《荆关丛语》《赋集》	
吕邦耀	北直隶	《续宋宰辅编年录》	
曹履吉	湖广	《博望山人稿》	

续　表

提学	籍贯	著述	记载文献或收录丛书
潘曾纮	浙江	《春秋确》	
吕一经	南直隶	《古今好议论》	《四库全书总目》
河南提学57人,有著述者33人,有文集者27人。			

（六）陕西提学中有著述者统计表

提学	籍贯	著述	记载文献或收录丛书
刘安止	江西	《云峰清赏集》	
伍　福	江西	《南山居士集》《陕西通志》	
马中锡	北直隶	《东田诗集》《东田集》	
杨一清	云南	《关中奏议》《石淙诗集》	
王云凤	山西	《虎谷集》《博趣斋稿》	
李逊学	河南	《悔轩集》	
李　昆	山东	《东岗小稿》	
朱应登	南直隶	《凌溪集》	
祝　萃	浙江	《礼经私录》《虚斋遗稿》《古文集成》	
秦　文	浙江	《迹东集》《关东稿》	
何景明	河南	《大复集》《雍大记》	
唐　龙	浙江	《渔石集》《易经大旨》	
刘天和	湖广	《问水集》	
敖　英	江西	《慎言集训》《东谷赘言》	
王邦瑞	河南	《王襄毅公集》	
孔天胤	山西	《汾州志》《孔文谷集》	
王凤灵	福建	《笔峰诗文集》《淮阳稿》	
汪文盛	湖广	《白泉文集》《节爱府君诗集》	

续　表

提学	籍贯	著述	记载文献或收录丛书
龚守愚	江西	《临江先哲言行录》	
龚　辉	浙江	《西槎疏草》《全陕政要》	
章　衮	江西	《介庵先生文集》《随笔锁言》	
谢少南	南直隶	《粤台稿》	
杨守谦	湖广	《兵部集》《大宁考》《屯田议》	
靳学颜	山东	《靳两城先生集》	
薛应旂	南直隶	《方山先生文录》	《四库全书存目丛书》集部第102册
李攀龙	山东	《沧溟集》	
冯惟讷	山东	《光禄集》《诗纪》《风雅广逸》	
孙应鳌	贵州	《教秦绪言》《学孔精舍》等	
曾省吾	江西	《武宁纪略》	
徐善庆	江西	《武选集》《来清轩诗》	
刘有诚	山西	《自警语》《宦游二纪》	
陆光祚	浙江	《湛庵遗稿》	
徐用检	浙江	《鲁源文集》	
李维桢	湖广	《四游集》《大泌山房全集》	
王世懋	南直隶	《王奉常集》	
许孚远	浙江	《敬和堂集》	
余　寅	浙江	《农丈人集》《宦游历记》等	
姜士昌	南直隶	《雪柏堂集》	
杨德政	浙江	《梦鹿轩稿》	
祁伯裕	河南	《关中陵墓志》《余清馆集》	
李　橒	浙江	《全黔纪略》《李忠毅公集》	

161

续 表

提学	籍贯	著述	记载文献或收录丛书
钱天锡	湖广	《诗牖》	
贾鸿洙	北直隶	《周雅续》	

陕西提学 65 人,有著述者 43 人,有文集者 37 人。

(七)四川提学中有著述者统计表

提学	籍贯	著述	记载文献或收录丛书
潘 璋	浙江	《静虚斋稿》	
伊 乘	南直隶	《伊乘集》《六书考》《音韵指掌》《李杜诗句图》	
王 敕	山东	《五经通旨》《漫游稿》《云芝稿》	
苏 葵	广东	《吹剑集》	
王崇文	山东	《蒙训》《兼山遗稿》	
刘 节	江西	《梅国集》《周诗遗轨》	
王廷相	河南	《王氏慎言》《王氏家藏集》《浚川奏议》	
张邦奇	浙江	《张文定公集》《纡玉楼集》《环碧堂集》《养心亭集》《靡悔轩集》《四友亭集》	
韩邦奇	陕西	《苑洛集》《毛诗末喻》《律吕新书直解》	
蔡宗衮	浙江	《龟陵集》	
张 鲲	河南	《四礼图》	
周复俊	南直隶	《东吴名贤记》《泾林集》《全蜀艺文志》《太仓文略》	
易 宽	江西	《释义》	
曾于拱	江西	《曾于拱文集》	
胡 直	江西	《衡庐精舍藏稿》《胡子衡斋》等	

续 表

提学	籍贯	著述	记载文献或收录丛书
陈鎏	南直隶	《己宽堂集》	
洪朝选	福建	《静庵集》《芳洲集诗话》	《明诗综》
姜宝	南直隶	《稽古编大政记纲目》《凤阿文集》	
金立敬	浙江	《圣谕注》	
劳堪	江西	《诗林伐柯》《词海遗珠》	
管大勋	浙江	《休休斋集》《光禄集》	
陈文烛	湖广	《淮安府志》《二酉阁文集》《五岳山房集》	
郭棐	广东	《四川通志》《粤大记》《右江大志》《梦菊全集》	
郭子章	江西	《蠙衣集》《黔记》《豫章书》《豫章诗话》	
冯时可	南直隶	《诗臆》《元成选集》《超然楼》《岩栖稿》	后两部见《明别集丛刊》
汪应蛟	南直隶	《蜀语》《病吟草》《抚畿奏疏》	
黄克缵	福建	《疏治黄河全书》《数马集》	
王孟煦	山东	《云耕山房稿》	
江盈科	湖广	《明朝小传》《雪涛阁集》	
吴士奇	南直隶	《绿滋馆稿》《白鹭洲书院三祀志》	
来复	陕西	《来阳伯诗集》	
张邦翼	湖广	《岭南文献》	

四川提学67人,有著述者32人,有文集者27人。

（八）湖广提学中有著述者统计表

提学	籍贯	著述	记载文献或收录丛书
韩阳	浙江	《思庵稿》《西江诗选》	
薛纲	浙江	《三湘集》	

续　表

提学	籍贯	著述	记载文献或收录丛书
沈　钟	南直隶	《休斋集》《晋阳稿》《休翁诗集》《思古斋文集》	《江南通志》
姚文灏	江西	《中庸本义》《学斋心学录》《学斋稿》	
陈凤梧	江西	《毛诗集解》《周礼校正》《射礼集要》《困知记》《修辞录》等	
蔡　潮	浙江	《湖湘学政》《霞山集》	
张邦奇	浙江	《张文定公集》	《御选明诗》《明诗综》录其诗作
许宗鲁	陕西	《少华山人前集》《少华山人续集》	《明诗综》录其诗
崔　桐	南直隶	《海门县志》《东洲集》	《粤西诗载》《御选明诗》《明诗综》录其诗
杨　抚	浙江	《西槎集》	
田　顼	福建	《秬山诗集》	
王慎中	福建	《家居集》《遵岩文集》	《御选明诗》《御选历代诗余》录其作品
江以达	江西	《午坡集》	《明诗综》《粤西诗载》《御选明诗》录其诗作
刘汝楠	福建	《秬山诗集》	
孙继鲁	云南	《碗破集》	
应　槚	浙江	《苍梧军门志》《明律释义》	
乔世宁	陕西	《丘隅集》《耀州志》等	《御选明诗》《明诗综》录其诗作
林懋和	福建	《双台诗选》	《明诗综》《御选明诗》录其诗作
吴三乐	河南	《郑州志》	
刘起宗	四川	《名医三要》	
张天复	浙江	《鸣玉堂稿》	

续 表

提学	籍贯	著述	记载文献或收录丛书
杨豫孙	南直隶	《西堂日记》《药房锁言》	
吴文华	福建	《济美堂稿》《督抚奏议》	
徐栻	南直隶	《仕学集》《南台奏疏》	
颜鲸	浙江	《春秋贯玉》《原性》《订道》	
姚弘谟	浙江	《宝纶阁集》	
金学曾	浙江	《抚闽奏疏》	
管大勋	浙江	《休休斋集》《光禄集》	
王圻	南直隶	《洪洲类稿》	
孙成名	浙江	《薄游漫草》《保合编》	
蔡文范	江西	《青门先生文集》	《御选明诗》《明诗综》录其诗作
邹迪光	南直隶	《调象庵稿》《郁仪楼集》《鹪鹩集》《青藜馆集》《始青阁稿》《二西园稿》《石语斋集》《愚公谷乘》	
曹璜	山东	《大云集》	
董其昌	南直隶	《容台集》《南京翰林院志》	
窦子偁	南直隶	《敬由编》	
王在晋	南直隶	《龙沙会草》《历代山陵考》《兰江集》《辽东集》《西湖小草》	
瞿汝说	南直隶	《明朝臣略纂闻》	
葛寅亮	浙江	《金陵梵刹志》	
尹嘉宾	南直隶	《焚余诗集》	
王志坚	南直隶	《读史商语》《香岩室草》《古文续编》	《明诗综》录其诗作
高世泰	南直隶	《楚宝》	
湖广提学71人,有著述者42人,有文集者31人。			

（九）江西提学中有著述者统计表

提学	籍贯	著述	记载文献或收录丛书
陈璲	浙江	《逸庵集》《学庸图解》《桥门听雨集》	
高旭	福建	《榕轩集》	
李龄	广东	《宫詹遗稿》	
夏寅	南直隶	《禹贡详节》《夏文明公集》《记行集》《备遗录》	
冯兰	浙江	《雪湖集》《湖山倡和》（与谢迁）	
黄仲昭	福建	《八闽通志》《未轩集》	
苏葵	广东	《吹剑集》	
邵宝	南直隶	《学史》《简端录》《惠山集》《宋大儒大奏议》等	
蔡清	福建	《四书蒙引》《通鉴随笔》《密箴》《虚斋文集》	
王崇文	山东	《蒙训》《兼山遗稿》	
李梦阳	陕西	《空同集》《文选增定》	
田汝耔	河南	《周易纂义》《律吕会通》《水南集》《莘野集》	
唐锦	南直隶	《大名府志》《龙山集》	
邵锐	南直隶	《端峰存稿》	
周广	南直隶	《玉岩集》	
查约	浙江	《慭斋集》	
徐一鸣	湖广	《渌水集》	
赵渊	浙江	《竹江集》	
陈琛	福建	《紫峰先生文集》	
潘潢	南直隶	《朴溪集》	

续　表

提学	籍贯	著述	记载文献或收录丛书
张时彻	浙江	《宁波府志》《芝园集》《皇明文选》	
张　岳	福建	《交事纪文》《圣学正传》《净峰稿》	
李舜臣	山东	《愚谷集》	
汪应轸	浙江	《泗州志》《青湖先生文选》	
徐　阶	南直隶	《存斋教言》《世经堂集》《少湖集》	
苏　祐	河南	《三关纪要》《谷原诗文草》《奏疏》《建旃琐官》《云中纪要》等	
陆时雍	浙江	《平川遗稿》《辨德稿》《南游漫稿》	
蔡克廉	福建	《可泉集》	
郑廷鹄	广东	《琼志稿》《石胡集》	
胡汝霖	四川	《青崖集》	
王宗沐	浙江	《江西省大志》《海运志》《敬所集》《敬所先生漕抚奏疏》等	
韩　粥	浙江	《衡轩集》	
方弘静	南直隶	《千一录》	
徐　爌	南直隶	《古太极测》	
陈万言	广东	《铒园集》《文在堂集》《谦九堂续集》	
江以东	南直隶	《岷岳遗集》	
沈九畴	浙江	《曲辕居诗集》	
朱廷益	浙江	《清白遗稿》	
王　佐	浙江	《春浮堂初集》	《明别集丛刊》第五辑第76册

167

续　表

提学	籍贯	著述	记载文献或收录丛书
骆日升	福建	《骆先生文集》	《明别集丛刊》第四辑第90册
苏茂相	福建	《苏氏韵辑》《读史韵言》《读史咏言》	
黄汝亨	浙江	《江西学政申言》《寓庸子游记》《寓林集》	
张京元	南直隶	《楚辞删注》《寒灯随笔》《湖上小记》	
钱继登	浙江	《鏊专堂集》	
郭都贤	湖广	《补山堂诗集》《草鞋吟》	《古今图书集成》
吴　炳	南直隶	《待制集》	
郭都贤	湖广	《补山堂诗集》	
侯峒曾	南直隶	《侯忠节公全集》	《明别集丛刊》第五辑第58册
江西提学72人,有著述者47人,有文集者44人。			

（十）浙江提学中有著述者统计表

提学	籍贯	著述	记载文献或收录丛书
花润生	福建	《介轩集》	
张　和	南直隶	《条庵集》	
刘伦正	江西	《休休庵文集》	《同治安福县志》
张　悦	南直隶	《张庄简公集》	
胡　荣	江西	《道器图》《东洲稿》	
李士实	江西	《世史稽疑》《白洲诗集》	
郑　纪	福建	《东园文集》《圣功图》《东园遗稿》	
吴伯通	四川	《达意稿》《近思录》《石谷遗言》《甘棠书院录》	

续　表

提学	籍贯	著述	记载文献或收录丛书
李逊学	河南	《悔轩集》	
赵　宽	南直隶	《半江集》	
陈　玉	南直隶	《友石亭集》《交南诗》	
杨　旦	福建	《惜阴小稿》	
陈　仁	福建	《三渠稿》	
刘　瑞	四川	《五清集》	
盛端明	广东	《玉华子》	
何　塘	河南	《柏斋集》《儒学管见》《阴阳律吕》	
万　潮	江西	《五溪文集》	
汪文盛	湖广	《白泉文集》《节爱府君诗集》	
陆　深	南直隶	《俨山诗微》《书辑》《豫章漫抄》《翰林记》《俨山外集》等	
林云同	福建	《文疏存稿》《林端简公存稿》	
徐　阶	南直隶	《存斋教言》《世经堂集》《少湖集》	
陈　儒	江西	《芹山集》	
张　岳	福建	《净峰稿》	
张　鳌	江西	《迁莺馆集》	
孔天胤	山西	《孔文谷集》	
雷　礼	江西	《镡墟堂稿》《古和疏稿》《豫章人物记》	
薛应旂	南直隶	《方山集》《方山诗说》等	
阮　鹗	南直隶	《章枫山年谱》	
毕　锵	南直隶	《偃松斋集》	
范惟一	南直隶	《范太仆集》	
殷　迈	南直隶	《愆忿窒慾编》	

续　表

提学	籍贯	著述	记载文献或收录丛书
屠义英	南直隶	《乡校礼辑》	
林大春	广东	《潮阳县志》《井丹集》	
胡汝嘉	南直隶	《心南稿》	
刘东星	山西	《晋川集》	
王世懋	南直隶	《奉常集》《名山游记》等	
苏濬	福建	《三余集》《漫吟集》《鸡鸣偶记》《紫溪集》	《福建通志》
姜士昌	南直隶	《雪柏堂集》	
陈应芳	南直隶	《敬止集》	
萧雍	南直隶	《酌斋遗稿》	
伍袁萃	南直隶	《林居漫录》《希龄录》《希龄续录》	
蔡献臣	福建	《同安志》《勘楚纪事》《仪曹存稿》	
孙昌裔	福建	《西天目山志》	
樊良枢	江西	《樊致虚杂稿》《密庵初稿》《稗稿》《西湖草》《匡山社诗》等	
黄鸣俊	福建	《静观轩诗集》	
黎元宽	江西	《进贤堂稿》	
刘麟长	福建	《浙学宗传》《鞠躬堂集》	纂修四库全书档案
许豸	福建	《仓储汇核》《春及堂诗》	
浙江提学75人,有著述者48人,有文集者42人。			

（十一）福建提学中有著述者统计表

提学	籍贯	著述	记载文献或收录丛书
周孟中	江西	《畏斋集》《地理真机》	

续　表

提学	籍贯	著述	记载文献或收录丛书
任彦常	南直隶	《克斋稿》	
罗璟	江西	《北上稿》《周易程朱异同》	
杭济	南直隶	《泽西集》	
陈玉	南直隶	《奏议》《友石亭集》	
杨子器	浙江	《柳塘先生遗稿》《咏史诗》《长平杂稿》《排节宫词》《早朝诗三卷》	
姚镆	浙江	《东泉文集》	
刘玉	江西	《执斋集》	
胡铎	浙江	《支湖集》	
邵锐	南直隶	《端峰存稿》	
吴仕	南直隶	《颐山私稿》	
张邦奇	浙江	《学庸传》《五经说》《张文定公集》	
潘潢	南直隶	《朴溪集》《朴溪奏议》	
江以达	江西	《午坡集》	
田汝成	浙江	《田叔禾集》《九边志》《西粤宦游记》《豫阳集》等	
夏浚	江西	《明大纪》	
朱衡	江西	《朱衡文集》《漕河奏议》《道南源委录》	
宗臣	南直隶	《宗子相集》《学约》	
姜宝	南直隶	《凤阿文集》《周易传义补疑》《春秋事义全考》《稽古编大政记纲目》	
蔡国珍	江西	《蔡恭靖公遗稿》	《明别集丛刊》第三辑第46册
周弘祖	湖广	《内篇》《外篇》	
宋仪望	江西	《华阳馆集》《垂杨馆奏疏》	

续　表

提学	籍贯	著述	记载文献或收录丛书
赵参鲁	浙江	《端简奏疏》	
邹迪光	南直隶	《调象庵稿》《郁仪楼集》《鸰鹡集》《青藜馆集》《始青阁稿》《二酉园稿》《石语斋集》《愚公谷乘》	
王世懋	南直隶	《王奉常集》等	
顾大典	南直隶	《清音阁集》	
耿定力	湖广	《叙台疏略》	
徐即登	江西	《易说》《书说》《诗说》《四书论答》等	
方应选	南直隶	《众甫集》《汝州志》	
熊尚文	江西	《周易家训》《倭功始末》《符司记》《天中明刑录》《抚楚奏疏》	
谭昌言	浙江	《狷石居遗稿》	
钟　惺	湖广	《隐秀轩集》《古唐诗归》《楞严如说》	
葛寅亮	浙江	《金陵梵刹志》	
庄应会	南直隶	《经武要略正集》	纂修四库全书档案

福建提学67人,有著述者34人,有文集者30人。

(十二) 广东提学中有著述者统计表

提学	籍贯	著述	记载文献或收录丛书
彭　琉	江西	《书传通释》《读书要法》	
胡　荣	江西	《道器图》《东洲稿》	
宋端仪	福建	《道南三先生遗书》《革除录》《立斋间录》《宋行朝录》等	
丁　玑	南直隶	《补斋集》《大学疑义》	

续表

提学	籍贯	著述	记载文献或收录丛书
潘　府	浙江	《孝经正误》《南山素言》《孔子通记》	
陈　钦	浙江	《自庵集》《海山联句集》	《江南通志》
江　潮	江西	《钟石遗稿》	
章　拯	浙江	《定性书》《朴庵文集》	
余　本	浙江	《易经集解》《礼记拾遗》《南湖文录》	
魏　校	南直隶	《六书精蕴》《体仁说》《庄渠文录》《诗稿全编》	
方　凤	南直隶	《改亭存稿》	
欧阳铎	江西	《欧阳恭简集》	
祝　品	浙江	《晓溪文集》	
萧鸣凤	浙江	《静庵文录》《诗录》《教录》	
田汝成	浙江	《田叔禾小集》《九边志》《西粤宦游记》《豫阳集》等	
潘　恩	南直隶	《笠江集》《诗韵辑略》《祁州志》《笠江近稿》等	
周　琅	湖广	《颛侗集》	
吴　鹏	浙江	《飞鸿亭稿》《历任疏稿》	
林云同	福建	《林端简公存稿》	
程文德	浙江	《松溪集》	
胡汝霖	四川	《青厓集》	
李　逊	江西	《安庆府志》	
王　玺	江西	《南丰县志》	
林如楚	福建	《碧麓堂集》	
郭子直	浙江	《二京三游草》	

续 表

提学	籍贯	著述	记载文献或收录丛书
朱燮元	浙江	《恒岳遗稿》	
潘士达	浙江	《论语外篇》《古文世编》	
姚履素	南直隶	《市隐园诗文纪》	
张邦翼	湖广	《岭南文献》	
杨瞿崃	福建	《岭南文献补遗》《明文翼统》《易经疑丛》	
张 玮	南直隶	《如此斋集》	
张天麟	浙江	《松台山房集》	
何三省	江西	《帝后尊谥纪略》《历法同异考》	
广东提学68人,有著述者33人,有文集者25人。			

(十三) 广西提学中有著述者统计表

提学	籍贯	著述	记载文献或收录丛书
陈 璲	浙江	《桥门听雨集》《逸庵集》	
黄润玉	浙江	《学庸通音》《宁波简要志》《四明文献录》《南山稿》等	
萧 鸾	广东	《琴谱》	
王 潜	南直隶	《嘉遁子集》	
姚 镆	浙江	《东泉文集》	
陈伯献	福建	《峰湖集》	
刘 节	江西	《梅国集》《周诗遗轨》	
李 中	江西	《谷平集》	
唐 胄	广东	《西洲存稿》	
黄 佐	广东	《泰泉集》《通历》《广东通志》《罗浮山志》等	

续　表

提学	籍贯	著述	记载文献或收录丛书
张　岳	福建	《交事纪文》《圣学正传》《净峰稿》	
潘　恩	南直隶	《笠江集》《诗韵辑略》《祁州志》《笠江近稿》等	
李义壮	广东	《理数或问》《三洲初稿》	
袁　褧	南直隶	《吴中先贤传》《世纬》《袁永之集》《岁时记》等	
王宗沐	浙江	《敬所集》《敬所先生漕抚奏疏》等	
陈　善	浙江	《杭州府志》《黔南类稿》等	
黎　澄	江西	《春草堂集》	
朱天球	福建	《湛园存稿》	
周思兼	南直隶	《周叔夜集》	
方弘静	南直隶	《千一录》	
吴　仕	南直隶	《颐山私稿》	
谢少南	南直隶	《粤台集》《全州志》《河垣稿》	
胡汝嘉	南直隶	《心南稿》	
袁昌祚	广东	《乐律考》《广东新通志》	
范　谦	江西	《双柏堂集》	
杨德政	浙江	《梦鹿轩稿》	
杨道会	福建	《性理抄》	
魏　濬	福建	《周易古象通》《峤南琐记》《峡云草》等	
林祖述	浙江	《星历释义》	
陆梦龙	浙江	《易略》《九江府志》《憨生集》	
陈士奇	福建	《巴黔署草》	
广西提学 63 人,有著述者 31 人,有文集者 27 人。			

（十四）云南提学中有著述者统计表

提学	籍贯	著述	记载文献或收录丛书
刘伦正	江西	《休休庵文集》	《同治安福县志》
童　轩	江西	《枕肱集》《清风亭稿》《筹边录》	
王　臣	江西	《北山集》	
彭　纲	江西	《云田集》	
周季凤	陕西	《澄江先贤录》《未轩漫稿》	
孙继芳	江西	《石矶集》	
唐　胄	广东	《西洲存稿》《江闽湖广都台志》《琼台志》	
李　默	福建	《天下舆地图》《群玉楼稿》《困亨别稿》等	
吴　鹏	浙江	《飞鸿亭稿》	
徐养正	广西	《蛙鸣集》	
余文献	福建	《九厓集》	
陈　善	浙江	《杭州府志》《黔南类编》《武林风俗略》《自警新编》等	
沈绍庆	南直隶	《光山县志》	
张佳胤	四川	《居来山房集》	《四库全书总目》
万廷言	江西	《经世要略》	
薛天华	福建	《明善斋经疑》《居官疏议》	道光《晋江县志》
方　沆	福建	《猗兰堂集》	
刘　垓	江西	《六安州志》	
范允临	南直隶	《输寥馆集》	
樊良枢	江西	《樊致虚杂稿》《八代金石古文》	
毛尚忠	浙江	《四书会解》	《四库全书总目》
云南提学57人，有著述者21人，有文集者16人。			

（十五）贵州提学中有著述者统计表

提学	籍贯	著述	记载文献或收录丛书
席　书	四川	《元山文选》《元山春秋论》	
秦　文	浙江	《碛东集》	
陈　琛	福建	《紫峰先生文集》	
田　顼	福建	《柜山诗集》	
蔡克廉	福建	《可泉集》	
蒋　信	湖广	《道林集》《古大学义》	
徐　樾	江西	《波石集》	
徐养正	广西	《蛙鸣集》	
莫如忠	南直隶	《丛兰馆集》	
谢东山	四川	《中庸集说》《贵阳图考》《近罾轩集》《黔中小稿》等	
万士和	南直隶	《履庵文集》	
况叔祺	江西	《考古词宗》	
殷　迈	南直隶	《惩忿窒欲编》	
李　荩	河南	《丹浦款言》《黄谷琐谈》《于田文集》《宋艺圃集》《元艺圃集》等	
吴国伦	湖广	《甔甀洞稿》	
冯时可	南直隶	《诗臆》《元成选集》《超然楼》《岩栖稿》	后两部见《明别集丛刊》
甘　雨	江西	《古今韵分注撮要》《吉安贡举考》	
张汝霖	山西	《周易因指》	
刘锡玄	南直隶	《黔南十集》《扫余之余》	《明别集丛刊》第5辑第25册
周诗雅	南直隶	《南北史抄》	《四库全书总目》
贵州提学50人，有著述者20人，有文集者15人。			

从以上统计数据来看,各省提学中有著述者基本占到全省提学数量的三分之一。而著述中又以文集居多,其中有文集的提学数量接近或超过全省提学总数二分之一的省份有河南、陕西、湖广、江西、浙江、福建,而有文集的提学数量相对较少的省份则是南北直隶和云贵两省,其比例不到或接近三分之一。形成以上结果的原因是多方面的,我们将在稍后的研究中予以详细阐释。

二、明代重要诗歌总集《明诗综》收录明代提学作家作品情况

为了进一步阐明明代提学官大多具有作家的文化身份,或者说,为了能从更微观的层面考察明代提学的文学创作实绩,我们还可以就他们创作的文学作品被当时或稍后的文学总集收录的情况来予以分析说明。明代文学总集不少,我们选择代表性的诗歌总集《明诗综》来统计提学作家的作品。虽然这些作品的入选也并不能代表作者就可以称得上是作家或者文学家,但是也能从一个侧面,反映出明代提学官员的文学修养和他们的创作实绩。

四库馆臣对《明诗综》评价颇高:"彝尊此编,独为诗家所传诵。亦人心彝秉之公,有不知其然而然者矣。"[1]尽管四库馆臣这一评价有针对钱谦益《列朝诗集》的用意,但《明诗综》品评公允也的确实是事实。也就是说《明诗综》收录诗作的情况应能较好地反映明代诗坛的面貌。表4-1是该书收录明代提学作品的情况统计。

表4-1 朱彝尊《明诗综》收录提学诗作统计表

序号	提学姓名及籍贯	督学(时期)省份	入选作品数量	所在卷数
1	薛瑄 山西	正统时期 山东提学	**21**	18下
2	夏寅 南直隶	成化时期 江西提学	1	20
3	童轩 江西	成化时期 云南/陕西提学	1	21
4	郑纪 福建	成化时期 浙江提学	1	22

---

[1] 四库全书研究所整理:《钦定四库全书总目》,中华书局,1997年,2662页。

第四章 明代提学影响地域文学研究

续 表

序号	提学姓名及籍贯	督学（时期）省份	入选作品数量	所在卷数
5	张泰　广东	成化时期　北直隶提学	1	22
6	黄仲昭　福建	弘治时期　江西提学	1	24
7	冯兰　浙江	成化时期　江西提学	1	24
8	张习　南直隶	成化时期　广东提学	1	24
9	杨一清　云南	弘治时期　山西/陕西提学	**21**	24
10	马中锡　北直隶	弘治时期　陕西提学	3	25
11	彭纲　江西	弘治时期　云南提学	3	25
12	伊乘　南直隶	成化时期　四川提学	1	25
13	赵宽　南直隶	弘治时期　浙江提学	1	25
14	邵宝　南直隶	弘治时期　江西提学	**6**	25
15	蔡清　福建	弘治正德间　江西提学	1	25
16	王云凤　山西	弘治时期　陕西提学	3	25
17	祝萃　浙江	正德时期　陕西提学	1	25
18	王鸿儒　河南	弘治时期　山西提学	2	25
19	苏葵　广东	弘治时期　四川/江西提学	1	25
20	杨子器　浙江	正德时期　福建提学	**5**	25
21	秦金　南直隶	正德时期　河南提学	1	26
22	杭济　南直隶	弘治正德间　福建提学	2	27上
23	刘玉　江西	正德时期　河南提学	**12**	27下
24	赵鹤　南直隶	正德时期　山东提学	2	27下
25	何塘　河南	嘉靖初期　浙江提学	2	28
26	陈霆　浙江	正德时期　山西提学	3	28
27	陆深　南直隶	嘉靖中期　山西/浙江提学	**5**	28
28	张邦奇　浙江	嘉靖初期提学　四川/湖广/福建	**8**	28

续　表

序号	提学姓名及籍贯	督学（时期）省份	入选作品数量	所在卷数
29	周宣　福建	正德嘉靖间　北直隶提学	1	28
30	李梦阳　陕西	正德中期　江西提学	**80**（独立一卷）	29
31	何景明　河南	正德末期　陕西提学	**78**（独立一卷）	30
32	边贡　山东	正德中期　山西/河南提学	**26**	31
33	王廷相　河南	正德末期　四川/山东提学	**19**	31
34	朱应登　南直隶	正德中期　陕西提学	**33**	32
35	王韦　南直隶	正德末期　河南提学	3	32
36	唐龙　浙江	嘉靖初期　陕西提学	**7**	33
37	欧阳铎　江西	嘉靖初期　广东提学	1	33
38	王应鹏　浙江	嘉靖初期　北直隶提学	1	33
39	韩邦奇　陕西	嘉靖初期　四川提学	2	33
40	方鹏　南直隶	嘉靖初期　山西提学	**11**	33
41	方凤　南直隶	嘉靖初期　广东提学	1	33
42	戴冠　河南	嘉靖初期　山东提学	1	33
43	邵锐　南直隶	嘉靖初期　江西提学	1	33
44	齐之鸾　南直隶	嘉靖初期　河南提学	**15**	34
45	孙继芳　江西	嘉靖初期　云南提学	2	34
46	刘储秀　陕西	嘉靖初期　山西提学	1	35
47	崔桐　南直隶	嘉靖初期　湖广提学	1	36
48	王邦瑞　河南	嘉靖初期　陕西提学	1	36
49	张岳　福建	嘉靖中期　江西/浙江提学	3	36
50	许宗鲁　陕西	嘉靖初期　湖广提学	**22**	36
51	曹嘉　河南	嘉靖中期　山西提学	1	36

续　表

序号	提学姓名及籍贯	督学(时期)省份	入选作品数量	所在卷数
52	王凤灵　福建	嘉靖中期　陕西提学	3	36
53	陆钶　浙江	嘉靖中期　山东提学	5	37
54	李默　福建	嘉靖中期　云南提学	2	37
55	黄佐　广东	嘉靖初期　广西提学	11	37
56	敖英　江西	嘉靖中期　陕西提学	4	37
57	田顼　福建	嘉靖中期　贵州提学	1	37
58	徐阶　南直隶	嘉靖中期　浙江/江西提学	13	39
59	潘恩　南直隶	嘉靖中期　广西/广东提学	4	39
60	张时彻　浙江	嘉靖中期　江西提学	7	39
61	吴鹏　浙江	嘉靖中期　云南/广东提学	5	39
62	顾梦圭　南直隶	嘉靖中期　河南提学	5	39
63	叶份　南直隶	嘉靖中期　山东提学	1	39
64	苏祐　河南	嘉靖中期　江西提学	2	40
65	江以达　江西	嘉靖中期　福建/湖广提学	1	40
66	闻人诠　浙江	嘉靖中期　南直隶提学	1	40
67	田汝成　浙江	嘉靖中期　广东/福建提学	5	40
68	袁袠　南直隶	嘉靖中期　广西提学	19	40
69	王慎中　福建	嘉靖中期　山东提学	17	40
70	陈束　浙江	嘉靖中期　河南提学	5	41
71	程文德　浙江	嘉靖中期　广东提学	1	41
72	杨博　山西	嘉靖中期　山东提学	1	41
73	孔天胤　山西	嘉靖中期　陕西/浙江提学	1	41
74	朱衡　江西	嘉靖中期　福建提学	1	41
75	周复俊　南直隶	嘉靖中期　四川提学	2	41

续 表

序号	提学姓名及籍贯	督学（时期）省份	入选作品数量	所在卷数
76	谢少南　南直隶	嘉靖中期　南直/陕西/广西提学	2	41
77	廖希颜　湖广	嘉靖中期　山西提学	3	41
78	靳学颜　山东	嘉靖中期　陕西提学	2	42
79	薛应旂　南直隶	嘉靖中期　陕西提学	1	42
80	翁大立　浙江	嘉靖中期　河南提学	3	42
81	乔世宁　陕西	嘉靖中期　湖广提学	**9**	42
82	万士和　江西	嘉靖后期　贵州提学	2	43
83	洪朝选　福建	嘉靖中期　四川提学	1	43
84	谢东山　四川	嘉靖后期　贵州提学	1	43
85	余文献　福建	嘉靖后期　云南提学	1	43
86	宋仪望　江西	隆庆时期　福建提学	3	43
87	周思兼　南直隶	嘉靖末期　广西提学	3	43
88	方弘静　南直隶	嘉靖末期　江西/广西提学	1	44
89	潘季驯　浙江	嘉靖末期　北直隶	1	44
90	孙应鳌　贵州	嘉靖末期　陕西提学	1	44
91	庞尚鹏　广东	嘉靖末期　北直隶提学	1	44
92	李蓘　河南	隆庆万历时期　贵州/山东提学	**6**	44
93	蹇达　四川	万历初期　山东提学	1	44
94	高则益　江西	万历初期　四川提学	1	44
95	林如楚　福建	万历初期　广东提学	2	44
96	陈文烛　湖广	万历初期　四川提学	3	44
97	管大勋　浙江	万历初期　四川/湖广提学	1	44
98	王圻　南直隶	万历初期　湖广提学	1	44

续 表

序号	提学姓名及籍贯	督学（时期）省份	入选作品数量	所在卷数
99	袁尊尼　南直隶	隆庆时期　山东提学	3	44
100	李攀龙　山东	嘉靖后期　陕西提学	**18**	46
101	宗臣　　南直隶	嘉靖后期　福建提学	**17**	46
102	吴国伦　湖广	隆庆万历间　贵州提学	4	46
103	张佳胤　四川	嘉靖隆庆间　云南提学	**8**	47
104	李维桢　湖广	万历初期　陕西提学	4	47
105	王世懋　南直隶	万历初期　陕西/福建提学	4	47
106	范谦　　江西	万历初期　广西提学	1	51
107	蔡文范　江西	万历中期　湖广提学	**10**	51
108	顾大典　南直隶	万历中期　福建提学	3	51
109	方沆　　福建	万历中期　云南提学	2	51
110	郭子章　江西	万历中期　四川提学	2	51
111	冯时可　南直隶	万历中期　四川提学	**7**	51
112	李化龙　北直隶	万历中期　河南/山东提学	**6**	52
113	杨四知　河南	万历中期　北直隶提学	1	52
114	邹迪光　南直隶	万历中期　福建/湖广提学	**6**	52
115	王士性　浙江	万历中期　河南提学	1	53
116	杨德政　浙江	万历中期　广西/陕西提学	2	53
117	苏濬　　福建	万历中期　浙江提学	3	53
118	黄克缵　福建	万历中期　四川提学	1	53
119	姜士昌　南直隶	万历中期　浙江/陕西提学	1	53
120	余寅　　浙江	万历中期　陕西提学	2	53
121	徐学聚　浙江	万历中期　山东提学	1	54
122	董其昌　南直隶	万历后期　湖广提学	**6**	55
123	朱燮元　浙江	万历后期　广东提学	1	57

续　表

序号	提学姓名及籍贯	督学（时期）省份	入选作品数量	所在卷数
124	苏茂相　福建	万历后期　江西提学	1	57
125	岳和声　浙江	万历末期　福建提学	1	57
126	吴士奇　南直隶	万历后期　四川提学	1	57
127	江盈科　湖广	万历后期　四川提学	1	57
128	范允临　南直隶	万历后期　云南提学	2	58
129	黄汝亨　浙江	万历末期　江西提学	1	58
130	谭昌言　浙江	万历末期　福建提学	1	59
131	傅淑训　湖广	万历末期　山西提学	1	59
132	过庭训　浙江	天启时期　南直隶提学	1	59
133	樊良枢　江西	万历天启时期　云南/浙江提学	1	59
134	左光斗　南直隶	天启初期　北直隶提学	1	60
135	顾大章　南直隶	天启时期　陕西提学	1	60
136	文翔凤　陕西	天启初期　山西提学	1	60
137	钟惺　湖广	天启初期　福建提学	4	60
138	王志坚　南直隶	崇祯初期　湖广提学	1	60
139	尹嘉宾　南直隶	泰昌天启初　湖广提学	2	60
140	贺万祚　浙江	天启初期　山东提学	1	60
141	何万化　南直隶	崇祯时期　福建提学	1	66
142	陆锡明　浙江	崇祯时期　江西提学	1	66
143	许豸　福建	崇祯时期　浙江提学	1	68
144	袁继咸　江西	崇祯时期　山西提学	2	74
145	吴维岳　浙江	嘉靖中期　山东提学	7	47

　　从《明诗综》收录作品的作者来看，明代提学官员有145人的作品入选，占到了整个提学群体的1/5，也就是说，每五个提学就有一人的作品入选《明诗综》，由此可见明代提学整体文学素养之高。从提学官员作品的入选数量上来

看,《明诗综》选诗严格,绝大多数作家仅选诗一首,然而作品数量超过五首的提学却有36位之多,而且全书单独成卷的作家恰恰是两位提学官员。如此说来,明代诗坛,至少是明代中后期的诗坛,提学作家的诗歌创作都是相当重要的组成部分,明代不少提学官员兼具作家的文化身份也得到了很好的证实。另外,我们还可以从明代提学作家的籍贯和督学省份两个维度来审视地域文学的输入和输出问题,这部分内容我们将放在稍后专题讨论。

另外我们还对钱谦益《列朝诗集小传》一书收录提学作家情况进行了统计,限于篇幅,我们此处只罗列其姓名。该书收录薛瑄、张和、童轩、刘昌、夏寅、李龄、杨一清、王鸿儒、刘玉、马中锡、杭济、王云凤、邵宝、陆深、王佐、沈钟、赵宽、杨子器、李梦阳、边贡、王廷相、何景明、戴冠、孙继芳、张凤翔、朱应登、许宗鲁、王韦、赵鹤、彭纲、黄佐、田汝成、苏祐、敖英、陈束、孔天胤、齐之鸾、王慎中、田顼、乔世宁、张邦奇、江以达、袁袠、周复俊、杨文卿、靳学颜、胡直、方弘静、余文献、张时彻、闻人诠、廖希颜、顾梦圭、莫如忠、吴维岳、张佳胤、谢少南、王宗沐、李攀龙、吴国伦、王世懋、李维桢、宗臣、陈文烛、胡汝嘉、顾大典、徐阶、李三才、蔡宗尧、钟惺、尹嘉宾、王志坚、董其昌、蔡文范、傅光宅、邹迪光、来复、文凤翔、尹伸等79名提学的作品。

三、明代重要文学流派中的提学作家

如果说上文我们是以提学官员文学作品的数量来衡量他们的创作实绩并以此来说明提学整体(群体)文学素养之高,那么,我们在此则以提学官员中颇具文坛影响力的官员来说明他们在当时文坛的巨大影响力。从正统之后的文坛开始往下梳理文学流派,以各个文学流派的核心骨干人员中提学官员所占的比例来说明明代提学在当时文坛的号召力和影响力。

1. 茶陵派中的提学官员

茶陵派中的提学官员属于"茶陵派挚友"[①]的有冯兰、陈玉、沈钟、李士实、

[①] 按照司马周《茶陵派研究》的划分方法,参见司马周:《茶陵派研究》,南京师范大学博士论文,2003年,第25—45页。

李逊学、杨一清、杨文卿、夏寅、潘祯、戴珊等9人；属于"西涯众门生"的有王崇文、何塘、邵宝、陆深、张邦奇、秦金等6人。茶陵派中的提学官员共计有15人之多，除了戴珊没有文集之外，其他14人都有诗文集著作传世。

2. 七子诗派中的提学官员

明代七子诗派声势浩大，时间跨度较长，成员较多，实际上也很难界定。我们在此仅以前后七子核心成员为列，说明提学官员参与其中的情况。前七子中居然有4人为提学，即李梦阳、何景明、边贡、王廷相，其中领袖人物李梦阳为江西提学，何景明为陕西提学；后七子中也有3人为提学，即李攀龙、宗臣、吴国伦，其中李攀龙为七子之首，曾为陕西提学。如此一来，七子诗派在提学官员中的作家身份特别显著。实际上，七子诗派在各地的影响也最为明显，这其中也可能与他们督学地方，为一方宗主的特殊身份有一定关系。本书在稍后的研究中将重点关注七子诗派提学作家对地方诗坛的影响。

3. 其他文学流派中的提学官员

另外还有唐宋派领袖王慎中，曾为山东提学；"公安派的主将江盈科"[①]曾为四川提学；竟陵派领袖钟惺曾为福建提学。文学流派的主要成员甚至是流派领袖人物为提学官员，那么，他们的影响力自然不容小觑，他们在督学过程中可能对地域、地方文学带来的变化也应该引起我们的注意。但是此处我们要强调的是，既然明代文学流派的领袖人物大多都身为提学官员，那么，明代提学官员大多兼具作家身份的普遍性也由此可见一斑。

毫无疑问，明代提学作家特别是那些在当时文学流派中处于主导地位的提学，他们以文坛盟主或主将的身份督学地方，显然他们对地方文学发展的影响是不容忽视的。这一点我们在稍后考察提学官员与地方作家的交往与交流中还会详细阐释。

四、明代提学官的作家身份及其特殊意义

上文我们通过《千顷堂书目》和地方通志对提学所撰文集情况进行粗略统

---

① 此处引用钟林斌先生《公安派研究》一书的说法。

计以揭示提学群体大多兼具作家身份的事实;再通过对《明诗综》和《明文海》两部文学总集收录提学作品情况的统计来展示提学群体的创作实绩;最后再对明代主要文学流派中的提学作家进行统计以说明提学在当时文坛的声誉和影响力。个人文集、作品选录、文坛声誉,我们试图通过对提学文学创作成果和文学影响力的展示,揭示明代提学的文化、文学素养。大多数明代提学兼具作家身份,而这一文化身份既是他们督学的需要,也是他们在督学过程中影响地域文学的潜在前提。

毫无疑问,大多明代提学官兼具作家的文化身份对他们(指提学作家)的督学活动有着重要的影响。一方面提学对士子的文学教育职能得到更大程度的彰显,另一方面,这些提学作家在督学过程中的文学活动包括文学创作、文学批评、文学交流等都可能成为一种常态,而这些活动对地域文学发展的影响也是不可忽略的。因此,明代提学所兼具的作家身份是我们考察其影响地域文化和文学的重要前提和基础。故而认识明代提学官的作家身份对于我们揭示明代提学与地域文学的关系而言具有重要的价值意义。

第二节　明代提学对地方士习和文风的整饬

在明代政治制度和科举制度的作用下,明代提学以"一方宗师"的身份给地方士子带来的影响是巨大的;而地方学校读书人即士子又是文人作家的必经阶段,如此一来,明代提学对未来作家的培养便具有不可忽视的影响作用。实际上,这也是明代提学给地域文学带来深远影响的主要方面。提学作家对生徒作家的培养是明代提学影响地方文学发展的特殊情况,也是提学影响地域文学的重要方面,这一点我们另做专论。在此,我们仅从提学对地方士习和文风的整饬来阐明提学对地方文学带来的深远影响。

"士习"是指"士大夫的风气;读书人的风气"[①],而"士风"则是指士大夫或读书人的风度或风气。如此看来"士习"与"士风"一词的含义本身就比较接

---

① 罗竹风主编:《汉语大词典》(第二卷),上海辞出版社,2011年,第1004页。

近。比较而言,"士习"更侧重于表述士子风气的形成过程,而"士风"则侧重于呈现士习的基本风貌。但在更多时候两者其实完全可以通用。结合本文研究范围具体所指,我们此处所谓的士习,即是指士子们(特别是生员)的风尚习气,其实也就是士子群体整体风貌的形成过程。这里所谓的"文风"是指读书人文章的基本风貌。由此可见,文风和士习有着相当紧密的关系,士习影响文风,文风是士习的集中体现。鉴于我们是从提学官的角度来考察他们对士子风气的影响,所以侧重考察的实际上是士子风气形成的过程。因此我们选择"士习"的概念来谈论明代提学对地方士子风尚习气的影响并进而分析这种影响对士子文学创作风貌的影响。士习既然是指读书人的风尚习气,那么它就可能涉及士子的方方面面。但是就明代科举社会而言,特别是就那些致力于举业的府、州、县学生员们而言,"士习"在他们身上最重要的体现便是道德与文章这两个方面:道德是对他们思想品行的集中概括,文章则是对他们才能素养的明确衡量。而在以"文章取士"的科举社会,有时对道德品行的考察甚至会最终落实在科考文章的评判上面。如此一来,文章风气便成为引导士子风气的主要"指挥棒"和"风向标"。这就是为何明代提学官在督学过程中整饬士习往往连带着文风整顿的原因,当然也是我们将士习与文风结合起来考察明代提学官影响地方教育和文学发展的重要原因。

一、明代士习(士风)与文风研究综述

其实针对明代士习和文风,目前学术界业已进行过不少有益的探索。

谢苍霖《明代士风訾议》一文旨在阐述明代士风之非,作者认为:"明代士风基本与国运、世风同步,走的是一条下坡路。"① 首先是官风不正,体现在贪贿奔趋和宗派斗争方面;其次是学风不振,体现在不好读书和勤于讲学方面;最后是文风由纯朴发展到庸俗,著书有空疏浅陋之嫌,交往结社有沽名标榜之意。作者指出造成明代士风日下的原因既有帝风的导向,更有朝廷制度特别是科举制度的深刻影响,而城市经济的发展和市民阶层的壮大也都是影响士

---

① 谢苍霖:《明代士风訾议》,《九江师专学报》1990年第3期,第85页。

风的外在因素。文章简要地分析了明代士风变化的基本进程,且对其变化的原因也做了初步的探讨。作者将文风视为士风的一个表现方面来看待,为后来研究者将明代士子风气与其文风结合起来进行考察提供了合理依据。

刘化兵《明代洪武至正德时期的士风与文风》一文将明代士风与文风的一致性作为理论探讨的前提,作者指出:"成化以前,国运昌隆,士人振奋,诗文亦多昌明博大之音,备受诟病的'台阁体'在很大程度上讲也是这种乐观心态的写照;成化以后,国势转颓,士人或沉沦,或隐忍,或焦虑,或奋争,反映在文学创作上,则是茶陵派、七子派、吴中派、陈庄体等诗文流派的并起、竞争与交流。"①

刘天振《士风、学风、藏书风转变造就的文学奇观——明代中后期文言小说汇编繁盛原因新探》一文虽然并没有直接讨论士风与文风的关系,但是作者指出:"文言小说汇编的兴盛更多地受到当时学术风气、士人生存及思想状态,以及包括藏书观念在内的文化风尚等因素的影响。"②实际上,学术风气和士人心态都是士风的重要构成因素,也就是说,士风对当时的文学创作带来了深远影响。而文学风格是文学创作特点的有力呈现,那么在这一结论之下,士风对文学创作风格的影响也便成为潜在之义。胡世强《明代中前期政教之迁及士人心态与文风之变》也是一篇联系士风、士习来讨论文风的文章,作者认为士人是文学创作的主体,因此"诗文风貌与士人心态有着重要的联系"③。

在关于明代士习与士风的研究论文中,赵园先生《关于士风》一文我们必须提及。虽然该文并没有涉及对明代文风的讨论,但是它为我们讨论明代士习、士风与文风的关系提供了必要的理论借鉴。文章"探究通常士风论述的方法论前提,其盲点与误区"④,为明代士风的深入探讨提供了理论支持。作者比较了各个时期的明代士风论之后,明确指出:"士风论,是士的当

---

① 刘化兵:《明代洪武至正德时期的士风与文风》,《中华文化论坛》2006年第3期,第45页。
② 刘天振:《士风、学风、藏书风转变造就的文学奇观——明代中后期文言小说汇编繁盛原因新探》,《南开学报》2012年第5期,第43页。
③ 胡世强:《明代中前期政教之迁及士人心态与文风之变》,《社会科学家》2012年第10期,第144页。
④ 赵园:《关于士风》,《中国文化研究》2005年夏之卷,第2页。

代批评的形式。处当世而说士风,尤其被作为士以其'类'为单位自我反省的一种方式。"①此文为研究者更为客观地审视明代士风从而避免"印象式"地判断提供了改进思路。

另外关于明代士风的探讨,陈宝良《明代儒学生员与地方社会》一书对此颇有涉及。作者专列一章为"生员的无赖化",其实就是对明代生员士子风尚习气的专题研究。作者对明代士习的变化历程和原因都做了较为深入的分析。总体而言,作者认为:"通观明代的士风,正好与整个明代风俗合拍一致,大体以成化、弘治为界,前后发生了根本性的变化:成、弘以前,士子均在学,循规蹈矩,士风端谨、宁静,一如'处子',成、弘以后,士子游学成风,不在学校肄业,士风嚣张、游冶,一如'妓女'。"②陈宝良《从士风变迁看明代士大夫精神史的内在转向》一文从历时的角度对明代士风作了较为清晰的梳理,作者指出:"对明代士风的探索,既必须把握其特点,又应注意其内在的变化。"③此外作者著有《明代士大夫的精神世界》一书,该书"从历史与社会的脉络中去阐释明代士大夫的知识和行动"④。书中有不少对提学和生员言行材料的分析,说明此方面内容是其考察士风的重要内容。此外,作者也将文风和学术作为士风的重要参考因素来看待,说明士风与文风的确具有一致性。牛建强《明代社会研究》一书也有关于明代士风的专论。作者将明代正德、嘉靖以降的士风异动现象概括为"利欲意识的强化""治生问题的关注""躁急奔竞的突出""正常人格的扭曲""标新好奇的狂热""政治干预的强烈"⑤等六个方面。在明确士风新变特征的同时,较为清晰地梳理并呈现了明代中后期士风演变的历史进程。

另一方面,实际上讨论明代文风的专题文章往往也能结合士风与士习来进行考察。如饶龙隼《明代隆庆、万历间文风的转变》一文,作者明确指出:"明代隆庆、万历年间是个大变异的时期,社会变动不居,士人心态巨变,文学思想

---

① 赵园:《关于士风》,《中国文化研究》2005 年夏之卷,第 5 页。
② 陈宝良:《明代儒学生员与地方社会》,中国社会科学出版社,2005 年,第 388 页。
③ 陈宝良:《从士风变迁看明代士大夫精神史的内在转向》,《故宫学刊》2013 年,第 119 页。
④ 陈宝良:《明代士大夫的精神世界》,北京师范大学出版社,2017 年,扉页。
⑤ 牛建强:《明代社会研究》,上海人民出版社,2018 年,第 115—134 页。

也发生深刻的变化。"①这样的研究还比较多,鉴于此类研究多将士风、士习作为文风研究的背景来审视,我们在此不作过多转述。

在以上研究之外,特别需要说明的是,罗宗强先生的《明代文学思想史》一书,实际上对士风、士习和文风多有论及。因为士习、士风作为士人思想的基本面貌,在考察作家思想包括其文学思想时,必然是一个无法回避的问题。如罗先生在该书导言部分就明确指出:"政权、思潮、社会风尚,以至商业运作,都介入到文学思潮的发展过程中。"②若以文学思想的角度来审视士习和文风问题,两者之间的关系则更为紧密。罗先生之后类似的研究很多,在此不一一列举。

以上研究为我们考察明代提学整饬地方士习与文风的活动提供了必要的理论准备和实践基础。但和已有研究不同的是,本文对明代士习和文风的考察始终围绕提学官这个主体而开展。也就是说,我们主要观察的是明代提学对士风的整顿活动。如此一来,明代士风和士习的基本面貌及其变化过程也将是我们分析提学整饬士习的基本前提。但是需要强调的是,我们并不侧重于士习的界定和描述,而更侧重于对提学改变士风、士习的行为追踪;此外,鉴于明代提学以督学一省为其活动范围,我们对士习和文风的考察在兼顾时代、社会整体背景的前提下,还会考虑地域的差别。因此,我们可以再对本文研究对象作一个明确的限定:从士的具体所指来讲,我们主要研究的是明代提学官添设之后的士子生员这一群体,而士习也就是指以地方生员为主的读书人这个群体的风尚习气。文风,自然也是指地方生员们在其风尚习气影响下形成的文风;从士的具体区域所指来看,我们承认读书人因区域文化的不同可能存在士习和文风的不同,所以我们讨论的士习也尽量考虑各省士子的群体特征,而不是一概而论。

二、整饬士习与文风是提学的职责与诉求

影响士习与文风的因素是多方面的,那么,为什么我们要重点关注明代提

---

① 饶龙隼:《明代隆庆、万历间文风的转变》,《文学评论》1996年第1期,第133页。
② 罗宗强:《明代文学思想史》,中华书局,2013年,第3页。

学官给地方士习、文风带来的影响呢？这是我们讨论明代提学整饬士习、改变文风之前可能最需要回答的问题。我们认为这其中最重要的原因即是明代提学官作为朝廷派遣到地方提督学校政务的官员，整饬士习和文风是他们的重要职责。因此，明代提学整饬士习和文风的行为具有制度的保障，故而他们在影响读书人风尚习气和文风方面，显然是一个强力因素。而从提学官本身的文化身份来看，提学官往往多由学行兼优者担任，故此他们往往也是士人中的精英人物。作为士人精英的提学对一般士子的影响显然更为明显，而更重要的是，提学作为士人精英，他们往往也具有改变士习和文风的主观诉求。下面就此两方面分别予以说明。

（一）从提学的职守来看

整饬士习本来就是明代提学官员职责的明确要求。这一点首先在明代提学官添设的缘由上即能得到很好的说明。根据有关文献记载，明代提学官正是为改善当时读书人的风气而添设：

> 先是少保兼户部尚书黄福言：近年以来，各处儒学生员不肯熟读四书经史。讲义理，惟记诵旧文，待开科入试以图幸中。今后宜令布政司、按察司官半年一次遍历考试，庶得真才。下行在礼部会官议，每处宜添设按察司官一员，南北直隶御史各一员，专一提调学校。[1]

黄福所言的"不肯读四书经史""讲义理，惟记诵旧文，待开科入试以图幸中"，其实是一个学风的问题，这也是读书人风气的重要组成方面。而其所指之人正是各省地方府、州、县学的儒学生员，他们是广大读书人当中业已踏入举业之途的士人。因为明代"科举必由学校，而学校起家，可不由科举"[2]的缘故，也可以说，地方儒学生员其实就是明廷官吏的候选者[3]。也正是这个原

---

[1] （明）李贤：《明英宗实录》卷17。

[2] （清）张廷玉等：《明史》卷69《选举志一》。

[3] 他们或通过科考或通过入贡即可入仕做官。

因,读书人的风尚习气一直受到统治者的高度重视。如朱元璋在洪武十六年(1383)任命宋讷为国子学祭酒时,曾敕谕宋氏曰:"太学天下贤关,礼义所由出,人材所由兴。卿夙学耆德,故特命为祭酒。尚体朕立教之意,俾诸生有成,士习丕变,国家其有赖焉。"①因为明廷以"文章取士",读书人经由科考而成为官吏,国家依靠他们来治理。因此,读书人风尚习气的好坏便直接决定着帝国统治的稳固与否。所以朱元璋兴建地方儒学、关注士习当然还是为其政治统治服务。据此,也就不难理解,当黄福提出读书人不好学的学风问题时,明英宗尤为重视,解决之道就是以添设提学官的办法来改变这一现状。由此可见,明代提学官的添设正是针对"儒学生员"不好学的不良风气而采取的应对举措。从明代提学官员添设的直接缘由来看,以提学官整饬士习的用意极为明显。因为这个缘故,提学到各省督学往往称为"校士",这也充分说明,整饬读书人风尚习气是提学官员的主要职责。如前所述,因"以文取士"的缘故,实际上,明代提学"校士"的主要依据又是通过考校文章来实现的,所以提学"校士"也可以称为"校文"。如此说来,提学在整饬士习的同时,也同样会整饬文风,因为文风也是士习的重要方面。

不但如此,明代提学整饬士习、文风的职责还有明确的制度规定。明英宗正统元年(1436)五月,首批提学官员选定之后,在他们赴任之前,"陛辞赐敕谕"。英宗在对即将赴任提学官员的敕谕中明确了他们的职责。其中提及最多的还是提学对士子的教导和管理问题,有关士习者居然占到了一半之多,甚至还有对文风的明确要求(详见表4-2)。

表4-2 明英宗敕谕首任提学职责表

1	一学者不惟读书作文,必先导之孝弟、忠信、礼义、廉耻等事,使见诸践履以端本源。
2	一士贵实学,比来习俗,颓敝不务,实得于己,惟记诵旧文,以图侥幸,今宜革此弊,凡生员四书本经,必要讲读,精熟融会贯通,至于各经子史诸书,皆须讲明,时常考试勉励,庶几将来得用,不负教养。

---

① (清)张廷玉等:《明史》卷73《职官志二》。

续 表

3	一学者所作四书经义、论册等文,务要典实,说理详明,不许虚浮夸诞。至于习字,亦须端楷。
4	一学校无成,皆由师道不立。今之教官贤否不齐,先须察其德行,考其文学。果所行所学皆善,须礼待之。若一次考验学问疏浅,姑且诫励,再考无进,送吏部黜罢。若贪淫不肖,显有实迹者,即具奏逮问。
5	一学校一切事务并遵依洪武年间卧碑,不许故违。
6	一师生每日坐斋读书,及日逐会馔,有司金与膳夫不许违误缺役。
7	一生员有食廪六年以上,不谙文理者,悉发充吏;增广生入学六年以上,不谙文理者,罢黜为民,当差。
8	一生员有阙即于本处官员军民之家,选考端重俊秀子弟补充。
9	一生员之家,并依洪武年间例优免户内二丁差役。
10	一所在有司,宜用心提调学校,严束师生教读,不许纵其在外放荡为非。学校殿堂斋房等屋损坏即量工修理,若推故不理者,许指实移文,合干上司以凭降黜。
11	一遇有军民利病及不才官吏贪酷害人事,干奏请者,从实奏文。
12	一有军民人等诉告冤枉等事,许其词状,轻则发下卫、所、府、州、县从公处置,重则送按察司提问。
13	一科举本古者乡举里选之法,近年奔竞之徒,利他处学者寡少,往往赴彼投充增广生员,诈冒乡贯应试,今后不许。
14	一提调学校者如有贪淫无状,许巡按监察御史指实奏闻。
15	一遇有卫所学校一体提调。武职子弟令其习读武经七书,百将传,及操习武艺。其中有能习举业者,听。

从敕谕十五条内容上来看,其中前四条明显与士习和文风相关:第一条是对读书人道德品质的要求,"先导之以孝弟、忠信、礼义、廉耻等事",这一要求明确规定了提学官对士人道德品质的教育引导职责;第二条明显是对黄福所言士风确切来讲是士子学风问题的对应性规定,说明提学具有对读书人学风的教育和管理职责;第三条是对文风的具体规定,提学在这方面具有监督、引导职责;第四条明确提学对教导生员的教官具有考核、督查管理的职责,显然是对提学教导士习职权的强化;第七条明确了提学考核生员文章的具体标准,以"文理"来区分生员文章的高下,其中对文风也有潜在的规定,由此说明提学

官员实际上掌握着奖惩读书人进退的"生死大权";第八条明确生员的选拔标准,"端重俊秀"①也与士子风尚习气密切相关,提学决定着生员入学的取与舍;第十条对读书人的生活习气、行为规范也做了明确规定,提学具有管理职责;第十三条明确了提学监管生员学籍问题的权力,而制止"奔竞"之风也是整饬士习的重要方面。通过以上分析可知,明英宗给首任提学的敕谕实际上即是明廷对提学官员督学职责的明确规定。而规定的十五条内容当中,其中前四条明显与士习和文风有关,由此可见,整饬士习和文风的确是明代提学的职守所在。同时,还有四条内容也在不同程度上与整饬士习和文风相关。由此说明,在读书人的风尚习气和文章风格的形成方面,明代提学官的确负有教导、管理之责。换句话讲,他们是影响地方士习和文风的关键人物。

此后,天顺六年(1462)英宗在复设提学时②,又重新颁布了敕谕。这十八条敕谕基本是对正统元年敕谕的进一步完善,而且对士习和文风的要求更加明确。其中也增加了提学对社学管理一条,其文曰:"古者乡间里巷莫不有学,即今社学是也。凡提督去处,即令有司每乡每里俱设社学,择立师范、明设教条以教人之子弟。年一考较,择取勤效。仍免为师之人差徭。"③这条敕谕内容实际上对提学官管理学校的范围向下(乡、里)作了延伸,其实也是赋予提学官更大的管理责任,这个责任也是包括对社学学生(童生)风尚习气和学风、文风监管和教育责任在内的。

到了万历三年(1575),"换给提学官敕谕",对提学督导士习之责作出更加明确的要求,当然这些要求也更能说明提学对士习和文风的监管职责。如敕谕第一条明确禁止书院讲学风气:"圣贤以经术垂训,国家以经术作人。若能体认经书便是讲明学问,何必又别标门户、聚党空谈。今后各提学官督率教官生儒,务将平昔所习经书义理,著实讲求,躬行实践,以需他日之用。不许别创书院,群聚徒党及号召地方游食无行之徒空谈废业,因而起奔竞之门,间请托

---

① "端重"是就品行和行为而言;"俊秀"是就才智和外貌而言。
② 景泰元年代宗废除提学,天顺六年英宗再度恢复。
③ (明)申时行等:《大明会典》卷78。

之路。违者,提学官听巡按御史劾奏,游食人拿问解发。"①这一则规定实际上是对提学开办书院讲学风气的明文禁止,但实际上也是对提学引导士习、士风的有力说明;第二条内容更是针对士风日下的现实状况而发:"孝弟、廉让乃士子立身大节。生员中有敦本尚实、行谊著闻者,虽文艺稍劣,亦必量加奖进,以励颓俗。若有平日不务学业,属托公事或捏造歌谣,兴灭词讼及败伦伤化过恶彰著者,体访得实,不必品其文艺,即行革退,不许徇情姑息。亦不许轻信有司教官开送、致被挟私中伤,误及善类。"②"以励颓俗"足见朝廷当政者对当时士风的判断,而从改变士习的角度,明廷又不得不将此重任赋之于提学官;第三条是针对生员聚众闹事、诉讼告官等行为的禁令;第五条是对制止提学官仕进干求风气的明确规定;第六条是对提学督学行为的明文规范。其中第四条是对文风的规定,甚至对提学出题考核生员的文章也有明确要求:"所出试题,亦要明白正大,不得割裂文义,以伤雅道。"③可以说万历三年的提学敕谕对提学督学行为有了更多明确要求。其余几条敕谕内容虽与正统元年敕谕内容大致相似,但对当时世风和士习却多有涉及,显然也是要求提学整饬改进的缘故。显而易见,万历时期明廷将当时的士风、士习、文风之弊端及其明令禁止的措施作为提学敕谕的主要内容,即是将整饬士习与文风的责任付诸提学官员,也就是说,自明代提学添设以来,提学就是士习、士风整饬的当然责任人。在这样的前提下,改变文风自然也成了提学的另一项重要职责。

综上可知,自明代提学官添设之后,提学官员提督学校的主要职责其实就是管理生员相关的学校事务,所以提学督学也称"校士"。而又因明代"以文取士"的缘故,明代提学在"校士"的过程中又必然离不开"校文"这一重要环节,所以提学对士子文风的引导和改变也是其整饬士习的重要组成部分。因此,明代提学是改变地方士习和文风的关键人物。既然明代提学是奉朝廷之命整饬地方士习和文风,那么他们对士习和文风的引导就必须与朝廷对士习和文风的要求保持一致。而另一方面,如何改变士习,怎么改变士习,这实际上又

---

① (明)申时行等:《大明会典》卷78。
② 同上。
③ 同上。

是每个提学官在督学过程中的具体行为。他们改变地方士习的具体情况实际上又是有所不同的,这需要我们在具体的案例中来分析阐释。

(二) 从提学的文化诉求来看

如果说,明代提学添设缘由是从背景上对提学整饬士习与文风的主要职责作出潜在规定,而提学添设之初英宗的敕谕则是从制度上对提学整饬士习和文风进行了明文规定。那么,从提学这一主体角度来看,明代提学作为士子中的精英人物,他们的文化诉求则很可能是其整饬士习和文风的主观动力。下面我们尝试对此问题略作阐释。

为什么说从明代提学自身角度来看,他们对整饬士习和文风有着主观的努力和追求呢? 我们认为这首先与提学的选拔和资质设定有关。明廷添设提学官并在选拔提学官时有着明确的资格要求。

先是少保兼户部尚书黄福在建议添设提学官时曾对提学官的择选标准作了初步建议:"宜专设宪职,提调学校,必选于众文学才行兼备、足为仪表者,乃可充之。"①提学官需要"文学才行兼备",很多时候也表述为学行兼备或学行兼优。"学"是指学识,"行"是指品行——这两点恰恰是士人精英的特点,也正因为有此特征,提学才能"足以仪表",作为天下士子的表率模范。其实在明代提学添设之初,英宗在给首批提学的敕谕中也交待了他选拔提学的要求:"今慎简贤良,分理学政,特命尔等提督各处儒学。夫一方之学总于汝,是一方之师系于汝矣。率而行之,必自身始,必自进其学,学充而后有已,谕人必自饬其行,行端而后有以表下。学有成效惟尔之能,不然惟尔弗任。尔其懋哉。"②这里的"贤良"有美善兼具、才德兼备之意,是指"才能、德行均好的人"③。对一个朝廷官员需要在其品德和才能方面作出如此高的明确要求,显然与其职守的特殊性有着密切关系。这一点我们在上文实际上已经阐明,即提学官具有教育引导读书人的特殊职责要求。故此明英宗初设提学时,是将他们作为士

---

① (明)黄佐:《南雍志》卷3,伟文图书出版社有限公司,1976年,第260页。
② (明)李贤等:《明英宗实录》卷17。
③ 汉语大字典编辑委员会:《汉语大字典》,四川辞书出版社,2010年,第3887页。

习和文风的模范和表率来看待的。也正因如此,明英宗对提学也提出了更高要求:提学须不断充实自己的学识,要时刻规范自己的行为,提学督学地方,就是地方的宗师。"夫一方之学总于汝,是一方之师系于汝矣",也就是说,提学是地方士子的老师,自然也是士子学习的楷模,那么在风尚气节和文风方面,提学都是士子的榜样。换一句今天的话来形容,提学就是地方读书人的标杆。

提学多以学行兼优者担任,可以说是士子中的精英人物,因此他们往往能以整饬、改善士习和文风为己任。也就是说,在整饬士习和文风方面,明代提学有着更加自觉的主观追求而不仅仅是出于朝廷的约束和规定。当然我们也必须承认,并不是每一位提学都能具有这样的文化自觉。但是从提学的总体情况来看,他们当中多数者具有深厚文学功底和文学创作才能,甚至很多提学就是当时知名的作家,因此他们不但在整饬士习方面会不遗余力,在改善文风方面也是积极的主导者。

明代首任山东提学薛瑄,是典型的学行兼优者的代表。据李贤《通议大夫礼部左侍郎兼翰林院学士直内阁薛公瑄神道碑铭》一文记载,薛瑄在得知自己调任山东提学时"欣然就之,曰此吾事也"[①]。由此可见,薛瑄非常乐意接受提学之职,这一点从他与其余几位首任提学的送别诗当中也能得到很好的验证。诗中薛瑄对提学改善世风、整饬士习乃至文风都有着很高的目标期许和自觉的使命追求:

《送康佥宪四川提学》:万里长江万里桥,锦城楼合倚青霄。昔贤共说山川秀,佥宪宁辞道路遥。**拟变三巴成雅俗,还将五教布新条。**好期报政归来日,鸣珮金门候早朝。

《送高佥宪福建提学》:天书捧出大明宫,拜命南征使节雄。舟解御河杨柳绿,路经山馆荔枝红。**七闽人士沾时雨,一代文章复古风。**未许江山久留滞,还期白首梦非熊。

《送彭琉佥宪广东提学》:儒官新出禁林中,手捧天书按广东。**岭表只今瞻使节,岛人从此变华风。**霜随白笔蛮烟静,马过青山瘴雨空。万里天

---

① (明)焦竑:《国朝献征录》卷12。

威应咫尺,五云回首凤楼重。①

薛瑄写诗赠别的是三位和他一样即将辞京赴任的首任提学官,他们分别是四川提学康振、福建提学高超、广东提学彭琉。在送别提学的诗歌当中,薛瑄把他对提学之职的理解也阐发了出来,除了明确提学职守,显然还有一份自觉的文化追求。如《送康金宪四川提学》希望康提学能改变社会风气,改善人伦礼教风貌,从而建功立业;《送高金宪福建提学》则将高提学比作"时雨",希望他能引领士习、士风,振兴文教事业、实现"文章复古风"的理想;《送彭琉金宪广东提学》则希望彭琉能改变边鄙之地的鄙俗风气,彰显王朝的教化与皇威。以上种种无不是提学对自身引领世风、士习乃至具体到文章风气的一种自我期许和执着追求。正是基于这种内在的文化追求和使命感,外加之制度的要求,使明代提学整饬士习,改善文风成为其督学行为的主要内容,也成为其督学贡献的重要方面。

关于提学对其引导士习及肩负文化、政治责任的认识,我们还可以再举一列。

陕西提学王云凤对提学之职的认识在他所作的《陕西提学题名记》中有明确的表述。如他在文中写道:"提学与他职事异,士之贤者必进,不肖者必黜,不以请托偏昵之私杂乎其间,天下之纲纪所以振也。徼幸无门则奔竞之念自息,天下之士风所以正也。"②从王云凤对提学职责的分析可知,提学厘正士风的关键所在恰在于对士子进退的筛选,即所谓"进贤黜不肖"。这也是提学整饬士习,振兴天下纲纪的关键。基于这样的认识,作为提学官,王云凤对提学肩负的政治责任有着更为深刻的认识,他甚至将提学与宰相作比:"进贤退不肖于朝廷之上,而致天下治平之盛者,宰相之职也。进贤退不肖于学校之中而立天下治平之基者,提学之职也。国无贤,责之宰相。天下无贤,或莫知所责焉。然则提学岂直考课巡历之间而已哉?示之以圣贤之正而使之的知所向,

---

① (明)薛瑄:《敬轩文集》卷9。
② (明)王云凤:《博趣斋稿》卷14《陕西提学题名记》,《续修四库全书》第1331册,上海古籍出版社,2013年,第186页。

开之以良心之好而使之自不能已。士之贤者,廪之举之以劝不能者。而不肖之终不可化者,不使乱败群于青衿之列。此真提学之职也。"①据此可知,提学与宰相相比,正是通过引领天下广大士子立志、修身,促其成才来实现为帝国造就贤才的目的。这是提学为天下治理作出的独特贡献,这个贡献甚至是宰相也无法比拟的。显然,这样的认识能充分表明提学对自身政治、文化价值的强烈认同和自豪。而这一目的的实现是通过提学对读书人"示之以圣贤之正而使之知所向,开之以良心之好而使之自不能已"来实现的。因此,提学对士子风尚气节的整饬乃至文风的改善之所以具有积极的动力是与他们对提学政治文化使命和责任的认识密切相关的。这既含有国家制度的要求和指引,也与提学作为士大夫本身怀有兼济天下、报效君王的政治理想有关。

正因为提学士大夫普遍怀有这样的政治抱负和文化理想,他们才能更加自觉地教导天下读书人在仕进和成才的路上孜孜以求。那么,在这一过程中,提学引导天下士习、士风乃至文风的意识便成为一种自觉,因为这是读书人成才的必要保证。在这种自觉意识的驱动之下,明代提学在整饬士习和文风方面才会有足够的动力。这是明代提学在督学地方过程中主观意识层面的一个基本特征。因为这些观念意识必须在提学具体的督学过程中才能更直观地呈现出来,所以我们对这个问题的进一步阐释还可以结合提学的督学案例来最终达成。

总而言之,无论是明代提学制度对提学职责明确要求的外在规定性,还是明代提学作为士人精英,对引领士习和文风有着自觉的政治文化诉求而具有内在驱动力,以上两个条件的兼备才能促使明代提学在整饬士习和文风的过程中成为最为有力的影响者。故此,从这个角度来说,明代提学对地方士子风尚习气和文风的影响超过了其他群体对士子的影响,成为影响明代地方士子风尚习气和文章风格的主要力量。这也是我们下面具体讨论明代提学整饬士习和改变文风的前提和依据。

---

① (明)王云凤:《博趣斋稿》卷14《山西提学题名记》,《续修四库全书》第1331册,上海古籍出版社,2013年,第191页。

三、提学整饬士习与文风的具体举措

明代提学整饬士习与文风的行为,除了明廷政策之要求和规定,还和提学自觉的政治文化追求有关。那么,在督学的过程中,明代提学是如何整饬士习和文风的呢?这需要我们在具体的案例中来进行阐释和分析。

在分析提学整饬士习和文风这一行为之前,我们有必要先对这一行为作一个初步的界定。"整饬"一词有三种含义:"整齐有序"、"整治,使有条理"、"端庄,严谨"①。我们使用"整饬"一词是因为它能够表达明代提学在改善士子风尚习气及文风过程中的行为特点,即通过这一行为使读书人的风尚习气和文风能够符合严谨的规范并表现出正面积极的面貌。这种规范性和正面积极的面貌既是明代官方的明确要求,也是提学官作为士子精英代表的一种主动的文化诉求和文化建构活动。所以它在一定程度上反映出提学的教育观念、政治观念、文学观念乃至深层次的价值观念。因此提学整饬士习和文风实际上是一个相对复杂的行为,下面我们将在具体的案例中对此加以分析。

如上所述,明代提学整饬士习和文风是其督学活动的主要内容,也是其督学实绩的有力体现。实际上,我们提出这一说法不仅是因为基于明代科举制度而得出的结论,更是在考察明代提学督学活动的相关记载时获得的反馈信息。明代提学督学各省,因此各省地方志——包括督学省份省志和提学籍贯省份省志,对他们的督学活动多有记载,而记载的内容又多关涉提学整饬士习和文风的内容。这些内容即是当时社会对提学督学活动的官方评价,也颇能说明当时社会衡量提学督学成效的主要依据正在于此。因此,地方省志是我们了解提学整饬士习和文风的重要参考资料。下面我们选择以《四库全书》通行本省志为例,尝试对这类资料文献作一个简略的归纳和分析(见表4-3),以便我们对明代提学整饬士习、士风和文风的督学活动有一个较为全面的掌握。

---

① 罗竹风主编:《汉语大词典》(第五卷),上海辞出出版社,2011年,第517页。

表4-3 四库通行本地方省志所载明代提学整饬士习、文风情况统计表

提学	籍贯	督学省	督学时间	督学评价	评价出处
彭勖	江西	南直	正统元年—十年	"详立教条,士风大振。又请设南京诸卫武学。所至葺治先贤坟祠。"	《江西通志》
李奎	江西	北直	正统十年前后	"举儒士黄辅等五十余人,分主师席,士习丕变。"	《江西通志》
曹琏	湖广	河南	正统八年—景泰元年	"以身为教,士习丕变。"	《湖广通志》
阎禹锡	河南	北直	成化八—十年	"提督畿内学政,慨然有造就人才之志。励名节,敦士风,抑词章之习,明本原之学。取周子太极图,通书为士子讲明之,一时人士皆粗知性理。"	《河南通志》
李逊学	河南	浙江	弘治九—十一年	"教人宽而有制,以敦行尚实为本,人才高下甄别不爽。其有奔竞者,裁抑之,士习翕然一变。"	《浙江通志》
赵宽	南直	浙江	弘治十一—十七年	"提督学政,学问淹贯,能推所得以变士习。经指授者,为文皆有程度,不以权势有所轩轾。遇人坦率,不事表襮,浙士爱而重之。"	《浙江通志》
潘府	浙江	广东	弘治十六—十八年	"超拜广东提学副使,奉母以往,考校严明,士习大振。"	《浙江通志》
章拯	浙江	广东	正德七—十二年	"振孤寒,抑侥幸,标示正学,士习一变。"	《浙江通志》
刘节	江西	四川	正德八—十二年	"师道尊严,拳拳以培气节为务,士习丕变。"	《四川通志》

第四章 明代提学影响地域文学研究

续　表

提学	籍贯	督学省	督学时间	督学评价	评价出处
秦文	浙江	陕西	正德十一—十三年	"以抑奔竞、斥浮薄为先，士习为之丕变。"	《浙江通志》
何景明	河南	陕西	正德十三—十六年	"历迁副使，督学关中，士习文体，为之一变。"	《河南通志》
邵锐	南直	福建/江西	正德十四年—嘉靖元年	"嘉靖间为督学副使造士有方，文风大振。"	《福建通志》
高尚贤	河南	山东	嘉靖二—四年	"以身为教，士习翕然向风。"	《河南通志》
欧阳铎	江西	广东	嘉靖二—六年	"明礼教，崇信义，劝督有程。子弟资稍颖辄收之学，文义疏劣不即黜，再试学不进，乃黜之。并黜其倪荡无行、累教不悛者，文体士习为之一变。所奖拔多名士，考校毕，豫拟中选如陈思谦、唐穆、岑万等，无不左验，人服其藻鉴。"	《广东通志》
章衮	江西	南直	嘉靖六—十年	"督学南畿，狷介端严，请嘱不行，士习一时蹶兴。务讲求经济实学，痛黜词章之习。"	《江西通志》
徐阶	南直	江西	嘉靖十三—十五年	"视学政，正文体、端士习，创文成祠及同仁祠。"	《江西通志》
陈儒	江西	浙江	嘉靖十五—十七年	"督学以崇经术，禁浮靡为己任。与诸生约数千言，皆以道德实行为先，士习翕然。"	《浙江通志》
王世懋	南直	陕西	万历九年	"以文望推为陕西提学副使，士风翕然一变。凡忠孝节义，搜录显□，与士相砥砺，试未竣请告归生儒以未竟其学为憾。"	《陕西通志》

203

续　表

提学	籍贯	督学省	督学时间	督学评价	评价出处
徐人龙	浙江	湖广	天启二—五年	"督学湖南,浃岁周两试,皆手自评骘。集诸生详为举示,人服其鉴。所拔多单寒士,文风为之振起。"	《湖广通志》
霍镁	山西	南直	崇祯元年—四年	"有疏请正人心,端士习,凡七款。"	《山西通志》

《四库全书》通行本地方省志是在清初编定,且不少内容甚至采用旧志记载,故而其内容应该可以据信。省志对提学督学活动的评价,多关涉士习、士风和文风的改善,说明这也是最能体现提学督学政绩的关键所在。而更为重要的是,省志在评价提学督学政绩的同时,对他们整饬士习、士风和文风的具体举措也有论及,这是我们了解和分析明代提学整饬士习、士风及文风的重要依据。根据省志所载内容,我们将明代提学整饬士习、士风和文风的举措归纳如下:

(一) 设立教条(章程),颁布学约(学政)

"教条"一词,在现代语义背景下似乎多有否定之意,如《汉语大词典》将其定义为"旧时官署或学塾中所颁布的劝谕性的法令或规章"①,对这个概念的界定似乎带有一些批评的倾向。我们此处所谓的"教条",不带任何的否定含义,是指明代提学为改善士习、学风、文风而颁布的督学法令和规章制度。章程,是指"制度、法规或程式、规定"②,提学确定章程其实也是对读书人的行为作出约束,是提学明确规定制度以治理士习、士风和文风的督学行为。

无论是设立教条还是颁布章程(有时合称教程),两者其实并没有太大区别。但无论如何,订立教条、确定章程乃至颁布学约、学政书,其实都是明代提学向生员明确其督学要求的教育管理行为,都能充分体现出提学为改善士习、

---

① 罗竹风主编:《汉语大词典》(第五卷),上海辞书出版社,2011年,第448页。
② 罗竹风主编:《汉语大词典》(第八卷),上海辞书出版社,2011年,第384页。

士风、文风而做出的主观努力。

关于提学以设置教程的方式整饬士习的记载颇多,如曾在弘治末至正德初出任广西、福建提学的浙江人姚镆,为浙江岁考文章作序时就曾论及浙江提学的整饬行动。其《岁考录序》一文有曰:

> 我文宗宪副陈公以纯雅博大之学,清介磊落之操,奉上命视学于浙,乃有忧焉。甫下车即严为教程,辟异说,立标帜以麾之。复推崇正学,以为之的。所以讲明性道者,一以程朱为宗,学者既已改观易听矣。群试之后,乃复取其制作之优异者,萃其文,名为《岁考录》。锓之梓,以广其传,用以厘正士习。①

此处"文宗宪副陈公",是指正德五年(1510)至七年(1512)的浙江提学陈仁。正德以来,士习好奇,负才逞智、好为新说,读书人所作文章往往支离破碎、空洞无物。在此背景下,陈仁到任浙江提学之初即制定了严格的教学章程,用以整饬读书人的风尚习气。其实这也是在明廷中央教育制度规定下(如卧碑、敕谕),提学对其督学活动的进一步明确和细化。如禁止异端邪说,以儒家的正统思想,特别是程朱理学思想为正宗,这实际上是对生员为学做人思想观念和学术观念的引导。提学掌握着一省的教育惩戒权,他们决定着生员的举业前途,所以提学设立的教条或教程是读书人必须遵循的规章制度。因此它对读书人风尚习气的规范引导作用自然不言而喻。与此同时,为了落实教条和章程的规定,提学官还往往通过岁考文章的评判来贯彻他所倡导的思想,这实际上就是对文章风貌的选择和导向。故而姚镆为浙江岁考作序时才指出《岁考录》的刊刻,具有"厘正士习"的作用。因此与整饬士习的制度相配合,提学对文章的考校也必然遵循相应的文风要求。如陈仁对岁考文章的考校:"鉴别甚精,评品甚当。义取其发挥明白,本传注而成章;论取其参据经史,雄浑峻拔而有断;策取其上下古今,区处世务皆凿凿有见非苟焉者。力拔新格以还旧

---

① (明)姚镆:《东泉文集》,《四库全书存目丛书》集部第 46 册,齐鲁书社,1997 年,第 512—513 页。

观,其于诡道之评,驾虚凿空之说,缪妄不切之论,一黜而不与登。名是录者,皆吾浙之英,录其一所以示其余,自是文体当一变矣。"①也就是说,与整饬士习相一致,浙江提学陈仁在生员所撰科考文章的评判方面同样有着明确的要求,无论是经义还是策论,都需要与提学倡导的思想、风格相一致,这样的文风要求与提学在教条和章程中倡导的思想要求是基本一致的。因为以儒家传统和宋儒理学为正宗,所以要求文章出处必须来自经史,论证有力且有理有据,又能实用,具备"文以载道"的特点。因为反对异端邪说,所以禁止文章出现诡道之评、缪妄不切之论。从这个例子可以看出,实际上,提学官对文风的要求与他对士习的整饬是相互呼应的。甚至也可以说,提学对文风的整顿也是其对士习整饬的重要组成部分。总之,设立教条,明确章程,是提学利用其管理地方学政的职权,以明文规定的方式对读书人风尚习气的强势干预和导向,当然其作用也是显而易见的。

学约,顾名思义,是提学与师儒生徒之间就学业相关事宜进行的约定,嘉靖时期福建提学宗臣解释为:"夫约之为言诚也,又言省也。"②也就是说学约具有劝诫性质,是要求读书人反省自励的劝诫书。毫无疑问,从学约的性质来看,它是针对读书人当中存在不良习气而采取的解决策略。宗臣曾自述颁布学约目的:"顾念世伪日滋,人性易淆,不严制而大为之防,则不才者得窥窃以掩其陋,而才者反无以自见其美。"③据此可知,福建提学宗臣颁布学约正是为着整饬福建士习,改变人才良莠混杂不分的现状而设。那么,学约整饬士习、整顿文风的作用也就不言而喻。

正德时期四川提学王廷相也是基于对士习的整饬目的而颁布学约。他记述了自己制定学约的初衷,其文曰:"当职谬以凉薄,叨承简命,顾兹重委,夙夜靡遑。求所以崇重古学,表正士习,兢兢在衷,愧莫能致。迩者相莅之初,用申告谕。是以参酌旧规,旁采群议,以为教诫条约。"④ "表正士习",王廷相颁布

---

① (明)姚镆:《东泉文集》,《四库全书存目丛书》集部第 46 册,齐鲁书社,1997 年,第 512—513 页。
② (明)宗臣:《宗子相集》卷 12《移郡邑学官弟子文》。
③ (明)宗臣:《宗子相集》卷 12《再移郡邑学官弟子文》。
④ (明)王廷相:《王廷相集浚川公移集》卷 3《督学四川条约》。

学约的目的是十分明确的。而实际上他在表明意图之前对当时的士习和文风都有批评:"夫何近岁以来,为之士者,专尚弥文,罔崇实学。"又说:"文士之藻翰远迩大同,已愧于经明行修之科。"①可见,王廷相对当时四川的士习和文风都是不满的,因此颁布学约恰有整饬改善之意。学约虽从字面上来看,似乎只是提学官给学校师儒生徒的劝诫书,但实际上却也是官方性的文件。如宗臣《福建学约》文末对该文的传达提出了明确的要求:"文到有司,亟下之学官。学官亟以日教诸生,而涤虑以候焉。夫法之行也,如金如石,如江如河,敢尔布告,惟百执事,实共图之。"②由此看来,提学颁布的学约,实际上就是"教育文件",它对读书人的规定和要求,必须强制执行。因此,学约也成为提学整饬地方士习和文风的有力方式。

学政书包括提学公移,其性质和学约极为相似,是提学官为其督学地方而颁布的法令文书。但是与学约相比,学政书是关涉督学事务的文书,涉及的内容可能更广,甚至会牵涉其他官署。但学政书和学约一样,同样将整饬士习、改善文风作为其重要内容。弘治时期南直隶提学顾潜申明其颁布《提学公移》的目的:"受命以来,夙夜竞惕,尚期所属司提调司教训者,咸既厥心、修厥职,而诸生复争自濯磨,修德讲学。"③也就是说颁布法令文书的根本目的还是在激励读书人修德成才,整饬士习、改善文风当然也是潜在之意。如其《申严条约事》第七条就是对士习、士风的批评和规劝:

或不孝不友,无礼无义;或把持官府,干预公事;或暴横乡里,恣肆妄为;或亵衣出入,自同市人;或酗酒歌呼,荡废礼法;或倚门第而公行清托;或行苞苴而多方奔竞。有一于此,其得罪名教甚矣。虽有文艺之美,亦奚足贵哉。宜猛省速改,勉图令终,慎勿怙恶不悛,自取黜辱。④

---

① (明)王廷相:《王廷相集浚川公移集》卷3《督学四川条约》。
② (明)宗臣:《宗子相集》卷12《再移郡邑学官弟子文》。
③ (明)顾潜:《静观堂集》卷8《提学公移》,《明别集丛刊》第一辑第84册,黄山书社,2016年,第147页。
④ 同上,第148页。

提学顾潜对南直隶地方读书人士习中的不良风气的列举可谓详细具体,公文中除了对士子以圣贤自期的目标引导,还用罢黜的惩罚方式对其进行告诫。正面鼓励和负面惩戒相结合,顾潜《提学公移》整饬士习、士风的目的是较为明确的。不但如此,在整饬士习、士风的同时,对读书人写作文章的要求也不可或缺,或者说两者本身就是一件事。《申严条约事》第十条对整饬文风有明文要求,其文曰:"作文贵纯正明白,戒用尖新险怪之语。"[1]顾潜对士子文章风格的要求与他对士习的要求显然是相匹配的,整饬文风是其整饬士习的重要方面。另外,嘉靖初期河南提学魏校、嘉靖晚期浙江提学薛应旂、万历晚期江西提学黄汝亨、浙江提学毕懋良等人在其督学期间都有学政公文颁布,其整饬士习、改善文风的用意大致相同,在此不予赘述。

很明显,以上几点都是明代提学为其督学活动中整饬士习和文风的顺利开展而制定的规章制度。若按照现代教育理念和观念来解释,也可以说提学颁布督学规章制度为其教育教学活动的开展提供了法律基础,当然也为其整饬士习和文风提供了制度前提。所以,明代提学整饬士习和文风的重要举措首先就应包括教程设立、学约制定等方面的内容。

(二) 藻鉴精明、公平公正

藻鉴,就是"品藻和鉴别(人才)"[2],其实就是评价、鉴定人物的行为。明代添设提学之后,明廷便赋予提学管理地方学政的职权。在读书人成为举人之前的科考选拔中,提学是最为关键的人物。首先,童生入学成为生员,要经历县试、府试和院试,而院试正是提学官亲自主持的测试,也是读书人能否进入府、州、县学生员从而正式具备功名的最后环节。其次,府、州、县学生员的岁试考核,选拔贡士的考核,乃至具备参加科举考试(乡试)资格的考核,最后都需要提学来定夺。如此一来,提学对士子的评价、鉴别实际上就决定着读书人一生的前途和命运。所以,提学藻鉴行为及其结果对读书人来讲,其影响之

---

[1] (明)顾潜:《静观堂集》卷8《提学公移》,《明别集丛刊》第一辑第84册,黄山书社,2016年,第148页。

[2] 罗竹风主编:《汉语大词典》(第九卷),上海辞出版社,2011年,第625页。

大,怎么形容也不为过。

照理讲,提学藻鉴士子乃是其督学活动中的常态,似乎与提学主观上整饬士习和文风没有必然联系。然而,实际上,整饬士习和文风却也离不开提学在品鉴士子过程中的主观努力。因为无论督学条例如何完备、申令如何明确、引导劝诫如何真切,最终用以检验成效的关键,还是在决定士子命运的科考。而科考又离不开选拔,选拔正是通过藻鉴来完成。因此,无论提学所依凭的敕谕、国法,还是其为整饬士习和文风而颁布的具体举措和禁令,最终都要落实到科考上面。因此提学评价士子才是督学的核心环节和关键所在。这一决定读书人命运的环节也成为影响士子风气和文章风格的关键因素。所以,提学在藻鉴士子过程中的行为也是整饬士习和文风的关键所在。故此,无论提学是否在主观意识层面认识到藻鉴人才的行为关涉士习和文风,他们藻鉴人才的行为及其在督学过程中的奖惩,实际上都是整饬士习和文风的基本前提和重要保障。从这一点来讲,藻鉴精准,督学严明公正,也是提学整饬士习和文风的重要举措。如果说,设立教条,建立章程是明代提学在整饬士习和文风过程中的显性行为,那么,藻鉴精准、严明公正,则是提学以身作则,公平公正督学行为的必然结果。这是其整饬行为的一种隐性方式,但也是提学督学活动中整饬士习和文风的一种重要方式。因此,说提学藻鉴精准既是对其善于识人之能力的肯定,也是对其督学公平公正原则的肯定。这对士习和文风的影响虽是潜在的,但也是不容忽视的。教条、章程、学约、学政制度的遵循与否,考校是关键,若没有公正严明的校士、校文原则,其他的制度建设都将是一纸空文。

以上说法,我们只需要检阅一下明代提学影响士习和文风的相关记载便能得到很好的验证。如成化末年周孟中"提学福建,至则端士习,培士气,以教于白鹿者施之。品藻进退,付之至公"[①],说明周氏端正士习是以品藻公正为重要前提;嘉靖中期南直隶提学冯天驭,"杜私谒,先行谊,置学田以赡贫乏。由是风教大振,士习丕变"[②],这是对提学督学公正、宽待士人并因此影响士习

---

① (明)焦竑:《国朝献征录》卷55。
② (明)胡直:《刑部尚书冯公天驭传》,焦竑:《国朝献征录》卷45。

的最好说明;嘉靖初期南直隶提学章衮"督学南畿,狷介端严,请嘱不行,士习一时蹶兴"①;弘治中期浙江提学佥事李逊学"宽而有制,甄别不爽,教人以敦行尚实为本,士习亦为少变"②;万历初期江以东出任江西提学副使,"人不敢干以私,时上加意学校,以东奉行惟谨,士习一变。行部南赣,当涂稍欲挠之,公回省竟拂袖归"③。以上事例都将督学的公正严明作为改善士习的重要原因,由此可见提学在督学过程中坚持公正严明对于整饬士习的重要性。江西提学江以东因公正不偏袒而振作士习,然而他也因为有当政者干扰其督学的公正严明而辞去督学之任。提学对公平公正督学原则的坚持乃至坚守,恰恰说明了它是提学整饬士习的重要方面。鉴人的精准和督学的公正的确是提学整饬士习乃至改善文风的重要前提保障。天启年间,徐人龙督学湖南,"浃岁周两试,皆手自评骘。集诸生详为举示,人服其鉴。所拔多单寒士,文风为之振起"④。即使处于天启时期这样士风浇漓的乱世,提学徐人龙以其督学的勤勉公正,鉴人的精准而赢得士人的尊重并借此改善湖南文风。上述事例都是将提学藻鉴精明、督学公正作为士习和文风改善的原因来看待。反过来看,也就说明品藻精准、公平公正,其实也是整饬士习、改善文风的重要举措。这样的事例还很多,以上数例亦足以说明督学公正、品藻精明对于整饬士习和文风的重要作用。

(三)以身为教,推己及人

明代提学在校士过程中采取以身为教,推己及人的方式教导生徒,其实在提学添设之初即有着明确的规定。明英宗给首批即将赴任的提学官的敕谕中,其实对他们的督学行为已经有了明确的指示,其文曰:"夫一方之学总于汝,是一方之师系于汝矣。率而行之,必自身始,必自进其学,学充而后有已。谕人必自饬其行,行端而后有以表下。学有成效惟尔之能,不然惟尔弗任,尔

---

① (清)谢旻等:《江西通志》卷82。
② (明)李贤等:《大明一统志》卷38。
③ (明)李贤等:《大明一统志》卷49。
④ (清)迈柱等:《湖广通志》卷42。

其懋哉。"①总一方之学,为一方之师,这个身份也必然要求提学在学识方面出类拔萃,在德行方面为人楷模,无论在问学还是做人方面,提学都必须"率而行之"。也就是说,在明代提学添设之初,提学便已经被视为广大读书人的模范和表率,故而刚开始提学的选拔也相当严格,张居正便有记载:"非经明行修、厚重端方之士,不以轻授;如有不称,宁改授别职,不以滥充。"②也正因为提学选拔严格,所以颇为得人,故此张居正称其年幼时见"提学官多海内名流,类能以道自重,不苟徇人,人亦无敢干以私者。士习儒风,犹为近古。"③张居正的记述恰好验证了提学"以身为教"对地方士习改善的积极影响作用。

明廷添设提学即将其作为天下士子之表率、读书人之模范,即希望提学以表率、模范的作用改善士习、造育人才,提学督学地方也被读书人尊为宗主。故此仅从提学的特殊身份上来看,现实情势的需要也要求他们必须"以身为教,推己及人"。这一点在提学整饬地方士习和文风的时候尤为明显,所谓"正人必先正己",提学对士风和文风的明确要求,必须在他们那里得到示范,作出表率,否则,难以服众,更难以施行教条和章程。如正德时期,间洁出任山东提学,"素乏文誉,实中官奴婿,又瑾乡人。为提学不能校阅取士,入试,命吏视故牍名次填之。盖有已中选而复在列者。考童生入学,退食后陈卷于几,瞠目无语,顾门子择其文长者取之。山东人至今传以为笑。"④间洁作为提学,才能不及,被当地百姓传为笑谈。可想而知,这样的提学如何能整饬士习,更如何能改善文风?当然,这样的提学在明代也仅此一例。所以,明代提学能整饬士习、改善文风者,一定是能够"以身为教,推己及人"者。换句话讲,能够整饬地方士习和文风的提学,他们自身的素质也必须过硬。这既是他们整饬士习的主观条件,也是他们整饬士习的有效方式和先天优势。故此,整饬士习和文风者也必须要求自己在学行上,乃至在文风上作出表率。这既是提学自身修养的要求,也是提学职责的要求。从这个意义上讲,我们认为明代提学在督学过

---

① (明)李贤等:《明英宗实录》卷17。
② (明)张居正:《张太岳集》卷39《请申旧章饬学政以振兴人才疏》,中国书店,2019年,第77页。
③ 同上。
④ (明)李贤等:《明武宗实录》卷39。

程中的"正己"是其"正人"的重要手段,"以身为教,推己及人"是明代提学整饬士习和文风的重要策略。这一点在山东提学王慎中那里也能得到很好的验证。据王惟中《河南布政司参政王先生慎中行状》记载:

> 丙申,升山东督学,慨然以敦风教、齐习尚为己责。规画条约,皆原古者,所以一道德之意,而作新倡,厉以身为标。……初山东士子见先生所为广东录,争相慕效。先生自以所作虽峭厉雄奇有可喜,然不足为式。而所谈乃成化、弘治间诸馆阁博厚典正之格,士由此知向往,其文一出于正。凡经先生识拔者,皆为成材美士,致位通显,舆论翕然。盖精采动变行于俄顷,而士风文体焕然易视改观。东土人士,至今谈之有遗思也。①

王慎中于嘉靖十六年(1537)前后督学山东,"以敦风教、齐习尚为己责",说明王慎中有着整饬士习的强烈愿望。而在具体的整饬举措方面,除了订立条约,最重要的一个举措就是"以身为标"。王慎中在初冠之际便已考中进士,才学早著,甚有文名,故而称得上是读书人的楷模。但即便如此,上任提学之后,王慎中"厉以身为标",更严格地要求自己。除了行为举止之外,甚至在文章的风格方面,为了更好地引导士子文风,王慎中甚至对自己以前的文章风格也进行了主动修正。如文中提到的《广东录》,是指嘉靖十年(1531)由王慎中主持的广东乡试,而王慎中作为主考官曾作《广东乡试录》。这篇文章受到了山东士子"争相慕效",其原因不仅仅是王氏乃当世文学名家的缘故,恐怕也与其担任提学的身份有一定关系。但是王慎中作为引导山东一省读书人的文宗,却有着清醒的认识:他认为自己以前的文章"峭厉雄奇有可喜,然不足为式"②。故此,出于整饬士习和文风的需要,王慎中"所谈乃成化、弘治间诸馆阁博厚典正之格,士由此知向往,其文一出于正"。为了更好地引导读书人,作为文学名家的王慎中甚至否定自己的成名之作,这就是提学"以身为教"的经典案例。据此,人们也就自然得出了这样的结论:"盖精采动变行于俄顷,而士风文体焕然

---

① (明)焦竑:《国朝献征录》卷92。
② 同上。

易视改观。"士风文体为何焕然一新？那就是提学以身为教,现身说法,这样的"精采动变"最能感染人、影响人。据此,也充分说明提学"以身为教,推己及人"来整饬士习文风,其效果尤为显著。

明代提学以身为教从而改变士习、文风的记载也较多。如首任广东提学彭琉,"寡欲甘贫,动准先儒,岭南士风为之丕变"①；正统时期河南提学曹琏,"以身为教,士习丕变"②；弘治时期浙江提学赵宽,"提督学政,学问渊贯,能推所得以变士习"③。这样的案例很多,可谓不胜枚举。成化时期南直隶提学戴珊,"八年奉敕督南畿学校,时士习颓靡,多缘饰诗书以猎声称。珊正身率之,凡考校必以文占器□。有请谒者□不□拒,而终亦无所挠,群士帖服,至无后言"④。提学戴珊改变南直隶士习和文风的方式是以"正身率之"和公正严明来实现的。据此可知,提学"以身为教""推己及人"在其整饬士习和文风中的重要性。虽然,"以身为教"和"推己及人"更像是提学对自身修养的自我提升、自我约束和自觉追求,很难与整饬士习和文风的外在行动联系在一起。但提学在督学过程中,"正人"与"正己"的高度一致性和相关性,以及由此给士子风尚习气带来的巨大影响力,则又说明提学亲作表率的自我约束和自我提升,的确是提学为着整饬士习和文风的目的而采取的主观行动。从这个层面上来看,这也不失为一种整饬士习和文风的重要举措。

（四）针对性举措:励名节、敦士风,抑奔竞、斥浮薄

如果说设立教条、章程,颁布学约、学政公文是提学为整饬地方士习和文风而进行的制度建设；藻鉴精明、公平公正是提学为整饬士习和文风而营造的良好环境；而"以身为教""推己及人"则是提学为整饬士习和文风而采取的重要而最为有效的手段；那么,针对地方士习和文风存在的现实问题,必然要求提学采取更有针对性的举措。这些举措难以一一列举,可能因士习和文风的

---

① （清）郝玉麟等:《广东通志》卷40。
② （清）迈柱等:《湖广通志》卷50。
③ （清）嵇曾筠等:《浙江通志》卷19。
④ （明）焦竑:《国朝献征录》卷54《戴公珊传》。

状况不同而有所不同,如考虑时代不同而有所偏重,也可能因地域不同而有所侧重。下面结合具体案例略作阐述。

正统时期提学始设,但士习懒惰的弊病早已存在,其中一个重要原因就是师道不立。其实即使是在政治清明的宣德时期,这个问题就已经比较突出。如宣德三年(1428)四月,宣宗敕谕两京国子监:

> 比岁以来,士习卑陋。有不事学问,蒙昧罔知;有不饬容仪,猥琐自弃;甚者贪秽冥无惭心,杂居俊秀之群,深孤教养之意。考其驯致之故,亦由师道未善。太学之官,本皆茂选,人之难识,心有不同。①

宣宗敕谕说明明廷意识到士习鄙陋的重要原因在于"师道未善",即便国子监教官的甄选已经较为严格,但是仍不尽如人意。处于中央层面的国子监尚且如此,那么,处于府、州、县地方的儒学学校之情况也便可想而知。所以实际上,正统时期添设提学也有督促儒学教官以改善士风的目的。故而英宗给首任提学的敕谕中也明确强调了儒学教官的监督管理问题,其文曰:

> 学校无成,皆由师道不立。今之教官贤否不齐,先须察其德行,考其文学。果所行所学皆善,须礼待之。若一次考验学问疏浅,姑且诫励,再考无进,送吏部黜罢。若贪淫不肖,显有实迹者,即具奏逮问。②

因此,明代提学添设之初,提学官就能从改善师道方面入手来改善士习、士风。如正统时期北直隶提学李奎,"举儒士黄辅等五十余人,分主师席,士习丕变"③。很显然,李奎改变北直隶士习的举措是甄选儒学教官,以提升儒学教官水平的方式提升北直隶地方生员的素质,从而达到整饬士习的目的。李奎整饬士习的举措可谓"对症下药",效果自然也较为显著。

---

① (明)杨士奇等:《明宣宗实录》卷41。
② (明)李贤等:《明英宗实录》卷17。
③ (清)谢旻等:《江西通志》卷14。

成化时期北直隶提学阎禹锡也采取针对性的举措来整饬士习、文风。河南省志记载其督学事迹:"提督畿内学政,慨然有造就人才之志。励名节,敦士风,抑词章之习,明本原之学。取周子太极图,通书为士子讲明之,一时人士皆粗知性理。"①北直隶"据上游之势临驭六合者"②,为当时京畿所在。读书人受朝廷风气的影响也更为明显,"成化一朝,佞幸竞进"③,为官失名节者亦不在少数。提学阎禹锡激励士子以"名节"自期,显示出他在整饬士习方面的"有的放矢"。官风是影响士风的关键因素,阎禹锡以为官者的名誉和节操来要求读书人自励,这是对士子的正面引导,也是从关键处改变士习的明智之举。同时,在文风上,阎禹锡则要求读书人改变急功近利的恶习,"抑词章之习"。"词章之习"是士子为博取功名而在文章写作方面急功近利的体现,故而文章往往徒饰文辞而无实义,这与士人为名利奔走而无实学的士习也是相对应的。所以阎禹锡整饬士习和文风所采取的的确是颇有针对性的举措。

对读书人当中这种追名逐利的奔竞行为的抑斥,已成为明代提学整饬士习和文风最常见的举措。如弘治时期浙江提学李逊学,"教人宽而有制,以敦行尚实为本,人才高下甄别不爽。其有奔竞者,裁抑之,士习翕然一变"④。在崇尚实学,藻鉴公正的同时,李逊学对奔竞者的惩治是其改善士风的关键。弘治末年福建提学杭济,"督学于闽,崇雅黜浮,士习丕变"⑤。"雅""浮"既是士风的特点,也是文风的面貌,杭济针对雅、浮两方面的一奖一惩,是福建士习改善的重要原因。嘉靖末年南直隶提学周斯盛,"督学南畿,简拔英才,抑绝刺竞,风教翕然"⑥。这样的事例很多,特别是在士风日下的成化、弘治之后,奔竞、浮薄之风已成积弊,提学对士习和文风的整饬以此为主要目标亦不例外。

除了针对各个时期士习和文风弊病采取的针对性举措,明代提学有时也注意结合地方士习的不同而采取因地制宜的整饬举措。

---

① (清)王士俊等:《河南通志》卷14。
② (清)顾祖禹:《读史方舆纪要》,中华书局,2005年,第402页。
③ 孟森:《明史讲义》,中华书局,2006年,第177页。
④ (清)嵇曾筠等:《浙江通志》卷19。
⑤ (明)焦竑:《国朝献征录》卷90。
⑥ (清)许容等:《甘肃通志》卷35。

严嵩《光禄寺卿陈公焕神道碑》一文记载嘉靖中期云南提学陈焕督学事迹。其文曰:"滇南士习异中土,公之教切切,惟安贫执义,以廉节先,率之自躬,士由是知方焉。"[1]根据记载可知,云南提学陈焕在整饬云南地方士习时就充分考虑到偏远地方士习与中原地区的不同。所以他采取的举措是亲做表率、安贫守道、廉节自律,同时对读书人又尽心教诲。士子有了学习效仿的目标,再加之师儒的谆谆教诲,士习和文风的改善便是水到渠成之事。

崔铣《按察副使田君汝耔墓志铭》一文记载嘉靖中期江西提学田汝耔督学江西事迹。其文曰:

> 迁江西提学佥事。江西虽号文邦,士习谖恣,尚请托。提学官校试,列第不合素所评,辄呶唤径去。善宦者先阴访众议,参以今试者,列名下之,勤父惟据试文。勤父雅好秦汉诸家书,刻行史记。往以举业誉者,勤父病其腐,置下列。[2]

田汝耔整饬士习和文风可谓是"反其道而行之",直指地方士习弊病所在。这当然需要一定的勇气。如在士习方面,江西虽号文化之邦,但在读书人当中也盛行请托、欺诳师长的不当行为[3]。以致往昔提学为了避免士子的诽谤挤兑,在评定生员文章等次时,还要考虑众人的评议,然后才能下文张榜、公之于众。田汝耔却偏偏只以文章高下来决定生员等次,而毫无众口铄金之惧。在文章考核方面,田汝耔喜爱秦汉时期的文章,所以对文章有着新的要求。此前以举业文章而获赞誉者,田汝耔认为他们的文章陈旧迂腐,将他们列为下等。这是在文章要求上对士习的整饬,其结果对江西士子文风的改善也可想而知。

以上对明代提学整饬士习和文风相关事迹的列举相当有限,只为说明提学针对士习和文风的时弊,采取专项整饬的方法,力图改变士习和文风的事

---

[1] (明)焦竑:《国朝献征录》卷71。
[2] (明)焦竑:《国朝献征录》卷88。
[3] 如天顺时期江西提学李龄,督学颇有声誉。但竟然也被教官士子欺骗:"时提学官久罢。复设,龄欲士子敦本尚实,痛抑奔竞,自持一言一动不苟,虽时为教官士子所欺,然终笃信不渝。"(《明一统志》卷49)

实。明代提学考虑地方士习的特点和实际情况采取的针对性政策,显示出他们在整饬士习和文风方面的主观努力。

四、影响及评价

明代提学在地方整饬士习、文风的行为会带来怎样的影响后果呢?这是我们探究明代提学整饬士习和文风的目的之一。因为提学整饬地方士习和文风的影响,正是体现提学贡献于地方社会文化包括地方地域文学发展的重要体现。而地方社会、士子生员对提学督学的评价则又是这种影响作用的最好说明。下面我们对此略作阐述。

(一) 提学及其整饬行为的影响

"影响"作为汉语词汇,古已有之,含义较多。而本文此处指的是"起作用;施加作用"[1]之意。从该词词义发展的历史来看,我们此处所谓的"影响",实际上是在现代汉语中才出现的一个新语义,它很可能是受西方文化影响的结果。范方俊《影响研究》一书对"影响"一词进行梳理和分析,得出以下结论:

> 其一,"影响"(influence)一词的本义是指天体的以太物的流出,这是古代星相学的一个术语,带有神秘主义的色彩和意味,后来逐渐由此引申出自然环境,外在事物和他人对于另一些事物或人产生的影响作用。其二,"影响"(influence)一词的词源,来自于拉丁语 influentia,从 influentia 到 influence,其间经历了数个世纪的流变过程。其三,"影响"(influence)一词在文学批评上的使用是近代以后才开始出现的,主要得益于十九世纪之后的柯勒律治和瓦莱里这样的英法文学批评大家的援用,使得"影响"成为二十世纪西方文学批评和文学研究中的一个重要概念。[2]

---

[1] 罗竹风主编:《汉语大词典》(第三卷下),上海辞出书版社,2011年,第1136页。
[2] 范方俊:《影响研究》,北京大学出版社,2018年,第36—37页。

尽管明代提学有相当一部分人是当时颇有影响力的作家，地方生员士子中也有不少人后来成长为作家甚至是知名的作家（如李梦阳、李攀龙等），但是本文并不打算讨论前驱诗人和后来诗人之间的影响[①]。不过，我们也并不排斥这种影响的存在。我们采用"影响"一词来说明明代提学整饬士习和文风给地方士子生员及地方社会带来的作用，这实际上是一个很难评估和分析的问题，因为提学整饬士习和文风的督学行为不仅仅是一个教育行为，它还可能牵涉文学、政治、伦理、民俗等相关问题。恰如当代权威的文学理论家、批评家哈罗德·布鲁姆所言："影响的过程在所有的文艺和科学中都起着作用，在法律、政治、媒体和教育领域也一样重要。"[②]反过来看，法律、政治等其他因素对地方士风和文风的影响也是干扰我们合理评估提学影响士子风气和文风的重要因素。好在，我们对提学整饬士习和文风案例的分析，其实已经将这种影响较为直观地呈现了出来。

尽管提学整饬士习和文风的行为给士子和地方社会带来的影响难以评估，但我们还是有梳理分析的必要。因为这是我们认识明代提学贡献地方文化教育乃至文学发展的重要参照和依据。在方法上，我们对这种影响的描述存在以下几点困难：一是提学整饬士习和文风的作用只能从个案中得到验证，而个案验证又可能局限于片面；二是影响士习和文风的因素是多方面的，而提学的整饬行为只是其中一个因素，这一因素和其他因素之间的区别有时难以厘清；三是影响作用的大小会因人而异，既会因提学的权威性带来差异，也会因受影响者与提学官之间的亲疏关系带来差异；四是文学方面的影响需要长期考察，有时甚至难以追踪。

我们尽量克服以上方法的不足，对提学整饬地方士习和文风的影响作用作一个较为客观的评估。

首先，尽管明代提学整饬士习和文风对生员士子的影响作用是因人而异的，但是作为掌握着一省教育惩戒权[③]的提学官员，他们的督学行为代表着官

[①] （美）哈罗德·布鲁姆著，徐文博译：《影响的焦虑》，江苏教育出版社，2006年，第5页。

[②] （美）哈罗德·布鲁姆著，金雯译：《影响的剖析》，译林出版社，2016年，第5页。

[③] 教育惩戒权（disciplinary power of education）"是教育活动中负有教育职责的教育者对受教育者进行惩戒的权力"。参见顾明远主编：《中国教育大百科全书》，上海教育出版社，2012年，第689页。

方权威并有科举制度的保障,故而至少在其督学时间范围内,其整饬行为对士子的导向作用还是较为明显的。这既包括教育制度的强制约束和外在规定(如设立教条),也包括受提学官员人格魅力的影响(如以身为教),士子有着内在的自觉追求等两个方面。但是这种导向作用也并不能过于夸大,比如,有关文献记载提学整饬士习和文风,结果是"士风丕变",或"文风大振"。那么,前任提学是否也有整饬行为,如果同样也有整饬行为,那么,后者与前者的行为是否形成合力?或者后者是对前者的否定?这就要求我们必须结合具体的案例来进行分析。

其次,我们也必须承认,提学官整饬士习和文风的行为对生员士子的影响是存在不同的,其影响力的强弱与水波效应极为相似。即与提学关系较为亲密或者提学特别欣赏的生员①,受提学的影响可能更大;另外,提学本人的权威性和影响力也是左右其整饬士习和文风的关键因素。这就好比掷入湖面的石头,其质量越大,它所造成的震荡效应越明显。同时,提学督学的时间越久,他对地方文化和士子带来的影响力就可能更为持久,影响士习和文风的其他因素的干扰也就越小(详见图2)。

图2 明代提学整饬士习和文风影响力示意图

关于提学整饬士习和文风的影响,我们还是需要从具体的案例中来进行分析。我们以天顺时期江西提学李龄和他的门生周孟中、欧阳晢为例来进行分析。周孟中在《提学李金宪先生挽诗序》一文中记述其师的督学事迹,其中

---

① 这类生员,我们可以称之为生徒,即生员中受提学亲自教诲者,为提学亲炙弟子。

详细记载了李龄整饬士习和文风的影响,包括他作为普通生员和生徒时的感受。其文曰:

> 自奉命提调江西学校,虑士之为学者,先文艺而后德行,忽经传而尚浮辞。下车之初,即其教条,欲学者敦德行而究心经传。则理明行修,发为文章,以阶科目,立勋业,庶不背于圣贤之道矣。孟中时为吉庠生,始见条教即知所以自奋也。即先生历巡至郡,言温气和,举动不苟,谆谆恳恳若欲率今之士尽归于古人之域。如是者不特一至,再至,三至为然,每至无不皆然。众愈信服。五六年间士风丕变,莫不知敦德行为立身之本,究经传为穷理之要。宋忠臣文天祥子孙弗振,乃择其嗣孙之秀者,补县庠生,且劝富民出田以赡学费。朱夫子所建白鹿洞岁久湮没,重加葺理,延孟中等讲明正学其中。凡此皆足以振前烈之休光,作士气之萎靡。非于道有见焉,能率人以道如是耶?①

提学李龄在江西督学长达八年之久,他一到任便开始整饬士习、文风。针对"先文艺而后德行,忽经传而尚浮辞"的士风陋习,李龄采取的举措首先就是颁布教条予以纠正。其内容虽不得而知,但通过周孟中的记述,我们可以知道大概意思就是"理明行修,发为文章,以阶科目,立勋业,庶不背于圣贤之道矣"。其实就是申明了道德和文章的关系,提学李龄向生员们阐明了明理修行是文章写作的基础,要写好文章必须在德行上精进的道理。至于这个道理具体是怎样阐述的我们无法知晓,但它对生员周孟中的启发却很大:"始见条教即知所以自奋也。"也就是说提学设立的教条只要言之有理,便能激励生员,改变他们的想法,从而达到改善地方士习的目的。当然,教条的规定及其影响也一定是有限的。从周孟中的记述来看,提学李龄对江西生员的影响,更为突出地表现在其巡历府、州、县学校时的督学过程中。他兢兢业业的育人态度、他所倡导并反复申明的思想,乃至他的一言一行与他整饬士习和文风的要求相

---

① (明)李龄:《宫詹遗稿》外编,《四库未收书辑刊》第五辑第17册,北京出版社,1997年,第392页。

第四章 明代提学影响地域文学研究

一致。可以说,提学官李龄又是以人格魅力影响着江西士子。所以周孟中描述为"众愈信服","五六年间士风丕变,莫不知敦德行为立身之本,究经传为穷理之要"。这就是提学官李龄影响广大生员的最好说明。而周孟中作为受到提学李龄特别赏识的生员,他已经是登堂入室的门生了。所以他对恩师李龄的评价就更高:"非于道有见焉,能率人以道如是耶?"这句很高的评价,也更能说明提学李龄对其生徒周孟中的影响之深。同样当周孟中出任福建提学(成化十四年至十七年即 1478 至 1481)的时候,他更能将提学宗师李龄对他的教导运用于自己的督学实践。故此,福建地方志对他的评价颇高,其文曰:

> 成化间督学佥事,黜浮华,抑奔竞。订朱熹冠婚丧祭四礼,令诸生行之,以为齐民倡。名宦乡贤滥祀者,悉为裁定,士林悦服。后以母丧去。①

曾经的提学门生周孟中出任提学后,在整饬士习和文风上也能坚持其师长处,同样赢得了福建地方士子的信服推崇。从周孟中身上,我们也看到了提学带给地方社会更为深远的影响。

江西提学李龄的另一位门生欧阳晢②,于弘治六年(1493)出任广东提学。和周孟中相比,欧阳晢直到成化二十年(1484)才中进士,说明他在提学李龄督学江西期间,可能还是一名普通生员,他与宗师李龄的关系相较于周孟中应该是要疏远一些③。且看欧阳晢对提学宗师李龄的评价:"先生以纯厚之德,笃实之学,振铎江右,宗主斯文。端先哲之范模,从后学之山斗。顾予小子,深荷陶镕。"④这是欧阳晢于弘治八年(1495)祭祀李龄时的文字,这一时间隔李龄督学江西的时间至少有二十五年之久,欧阳晢那时很可能只是刚入安福县学不久的生员。但是他对提学宗师李龄的评价之高、感情之深确实令人感动。由此可见,提学李龄给江西士子生员带来的深远影响,那么他整饬士习和文风

---

① (清)郝玉麟等:《福建通志》卷7。
② 成化十二年(1476)进士,其中举时间不可考。
③ 周孟中在成化元年(1465)中举之后,恩师李龄聘其为白鹿洞主讲。
④ (明)李龄:《宫詹遗稿》外编,《四库未收书辑刊》第五辑第17册,北京出版社,1997年,第390页。

的影响之大自然毋庸赘言。

(二) 对提学整饬士习和文风的评价

其实以上事例也可以看作是生徒、生员对提学的评价,然而评价也是对明代提学影响士子和地方社会最好的说明。如果把提学整饬士习和文风的督学行为当作一种教育行为来看待,那么要评估这种教育行为的影响,受教育者的评价的确是一项重要的依据,这就类似于我们今天所讲的教师评价①。因此,除了生徒、生员对提学宗师的评价,我们还可以从官方文献中的相关记载来看当政者的评价(类似领导评价),从其他提学或官员的有关记述中来看他们对某一提学的评价(类似同事评价)。下面我们尝试对这两类评价略作阐释,旨在从另一角度来揭示明代提学整饬士习和文风的影响。

如前所述,明代提学督学地方的影响在地方志特别是省志当中记载较多,而相关记载也多是关涉提学整饬士习和文风的记载。我们此处再从其他官方性文献如正史和实录中来分析相关评价。

《明史》记载弘治时期山西提学王鸿儒"居九年,士风甚盛"②,对其改善士风的显著成效予以肯定。王鸿儒长期督学山西也是其能够改善当地士风的重要原因。该书又记载正德时期湖广提学张邦奇事迹:"出为湖广提学副使。下教曰:'学不孔、颜,行不曾、闵,虽文如雄、褒,吾且斥之。'在任三四年,诸生竞劝。"③《明史》记载张邦奇整饬士习的(教条)言论,以说明其思想主张。而在士人奔竞的风气之下,由于张邦奇整饬士习和文风的要求明确,当地读书人都知道自勉勤奋。史书对张邦奇整饬士习和文风的业绩显然是较为肯定的。客观讲,《明史》对明代提学整饬士习的记载并不多,但是一旦史书对提学整饬士习的事迹有所记述,也往往说明其整饬士习和文风的作用较为显著,其整饬士习和文风的举措值得肯定。另外,《明实录》对提学整饬士习和文风的记载也

---

① 即"对教师个体的工作质量进行价值判断","评价教师可以由教师自身、同事、领导、学生及其家长等主体进行"。参见顾明远主编:《中国教育大百科全书》,上海教育出版社,2012年,第587—588页。
② (清)张廷玉等:《明史》卷185。
③ (清)张廷玉等:《明史》卷201。

不多,这与地方志和其他类书中的大量记载也形成鲜明对比。

如前所言,明代提学的添设正是针对士习和文风不振的现状而设,所以明廷将整饬士习和改良文风视为提学的基本职责。在其后的官方记录中,仍有不少要求提学整饬士习的记录。如《明英宗实录》第五十八卷记载:

>(正统四年八月)湖广按察司副使曾鼎言,朝廷增置风宪之官专理学政,然往往督责太严,欲成太速。其生员惟事记诵陈腐,讲习偏僻,以免黜罚,图侥幸而已。所谓涵养熏陶,明体适用之学,茫然不知,流风日靡,士习日陋。乞敕所司,详议条约,所习经史,务令贯通,所述论义,欲明道理。提学之官,所至须留旬日,难疑答问。先兴起其孝弟忠信、礼义廉耻之行,然后考其文词。期以十年,无成者黜为吏。庶几教导有方,学成而适用。事下行在,礼部覆奏宜行。各处提学官员痛惩前毙,其条约一尊元年。所奉敕书具有成法,无庸更改从之。①

从曾鼎的描述来看,添设提学以来,提学官对地方生员学风的整饬效果并不是很好,因而"士习日陋"的状况也并没有得到扭转,文风方面的状况也可想而知。故而他建议:"先兴起其孝弟忠信、礼义廉耻之行,然后考其文词。期以十年,无成者黜为吏。庶几教导有方,学成而适用。"其实这与英宗在正统元年(1436)敕谕中对提学的要求并无二致。朝廷采纳曾鼎建议并再次重申提学职责,这也说明明廷对提学整饬士习和文风的职责极为看重,并将其视为提学分内之事。也可能是这个原因,《明实录》对提学整饬士习和文风的记录反而不多。

在正德、嘉靖之后,士习败坏更为突出,提学对士习和文风的整饬显得尤为难得。《明武宗实录》记载江西提学蔡清的督学事迹:

>在江西,务端士习,正文体。尝曰:"学宜养正性,持正行。圣贤言语,熟复玩味,则旧去新来,日改而月化。"天性孝友,内外亲族,贫无衣食及不

---

① (明)李贤等:《明英宗实录》卷58。

能葬者,皆收恤之,家屡空弗计也。体虽屡脆,而好学不倦。其学术德器为一时名儒,盖于模范甚称。惜享年不永,莫究其用云。①

《实录》对江西提学蔡清整饬地方生员士习和文风及其带来的影响予以高度评价。从记述来看,蔡清影响江西士习和文风的方式与其"名儒"的德行密切相关。也就是说,蔡清以"以身为教,推己及人"的方式来整饬并影响江西士习和文风,其效果是显著的。在士风日下的社会背景下,明代提学对地方士习和文风的整饬显然在更大程度上需要依靠提学本人的影响力和权威性。也就是说提学在地方士子中能产生怎样的影响,与他们本身的素养有着直接的关系。反过来讲,我们也必须承认,毕竟提学也是社会士人中的一分子,尽管他们堪称士人中的精英分子,但是在整个社会士习衰敝的前提下,像蔡清这样"学术德器为一时名儒,盖于模范甚称"的提学毕竟是少数。这就是明代提学最终也无法挽救士习与文风衰败趋势的原因之一。

但是在明代士习和文风日渐衰敝的过程中,提学对士习和文风的整饬,更能凸显出他们的主观努力。这一点从提学之间的评价更能凸显他们对此问题的认识。如成化时期浙江提学张悦曾撰《赠吴宪副提学序》一文,对四川、湖广提学吴智有所评价。其文曰:"寻擢按察佥事提学四川。严轨范,抑骄惰,以身率人,不屑屑于法制之末,六七载间之向化者,盖骎骎然。比者复擢湖广按察副使,仍董其事。盖欲公推其所以化蜀者以化楚也。殆见楚蜀之士,凡沾沐膏者,他日分仕中外,必能推所得以善诸政。"②文中记述表达了提学张悦对同行的钦佩之情,"严轨范,抑骄惰,以身率人,不屑屑于法制之末"是提学吴智整饬士习的方法,而楚蜀两地人才兴盛,则是对吴智影响士子乃至地方社会的最好说明。张悦在文中既积极评价了吴智,其实也含有对提学职任的自我期许:"至于人才衰,风俗日弊,无救于乱者,是岂世道有古今之异耶?良由其教之不

---

① (明)李贤等:《明武宗实录》卷 50。
② (明)张悦:《定庵集》卷 3《赠吴宪副提学序》,《四库全书存目丛书》集部第 37 册,齐鲁书社,1997 年,第 328 页。

本于古乃尔。"①暂不论张悦推崇古代为教之方是够妥当,且看他将人才和风气的衰败原因归之于教育的方法便可知道,张悦作为提学也能自觉意识到教育者的责任。提学将士习和文风的振作与否与自己的职责自觉联系起来,可见他们也的确将改善士习当作自己的使命。据此可知,提学整饬士习与其自身所具有的使命意识和教育情怀有着密切关系。强烈的使命意识和自觉的责任担当,这就是明代提学能够影响士子风气的重要原因。提学之间为同道中人,他们之间的交流更能激发这种"职业精神"。

　　以上援引诸例,无论是从生员的角度,还是从提学的角度,抑或是当时社会乃至官方的评价来看,对提学整饬士习和文风基本都持一种较为肯定的态度。但这并不能说明明代提学整饬士习和文风的举措都能带来积极的影响。恰如赵园先生所说:"事实是,关于士风的任何一种描述都不能不同时是掩盖、遮蔽,出诸不同论者、论旨的描述也难免于抵牾。"②这个说法用在明代提学整饬士习和文风上面其实也是恰当的。我们不能说明代提学整饬士习和文风的行为一定是积极的,尽管我们用"整饬"一词避开了提学督学中可能存在的消极行为。但即便如此,我们也不能说明代提学整饬士习和文风者都能给士子和地方社会带来积极的影响作用。实际上,一个不可回避的问题是,明代士习的日渐浇漓和衰败,与明代提学整饬士习和文风的努力似乎已然构成一个悖论。事实上,提学官自身也会受到整个社会士习和士风的影响。成化和弘治之后,特别是正德之后,对提学整饬士习和文风的记载反而增多,但是这并不意味着,整个明代提学整体对士风和文风的整饬更为有效。实际上,情况很可能相反,即士习日渐衰敝,提学整饬士习和文风的行为才更容易被关注和重视。而整个社会的风气可能更糟而不是更好。而在这样的前提下,明代提学整饬士习和文风的努力,其成效可能更显微弱(参见图3)。

---

①　(明)张悦:《定庵集》卷3《赠吴宪副提学序》,《四库全书存目丛书》集部第37册,齐鲁书社,1997年,第327页。
②　赵园:《关于士风》,《中国文化研究》2005年夏之卷,第3页。

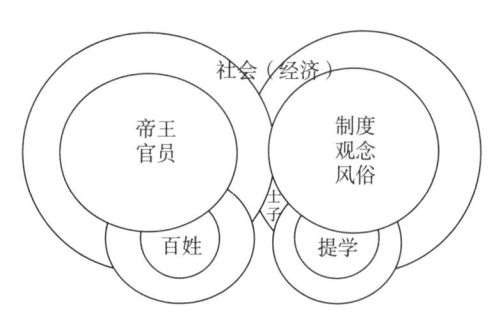

图 3　明代士风衰敝背景下影响士子风气诸因素示意图

但是即便是在明代士习日渐败坏的正德、嘉靖及其后的历史时期,我们也仍然不能忽视明代提学中的部分有识之士在整饬士习和文风上面的努力。因为这是他们作为宗师的职责所在,尽管他们的整饬行为在整个时代发展大势面前显得越来越微不足道,甚至可能违背了历史发展的必然规律,但是我们不能因为明代社会发展的走向而忽略他们对地方社会文化建设的积极贡献。

顾炎武曾指出:"士风之薄,始于纳卷就试;师道之亡,始于赴部候选。"[①]深刻地阐明了士风和政治制度的内在关系。如果说明代的士风衰敝是明代政治经济整体影响使然,那么,明代提学对士习的改变则是个体的救弊和努力,虽然这种个体的努力在社会时代的发展大势面前微乎其微,更加不能扭转明代士风日下的基本发展趋势,然而,明代提学对地方士习的积极整饬,也能在一定范围内,暂时地改善明代地方士习的堕落和衰败。这也是值得关注和肯定的地方。而更为重要的是,在士习衰败的大背景下,更能彰显明代提学改变士习的价值和意义。尽管明代的科举制度及其不合理性是导致士习和文风衰败的根本原因,甚至有时候,提学对士习和文风的整饬只是一种无法触及本质的修补,但是这种努力的积极价值不应被轻易忽视。从中我们也能看到明代提学对地方教育乃至文学发展带来的积极影响。

---

① (清)顾炎武:《日知录》卷17,黄汝成:《日知录集释》,上海古籍出版社,2006年,第1015页。

第三节　提学作家对生徒作家的培养

我们以"提学作家"和"生徒作家"两个概念来说明明代提学与其生徒在后者成长为作家过程中两者的特殊关系。"提学作家",就是提学官员当中堪称作家者,根据我们在本章第一节的分析判断,明代提学大多数人都兼具作家的文化身份;"生徒作家",是指提学教授的生员当中,特别受到提学作家欣赏、奖掖乃至亲自指导的生员。他们在当时即有一定的文名,或者出仕之后成为知名的文人作家。显然,"提学作家"与"生徒作家"在此语境下构成一种对应关系。即他们既是科考制度下的官师与学生的关系,也是文学传承中的师父与弟子的关系。

我们认为明代提学影响地域文学最显著的方式,就是其在督学地方过程中对其生徒进行的文学培养。特别是当提学作家的生徒成长为地域乃至全国范围内知名作家时,提学对地域文学的贡献便得到更大程度的彰显。阐释明代提学作家对生徒作家的培养过程及其机制体制,对于我们认识新一代作家的崛起乃至明代地方文学的发展,了解、掌握地域文学之间的交流和相互影响而言都有特殊的价值意义。

一、明代提学作家培养生徒作家现象

其实,关于明代提学作家与生徒作家之间前后相承所形成的文学景观,不仅仅是我们今天所能观察到的现象,即使是在当时文坛,这一现象也已经引起世人的注意。

卸任四川提学不久的陈文烛,于万历八年(1580)在为其提学宗师张天复《鸣玉堂稿》作序时曾记述自己受其指导(文学创作)的经历。他将自己为宗师作序与其他几例生徒作家继承、发扬提学作家的现象作了类比。其文曰:

> 后戊午先生以仪制郎视学吾楚,不谷得出其门……先生尝谓文章之

妙与化工等,作者寄身于翰墨,见意于篇籍,不托飞驰之势,而名溢缥囊,天壤俱蔽。今人慕秦汉者曰班马,宗盛唐者曰李杜,大都词合而实离,象人而用之,恨生气少耳……李献吉评杨应宁之集,乔景叔作何仲默之传,咸以门人广其师说,艺林侈为盛事。不谷无能为先生役,稍叙其概,将以告天下后世,定先生之言者。①

陈文烛在当时颇有诗名,与后七子诗派成员交往甚密,但诗歌却自成风貌。作为当时诗坛一位较为知名的作家,陈文烛以作家的眼光来观察诗坛中的师生关系。应该说他的评价是相当中肯的,也颇能代表当时文坛的普遍看法。在陈文烛看来,作家门人为其宗师文集作评点(李梦阳)、立传记(乔世宁)、写序言都是宣传其宗师的行为,这无疑是弟子对先生文学的继承和发扬,是作家之间的衣钵传承。陈氏在为即将赴任陕西提学之任的曾省吾所作的送别序言中说得更加具体:"故昭代文章莫盛于关中,如李献吉、康德涵、吕仲木、马伯循、王敬夫、许伯诚最著于弘德之际。后有若王久宁、乔景叔诸公。窃读而韪之,其先秦两汉之声乎?其周之遗乎?至考典文之士则杨应宁、何仲默、唐佐虞三先生,教化有补于山川而其气益显。"②除了有地域历史文化传统和山川之助,陈氏认为陕西提学作家(杨一清、何景明、唐龙)对地方生徒作家的培养之力尤为显著。不得不说陈文烛之论颇有洞见性:他揭示了弘治、正德、嘉靖时期陕西文学勃兴的关键所在。今人师海军也撰文指出明代提学杨一清在培养关陇作家核心人物方面的特殊贡献③。其实不仅仅是杨一清、何景明、唐龙三人,我们只要仔细梳理一下明代陕西提学作家的督学事迹就会发现,前后相继、推动陕西文学复兴的提学作家并不在少数。因此可以说,明代陕西文学的勃兴,与陕西提学作家对陕西生徒作家的培养密不可分。而地域内作家

---

① (明)陈文烛:《二西园文集》卷5《鸣玉堂稿序》,《四库全书存目丛书》集部第139册,齐鲁书社,1997年,第52页。
② (明)陈文烛:《二西园文集》卷6《送曾督学序》,《四库全书存目丛书》集部第139册,齐鲁书社,1997年,第78—79页。
③ 详见师海军、张坤:《教育、科举的发展与关陇作家群的兴起》一文,《西北大学学报》(哲社版)2011年第1期。

的涌现则是地域文学振兴的显著标志,因此,明代提学作家对生徒作家的培养,实际上也是明代提学影响地域文学发展最为显著的方式。除了明代弘治至嘉靖时期的陕西文学作为典型案例,还有天顺至成化时期的江西文学、弘治至隆庆时期的山西文学、嘉靖中期至万历时期的湖广文学、贵州文学等等。尽管每一地域文学的兴起时期及其兴盛的程度各有不同,但是在地域文学兴衰的背后,总能发现明代提学作家给地域文学带来的影响,或显著或微弱;以积极为主,也但存在消极的方面。而这种积极的影响最为显性的体现方式就是提学作家对地域内生徒作家的培养。因此,这一现象值得我们关注。

实际上,分析明代提学作家对生徒作家进行培养的原因、方式内容及效果、影响,对于我们了解掌握明代地域作家成长的历程而言具有重要的参考价值。而更为重要的是,对明代提学作家培养生徒作家现象的分析梳理,是我们揭示明代提学影响地域文学发展的重要内容之一,也必定是我们认识明代文学发展变化内在机理的重要组成部分。下面我们结合具体事例对以上几个方面略作论述。

二、提学作家培养生徒作家的原因分析

在明代地域文学视域内,为什么会普遍出现提学作家培养生徒作家这样的文学景观呢?这是我们分析本论题首先需要回答的一个问题,作为参与的双方,我们认为无论是在培养者方面,还是在接受培养者方面都能为此结果找到解释的理由。某一时期、某一地域范围内提学作家培养出生徒作家,其实是两者共同努力的结果。

(一) 从提学作家的角度来看

当然,我们必须承认,明代提学作家在其培养生徒作家的过程中扮演着指导者的角色,因而占据着主导地位。之所以如此,从外部环境来看,有督学责任的规定和科考目的的驱使;从内在动因来看,有提学作家自身文化乃至文学理想追求和师道传承的驱动。

1. 劝学的需要

提学督学地方最重要的职责就是造士,所谓"进贤退不肖于学校之中而立天下治平之基者,提学之职也"①。何以为贤?在"以文取士"的科举制度下,文章是衡量人才的重要依据,文章写得好自然是贤才的重要标志与特征。所以正统元年(1436)添设提学官时,提学敕谕的首则内容就与教导生员文章写作有关:"学者不惟读书作文,必先导之孝悌忠信。"②说明读书写文章是读书人的常态,以致人们往往把德行修养放在文章写作的前面了。因此提学官往往称自己督学地方为"校士",有时干脆也称"校文"。也就是说,文章写作实际上是提学教导生员的重要方面,因为这关系着生员科举的前途和命运。如生员的等级确定和奖惩都是根据"文理"状况来确定:"生员考试不谙文理者,廪膳十年以上发附近充吏。"③"文理"指的正是文章的特征,由此可见文章在生员考核中的重要性。不但如此,文章的写作还关系到生员能否参加科考,能否拔贡,甚至是中举人、进士都是以文章来衡量。如此一来,提学官必然以文章写作来督促生员进学。

如嘉靖中期浙江提学陈儒,"进诸生于庭而诏之曰:'二三子志之,惇雅黜浮,文之经也。著诚宣郁,诗之教也。维诗若文,弗诡于六经学之程也。'"④提学作家陈儒为生徒们教授作文之法,当然是出于劝学的需要,而不是刻意要将生徒们培养为作家。但是客观的结果是,这些出于劝学的指导,显然有助于生徒作家的成长。又如陕西提学何景明甚至在《学约古文序》中直接阐明学习作文之法:

> 正诵之余,复读名家文字数篇。要其取虽非全编,而实览大义。于是究心,则古人作述之意,源流可窥。而斯文经纬之情,变化俱见矣。理无形而藏密言,有文而行远,由圣贤之训,以至诸家之撰,皆言也。⑤

---

① (明)王云凤:《博趣斋稿》卷14《山西提学题名记》。
② (明)徐阶等:《明世宗实录》卷17。
③ (明)徐阶等:《明世宗实录》卷336。
④ (明)茅瓒:《芹山先生诗文集序》,《芹山集》(明隆庆三年陈一龙刻本)卷首。
⑤ (明)何景明:《何大复集》卷34。

《学约》本是鼓励生员学习的纲领性公文,提学作家何景明显然是将作文章当作生徒进学的必要步骤和重要方面来看待。因此,他希望生徒成才,也必然希望生徒们在文章写作方面能取得进步。

甚者,有提学官过度注重对生员文章写作的培养而不注意对其德行修养的培育,以致明廷在添设提学官之后,不断申令提学官要"先道德,后文艺"。如嘉靖四十五年(1566)礼部明确要求"各提学官必身先化导,以德行督课诸生。毋专事文艺,此儒学所当议处者也"①。然而我们若要分析导致这一结果的根本原因,则会发现"以文取士"的科举制度才是关键。既然以文章来考核、选拔士子,提学官注重对生徒文章写作的指导,也就无可厚非了。只是士子作文,不能只为文章而文章,以致言而无物。在这方面,提学作家、嘉靖初山西提学方鹏有着更清晰的认识:"古之为士者,道德为重,文章次之。今之为士者,则专以文章名家而已。"②明代很多提学作家能深刻认识到这一倾向的不足,然而这不是他们提倡鼓励文章写作的必然结果。

因此,从这个层面上来看,导致提学特别是提学作家普遍重视生员文章写作能力培养的原因之一,实是明代科举制度的要求和驱使。当然其弊端也是显而易见的,然而这并不是提学作家培养生徒文学素养带来的必然结果。

2. 奖掖后进与衣钵传承

如果说,一般提学官在科举制度要求下,出于生员课业精进的目的,也能对生徒的文章写作给以指导和鼓励。那么生徒因文章而见知,且被提学作家寄予厚望甚至以文学成就期许,这更能体现出提学作家对后辈作家的大力扶持。提学作家与一般提学在培养生徒方面的明显不同正在于此。

四川作家,曾任山西、浙江提学的刘瑞曾记述自己被提学宗师识拔的经历:"呜呼,瑞西州渺乎后生耳。公一见其奇文,再见而加重焉,由是进于朝。"③刘瑞正是以文章见长而得到四川提学潘璋的青睐④。而刘瑞在出任浙

---

① (明)徐阶等:《明世宗实录》卷559。
② (明)方鹏:《矫亭存稿》卷4。
③ (明)刘瑞:《祭静轩潘先生墓文》,《外台稿》卷13,《五清集》,《四库未收书辑刊》第五辑第10册,北京出版社,1997年,第165页。
④ 潘璋著有《静虚斋稿》。

江提学之后同样善于识拔文章之士,浙江才子吾谨受其赏识于正德十一年(1516)参加乡试并夺得解元,次年中进士。更为难得的是,就在吾谨考中进士不久的正德十三年(1518),刘瑞文集《澧兰录》竟然让吾谨为其作序。这足见提学作家刘瑞对生徒作家吾谨的看重。

弘治时期陕西提学作家杨一清对生徒的识拔奖掖更为著名,而他培养的生徒作家也最为知名。比如推许庆阳李梦阳、旬阳张凤翔、华州张潜为关中三才子:"邃庵杨公督学关中,遍试诸生,谓关中有三才子,盖庆阳李献吉,旬阳张光世,其一公也。"[1]三人此后都考中进士,且各有名声。特别是李梦阳,更是成为继李东阳之后,明代诗坛的又一代盟主,影响甚巨。提学作家杨一清可谓擢拔俊才,眼光独具。杨氏曾评鉴康海等诸生,更期以将来之成就:"杨一清督学政,见理与吕柟、康海文,大奇之,曰:'康生之文章,马生、吕生之经学,皆天下士也。'"[2]提学作家杨一清对当时还是诸生的读书人给予极高评价,且能根据生徒文章的特点判断他们未来之成就;而后来这些被杨一清赞誉过的生员也果然不负教养,"凡所取诸处冠英之士,恒中式四十或五十余人。方进之士,或许以将来科第及冠世名世,必卒如所言。其所造士,出而佐理五十余年,用之未尽"[3]。特别是康海,被提学宗师杨一清目为海内文章之冠。王九思记载杨氏对生徒的赏识:"伸纸为文,滚滚千余言可立就。当是时,杨邃庵督学陕西,亟以状元许之,然公实以此自负也。"[4]生员康海能成为明代关中第一位状元,且成长为当时海内著名的作家,显然离不开提学宗师杨一清的识拔和勉励。

实际上我们也必须承认,提学作家在鉴别文章方面有着更深厚的功力,他们往往能通过文章鉴别人才。这既是提学作家的优势,也是他们善于培养生徒作家的重要原因。王惟中《河南布政司参政王先生慎中行状》记述山东提学

---

[1] 见王九思《明政大中大夫山东布政司左参政张公墓志铭》,此处"公"指的即是华州张潜。张潜字用昭,号东谷。王九思:《渼陂集》,《四库全书存目丛书》第48册,齐鲁书社,1997年,第239页。
[2] (清)张廷玉:《明史》,中华书局,1974年,第7249页。
[3] (明)马理、吕柟:《陕西通志》,三秦出版社,2006年,第889页。
[4] (明)王九思:《明翰林院修撰儒林郎康公神道之碑》。

作家王慎中以文鉴士的高超之处。其文曰：

> 中麓李公为先生立传,有云:曾寄高等士文,百余日后无一人不发身者。甚至有生童试文一篇,即许其终身。所造如殷棠川学士、谷近沧司马,皆以童年入试,大加赏识,遂越诸生,超等补增,不知何从得之。①

提学作家王慎中正是通过文章的鉴别来选拔士子、奖掖后进,其精于鉴人的程度简直让人难以置信。作为提学作家自然对擅长文章写作的士子另眼相看,这是合乎情理的,殷士儋、谷中虚等人"越诸生"的关键便在于此。与其他士子相比,他们更容易受到提学王慎中的青睐。提学作家培养生徒作家的动因,提携同类、奖掖后进的用意是较为明显的。这样的记载在明代提学中比较多,而那些善于鉴别人才的提学,他们在文章创作方面其实都有较高的成就。提学作家自身有着深厚的文学修养,因此他们对文章的深刻洞见也有助于他们对人才的品鉴和识拔。可以说,在识拔并培养未来文人作家方面,提学作家更有着得天独厚的优势。实际上,这也是他们更容易、更倾向于培养生徒作家的原因。

不但如此,提学作家还往往将生徒作家视作自己的传人。最典型的例子还是弘治时期的陕西提学杨一清。杨一清曾撰《读李进士梦阳诗文喜而有作》一诗,诗题称李梦阳为"进士",说明此诗当作于弘治七年至十一年(1494—1498)之间②。此时杨一清仍在陕西提学任上,虽然李梦阳已经考中进士,但提学宗师杨一清看待生徒的态度并无二致。其诗曰：

> 细读诗文三百首,寂寥清庙有遗音。斯文衣钵终归子,前辈风流直到今。剑气横秋霜月冷,珠光浮海夜涛深。聪明我已非前日,此志因君未陆沉。③

---

① (明)焦竑:《国朝献征录》卷92。
② 在此期间李梦阳已中进士而并未任职。
③ (明)杨一清:《石淙诗稿》卷4。

我们从诗中能充分感受到前辈诗人对后辈诗人的赞赏推许和殷切希望。"斯文衣钵终归子",刚刚考中进士的李梦阳当时还没有确定自己在诗坛的地位,但提学宗师却已经有这样的推崇。这样的肯定与鼓励在作家成长的过程中其积极作用无疑是巨大的。不但如此,杨一清个人以为,自己的才情已经远远比不上生徒了,连他自己也因为学生的诗文而备受鼓舞。推崇生徒并且将生徒视作自己诗文创作的衣钵传人,这是提学作家甘为人师的精神之体现。这种认识在杨一清卸任陕西提学职任时所写《临潼留别西安三学诸生》一诗中也有充分的展示。其诗有曰:"与子周旋岁七更,临歧相送不胜情。文章未敢称先觉,锋颖终当避后生。"[1]此诗足见杨一清甘为人梯的师道精神,在此观念认识之下,提学作家杨一清倾力为陕西培养一批生徒作家便也不足为奇。所以其门生将之比作"文翁在蜀""常衮在闽"[2],确实是实至名归。

(二) 从生徒方面来看

综上可知,提学作家对生徒作家的培养,有着培养生徒以促其进学的现实目的,也有奖拔后进的同类之好,甚至有衣钵传承的寄托。而在生徒作家看来,他们作为弟子其实也有着更多学习借鉴的动力。这促使他们能自觉地跟从提学宗师学习,逐渐成长为一代作家。在他们身上,我们也能找到其成长的动力和原因。

1. 进学的需要

生徒作家跟随提学作家学习文章写作,当然也有出于科考的功利目的。巡按陕西监察御史胡彦记述其阅读宗师文章的经历:"彦于时从诸生后,得抠衣听课教,先生独属意焉。间尝获先生所为古文辞,读之,然恨不多见也。"[3]这是湖广生徒胡彦记载其跟从提学宗师许宗鲁学习文章写作的真实记录。从这两句话可知,提学作家对生徒作家的培养之所以取得成效,除了提学宗师对生徒的识拔与鼓励之外,其实生徒对宗师文章还有着更为积极的模仿学习。

---

[1] (明)杨一清:《石淙诗稿》卷4。
[2] (明)杨一清门人某华:《西巡稿序》。
[3] (明)胡彦:《少华山人集序》。

这是提学作家培养生徒更为有效的重要保障。那么,为何生徒们更乐于阅读提学宗师的文章呢?一方面除了文学上的崇拜而模仿学习之外,其实还有有助于科考的现实目的。因为文章的考评大权在提学宗师手中,什么样的文章更受提学青睐,这的确是广大生员乐于知晓的重要讯息。如福建提学作家、竟陵派诗人钟惺记载其督学的一段经历:

> 钟子之教闽士也,不惟不敢有所挟以求士,而且深怪夫士之舍所学以徇吾所求者。尝请于予:'文若何而必中?'予厉声答之:'某知有好不好文字,不知有中不中文字。正告诸生,今写其意所欲言……勿强士之文以就我,于以养其气而全其所守,文体之中,而士习寓焉。'①

从钟惺的记载可知,通常情况下,提学对生员文章的撰写有着明确的要求,所以生员文章是响应提学官的要求来撰写的,故而才有生员咨询他什么样的文章是可以中式的文章。这恰好反映了当时大部分生员效仿、研读提学作家文章的真实目的——应试的需要。因此,提学作家的文章显然受到生员们的普遍重视。王慎中在山东督学,生员们推崇其《广东乡试录》一文,可能也有这方面的因素。由此可见,生徒研读、模仿提学作家的文章还有进学的现实目的。当然,这也是科考制度影响的必然结果。

2. 自觉的学习乃至对宗师的继承

但是真正有潜力和才能的生员,他们对提学作家的学习模仿也不仅仅是出于进学的现实需要,他们更多的是对宗师文章的自觉学习。提学作家不仅是学问道德之楷模,还是文章大家的典范,这对生徒而言无疑是一种无言之教。桃李不言,下自成蹊,这种影响是潜移默化的,虽难以言明,但确实是客观存在的。提学在文章方面的成就更能引起生徒自觉的效仿和学习。特别是提学作家得意弟子,这些生徒作家终身视其为师,终身交往,对生徒作家个人来讲,可谓影响深远。提学作家对生徒的培养也不限于督学时间之内。如特为提学宗师杨一清看重的李梦阳,终身视其为父师。其受冤写信与其师,称"某

---

① (明)钟惺:《隐秀轩集》,上海古籍出版社,2017年,第346—347页。

不肖,不能仰则懿矩,谐世寡术,积诚弗着,动辄获咎,贻父师瘝瘵之忧"①。而其尊崇秦汉文章、盛唐诗歌的文学思想其实也是直接脱胎于杨一清——由此可见,李梦阳的确继承了杨一清文学之衣钵。

陕西生徒赵时春为其提学宗师唐龙文集《唐渔石集》作序时,甚至自豪地宣称:"故能于陕西之士相知之不惑,而相信之不疑,则时春于群士之中又独得十之五焉。然则子唐子之文,非时春其孰宜请而序之?"②这是生徒作家对其师自觉的继承意识的充分体现。以上事例是从生徒的角度说明明代提学作家培养生徒作家得以实现的内在原因。鉴于这并不是我们关注的重点,不予过多阐述。

(三) 师生之情与文学的传承

鼓励陈文烛文章写作的提学宗师张天复,当他还是生员的时候,曾写诗表达他送别提学宗师徐阶时的心情。其诗曰:

> 摧然追去骖,远望极川梁。长雾夹天涯,邮亭结严霜。犹闻朱瑟音,飘然发清商。清商岂自媚,于以惠远方。远方有凤怀,感此重翱翔。③

写这首诗的时候是嘉靖十三年(1534),张天复自注写作背景:"时嘉靖甲午以诸生受知。"④根据时间来判断,此时徐阶到任浙江提学任不久,应是其巡历至绍兴地方学校之后,离别之时生员张天复写下的诗作。浙江提学徐阶对生员张天复的赏识也通过这首诗为人所知,这首诗颇能反映生徒作家对提学宗师的深厚情谊。徐阶曾在卸任福建延平知县时写下《途中寄答从游诸生》一文,表达了他对生徒们的鼓励和期许。其文曰:

---

① (明)李梦阳:《空同集》卷63。
② (明)唐龙:《唐渔石集》,《明别集丛刊》第二辑第3册,2016年,第253页。
③ (明)张天复:《鸣玉堂稿》卷11《送别少湖徐宗师》,《续修四库全书》第1384册,上海古籍出版社,2002年,第594页。
④ 同上。

今不肖踪迹虽渐,与诸君相远,然此心未尝顷刻不在诸君左右。想诸君相知之深,亦复同此。但不肖之意窃愿诸君力于为学,不以小得自满,不以难成自怠。

虽然这不是徐阶在提学任上的作品,但是他赏识生徒之态度也由此可见一斑。一省提学虽然接触的生员少则几千,多则上万,但是提学官赏识的生徒毕竟有限。毫无疑问,提学与其赏识的生徒之间的师生情谊显然更为深厚。我们也应该以这样的方式来理解浙江提学与其所赏识的生徒张天复之间的交往。而师生的深厚情谊则是提学作家和生徒作家之间文学传承的先天优势和推动力量。这样的情感纽带是促使提学作家培养生徒作家的内在动力。这样的事例也很多,我们几乎在每一对师徒作家身上都能发现这样的特点。

三、提学作家培养生徒作家的方式及内容

如上所述,提学作家对生徒作家的培养,首先体现在识拔和鼓励等方面,这既是提学作家培养生徒的动力原因,也是其采取的方式。但是在具体的培养过程中,提学作家当然还会付出更多的精力、采取更多举措来帮助生徒作家成长。我们不妨结合以上案例分析提学作家培养生徒的具体方式和内容。

首先,确立文章观念。 成才首先在于立志。提学作家以大宗师的身份对生徒的培养首先体现在他们对生徒文章观念的影响方面。如上文提到的张天复、陈文烛师徒,陈文烛能清晰地记述其师对文章写作的劝导,说明提学作家张天复对生徒作家陈文烛的培养首先就体现在文学观念方面。从张天复所言内容来看,更像是对曹丕《典论·论文》的转述[①],但是提学宗师对文章价值的肯定,以及他的现身说法,显然更能给生徒带来触动。二十余年之后,卸任四川提学不久的下一代提学作家陈文烛依旧记得提学宗师的劝诫,其影响力已毋庸赘言。陕西提学杨一清对生徒的培养,也包括在文学观念上的引导:"自

---

① 文中有"作者寄身于翰墨,见意于篇籍,不托飞驰之势,而名溢缥囊,天壤俱蔽"。

典坟以及子史,百家氏言,口诵心惟,朝绎而暮就,著为著作。"①提学作家在文学观念上给生徒们的指导,为生徒们确立了学习的目标,对于他们成长为作家或者具有较高文学才能的文人提供了契机。当然提学作家也并不局限于文章之学,他们普遍有着士大夫的宏大抱负,往往也是文以载道的践行者。如和杨一清一样有着文治武功的福建提学姚镆,他对生徒作家张岳的教导就并不局限于文章之学。

> 东泉先生姚公弘治、正德中,文章为一时所推,而不以文士自命。乙亥冬,岳侍公于闽藩。讲问之余,颇及文字。公曰:"文非专不工,然学者所当为事尚多,奚必专于其文哉?"既又顾岳曰:"子他日当别有所就,亦不必滞心于此。"岳懔然不敢。卒请退而私记于心者,三十余年矣。……岳少以文字受知于公,而公所以知之,又有出文字之外者。老大无似,未能有以副公拳拳期予之意。②

"文章为一时所推"的姚镆堪称作家,他也同样是以文章之故识拔生徒张岳。但是他在文学观念上教导生徒又并不局限在文章之学上。正如他自己一样,虽然文章受到时人推重,但是他并不打算醉心于此。"文非专不工"这即是对文章规律的深刻洞见,也是以文学观念指导生徒的经验之谈。所以事实上我们看到的生徒作家张岳,一度成为浙江提学,后又曾平定边地动乱,和其师一样,居然也是文韬武略兼备之士。提学作家对生徒作家的教导及影响,由此可见一斑。

其次,传授作文之法。提学宗师很多人都是当时作家中的翘楚,他们以大宗师的身份向生徒们教授其成功经验,这对生徒成长为一代作家来说可谓是有章可循,甚至不啻成才路上的终南捷径。显而易见,在提学作家的培养之下,生徒成长为作家的可能性便更大。嘉靖时期文人作家许宗鲁记载其师陕

---

① (明)杨一清门人某华:《西巡稿序》。
② (明)张岳:《东泉文集叙》,姚镆:《东泉文集》,《四库全书存目丛书》集部第46册,齐鲁书社,1997年,第459页。

西提学朱应登的教导之方,其实讲的就是作文之法。其文曰:

> 昔先生训诸生云:"文者,言之精也;诗者,言之华也。精则寓文于质,故先体格而后组饰。华则缘情制词,故首兴致而尚婉约。聿观先民之文,不有左氏乎?简而文,□□□□□□□□,□而蔚,马迁之雄也。"其称诗也,汉、魏雅而邃,六朝艳而缛,辞随世异,情由衷法。吾于唐而有取其温厚焉。鲁是时盖亲炙先生之教云。①

朱应登为"弘治十才子"之一,在当时盛有文名,即便是目空诸子的李梦阳,对其也甚为敬服:"心慕手追,凌溪一人而已。"②朱应登在作文方面的领悟与体验毫无保留地传授给弟子,对那些有志于文章的生徒来说,无异于获得一条终南捷径。这些作文之道的传授,对生徒作家成长的帮助不言而喻,至少提学作家的经验之谈使生徒少走许多弯路。生员许宗鲁后来成为"足与边廷实、王子衡并驱"③的知名作家,显然离不开提学作家朱应登的培养。朱应登于正德六年(1511)到陕督学,四十四年后的嘉靖三十三年(1554),生徒作家许宗鲁依旧牢记提学宗师教授的作文之法,足见提学作家的指导对生徒的影响之深。朱彝尊《诗话》评价许宗鲁文风"譬之秦筝,独无西气"④,不知这样的文章风格与其接受提学宗师的教导是否有关,但至少说明提学作家对生徒的培养卓有成效。

再次,亲自传授与指导。提学宗师对生员的指导当然会因亲疏关系的不同而有所不同。对提学作家而言,特别是对那些以文章见长,特别受其赏识的生徒,他们有着格外的关照和指导。这一情况在提学作家和生徒作家之间,甚至是提学宗师和得意子弟之间都是一种常态。也就是说,这是提学宗师培养生徒时往往采用的方式。所以成才的生徒为其宗师文集作序或刊行文集时,

---

① (明)许宗鲁:《凌溪先生集叙》。
② (清)朱彝尊:《明诗综》,中华书局,2007年,第1584页。
③ (清)朱彝尊:《明诗综》,中华书局,2007年,第1754页。
④ 同上。

往往提到"亲炙"一词,这即是他们享受提学宗师特别厚待的明证。这样的例子俯拾皆是,我们在此先举一特例予以说明。《金陵琐事》记载一则有关上元(今南京)人、提学作家谢少南培养生徒的案例。其文如下:

> 谢与槐公督学广西,喜临桂县童生张鸣凤,文笔奇古,因进而训之,曰:"吾子不患不成名,患胸中无全书耳。"乃取《两汉书》,亲为之句读,令五日进院一背。虽出巡,亦携之行。与槐公转官,《两汉书》已完矣。其造就后学如此。鸣凤,字羽王,后来南都,拜于墓下,立一碑而去。①

广西提学谢少南培养生徒作家张鸣凤的方式较为特别,提学宗师居然在督学过程中携生徒而行只是为了随时指导生徒,这样的提学宗师的确让人肃然起敬。虽然提学作家谢少南培养生徒作家的方式属于少见之例,但是提学作家提携后进、亲自指导弟子学业的方式却是大致相同的。而张鸣凤后来也的确成为明代文坛大家,提学宗师谢少南自然功不可没。生徒往往得到提学宗师"亲炙"的事例较多,其实也是一种常态。陕西提学孙应鳌为其好友乔世宁《丘隅集》作序文,文中记述乔世宁接受提学作家何景明教授的情形:

> 稍长,为诸生,适大复子来秦为督学使,首目三石子必且鸣世、必且耀后。于是立召前,立与语,无常时。口授三石子意义,谈必移日。自是三石子文思益伟拔,迈流俗,遂赫然以诗文雄关中。斯师承之正辙也。②

在孙应鳌的记述中,生徒乔世宁最终成长为知名作家的原因是相当清楚的,那就是提学作家何景明的亲自教导。不仅仅是孙应鳌得出这样的结论,我们上文提到的陈文烛也持同样的观点。在陈氏看来,关中李梦阳、康海、吕柟、马理、王九思、许宗鲁等知名文人,都是提学宗师所造就。孙、陈两位提学也是当时文坛名家,他们对以上几位作家成长原因的剖析是令人信服的。生徒成

---

① (明)周晖:《金陵琐事》卷4。
② (明)孙应鳌:《孙应鳌集》,人民文学出版社,2016年,第29页。

长为作家确实离不开提学宗师的亲自指导和细心栽培。

最后,文学创作示范与影响。众所周知,写作文章的才能,实际上也需要在不断的写作实践中来学习和提高。而在这方面,提学作家对生徒的培养有着先天的优势。因为和一般提学官员相比,提学作家显然能给生徒提供更多的创作示范。这主要体现为两种形式:一是提学作家创作的文学作品往往与生徒分享,二是提学作家与生徒之间常以诗文来进行交流。无论以哪种形式,提学作家无疑给生徒提供了更多创作实践的机会,从而给生徒文学创作的提高带来契机。

既然是提学作家则常有创作,即使在督学过程中也不例外。提学作家的创作也往往与诸生分享。如弘治时期山西提学王鸿儒《秋日由宁乡赴》一诗就有"左右非吾徒,有怀无与语"[1]的感慨,说明提学作家平日的诗文创作多与生徒分享。提学作家巡历地方学校,往往赠诗于诸生,文学作品成为他们交流的一种方式。如正德时期的陕西提学何景明《途中寄别饯送诸生》一诗,即是这样的作品。其诗曰:

> 西路临秋寺,登台忆送行。风尘别汝辈,江海本吾情。塞柳凝寒望,关云入暮征。长安日不远,相见待诸生。[2]

提学作家在讲授之余,往往有吟诵之作。特别是他们写给生徒的作品,对诸生来说,更是一种最直接的文章创作展示。万历时期贵州提学万士和赠诗与土生[3];弘治时期江西提学邵宝写给诸生的诗作有《都昌阻风用陈后山韵与诸生》《别都昌师生》;正德时期江西提学李梦阳在江西督学时写给诸生的诗作也较多,《白鹿洞别诸生》《较射毕青云峰示诸生》就是其中两首。另外提学作家撰写的《乡试录》乃至策问等文字,都是影响诸生的文章创作。如王慎中的

---

① (明)王鸿儒:《王文庄公集》卷2。
② (明)何景明:《大复集》卷18。
③ (明)万士和:《王文恭公摘集》,《四库全书存目丛书》集部第109册,齐鲁书社,1997年,第229页。

《广东乡试录》深受山东士子喜爱,说明提学作家撰写的作品都能给诸生带来文学创作的启示和引导。

正德时期浙江提学刘瑞的弟子、文人作家粘灿,当有人问他是否知道其师文章、是否知道其师文章可传于世,粘灿的回答颇能说明生徒作家对提学宗师的了解。其文曰:

> 公命曰:"进其所有。"而公之所有,灿亦得纵观焉。古有世相后或千岁,地相去或万里,得其人于其制作,若旦暮与居,邻里与游者也。矧亲炙有素者,奚以知不知谓邪?①

生徒作家对提学作家的了解,也与此情形类似,提学作家的文学创作及作品也必然被生徒作家所了解、所熟知。这当然也会给他们的文学创作带来启发,从而起到示范、引导的作用。

四、提学作家培养生徒作家的结果与影响

从个例上来看,提学作家培养生徒作家最直接的结果无疑是生徒作家的崛起,这是一个必然的逻辑结果。从地域范围上来看,前后相继的提学作家连续不断地为地方培养生徒作家则必然会促使地域文学的崛起,明代中期陕西文学就是个显例;从文学流派来看,流派中提学作家愈多,说明该流派在士子中间的影响力越大,那么该流派持续发展的范围更广、持续时间越长,明代中期的七子派是个典型案例。提学作家培养生徒作家,不仅仅是一项造就文章之士的教育活动,更不可能是一个个文学教育活动的孤例。特别是我们将提学作家群体培养生徒作家的行为放在文学发展的宏观视野中来进行审视。则会发现它所带来的一系列更为深远的影响。诸如代际作家之间的传承延续、作家及流派的影响以及地域文学传播等系列问题,这些方面都是明代提学作

---

① (明)刘瑞:《五清集》,《四库未收书辑刊》第五辑第18册,北京出版社,1997年,第29页。

家培养生徒作家所带来的"连锁反应"。下面我们对提学作家培养生徒作家的结果及影响作一简要分析。

首先,促成生徒作家的成长、成才。提学作家培养生徒作家,首先是促成后者的成长、成才。提学作家在督学的同时,为地域文化、文学培养了一批足以代表地方文化和文学发展的文人作家。这也是提学作家贡献于地域文化与文学的重要方面。同时,生徒往往是提学作家的得意弟子,所以实际上两者构成了明显的师承关系。从前后作家年龄关系来看,实际上构成的是一种代际作家的传承关系。因为提学官从进士出身到其担任提学一职一般都需要十年左右的时间(提学御史时间相对短一些,约在五六年左右),所以在通常情况下他们与诸生的年龄相差一般都在十岁以上,明显属于两代人。提学作家与生徒作家之间也容易构成一种基于年龄为基础的代际关系。生徒作家的成长也是新一代文人作家的成长,考察他们在提学宗师影响下的文学成长历程也是辨析文学代际传承的重要方面,当然也是考察地域文学发展变化的重要方面。

其次,扩大作家及流派影响力。提学作家对生徒作家进行培养,对提学作家自身来说也有着积极的影响。因为提学作家也是在提学宗师培养下成长起来的作家,他们的文学倾向或所在流派也是我们考察提学作家影响生徒作家的重要方面。提学作家具有的文学倾向或所属文学流派意味着他们的文学见解和文学创作必然有自身特点,生徒作家对提学作家学习继承的状况也是提学作家拥有号召力、影响力的体现。生徒作家对提学作家的学习和继承也是对后者及其所属流派影响力的壮大。当然这还与提学作家的仕宦经历及政治、文化影响力有关,也不仅仅是单纯的文学问题。另外,流派之间的关系也可以从提学作家培养生徒的角度予以审视。提学作家对生徒的培养也可促使流派之间的交流。

再次,促进地域文学的传播与交流。无论是提学作家还是生徒作家,他们都是在一定的地域文化和文学的影响下成长为作家并从事文学创作。因此,他们所具有的地域文化和文学属性也是不可回避的问题。提学官员作为外省士人,他们对督学省份生徒的培养,自会带有所属地域文化的特点,在作家培养方面更是如此。正是通过提学作家和生徒作家的媒介作用,他们所属的地域文化和文学之间实际上实现了传播和交流。如陕西作家赵时春在为其提学宗师唐龙文集《唐渔石集》作序时就撰文指出："枫山子真能以道传人,时春真能得所受如古之硕师儒也夫。呜呼,后学小子其将以兴也夫？"[①]陕西生徒作家赵时春将其成才的源头追溯到提学宗师的学问渊源之处——枫山先生章懋。这说明他对自己接受其他地域文化、文学的影响的认可和自豪。生徒因为提学宗师而接受其他地域文化的熏染而成才,我们还可以列举几个显著的例子予以展示(如图4所示)。当然以下事例仅仅是提学作家和生徒作家均为提学官员的特殊情况,在实际的关系中,即便仅仅考虑地域文学因素和师承关系因素两方面,其关系网也将更为复杂。

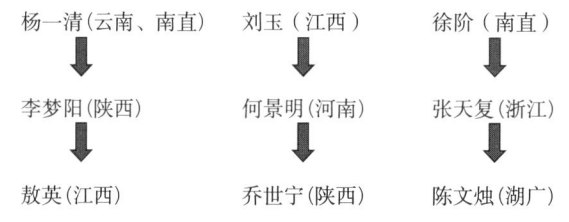

```
杨一清(云南、南直)    刘玉(江西)      徐阶(南直)
      ↓                ↓              ↓
李梦阳(陕西)       何景明(河南)     张天复(浙江)
      ↓                ↓              ↓
敖英(江西)         乔世宁(陕西)     陈文烛(湖广)
```

图4　以提学作家和生徒作家为媒介的地域文学的传播与交流(举例)

总之,以上几个方面的影响,无论是从作家个体层面,还是从作家群体(流派)层面,抑或是从地域文学发展层面来看,都有积极的效果:一方面,提学作家以培养生徒作家的方式培养了自己的传承者,扩大了自己的影响力,也体现了自身的价值;另一方面生徒作家借助提学作家的培养迅速成长为作家乃至知名作家,而即便是地方学校中那些与提学作家关系较为疏远的普通士子,提学作家对生徒作家的培养也为他们营造出一个良好的文学教育氛围,从而有助于广大士子文学素养的提高;若扩大到一个文学群体来看,他们中的提学官员越多,他们所能影响的士子受众就越多,那么他们的拥护者也会更多,流派的影响力就越大。明代"前七子"诗派的影响力为何会有如此巨大和久远,与他们在提学官数量上的优势可能也有一定的关系。若从地域文学的角度来看,提学作家作为输出地域文学的代表,他为督学省份培养的生徒作家自然多少会带有提学作家所在地域文学的特点。而提学作家在与督学省份生徒的交

---

① (明)唐龙:《唐渔石集》序。

往中也会接受该地域文学的一些影响。作为各自地域文化和文学的代表,提学作家和生徒作家之间的交往和交流,实现了地域文学的传播和交流,有助于文学的多样化发展。

当然,提学作家对生徒作家的培养也并不是只有积极的方面。作家的培养借助提学制度得以更好地实现,显然有助于地域文学的发展,有助地域文学之间传播与交流。与此同时,消极的影响也可能存在,比如有的生徒作家很难挣脱其师的影响,再则创新发展需要突破自身的局限;有的生徒作家可能缺乏创新的意识,固守师说,容易造成门户之见,明代的帮派习气也许多少受此影响。虽然提学作家与生徒作家之间的关系并不是那么简单,但是作为前辈作家对后来作家的培养,积极的影响应该更多一些。虽然其中可能也有盲目附从,但更多是继承和超越,完成了代际之间的传递和地域文学之间的交流。这是文学演进和推进的微观考察,也是地域文学发展研究的重要视角。提学作家对生徒的培养,使优秀文学传统得以延续,营造了良好的文学创作氛围,在一定程度上也消解了科举制度下功利文学的误导,有助于文学的向前推进。

第四节 明代提学贡献地域文学的其他方面

以上我们对明代提学影响地域文学的梳理和分析,几乎都是基于对提学官教导生员时所发挥的文学教育职能的考察,因为这是提学官影响地域文学的主要方面。但正如我们在分析提学制度时所论,除了文学教育职能,明代提学还具有其他职能作用。包括其他教育职能、教育管理职能、书籍刊布职能、法纪监察职能、风俗教化职能等。当然,这些职能作用的实施,可能还是与提学的督学活动密切相关,有些文化和文学活动的开展可能还是为着督学的最终目的,但这些活动并不直接以读书人为对象而开展。实际上,提学对这些职能的履行,特别是其书籍刊布职能和风教职能作用的发挥,对地域文学的贡献作用更为明显。这也应该是我们考察明代提学官影响地域文学的重要方面。下面我们结合提学的相关文化活动,对他们在推动地域文化发展过程中的积极作用予以阐释。

一、弘扬地方文化与文学传统

尽管提学的主要职责是化导士子,但是地方风俗教化又与士风、士习密切相关。况且提学本为风宪官,他们在推行王化、改善地方风气方面也有不可推卸的职责。因此,提学官对弘扬地方传统文化包括文学传统往往采取积极的态度。万历三年(1575)的敕谕甚至对提学的这一职责予以重申和强调:"名宦、乡贤、孝子、节妇及乡饮礼宾,皆国之重典,风教所关。近来有司忽于教化,学校是非不公,滥举失实,激励何有?今后,提学官宜以纲常为己任……"[1]所以,实际上在提学添设之始,提学官便特别注意对地方文教事业的弘扬,并以此作为改善地方风俗的重要举措。

由于提学的主要职责是教导生员,所以他们对既能襄助地方教化,又能教导、鼓励士子进取、有助于士子科考文章写作的地方文学传统尤为重视。特别是在那些本身具有深厚文化传统的区域,提学官员特别注意对地方文化包括文学传统的宣传和弘扬,实际上这也是提学官振兴地方文化和文学的基本策略。下面我们在事例中对以上问题予以阐述说明。

提学官有意宣扬地方文学之优良传统,既有激发士子文学创作之意,也有其自身敬仰推崇地域文学的缘故。这样的事例在提学作家中较为普遍,万历初期的四川提学陈文烛就是一个典型的例子。面对四川士子中间出现的不良文风,陈文烛以四川文学史上的著名作家作为劝诫诸生的楷模,表达了他对地域传统文学的推崇,也起到了文学导向的作用。其文曰:

> 万历甲戌予奉命董蜀学事……即蜀多文章家,今所习举业彬彬矣。然弘、德以前质而不俚,嘉、隆以后华而渐靡。概观海内,时使然也。圣天子广厉学官,思正文体。余所录士,大都文达意耳、意称物耳,期从先进而塞明诏。嗟乎,陈隋之士浮,陈子昂氏振之而唐文变焉。嘉祐之士奇,苏子瞻氏振之而宋文变焉。因二先生以风蜀,因蜀以风海内,至今声华溢于

---

[1] (明)申时行等:《大明会典》卷78。

缥囊。二三子宁不射洪、眉山其人哉？若士工于进取，士可工于品藻而无关于文体之正，则余也诚拙，几为士衡所窃笑矣。①

为着厘正文体的目标，陈文烛标举四川文学史上的著名文学家陈子昂和苏轼来鼓励四川士子改变文风，以地方乡贤为例来鼓励士子，既起到了劝诫士子的作用，也弘扬了地方文学传统。其贡献于地域文学发展的影响是不容低估的。这样的文化策略也是明代提学官往往惯于采用的方法。弘治时期山西提学王鸿儒《山西乡试录后序》一文，同样以地域文化激励诸生。其文曰："三晋固人才之渊薮，而是科所得尤为卓伟也。若异时闻有文章被于金石，勋业勒于钟鼎、道德充于宇宙，而不愧乎古之人者，吾惟是科焉必之。诸生勉旃某等报国之心在于是矣。"②王鸿儒以"三不朽"激励诸生，而三晋之地人才堪称不朽者众多，诸生应以此自励自强，早日成才。陕西提学王云凤对关中地域文化也极为推崇，在辞别生徒时，王氏作诗以地域文化传统激励生徒："七年两度领生徒，浅薄深愧教未敷。自是文章开气运，敢将道德作师模。三秦豪杰周多士，八郡弦歌鲁有儒。莫苦追随终是别，秋风斜日霸陵途。"③更有甚者，提学甚至以地域内的文化、文学名人来激励生徒。如嘉靖中期广西提学潘恩甚至以曾到地方任职的著名文学家柳宗元来激励士子，其《广西乡试录序》一文有曰：

> 维是西广古百粤之畛，天地之裔区也……唐宋以还，柳宗元氏来刺于柳，爱兴学校，其文辞闳邃，远近师之……是故钟灵而产者，不以疆域为限……固而诸士子之灵也，诸士子其图焉。④

---

① （明）陈文烛：《二西园文集》，《四库存目丛书》集部第139册，齐鲁书社，1997年，第52页。
② （明）王鸿儒：《王文庄公集》，《明别集丛刊》第一辑第74册，黄山书社，2016年，第92—93页。
③ （明）王云凤：《灞陵别诸生》，《博趣斋稿》卷10，《续修四库全书》第1321册，上海古籍出版社，1995年，第175页。
④ （明）潘恩：《潘笠江先生集》，《明别集丛刊》第二辑第46册，黄山书社，2016年，第139页。

作为地方儒学宗主,提学对地域文化的认可和推崇显然有助于地域文化和文学的传承和振兴。因为实际上,广大士子才是地方文化和文学的真正继承者。地方文化和文学的发扬光大必须仰仗于生活在此地域内的读书人,这是明代提学官通过教授生徒影响地域文化和文学的关键所在。如果提学宗师大力提倡地域文化和文学,使生徒普遍具有继承发扬的意识,显然更有利于地域文化和文学的发展。无论是在地域文化渊源深厚的名都大邑,还是王化未敷的荒陬偏远之地,提学官都有振作文化与文学的责任,而这也是明代提学贡献于地方文化和文学的一个侧面。

二、宣扬地方作家、作品

与推崇地域传统文化和文学相一致,提学对督学省份地方文学的推崇、褒扬也同样不遗余力。这主要体现在提学对地方作家及其作品的宣传和扬誉上面。而提学宣扬地方作家、作品又主要通过刻书作序和编撰地域性文学作品集来予以实现。

(一) 提学对地方作家及其作品的推崇、扬誉

且不论提学官因为振兴地方文教的缘故,势必要将地方文人作为交往的主要对象,仅就提学中的作家而言,他们和地方文人本身就有同道中人的亲密关系,因此他们督学地方往往对地域内文人及其作品都较为关注,这一情况在提学作家中极为普遍。如贵州人、陕西提学孙应鳌,他在为陕西文人作家马汝骥文集《西玄集》作序时,就曾明确说明其有意关注地方作家作品的用意:"余自关中,访关中学士大夫近代所撰述,征文献,乃鉴川子示余《西玄集》,读之,梨然有当于心。"[①]从孙应鳌的表述来看,似乎他关注地域作家、作品主要是出于自己对文学的特殊爱好。但是他在其《世用录叙》一文中又记载其对生徒文学作品的欣赏和看重。其文曰:"余既视关中学政,常环辙而校诸士之文,因得纵观关中。……无论成周,即汉唐以来,犹代号俊国。故士之质禀多朴棫遒

---

① (明)孙应鳌著,赵广生点校:《孙应鳌集》,人民文学出版社,2017年,第24页。

朗,不相诡随。其所为文,大略亦称是,可称述。余每校士,得文有称是者,辄亟赏之。乃摘取若干篇,汇为六卷,锓梓以传,命之曰《世用录》。"①提学宗师孙应鳌将其欣赏的士子文学作品予以刊刻发行,不仅仅是出于他自己的爱好,还有褒扬作者的用意。特别是孙应鳌能将文人士子的文章刊行发布,足见他对生徒作品的看重和推崇,这对于宣扬地方文学、鼓励士子文学创作而言显然大有裨益。

陕西人、湖广提学乔世宁在湖广督学期间,同样对当地文人的作品予以褒扬,其《洞庭渔人集叙》有文曰:

> 华容孙仲可,自童子时即赋诗为文,乃其父石矶子从何大复游也。又多藏古今学士家言,而仲可为诸生又得侍少华许子,故其命意修辞,遂精诣作者之域。与北平张诗、滇南张含、大梁左国玑、吴下黄省吾齐名……当是时,楚先达者黄冈王稚钦、随州颜惟乔、同邑周子贤并以文学才藻,盛名都下。一见仲可之作,皆私心慕焉。其推孙延誉,虽中郎礼王粲、张华善陆机岂复过哉。比余以职事来楚,始会仲可于洞庭之浒,仲可出其集数十卷,自题曰"洞庭渔人集",相与订议焉。余观其词赋则祖离骚诗,古体宗齐梁,间出宋晋。②

提学宗师乔世宁对湖广作家孙仲可的赞美之词毫不吝惜。不但如此,乔世宁对其他湖广作家如王廷陈、颜木等人也予以褒扬,这可视作是对地域文学的扬誉和推崇。同时,乔世宁还能注意到地域文学之间的互动和交流,比如,孙仲可文学渊源来自其父,而其父又跟从知名河南作家何景明学习;同时孙仲可又跟从陕西文人作家、湖广提学许宗鲁学习。乔世宁揭示湖广作家孙仲可取得文学成就的原因时,其实也揭示了湖广文学繁荣鼎盛的原因。

陈文烛也是明代提学中积极宣传、扬誉地方作家的代表性人物。其《杨升庵太史年谱序》一文中记载其为四川作家杨慎收集遗文的经历:"杨用修先生

---

① (明)孙应鳌著,赵广生点校:《孙应鳌集》,人民文学出版社,2017年,第25页。
② (明)乔世宁:《丘隅集》,《明别集丛刊》第二辑第80册,黄山书社,2016年,第260页。

没十八年矣,余过新都收其遗书,十才一二也。"①杨慎逝世于嘉靖三十八年(1559),十八年后正是万历四年(1576),此时正是陈文烛督学四川的第三年。其《杨升庵先生全集序》一文记载其初入四川督学时即计划刊刻杨慎文集:"稿多散漫,梓行不一……不佞续焉,以督学入蜀时曾与谋刻。"②可见作者是将地方文人作家作品的收集、整理、刊行、传播作为自己的使命。另外陈文烛在《杨太史集序》一文中,表达了对这位四川作家的极力推崇:"文章典雅,诗律清丽,无所因袭而驱驰于作者之场。"③这一评价可见提学陈文烛对四川作家的高度认可。不但如此,陈文烛对地域内其他作家的作品也予以较高评价。他在《中川选集序》为四川遂宁人陈讲文集作序,其文曰:"概观先生之作,歌咏之中曲含讽刺,寄远于近,托有于无。序碑记力去陈言,敷谈理道崒乎? 如岷峨浩乎? 如巴江不可穷也。"④以山川之瑰奇比拟地域文人之诗文。陈文烛还为四川射洪作家、贵州提学谢东山文集作序。陈文烛还记载其拜访谢东山时的情形:"不谷交先生晚,忆访先生时,先生报疴在沉滞,一执余手,霍然有起色。"⑤这一记载真实地反映了提学宗师对地方作家的扬誉、推崇实际上给地方作家带来巨大的鼓舞,这是提学官以实际行动支持地方文学振兴的最好说明。陈文烛以四川提学的身份对四川作家的推崇,显然对地域文学是一种积极的宣扬,无论是在鼓励地方士子文学创作,还是在提升地域文学的地位以及提升地域作家自信等方面都有着积极的影响力。我们认为这也是提学贡献于地域文学不可忽视的重要方面。这方面的事例很多,下面我们以某一省作家、作品受提学宗师推崇、延誉的情况作以特例分析和说明。

---

① (明)陈文烛:《二西园文集》,《四库全书存目丛书》集部第139册,齐鲁书社,1997年,第30页。
② (明)陈文烛:《二西园文集》,《四库全书存目丛书》集部第139册,齐鲁书社,1997年,第67页。
③ (明)陈文烛:《二西园文集》,《四库全书存目丛书》集部第139册,齐鲁书社,1997年,第32页。
④ (明)陈文烛:《二西园文集》,《四库全书存目丛书》集部第139册,齐鲁书社,1997年,第34页。
⑤ (明)陈文烛:《二西园文集》,《四库全书存目丛书》集部第139册,齐鲁书社,1997年,第48页。

（二）提学宣扬地方作家作品举例——以陕西为例

众所周知,出版事业的兴盛与否与文化事业的繁荣与否有着直接的关联。随着明代中叶陕西"天成之治"[①]的到来,陕西社会在明代中叶进入一个相对繁荣和安定的时期。陕西文化一度复兴,这给陕西出版事业带来了发展的契机。而在这一过程中,陕西提学无论是作为陕西文化的主要促进者还是作为关中文人文集出版的实际参与者,都为明代陕西出版事业作出了不可磨灭的贡献。

1. 明代陕西提学对陕西文化及出版事业的推动

总一方之学、为一方之师的明代提学因其对当地教育事业的积极推动,故而对各地社会文化的贡献也异常突出。在关中文化自李唐王朝后便长期滞后的历史背景之下,陕西提学对本地文化复兴的推动便尤为显著。当然,陕西提学对关中文化的推动也必然会对陕西出版事业有所促进。而从一个方面来说,对陕西出版事业的推动也理应成为陕西提学推动陕西文化复兴的一个重要方面。

（1）陕西提学对陕西文化复兴的推动及其对文学兴盛的影响

陕西提学对陕西文化的推动直观地体现在对陕西士人的培养方面。其中较为突出的有戴珊、马中锡、杨一清、王云凤、朱应登、何景明、刘天和等人。在他们的培养下,陕西籍进士人数也在此前后有较大幅度的提增,这实际上与陕西出版业的发展也有着密切的关联。诚如叶德辉所言:"数十年读书人,能中一榜,必有一部刻稿。"[②]显然陕西科举的兴盛也加速催生了陕西出版事业的繁荣,而这当然又与陕西提学的贡献密不可分。更为重要的是自此之后,陕西文人作家竟如雨后春笋般应时而生,对此有人明确指出:"明代弘治、正德、嘉靖前期关陇地区出现了一群在全国影响巨大的作家。"[③]显然在文化复兴之

[①] 秦晖、韩敏、邵宏谟:《陕西通史·明清卷》,陕西师范大学出版社,1997年第62页。
[②] 叶德辉:《书林清话》,上海古籍出版社,2012年,第154页。
[③] 师海军、张坤:《教育、科举的发展与关陇作家群的兴起》,《西北大学学报》(哲学社会科学版)2011年第1期,第118页。

后,文学兴盛已成必然。

(2)关中文学兴盛与文人文集出版的繁荣

陕西提学对关中文学的推动是显而易见的,而文人文学活动的主要方式则是文集的撰写,文集则是文人文学成就的物化形态。据贾三强先生统计,有明一代仅雍正年所编《陕西通志》载录的陕西文人文集就有158种之多。这为关中文人文集的出版提供了必要的前提。而这些文集中仅在明代刻印发行的就有60余种。另据杜信孚先生《全明分省分县刻书考》所载,在陕西省所刻的157种书目中,明代关中文人文集刻印书目也达到了23种。两者相加去其重复,关中文人文集刻印发行书目也有70余种之多。由此可见,整个明代陕西刻书书目中关中文人文集占有相当大的比重。因此,我们可以说陕西提学对关中文人文集的出版是有推动作用的,他们不但是陕西文化的推动者,也是陕西文学的促进者。故此,我们也可以说陕西提学对关中文人文集出版的影响及推动是潜在而深远的。他们以文化复兴者的身份、陕西文学推动者的身份促成了关中文人文集的出版。

2. 陕西提学参与关中文人文集的出版

如果说,明代陕西提学对关中文人文集出版的推动,主要体现在其文化推动者和文学促进者的身份上因而显得较为模糊,那么,陕西提学具体参与到关中文人文集的出版活动中则更能说明前者对后者的影响。实际上,陕西提学对关中文人文集出版的推动更直观体现在以下三个方面:

(1)陕西提学与关中文人文集的编撰

陕西提学有时还亲自参与关中文人文集的编辑,一些著名文人文集的编纂工作实际上是由陕西提学完成或参与完成的。最为显著的例子就是康海文集的编纂,前后有两位陕西提学参与其中。南轩《对山先生全集序》文中记载:"先生未究之蕴俱在全集中,裒益成集则朱秉器、李本宁、王敬美三君也。"[①]由此可知,在康海全集的编纂过程中,提学李维桢、王世懋及其好友的确是起到了至关重要的作用。其中李维桢在文章的收集方面花了很大的力气,他曾对其好友即协助其编纂康海文集的朱孟震讲述其收集康海作品的经历。其文

---

① (明)康海:《康对山先生集》,上海古籍出版社,2002年第66页。

曰："余从先生嗣子孝廉子秀访之,盖得十之四;又从其外孙张明府维训访之,得十之六。集庶几哉称全矣。"①据此可知,在康海文集的编纂过程中,李维桢在康海作品的收集上花费了相当大的精力。不但如此,他还在康海文集文章的优化加工方面起到了关键性的作用。编纂过程中先由朱孟震对作品中的讹谬之处进行订正修改,最后由李维桢复校而最终确定。所以朱孟震对李氏在编纂康海文集中的工作做了充分的肯定,其文称:"非太史氏博求而精择,谁其任之哉?"②如果说,提学李维桢及其好友对康海文集的编辑主要体现在作品的收集和整理方面。那么,提学王世懋对康海文集的编辑则主要体现在文章的选择优化方面。王世懋在编纂康海文集的过程中还提出了明确的取舍标准,其自述云:"凡二集中,铺叙无关系者必削,率直无蕴藉风者必削,命意就时离于大雅者必削。总之,旧集之削者,十之二三,而遗集之入者,十之三四,彬彬乎足成一家言矣。"③王世懋从维护康海文名的角度编辑其文集,通过对作品的严格筛选使整个文集的质量得到了提升。

关中另一位著名文人王维桢,其文集的编辑工作也有陕西提学的参与。郑本立《刻存笥稿叙》中对此曾有交代:"适季翁先生自数千里外以其善本至,繁去类析,益复精粹矣。遂檄督学李子校之,西安刘守刻之。"④该文作于嘉靖三十六年(1557)仲冬之望,此时在陕督学的正是"后七子"领袖李攀龙。王氏文集已称"精粹",然再度邀请陕西提学李攀龙编校一番,可见人们对提学作为编校者的高度认可。虽然李攀龙编辑王氏文集的具体内容不得而知,但以文坛领袖的身份参与文集的编校,其编辑工作的成效是可想而知的。毫无疑问,这对文人文集的出版而言有着极其重大的意义,因为它直接影响着文人文集的流传。虽然陕西提学亲自参与关中文人文集编辑的情况并不普遍,但这也是陕西提学推动本地文人文集出版的具体方式之一。

---

① 金宁芬:《康海研究》,崇文书局,2004年,第339页。
② 金宁芬:《康海研究》,崇文书局,2004年,第340页。
③ (明)王世懋:《王奉常集》,《四库全书存目丛书》集部第133册,齐鲁书社,1997年,第69页。
④ (明)王维桢:《王氏存笥稿》,《四库全书存目丛书》集部第103册,齐鲁书社,1997年,第63页。

(2) 陕西提学与关中文人文集的刻印

从《中国版本文化丛书·坊刻本》与《中国出版通史·明代卷》的相关记载来看，明代陕西刻书界坊肆刻书极少。至少可以肯定的是，与福建、浙江、江苏坊刻的兴盛相比，陕西刻书主要还是以私刻和官刻为主，而文人文集又绝大多数为私刻。在这些私刻的文人文集中又以撰者的家人刻书和乡党后学刻书为主。除此之外就是地方官员的刻书，这其中又以陕西提学的刻书居多。比如上文提到的康海文集，最终是由接任王世懋担任陕西提学的潘允哲刊刻。前后三任提学促成其事，可见陕西提学对关中文人文集出版的关注。故而康海之子康㮶撰文说："使不遇四先生者，则先君之心又何以自白耶？夫四先生于先君恩至渥也。"[1]的确，对命运多舛的状元才子康海而言，三位陕西提学及其友人或收集整理作品，或优选加工文章，或出资刊刻文集，以超俗的眼光积极促成文集的出版，实在是恩惠有加。实际上，陕西提学不但于作者有恩，对于保护地方文化成果而言也有着更大的贡献意义。

与康海交往甚密的另一位关中著名作家张治道，其文集的刻印也是由陕西提学完成的。据刘储秀《太微山人张孟独诗集序》一文记载，当时出任宁夏巡抚的翟鹏拟予刊刻，但刊刻过半即因其离任而中止，而原任陕西提学刘天和刚刚到任陕西巡抚不久即接手翟鹏未竟之事，完成了《张太微诗集》的刊刻。作为曾经的陕西提学，显然刘天和对当地的文教事业更为关注，对关中文人文集的出版也更为热心。赖此，张治道的诗文才能很快地付梓刻印面世。在刊刻了《张太微诗集》之后的十年，刘天和实际上又主持了《太微后集》的刊刻。据王九思《刻太微后集序》记载："松石刘公刻梓传矣，其后发之于文而诗亦有之。松石公复檄西安魏侯刻之郡斋，凡四卷。"[2]也就是说刘天和才是《太微后集》的实际刊刻者。他十年间先后两次为张治道刊刻文集，真可谓情有所钟，借此张治道诗集也才能流传至今。陕西提学缘何对关中文人文集的刊行如此留心，甚至利用手中的职权力促文人文集的刻印出版？作为学行兼优的士人、作家和读者，执掌或曾经执掌一省文教事业的提学，显然具有更高的文学欣赏

---

[1] 金宁芬:《康海研究》，崇文书局，2004年，第345页。
[2] (明)王九思:《渼陂续集》，伟文图书出版公司，1976年，第939页。

水平,他们也更能敏锐地发现文人文集的独特价值,从而予以资助刊刻。

马汝骥的《西玄集》,则为当时陕西提学孙应鳌于嘉靖四十二年(1563)所刻。孙应鳌为关中文人文集刻书则有着更大的自觉性。其序文有曰:"余自入关中,访关中学士大夫近代所撰述,征文献。"①孙氏非常注意对关中文人文集的收集,遇到他非常推崇的文人集子,便亲自为其刻印。他因与秦人乔世宁和王崇古讨论诗文而接受两人推荐为马汝骥刻书,的确是把刊布关中文人文集视为己任。此外,他还刻印过乔世宁的《丘隅集》。由此可见,陕西提学推动文人文集的出版也并非偶然,除了提学的职守所在,还与提学自身的作家身份以及读者、鉴赏者、批评者身份有着一定的关系。

总之,诸种原因促使陕西提学对关中文人文集出版予以热心推动。这种情况在其他省份同样存在,只不过在出版事业还相对滞后而文学创作一时号称极盛的陕西,提学的促进作用显得更为突出一些。另则来陕督学的提学多来自江浙闽赣一代,这里既是文化发达地区也是出版事业更为兴盛的地区,在刻书风气上势必也有一定的带动作用。

(3)陕西提学与关中文人文集的流传

与参与关中文人文集的编校和刻印相比,陕西提学在关中文人文集出版的过程中更多的是扮演传播者与宣传者的角色。这一点我们只需翻开关中文人的集子便可知晓。无论是著者家人主动恳请作序,还是作者乡党委托寄言,抑或是提学因与撰者的师友关系而多有叙述,实际上陕西提学对关中文人文集的流传都起到了积极的推动作用。前后有陕西提学姜士昌、洪翼圣同时为冯从吾《冯少墟先生集》作序;孔天胤为韩邦奇的《苑洛集》作序,又为其师刘储秀《刘西陂集》作序;孙应鳌为乔世宁《丘隅集》、马汝骥《西玄集》作序;李维桢为马朴《四六雕虫》作序;王世懋为康海《康对山先生集》作序等等。陕西提学为关中文人文集作序的目的,一则是自己的职守要求所在,二则是欣赏文人文章抑或钦佩作者的为人。如孙应鳌《西玄集序》有文曰:"西玄子出其磨砺,裁其肮体,委心素定,总术不迷,斯集之所由可传也。"②表明孙氏对马汝骥为人

---

① (清)黄宗羲:《明文海》卷238《西玄集序》。

② 同上。

的推崇和认可。其《丘隅集序》则有文曰："三石子乔世宁,文不作汉以后语,诗不作唐以后语,洗剔夺繁陋之习,一裁于造化性情之真,其传也必远。"[①]此则是对乔世宁文章的高度肯定。尽管原因可能有所不同,但其客观结果却是相同的。即提学以士人之师的身份为文人文集揄扬宣传,其权威性与影响力便毋庸置疑,而这显然也更利于关中文人文集的流布传播。

综而言之,陕西提学对关中文人文集出版的推动在宏观、微观的层面,以直接、间接的方式都有所体现。相对而言,明前中期陕西提学对关中文人文集出版的推动主要体现在文化和文学的促进方面,有着间接而深远的影响;明中后期则更多体现在文人文集出版的参与方面,起到具体而重要的作用。当然,这一情况与文化和出版的既定规律性有关,即出版事业的繁荣要稍后于文化的繁荣。在文集出版方面尤其如此,因为文集出版是文学成就与成果的直接体现,它必然在文学创作活动之后进行。故此,陕西文学兴盛在弘治、正德、嘉靖年间,但文人文集出版的繁荣却在嘉靖中后期直到万历年间。但不论在哪个层面,哪个时期,也都能说明明代陕西提学对关中文人文集出版的积极推动,这个结论应该是没有任何争议的。

(三) 提学编撰方志及地域性文集

明代提学宣扬地方作家和作品的方式,还有编撰地域性质的文学作品集,其中包括收录文学作品的地方志、地方艺文志等。当然这样的情形并不多见,但是鉴于地域文学作品集和省志数量的有限,在有限的编撰者当中,明代提学的贡献还是相当突出的,由此也颇能凸显明代提学在襄助地方文化和文学过程中的重要作用。

1. 广西提学周孟中主持编撰弘治《广西通志》。周孟中于弘治六年(1493)作《广西通志序》一文,对编撰此书有明文记载。其文曰:"广西旧无志。都宪吴兴闵公珪方欲修撰……取郡邑志付孟中,谨遵《一统志》纂焉,恳辞不敏弗获。于是,率桂林庠生朱铺等据郡邑志纂集。"该书收录诗歌一卷、文章两卷,扬誉地方文化和文学的目的是相当明确的,激励士人、百姓的用意也相当

---

① (明)孙应鳌:《孙应鳌集》,人民文学出版社,2017年,第28页。

明确,"凡生于斯与游于斯者,仰其望而思效焉,是方将益丕变而与中州等矣"①。可见这部方志对广西文化和文学的补益是尤为明显的。

2. 山东提学陆釴主持编撰嘉靖《山东通志》。嘉靖十一年(1532)山东提学陆釴主持编撰《山东通志》,该书共有四十卷,其中第三十六卷为《艺文志》,在明代省志中较早设置《艺文志》,显示出编撰者对艺文部分的重视。该书指出:"艺文著于史,经籍著于考,皆论世也。山东何以独志?夫自孔子删述六经,群子弟羽翼斯道,厥后诸家辈出,史关治忽,并著昭鉴,虽旁流小道,亦有可取焉。"②但是该书收录山东作家的作品却在《遗文志》当中,主要有黄福、许彬、边贡等人的诗文作品。

3. 四川提学郭棐主持编撰万历《四川总志》。该书编撰于万历七年(1579)由四川提学副使郭棐实际主持完成。该书艺文内容较为丰富,"搜摭故实,旁采艺文","述文艺第三十终焉"③。该书古代作家、作品较多,明朝四川作家则有周洪谟、安磐、杨廷和、杨慎、席书、赵贞吉、胡汝霖、任瀚、赵正学、陈宗虞、李长春、朱茹等人。几乎将四川文人作家悉数选入,明显有扬誉地方文学的目的。

还有不少提学官编撰家乡省志,因不是其在提学任上所编,在此不予阐述。下面对提学编撰文学总集的情况稍作说明。

表4-4 明代提学所编地域文集情况一览表

提学	籍贯	督学省份及时间	编辑文集及收录情况	备注
刘昌	南直	河南 天顺五年—成化六年	《中州名贤文表》三十卷,收录许衡、马祖常的前代文人作品。	亡佚
周复俊	南直	四川 嘉靖二十二—二十三年	《全蜀艺文志》六十四卷,汉魏以降诗文有关蜀者。	
杜应芳	湖广	四川 万历四十三年前后	《续补蜀艺文志》五十四卷。	

---

① 王熹、张英聘、张德信:《明代方志选编·序跋凡例卷》,中国书店,2016年,第102页。
② (明)陆釴:《山东通志》卷36。
③ 王熹、张英聘、张德信:《明代方志选编·序跋凡例卷》,中国书店,2016年,第37页。

续　表

提学	籍贯	督学省份及时间	编辑文集及收录情况	备注
贾鸿洙	北直	陕西　崇祯元年前后	《周雅续》收录明代82位陕西籍作者的诗赋作品。	
张邦翼	湖广	广东　万历四十一——四十四年	《岭南文献》于岭南诸集,搜辑颇广。	
杨瞿崃	福建	广东　万历四十四至四十七年	《岭南文献补遗》采选岭南之文。	
刘麟长	福建	浙江　崇祯十一年	《浙学宗传》遂采自宋讫明两浙诸儒,录其言行,排纂成帙。	
赵鹤	南直	山东　正德十年	《金华正学编》十二卷、《金华文统》十三卷,金华知府时所编。	

以上列表是对有文献可征的地方文集的汇编,提学编辑本省文人文集的情况更为普遍,但并没有列入本表。以上列表除赵鹤为山东提学却是在出任浙江金华知府时编辑当地文人文集之外,其他地域性文集都是提学官在督学当地时完成编辑,可视为提学宣扬地方文学的有力证据。诚如《四库全书总目提要》评价《中州名贤文表》时所言:"表章之功,亦不可泯矣。"[1]明代提学对地方性文集的编辑对于表彰地域文学而言,功不可没。说明明代提学编辑文学总集对于地方文化和文学发展的重要意义的确不容小觑。

三、促进地域文化与文学的传播与交流

明代提学与督学地方作家之间的交流与交往活动,我们在上一章已作论述。明代提学对地方生员的文学教育及其影响,我们在其他章节也讨论较多。此处我们主要从影响效果的角度,对明代提学在地域文化和文学传播和交流方面所起到的积极作用再作一点补充说明。

首先,提学到各省督学,必然是以外乡人的视角来审视该地域文化和文

---

[1] 四库全书研究所整理:《钦定四库全书总目》,中华书局,1997年,第2642页。

学。在认识了解地域文化和文学的基础之上,提学官便会自觉或不自觉地成为地域文化与文学的传播者。这一点若从人际交往的角度来看,显然更容易理解。提学对督学地域文化和文学的认识乃至他对地方士人的了解,自然也会在他的交际圈中得到广泛的交流和传播。如嘉靖中期云南、广东提学吴鹏就曾写信给李颐推荐其广东门生:"林尹,旧督学广东时所取门下士也,似有将略,可任事。如见其贤,一试用何如?"①吴鹏能向友人推荐生徒是基于他在督学时对生徒的了解。在地域文化和文学方面同样如此,提学对督学地域文化和文学的推介也是一种常态。他们也能通过与友人之间的书信往来了解其他地域文化、文学传统,如嘉靖末期的四川提学姜宝和陕西提学孙应鳌,两人本为同年,且在相邻省份督学,他们经常就督学事宜、地域形势、人文地理、山川名胜有书信交流。吴鹏写给江西提学王宗沐的信中有对江西督学的评价:"江右雅称文献之邦,今学政得贤如执事者,以往风教感孚当有翕然丕变者。"②提学作为一省儒宗,他们对督学地方的文化和文学状况都是比较熟悉的,这也是他们能够传播乃至主动宣传地域文化和文学的前提条件。总之,和其他官员相比,提学官对地域文化和文学的了解和掌握应该更为积极,他们对地域文学的传播也更为主动。

其次,提学所主导的地域文化、文学的交流,总体上表现为文化、文学高地向低地的输出与影响。这一点我们只要考察一下各省提学官的籍贯便可掌握大致情况。籍贯为南直隶的提学官数量达到206人次,为各省第一;其次是浙江籍贯的提学,数量达到182人次;江西籍贯提学有154人次,为第三名;福建籍贯的提学有118人次,为第四名。以上四省籍贯的提学占到了提学总数的三分之二,显示出文化发达地区对欠发达地区的文化输入和影响。从地域文化的影响原则来看,以提学为文化媒介,以上四省对其他省份的文化传播以输入为主,而其他省份以接受为主。但是,实际情况也并不完全如此,再加之文学的发展与文化和经济的发展有时也不是完全的一致,出现了许多变化因素。在此情况下,更能见出提学在地域文化发展中的历史作用。如明代中期陕西

---

① (明)吴鹏:《飞鸿亭集》,《明别集丛刊》第二辑第51册,黄山书社,2016年,第181页。
② (明)吴鹏:《飞鸿亭集》,《明别集丛刊》第二辑第51册,黄山书社,2016年,第279页。

文学的复兴,明显有来自浙江、南直隶和江西文化的襄助,其自身文化的深厚积累得到有效激发,陕西文学又成了影响其他地域文学的重要力量。包括稍后湖广文学的崛起也是值得注意的现象,当然它也离不开东南地区文化的输入和激发,而这过程中提学的作用是相当明显的。明代以学行见长的提学官为中介实现的地域文学的交往与交流是较为复杂的,需要根据特定的时期和具体作家进行具体的分析。但是无论如何,以提学为媒介的地域文化和文学的传播及互动交流,的确是我们审视地域文学发展过程中不可忽视的一个重要视角。

结　语

总体来看,本书由五部分内容构成。即明代提学简考、明代提学制度研究、明代提学督学及其相关活动研究、明代提学文学活动研究及明代提学影响地域文学研究等五个方面。现根据以上五个部分研究内容之逻辑关系,略作总结如下:

首先,文献资料是研究开展的基础。掌握明代各省提学官员督学信息,是项目开展研究的前提基础。所谓提学官督学信息包括提学官本人的姓名、字号、出身及其督学时间和督学(成效)事迹等方面,又因研究目标的潜在规定性,提学督学期间乃至平生所撰文学作品也是此部分研究关注的重点内容之一。以上信息构成明代提学简考的主要内容。这些信息为进一步梳理提学官督学期间影响士子文学创作并进而影响地方地域文学发展提供了重要线索,对开展个案研究而言具有明显的索引功能。同时,对提学官督学信息的梳理有利于呈现整个明代提学官群体的基本面貌,包括他们对地方地域文学贡献的相关情况。因此,实际上它又是本书研究的重要构成部分。鉴于体例的关系,该部分内容只能放在整个研究的附录部分予以呈现。

其次,制度是考察功能作用的基本依据。明代提学官之职能作用及其履行职责的情况是我们认识其影响地域文学的重要方面。对明代提学官职能作用的认识又离不开对明代提学制度的了解。因此,明代提学制度既是我们认识明代提学官职能、职责内涵的必要,也是揭示明代提学官影响地域文学的重要前提。故而揭示、梳理明代提学官员添设的缘由、过程,以及添设之初明廷对提学职能、职责的规定及其在后世的变化演变等情况,是我们分析明代提学官发挥其职能作用的制度依据,也是认识、了解明代提学影响地域文学的前提背景。特别是在明代"以文取士"科考制度的影响下,明代提学官对地方广大士子所肩负的教育、教导职责以及他们所拥有的考核、选拔生员的权力,使他们在影响士子文章写作方面具有不可忽视的重要影响作用。故此,该部分内容还重点对提学官员之文学教育职能进行详细阐述,旨在从制度层面上解释明代提学影响地域文学之必然。

再次,活动是考察人物行为作用的主要参照。在明代科举制度的影响和提学制度的规定下,明代提学官究竟如何在其督学过程中发挥其影响地域文学的作用——对其督学活动及相关活动的全面梳理是回答这个问题的关键。明代提学督学及相关活动是考察其影响地域文学的"第一现场",因而是考察明代提学与地域文学关系的"场景还原"。从提学官颁布督学公文、到地方学校授课讲学、考核生员、教诫生徒、选聘考核教官、选拔贡生和生员等督学活动各个环节,甚至是督学过程中巡历地方等相关活动,以及督学之余与他人的交往和交流,督学期间其他文化建设活动,都是我们认识明代提学贡献于地方地域文化包括文学的依据。况且这些活动与提学官的文学活动也可能存在一定的关联。而更为重要的是,以上督学及相关活动也可能同时伴随着明代提学所开展的各类文学活动,因而是了解提学文学活动的前提和背景。

在以上研究的基础上,择取提学督学及相关活动中与研究主旨密切相关部分进行更为深入的分析探讨,这便是对提学督学活动中的文学活动所展开的专题讨论。因为提学督学期间的相关文学活动,正是其影响地域文学的直观呈现。换而言之,提学官督学及相关活动中的文学活动是我们考察其贡献于地域文学的主要事实依据。包括以下三部分内容:第一,明代提学在督学区域内的文学创作,尤其是那些被纳入地域文学范围内的地域抒写(活动)。这是明代提学贡献于地域文学最直接的方式,而他们在此活动中也可作为地域作家来看待,他们创作的作品自然也被视为地域文学作品。第二,明代提学在督学期间与地方文人的交往和交流活动。这是提学官影响地域作家同时也接受地域作家影响的主要方式。而在这一过程中,提学官不仅仅是个体作家,也是其他地域文化和文学的代表,他们与督学省份作家之间的交往与交流,也是地域文化和文学之间的沟通和交流。这是明代提学以其作家身份、地域文学代表身份、文学流派代表身份影响地域文学的主要形式。第三,明代提学在教导生徒的过程中对士子文章进行的文学批评活动。这是提学官以地方宗文之主的身份批评、指导生员文章写作的活动。因其与提学考核士子的督学活动实则为一体,故而关涉士子科举前途和人生命运,因此备受士子重视,其影响作用也尤为凸显。而这便是提学官影响生员即地域未来文人作家成长的主要方式,故而也是其影响地域文学发展的主要形式。

最后,贡献作用是影响的集中体现。明代提学官影响地域文学的关键就在其贡献作用的形成。故而探究明代提学官贡献于地域文学的内容及过程也是分析其影响地域文学机制体制的过程。明代提学官与地域文学何以发生关系?或者说明代提学官制度、提学官的各项活动,特别是文学活动为什么能影响到地域文学的发展?除了提学制度本身的规定性、提学官文学活动的直观呈现,还有明代提学影响地域文学的各项作用机制。首先,从明代提学的文化身份属性上来看,明代提学普遍具有的作家身份使他们具备了影响地域文学的主观条件。这一点无论是在地域文学抒写还是在文学教育、文学批评、文学交流方面都能得到充分体现。其次,从明代提学影响地域文学的主要途径来看,明代提学对生徒作家的培养之功以及他们对地方士子士风和文风的导向作用,是推动地方文学发展的积极力量,也是明代提学贡献地域文学最为突出的地方。其中明代弘治、正德时期的陕西文学的崛起就是一个显著案例。与此同时,通过明代提学官这一作用媒介,明代政治制度对学校制度产生的影响进而延伸到士子的文学教育层面,明代政治因素给文学带来的消极或积极的因素同样在明代提学的教育当中有所体现。这就导致了明代地方文学发展态势与明代文学发展整体乃至政治发展历程的相对一致性。最后,明代提学官在督学过程中对地方作家的推崇、对地方文学传统的弘扬等方面,也是他们在履行提学职责过程中有意无意间完成对地域文学的贡献与推动。

总之,明代提学官与其督学地方地域文学之间的关系主要通过提学对地域文学的积极贡献来体现。这种贡献又主要体现在提学对士子的文学教育方面,包括在课业过程中对士子文章写作的指点与指导、批评与导向等环节,乃至对生徒作家的识拔与鼓励、切磋与交流等方面。除此之外,大多兼具作家身份的明代提学在督学地方所从事的地域抒写,为地方创作了大量具有地域标识性的作品,这是他们贡献于地域文学的重要组成部分。而明代提学以地域文化和文学(包括流派)之代表的身份与督学省份地方文人之间的交流,则促进了地域文化和文学的交流,这是他们贡献于地域文学的另一方面。当然,明代提学也会受到督学省份地域文化和文学的影响,这是构成两者关系的另一方面。因为研究的侧重性,我们未予探讨。

当然,明代提学官作为明朝官方学校的教育者与管理者,他们的督学活动必然遵循王朝培养封建官吏的目的。所以明代提学在培养并提高士子文学素养的同时,他们也往往站在统治者的立场,对士子的文章写作按照统治者的意志和官方的要求予以约束和规范。如他们在宗经思想上的普遍坚守,对士子文学创新的遏制是较为明显的。这也说明,明代提学官给地域文学带来的消极影响因素其实同样存在。

本书研究还存在较多不足,有待改进和提高。一方面是因为研究者识力的有限,另一方面是研究仍具有继续推进的空间。识力的有限使研究停留在现象的分析较多,而对规律的总结不够,特别是对明代提学影响地域文学发展的机制体制的分析不够。另外对明代地域文学发展的特殊性和文学教育理论的分析也不够到位,这也在相当程度上影响了论证的说服力。研究仍具有继续推进的空间,是指目前课题中某些问题的研究还可以继续拓展和跟进,但目前还没有完成。包括士子文章创作与文坛气象之间的关系、提学作家与其培养的生徒作家与流派发展的关系、地域文学发展态势与提学培养士子之间的关系等。同时,在研究方法上也有改进的空间。有些问题的阐述偏重个案分析,缺乏整体观照和宏观视野;有些观点还停留在理论推理层面,缺乏具体的案例支撑。以上种种不足希望在以后进一步地深入学习和研究中得以改进和弥补。

附录
明代提学简考

实际上,明代提学督学的相关信息是本课题开展研究和分析的基础性资料,收集整理这些信息是课题研究最先开展的工作。我们将此内容作为《附录》列于理论研究之后,其实是考虑文章体例的缘故。然而在实际的研究过程中,对明代提学官督学信息的收集、整理及考辨分析,占据了研究的大部分时间。

张德信先生《明代职官年表》一书中专列《提学官年表》,标明了明代提学的姓名、督学时间以及前后任职情况,对明代提学相关信息有重要提示作用。我们在此基础上,检索《明实录》《明史》《国朝献征录》《国榷》《明通鉴》《明史纪事本末》等文献,参考《皇明经世文编》《皇明词林人物考》《明朝分省人物考》《明文海》《礼部志稿》等资料,结合明代文人文集中的相关记述,对明代各省提学的姓名、字号、科举出身、督学时间范围、督学评价及诗文著述进行了粗略的考证和数据统计。借此呈现明代提学整体的基本面貌,作为进一步开展相关研究的基础。当然,这部分内容目前仍未完善,还有继续改进的必要和进一步提升的空间。

因为这部分内容采用相对统一的体例,略作说明如下:

1. 文中所引方志(省志)文献,除作专门标注之外,其余省志均为《四库全书》本。

2. 提学督学时期的划分以其出任地方提学的时间为准。

3. 提学督学时间的判断,时间明确者以公元纪年标注于提学姓名之后,不确定者则在年代后面加上"?",以示存疑。

4.提学官有在两个省份以上督学的,其姓名前加以"﹡"标识,以引起注意,方便互相参看。

5.明光宗朱常洛在位时间较短,期间新任提学不多,一并纳入熹宗时期。

6.两任提学之间有明显的间断,且没有其他废除提学的情况,则标明"疑缺",以俟将来进一步考证补充。

一、北直隶提学简考

(一) 英宗时期

1. 程富（1436—1449 在任）

字好礼，南直隶泾县人，永乐六年（1408）举人。正统元年（1436）五月明英宗添设提学官时，程富是首批被任命的提学官之一。"湖广布政司检校程富，福建建宁府学教授彭勖为监察御史，分行提调。"①其卸任则是在正统十四年（1449）冬十月"升……御史程富为广东按察司佥事"②。而实际上在此之前的同年八月，明廷"召前大理寺少卿薛瑄，监察御史程富乘传诣京"③，此时程富实际上已经正式卸任北直隶提学。程富督学北直隶"作兴士类，得人甚盛，寻升广东按察佥事。居官以廉公著称，性刚直，不为势利所移。士林重之"④。

2. 李奎（—1445—）

字文耀，江西弋阳人，永乐九年（1411）举人。据《英宗实录》记载："大理寺少卿致仕李奎卒……又命出巡南直隶，奏便民十事，诏皆允可。大臣荐其文学，命提督学政于京畿，诸生服其学行。未几，擢大理寺丞，命抚安荆襄流民。复命巡抚直隶诸郡，寻升少卿。久之，乞致仕。至是卒。奎敦慎勤敏，好学能文。"⑤考察《英宗实录》李奎相关事迹，他在正统十年（1445）九月，上书言事，事关学校，说明李奎此时应该在北直隶提学御史任上。其卸任时间不可考。《江西通志》记载其督学政绩："举儒士黄辅等五十余人，分主师席，士习丕变。"⑥著述有《九州集》⑦《归田录》。

---

① （明）李贤等：《明英宗实录》卷 17。
② （明）李贤等：《明英宗实录》卷 185。
③ （明）李贤等：《明英宗实录》卷 181。
④ （明）凌迪知：《万姓统谱》卷 53。
⑤ （明）李贤等：《明英宗实录》卷 276。
⑥ （清）谢旻等：《江西通志》卷 86。
⑦ （明）黄虞稷：《千顷堂书目》卷 4 作《九川集》。

3. 王琳(1447?—1449 在任)

字号不可考,南直隶溧阳人,永乐二十二年(1424)进士。《畿辅通志》记载"正定府府学"事迹:"元末毁于兵,明洪武四年知府郭勉重建。正统间巡按御史郑颙、提学御史王琳,景泰间通判周彦宇各有修治。"据此可知王琳曾出任北直隶提学御史一职。《明英宗实录》卷 172 曾记载正统十三年(1448)冬十月王琳作为巡按监察御史上疏建议废除怀来等卫五处儒学之事,这可能是其在提学御史任上的侧面证据。又据该书记载,正统十二年(1447)六月,王琳还在浙江巡按御史任上,据此可知王琳出任北直隶提学应该这一时间之后。其卸任时间则有确切记载:正统十四年(1449)冬十月"(升)御史章文、王琳俱为山东右参政"①。

4. 魏龄(1450—1452 在任)

字号不可考,广东潮州人,国子监学正。魏龄出任北直隶督学御史有明文记载,景泰元年(1450)春正月"辛丑,升……国子监学录魏龄为江西道监察御史,提调北直隶学校"②。其卸任时间应在景泰三年(1452)夏四月,明廷有一批任命:"都给事中李佩,监察御史魏龄俱为詹事府府丞。"③由此说明魏龄不再担任提学御史一职。

5. 张谏(1455—1457 在任)

字孟弼,南直隶句容人,正统四年(1439)进士。张谏出任北直隶提学有明文记载,景泰六年(1455)十一月"乙亥,命监察御史叶蛮、张谏提督南北军直隶学校。时吏部都给事中李瓒言,南北直隶学校俱无按察司官提督,宜分遣有学行御史二员专理庶政,学政不至废弛,人才有所造就。事下吏部学,举二人以闻,故有是命"④。天顺元年(1457)三月,明廷"复除监察御史李人仪于广西道,周颙于云南道,庄歆于山东道,调张谏于南京、云南道。人仪、颙、歆俱以丁

---

① (明)李贤等:《明英宗实录》卷 184。
② (明)李贤等:《明英宗实录》卷 187。
③ (明)李贤等:《明英宗实录》卷 215。
④ (明)李贤等:《明英宗实录》卷 260。

忧服阕,谏以提督学校,裁省召回也"①。由此可知,张谏因明廷暂时撤革提学而卸任。张谏督学公正,曾因拒绝私请而得罪受罚。

6. 陈政(1461—1467 在任)

字宣之,广东番禺人,景泰五年(1454)进士。天顺五年(1461)十一月,复位的明英宗,再次任命一批提学官。"庚申,命监察御史严浚、陈政于南北直隶提调学校。"②陈政为北直隶督学御史。据《宪宗实录》记载:"甲子,升监察御史陈政为山东按察司副使,仍提调北直隶学校。"③时间是在成化元年(1465)三月。陈政督学北直隶而又兼任山东副使,这在明代提学官员中也是少见。因此,成化三年(1467)夏四月明廷"改山东按察司副使陈政,广西佥事刘斌于云南。政以山东副使提调北直隶学校。言者谓其行事不便,请调用之,斌提调广西时,议暂罢广西提学者,遂皆改用之"④。至此,陈政正式卸任北直隶提学御史。陈政督学京师,颇有政绩:"督学直隶,条教十五,以稽勤惰,随其资质成就之。大都首德行,次文艺,未尝轻易弃人,学者咸怀其德。"⑤著述有《东井集》,《皇明诗统》录其诗作。

(二)宪宗时期

7. 陈炜(1467—1471 在任)

字文耀,福建闽县人,天顺四年(1460)进士。陈炜应是接替陈政出任北直隶提学,但《宪宗实录》并没有明文记载。据《闽中理学渊源考》记载,陈氏"成化初选监察御史,出按南畿,寻命督北畿学"⑥。考察《实录》文中记载,成化二年(1466)陈炜仍以监察御史言事,可见还未赴北直隶提学任,而成化五年则已有其督学活动的记录。据此而言,陈炜出任北直隶提学应当在成化三年(1467)左右。其卸任北直隶提学则是因晋升江西副使,时间约在成化七年

---

① (明)李贤等:《明英宗实录》卷 276。
② (明)李贤等:《明英宗实录》卷 334。
③ (明)刘吉等:《明宪宗实录》卷 15。
④ (明)刘吉等:《明宪宗实录》卷 41。
⑤ (清)郝玉麟等:《广东通志》卷 45。
⑥ (清)李清馥:《闽中理学渊源考》卷 43。

(1471)左右。陈炜督学期间曾建议废除罢黜生员为吏的规定,得到朝廷采纳。其督学:"为人操履清正,学问该博。所至以表名贤、正风俗为务。"①

8. 林诚(1472—?)

字贵实,福建莆田人,天顺四年(1460)进士。据《宪宗实录》记载,成化八年(1472)六月,"戊辰,提调北直隶学校监察御史,林诚乞养病,许之"②。这是林诚卸任北直隶提学时间。《福建通志》记述其履历并未记载其督学经历,这也说明林诚督学北直隶时间应该不会太久。

9. 阎禹锡(1472—1476?)

字子与,河南洛阳人,正统九年(1444)举人。阎禹锡出任北直隶提学御史有明文记载,成化八年(1472)六月"丙戌,擢掌京卫武学事国子监监丞阎禹锡为监察御史,提调北直隶学校"③。可见阎氏正是接替因病辞职的前任提学林诚而出任北直隶提学。成化十年(1474)春正月,阎禹锡曾建议优选乡试监试官员被朝廷采纳。其卸任时间没有明文记载,应以下任提学任职时间为限。《明儒学案》记述其督学京畿之政绩:"励士以原本之学,讲明太极图说通书,使文清之学不失其传者,先生之力也。"④著述有《孙子集解》《自信集》。

10. 林荣(1476—1479 在任)

字号不可考,广东番禺人,天顺七年(1463)进士。林荣出任北直隶提学有明文记载,成化十二年(1476)九月"戊申,命监察御史林荣提调北直隶学校"⑤。其卸任则是在成化十六年(1480)三月,"升监察御史林荣为福建按察司副使"⑥。但是考虑到下任提学任职时间是成化十五年(1479)十二月,应以此为林荣卸任时间。实际上早在一年,北直隶地方官员曾要求留任林荣:成化十五年(1478)秋七月"吏部言,直隶府州县官保留提学御史林荣,恐其秩满别

---

① (清)李清馥:《闽中理学渊源考》卷43。
② (明)刘吉等:《明宪宗实录》卷105。
③ 同上。
④ (清)黄宗羲:《明儒学案·河东学案》卷7,中华书局,2008年,第125—126页。
⑤ (明)刘吉等:《明宪宗实录》卷157。
⑥ (明)刘吉等:《明宪宗实录》卷201。

迁。请擢荣山东按察司副使,俾仍旧任。诏先年既有革罢,副使之例其已之"①。由此可见,林荣督学北直隶,备受推崇。

11. 张泰(1479—1482 在任)

字叔亨,广东顺德人,成化二年(1466)进士。张泰出任北直隶提学御史有明文记载,成化十五年(1479)十二月,"敕监察御史张泰提调北直隶学校"②。其卸任时间不可考,应参考下任提学任职时间。

12. 戴仁(1482—1484 在任)

字号不可考,南直隶句容人,成化二年(1466)进士。戴仁出任北直隶学校有明文记载,成化十八年(1482)秋八月,"命监察御史戴仁提调北直隶学校"③。其卸任则是因其诬告人犯罪受罚,被削官为民,时间是在成化二十年(1484)六月。戴仁因犯罪而被罢官,在明代提学官员中实属少见。

13. 陈纪(1484—1486？)

字叔振,福建闽县人,成化五年(1469)进士。陈纪出任北直隶提学有明文记载,成化二十年(1484)七月"丁酉,命监察御史陈纪提调北直隶学校"④。由此看来,陈纪正是接替被罢职的戴仁出任北直隶提学。其卸任时间不可考,应以下任提学到任时间为限。

14. 陆渊(1486—1491 在任)

字深之,浙江余姚人,成化八年(1472)进士。陆渊出任北直隶提学御史有明文记载,成化二十二年(1486)四月,"命山东道监察御史陆渊提调北直隶学校"⑤。其卸任之事《孝宗实录》有确切记载:"升监察御史陆渊为按察司副使,钮清、杨琎、赵进俱为佥事。渊广东,清、琎山东,进山西。"⑥时间是在弘治四年(1491)十一月。

---

① (明)刘吉等:《明宪宗实录》卷 192。
② (明)刘吉等:《明宪宗实录》卷 198。
③ (明)刘吉等:《明宪宗实录》卷 230。
④ (明)刘吉等:《明宪宗实录》卷 254。
⑤ (明)刘吉等:《明宪宗实录》卷 277。
⑥ (明)李东阳等:《明孝宗实录》卷 57。

(三) 孝宗时期

15. 张西铭(1491—1498 在任)

字希载,云南宁州人,成化十一年(1475)进士。张西铭出任北直隶提学御史,《孝宗实录》有明确记载,弘治四年十一月,"命湖广道监察御史张西铭提督直隶学校"①。从时间上来看张西铭此任应是补陆渊离任之缺。其卸任时间暂不可考,张氏此任后再无其他任职,故此其卸任北直隶提学御史应以下任提学任职时间为限。张西铭"督学畿辅,士类倾心,著有《鹤轩集》"②。

＊16. 陈玉(1498—1504 在任)

字德卿,南直隶高邮人,弘治六年(1493)进士。据《孝宗实录》记载,弘治十一年(1498)八月,"命监察御史陈玉提调北直隶学校"③,此即陈玉出任北直隶提学御史的明确记载,因此张西铭应在此前不久卸任。陈玉卸任之事,《孝宗实录》亦有明确记载:弘治十七年(1504)五月,"升监察御史陈玉为浙江按察司副使,提调学校"④。著述有《友石亭集》《奏议》。

17. 顾潜(1504—1510 在任)

字孔昭,南直隶昆山人,弘治九年(1496)进士。顾潜出任北直隶提学,《孝宗实录》有明确记载,"辛亥,命监察御史顾潜提调北直隶学校"⑤,时间也是在弘治十七年(1504)五月,即陈玉卸任北直隶提学御史时间。其卸任时间不可考,但据《江南通志》记载:"出督京畿学政,为刘瑾党所构,罢归。"⑥而刘瑾是在正德五年(1510)八月被处置,说明顾潜卸任应在此之前。又据《钦定四库全书总目》记载:"以忼直忤尚书刘宇,宇谮之于刘瑾。出为马湖知府,未任罢归。"⑦而刘宇在正德二年至五年之前曾先后出任兵部尚书和吏部尚书,说明

---

① (明)李东阳等:《明孝宗实录》卷57。
② (清)鄂尔泰等:《云南通志》卷21之1。
③ (明)李东阳等:《明孝宗实录》卷140。
④ (明)李东阳等:《明孝宗实录》卷212。
⑤ 同上。
⑥ (清)赵宏恩等:《江南通志》卷140。
⑦ (清)纪昀:《钦定四库全书总目》卷176。

顾潜被罢职可能在此期间。著述有《稽古政要》《静观堂集》。

（四）武宗时期

18. 洪范(1514—1517 在任)

字邦正,江西金溪人,弘治十五年(1502)进士。洪范出任北直隶提学御史有明文记载,正德九年(1514)春正月"庚寅,命河南道监察御史洪范提调北直隶学校"①。其卸任时间则在正德十三年(1518)初,据《武宗实录》记载:"丙辰,升监察御史洪范为河南按察司副使,提调学校。"②而《金溪县志》记载洪范生平,称其正德十二年(1517),"升河南提学副使。甫抵任,闻父病,乞终养归东"③。两处记载稍有出入,以三年考满来算,则洪范在正德十二年卸任北直隶提学的可能性更大。洪氏后又被任命为广西提学副使,可惜因已病卒而未到任。

＊19. 周宣(1520—1522 在任)

字彦通,福建莆田人,弘治十八年(1505)进士。周宣出任北直隶提学御史,《世宗实录》有确切记载,正德十五年(1520)二月,明廷"命御史周宣于北直隶,萧鸣凤于南直隶,俱提调学校"④。其卸任之事该书也有记载,嘉靖元年(1522)二月,"升户部郎中马应龙,御史周瑄俱山东按察使副使。应龙兵备霸州,宣提督学校"⑤。著述有《秋斋集》。

（五）世宗时期

20. 王应鹏(1522—1524 在任)

字天宇,浙江鄞县人,正德三年(1508)进士。据《世宗实录》记载,嘉靖元年(1522)二月"丙申,命御史王应鹏调提北直隶学校"⑥。由此可知王应鹏正是接替周宣出任北直隶提学御史。其卸任则是因晋升为河南副使,具体时间

---

① （明）杨廷和等:《明武宗实录》卷 108。
② （明）杨廷和等:《明武宗实录》卷 158。
③ （清）许应镳等:《同治金溪县志》卷 23。
④ （明）杨廷和等:《明武宗实录》卷 183。
⑤ （明）徐阶等:《明世宗实录》卷 11。
⑥ 同上。

不可考。然而根据其在嘉靖六年(1527)九月由河南副使晋升为山东按察使的仕宦履历来看,王应鹏在嘉靖三年(1524)晋升为副使的可能性较大,而这一时间也很可能是其卸任北直隶提学御史的时间。著述有《定斋集》。

21. 朱衣(1524—1527 在任)

字子宜,湖广武昌籍汉阳人,正德十六年(1521)进士。据《世宗实录》记载,嘉靖六年(1527)九月,"署都察院事、兵部左侍郎张璁考察各道不职御史共十二人:酷暴为民,浙江巡按王璜;不谨闲住,南北直隶提调学校卢焕、朱衣"①。这是朱衣卸任北直隶提学时间。至于其出任时间,《世宗实录》则没有明确交代。但是既然是考察,应以一个考满时间为限。那么时间倒推三年,则很可能朱衣兼任北直隶提学御史是在嘉靖三年(1524),这与朱衣于嘉靖元年(1522)出任御史的时间也吻合。朱衣自中第以来便任监察御史,在任上朱衣直言弊政,且因"大礼议"得罪嘉靖皇帝,故其罢官实际上是因直言进谏所致。

22. 郑洛书(1527—1530 在任)

字启范,福建莆田人,正德十二年(1517年)进士。嘉靖六年(1527)十月,明廷考察天下提学官员:"初,礼部尚书桂萼等言天下提学官多不得人,无以风励人才。请加考核,上从之。至是,萼等疏其名以上。言直隶则御史张衮、郑洛书,浙江副使万潮,江西副使赵渊,河南副使魏校,山东副使余本,四川副使韩邦奇,广西副使李中,云南副使唐胄,宜皆任职如故。"②结合朱衣卸任之事可知,实际上郑洛书此时出任北直隶提学御史刚刚不久。其卸任时间不可考,应以下任提学任职时间为限。

23. 胡明善(1530—1532 在任)

字公择,南直隶霍邱人,正德十六年(1621)进士。胡明善出任北直隶提学御史有明文记载,嘉靖九年(1530)十二月"戊寅,命贵州道监察御史胡明善提调北直隶学校"③。该书也记载其卸任之事,嘉靖十一年(1532)十月,"提督北直隶学校御史胡明善以擅取禁塘大石立碑,为内官昝文鉴所讦,下狱。令法司

---

① (明)徐阶等:《明世宗实录》卷80。
② (明)徐阶等:《明世宗实录》卷81。
③ (明)徐阶等:《明世宗实录》卷120。

拟罪,明善上书诉辩。上怒夺刑部尚书王时中等俸半年,谪郎中诸杰为边方杂职,责法司速谳其狱,黜明善为民。已乃补杰为广东高明县典史"①。也就是说胡明善此时被削职为民。

24. 方一桂(1533—1535 在任)

字世芬,福建莆田人,嘉靖二年(1523)进士。据《世宗实录》记载,嘉靖十二年(1533)九月"命广东道监察御史方一桂提调直隶学校"②。其卸任之事同样是出于直言进谏得罪皇帝。"已镇抚司究主使者,词连御史方一桂及孙应奎、曹迹。上曰:'宗铠报复,翀朋比,言固轻狂,意实怨毁。一桂佐使行私,应奎、迹合谋傍观,俱杖之于午门。宗铠,翀,一桂为民。'"③时间是在嘉靖十四年(1535 年)九月。

25. 朱廷立(1535—1537 在任)

字子礼,湖广通山人,嘉靖二年(1523)进士。朱廷立出任北直隶提学御史,《世宗实录》有明确记载,嘉靖十四年(1535)九月"丙戌,命浙江道监察御史朱廷立提调直隶学校"④。显然,朱氏正是接替此前被罢官的方一桂出任北直隶提学。其卸任时间该书也有记载,嘉靖十六年(1537)正月,"升浙江道监察御史朱廷立为南京太仆寺少卿"⑤。著述有《两崖文集》《盐志》等。

*26. 谢少南(1537—1539 在任)

字应午,号与槐,南直隶上元人,嘉靖十一年(1532)进士。谢少南出任北直隶提学御史,《世宗实录》有明确记载,"壬寅,命云南道监察御史谢少南提调北直隶学校"⑥,时间也是在嘉靖十六年(1537)正月。由此说明谢少南紧接前任提学督学京畿。其卸任之事也有相关记载,嘉靖十八年(1539)三月"庚午,令提调北直隶学校监察御史谢少南暂以原职兼理巡按事"⑦。据文中内容可

---

① (明)徐阶等:《明世宗实录》卷 143。
② (明)徐阶等:《明世宗实录》卷 154。
③ (明)徐阶等:《明世宗实录》卷 179。
④ 同上。
⑤ (明)徐阶等:《明世宗实录》卷 196。
⑥ 同上。
⑦ (明)徐阶等:《明世宗实录》卷 222。

知,虽然谢少南并未卸任提学,但说明此时其仍在任上,而稍后(当年五月)下任提学黄绶出任北直隶提学御史则说明其间谢少南正式卸任。著述有《粤台集》《全州志》《河垣稿》。《万姓统谱》记载:"以侍御督学畿辅,以宫直操翰禁苑,以宪金督学粤西,以宪副督学秦中。所至皆司文墨,郁有时名。"①谢少南三任督学,在明代提学官员中也比较少见。谢氏盛有文名,《明诗综》《粤西诗载》录其诗作。

27. 黄绶(1539—1541 在任)

字号不可考,陕西宁夏人,嘉靖八年(1529)进士。黄绶接替谢少南出任北直隶提学,此事有明确记载,嘉靖十八年(1539)五月,"命河南道御史黄绶提调北直隶学校"②。其卸任应是改任山东巡按御史,时间暂不可考,应以下任提学任职时间为限。

28. 谢九仪(1541—1544 在任)

字君锡,山东章丘人,嘉靖十一年(1532)进士。嘉靖二十年(1541)八月,"升尚宝司司丞汪宗元为本司少卿,命广东道御史谢九仪提督北直隶学校"③。谢九仪卸任北直隶提学时间不可考,但是根据《世宗实录》记载,嘉靖二十二年(1543)十二月,谢氏仍以"直隶提学御史"奏事。而嘉靖二十三年(1544)正月《世宗实录》则称其为"广东道御史谢九仪",由此可知,谢九仪在嘉靖二十三年(1544)卸任北直隶提学御史而改任广东道御史的可能性较大。

29. 赵继本(1544—1545 在任)

字号不可考,山东历城人,嘉靖十四年(1535)进士。嘉靖二十三年(1544)正月,明廷"命广东道御史赵继本提调北直隶学校"。说明赵继本与谢九仪正是对调了职位,也恰好印证了上文关于谢九仪任职时间的推断。赵继本卸任时间不可考,应以下任提学任职时间为限。

30. 王达(1545—? —1553)

字号不可考,山东滨州人,嘉靖十四年(1535)进士。王达出任北直隶提学

---

① (明)凌迪知:《万姓统谱》卷105。
② (明)徐阶等:《明世宗实录》卷224。
③ (明)徐阶等:《明世宗实录》卷252。

御史,《世宗实录》有明确记载,嘉靖二十四年(1545)三月"己丑,命河南道御史王达提调北直隶学校"①。但是该书于嘉靖二十九年(1550)三月又记载一则任命信息:"升南京太仆寺少卿郑晓为南京鸿胪寺卿,河南道监察御史王达为大理寺右寺丞。"②此时王达不应该还在河南道监察御史任上,这则信息很可能记载的是王达卸任北直隶提学的信息(也有可能兼任)。

*31. 阮鹗(—1549—)

字应荐,南直隶桐城人,嘉靖二十三年(1544)进士。阮鹗督学北直隶《世宗实录》没有相关明确记载,甚至各地方志也没有提及。但是《神宗实录》所记载的一则信息却说明阮鹗的确有过督学京畿的经历:(万历四十一年九月)"复故巡抚福建都察院右副都御史阮鹗原职,并与祭葬。鹗直隶桐城县人,嘉靖二十三年进士,除南京刑部主事,改河南道御史,提督北直隶学政,升浙江提学,广东参政。"③而检索《世宗实录》可知,阮鹗出任河南道御史是在嘉靖二十七年(1548)三月。而按照惯例轮值需一年,因此,阮鹗在王达之后出任河南道御史,也有接替其出任北直隶提学的可能。时间应在嘉靖二十八年(1549)左右。

*32. 徐南金(1553—1554 在任)

字体乾,江西丰城人,嘉靖二十年(1541)进士。徐南金出任北直隶提学御史有明文记载,嘉靖三十二年(1553)三月"己卯命云南道御史徐南金提督直隶学校"④。其卸任之事该书也有记载,嘉靖三十三年(1554)六月"升广东提学佥事胡汝霖,北直隶提学御史徐南金为按察使。汝霖江西,南金山东,俱仍提调学校"⑤。著述有《承恩堂文稿》。

33. 间东(1554—1555?)

字号不可考,四川内江人,嘉靖二十三年(1544)进士。嘉靖三十三年七月,明廷"命浙江道御史间东提调北直隶学校"⑥。其卸任时间不可考,应以下

---

① (明)徐阶等:《明世宗实录》卷297。
② (明)徐阶等:《明世宗实录》卷358。
③ (明)叶向高等:《明神宗实录》卷512。
④ (明)徐阶等:《明世宗实录》卷395。
⑤ (明)徐阶等:《明世宗实录》卷411。
⑥ (明)徐阶等:《明世宗实录》卷412。

任提学任职时间为限。

34. 马三才(1555—1558在任)

字号不可考,浙江仁和人,嘉靖二十六年(1547)进士。马三才出任北直隶提学御史,《世宗实录》有明确记载,嘉靖三十四年(1555)三月"命山东道御史马三才提督北直隶学校"①。该书也记载其卸任之事,嘉靖三十七年(1558)二月"升山东道御史马三才为太仆寺少卿"。如果《世宗实录》没有记载错误,则说明马三才提学北直隶时,还可能仍然兼任山东道御史。但是马三才在此时卸任北直隶提学还是应该比较确定的。

35. 于业(1558—1561在任)

字建公,南直隶金坛人,嘉靖二十六年(1547)进士。于业出任北直隶提学御史的时间不可考。根据其仕宦履历来看,嘉靖三十四年(1555)底于氏仍为巡关御史,可见其接替马三才出任北直隶提学御史的可能性较大。其卸任则是因贪污被弹劾:"吏科给事中胡应嘉劾奏吏部文选司郎中周良寀,提督学校御史于业,贪黩异常,廉耻扫地,冒居要秩,有玷清班,请并罢斥。奏入,上命锦衣卫捕良寀及业拷讯以闻。寻俱降级调外任用。"②时间在嘉靖四十年(1561)四月。

36. 杨美益(1561—1562在任)

字以谦,号受堂,浙江鄞县人,嘉靖二十六年(1547)进士。嘉靖四十年(1561)四月,明廷"命山东道御史杨美益提调北直隶学校"③。杨美益正是接替于业出任北直隶提学御史。《世宗实录》记载其卸任之事,嘉靖四十一年(1562)六月"己未,升……山东道御史杨美益为大理寺右寺丞"④。如上文所论,此处仍以山东道御史称述杨美益,很可能也是其兼任北直隶提学御史之故。著述有《西巡稿》。

---

① (明)徐阶等:《明世宗实录》卷420。
② (明)徐阶等:《明世宗实录》卷495。
③ 同上。
④ (明)徐阶等:《明世宗实录》卷510。

37. 潘季驯(1562—1563在任)

字时良,号印川,浙江乌程人,嘉靖二十九年(1550年)进士。嘉靖四十一年(1562年)六月,明廷"命河南道御史潘季驯提调北直隶学校"①。因此,潘季驯也是接替杨美益出任北直隶提学御史。据《世宗实录》记载,嘉靖四十二年(1563)十二月"壬戌,升……河南道御史潘季驯为右寺丞"。如马三才、杨美益例,潘季驯也可能是河南道御史兼任北直隶提学,但是此时卸任北直隶提学则无疑。著述有《留余堂集》《潘大司空历官奏疏》等。

*38. 徐爌(1564—1565在任)

字号不可考,南直隶太仓人,嘉靖三十二年(1553)进士。嘉靖四十三年(1564)正月,明廷"命山东道御史徐爌提调北直隶学校"②。可见,徐爌正是接替潘季驯出任北直隶提学。其卸任是在嘉靖四十四年(1565)九月,"升山东道御史徐爌为江西按察司副使,提调学校"③。徐爌曾在嘉靖四十三年(1564)"查革京学冒籍生员",引起生员骚乱,曾被弹劾,当时舆论认为其不够称职。

*39. 颜鲸(1565—1566在任)

字应雷,号冲宇,浙江慈溪人,嘉靖三十五年(1556)进士。颜鲸督学北直隶有明文记载,嘉靖四十四年(1565)九月"丁巳命山西道御史颜鲸提调北直隶学校"④。显然是接替徐爌出任北直隶提学御史。其卸任时间不可考。据邹元标《愿学集》记载颜鲸一段仕宦履历:"丙辰赐进士,选大行人。辛酉授山西道监察御史,甲子推北畿督学,乙丑以言事谪楚安仁尉。"⑤丙辰即嘉靖三十五年(1556),甲子即嘉靖四十三年(1564),乙丑即嘉靖四十四年(1565)。这一记载显然和《神宗实录》的记述有抵牾,记载官员任职当然以实录为准。但是邹元标其文称颜鲸督学北直隶次年则被贬职,则说明很可能颜氏督学北直隶直至次年离任。著述有《春秋贯玉》,督学时著《原性》《订道》诸篇。

---

① (明)徐阶等:《明世宗实录》卷510。
② (明)徐阶等:《明世宗实录》卷529。
③ (明)徐阶等:《明世宗实录》卷550。
④ 同上。
⑤ (明)邹元标:《愿学集》卷6。

40. 庞尚鹏(1566—1567 在任)

字少南，广东南海人，嘉靖三十二年(1553)进士。庞尚鹏出任北直隶提学御史，《世宗实录》有明文记载，嘉靖四十五年(1566)五月，"命江西道御史庞尚鹏提调北直隶学校"①。其卸任则是因晋升大理寺右寺丞，时间应在隆庆元年(1567)十一月之前。著述有《行边漫纪》、《百可亭摘稿》(又《诗摘稿》二卷)《百可亭奏议》。

（六）穆宗时期

41. 凌儒(1567—1568 在任)

字真卿，南直隶泰州人，嘉靖三十二年(1553)进士。隆庆元年(1567)十一月，明廷"命浙江道监察御史凌儒提调直隶学校"②。从时间上来看，凌儒应是接替庞尚鹏出任北直隶提学御史。又据《穆宗实录》记载，隆庆二年(1568)三月，"升……浙江道御史凌儒为大理寺右寺丞"③。与此前情况类似，凌儒虽官浙江道御史，但其实际职责还是督学京畿。因此这则信息实际上恰好说明凌儒是从北直隶提学御史任上晋升他职而卸任。

42. 李辅(1570—1571 在任)

字子卿，江西进贤人，嘉靖三十八年(1559)进士。隆庆四年(1570)二月，明廷"命河南道监察御史李辅提调北直隶学校"④。其卸任时间不可考，应以下任提学出任该职时间为下限。

43. 傅孟春(1571—1576？)

字体元，号仁泉，江西高安人，嘉靖四十三年(1564)进士。隆庆五年(1571年)五月"癸亥，命浙江道监察御史傅孟春提调直隶学校"⑤。其卸任时间不可考，但是据《神宗实录》记载，万历五年(1577)九月，"升大理寺右寺丞傅孟春为

---

① （明）徐阶等：《明世宗实录》卷 558。
② （明）于慎行等：《明穆宗实录》卷 14。
③ （明）于慎行等：《明穆宗实录》卷 18。
④ （明）于慎行等：《明穆宗实录》卷 42。
⑤ （明）于慎行等：《明穆宗实录》卷 57。

左寺丞,南直隶提学御史褚鈇为大理寺右寺丞"①。由此说明傅孟春此前已经出任大理寺右寺丞,而这也是北直隶提学升职的主要去向。此时傅孟春由右寺丞改左寺丞,实际上官职级别没有改变,说明他晋升右寺丞也不会太久。因此其卸任北直隶提学的时间也不会太久,应在万历四年(1576)左右。傅孟春督学有声:"时尚操切,孟春独以宽著。值有毁书院之议,捐数百金赎之,事定还为书院。"②这在北直隶提学官员中实属难得。

(七) 神宗时期

44. 商为正(1579—1581 在任)

字尚德,浙江会稽人,隆庆五年进士。万历七年(1579 年)四月,"以江西道御史商为正为北直提学"③。其卸任之事《穆宗实录》也有记载,万历九年(1581)十一月,"升大理寺右寺丞邵陛为左寺丞,北直提学御史商为正为右寺丞"④。商为正情况与傅孟春类似,因晋升大理寺右寺丞而卸任北直隶督学御史。万历十年(1582)七月,"升大理寺右寺丞商为正为本寺左寺丞,浙江道御史张简为右寺丞"⑤。同样商为正由右寺丞改任左寺丞说明其任职时间的确不长,这也再次验证了上文对傅孟春卸任时间的推测。

45. 朱琏(1581—1582 在任)

字文卿,江西新干人,隆庆五年(1571)进士。万历九年(1581)十一月,明廷"以广西道御史朱琏提调北直学校"⑥。可见,朱琏正是接替商为正出任北直隶提学。万历十年(1582)十二月,"例升吏科都给事中尹瑾为南京太仆寺少卿,广东道御史朱琏为云南副使"⑦。著述有《五有堂集》。

---

① (明)叶向高等:《明神宗实录》卷 67。
② (清)孙家铎等:《同治高安县志》卷 14。
③ (明)叶向高等:《明神宗实录》卷 86。
④ (明)叶向高等:《明神宗实录》卷 118。
⑤ (明)叶向高等:《明神宗实录》卷 126。
⑥ (明)叶向高等:《明神宗实录》卷 118。
⑦ (明)叶向高等:《明神宗实录》卷 131。

46. 罗应鹤(1583—1584 在任)

字德鸣,南直隶歙县人,隆庆五年(1571)进士。万历十一年正月"己未以御史罗应鹤提督北直隶学政,王国提督南直隶学政"①。其卸任之事,《神宗实录》有明文记载,万历十二年(1584)九月,"升直隶提学御史罗应鹤为大理寺右寺丞"②。

47. 董裕(1584—1585 在任)

号扩庵,江西乐安人,隆庆五年(1571)进士。万历十二年(1584)九月,"以湖广道御史董裕提督北直隶学政"③。从时间上来看,董裕此任正是接替罗应鹤出任北直隶提学御史。万历十三年(1585)十月,神宗亲自过问在京冒籍生员考取举人事,要求礼部都察院勘察。"于是礼科署科事给事中钟羽正疏参八人,而提学御史董裕坐不先查革,镌秩一级。"④由此可知,董裕应是被降职改用而卸任。

48. 吴定(1585—1587 在任)

字子静,河南安阳人,万历二年(1574)进士。据《神宗实录》记载,万历十三年(1585)闰九月,"以江西道御史吴定提督北直隶学政"⑤。其卸任之事该书也有记载,万历十五年(1587)十二月"辛酉,升大理寺右寺丞李栋为左寺丞,直隶提学御史吴定为右寺丞"⑥。

49. 杨四知(1587—1590 在任)

字元述,河南祥符人,万历二年(1574)进士。《神宗实录》记载杨四知出任北直隶提学御史之事,万历十五年(1587)十二月,"命陕西道御史杨四知提督北直隶学政"⑦。杨氏卸任该书也有记载,"升北直提学御史杨四知为大理寺

---

① (明)叶向高等:《明神宗实录》卷 132。
② (明)叶向高等:《明神宗实录》卷 153。
③ 同上。
④ (明)叶向高等:《明神宗实录》卷 167。
⑤ (明)叶向高等:《明神宗实录》卷 166。
⑥ (明)叶向高等:《明神宗实录》卷 193。
⑦ 同上。

右寺丞"①,时间是在万历十八年(1590)四月。

50. 徐申(1590—1591 在任)

字维岳,南直隶吴县人,万历五年(1577)进士。《神宗实录》记载徐申卸任之事,万历十九年(1591)五月,"提调直隶学较御史徐申患病,请乞回籍,许之"②。徐申出任北直隶提学御史的时间该书没有明确记载。从时间来看,徐申接替杨四知督学京畿的可能性较大。那么时间则应该在万历十八年(1590)年中。

*51. 詹事讲(1591—1592 在任)

字明甫,别号养贞,江西乐安人,万历五年(1577)进士。据《神宗实录》记载,万历十九年五月,"以河南道御史詹事讲提调北直学校"③。从时间上可以看出,詹事讲正是接替徐申出任北直隶提学御史。其卸任时间不可考,以下任提学到任时间为下限。"督学南北畿得人称盛"④,力陈时政弊病。著有《养贞集》。

52. 周孔教(1592—1593 在任,1598?—1601)

字明行,号怀鲁,江西临川人,万历八年(1580)进士。周孔教两次督学京畿。其首次出任北直隶提学有明文记载,万历二十年(1592)八月,"命浙江道御史周孔教提调北直学政"⑤。但次年六月明廷关于李尧民的任命说明周孔教已经卸任。万历二十九年(1601)十月"丁卯,升河南道御史周孔教为太仆寺少卿"⑥。这是周孔教第二次卸任北直隶的确切记载。那么第二次出任北直隶提学则很可能是因为李尧民卸任,时间应在万历二十六年(1598)左右。周孔教督学有声,"公暇与诸生讲学,士习丕变"⑦。周孔教著述颇丰,有《抚吴公

---

① (明)叶向高等:《明神宗实录》卷 222。
② (明)叶向高等:《明神宗实录》卷 236。
③ 同上。
④ (清)谢旻等:《江西通志》卷 82。
⑤ (明)叶向高等:《明神宗实录》卷 251。
⑥ (明)叶向高等:《明神宗实录》卷 364。
⑦ (清)和珅等:《大清一统志》卷 230。

移》《周中丞疏稿》《周怀鲁先生集》。

53. 李尧民(1593—1599?)

字耕尧,山东郓城人,万历二年(1574)进士。万历二十一年(1593)六月"乙巳,以浙江道御史李尧民提督北直隶学政"①。其卸任时间不可考。据《神宗实录》记载,万历二十七年(1599)五月,"升大理寺右寺丞王明为左寺丞,起原任提学御史李尧民为右寺丞"②。说明在万历二十七年(1599)之前,李尧民已经卸任北直隶提学御史一职。

54. 高举(1601—1603 在任)

字东溟,山东淄川人,万历八年(1580)进士。高举督学京畿有明文记载,万历二十九年(1601)十二月,"以河南道御史高举巡按北直隶提督学政"③。其卸任之事也有明确记载,万历三十一年(1603)四月,"以御史高举为大理寺右寺丞"④。

55. 周家栋(1604—1605 在任)

号鹤阳,湖广黄安人,万历十七年(1589)进士。周家栋出任北直隶提学御史有明文记载,万历三十二年(1604)七月,"以广东道御史周家栋巡按北直隶,提督学政"⑤。其卸任则是因其直言进谏,结果"疏入,上谓其掇拾逞臆,卖直烦激,灿然等还,着革了职为民。家栋念见差乏人,且罚俸一年一贯,随复引疾乞罢"⑥,时间是在万历三十三年(1605)七月。

56. 左宗郢(1607—1610 在任)

号心源,江西南城人,万历十七年(1589)进士。左宗郢出任北直隶提学御史有明文记载,万历三十五年(1607)七月,"改四川道御史左宗郢为顺天提

---

① (明)叶向高等:《明神宗实录》卷 261。
② (明)叶向高等:《明神宗实录》卷 335。
③ (明)叶向高等:《明神宗实录》卷 366。
④ (明)叶向高等:《明神宗实录》卷 383。
⑤ (明)叶向高等:《明神宗实录》卷 398。
⑥ (明)叶向高等:《明神宗实录》卷 411。

学"①。其卸任时间也有明确记载:"丁巳,升四川道御史左宗郢为南京太寺少卿添注,从其水土不服请也。"②著述有《麻姑山志》《景贤集》。

*57. 黄升(1610—1611在任)

字号不可考,河南睢州人,万历二十六年(1598)进士。万历三十八年(1610)闰三月"癸酉,复除御史黄升为山东道监察御史,提调北直隶学政"③。此后不久明廷又有一道任命:"起原任南直隶督学御史黄升仍补山东道,提督北直隶学政。"④然而其卸任时间仍不可考,应以下任提学出任该职时间为下限。

58. 陈宗契(1611—?)

字禊生,号景元,湖广衡阳人,万历二十九年(1601)进士。万历三十九年(1611)六月"辛卯,差御史陈宗器提督北直隶学政,熊廷弼提督南直隶学政"⑤。据《湖广通志》记载,"起督畿辅学政,以待母辞"⑥。说明陈宗契实际上可能并未到任或任职较短。著述有《醒耳吹》《陈禊生文集》。

59. 徐养量(1614—1618在任)

字京咸,湖广应城人。徐养量出任北直隶提学御史有明文记载,万历四十二年(1614)三月"己巳,以浙江道御史徐养量提督北直学政"⑦。其卸任也有相关记载,万历四十六年(1618)四月,"都察院题催两畿学臣梁州彦、周师旦以宾兴期逼,而旧学臣徐鉴、徐养量各俸满两考,推升候代也"⑧。说明此时南北直隶提学御史处在交接更替期。那么,徐养量卸任也就在此前后。徐氏督学有声,"拔取真才,人服藻鉴"⑨。

---

① (明)叶向高等:《明神宗实录》卷436。
② (明)叶向高等:《明神宗实录》卷469。
③ 同上。
④ (明)叶向高等:《明神宗实录》卷470。
⑤ (明)叶向高等:《明神宗实录》卷484。
⑥ (清)迈柱等:《湖广通志》卷55。
⑦ (明)叶向高等:《明神宗实录》卷518。
⑧ (明)叶向高等:《明神宗实录》卷568。
⑨ (清)迈柱等:《湖广通志》卷53。

60. 梁州彦(1618—?)

字号不可考,河南固始人,万历二十九年(1601)进士。梁州彦出任北直隶提学御史有明文记载,万历四十六年(1618)闰四月"庚申,以福建道御史梁州彦为北直提学御史,浙江道御史周师旦为南直提学御史"①。但是仅仅月余,梁州彦即因病辞职卸任:"辛丑,北直提学御史梁州彦患病,准回籍调理。以江西道御史李征仪改补提学御史。"②

61. 李征仪(1618—1619 在任)

字于来,南直隶广德人,万历二十九年(1601)进士。梁州彦因病辞职之时,明廷以李征仪接替其担任北直隶提学,故时间也是在万历四十六年(1618)五月。万历四十七年(1619年)八月,"升户科都给事中官应震为太常寺少卿,御史冯嘉会为太仆寺少卿,李征仪为大理寺左寺丞"③。因此卸任。

62. 卢谦(1620—1621 在任)

字吉甫,南直隶庐江人,万历三十二年(1604)进士。卢谦出任北直隶提学有明文记载,万历四十八年(1620)七月,"遣河南道御史卢谦提督北直隶学政"④。其卸任是在天启元年(1621)二月,"提调学政、巡按直隶御史卢谦以病告,部覆许之"⑤。

(八)熹宗时期

63. 左光斗(1621—1623 在任)

字遗直,一字拱之,共之,号浮丘,又号苍屿,南直隶桐城人,万历三十五年(1607)进士。天启元年(1621)闰二月"乙亥,命御史左光斗提督北直隶学政,御史彭宗孟巡视京营"⑥。显然左光斗是接替卢谦出任北直隶提学。《明熹宗

---

① (明)叶向高等:《明神宗实录》卷 569。
② (明)叶向高等:《明神宗实录》卷 570。
③ (明)叶向高等:《明神宗实录》卷 585。
④ (明)叶向高等:《明神宗实录》卷 596。
⑤ (明)温体仁等:《明熹宗实录》卷 6。
⑥ (明)温体仁等:《明熹宗实录》卷 7。

实录》记载其卸任之事:天启三年(1623)三月,"升顺天提学御史左光斗为大理寺右寺丞"①。著述有《左忠毅公集》。

64. 马鸣起(1623—1626 在任)

字伯龙,福建龙溪人,万历三十八年(1610)进士。马鸣起出任北直隶提学御史有明文记载,天启三年(1623)七月,"命湖广道御史马鸣起提督顺天等府学政"②。天启六年(1626)二月,"升湖广道御史马鸣起为浙江右参政,分巡温处"③。马鸣起也因此卸任北直隶提学御史。

65. 李蕃(1626—1627 在任)

字号不可考,山东日照人,万历四十一年(1613)进士,魏忠贤心腹。天启六年(1626)三月,"以广东道御史李蕃为北直提学御史"④。其卸任时间不可考,但是天启七年(1627)五月李蕃与户部尚书黄运泰、巡抚保定张凤翼一起上书为魏忠贤建生祠,则说明他仍在任。但在稍后不久下一任北直隶提学任命时间前后其卸任的可能性大。

66. 周昌晋(1627—?)

字号不可考,浙江鄞县人,万历四十一年(1613)进士。提学御史,督学事迹不可考。

(九)思宗时期

67. 陈纯德(1643—1644 在任)

字静生,湖广零陵人,崇祯十三年(1640)进士,崇祯十六年(1643)督学京畿。明朝覆亡,自杀。

---

① (明)温体仁等:《明熹宗实录》卷32。
② (明)温体仁等:《明熹宗实录》卷36。
③ (明)温体仁等:《明熹宗实录》卷68。
④ (明)温体仁等:《明熹宗实录》卷69。

二、南直隶提学简考

（一）英宗时期（含代宗）

1. 彭勖（1436—1443 在任）

字祖期，江西永丰人，永乐十三年（1415）进士。正统元年（1436）五月，英宗添设提学官时，彭勖由福建建宁府学教授被选拔为首批提学官，督学南直隶。据《英宗实录》记载，正统十年（1445）八月"己酉，升监察御史彭勖为吏部考功司郎中，京卫武学教授纪振为员外郎"①。这似乎应该是彭勖卸任提学时间，但是之前已有关于北直隶提学的任命，因此应以下任提学任职时间为彭勖卸任时间下限。彭勖督学南直隶颇有政绩："详立教条，士风大振。又请设南京诸卫武学。所至葺治先贤坟祠。"②著述有《书传通释》《读书要法》等。

2. 孙鼎（1443—1450 在任）

字宜铉，江西庐陵人，永乐十二年（1414）举人。据《英宗实录》记载，正统八年（1443）五月，"升……河南府学教授孙鼎为监察御史，提调南直隶学校"③。其卸任时间没有明文记载，但是《大清一统志》有文记述，"英宗北狩，上书请随所用效死。不报，以亲老致仕"④。说明孙鼎于景泰元年（1450）辞职卸任。孙鼎督学公正严明，"教士务先德行，请托者无所措手"⑤，"取人先德行而后文艺"⑥。著述有《新编诗义集说》。

3. 叶恋（1455—?）

字峻甫，福建莆田人，景泰二年（1451）进士。叶恋出任南直隶提学御史有明文记载，景泰六年（1455）十一月"乙亥，命监察御史叶恋、张鉴提督南北军直

---

① （明）李贤等：《明英宗实录》卷 132。
② （清）谢旻等：《江西通志》卷 77。
③ （明）李贤等：《明英宗实录》卷 104。
④ （清）和珅等：《大清一统志》卷 250。
⑤ 同上。
⑥ （明）李贤等：《明一统志》卷 56。

隶学校"①。其卸任时间暂不可考。"提督南畿学校,居官廉静,家甚清贫。"②

4. 严淦(1461—1467 在任)

号纯庵,福建莆田人,景泰五年(1454)进士。天顺五年(1461)十一月"庚申,命监察御史严淦、陈政于南北直隶提调学校"③。又据《宪宗实录》记载,成化二年十二月"己亥,升监察御史严淦为浙江按察司副使,仍提调南直隶学校"④。其卸任则是在成化三年(1467)八月,"调浙江按察司副使严淦于湖广,抚荆襄流民"⑤。至此严淦应该正式卸任南直隶提学御史。

(二) 宪宗时期

5. 陈选(1467—1470 在任)

字士贤,号克庵,浙江临海人,天顺四年(1460)进士。据《宪宗实录》记载,成化六年(1470)秋七月,"升……监察御史陈选俱为河南按察司副使"⑥。这是陈选卸任南直隶提学御史时间,其出任该职时间不可考,从其仕宦履历来看,接替严淦出任提学的可能性较大。陈选督学南直隶,颇有政绩:"已,督学南畿,颁冠、婚、祭、射仪于学宫,令诸生以时肄之。作《小学集注》以教诸生。按部常止宿学宫,夜巡两庑,察诸生诵读,除试牍糊名之陋,曰:'己不自信,何以信于人。'"⑦著述有《小学句读》六卷,另有《恭愍公遗稿》。

*6. 薛纲(1470—1473?)

字之纲,浙江山阴人,天顺八年(1464)进士。《浙江通志》记载薛纲履历:"天顺八年进士,拜御史巡按陕西,督南畿、湖广学政。"⑧据《宪宗实录》记载,成化二年(1466)三月,薛纲即出任南京监察御史。而他督学湖广是在成化十

---

① (明)李贤等:《明英宗实录》卷260。
② (清)郝玉麟等:《福建通志》卷36。
③ (明)李贤等:《明英宗实录》卷334。
④ (明)刘吉等:《明宪宗实录》卷37。
⑤ (明)刘吉等:《明宪宗实录》卷45。
⑥ (明)刘吉等:《明宪宗实录》卷81。
⑦ (清)张廷玉等:《明史》卷161。
⑧ (清)嵇曾筠等:《浙江通志》卷180。

四年(1478),也就是说成化二年至十四年之间,薛纲都有可能督学南直隶。从前一任提学陈选卸任南直隶提学的时间来看,薛纲接替其出任该职的可能性较大,也更为合理。而根据《宪宗实录》记载,成化十三年(1477)薛纲以御史盘查边粮,也就说明薛纲实际上并不是从南直隶提学御史任上改任湖广提学。也就是说尽管薛纲仍旧担任御史,但至少在成化十三年(1477)前他已经卸任南直隶提学御史之职。据《万姓统谱》记载,薛纲"奉敕督学南畿,学政振举,有声望。擢湖广副使,督学如初"①。著述有《三湘集》。

*7. 戴珊(1474?—1478在任)

字廷珍,江西浮梁人,天顺八年(1464)进士。成化六年(1470)八月"甲寅,实授试监察御史戴珊为监察御史"②。戴珊刚授监察御史出任提学御史的可能性不大,他应该在薛纲之后出任南直隶提学御史一职。其卸任时间则有明文记载,成化十四年(1478)九月,"升监察御史戴珊为陕西按察司副使提调学校"③。

*8. 娄谦(1478—1484在任)

字克让,江西上饶人,成化二年(1466)进士。娄谦接替戴珊出任南直隶提学御史有明文记载,成化十四年(1478)冬十月,"命监察御史娄谦提调南直隶学校"④。从时间上来看,娄谦正是接替戴珊出任南直隶提学。其卸任时间也有明文记载,成化二十年(1484)五月,"升监察御史娄谦为陕西按察司副使,提调学校"⑤。但是考虑到下任提学实际上在成化十九年(1483)七月已经有任命,故此娄谦卸任南直隶提学的时间需要提前。娄谦督学有声:"尝督南畿、陕西学政,以躬行实践为教,士类风动。"⑥

9. 司马垔(1483—1489在任)

字伯通,浙江山阴人,成化八年(1472)进士。司马垔出任南直隶提学有明

---

① (明)凌迪知:《万姓统谱》卷118。
② (明)刘吉等:《明宪宗实录》卷82。
③ (明)刘吉等:《明宪宗实录》卷182。
④ (明)刘吉等:《明宪宗实录》卷183。
⑤ (明)刘吉等:《明宪宗实录》卷252。
⑥ (清)谢旻等:《江西通志》卷86。

文记载,成化十九年(1483)秋七月,明廷"命监察御史司马垔提调南直隶学校"①。其卸任《孝宗实录》有明确记载,弘治二年(1489)五月,"升监察御史司马垔为福建按察司副使,巡视海道"②。司马垔任上曾上书建议拆毁天下寺观,又建议孝宗皇帝推崇儒学。督学以公允善鉴著称,"考文序士,无锱铢失平"③。

(三) 孝宗时期

10. 王鉴之(1489—1493 在任)

字明仲,号远斋,浙江山阴人,成化十四年(1478年)进士。弘治二年(1489)六月"庚子,命监察御史王鉴之提督南直隶学校"④。其卸任时间《孝宗实录》也有明文记载,弘治六年(1493)七月,"升大理寺右寺丞王嵩为本寺左寺丞,监察御史王鉴之为大理寺右寺丞"⑤。"督南畿学政,士咸畏而爱之。"⑥

11. 林瑭(1493—1501 在任)

字廷玉,福建侯官人,成化十七年(1481)进士。弘治六年(1493)八月,"命监察御史林瑭提调南直隶学校"。其卸任时间不可考,据《闽中理学渊源考》可知,林瑭病卒于任上,因此以下任提学任职时间为其卸任时间下限。林瑭出任南直隶督学深受士子拥戴,备受推崇:"转督学南畿,一时学者相庆得师。"⑦

*12. 陈琳(1501—1506 在任)

字玉畴,福建莆田人,弘治九年(1496)进士。陈琳出任南直隶提学御史有明文记载,弘治十四年(1501)六月,"命监察御史陈琳提调南直隶学校"⑧。正德元年(1506)十二月,刘瑾当道,陈琳因谏言挽留大学士谢迁等人得罪贬职,

---

① (明)刘吉等:《明宪宗实录》卷 242。
② (明)李东阳等:《明孝宗实录》卷 26。
③ (清)嵇曾筠等:《浙江通志》卷 180。
④ (明)李东阳等:《明孝宗实录》卷 27。
⑤ (明)李东阳等:《明孝宗实录》卷 78。
⑥ (清)嵇曾筠等:《浙江通志》卷 191。
⑦ (清)李清馥:《闽中理学渊源考》卷 43。
⑧ (明)李东阳等:《明孝宗实录》卷 175。

"降监察御史陈琳为广东揭阳县县丞"①。

(四) 武宗时期

*13. 黄如金(1508?—1514在任)

字希武,福建莆田人,弘治十七年(1504)年解元,弘治十八年(1505)年进士。黄如金出任南直隶提学没有明确记载,但是《武宗实录》却有其督学活动的相关记载,正德十二年(1517)八月,"命立祠祀烈女何氏。何氏泗州人,年十六,其父母鬻之倡家。有欲犯之者,何不可,乃自刎而死。提学御史黄如金请为立祠,许之"②。正德十二年林有孚正在提学任上,黄如金不可能仍为南直隶提学。这应该是记载过往之事导致的时间误差。而实际上黄如金提学南畿应在正德六年左右。《江南通志》记载文庙修建的历史:"正德六年提学御史黄如金易天宁寺地改建,即今址。"③实际上,正德九年(1514)二月,黄如金已经不再担任御史,"升四川道监察御史黄如金为广西按察司副使"④。这恰与接任者张璿出任南直隶提学的时间吻合。所以黄如金很可能是以四川监察御史提督南直隶学政。而黄如金出任四川道监察御史则是在正德二年冬十月以后的事情,故此,这一段时间之内很可能就是黄如金督学南直隶的时间范围。

14. 张璿(1514—1515在任)

字仲斋,北直隶晋州人,正德三年(1508)进士。张璿出任南直隶提学御史有明文记载,正德九年(1514)二月,"命浙江道监察御史张璿提调南直隶学校"⑤。其卸任时间该书也有记载,正德十年(1515)十一月,"升大理寺右寺丞吴祺为左寺丞,浙江道监察御史张璿为右寺丞"⑥。著述有《家藏集》。

15. 张鳌山(1515—1517在任)

字汝立,号石盘、南轩,江西安福人,正德六年(1511)进士。在张璿卸任南

---

① (明)杨廷和等:《明武宗实录》卷20。
② (明)杨廷和等:《明武宗实录》卷152。
③ (清)赵宏恩等:《江南通志》卷89。
④ (明)杨廷和等:《明武宗实录》卷109。
⑤ 同上。
⑥ (明)杨廷和等:《明武宗实录》卷131。

直隶提学御史的正德十年(1515)十一月,明廷"命监察御史张鳌山提调南直隶学校"①。因此张鳌山正是接替张璿而出任南直隶提学。张鳌山于正德十一年(1516)曾修建九峰书院。其卸任则在正德十二年(1517)正月因丁忧归。督学南畿,"知人,好奖拔,雅尚艺文,兴起古学,以鲠直为忌者所诬,落职"②。著述有《南松堂稿》。

16. 林有孚(1517—1520,1524—1526 在任)

字汝吉,福建莆田人,正德六年(1511)进士。正德十二年(1517)六月"辛酉,命山东道监察御史林有孚提调南畿学校"③。其卸任则是在正德十五年(1520),罢职而归。林有孚第二次出任南直隶提学是在嘉靖三年(1524)九月,"复除山西道监察御史林有孚原职,命提督南直隶学校"④。卸任则是在嘉靖五年(1526)十一月"乙未,升山东道御史林有孚南京大理寺右寺丞"⑤。

*17. 萧鸣凤(1520—1523 在任)

字子邕,号静庵,浙江山阴人,正德九年(1514)进士。萧鸣凤出任南直隶提学御史有明文记载,正德十五年(1520)二月,明廷"命御史周宣于北直隶,萧鸣凤于南直隶,俱提调学校"⑥。其卸任则是在嘉靖二年(1523)闰四月,"升河南道御史萧鸣凤为河南按察司副使,提督学校"⑦。萧鸣凤督学有声,"提学南京,课士先德行而后文艺,士服其教,有陈泰山,萧北斗之谣。陈谓前提学陈选也"⑧。著述有《静庵文录》。

(五)世宗时期

18. 卢焕(1527—?)

字号不可考,河南光山人,正德十六年(1521)进士。据《世宗实录》记载,

---

① (明)杨廷和等:《明武宗实录》卷 131。
② (明)凌迪知:《万姓统谱》卷 40。
③ (明)杨廷和等:《明武宗实录》卷 150。
④ (明)徐阶等:《明世宗实录》卷 43。
⑤ (明)徐阶等:《明世宗实录》卷 70。
⑥ (明)杨廷和等:《明武宗实录》卷 183。
⑦ (明)徐阶等:《明世宗实录》卷 26。
⑧ (清)嵇曾筠等:《浙江通志》卷 176。

嘉靖六年(1527)九月,"署都察院事、兵部左侍郎张璁考察各道不职御史共十二人"。其中卢焕处以"不谨闲住"。而实际上卢氏出任南直隶提学时间并不久。

19. 刘隅(1527—?)

字叔正,山东东阿人,嘉靖二年(1523)进士。嘉靖十年(1531)四月,嘉靖皇帝曾亲自撰写敬一箴、心箴等颁赐天下学校,要求提学官建亭刻石竖碑。"已南直隶巡按刘谦亨奉旨勘报,先提学御史刘隅第令用木刊刻,额之学堂。后提学御史章衮至,即尝搬趣郡县,创造碑亭。寻以地方灾伤亦量议刻木,时衮已奉旨调外任矣,都察院覆参隅,充宜如储秀治罪。"①由文中内容可知,刘隅的确是章衮的前一任提学。督学时间应该在嘉靖六年(1527)之内。著述有《范东集》,《明诗综》录其诗作。

*20. 章衮(张衮)(1527—1531)

字汝明,江西临川人,嘉靖二年(1523)进士。据《世宗实录》记载,嘉靖六年(1527年)十月,礼部尚书桂鄂考察天下提学官,其中南直隶提学御史"张衮""任职如故"②。考察此人来历,嘉靖时期的确有张衮其人,但是他本人系南直隶常州府江阴人,后曾出任南京国子监祭酒,作为南直隶人氏张衮不可能出任南直隶提学御史。实际上,核查张衮仕宦履历也并无出任提学御史的经历。说明此处张衮应该是章衮之误。嘉靖十年(1531)正月,"提督学校御史章衮疏,言孔子祀典不宜去王号"③。结果被认为是"妄执偏见","对品调外任"。《江西通志》对其督学事迹略有记述:"督学南畿,狷介端严,请嘱不行,士习一时蹶兴。务讲求经济实学,痛黜词章之习。以劾左道乱政,讥刺时宰,左迁。相从讲学者益众。"④著述有《介庵先生文集》《随笔锁言》等。

21. 邱养浩(1531—?)

字以义,福建晋江人,正德十六年(1521年)进士。夏言曾在《南宫奏稿》

---

① (明)徐阶等:《明世宗实录》卷124。
② (明)徐阶等:《明世宗实录》卷81。
③ 同上。
④ (清)谢旻等:《江西通志》卷82。

里提到"南直隶岁贡生员朱思聪系原任提学御史丘养浩考送"①,而此文写作时间是在嘉靖十一年(1532)六月。因此说明嘉靖十年正月章衮去职之后,丘养浩应该接任。

22. 张相(1533—?)

字子良,山东临清州人,嘉靖五年(1526)进士。督学事迹不可考。《江南通志》将其列在邱养浩和闻人诠之间。说明其督学时间可能也在两任提学督学时间段之内。

23. 闻人诠(1533—1536在任)

字邦正,浙江余姚人,嘉靖五年(1526)进士。闻人诠出任南直隶提学御史有明文记载,嘉靖十二年(1533)五月,"命山西道御史闻人诠提调南直隶学校"②。其卸任时间不可考,应以下任提学任职时间为下限。曾上书建议嘉靖皇帝整饬天下文体,被朝廷采纳。据《浙江通志》记载:"为南京提学御史,校刻五经三礼、《旧唐书》行世。"③在任期间编撰《南畿志》,另有《芷兰集》。

24. 冯天驭(1536—1539,1544—1546在任)

字应房,号伯良,湖广蕲州人,嘉靖十四年(1535)进士。冯天驭首次出任南直隶提学御史有明文记载,嘉靖十五年(1536)闰十二月,"命陕西道监察御史冯天驭提调南直隶学校"④。其卸任时间暂不可考,且以下任提学任职时间为下限⑤。冯天驭第二次督学南畿是在嘉靖二十三年(1544)二月,明廷"命河南道御史冯天驭提调南直隶学校"⑥。第二次卸任南直隶提学则有明文记载,嘉靖二十五年(1546)七月,"升河南道监察御史冯天驭为大理寺右寺丞"⑦。

---

① (明)夏言:《南宫奏稿》卷1。
② (明)徐阶等:《明世宗实录》卷150。
③ (清)嵇曾筠等:《浙江通志》卷169。
④ (明)徐阶等:《明世宗实录》卷195。
⑤ 薛应旂《赠冯午山提学》一文称:"午山冯子提学南畿越三年,以疾告归。"据此判断,冯天驭卸任南直隶提学应在嘉靖十八年。
⑥ (明)徐阶等:《明世宗实录》卷283。
⑦ (明)徐阶等:《明世宗实录》卷313。

25. 杨宜(1540—1544 在任)

字伯时,号裁庵,北直隶衡水人,嘉靖二年(1523)进士。杨宜出任南直隶提学御史有明文记载,嘉靖十九年(1540)三月,"命河南道御史杨宜提调南直隶学校"①。其卸任则是在嘉靖二十三年(1544)二月,"升河南道御史杨宜为大理寺右寺丞"②。

26. 胡植(1546—1549 在任)

号象冈,江西南昌人,嘉靖十四年(1535)进士。嘉靖二十五年(1546)七月"丁丑,命广东道御史胡植提调南直隶学校",可见胡植正是接替冯天驭出任南直隶提学御史。其卸任时间《世宗实录》也有明确记载,嘉靖二十九年(1550)十一月"己未,升……湖广道御史胡植为大理寺右寺丞"③。但实际上下任提学已于嘉靖二十八年(1549)十二月到任,故胡植卸任南直隶提学时间应以此为准。

27. 黄洪毗(1549—1552 在任)

字协恭,福建莆田人,嘉靖十七年(1538)进士。黄洪毗出任南直隶提学有明文记载,嘉靖二十八年(1549)十二月"丙午,命监察御史黄洪毗提调南直隶学校"④。其卸任时间不可考,应以下任提学任职时间为下限。著述有《瞻云集存稿》《翠岩集》。

28. 赵镗(1552—1556 在任)

字仲声,浙江江山人,嘉靖二十六年(1547)进士。赵镗出任南直隶提学御史有明文记载,嘉靖三十一年(1552)三月"乙巳,河南道御史赵镗提调南直隶学校"⑤。其卸任河南道御史有明文记载,嘉靖四十年(1561)五月,"升……河南道御史赵镗为顺天府府丞"⑥。但是在此之前已有两任南直隶提学到任,说明赵镗早已卸任该职,其具体卸任时间应以下任提学任职时间为下限。《浙江

---

① (明)徐阶等:《明世宗实录》卷 235。
② (明)徐阶等:《明世宗实录》卷 283。
③ (明)徐阶等:《明世宗实录》卷 367。
④ (明)徐阶等:《明世宗实录》卷 355。
⑤ (明)徐阶等:《明世宗实录》卷 383。
⑥ (明)徐阶等:《明世宗实录》卷 496。

通志》称其"提督南畿学政,号称得士"①。著述有《留斋漫稿》《衢州府志》。

29. 吴遵(1556—?,1559—1561 在任)

字初泉,浙江海宁人,嘉靖二十六年(1547)进士。吴遵首次出任南直隶提学御史有明文记载,嘉靖三十五年(1556)六月,"命河南道御史吴遵提调南直隶学校"②。其卸任时间不可考,应是被稍后出任提学的周如斗替代。吴遵第二次出任南直隶提学也有明文记载,嘉靖三十八年(1559)九月"庚寅,命江西道御史吴遵提调南直隶学校"③。嘉靖四十年(1561)六月"己卯,升……江西道御史吴遵为光禄寺少卿,光禄寺寺丞徐应为尚宝司少卿"④。著述有《九芝堂集》。

30. 周如斗(1556—1559 在任)

字允文,浙江余姚人,嘉靖二十六年(1547)进士。周如斗出任南直隶提学御史有明文记载,嘉靖三十五年(1556)十月"丁酉,命江西道御史周如斗提调南直隶学校"⑤。其卸任之事《世宗实录》也有明确记载,嘉靖三十八年(1559)九月,"升江西道御史周如斗为大理寺右寺丞"⑥。

31. 周斯盛(1561—1562 在任)

字子才,陕西宁州人,嘉靖三十二年(1553)进士。周斯盛出任南直隶提学御史有明文记载,嘉靖四十年(1561)七月"戊戌,诏四川道御史周斯盛提调南直隶学校"⑦。然而次年二月,明廷即有改任:"庚辰,升工科右给事中邓栋、山东道御史陈瓒、四川道御史周斯盛俱为按察司副使。"⑧由此可知周斯盛因晋升山西副使而卸任南直隶提学御史。"督学南畿,简拔英才,抑绝刺竞,风教翕然。"⑨在提学任上撰有《山西通志》。

---

① (清)嵇曾筠等:《浙江通志》卷 161。
② (明)徐阶等:《明世宗实录》卷 436。
③ (明)徐阶等:《明世宗实录》卷 476。
④ (明)徐阶等:《明世宗实录》卷 498。
⑤ (明)徐阶等:《明世宗实录》卷 440。
⑥ (明)徐阶等:《明世宗实录》卷 476。
⑦ (明)徐阶等:《明世宗实录》卷 499。
⑧ (明)徐阶等:《明世宗实录》卷 506。
⑨ (清)许容等:《甘肃通志》卷 35。

32. 耿定向(1562—1567 在任)

字在伦,湖广麻城人,嘉靖三十五年(1556)进士。耿定向出任南直隶提学有明文记载,嘉靖四十一年(1562)三月,"命云南道御史耿定向提调南直隶学校"①。其卸任则是在隆庆元年(1567)七月,"升大理寺右寺丞海瑞为左寺丞,云南道御史耿定向为大理寺右寺丞"②。著述有《耿定向集》。

(六) 穆宗时期

* 33. 周弘祖(1567—1569 在任)

字儆凡,号石崖,湖广麻城人,嘉靖三十八年(1559)进士。周弘祖出任南直隶提学御史有明确记载,隆庆元年(1567)八月,"命广东道御史周弘祖提调南直隶学校"③。周弘祖于隆庆二年(1568)七月,"奏正士风五事"。其卸任是在隆庆三年(1569)正月,"升……江西道御史周弘祖为按察司副使……弘祖福建,仍提调学校"④。

34. 周禧(1570—1571 在任)

字子吉,号乾明,湖广蕲州人,嘉靖四十一年(1562)进士。据《穆宗实录》记载,隆庆四年(1570)十一月,明廷"命广东道监察御史周禧提调南直隶学校"⑤。其卸任时间暂不可考,应以下任提学任职时间为下限。

35. 谢廷杰(1572—1574 在任)

字宗圣,江西新建人,嘉靖三十八年(1559)进士。隆庆六年(1572)九月,"差浙江道御史谢廷杰提调南直隶学政"。其卸任之事,《神宗实录》有明确记载,万历二年(1574)三月"甲申,升大理寺右寺丞王廷瞻为本寺左寺丞,南直隶提督学政浙江道御史谢廷杰为大理寺右寺丞"⑥。徐阶评价其为政"崇节义,

---

① (明)徐阶等:《明世宗实录》卷 507。
② (明)于慎行等:《明穆宗实录》卷 10。
③ (明)于慎行等:《明穆宗实录》卷 11。
④ (明)于慎行等:《明穆宗实录》卷 28。
⑤ (明)于慎行等:《明穆宗实录》卷 51。
⑥ (明)叶向高等:《明神宗实录》卷 23。

育人才,立保甲,厚风俗,动以王公为师"①。著述有《两浙海防类考》。

(七) 神宗时期

36. 李辅(1574—1576 在任)

字子卿,江西进贤人,嘉靖三十八年(1610)进士。万历二年(1574)三月"戊子,差河南道御史李辅提调南直隶学政"。显然,李辅是接替谢廷杰出任南直隶提学御史。李辅卸任时间暂不可考,应以下任提学任职时间为下限。"万历初督学南直,行部不携胥史,弊蠹一清。"②

37. 褚鈇(1576—1577 在任)

字民威,山西太原人,嘉靖四十四年(1565)进士。万历五年(1577)九月,"升大理寺右寺丞傅孟春为左寺丞,南直隶提学御史褚鈇为大理寺右寺丞"③。这应是褚鈇卸任南直隶提学御史的时间。万历四年(1576)七月,褚鈇以提学御史的身份言事,说明此时他已经在任。

38. 李学诗(1579—1580 在任)

字正夫,山东平度州人,嘉靖四十四年(1565)进士。李学诗出任南直隶提学御史有明文记载,万历七年(1579)五月,"以江西道御史李学诗为直隶提学"④。其卸任时间暂不可考,但是李学诗在万历八年(1580)九月由大理寺右寺丞晋升为左寺丞,说明他此前应该已经卸任。著述有《桃花洞集》。

39. 李时成(1581—1583?)

字号不可考,湖广蕲州人,隆庆五年(1571)进士。万历十年(1582)九月,明廷考察天下提学官,"叙南直隶李时成,北直隶朱瑄,浙江刘东星,河南王象坤、王鼎爵,山西陆檄,江西孙代,广东刘应麟,陕西王世懋等九员"⑤。说明此时李时成已经在任。其卸任时间应以下任提学任职时间为下限。

---

① (清)承霈等:《同治新建县志》卷41。
② (清)谢旻等:《江西通志》卷69。
③ (明)叶向高等:《明神宗实录》卷67。
④ (明)叶向高等:《明神宗实录》卷87。
⑤ (明)叶向高等:《明神宗实录》卷128。

*40. 王国(1583—1585 在任)

字子桢,陕西耀州人,万历五年(1577)进士。万历十一年(1583)正月"己未,以御史罗应鹤提督北直隶学政,王国提督南直隶学政"。王国卸任时间不可考,然而其卸任御史之事有明文记载,万历十五年(1587)二月,"升御史马允登、王国俱为副使,姚士观、谭耀俱知府。允登山东,国四川,士观音州府,耀延平府"①。但是其卸任提学之时应以下任提学(房寰)出任该职时间为下限。

41. 房寰(1585—1586 在任)

字心宇,浙江德清人,隆庆二年(1568)进士。房寰出任南直隶提学有明文记载,万历十二年(1584)五月"癸未,以河南道御史房寰提督南直隶学政"②。房寰于万历十四年(1586)十月迁江西副使而卸任。

*42. 詹事讲(1586—1590 在任)

字明甫,别号养贞,江西乐安人,万历五年(1577)进士。据《神宗实录》记载,万历十四年(1586)十月,以詹事讲为河南监察御史提调南直隶学政。其卸任时间不可考,万历十八年(1590)十二月,明廷"除补原任南直隶提学御史詹事讲为河南道御史"③。那么在此之前詹事讲显然已经卸任。

43. 马象乾(1591—1594?)

字体良,本姓曾,广东连州人,万历五年(1577)进士。马象乾出任南直隶提学御史有明文记载,万历十九年(1591)八月"壬戌,以河南道御史马象乾提督南直隶学校"④。其卸任时间没有明确记载,应以下任提学任职时间为下限。马象乾督学有声,据《广东通志》记载:"转南京学政,首拔朱之蕃,顾起元,后俱抡元。"⑤

44. 陈子贞(1594—1601 在任)

字成之,号不可考,江西南昌人,万历八年(1580)进士。陈子贞出任南直

---

① (明)叶向高等:《明神宗实录》卷183。
② (明)叶向高等:《明神宗实录》卷149。
③ (明)叶向高等:《明神宗实录》卷230。
④ (明)叶向高等:《明神宗实录》卷239。
⑤ (清)郝玉麟等:《广东通志》卷46。

隶提学御史有明文记载,万历二十二年(1594)九月,明廷"差御史陈子贞提督南直隶学政"①。其卸任则在万历二十九年(1601)二月,明廷"升福建道御史陈子贞为太仆寺少卿"②。陈子贞督学南畿相关事迹,《明朝分省人物考》有相关记载:"约言十二条,简而尽。阄毕经、解木横杀二生于水,力争正法。请教职不受他直指,综核又以师严而后道。尊教官,侍讲必坐听。……居七载三试十四郡,所积米廪赎锾数万,悉以养士。擢太仆少卿,去诸郡邑无不祠祀之。"③

45. 赵之翰(1601—1603 在任)

字子方,号荩庵,陕西邠州人,万历二十二年(1594)进士。万历二十九年(1601)三月"丁卯,以河南道御史赵之翰为南直隶提学御史"④。其卸任时间不可考,以下任提学出任该职时间为下限。

46. 杨宏科(1603—1605 在任)

字意白,浙江余姚人,万历十四年(1586)进士。据《神宗实录》记载,万历三十一年(1603)九月,"差御史杨宏科南直隶提督学政"⑤。该书也记载其卸任御史之事:万历三十五年(1607)六月"庚寅,升御史杨宏科为大理右寺丞"⑥。但是在此之前杨宏科可能已经卸任提学御史之职,应参考下任提学任职情况。

*47. 黄升(1605—1607?)

字号不可考,河南睢州人。黄升出任南直隶提学御史有明文记载,万历三十三年(1605 年)四月,"改命陕西巡按御史黄升提督南直隶等处学政"⑦。黄升卸任南直隶提学没有明文记载,但是万历三十八年(1610)闰三月"癸酉复除御史黄升为山东道监察御史提调北直隶学政"⑧。因此,黄升此前卸任则很可

---

① (明)叶向高等:《明神宗实录》卷 277。
② (明)叶向高等:《明神宗实录》卷 356。
③ (明)过庭训:《明朝分省人物考》(第三册),广陵书社,2015 年,第 1348—1349 页。
④ (明)叶向高等:《明神宗实录》卷 357。
⑤ (明)叶向高等:《明神宗实录》卷 388。
⑥ (明)叶向高等:《明神宗实录》卷 435。
⑦ (明)叶向高等:《明神宗实录》卷 408。
⑧ (明)叶向高等:《明神宗实录》卷 469。

能是在三年前的万历三十五年(1607)左右。

48. 杨廷筠(1607? —1609)

字作坚,浙江仁和人,万历二十三年(1595)进士。据《神宗实录》记载,万历三十七年(1609)正月,"出户科给事中江灏为浙江参议,南直隶提学副使杨筠廷为江西副使"①。说明此前杨廷筠担任南直隶提学一职。暂以前任提学卸任时间为其出任该职时间。著述有《读史评》等。

49. 史学迁(1609—1610?)

字惟良,山西翼城人,万历二十年(1592)进士。据《神宗实录》记载,万历三十七年(1609)四月,"以云南道御史史学迁为南直隶提学御史"②。其卸任时间暂不可考,应以下任提学出任该职时间为下限。

50. 王基洪(1610—1611 在任)

字号不可考,山西襄垣人,万历二十九年(1601)进士。万历三十八年(1610)闰三月,"命江西道御史王基洪为南京提学御史"③。其卸任时间亦不可考,应以下任提学出任该职时间为下限。

51. 熊廷弼(1611—1612 在任)

字飞百,一字芝岗,湖广江夏人,万历二十六年(1598)进士。熊廷弼出任南直隶提学御史有明文记载,万历三十九年(1611)六月"辛卯差御史陈宗器提督北直隶学政熊廷弼提督南直隶学政"④。其卸任时间不可考,应以下任提学任职时间为限。而据《江南通志》记载,江宁府试院"(万历)四十年督学熊廷弼复因旧基重建"⑤。由此说明万历四十年(1612)熊廷弼的确依旧在任。"辛亥,督学南畿,衡鉴精敏,拔寒士,斥要津。"⑥著述有《性气集》。

52. 吕图南(1612—1613 在任)

字尔博,福建南安人,万历二十六年(1598)进士。吕图南出任南直隶提学

---

① (明)叶向高等:《明神宗实录》卷454。此处"杨筠廷"应是"杨廷筠"之误。
② (明)叶向高等:《明神宗实录》卷457。
③ (明)叶向高等:《明神宗实录》卷469。
④ (明)叶向高等:《明神宗实录》卷484。
⑤ (清)赵宏恩等:《江南通志》卷91。
⑥ (清)迈柱等:《湖广通志》卷47。

御史时间不可考。据《神宗实录》记载,万历四十一年(1613年)四月,"初御史吕图南以浙江巡按改南直隶学差,科臣周永春疏论图南绵弱不胜其任,宜救部院另行推举。给事中丘懋炜、御史陈一元、王命璇与永春互相纠驳。图南竟谢病,缴敕印去"①。据考,万历四十年(1612)十月,吕图南才出任浙江监察御史,因此他改任南直隶提学御史的时间最早也只能在万历四十年之内。著述有《壁观堂集》。

53. 房壮丽(1614—1618)八府三州

54. 王以宁(1614—1617)六府徐州

房壮丽,字威甫,号素中,北直隶保定安州人,万历二十三年(1595)进士。王以宁,字桢甫,浙江会稽人,万历二十六年(1598)进士。据《神宗实录》记载,万历四十二年(1614)三月,"以湖广道御史房壮丽提督庐凤连应安六府滁和广三州学政,以广东道御史王以宁提督淮扬连常镇四府徐州一州学政"②。这是南直隶学政添设提学官员分别督学的开始,因此将二人同时并列。房壮丽于万历四十六年(1618)因迁大理寺丞而卸任,王以宁因晋升为福建参政而卸任。但是两人具体卸任时间均需以其接任提学任职时间为准。

55. 骆骎曾(1617—1618在任)六府徐州

字象先,浙江武康人,万历二十六年(1598)进士。万历四十五年(1617)五月,"差江西道御史骆骎曾提督淮扬学政"③。万历四十六年(1618)六月,考满复职。

56. 周师旦(1618—1621)八府三州

字句□,湖广应城人,万历二十九年(1601)进士。周师旦出任南直隶提学御史有明文记载,万历四十六年(1618)闰四月,"浙江道御史周师旦为南直提

---

① (明)叶向高等:《明神宗实录》卷507。
② (明)叶向高等:《明神宗实录》卷518。"庐凤连应安六府滁和广三州"即庐州府、凤阳府、应天府、安庆府、宁国府、太平府、池州府、徽州府,外加滁州、和州、广德州三直隶州。以下简称八府三州;"淮扬连常镇四府徐州"即淮安府、扬州府、常州府、镇江府、苏州府、松江府,外加徐州,以下简称六府徐州。
③ (明)叶向高等:《明神宗实录》卷557。

学御史"①。其卸任也有明文记载,天启元年(1621)四月,"升提学御史周师旦为大理寺左寺丞"②。

57. 毛一鹭(1620—1622 在任)六府徐州

字序卿,号孺初,浙江遂安人,万历三十二年(1604)进士。毛一鹭出任南直隶提学御史有明文记载,万历四十八年(1620)二月"己巳,遣广东道御史毛一鹭提督苏松等处学政"③。毛一鹭对学政曾有建议,《明熹宗实录》有相关记述:天启元年(1621)十一月,"直隶提督学政御史毛一鹭题,礼部覆准:副榜凡增附准补廪,廪准监,监准贡,然以廪入监无异铜臭。乞俱准贡或另立副榜。监一例以优之。又副榜真可入彀者,亦少。宜令主考分备中路,赏为两项,精选严收。两直隶不过五十名,大省三十名,余照省递减,下礼部"④。其卸任则在天启二年(1622年)七月,"升……御史毛一鹭为大理寺右寺丞"⑤。著述有《遂安县志》。

(八)熹宗时期

58. 过庭训(1622—?)八府三州

字尔韬,号成山,浙江平湖人,万历三十二年(1604)进士。天启二年(1622)三月"丁未,都察院左都御史邹元标疏参南京提学御史过庭训及河南道御史潘汝祯。言庭训六年考满,例应考察,下河南道查核。而汝祯考语有岳峙渊涵金和玉节语,以颂先圣者,颂廷训"⑥。邹元标认为考核官对过庭训褒奖过度,朝廷也支持了他的说法。因此,过庭训此后停职,天启六年(1626)十二月才出任应天府丞。著述有《明代分省人物考》。

59. 易应昌(1622—1623)八府三州

60. 孙之益(1622—1623)六府徐州

易应昌,字瑞芝,江西临川人,万历三十五年(1607)进士。孙之益,字六

---

① (明)叶向高等:《明神宗实录》卷 569。
② (明)温体仁等:《明熹宗实录》卷 9。
③ (明)叶向高等:《明神宗实录》卷 591。
④ (明)温体仁等:《明熹宗实录》卷 16。
⑤ (明)温体仁等:《明熹宗实录》卷 24。
⑥ (明)温体仁等:《明熹宗实录》卷 20。

吉,四川邛州人,万历三十五年(1607)进士。据《明熹宗实录》记载,天启二年(1622年)八月,"以应天巡按易应昌提督应安等处学政,孙之益淮扬等处学政"①。这是明廷第二次同时任命南直隶两处提学御史。易应昌卸任御史有明文记载,天启三年(1623)四月,"升四川道御史杨鹤为大理寺左寺丞,河南道御史易应昌为右寺丞"②。孙之益督学有声,得到朝廷认可,"三吴学臣孙之益,崇雅黜浮,力挽嚣凌之习"③。天启三年(1623)六月,晋升为太仆寺少卿而卸任。

61. 萧毅中(1623—?)八府三州

字元恒,湖广公安人,万历三十五年(1607)进士。天启三年(1623)五月,"遣御史萧毅中提督庐凤等处学政"④。从时间上来看,萧毅中正是接替孙应昌出任南直隶提学御史。然而稍后不久他就因为晋升为大理寺寺丞而离任。

62. 贾继春(1625—1627在任)八府三州

字号不可考,河南新乡人,万历三十八年(1610)进士。天启五年(1625)九月,"改湖广道御史贾继春为应安等处提学御史"⑤。天启七年(1627)三月上书言事,说明其仍在任。稍后迁右佥都御史。

63. 陆世科(1627—?)六府徐州

字从先,浙江鄞县人,万历三十五年(1607)进士。天启七年(1627)三月,"勒山东道御史陆世科闲住,因推苏松督学以久系门户,斥也"⑥。据此可知,实际上陆世科并未上任。

64. 曾谷(1627—?)八府三州

字号、籍贯均不可考。据《崇祯长编》卷四记载:"江西道御史周昌晋提督直隶学政,湖广道御史曾谷提督南京庐凤等处学政。"⑦可知天启七年(1627)十二月由湖广监察御史改任。其人及督学事迹不可考。

---

① (明)温体仁等:《明熹宗实录》卷25。
② (明)温体仁等:《明熹宗实录》卷33。
③ (明)温体仁等:《明熹宗实录》卷42。
④ (明)温体仁等:《明熹宗实录》卷34。
⑤ (明)温体仁等:《明熹宗实录》卷63。
⑥ (明)温体仁等:《明熹宗实录》卷82。
⑦ (清)汪楫:《崇祯长编》卷4。

65. 周邦基(1627?)

字号不可考,湖广麻城人,万历四十一年(1613)进士。《江南通志》将其列为天启年间提学御史,事迹不可考。

66. 陈保泰(1627—1628 在任)六府徐州

字子儆,福建惠安人,万历四十一年(1613)进士。天启七年(1627)三月"命浙江道御史陈保泰提督苏松等处学政"①。崇祯元年(1628)六月被弹劾罢免而卸任。

67. 李懋芳(1628—1632 在任)八府三州

字国华,号玉完,浙江上虞人,万历四十一年(1613)进士。李懋芳于崇祯元年(1628)十一月由山东道御史改任南直隶提学,直到崇祯五年(1632)迁应天府府丞而卸任。

(九) 思宗时期

68. 蔡国用(1628 在任)六府徐州

字正甫,号静原,江西金溪人,万历三十八年(1610)进士。蔡国用于崇祯元年(1628)十一月曾出任南直隶提学御史,但不久即卸任。

69. 霍镆(1628—1631 在任)六府徐州

字中明,山西马邑人,万历四十四年(1616)进士。霍镆于崇祯元年(1628)八月由御史改任南直隶提学御史,崇祯四年(1631)八月因晋升顺天府府丞而卸任。"崇祯初,起补原官,仍督直隶学政。有疏请正人心,端士习,凡七款。"②著述有《虞邱案牍》《两河宪檄》《兰台督学奏议》《两河畿辅造士录》《校士气先录》等。

70. 甘学阔(1631—1633—?)六府徐州

字用广,号宏元,四川邻水人,万历四十七年(1619)进士。甘学阔于崇祯四年十月接替霍镆出任南直隶提学御史,卸任时间不可考。《吴中水利全书》有相关记载:"(崇祯六年期间)提督苏松等府学政、监察御史甘学阔,常镇兵备兼水

---

① (明)温体仁等:《明熹宗实录》卷 82。
② (清)觉罗石麟等:《山西通志》卷 120。

利副使徐世荫浚江阴县城内河。"①说明崇祯六年(1633)甘学阔依旧在任。

71. 倪元珙(1634—1637 在任)

字赋汝,浙江上虞人,天启二年(1622)进士。据《崇祯实录》记载:"三月庚子朔,时太仓庶吉士张溥、前临川知县张采皆家居,倡复社以敦古学,海内靡然趋之。奸人陆文声奏陈:'风俗之弊由于士子,士子皆以复社乱天下。'上乃命南直提学御史倪元珙核奏。元珙因极言文声欺妄,上责元珙蒙饰,降光禄寺录事。"②此事发生在崇祯十年(1637),说明此是倪元珙卸任南直隶提学。据《崇祯实录长编》记载,崇祯四年(1631)六月倪元珙出任江西巡按,且《江南通志》将其列为甘学阔之后,因此他出任南直隶提学时间应该在崇祯七年(1634)左右。

72. 金兰(—1635—)

字谷生,号楚畹,浙江山阴人,天启五年(1625)进士。《江南通志》将其列为督学御史。另据《明季南略》记载马纯仁事迹,其中有"崇祯八年,督学金兰补弟子员,许以大成"③。据此可知,崇祯八年(1635)前后,金兰为南直隶提学。

73. 方玮④(1637—1638 在任)

字号不可考,山东人。《江南通志》将其列为督学御史。据《复社纪略》记载:"元珙既外转,继任督学者为山东方玮。"⑤

74. 张凤翮(1639—1640?)

字健冲,号慰堂,河南西华人,天启五年(1625)进士。《复社纪略》:"会玮丁艰归,济人张凤翮代之,延临川罗万藻阅文;学政为万藻一手握定,复社事再奉严旨,凤翮卒置不覆。"⑥说明张凤翮正是接替方玮出任南直隶提学,时间大约在崇祯十二年(1639)左右。

75. 宗敦一(—1641—)

字凌霄,四川宜宾人,崇祯四年(1631)进士。据《崇祯见闻录》记载:"崇祯

---

① (宋)单锷:《吴中水利全书》卷 10。
② (清)汪楫:《崇祯实录》卷 10。
③ (清)计六奇:《明季南略》卷 9。
④ (清)赵宏恩等:《江南通志》为"亓炜",查无此人,恐误。
⑤ (清)陆世仪:《复社纪略》卷 4。
⑥ 同上。

十四年,岁在辛巳,秋八月望,前按臣宗敦一莅任兼提督四府学政,督学考校生童,按台巡历各州县动静异宜,而一官兼任之。"①说明此时宗敦一应在南直隶提学任上。

76. 徐之垣(1642 在任)六府徐州

字心韦,浙江宁波人,天启五年(1625)进士。徐之垣在崇祯十五年(1642)五月到庐州府校士过程中被张献忠军士俘虏,后在合肥令汤登贵的帮助下逃走。

77. 朱国昌(1644—1645 在任)

字号不可考,云南临安人,崇祯七年(1634)进士。据《崇祯见闻录》记载:"宗师朱国昌,亦以太仆少卿兼督学御史。发牌正月十四日吴庠录科。二月初四府录科。吴、长二学,独儒童府学试,有旨必欲纳银,然后给卷,人皆观望。至今未举。"②此事发生时间是在弘光元年(1645),而在此之前朱国昌应该已经在任。朱国昌是明朝最后一位南直隶提学。

三、山东提学简考

(一) 英宗时期(含代宗)

1. 薛瑄(1436—1441 在任)

字德温,山西河津人,永乐十九年(1421)进士。薛瑄是明朝添设提学官之后的首任山东提学,正统元年(1436)五月,薛瑄由监察御史出任山东提学佥事。薛瑄卸任也有明文记载,正统六年(1441)九月,"癸丑召河南按察司按察使包德怀,山东按察司佥事薛瑄乘传诣京。先是行在吏部奉命会举廉能端重有学识者四员以闻,至是独召二人云"③。稍后明廷任命其为大理寺左少卿。

---

① (明)佚名:《崇祯记闻录》卷 2。
② (明)佚名:《崇祯记闻录》卷 3。
③ (明)李贤等:《明英宗实录》卷 83。

薛瑄督学颇有政绩："为山东提学佥事，首揭白鹿洞学规，开示学者，延见诸生，亲为讲授。才者乐其宽，而不才者惮其严，皆呼为薛夫子。"①薛瑄被清人誉为明代"醇儒第一"。著述有《敬轩集》《读书录》等。

2. 张文（1447—1450 在任）

字号不可考，福建怀安人，宣德五年（1430）进士。张文出任山东提学有明文记载，正统十二年（1447）四月，"升……御史张文为山东佥事，罗经为浙江佥事，给事中高旭为江西佥事，提调学校，俱以在廷大臣荐举也"②。其卸任时间不可考，应以下任提学辛荣出任该职时间为其下限。

3. 辛荣（1450—?）

字号不可考，江西鄱阳人，永乐三年（1405）举人。辛荣出任山东提学应在景泰元年（1450）左右，据《英宗实录》记载，景泰元年（1450）八月，"命山东提调学校佥事辛荣专理粮储"。景泰年间一度罢设提学官，故有改任。

4. 王麟（1450—?）

字号不可考，浙江德清人，宣德四年（1429）举人。王麟出任山东提学有相关记载，景泰元年（1450）十二月"壬申复除江西按察司佥事高旭，调湖广佥事韩阳于江西，四川佥事王麟于山东。先是旭等以提调学校裁革，至是有缺，故调补之"③。学校裁革，按理讲王麟应该不再担任提学，但是这里使用调任，说明其职责仍旧是督学。又据《御定佩文斋书画谱》记载："诗文楷书妙绝一时，擢四川，山东提学佥事。"④说明，王麟在景泰初年的确担任山东提学。

5. 周濠（1461—1464 在任）

字号不可考，浙江奉化人，正统四年（1439）进士。天顺五年（1461）十一月，明廷恢复提学官设置，英宗再次任命一批提学官员，其中包括周濠。"庚申，命……知州周濠山东佥事，教授邵玉云南佥事，俱提调学校。以吏部会廷

---

① （清）张廷玉等：《明史》卷 282。
② （明）李贤等：《明英宗实录》卷 152。
③ （明）李贤等：《明英宗实录》卷 199。
④ （清）王原祁等：《御定佩文斋书画谱》卷 41。

臣荐举也。"①成化七年(1471)四月,周濠由山东佥事晋升为江西副使。但是其间已有山东提学到任,因此周濠早在此之前卸任山东提学。

6. 夏时(1464—1471 在任)

字号不可考,浙江余姚人,景泰五年(1430)进士。夏时出任山东提学有明文记载,天顺八年(1464)夏四月"己丑……刑科给事中夏时山东佥事,大理评事翟政山西佥事,翰林院检讨兼国子监助教刘安止陕西佥事提督学校"②。其卸任时间不可考,以下任提学出任该职时间为下限。

(二) 宪宗时期

7. 杨琅(1471—1474 在任)

字朝重,福建莆田人,天顺八年(1464)进士。杨琅出任山东提学有明文记载,成化七年(1471)春正月"壬寅,命山东按察司佥事杨琅提调学校"③。其卸任时间不可考,以下任提学出任该职时间为下限。据《福建通志》记载,系督学过程中染病卒于东阿。

8. 毕瑜(1474—1481 在任)

字珍廷,江西贵溪人,成化二年(1466)进士。据《宪宗实录》记载,成化十年(1474)八月"庚戌,升刑部主事毕瑜为山东按察司佥事,提调学校"④。其卸任时间亦不可考,以下任提学到任时间为下限。督学有声:"文学操履,见重一时。卒于官,诸生哀之。"⑤著有《春秋会同》《正防解》。

9. 潘祯(1481—1490 在任)

字应昌,号留鹤,浙江天台山人,成化二年(1466)进士。潘祯出任山东提学有明文记载,成化十七年(1481)秋七月"丙戌,升工部员外郎潘璋,南京大理寺左寺正潘祯俱为按察司佥事,提调学校。璋四川,祯山东"⑥。其卸任时间

---

① (明)李贤等:《明英宗实录》卷 334。
② (明)刘吉等:《明宪宗实录》卷 4。
③ (明)刘吉等:《明宪宗实录》卷 87。
④ (明)刘吉等:《明宪宗实录》卷 132。
⑤ (明)李贤等:《明一统志》卷 51。
⑥ (明)刘吉等:《明宪宗实录》卷 217。

不可考,应以下任提学出任该职时间为下限。

(三) 孝宗时期

*10. 沈钟(1490—1497 在任)

字仲律,南直隶上元人,天顺四年(1460)进士。沈钟督学山东有明文记载,弘治三年二月,"命调湖广按察司副使沈钟于山东,四川按察司副使焦芳于湖广"①。这次调动系焦芳主动要求的结果,两人只是调整了督学的省份,职守和职衔都没有改变。沈钟卸任时间不可考,以下任提学出任该职时间为下限。"历升佥事、副使,督学湖广、山东,仕三十余年,无所干谒。"②颇有诗名,"好赋诗,多至万余首"③。沈钟在郎署时与罗伦、章懋、黄仲昭、庄昶、周孟中、林孟和、支玄、项麒、陈壮称"十君子"。《御选明诗》录其诗作。

11. 邵贤(1497—1502 在任)

字号不可考,南直隶宜兴人,成化八年(1472)进士。邵贤出任山东提学有明文记载,弘治九年(1496)十月,"云南按察司佥事邵贤丁忧服阕,复除山东按察司"④。但此时他并没有出任提学,直到次年十月,明廷"升山东按察司佥事邵贤为本司副使,提调学校"⑤。其卸任该书也有记载,弘治十五年(1502)正月,"吏科都给事中王洧,监察御史仇仁等劾奏方面等官,考察遗漏者十人。谓贵州副使周凤,山东副使邵贤、钮清、佥事马鸾……俱不谨,悉从黜退。吏部言凤等为科道所劾,既各指有实迹,亦宜令冠带闲住。从之"⑥。

(四) 武宗时期

12. 陈镐(1502—1507 在任)

字宗之,南京钦天监籍浙江会稽人,成化二十三年(1487)进士。据《孝宗

---

① (明)李东阳等:《明孝宗实录》卷 35。
② (清)赵宏恩等:《江南通志》卷 163。
③ (清)赵宏恩等:《江南通志》卷 165。
④ (明)李东阳等:《明孝宗实录》卷 118。
⑤ (明)李东阳等:《明孝宗实录》卷 130。
⑥ (明)李东阳等:《明孝宗实录》卷 183。

实录》记载,弘治十五年(1502)二月,"升南京吏部郎中陈镐为山东按察司副使,提调学校"①。显然陈镐是接替邵贤担任山东提学。其卸任之事,《武宗实录》有明确记载,正德二年(1507)五月,"升山东按察司副使陈镐为江西布政司右参政"②。陈镐督学颇有政绩:"督学山东,为衡文第一。"③著述有《金陵人物志》《矩庵漫稿》。

*13. 李逊学(1507—1508 在任)

字希贤,河南上蔡人,成化二十三年(1487)进士。李逊学出任山东提学有明文记载,正德二年(1507)五月,"改起复陕西按察司提学副使李逊学为山东副使,仍提调学校"④。从时间上来看,李逊学正是接替陈镐出任该职。其卸任之事,《武宗实录》有明确记载,正德三年(1508年)四月"壬戌,升山东按察司副使李逊学为太常寺少卿,提督四夷馆"⑤。李逊学先后出任浙江、陕西、山东提学,所谓"三任俱督学政,所至务崇宽厚,颇得士心"⑥。著述有《悔轩集》。

14. 闾洁(1508—1511 在任)

字次清,陕西泾州人,弘治六年(1493)进士。闾洁是明代提学官员中较为特别的一位,其任职《武宗实录》有明文记载且有相关说明,正德三年(1508)六月"辛未,升监察御史吕洁为山东按察司副使,提调学校。是缺,吏部凡再推而不用,至洁乃用。闾洁素乏文誉,实中官奴婿,又瑾乡人。为提学不能校阅取士,入试,命吏视故牍名次填之。盖有已中选而复在列者。考童生入学,退食后陈卷于几,瞠目无语,顾门子择其文长者取之。山东人至今传以为笑"⑦。由此可见,闾洁实际上并不能胜任提学之职。卸任时间不可考,以下任提学出任该职时间为下限。

---

① (明)李东阳等:《明孝宗实录》卷 184。
② (明)杨廷和等:《明武宗实录》卷 26。
③ (清)赵宏恩等:《江南通志》卷 165。
④ (明)杨廷和等:《明武宗实录》卷 26。
⑤ (明)杨廷和等:《明武宗实录》卷 37。
⑥ (清)王士俊等:《河南通志》卷 60。
⑦ (明)杨廷和等:《明武宗实录》卷 39。

*15. 陈琳(1512—1515 在任)

字玉畴,福建莆田人,弘治九年(1496)进士。据《武宗实录》记载,正德七年(1512)八月,"升浙江嘉兴府知府陈琳为山东按察司副使,提调学校"①。其卸任也有明文记载,正德十年(1515)闰四月"壬戌,升山东按察司副使陈琳为河南布政司右参政"②。

16. 赵鹤(1515—?)

字叔鸣,南直隶江都人,弘治九年(1496)进士。正德十年(1515)闰四月"甲子,除服阕山西按察司副使赵鹤于山东"③。不久被弹劾听调而去任。著述颇丰,有《维扬郡乘》《金华正学编》《耽胜集》《金华文统》《具区集》,与徐昌毂相互倡和有《朝正倡和集》。

*17. 江潮(1516—1520 在任)

字天信,江西贵溪人,弘治十二年(1499)进士。正德十一年(1516)七月"戊申,改服阕广东按察司副使江潮于山东提调学校"④。江潮因于正德十五年(1520)十一月升任本省按察使而卸任提学。

*18. 王廷相(1521—1522 在任)

字子衡,号浚川,河南仪封人,弘治十五年(1502)进士。王廷相出任山东提学有明文记载,正德十六年(1521)春正月,"升四川按察司佥事王廷相为山东副使,提调学校"⑤。其卸任则是改任广东副使,时间在嘉靖元年(1522)。王廷相是明代著名七子诗派成员之一,著述有《王氏慎言》《王氏家藏集》《浚川奏议》等。

(五) 世宗时期

*19. 周宣(1522—1523 在任)

字彦通,福建莆田人,弘治十八年(1505)进士。嘉靖元年(1522)二月,"升

---

① (明)杨廷和等:《明武宗实录》卷91。
② (明)杨廷和等:《明武宗实录》卷124。
③ 同上。
④ (明)杨廷和等:《明武宗实录》卷139。
⑤ (明)杨廷和等:《明武宗实录》卷195。

户部郎中马应龙御史、周瑄俱山东按察使副使,应龙兵备霸州,宣提督学校"①。其卸任时间不可考,以下任提学出任该职时间为下限。著述有《秋斋集》。

20. 戴冠(1523)

字仲鹖,河南信阳人,正德三年(1508)进士。戴冠出任山东提学有明文记载,嘉靖二年(1523)四月,"升……直隶苏州府知府戴冠为山东按察司副使,提督学校"②。该年七月,高尚贤接替戴冠出任山东提学。著述有《邃谷集》。

21. 高尚贤(1523—1525?)

字大宾,河南新郑人,正德十二年(1517)进士。《世宗实录》记载高尚贤出任山东提学之事,(嘉靖二年七月)"命改广东按察司副使欧阳铎、山东按察司佥事高尚贤各提督学校"③。其卸任因改调陕西,时间不可考,应以下任山东提学出任该职时间为下限。督学山东,"以身为教,士习翕然向风"④。著述有《供储录》。

*22. 余本(1525—1528 在任)

字子华,浙江鄞县人,正德六年(1511)榜眼。《世宗实录》记载余本出任山东提学之事,嘉靖四年(1525)十二月,"复除原任广东按察司副使余本于山东提调学校"⑤。嘉靖六年(1527)十月,明廷考察天下提学提学官,余本得以留任。嘉靖七年(1528)三月,"升山东按察司提学副使余本为南京通政使司右通政"⑥。余本督学山东,"以正风俗作人才为己任"⑦。著述有《孝经集注》《南湖文录》等。

23. 夏尚朴(1528—1529)

字敦夫,别号东岩,江西永丰(今上饶广丰)人,正德六年(1511)进士。夏

---

① (明)徐阶等:《明世宗实录》卷11。
② (明)徐阶等:《明世宗实录》卷25。
③ (明)徐阶等:《明世宗实录》卷29。
④ (清)王士俊等:《河南通志》卷60。
⑤ (明)徐阶等:《明世宗实录》卷58。
⑥ (明)徐阶等:《明世宗实录》卷86。
⑦ (清)和珅等:《大清一统志》卷225。

尚朴督学山东之事,《明实录》并没有明文记载,而据《明史》记载:"嘉靖初,起山东提学副使。"①说明夏氏的确出任山东提学。又据《世宗实录》记载"升山东副使夏尚朴为南京太仆寺少卿"②,时间是在嘉靖八年(1529)三月。夏氏在山东并无其他任职,说明此时应是其卸任山东提学时间。夏氏出任山东提学时间参考上一任提学卸任时间。著述有《东岩文集》和《东岩诗集》。

24. 陆钶(1530—1533?)

字举之,号少石子,浙江鄞县人,正德十六年(1521)榜眼。明实录并无陆钶出任山东提学的直接记述。据《明诗综》记载:"授编修,出为湖广按察佥事,转江西督粮参议,山东提学副使。"③考察《世宗实录》,陆钶于嘉靖六年十一月由编修出任河南佥事,那么晋升江西参议则应在嘉靖八年(1529)左右,而他转任山东提学副使则应在此后不久。检索相关文献,夏言《议处岁贡事宜以惜人才疏》一文有相关表述:"山东岁贡生员刘温等三名系见任提学副使陆钶考送。"④这篇文章作于嘉靖十一年(1532)六月,而考送生员的考核又至少是在一年前完成。也就是说至少嘉靖十年(1531),陆钶应该已在任上。考虑到夏尚朴卸任山东副使时间,那么陆氏出任山东提学时间应在嘉靖九年(1530)前后为宜。陆氏在督学山东时撰写《山东通志》一书。

25. 曾于拱(1553—1554?)

字思极,号鲁源,江西泰和人,嘉靖二十年(1541)进士。曾于拱同邑人郭子章所作《嘉议大夫都察院右副都御史曾鲁源先生于拱墓志铭》称其曾出任山东提学一职。"在蜀鲁两摄督学事,所赏识后皆为闻人。"说明曾氏在卸任四川提学副使一职之后很可能调任山东提学副使。那么时间就应该在其卸任四川提学的嘉靖三十二年(1553)左右。其卸任时间不可考,以下任提学到任时间为其下限。著述有《曾于拱文集》,《千顷堂书目》载录。

26. 叶份(1534—1537在任)

字原学,南直隶婺源人,嘉靖二年(1523)进士。叶份出任山东提学有明文

---

① (清)张廷玉等:《明史》卷283《夏尚朴传》。
② (明)徐阶等:《明世宗实录》卷99。
③ (清)朱彝尊:《明诗综》卷42。
④ (明)夏言:《南宫奏稿》卷1。

记载,嘉靖十三年(1534)闰二月"乙丑,升……刑部陕西司郎中叶份为山东按察司副使,提调学校"①。其卸任时间不可考,以下任提学出任该职时间为下限。著述有《莲峰集》,《明诗综》录其诗作。

*27. 王慎中(1537—1538 在任)

字道思,福建晋江人,嘉靖五年(1526)进士。王慎中于嘉靖十五年(1536)四月出任湖广提学佥事,其后再出任山东佥事。然而《世宗实录》并未明确记载。《闽中理学渊源考》称"年余,改江西参议",则说明王慎中在山东提学职任上只有一年多的时间。而王慎中由山东改任江西却有明文记载,嘉靖十七年(1538)二月,"升……山东按察司佥事王慎中为江西布政使司左参议"②。据此倒推则王慎中出任山东提学应在嘉靖十六年(1537)前后。王慎中督学山东,颇有政绩:"以古风教为己任。校文秉公不徇旧,案得之片牍,券之终身。殷士儋,李攀龙,皆所首拔也。"③著述有《家居集》《遵岩文集》等,《御选历代诗余》录其作品。

28. 杨瀹(1538—1541?)

字号不可考,北直隶涿州人,嘉靖十一年(1532)进士。嘉靖十七年(1538)二月,"升翰林院修撰杨瀹为山东按察司副使,提调学校"④。从时间上来看,杨瀹正是王慎中的继任者。其卸任时间不可考。

29. 吕高(1541—1543?)

字山甫,南直隶丹徒人,嘉靖八年(1529)进士。《世宗实录》并未记载吕高出任山东提学之事。《明诗综》记述其仕宦经历:"授户部主事改兵部,历郎中。出为山东提学副使,转行太仆少卿。"⑤检索《世宗实录》,关于吕高的记述只有一条,嘉靖二十四年(1545)三月吕高卷入汪椿孙伪造文书一案,吕高被降级调任。这应是其在太仆少卿职任上的事件。按此推测,吕高晋升副使则应在嘉靖二十一年(1542)左右。考虑前后两任山东提学出任该职时间,初步将其出

---

① (明)徐阶等:《明世宗实录》卷120。
② (明)徐阶等:《明世宗实录》卷209。
③ (清)李清馥:《闽中理学渊源考》卷67。
④ (明)徐阶等:《明世宗实录》卷209。
⑤ (清)朱彝尊:《明诗综》卷46。

任山东提学时间确定在嘉靖二十年(1541),其卸任则以一个考满时间计算。

30. 杨博(1543—1545在任)

字惟约,山西蒲州人,嘉靖八年(1529)进士。杨博出任山东提学有明文记载,嘉靖二十二年(1543)十一月"甲寅,升兵部郎中杨博为山东按察使副使,提调学校"①。其卸任也有明文记载:嘉靖二十四年(1545年)四月"乙未,升山东按察司副使杨博为本布政使司左参政"②。杨博后督宣大,有军功。著述有《杨襄毅公奏疏》《虞坡文集》。

31. 陈祥麟(1545—1548?)

字士仁,福建莆田人,嘉靖五年(1526)进士。陈祥麟出任山东提学有明文记载,嘉靖二十四年(1545)四月"己亥,升……福建延平府知府冯岳、江西南安府知府陈祥麟俱山东副使"③。从时间上来看,陈祥麟正是接替杨博出任山东提学。陈祥麟卸任时间不可考,参考下任提学出任该职时间,暂以一个考满周期计算。据《闽中理学渊源考》记载:"擢山东提学副使。至则崇礼教,作士气,每阅诸生文义,必为之芟削改正。以积劳卒于官,士林伤之。"④著述有《四书诗经正蒙》。

32. 李宠(1548—1552在任)

字号不可考,陕西泾阳人,嘉靖十七年(1538)进士。嘉靖二十七年(1548)五月,"升礼部署员外郎李宠为山东按察司佥事,提调学校"⑤。李宠卸任时间不可考,据《世宗实录》记载,嘉靖三十一年(1552)七月"癸巳,以赴任违限革浙江布政司参政曹汴职,闲住。停参议李宠、按察司佥事李廷松俸,下按臣逮问。汴先以浙江副使给由中途升任,凡离任八月。宠、廷松违限各二月,俱以病为解"⑥。文中记载李宠为参议,则说明其很可能已经改任。从考满时间上来看也比较符合常理。

---

① (明)徐阶等:《明世宗实录》卷280。
② (明)徐阶等:《明世宗实录》卷298。
③ 同上。
④ (清)李清馥:《闽中理学渊源考》卷56。
⑤ (明)徐阶等:《明世宗实录》卷336。
⑥ (明)徐阶等:《明世宗实录》卷387。

* 33. 徐南金(1554—1557)

字体乾,江西丰城人,嘉靖二十年(1541)进士。据《世宗实录》记载,嘉靖三十三年(1554)六月,"升广东提学佥事胡汝霖,北直隶提学御史徐南金为按察使,汝霖江西,南金山东,俱仍提调学校"①。徐南金卸任山东提学时间不可考,以下任提学出任该职时间为下限。著述有《承恩堂文稿》。

34. 吴维岳(1557—1561 在任)

字峻伯,浙江孝丰人,嘉靖十七年(1538)进士。据《世宗实录》记载,嘉靖三十六年(1557)三月,"升兵部车驾司郎中吴维岳为山东副使,提调学校"②。其卸任该书也有明文记载,嘉靖四十年(1561)三月,"升山东按察司副使吴维岳为湖广布政使司右参政"③。盛有诗名,《御选明诗》《明诗综》录其诗作。

35. 袁洪愈(1561—1563 在任)

字抑之,南直隶吴县人,嘉靖二十六年进士。袁洪愈出任山东提学有明文记载,嘉靖四十年(1561)三月"戊子,调山西按察司副使袁洪愈于山东,提调学校"④。从时间上看,袁氏正是接替吴维岳出任山东提学。其卸任之事也有明确记载,嘉靖四十二年五月,"升……山东副使袁洪愈为湖广左参政"⑤。

36. 邹善(1566—?)

字继甫,号颖泉,江西安福人,嘉靖三十五年(1556)进士。邹善出任山东提学有明文记载,嘉靖四十五年(1566)十月,"升刑部郎中邹善为山东副使,提调学校"⑥。其卸任时间不可考。

(六) 穆宗时期

37. 袁尊尼(1572—?)

字鲁望,南直隶长洲人,嘉靖四十四年(1565)进士。隆庆六年(1572)二

---

① (明)徐阶等:《明世宗实录》卷 411。
② (明)徐阶等:《明世宗实录》卷 445。
③ (明)徐阶等:《明世宗实录》卷 494。
④ 同上。
⑤ (明)徐阶等:《明世宗实录》卷 521。
⑥ (明)徐阶等:《明世宗实录》卷 563。

月,"升南京吏部考功司郎中袁尊尼,江西临江府知府管大勋为按察司副使,尊尼山东,大勋四川,俱提调学校"①。其卸任时间不可考。著述有《鲁望集》,诗集纯为七子之体。

(七) 神宗时期

*38. 余立(1574—1577 在任)

字季礼,号乐吾,广西马平人,嘉靖四十一年(1562)进士。万历二年(1574)五月,"升山东右参议余立为本省副使,提调学政"②。其卸任之事,《神宗实录》有明文记载,万历五年(1577)六月"庚午,升山东副使余立为本省左参政"③。

*39. 周之屏(1577—1580 在任)

字鹤皋,湖广湘潭人,嘉靖三十八年(1559)进士。周之屏出任山东提学有明文记载,万历五年(1577)六月"壬申,命原任河南副使周之屏提调山东学政"④。周之屏卸任山东提学是在万历八年(1580)正月,由山东副使晋升为广东参政。

40. 蹇达(1580—1583)

字子修,四川重庆卫人,嘉靖四十一年(1562)进士。蹇达出任山东提学有明文记载,万历八年(1580)二月"乙酉,调山西副使蹇达于山东,提督学政"⑤。其卸任之事,《神宗实录》有明文记载,万历十一年(1583)二月,"升福建福使王希元于江西,四川副使范仑于云南,山西副使宋应昌于河南,山东提学副使蹇达于山东,苑马寺卿王体复于陕西,福建副使张偲,湖广副使管大勋于广西,各参政"⑥。由此可知,蹇达因晋升本省参政而卸任提学之职。著述有《督府奏疏》,《明诗综》录其诗作。

---

① (明)于慎行等:《明穆宗实录》卷66。
② (明)叶向高等:《明神宗实录》卷25。
③ (明)叶向高等:《明神宗实录》卷63。
④ 同上。
⑤ (明)叶向高等:《明神宗实录》卷96。
⑥ (明)叶向高等:《明神宗实录》卷133。

*41. 李袭(1583)

字于田,河南内乡人,嘉靖三十二年(1553)进士。据《神宗实录》记载,万历十一年(1583)二月,"起原任贵州副使李袭为山东副使,原任福建佥事赵参鲁为福建佥事。各提调学政"①。由此可见,李袭恰是蹇达之后出任山东提学的接任者。但李袭不久即卸任。著述有《黄谷琐谈》《李太史集》《明艺补集》等。

*42. 范谦(1583—1586 在任)

字含虚,江西丰城人,隆庆二年(1568)进士。范谦出任山东提学有明文记载,万历十一年(1583)四月,明廷"调广西副使范谦为山东副使,提调学政"②。万历十四年(1586年)正月"辛酉,升……山东提学副使范谦为湖广右参政"。著述有《双柏堂集》,《御选明诗》和《明诗综》录其诗作。

43. 屠谦(1586—1587?)

字子益,浙江平湖人,隆庆二年(1568)进士。屠谦接替范谦出任山东提学:万历十四年(1586)正月,"升南京吏部考功司郎中屠谦为山东副使,提督学校"③。其卸任时间不可考,以下任提学出任该职时间为下限。

44. 吴同春(1587—1590 在任)

字伯与,河南固始人,万历二年(1574)进士。据《神宗实录》记载,万历十五年(1587)二月,"升福建副使李盛春,山西太原府知府吴同春,俱提学副使。盛春仍福建,同春山东"④。其卸任则是在万历十八年(1590)正月,"升山东副使吴同春为山东右布政使,管理漕运事务"⑤。

*45. 李化龙(1590—1592 在任)

字于田,山西长垣人,万历二年(1574)进士。据《神宗实录》记载,李化龙接替吴同春出任山东提学:万历十八年(1590年)正月,"升河南参议李化龙为

---

① (明)叶向高等:《明神宗实录》卷133。
② (明)叶向高等:《明神宗实录》卷136。
③ (明)叶向高等:《明神宗实录》卷170。
④ (明)叶向高等:《明神宗实录》卷183。
⑤ (明)叶向高等:《明神宗实录》卷219。

山东提学副使"①。其卸任之事该书也有记载,万历二十年(1592)九月"戊辰,升山东副使李化龙为河南分守左参政"②。

46. 周应治(1592—1595在任)

字君衡,浙江鄞县人,万历八年(1580)进士。据《神宗实录》记载,周应治接替李化龙出任山东提学:万历二十年(1592)九月"庚午,以南京吏部文选司郎中周应治为山东佥事,提调学政"③。其卸任也有明文记载:万历二十三年(1595)五月,"癸酉朔升山东佥事周应治为广东左参议"④。著述有《至道编》《霞外麈谈》等。

*47. 李三才(1595)

字道甫,北直隶顺天府通州人,万历二年(1574)进士。李三才出任山东提学有明确记载,万历二十三年(1595)五月,"原任山西副使李三才起补山东提学副使"⑤。次月李三才便卸任而改任南京通政使司右参议。

48. 徐学聚(1595—1598在任)

字敬与,浙江兰溪人,万历十一年(1583)进士。据《神宗实录》记载,万历二十三年(1595)六月"己未,升……江西左参议徐学聚为山东副使,调陕西副使张我续为河南副使。各提督学政"⑥。其卸任亦有明文记载,万历二十六年(1598)七月,"升山东提学副使徐学聚为本省参政"⑦。在山东提学任上编著《明朝典汇》。

49. 刘毅(1598—1601在任)

字健甫,浙江山阴人,万历十七年(1589)进士。据《神宗实录》卷325记载,万历二十六年(1598)八月,刘毅由兵部员外郎升任山东提学佥事。其卸任则是因晋升为福建右参议,时间在万历二十九年(1601)四月。

---

① (明)叶向高等:《明神宗实录》卷219。
② (明)叶向高等:《明神宗实录》卷252。
③ 同上。
④ (明)叶向高等:《明神宗实录》卷285。
⑤ 同上。
⑥ (明)叶向高等:《明神宗实录》卷286。
⑦ (明)叶向高等:《明神宗实录》卷324。

*50. 李开藻(1601)

字叔玄,福建永春人,万历十一年(1583)进士。李开藻出任山东提学有明文记载,万历二十九年(1601)六月,"升山东右参议李开藻为山东提学副使"①。但稍后不久即离职卸任。著述有《性余堂草》。

51. 徐梦麟(1601—1604在任)

字惟仁,南直隶宣城人,万历十四年(1586)进士。据《神宗实录》卷363记载,万历二十九年(1601)九月,徐梦麟以山东副使职衔改任提学。徐梦麟卸任时间不可考,根据其在万历三十五年(1607)由参政晋升按察使的仕宦履历来看,倒推一个三年的考满时间,即万历三十二年(1604)为其卸任山东提学副使的时间较为合适,且此时下任山东提学恰好到任。

52. 李叔元(1604—1607在任)

字赞宇,福建晋江人,万历二十年(1592)进士。据《神宗实录》记载,万历三十二年(1604)十一月,"升礼部郎中李叔元为山东提学副使"②。这恰好印证了上文对徐梦麟卸任山东提学一职时间的推测。李叔元卸任山东提学时间不可考,应是改任浙江副使。参考下任提学出任该职时间,约在万历三十五年(1607)左右。

53. 靳于中(1607—1610在任)

字尔时,河南尉氏人,万历二十六年(1598)进士。靳于中出任山东提学有明文记载,万历三十五年(1607)六月,"升……户部郎中靳于中为山东提学副使"③。其卸任则是在万历三十八年(1610)闰三月:"升贵州左布政赵健为光禄寺卿,山东副使靳于中为本省右参政。"④

54. 陈瑛(1610—1613?)

字号不可考,福建晋江人,万历二十三年(1595)进士。陈瑛接替靳于中出任山东提学,时间当然也是在万历三十八年(1610)闰三月"辛酉,以浙江副使

---

① (明)叶向高等:《明神宗实录》卷360。
② (明)叶向高等:《明神宗实录》卷403。
③ (明)叶向高等:《明神宗实录》卷434。
④ (明)叶向高等:《明神宗实录》卷469。

陈瑛为山东副使提调学政"①。其卸任时间不可考,应以下任提学出任该职时间为下限。

55. 吴邦相(1613—1616?)

字立甫,浙江仁和籍南直隶休宁人,万历二十九年(1601)进士。万历四十一年(1613)四月"庚辰,升礼部主客司郎中吴邦相为山东副使,刑部陕西司郎中真宪时为江西参议,云南司员外林述祖为广西佥事,并提督学政"②。其卸任时间不可考,暂以一个考满计算。

56. 王宇(1616—1617?)

字永启,福建闽县人,万历三十八年(1610)进士。万历四十五年(1617)五月,"加升山东提学佥事王宇参议,仍督学政"③。仍旧督学,说明在此之前王宇已经到任。其卸任时间不可考,因转户部员外郎而离任。既然是转任,与其加升参议的时间应该相隔不远。著述有《升庵新语》,另有诗文集。

57. 梅之焕(1618—1620)

字彬父,湖广麻城人,万历三十二年(1604)进士。据《明史》记载:"出为广东副使,擒诛豪民沈杀烈女者,民服其神。海寇袁进掠潮州,之焕扼海道,招散其党,卒降进。改视山东学政。天启元年(1620)以通政参议召迁太常少卿,擢右佥都御史,巡抚南、赣。"④由此可知梅之焕也是由山东副使改任提学,很可能正是接替王宇的缘故。从文中记载来看,梅之焕应该是万历时期最后一任山东提学。

(八)熹宗时期(含光宗)

58. 贺万祚(1621—1623?)

字孝延,浙江秀水人,万历三十八年(1610)进士。据《明熹宗实录》记载,

---

① (明)叶向高等:《明神宗实录》卷469。
② (明)叶向高等:《明神宗实录》卷507。
③ 同上。
④ (清)张廷玉等:《明史》卷248《梅之焕传》。

天启元年(1621)八月,"升兵部武选司郎中贺万祚山东按察司副使,提督学政"①。其卸任时间不可考,但根据其在天启六年由福建参政晋升为广西按察使可知,天启三年(1623)应是其晋升参政的大致时间。这很可能是其卸任山东提学副使的时间。著述有《大业斋集》,《御选明诗》录其诗作。

59. 项梦原(1625—1626 在任)

字希宪,浙江秀水人,万历四十七年(1619)进士。据《明熹宗实录》记载,天启五年(1625)五月,"升工部郎中项梦原为山东布政使司右参议兼按察司佥事,提督学政"②。项梦原卸任山东提学有明文记载,天启六年(1626)十二月,"升……山东布政使司右参议项梦原为山西按察司副使"③。著述有《宋史偶识》。

60. 王振熙(1627—?)

字君舍,号晦生,福建南安人,万历三十八年(1610)进士。王振熙出任山东提学有明文记载,天启七年(1627)正月,"升……大名府知府王振熙为山东按察司提学副使职"④。其卸任时间不可考。

(九)思宗时期

61. 李乔(1628—?)

字世臣,南直隶兴化人,万历四十七年(1619)进士。崇祯元年(1628)七月出任山东提学副使。督学事迹不可考。

62. 汤道衡(1631—?)

字平子,一字参予,南直隶丹阳人,万历四十四年(1616)进士。据《山东通志》记载:"天启时以按察佥事提督学政,所拔皆名士,一时皆称其公明。"⑤著述有《礼记纂注》。

---

① (明)温体仁等:《明熹宗实录》卷 13。
② (明)温体仁等:《明熹宗实录》卷 59。
③ (明)温体仁等:《明熹宗实录》卷 79。
④ (明)温体仁等:《明熹宗实录》卷 80。
⑤ (清)岳浚等:《山东通志》卷 27。

63. 沈匡济(？—1636—？)

字方平,南直隶青浦人,天启二年(1622)进士。督学时间不可考。崇祯四年(1631)为钱塘令,崇祯八年(1635)为南昌知府,据此推测其出任山东提学应在崇祯九年(1636)左右。

64. 翁鸿业(1637—1638)

字一瓛,浙江钱塘人,天启五年(1626)进士。据《浙江通志》记载:"丁丑补山东督学右参政。羽书旁午,一日十警,鸿业分校诸郡间,语诸生力学读书,当知世间忠孝事。"①丁丑年即崇祯十年(1637),此事《钦定胜朝殉节诸臣录》亦有记载:"崇祯十一年与张秉文等分守济南东城,城破投火死。"②也就是说翁鸿业于崇祯十一年(1638)殉职。

65. 钱启忠(1642?)

字沃心,浙江鄞县人,崇祯元年(1628)进士。据《浙江通志》卷175记载,钱启忠由刑部主事晋升为山东提学副使,督学事迹不可考。

四、山西提学简考

(一)英宗时期(含代宗)

1. 高志(1436—1438 在任)

字味道,南直隶句容人,永乐十三年(1415)进士。于明廷始设提学官时,出任山西首任提学官。据《明英宗实录》记载,正统元年(1436)五月,由工部郎中改任山西提学佥事,正统三年(1438)离任,督学事迹不可考。

2. 王琦(1438—1440 在任)

字文进,浙江仁和人,永乐十二年(1414)举人。王琦出任山西提学有明确记载,正统三年(1438)九月"壬午,朔升……监察御史李敏、王琦、主事徐禄、评

---

① (清)嵇曾筠等:《浙江通志》卷163。
② (清)舒赫等:《钦定胜朝殉节诸臣录》卷6。

事李福俱为按察司佥事。敏广西,琦、福山西,禄湖广,从行在吏部会官举之也"①。其卸任时间虽没有明确记载,但是该书亦有相关记载,正统八年(1443)五月,"复除陕西按察司副使于奎于浙江按察司,山西按察司佥事王琦于四川按察司,以亲丧服阕也"②。据此推测,王琦因丁忧卸任山西提学佥事的时间应在正统五年(1440)左右。王琦督学颇有政绩,据《山西通志》记载:"正统中升山西按察佥事提督学校,士风丕变。"③

3. 陈颢(1441—1449 在任)

字号不可考,福建长乐人。据《英宗实录》记载:"(正统六年即 1441)按察司佥事陈颢、顾侃于山西按察司。颢提调学校。俱以亲丧服阕故也。"其离职时间则是正统十四年(1449)改任陕西按察使。

* 4. 彭琉(1449—1450 在任)

字毓敬,江西安福人,永乐十六年(1418)进士。据《英宗实录》记载:"(正统十四年即 1449)广东佥事彭琉为山西按察司副使,赐敕提调学校。"④该书也记载彭琉离职时间,景泰元年(1450)"调山西按察司副使彭琉于湖广按察司,奉敕往广西总兵官都督佥事田真处整理军机文书"⑤。著述有《息轩集》⑥《慎庵集》《备忘录》。《山东通志》对其教学活动已有赞誉:"宣德时为临清学教谕,学行可法,一时人才造就者甚多。"曾任广东提学:"正统元年擢广东佥事提督学校,以成贤化俗为己任,增修各属州县黉舍。凡书籍缺者,求善本刻之。琉性刚而貌严,虽燕居无惰容,寡欲甘贫,动准先儒,岭南士风为之丕变。擢山西提学副使。"⑦

---

① (明)李贤等:《明英宗实录》卷 46。
② (明)李贤等:《明英宗实录》卷 104。
③ (清)觉罗石麟等:《山西通志》卷 18。
④ (明)李贤等:《明英宗实录》卷 180。
⑤ (明)李贤等:《明英宗实录》卷 195。
⑥ (清)谢旻等:《江西通志》卷 13 作"《息庵集》"。
⑦ (清)郝玉麟等:《广东通志》卷 27。

5. 郑贞①(1461—1464在任?)

字号不可考,浙江会稽人,宣德七年(1432)举人。据《英宗实录》记载:"助教郑贞山西佥事……俱提调学校,以吏部会廷臣荐举也。"②时间为天顺五年(1461)十一月。

(二) 宪宗时期

6. 翟政(1464—1466在任)

字以德,河南安阳人③,景泰五年(1455)进士。《宪宗实录》卷3记载:"己丑,升刑部郎中欧阳熙为河南按察司副使,监察御史颜正四川佥事,裴斐湖广佥事,刑科给事中夏时山东佥事,大理评事翟政山西佥事,翰林院检讨兼国子监助教刘安仕陕西佥事,提督学校。"时间是天顺八年(1464)三月。文中提到的诸人都出任各省提学,故而这应是宪宗理政后对提学官员一次较为集中的任命。

7. 胡谧(1466—1473在任)

字延慎,浙江会稽人,天顺元年(1456)进士。据《宪宗实录》记载,成化二年(1466)正月,"方、福、谧三人提调学校"④,三人分别指湖广提学佥事陈方、山西提学佥事胡谧、陕西提学佥事伍福。胡谧在提学任上对学政制度有建议:"山西按察司提调学校佥事胡谧言,学官人之师范,贤才兴否系焉。乞多取副榜举人除授署职。学官考满该升,愿会试者,不必限其年岁,俱听会试。例当考满者,一体考验升擢。考中岁贡生员,有愿就教职者,严加考试,果通三场文理,方许受职。其纳草、纳马等项,未经科举监生,不许滥就。下礼部覆奏,副榜举人年二十五以上者,不听辞职。教官考满到部,惟年五十以上者,不听会试。从之。"⑤由此可见,胡谧在充实地方教官方面给出了合理建议,并被朝廷采纳。期间,胡谧还提请颁布《大明一统志》于天下,得以施行。故此,成化六

---

① 《明代职官年表》为"邓贞",疑误。
② (明)李贤等:《明英宗实录》卷334。
③ (清)觉罗石麟等:《山西通志》卷78记载其为"汝阳人",此处以《河南通志》为准。
④ (明)刘吉等:《明宪宗实录》卷25。
⑤ 同上。

年(1470),胡谧在山西提学任上得到朝廷旌异嘉奖。成化九年(1473)升为副使,当年丁忧离职。

*8. 沈钟(1473—1480在任)

字钟律,直隶上元人,天顺四年(1460)进士。成化沈钟接替胡谧出任山西提学,《宪宗实录》有明确记载:"升南京礼部主事沈钟为山西按察司佥事,提调学校。"①时间恰在胡谧丁忧离职的成化九年(1473)。成化十六年(1480)因生员李敬状告知县一事受牵连,"坐赎杖还职"②。三年后迁湖广佥事,"拜按察佥事进副使督学,为诸生改五经文。后子为楚府仪宾,遂乞致仕。日赋诗,平生万首。文字之外,世事无所闻"③。

9. 雷霖(1480—1487?)

字弘济,陕西华阴人。天顺元年(1457)进士。据《宪宗实录》卷207记载,成化十六年(1480)九月,"升顺德府同知雷霖为山西按察司佥事,提调学校",这正是雷霖接任沈钟出任山西提学的时间。督学五年之后即成化二十一年(1485),雷霖升为副使但仍提调学校,其离任时间不可考。据《陕西通志》记载,雷霖"诗文豪宕为时名宿"④。

(三) 孝宗时期

*10. 杨一清(1487—1488在任)

字应宁,云南安宁人,成化八年(1472)进士。据《宪宗实录》记载,成化二十三年(1487)三月,杨一清以中书舍人升任山西提学佥事。弘治元年(1488)因母丧丁忧离职。杨一清虽仅仅在山西督学一年有余,但是《山西通志》对其督学评价颇高,谓其"宏才硕望,师范端严,人才高下甄别不爽。表节义、禁浮华,士人翕然宗之"⑤。著述有《西征日录》《阁谕录》《石淙类稿》《吏部题稿》。

---

① (明)刘吉等:《明宪宗实录》卷115。
② 《明代职官年表》认为其离职乃丁忧之故,不知何据。
③ (明)凌迪知:《万姓统谱》卷89。
④ (清)刘于义等:《陕西通志》卷63。
⑤ (清)觉罗石麟等:《山西通志》卷85。

11. 杨文卿(1488—1493 在任)

字质夫,浙江鄞县人,成化十四年(1478)进士。杨文卿接替杨一清出任山西提学,据《孝宗实录》记载,弘治元年(1488)七月,"升刑部主事杨文卿为山西按察司佥事提督学校"①。该书同样记载了杨文卿于弘治六年(1493)三月升任山东提学副使而离任的史实。《山西通志》对杨文卿督学事迹有记载:"操履端严,劝惩有道,斥邪术,毁淫祠,申禁约,建社学,教化大行。"②著述有《松畦集》《笔谈类稿》《苕溪集》。

*12. 敖山(1493—1496 在任?)

字静之,山东莘县人,成化元年(1464)山东解元,成化十四年(1478)进士。敖山于杨文卿离任次月即弘治六年(1493)四月出任山西提学副使,"江西按察司副使敖山丁忧服阕,复除山西按察司。仍提调学校"③。可见其是由江西提学副使改任。敖山离任时间不可考,大约应在下任提学到任前后。敖山督学有声,曾采择经史百家之疑策励诸生。著述有《石棱传》《粲然稿》《先天手册》。

13. 王鸿儒(1496—1506 在任)

字懋学,河南南阳人,成化二十三年(1487)进士。王鸿儒出任山西提学时间,《孝宗实录》有明文记载,弘治九年(1496)八月,"升南京户部员外郎王鸿儒为山西按察司佥事提调学校"④。弘治十一年(1498),王鸿儒被言官举荐,于弘治十四年(1501)擢升本省副使仍提督学校。《明儒学案》谓其"正德初致仕"⑤,《山西通志》谓其督学政九年,故而其离任时间应在正德元年(1506)。其督学期间"士风甚盛"⑥。正德四年(1509)曾任国子监祭酒。著述有《凝斋集》《掾曹名臣录》。"书得欧颜法",颇有诗名。

---

① (明)李东阳等:《明孝宗实录》卷 16。
② (清)觉罗石麟等:《山西通志》卷 85。
③ (明)李东阳等:《明孝宗实录》卷 74。
④ (明)李东阳等:《明孝宗实录》卷 116。
⑤ (清)黄宗羲:《明儒学案》卷 1。
⑥ (清)觉罗石麟等:《山西通志》卷 85。

(四) 武宗时期

14. 石玠(1506—1509 在任)

字邦秀,北直隶藁城人,成化二十三年(1487)进士。《武宗实录》记载:"(正德元年五月)升监察御史王凯、石玠俱为按察司副使,凯陕西,玠山西,户部郎中史学为四川布政司右参议。"①另据该书记载,四年后即正德四年(1509)石玠升任本省按察使,次年为本省右布政使,后官至户部尚书。石玠督学比较务实,"与士子为条约甚简,期于必行,不为文具"②。著述有《东漳漫稿》,《万姓统谱》谓其"有文名"。

*15. 陈凤梧(1509—1511 在任)

字文鸣,江西泰和人,弘治九年(1496)进士。陈凤梧恰是在正德四年(1509)由湖广按察佥事升任副使而接替石玠出任山西提学。在任上他曾指出布按二司及巡按御史重复考核乡试生员资格的行为属于侵职,被朝廷采纳。正德六年(1511)七月,因升湖广右参政而离任。著述有《毛诗集解》《周礼校正》《周礼合训》《射礼集要》《困知记》《修辞录》。

*16. 边贡(1511 在任)

字廷实,山东历城人,弘治九年(1496)进士。据《明武宗实录》记载,正德六年(1511)七月,边贡由荆州知府升任山西提学副使,但不久即以丁父忧故离任。说明边贡的确曾短暂出任过山西提学副使一职,但是时间较为短暂。边贡服阕后出任河南提学。著述有《华泉集》。

17. 陈霆(1511—1512?)

字声伯,浙江德清人,弘治十五年(1502)进士。据《武宗实录》记载,"戊子,改山西按察司佥事陈霆提调学校"③,时间是在正德六年(1511)冬十月。其卸任时间不可考,据《万姓统谱》记载系致政而归,时间应该在下任提学刘瑞任职山西之前。陈霆"雅好诗文",著述颇丰,有《唐余纪传》《水南集》《两山墨谈》《渚山堂诗话》等。

---

① (明)杨廷和等:《明武宗实录》卷 13。
② (明)杨廷和等:《明武宗实录》卷 195。
③ (明)杨廷和等:《明武宗实录》卷 80。

*18. 刘瑞(1512在任)

字吉士①,四川内江人,弘治九年(1496)进士。刘瑞正是继陈霆辞官之后,出任山西提学。"升致仕翰林院检讨刘瑞,为山西按察司副使提调学校"②,时间是正德七年(1512)五月。其任职时间应该不长,从《四川通志》"服阕补浙江"的记载来看,应是丁忧之故。刘瑞十岁能诗文,著述颇丰,有《改本三国志》《童观录》《劝学稿》等。督学颇有政绩。

19. 孙清(1512年六—九)

字直卿,浙江余姚人,弘治十五年(1502)榜眼。孙清出任山西提学时间较短,而且是提学中为数不多,任职资格颇有争议的一位。《武宗实录》记载:"正德七年六月癸卯朔,升原任翰林院编修孙清为山西按察司副使,提调学校。"③而就在次月,兵科给事中王昂弹劾吏部尚书杨一清,其中就包括孙清,理由是:"行类俳优,岂堪提学?"于是在正德七年(1512)九月,孙清改任贵州右参议,也就是说孙清出任山西提学官的时间不到三个月。由此也反映出提学官员任职资格要求之高。

20. 曾大有(1512—1514在任)

字世亨,湖广麻城人,弘治三年(1490)进士。孙清改任的同时,明廷任命曾大有为山西提学:"升兖州府知府曾大有为山西按察司副使,提督学校。"④其离职时间应在正德九年(1514),因丁忧之故。其继任者林魁恰在这一年出任山西提学。

21. 林魁(1514—1517在任)

字廷元,福建龙溪人,弘治十五年(1502)进士。据《武宗实录》记载,正德九年(1514)十一月,"升镇江府知府林魁为山西按察司副使,提调学校"⑤。正德十二年(1517)春正月,"吏部会都察院考察天下诸司官",林魁因"才力不及,并不谨"⑥被改用。但实际上林氏颇有政绩,且能不惧权贵,敢于力谏。颇有

---

① (清)嵇曾筠等:《浙江通志》据《四川通志》为"吉士",《明儒言行录续编》卷一则记为"德符"。
② (明)杨廷和等:《明武宗实录》卷87。
③ (明)杨廷和等:《明武宗实录》卷89。
④ (明)杨廷和等:《明武宗实录》卷92。
⑤ (明)杨廷和等:《明武宗实录》卷118。
⑥ (明)杨廷和等:《明武宗实录》卷145。

文名,著述有《白石野稿》《归田录》。

22. 马卿(1517—1519 在任)

字敬臣,河南林县人,弘治十八年(1505)进士。据《武宗实录》记载,正德十二年(1517)春,"调……浙江副使马卿于山西,卿提调学校"①。其离任则是正德十四年(1519)七月升任本省右参政。马卿督学山西"端严有体,阅士校文,虽寸长必录,褒奖行义,远近向慕之"②。

23. 许赞(1519—1521 在任)

字廷美,河南灵宝人,弘治十二年(1499)进士。许赞接替马卿出任山西提学,同样也是由浙江调山西:"调浙江按察司副使许赞于山西,提督学校。"③正德十六年(1521)八月,"升山东按察司副使许赞为四川布政使司右参政"④,许赞未曾到山东任职,"山东"应为"山西"。故其离任山西提学时间应该在这一年。曾在提学任上上疏荐薛瑄从祀。著述有《松皋集》,《明诗综》录其诗作一首。

*24. 何瑭(1521 未赴任改浙江)

字粹夫,河南武陟人,弘治十五年(1502)进士。正德十六年(1521)八月何瑭出任山西提学副使,但据《明史》记载,何瑭实际上并没有赴任:"初起山西提学副使,以父忧不赴,服阕起提学浙江。"⑤在浙督学有声,著述有《柏斋集》《儒学管见》《阴阳律吕》。

(五)世宗时期

*25. 刘天和⑥(1521?)

字养和,湖广麻城人,正德三年(1508)进士。《明史》有文记载:"嘉靖初,

---

① (明)杨廷和等:《明武宗实录》卷 145。
② (清)觉罗石麟等:《山西通志》卷 85。
③ (明)杨廷和等:《明武宗实录》卷 176。
④ (明)杨廷和等:《明武宗实录》卷 177。
⑤ (清)张廷玉等:《明史》卷 284。
⑥ 张德信《明代职官年表》记载刘天和由湖州知府迁按副,这是《明史》的大概记述,并无资料佐证。

擢山西提学副使"①,但其他相关文献并无记载。其或曾短暂任职,刘天和曾任陕西提学副使。有政绩,著述有《问水集》。

*26. 周宣(1522?—1525?)

字彦通,号秋斋,福建莆田人,弘治十八年(1505)进士。周宣出任山西提学一事《明实录》并无相关记录。但雍正《福建通志》对此却有相关记载,其文曰:"世宗自藩邸入继,宣首疏治安之防在培元气、伸士气,其要在端圣学。大礼议起,宣疏引濮议,折衷程子以正张孚敬之说。久之,督学山西。历广东布政,坐诖免归。"②《明诗综》录其诗作一首,绍述作者生平时也记载其曾任山西提学副使一事。据此可知,周宣的确在嘉靖初年出任山西提学,具体时间暂不可考。著述有《秋斋集》。

27. 方鹏(1525—1527?)

字时举,南直隶昆山人,正德三年(1508)进士。方鹏于嘉靖四年(1525)正月由浙江布政使司左参议升任山西按察司提学副使,其离任时间不可考。《明诗综》称其"以疾辞"。据《世宗实录》记载嘉靖六年(1527)十月启用为右春坊右庶子。因此,方鹏应在此之前卸任山西提学。著述有《昆山人物志》《矫亭集》等,《明诗综》收录其诗作十一首。

28. 刘储秀(1527—1529 在任)

字士奇,陕西咸宁人,正德九年(1514)进士。刘储秀出任山西提学官一职的确切时间,缺乏文献记载,但是据《世宗实录》记载,嘉靖八年(1529)九月,"升山西副使刘储秀为河南布政司左参政",由此推测,刘储秀担任山西提学应该在此之前,而陆深恰好接替其职。据此推断,刘储秀很可能是接替方鹏于嘉靖六年(1527)到任。著述有《西陂集》。

*29. 陆深(1529—1530 在任)

字子渊,南直隶松江府上海人,弘治十八年(1505)进士。《世宗实录》记载,嘉靖八年(1529)九月,"升福建延平府同知陆深为山西按察司副使提调学

---

① (清)张廷玉等:《明史》卷 200。
② (清)郝玉麟等:《福建通志》卷 44。

校"①。嘉靖十年(1531)八月,陆深为生员刘锽申冤,反遭御史赵锽揭发其"不行刊布敬一等箴,并连及先任提学刘储秀"②。陆深为人正直,督学有声誉。《明史》记载其"少与徐祯卿相切磨,为文章有名"③。著述颇丰,有《俨山诗微》《书辑》《豫章漫抄》《翰林记》等。《四库全书》有《俨山外集》三十四卷。

30. 陈讲(1530—1533 在任)

字子学,号中川,四川遂宁人,正德十六年(1521)进士。陈讲出任山西提学《世宗实录》有明确记载:"(嘉靖九年十一月)升广东道监察御史陈讲为山西按察司副使提调学校。"④嘉靖十二年(1533)二月,因升任本省右参政而离任。陈讲督学颇有政绩,《山西通志》对其评价颇高:"宽而有制,品第士类,人咸服其明。建河汾书院,萃士之良者,课业有程,多所造就。"⑤著述有《茶马志》《中川集》。

31. 曹嘉(1532—1535?)

字仲礼,河南扶沟人,正德十二年(1517)进士。《世宗实录》记载,嘉靖十一年(1532)正月,"升……真定府知府曹嘉俱为按察司副使……嘉山西"⑥。此处并未言明曹嘉具体职任,但是《明诗综》却表明为提学副使,结合此时山西提学空缺的事实,则相当可信。其卸任山西提学时间不可考,应以下任提学任职为参考。

32. 王汝孝(1535—1537?)

字绍甫,山东东平人,嘉靖五年(1526)进士。据《世宗实录》记载,嘉靖十四年(1535)七月,王汝孝由翰林院修撰升任山西提学副使。但其卸任时间史料无直接记载。王氏督学有声,据《山西通志》记载:"嘉靖间提学副使,雅量不苛,教人敦行尚实,刊诸礼辑览,士知遵守。闻丧即日,就道时,雨雪泥泞中,诸

---

① (明)徐阶等:《明世宗实录》卷105。
② (明)徐阶等:《明世宗实录》卷129。
③ (清)张廷玉等:《明史》卷286。
④ (明)徐阶等:《明世宗实录》卷119。
⑤ (清)觉罗石麟等:《山西通志》卷85。
⑥ (明)徐阶等:《明世宗实录》卷134。

生泣送不忍舍。"①由此可知,王孝汝是丁忧离任。根据下任山西提学到任时间来判断,应在嘉靖十六年(1537)年左右。

33. 章侨(1537—1538)

字处仁,浙江兰溪人,正德十二年(1517)进士。嘉靖十六年(1537)二月,章侨由河南按察司副使改任山西提学。其卸任时间目前也无相关文献直接记载。根据《世宗实录》记载其在嘉靖二十年(1541)由山东按察使升任山西右布政使来推断②,其离任时间应在嘉靖十七年(1538)左右(即倒推一个考满周期)。这恰好与章侨在广西、河南副使任上任职时间相吻合。

34. 胡松(1541—1542 在任)

字汝茂,南直隶滁州人,嘉靖八年(1529)进士。《世宗实录》记载其生平:"嘉靖己丑进士。初知东平州,历礼部郎中,出为湖广参议,寻升山西提学副使。会北虏入寇,疏陈边情十二事。进山西参政,无何,褫职归家。"③据《世宗实录》记载,嘉靖二十年(1541)九月,"山西按察司副使胡松(滁州)疏陈边防事宜"④。这就是他出任山西提学不久发生的事情。此后不久胡松即被晋升为山西参政仍督学,但是不久(嘉靖二十一年即1542年)即被礼科给事中冯良知等弹劾,"革职候勘"而卸任。著述有《滁州志》《庄肃公奏疏》。

35. 廖希颜⑤(1541—1545 在任)

字叔愚,湖广茶陵人,嘉靖十一年(1532)进士。据《世宗实录》记载:"(嘉靖二十年即1541)升工部郎中廖希贤为山西按察司副使,提调学校。"⑥其卸任时间该书也有明确记载,只不过姓名稍有误差:"升山西按察司副使廖希颜为浙江右参政",时间是嘉靖二十四年(1545)八月。廖希颜督学时曾亲自讲学河

---

① (清)觉罗石麟等:《山西通志》卷85。
② 《明代职官年表》以1541年为章侨卸任山西提学的时间,显然与《明世宗实录》所载史实不符。
③ (明)徐阶等:《明世宗实录》卷563。
④ (明)徐阶等:《明世宗实录》卷253。
⑤ (清)和珅等:《大清一统志》作"廖希贤",《明世宗实录》既作"廖希贤",也称"廖希颜"。
⑥ (明)徐阶等:《明世宗实录》卷256。

汾书院,"有河汾夫子之目"①。著述有《东云存稿》《三关士心》。

36. 俞咨伯(1545—1550?)

字号不可考,浙江平湖人,嘉靖十一年(1532)进士。俞咨伯于嘉靖二十四年(1545)八月,"调补河南按察司副使俞咨伯于山西,提调学校"②。正是接替廖希颜出任山西提学。但其卸任时间不可考,应以下任提学任职时间为准。

37. 闵煦(1550—1554?)

字和卿,北直隶任丘人,嘉靖十四年(1535)进士。据《世宗实录》记载,嘉靖二十九年(1550)六月闵煦由翰林院编修升任山西按察司副使。其卸任时间则不可考。从其任职履历来看,当在一个考满周期,也就是说在嘉靖三十三年(1554)前后。

38. 陈棐(1555—1557?)

字汝忠,河南鄢陵人,嘉靖十四年(1535)进士。《世宗实录》曾记载陈棐主动要求出关督学一事:"初大同房警频数,山西提学官惮于出关,各郡邑儒学生累岁不复考试,按臣遂奏以冀北道分巡官代理之。至是山西提学副使陈棐请自领如故,抚按上状,部覆允之。"③此事发生时间是嘉靖三十四年(1555)五月,很可能是陈棐到任山西提学任上的事件。而据该书记载,嘉靖三十六年(1557)六月升陕西按察使陈棐为都察院右佥都御史巡抚甘肃,说明至少在此之前陈棐已经卸任山西提学一职。著述有《广平府志》《八阵图说》《礼垣六事疏》。

39. 宋大勺(1559—1562?)

字道成,浙江余姚人,嘉靖二十年(1541)进士。据《世宗实录》记载,嘉靖三十八年(1559)三月,宋大勺由河南汝宁府知府升任山西提学副使。其卸任时间不可考。

40. 陈瑞(1565—1568 在任)

字孔麟,号文峰,福建长乐人,嘉靖三十二年(1553)进士。据《世宗实录》

---

① (清)迈柱等:《湖广通志》卷 55。
② (明)徐阶等:《明世宗实录》卷 302。
③ (明)徐阶等:《明世宗实录》卷 422。

记载,嘉靖四十四年(1565)二月升山东道御史陈瑞为山西按察司佥事,提调学校,此其出任山西提学时间。另据《穆宗实录》记载,陈瑞于隆庆二年(1568)二月由山西提学副使升河南右参政而卸任。陈瑞督学"闳才博学,以兴起斯文为任"①,且以文臣御敌,实属不易。

(六)穆宗时期

41. 袁随(? —1571)

字号不可考,北直隶通州人,嘉靖三十五(1556)年进士。《穆宗实录》只记载袁随卸任山西提学的时间,隆庆五年(1571)正月升江西省右参政。

42. 胡定(1571—1573?)

字正叔,湖广崇阳人,嘉靖三十五年(1556)进士。隆庆五年(1571)正月,胡定接替袁随出任山西提学。由直隶常州府同知胡升山西提学佥事。据《神宗实录》记载:"(万历元年即1573)升陕西右参议胡定为福建提学副使。"②据此可知,胡定应在万历元年(1573)之前卸任山西提学。

43. 蔡国熙(? —1572)

字春台,北直隶永年人,嘉靖三十八年(1559)进士。《神宗实录》记载,隆庆六年(1572)七月,"调山西副使蔡国熙于陕西",此即其卸任山西提学时间。其到任时间不可考。《畿辅通志》记载:"与罗近溪,耿楚侗相劘切,出为苏州守,建中吴书院,聚徒讲学,以治最入觐,累迁山西提学副使归。"③著述有《春台文集》《守令懿范》。

*44. 刘奋庸(1572—1573在任)

字试可,河南洛阳人,嘉靖三十八年(1559)进士。隆庆六年(1572)七月刘奋庸接替蔡国熙,以湖广兴国州知州升任山西提学副使,又据《神宗实录》记载,万历元年(1573)九月,"升山西提学佥事刘奋庸为陕西右参议,驻扎商

---

① (清)觉罗石麟等:《山西通志》卷85。
② (明)叶向高等:《明神宗实录》卷17。
③ (清)李卫等:《畿辅通志》卷78。

州"①。尽管《实录》前后记载官阶上有出入,但是时间则完全吻合。

(七) 神宗时期

45. 曹大野(1573—1574 在任)

字仲平,四川巴县人,隆庆二年(1568)进士。万历元年(1573)九月,曹大野由礼部祠祭司署员外郎事主事升任山西提学佥事,接替刘奋庸为山西提学。据《神宗实录》记载:"(万历五年正月)复除山西佥事曹大野于湖广。"②按照丁忧三年的惯例倒推,再结合下一任提学任职时间,推断其在万历二年(1574)卸任的可能性较大。

46. 蔡叔逮(1574—1576 在任)

字子渐,河南卫辉府千户所人,嘉靖四十一年(1562)进士。《神宗实录》记载,万历二年(1574)三月,升礼部仪制司郎中蔡叔逮为山西提学副使,应是接替丁忧而卸任的曹大野。其卸任时间不可考,考虑其在万历六年(1578)二月曾由原任调补山东副使整饬海防的史实,蔡叔逮卸任山西提学应以下任提学任职时间前后为宜。据《神宗实录》记载,万历四年(1576)九月,"吏部尚书张瀚等考次各省直提学官以闻"③。此时记载蔡叔逮"别用",应当是其卸任时间。

*47. 郑旻(1576—1578 在任)

字世卿,广东揭阳人,嘉靖三十五年(1556)进士。郑旻曾于万历二年(1574)出任贵州提学副使,而在万历四年(1576)考核天下提学时,"调别地"则就是山西。因此,郑旻出任山西提学正是在万历四年(1576)。其卸任则在万历六年(1578)七月,"升山西副使郑旻为湖广左参政"④。

48. 贺邦泰(1578—1580 在任)

字道卿,南直隶丹阳人,嘉靖三十八年(1559)进士。据《世宗实录》记载,

---

① (明)叶向高等:《明神宗实录》卷 17。
② (明)叶向高等:《明神宗实录》卷 58。
③ (明)叶向高等:《明神宗实录》卷 54。
④ (明)叶向高等:《明神宗实录》卷 77。

万历六年(1578)七月,"调山西副使贺邦泰为本省副使,提督学政"①。由此可见,贺邦泰系接替郑旻为山西提学。同样该书还记载了贺邦泰于万历八年(1580)三月升任湖广右参政的史实。

49. 薛亨(1580—1581,1584—1586 在任)

字道行,陕西韩城人,隆庆五年(1571)进士。薛亨于贺邦泰卸任山西提学的同时,由刑部员外郎升任该职,时间当然也在万历八年(1580)三月。其卸任时间无资料记载,但是万历十年(1582)九月考察天下提学官,陆橄已在任,说明此时薛亨已卸任。而《神宗实录》有记载,万历十二年(1584)四月,"以原任山西佥事薛亨为本省提学佥事"②。说明在此之前可能停职。但是薛亨督学爱护生徒:"擢山西提学佥事,教先德行而后文艺。以斋膳之羡置学田,周士不给者。"③著述有《学海丛珠》。

50. 陆橄(1581—1584 在任)

字羽行,号冲台,南直隶长洲人,万历二年(1574)进士。据《神宗实录》记载,陆橄于万历九年(1581)六月由工部郎中升任山西提学副使。同样该书还记载,万历十二年(1584)三月,因御史丁此吕弹劾而改调用。

51. 王守诚(1584?—1591)

字时化,河南嵩县人,隆庆五年(1571)进士。据《神宗实录》记载,万历十九年(1591)五月,"调山西副使王守诚为山东副使"。这应是其卸任山西提学副使的时间,至于其出任山西提学的时间则无资料可考。

*52. 成宪(1588—1589 在任)

字君迪,号监吾,北直隶蓟州人,嘉靖四十四年(1565)进士。成宪出任山西提学的时间,《神宗实录》有明确记载,万历十六年(1588)十月,"改山西副使成宪本省提学副使"④。而其卸任时间该书也有记录,万历十七年(1589)四

---

① (明)叶向高等:《明神宗实录》卷77。
② (明)叶向高等:《明神宗实录》卷148。
③ (清)觉罗石麟等:《山西通志》卷86。
④ (明)叶向高等:《明神宗实录》卷204。

月,"升山西提学副使成宪为山东布政司右参政"①。

53. 范守己(？—1591前)

字介孺,河南洧川人,万历二年(1574)进士。据《神宗实录》记载,万历十九年(1591)三月,"先是御史任应征参……山西学臣范守己,督学纵恣,宜从罢斥。部覆……范守己调别省用"②。其出任山西提学时间不可考。著述有《造夏略》《洧川县志》《御龙子集》。

*54. 李三才(1591—1592？)

字道甫,北直隶顺天府通州人,万历二年(1574)进士。据《神宗实录》记载,"辛未,调河南副使李三才为山西副使提督学政",时间正是范守己调离山西的万历十九年(1591)三月。该书记载,万历二十三年(1595)五月,"原任山西副使李三才起补山东提学副使"③。说明在此之前李三才已经卸任且已停职,离职时间应以下任提学任职④为准。著述有《双鹤轩诗集》《漕抚小草》,《明诗综》录其诗六首。

*55. 李开藻(1592—1594？)

字叔玄,福建永春人,万历十一年(1583)进士。据《神宗实录》记载,万历二十三年(1595)五月,李开藻由礼部员外郎升任山西提学佥事。同时该书还记载万历二十六年(1598)五月,起用原任山西佥事李开藻为四川下东道兵备副使,说明在此之前已卸任。与李三才一样,应以下任提学任职时间为准⑤。

56. 杜华先(1594—1595？)

字孝卿,山东冠县人,万历十一年(1583)进士。据《神宗实录》记载,万历二十二年(1594)二月,"升河南参议杜华先为山西副使,提督学政"⑥。其卸任时间不可考,应以下任山西提学任职时间为参考。

---

① (明)叶向高等:《明神宗实录》卷210。
② (明)叶向高等:《明神宗实录》卷234。
③ (明)叶向高等:《明神宗实录》卷248。
④ 李开藻万历二十年五月出任山西提学。
⑤ 杜华先万历二十二年二月出任山西提学。
⑥ (明)叶向高等:《明神宗实录》卷270。

57. 汪可受(1595—1601?)

字静峰,湖广黄梅人,万历八年(1580)进士。据《神宗实录》记载,万历二十三年(1595)二月,汪可受由吉安知府升山西提学副使。其卸任时间《神宗实录》无记载,应以下任山西提学任职时间为参考。

58. 吴鸿功(1601—1607?)

字文勋,号凤岐,山东莱芜人,万历十七年(1589)进士,山东解元。据《神宗实录》记载,二十九年(1601)九月,"以陕西副使吴鸿功调山西提学副使"①。卸任时间不可考,应以下任提学任职时间为参考。

59. 王三才(1608—1611 在任)

字学参,浙江萧山人,万历二十九年(1601)进士。据《神宗实录》记载,万历三十六年(1608)正月,"升礼部郎中王三才为山西副使提督学政"②。同样该书记载万历三十九年(1611)八月,王三才升任本省右参政兼佥事"管粮带催料价"。《山西通志》记载其生平:"万历间督学副使,文名擅海内,居心廉介,以空缺银两,置儒学常平仓以济寒士。又创建太原平阳考场,岁省千金。"③

*60. 南居益(1562—1565 在任)

字思受,陕西渭南人,万历二十九年(1601)进士。据《神宗实录》记载,万历四十一年(1562)三月,"升广平府等府知府南居益、马人龙为按察司副使,并提督学政。居益山东,人龙湖广"④。据考南居益并未有到山东任职的经历,应为稍后由山东改任山西之故。同时该书还记载万历四十四年(1616)正月晋升本省(山西)参政而卸任。著述有《晋政略》《青箱堂集》《抚闽疏》等。

61. 吕纯如(1616—1618 在任)

字孟谐,南直隶吴江人,万历二十九年(1601)进士。据《神宗实录》记载,万历四十四年(1616)二月,起用原福建副使吕纯如为山西提学副使。曾因致仕而卸任则是在万历四十六年(1618)十一月。其中在万历四十六年(1618)

---

① (明)叶向高等:《明神宗实录》卷363。
② (明)叶向高等:《明神宗实录》卷442。
③ (清)觉罗石麟等:《山西通志》卷86。
④ (明)叶向高等:《明神宗实录》卷506。

八月,吕纯如曾向朝廷提出建议:"请以宋资政殿大学士范仲淹,我朝霍州学正曹端,从祀。"①著述有《学古适用编》。

62. 傅淑训(1619—1620在任)

字启昧,号东渤,湖广孝感人,万历二十九年(1601)进士。据《神宗实录》记载,万历四十七年(1619)正月"庚子,调山西按察司副使傅淑训为本省提学副使"②。其卸任时间,《明熹宗实录》有记载:"升山西按察司副使傅淑训为陕西布政使司右参政,商雒道。"③时间是泰昌元年(1620)十月。《山西通志》称傅淑训督学公明。《明诗综》录其诗作一首。

(八)熹宗时期(含光宗)

63. 文翔凤(1620—1622在任)

字天瑞,号太青,陕西三水人,万历三十八年(1610)进士。据《明熹宗实录》记载,泰昌元年(1620)十月,"升南京吏部稽勋司郎中文翔凤为山西布政使司右参议,提督学政"④。同时该书还记载天启二年(1622)八月,文翔凤由山西提学升任南京光禄寺少卿的史实。

64. 孙织锦(1622—1626?)

字伯谐,河南许州人,万历三十八年(1619)进士。《明熹宗实录》记载,天启二年(1622)九月,"升礼部郎中孙织锦为山西布政使司右参议兼按察司佥事,提督学政"⑤。该书还记载天启六年(1626)十二月:"补原任山西布政使司右参议孙织锦为蓟州兵备。"⑥说明孙织锦在此之前已卸任。

65. 吴时亮(?—1626—?)

字汝弼,浙江乌程人,天启二年(1622)进士。《山西通志·学校志》记载太

---

① (明)叶向高等:《明神宗实录》卷573。
② (明)叶向高等:《明神宗实录》卷578。
③ (明)温体仁等:《明熹宗实录》卷2。
④ 同上。
⑤ (明)温体仁等:《明熹宗实录》卷26。
⑥ (明)温体仁等:《明熹宗实录》卷79。

原府儒学时,有文记载:"天启六年督学吴时亮重修。"①由此可知,吴时亮在天启六年(1626)前后应为山西提学。

(九)思宗时期

66.杨作楫(1628—1630?)

字梦符,四川蓬莱人,万历三十五年(1607)进士。据《山西通志》记载:"万历间自闻喜调任襄陵,节费苏民,编审尤协。舆情有神君慈母之称,官至山西督学道。"②同时该书《桑拱扬传》也提到杨作楫的"学使"身份,时间是在袁继咸之前。因此杨作楫出任山西提学似乎无疑,但是其督学时间仍需进一步考证,此处暂以张德信先生《明代职官年表》一书③为准。

67.袁继咸(1634—1637)

字季通④,江西宜春人,天启五年(1625)进士。据《明史》记载:"七年春擢山西提学佥事。"故其出任山西提学当在崇祯七年(1634)。另《崇祯实录》记载,崇祯十年(1637),"庚辰,逮巡按山西御史张孙振。孙振贪秽不职,先诬学臣袁继咸,山西丙子贡士卫周祚等讼其冤。命并逮孙振讯之。继咸守官,奉功令,廉介自持,自书卷外无长物。近之推督学政者,必称焉"⑤。《明史》记载:"继咸得复官,十年除湖广参议,分守武昌。"⑥说明袁继咸在崇祯十年(1637)卸任山西提学。崇祯七年(1634)曾建言禁止内官参政,因而得罪遭受排挤。

68.黎志升(—1644—?)

字号不可考,湖广华容人,崇祯七年(1634)进士。有文献记载黎氏曾"官山西提学"⑦。因黎志升曾接受李自成官职,所以《明史》记载,崇祯十七年(1644)十二月,解学龙上书涉及黎志升:"其一等应磔者:吏部员外郎宋企

---

① (清)觉罗石麟等:《山西通志》卷35。
② (清)觉罗石麟等:《山西通志》卷90。
③ 参见张德信:《明代职官年表》,黄山书社,2009年,第3997页。
④ 据《江西通志》记载,字"临侯"。
⑤ (清)佚名:《崇祯实录》卷10。
⑥ (清)张廷玉等:《明史》卷277。
⑦ (清)钱士馨:《甲申传信录》卷5。

郊……山西提学参议黎志升,陕西左布政使陆之祺,兵科给事中高翔汉,潼关道佥事杨王休,翰林院检讨刘世芳十一人也。"①据此可知黎氏应是明代最后一位山西提学。

五、河南提学简考

(一) 英宗时期

1. 欧阳哲(1436—1439 在任)

字广哲,江西泰和人,永乐十九年(1421)进士。欧阳哲是英宗添设提调学校官员时河南的首任提学官,故此他任职河南提学的时间应是在初设提学的正统元年(1436)。其卸任时间相关文献并无明确记载,但《明英宗实录》有文载曰:"(正统七年十一月)复除……河南按察司佥事欧阳哲于浙江按察司……俱以服阕。"②这说明在此之前三年即正统四年(1439)左右,欧阳哲因丁忧之故已经调离河南提学任。《河南通志》称其"表率风化得士心"③。著述有《雪坡集》。

2. 张敬(1440?—1443)

字号不可考,据《河南通志》记载,张敬为江南吴县人,贡士,是欧阳哲之后下一任河南提学。考虑到欧阳哲卸任河南的时间,那么张敬出任河南提学的时间就应在正统五年(1440)左右。据《明英宗实录》记载,正统七年(1442)十一月,"河南汤阴县学生牛麟等七人言自幼入学,颇知方向,今以貌陋为提学佥事张敬所黜"④。这说明,此时河南提学正是张敬无疑,至于其出任河南提学的具体时间则难以确考。

---

① (清)张廷玉等:《明史》卷275。
② (明)李贤等:《明英宗实录》卷77。
③ (清)王士俊等:《河南通志》卷54。
④ (明)李贤等:《明英宗实录》卷98。

3. 曹琎(1443—1450 在任)

字廷器,湖广永兴人,宣德四年(1429)举人。据《明英宗实录》记载,正统八年(1443)十一月,广西、浙江、江西、河南都改换了提学官,河南新任提学正是曹琎。从曹琎出任河南提学的时间来看,正是在欧阳哲调任浙江一年之后,考在两人之间并无他人出任河南提学,故从正统四年到八年,河南提学处于长期旷职的可能性较大。关于曹琎卸任的时间《明英宗实录》也有确切记载:"升……河南按察司佥事曹琎为陕西按察司副使。"①时值景泰元年(1450)四月。《湖广通志》谓其督学中州时,"以身为教,士习丕变"②。

4. 刘昌(1461—1471)

字钦谟,南直隶吴县人,正统十年(1445)进士。据《明英宗实录》记载,天顺五年(1461)十一月刘昌由南京工部郎中改任河南提学副使,其卸任时间《明宪宗实录》也有明确记载,其文曰:"(成化七年九月)升河南按察司副使刘昌为广东布政司左参政。"③同时该书亦记载下任河南提学陈选到任之事。按:刘昌应该是从提学副使任上调离,因其在提学任上所作《新野县儒学碑记》明确记载该学于"成化六年十二月落成"④。这说明刘昌在成化六年(1470)年底仍旧在提学任上。著述有《五台集》。

(二) 宪宗时期

5. 陈选(1471—1477 在任)

字士贤,浙江临海人,天顺四年(1460)进士。《明宪宗实录》记载陈选出任河南提学的时间正是其前任刘昌卸任时间,即成化七年(1471)九月,由本省按察司副使改督学。而陈选升任本省按察使的时间正是其卸任提学之时,时间在成化十三年(1477)十二月。按:《明宪宗实录》记载:"(成化十四年三月)命

---

① (明)李贤等:《明英宗实录》卷191。
② (清)迈柱等:《湖广通志》卷50。
③ (明)刘吉等:《明宪宗实录》卷95。
④ (清)王士俊等:《河南通志》卷42。

河南按察司金事吴伯通提调学校。"①陈选升任时间与吴伯通出任河南提学时间相距不远,且两人之间无他人在任。《明史》称其督学河南时"立教如南畿",说明颇有政绩。著述有《小学句读》六卷。

*6. 吴伯通(1478—1487在任)

字原明,四川广安人,天顺八年(1464)进士。如上文所述,吴伯通于成化十四年(1478)三月以本省金事提调学校,至于其离任时间《明实录》则并无载录。而据《四川通志》记载,吴氏河南、浙江提学两任是前后相连的,故此吴伯通出任浙江提学时间大约应是其卸任河南提学时间。吴氏出任浙江提学的时间,据《明孝宗实录》记载是在弘治二年(1489)十一月。但是在这之前,《明孝宗实录》却有文记载:"升……行人司司副车玺,中书舍人杨一清……俱金事提调学校……玺河南,一清山西。"②这说明吴伯通卸任河南提学的时间还应该提前,应以车玺出任河南提学时间为限。且车玺《辉县儒学碑记》③明确说明其在弘治改元之时已经在任。《河南通志》称其"博通六经,躬为讲解,一时生徒,造就居多"④。著述有《石谷遗言》。

(三) 孝宗时期

7. 车玺(1478—1501在任)

字号不可考,山西泽州人,成化十四年(1478)进士。如上文所述车玺于成化二十三年(1487)三月由行人司司副升任河南提学金事。《明孝宗实录》又记载:"(弘治八年四月)升河南按察司金事车玺为本司副使仍提调学校。"⑤这说明从成化末年到弘治八年(1495)间车玺一直在河南提学任上。而车玺调离改任的时间该书也有记载,"升河南按察司副使车玺为江西布政司左参政"⑥,时值弘治十四年(1501)十一月。考虑到此后不久下任提学即到任的事实,车玺

---

① (明)刘吉等:《明宪宗实录》卷176。
② (明)李东阳等:《明孝宗实录》卷288。
③ (清)王士俊等:《河南通志》卷42。
④ (清)王士俊等:《河南通志》卷54。
⑤ (明)李东阳等:《明孝宗实录》卷99。
⑥ (明)李东阳等:《明孝宗实录》卷181。

当在此时卸任无疑。著述有《河南名贤祠录》。

*8. 王敕(1501—1507 在任)

字懋纶、嘉谕,山东历城人,成化二十年(1484)进士。据《明孝宗实录》记载,弘治十四年(1501)十二月,王敕由四川提学佥事改任河南提学副使。至于王敕卸任河南提学的时间,《明武宗实录》也有明确记载,其文曰:"(正德二年即1507)升河南按察司提学副使王敕为南京国子监祭酒。"①著述有《云芝稿》《大成乐谱》等。

(四)武宗时期

9. 秦金(1507—1510 在任)

字国声,南直隶无锡人,弘治六年(1493)进士。《明武宗实录》载其出任河南提学一事,其文曰:"升户部郎中秦金为河南按察司副使提调学校。"②时值正德三年(1507)二月。而其卸任时间正是其升任本省左参政之时,据《明实录》记载当在正德五年(1510)八月,恰逢此时河南按察司佥事张珏改督学政。因其破流贼有功,"民立生祠于学宫之右"③。著有《凤山集》。

10. 张珏(1510—1511 在任)

字伯纯,山西泽州人,弘治十二年(1499)进士。据《明武宗实录》记载:"(正德五年即1510)命河南按察司张珏……提调本处学校。"④此即张氏出任河南提学的时间。其卸任时间该书也有记载:"(正德六年即1511)调河南按察司佥事张珏于陕西。"⑤

*11. 刘玉(1511—1514 在任)

字咸栗,号执斋,江西万安人,弘治九年(1496)进士。《河南通志·职官》载录为"提学道",但考索《明实录》则无相关记载。《河南通志·名宦》则对其

---

① (明)杨廷和等:《明武宗实录》卷24。
② (明)杨廷和等:《明武宗实录》卷35。
③ (明)杨廷和等:《明武宗实录》卷54。
④ (明)杨廷和等:《明武宗实录》卷66。
⑤ (明)杨廷和等:《明武宗实录》卷72。

河南提学任职经历记录较为详细,其文曰:"正德初,为河南佥事提督学校。敦崇行谊,深得士心。"①此记载不但有时间,还有对其督学政绩的评价,应该可以据信。考《江西通志》对刘玉事迹的记载,亦云:"瑾诛,起河南佥事,迁福建副使,召为大理少卿。"②这样看来刘玉正是以佥事官衔督学河南。而刘玉出任河南佥事的时间,《明武宗实录》则有确切记载,其文曰:"(正德六年即1511)原任御史刘玉,兵科右给事中蔡潮俱为按察司佥事……玉河南,潮湖广。"③而刘玉卸任河南提学副使的时间正是其调任福建提学副使的时间,根据《明武宗实录》的记载当在正德九年(1514)五月。著述有《执斋文集》。

*12. 边贡(1514—1517 在任)

字廷实,山东历城人,弘治九年(1496)进士。据《明武宗实录》记载,正德六年(1511)七月边贡由荆州知府升任山西提学副使,但不久即以丁父忧故离任。故《明武宗实录》有文载曰:"(正德九年即1514)复除服阕山西按察司副使边贡于河南,提调学校。"④边贡卸任河南提学的时间,相关资料无明确记载。而《山东通志》又称其"擢山西、河南提学副使,俱号称得人,以内外艰两更,重忧成疾"⑤。故此,边氏卸任河南提学则应该与其母去世有关,而其母在正德十二年(1517)末去世⑥。故此边贡辞去河南提学副使一职的时间应该在正德十二年内无疑。从下任提学洪范在正德十三年(1518)初接任的事实来看,边氏卸任的时间也应在正德十二年年中之后。著述有《华泉集》。

13. 洪范(1518—?)

字邦正,江西金溪人,弘治十五年(1502)进士。《明武宗实录》记载洪范在正德十三年(1518)春由北直隶提学御史升任河南提学副使,而对其离任之事则全无交代。考虑到接替洪范担任河南提学的王韦正是在该年冬十月被任命的事实,洪范卸任河南提学的时间应该不晚于这个时间。按:根据嘉靖三年

---

① (清)王士俊等:《河南通志》卷54。
② (清)谢旻等:《江西通志》卷78。
③ (明)杨廷和等:《明武宗实录》卷72。
④ (明)杨廷和等:《明武宗实录》卷120。
⑤ (清)岳浚等:《山东通志》卷28之3。
⑥ (明)边贡《先夫人董氏行状》记载:"丁丑后十二月壬申,先夫人弃代于下。"《华泉集》卷12。

(1524)四月御史吴廷举的上疏可知洪范已是"累朝旧臣",说明他已经致仕,河南提学则应当是他最后一次仕宦经历。

14. 王韦(1518—1521在任)

字钦佩,南直隶江浦人,弘治十八年(1505)进士。《明武宗实录》明确记载王韦出任河南提学一事,其文曰:"升南京礼部郎中王韦为河南按察司副使提调学校。"①时值正德十三年(1518)冬十月。这一记载与《河南通志》所载"正德末为河南副使提督学校"②,也完全相符。至于其卸任时间则不可考,但是根据武宗在正德末年频繁巡游的事实以及下任河南提学直到嘉靖二年(1523)初方才任命的史料记载,从正德十三年(1518)十月至正德末年之间,王韦在任的可能性较大。《河南通志》称其督学"端方温雅,诲人不倦。每嬿居,必衣冠端坐,出入有定期,虽风雨无爽,诸生服其信"③。

(五)世宗时期

15. 徐文华(1523)

字用光,四川嘉定州人,正德三年(1508)进士。《明史》有传,谓其在正德时期因"数进直言"④,终致被黜为民,嘉靖初才得以重新启用。据《明世宗实录》记载:"(嘉靖二年即1523)调陕西按察司副使徐文华于河南提调学校。"⑤但据同书记载仅两月余时间徐文华就调任大理寺右寺卿,故而徐文华出任河南提学的时间非常短暂。

*16. 萧鸣凤(1523—1526在任)

字子邕,浙江山阴人,正德九年(1514)进士。据《明世宗实录》记载,恰在前任河南提学徐文华升任大理寺右寺卿的嘉靖二年(1523)四月,萧鸣凤由河南道御史升任河南提学副使。其离任原因则是遭人弹劾,《明世宗实录》记载,

---

① (明)杨廷和等:《明武宗实录》卷167。
② (清)王士俊等:《河南通志》卷54。
③ 同上。
④ (清)张廷玉等:《明史》卷191。
⑤ (明)徐阶等:《明世宗实录》卷26。

嘉靖五年(1526)正月,六科给事中及十三道御史联名弹劾官员,其中"河南提学副使萧鸣凤,广东提学副使魏校,宜以不及例调用"①。《浙江通志》则解释为"时宰唉言官劾之(萧鸣凤)"②。但因萧、魏二人学行优长之故,最后只是改调任用而已。根据《明实录》记载,之后萧鸣凤出任广东提学副使之前,还有任职湖广副使的经历,但《湖广通志》并未载录其事。因此,到嘉靖六年(1527)十月魏校出任河南提学副使为止,萧鸣凤当还有一段在任的时间。其督学南畿时颇有名声,与陈选被誉为"陈泰山,萧北斗"。著述有《静庵文录》等。

*17. 魏校(1527—1528 在任)

字子才,南直隶昆山人,弘治十八年(1505)进士。据《明世宗实录》记载,时任广东提学的魏校与河南提学萧鸣凤同时遭人弹劾,但因两人名望之故只以"调用"处理。而《明儒学案》称魏校在广东提学任后,以"丁忧补江西兵备",这说明魏校在嘉靖五年(1526)正月被朝廷"调用"时已经因丁忧之故卸任广东提学了。《明世宗实录》又记载:"(嘉靖六年即1527)起致仕江西按察司副使魏校于河南……提调学校。"③此即魏校出任河南提学的时间,而同时萧鸣凤出任广东提学,实际上两人完成了对调。至于魏校卸任河南提学的时间《明实录》无相关记载,《明儒学案》则称魏校"七年升太常寺少卿",这个时间比较模糊。实际上至迟在嘉靖七年(1528)四月魏校仍旧在河南提学任上。按:(嘉靖七年四月)詹事霍韬曾向嘉靖皇帝推荐替代自己侍讲的官员,其中有言曰:"因荐举前修撰康海,检讨王九思,副使李梦阳、魏校……自代。"④魏校河南提学任之后的官职是太常寺少卿,这里称其为副使,当是其仍在河南提学副使任上之故。而到嘉靖八年(1529)二月《明世宗实录》中已经称魏校为"少卿"。因此,魏校卸任河南提学副使的时间应在嘉靖七年(1528)之内,该年四月之后。著述有《庄渠文录》。

---

① (明)徐阶等:《明世宗实录》卷81。
② (清)嵇曾筠等:《浙江通志》卷176。
③ (明)徐阶等:《明世宗实录》卷81。
④ (明)徐阶等:《明世宗实录》卷87。

*18. 敖英(1531—1532 在任)

字子发,江西清江人,正德十五年(1520)中会试,翌年赐进士出身①。敖英督学河南的时间,《明世宗实录》有明确记载,其文曰:"升陕西按察司佥事敖英为河南按察司副使,提调学校。"②时值嘉靖十年(1531)正月。敖英卸任河南提学则是因其考送生员廷试不中者超过五人,降级改用为湖广左参议,根据《明世宗实录》与礼部尚书夏言《南宫奏稿·议岁贡事宜》可知,这一时间在嘉靖十一年(1532)六月。著述有《慎言集训》《东谷赘言》等。

19. 刘夔（1532—?）

字舜弼,山西襄垣人,正德六年(1511)进士。刘夔出任河南提学的时间《明世宗实录》有明确记载:"(嘉靖十一年即 1532)癸亥,调江西按察司副使刘夔于河南。"③故而刘夔正是接替被降级使用的敖英担任河南提学。至于其卸任河南提学的时间则难以确考。《山西通志》称刘夔督学河南、贵州时"所至声绩懋著"④。著述有《黄崖集》《金陵稿》《恒阳集》等。

20. 齐之鸾(1532—1533 在任)

字瑞卿,南直隶桐城人,据《千顷堂书目》记载,齐之鸾"本姓徐,字瑞卿,桐城人,河南提学副使"⑤。然而其督学河南并没有其他文献的直接记载。据《世宗实录》记载,嘉靖八年(1529)四月"戊辰,升南京礼部祠祭司郎中王冀为浙江按察司副使,南京刑部四川司郎中齐之鸾为陕西按察司佥事,广东广州府同知莫相为广东按察司佥事"⑥。据此推测齐之鸾应该在嘉靖十一年(1532)左右晋升为副使。而收录于《皇明经世文编》的马卿《预处黄河水患疏》一文提到疏通山东曹县梁靖口时曾称"嘉靖十二年该副使齐之鸾"⑦,那么说明嘉靖

---

① 敖英中正德庚辰科会试,但因武宗此时在南巡游未返,返且病亡,故直至第二年世宗即位方举行殿试。参看朱保炯、谢沛霖:《明清进士题名录索引》,上海古籍出版社,1979 年,第 2509 页。
② (明)徐阶等:《明世宗实录》卷 121。
③ (明)徐阶等:《明世宗实录》卷 140。
④ (清)觉罗石麟等:《山西通志》卷 113。
⑤ (明)黄虞稷:《千顷堂书目》卷 4。
⑥ (明)徐阶等:《明世宗实录》卷 100。
⑦ (明)陈子龙等:《皇明经世文编》卷 169。

十二年(1533)齐之鸾已经在山东副使任上,也就是说齐之鸾此时已经卸任河南提学副使任。著述有《入夏录》《蓉川全集》。

＊21. 吴仕(1534—？)

字克学,南直隶宜兴人,正德九年(1514年)进士。其督学河南的事迹不可考。著述有《颐山私稿》。方鹏在其所作《颐山私集序》一文中曾写道:"以荐起视学于中州,进蜀藩大参,遂坚卧不出。"①这是吴仕从福建提学副使致仕之后重新被推荐任用的间接证据。说明吴氏在出任四川左参政之前的确曾出任过河南提学副使一职。考察《明世宗实录》关于吴仕重新启用的记载,则是在嘉靖十一年(1532)十月之后。考虑到此时河南提学官员任职情况,推测其出任河南提学副使的时间应该在嘉靖十三年(1534)左右。

22. 费懋中(1535—1536？)

字民受,江西铅山人,正德十六年(1521)进士。《明世宗实录》载:"(嘉靖十四年即 1535)调湖广按察司副使费懋中于河南提调学校。"②此即费懋中出任河南提学的时间。至于其卸任时间目前则难以考订,以下任提学出任该职时间为其下限。

23. 刘世扬(1536—？)

字实夫、平嵩,福建闽县人,正德十二年(1517)进士。据《明世宗实录》记载:"(嘉靖十五年即1536)升广西按察司佥事刘世扬为河南按察司副使,提调学校。"③但是根据《福建通志》的记载,刘氏"督学河南未上(任)卒"④。故此刘世扬督学河南之事目前只能存疑。另潘恩有《送刘平嵩视学河南序》。

＊24. 顾阳和(1536—1537？)

字志仁,福建莆田人,正德十六年(1521)进士。据《世宗实录》记载,嘉靖十五年(1536)十一月"丁卯,升四川按察司佥事顾阳和,直隶河间府知府徐嵩

---

① (明)吴仕:《颐山私稿》卷首。
② (明)徐阶等:《明世宗实录》卷177。
③ (明)徐阶等:《明世宗实录》卷187。
④ (清)郝玉麟等:《福建通志》卷43。

俱为按察司副使,阳和河南,嵩湖广"①。据此可知,顾阳和卸任四川提学佥事后晋升为河南提学副使。顾氏卸任河南提学时间不可考,以下任提学出任该职时间为其下限。

25. 顾梦圭(1538—?)

字武祥,南直隶昆山人,嘉靖二年(1523)进士。顾氏出任河南提学之事,《明世宗实录》有相关记载。其文曰:"调山东按察司副使顾梦圭于河南提调学校。"②时值嘉靖十七年(1538)二月。但是对其卸任河南提学的时间相关文献则全无记载。根据《江南通志》所载顾梦圭仕宦经历,其下任官职当是福建按察使。考《福建通志》职官表,顾氏前任应是严时泰,《明世宗实录》记载其于嘉靖二十年(1541)二月升任本省右布政使。故此顾梦圭接任福建按察使的时间当在这一时间之后。而这个时间很有可能就是他调离河南提学副使一任的时间。著述有《疣赘录》《入蜀稿》。

26. 陈束(1539—1540 在任)

字约之,浙江鄞县人,嘉靖八年(1529)进士。《明实录》只记载陈束出任户部山西司主事一事,对陈氏其余仕宦经历一无记载。陈束为高叔嗣《苏门集》所作序中曾有言云:"丁酉,子业由晋阳转湖湘,为观察使。从游省署中,累两月,而束弃去。"③丁酉即嘉靖十六年(1537),此即陈束卸任湖广佥事的时间。而这一时间与其出任河南提学的时间相距并不太远。《明史》本传记载:"出为湖广佥事,分巡辰沅,治有声。稍迁福建参议,改河南提学副使,束故有呕血疾,会科试期迫,试八郡之士,三月而毕,疾增剧,竟不起。"④可见陈束在福建参议任上也不久,而且其在河南提学任上不到半年便卒于官。从《河南通志》把他列置于顾梦圭之后的位次来看,他在嘉靖二十年(1541)前后督学河南的可能性较大。又据其同乡友人张时彻《陈约之传》一文记载:"既而约之徙河南

---

① (明)徐阶等:《明世宗实录》卷 193。
② (明)徐阶等:《明世宗实录》卷 209。
③ (明)高叔嗣:《苏门集》卷首。
④ (清)张廷玉等:《明史》卷 287。

提学,余亦待罪鲁潘。"①考察张时彻出任山东右布政使是在嘉靖十八年(1539)十月,次年便是乡试之年,也符合"科试期迫"的事实,因此,陈束应在嘉靖十八年至十九年初期间担任河南提学。著述有《后岗集》。

27. 焦维章②(1540—1542 在任)

字号不可考,四川灌县人,嘉靖五年(1526)进士。《四川通志》录其为河南学宪,《明世宗实录》也称其为河南提学副使,故其曾督学河南无疑。根据焦维章在《河南通志》职官表"按察司副使"一栏的位置排序来看,他是陈束和葛守礼之间的河南提学。至于其督学时间则全无可考。根据《明世宗实录》所载,嘉靖二十一年(1542)十一月,有司拟升河南按察司副使焦维章为左参政,这应该是焦氏卸任河南提学副使一任的时间,和接任者葛守礼任命时间也大致相符。《四川通志》称其出任学宪"清谨正直,皆著藻鉴"③。

28. 葛守礼(1542—1545 在任)

字与立,山东德平人,嘉靖八年(1529)进士。《明世宗实录》记载葛守礼被任命为河南提学一事,其文曰:"升礼部仪制司郎中葛守礼……为按察司副使,守礼河南……俱提调学校。"④时间是在嘉靖二十一年(1542)十月。其卸任时间该书亦有记载:"(嘉靖二十四年即1545)升河南按察司副使葛守礼为山西布政使司左参政。"⑤著述有《葛端肃公集》。

29. 翁大立(1548—1551 在任)

字道生,浙江余姚人,嘉靖十七年(1538)进士。据《明世宗实录》记载,嘉靖二十七年(1548)二月,翁大立由刑部广东司郎中升为河南提学副使。该书对翁氏卸任河南提学之事则无载录。然而翁大立《百泉书院种树记》对其督学

---

① (明)陈束:《陈后岗诗集》,《四库全书存目丛书》集部第 90 册,齐鲁书社,1997 年,第 480 页。
② (清)王士俊等:《河南通志》写作"焦惟章",误。《四川通志》《明世宗实录》《贵州通志》等均作"焦维章"。
③ (清)黄廷桂等:《四川通志》卷 8。
④ (明)徐阶等:《明世宗实录》卷 267。
⑤ (明)徐阶等:《明世宗实录》卷 302。

河南的时间有所交代,其文有曰:"嘉靖己酉初夏,予校士至百泉。"①按:己酉年即嘉靖二十八年(1549),翁大立督学河南的第二年。而文中又记载"逾年十一月,予复来校士"②,这说明嘉靖二十九年(1550)年底翁大立仍在河南提学任上。而接替翁大立出任河南提学的王应钟直到嘉靖三十一年(1552)初才到任,且翁大立调任南直隶参政最早不过嘉靖三十年(1551)③,最晚不迟于嘉靖三十二年(1553)。据此推断翁氏在嘉靖三十年(1551)末卸任河南提学的可能性较大。著述有《督抚江西奏议》。

30. 王应钟(1552—?)

字懋复,福建侯官人,嘉靖二十年(1541)进士。《明世宗实录》记载王氏出任河南提学的时间是嘉靖三十一年(1552)三月,由浙江道御史升任河南提学副使。其卸任时间不可考。著述有《缶音集》。

31. 徐霈（?—1555—?）

字孔霖,浙江江山人,嘉靖二十年(1541)进士。《浙江通志》载徐霈仕宦经历,其文曰:"为监察御史,抗疏救夏言,廷杖出为河南督学,造士尤多,转广东布政使,以清介闻,致仕。"④按:夏言在嘉靖二十七年(1548)十月被杀,若按《浙江通志》所言,徐霈当在此后不久出任河南提学,非是。尹台《送河南提学副使徐君孔霖序》文中所言曰:"今河南提学副使徐君孔霖,吾十数年前校试南宫,幸读其文,而识其贤于众人中。"⑤尹台所指的校试南宫是指进士考试,而徐霈是在嘉靖二十年(1541)中进士。由此反推,徐霈出任河南提学的时间就应该是嘉靖二十年后的"十数年"。而《河南通志》把徐霈列置于王应钟与亢思谦之间,说明他是两人中间的一任提学,故此他在嘉靖三十四年(1555)左右督学河南的可能性较大。著述有《东溪文集》。

---

① （清）王士俊等:《河南通志》卷43。
② 同上。
③ 据《明世宗实录》记载,嘉靖三十二年(1553)十二月南直隶巡按御史孙慎弹劾巡抚彭黯、参政翁大立抗倭不力。而彭黯出任巡抚在嘉靖三十年(1551)正月,此次倭寇来犯则在嘉靖三十二年年初。据此推断翁大立由河南提学调任南直隶参政应在此期间。
④ （清）嵇曾筠等:《浙江通志》卷177。
⑤ （明）尹台:《洞麓堂集》卷2。

32. 亢思谦(1556—1559 在任)

字子益，山西临汾人，嘉靖二十六年(1547)进士。《明世宗实录》载："(嘉靖三十五年即 1556)升翰林院编修亢思谦为河南按察司副使提调学校。"①此即亢思谦出任河南提学时间。其卸任时间不可考，但是根据他在嘉靖四十一年(1562)三月由陕西按察使升任山东右布政使的晋升经历来看，他在此任上极有可能任职有一个考满周期即三年的时间。也就是说亢思谦很有可能到嘉靖三十八年(1559)左右方才离任。

(六)穆宗时期

33. 杨俊民(1569—1571 在任)

字伯章，山西蒲州人，嘉靖四十一年(1562)进士。据《明穆宗实录》记载，隆庆三年(1569)正月，"杨俊民为河南按察司副使提调学校"②。此说与《山西通志》所称"隆庆初迁河南提学副使"③完全相符。其离任时间该书也有记载，隆庆五年(1571)十二月杨俊民升任本省右参政，而接任者周之屏也于同时调任。著述有《河南忠臣集》。

*34. 周之屏(1571—1572 在任)

字鹤皋，湖广湘潭人，嘉靖三十八年(1559)进士。据《明穆宗实录》记载，周之屏于隆庆五年(1571)八月由江西吉安知府升任贵州提学副使，但在同年十二月便调任河南，接替杨俊民出任河南提学。周之屏卸任河南提学的时间不可考，但根据其在万历初由"原任河南副使"改山东学政的记载来看，周氏在河南提学任上因故卸任的可能性较大。因此，其离任时间应以其接任者到任时间为准。考隆庆与万历之间的河南提学，唯有一条记载。其文曰："(隆庆六年即 1572)调山东副使李汶于河南提督学政。"④李汶上任时间亦是周之屏卸任时间。

---

① (明)徐阶等:《明世宗实录》卷 433。
② (明)于慎行等:《明穆宗实录》卷 28。
③ (清)觉罗石麟等:《山西通志》卷 125。
④ (明)叶向高等:《明神宗实录》卷 7。

* 35. 李汶(1572—1573?)

字宗齐,北直任邱人,嘉靖四十一年(1562)进士。如上所述,李汶于隆庆六年(1572)十一月由山东副使改任河南提学副使,实为万历年间首位河南提学。而李汶卸任河南提学的时间,《明实录》则无直接记载。但万历元年(1573)七月衷贞吉接任,说明此时李汶很有可能因故离任。而据《明神宗实录》所载:"(万历四年正月)原任河南副使李汶,随侍郎王宗沐之宣大。"①这更能说明李汶的确在河南提学副使一任上暂时因故致仕。

(七) 神宗时期

36. 衷贞吉(1573—1576,1579—1581 在任)

字孔安,江西南昌人,嘉靖三十八年(1559)进士。《江西通志》称衷贞吉万历初由陕西行太仆寺少卿改任河南提学副使,《明神宗实录》对此亦有详细记载,时间当在万历元年(1573)七月。这是衷贞吉第一次督学河南的时间,但其卸任的具体时间不可考。从下任提学的到任时间来看,衷贞吉第一次督学河南的时间截止到万历四年(1576)初的可能性较大。衷贞吉第二次督学河南的时间较明确,据《明神宗实录》卷 91 记载,"(万历七年即 1579)以原任河南提学副使衷贞吉补河南副使",原因是当时的河南副使李向阳被革职回籍。衷贞吉这一任截止的时间是万历九年(1581)正月,因升湖广右参政兼金事之故。《江西通志》谓其督学"精品藻,宽条约,详训迪,得人士心"②。

37. 赵奋(1576—1577?)

字庸卿,福建闽县人,嘉靖四十四年(1565)进士。据《明神宗实录》记载,"(万历四年即 1576)升直隶广平府知府赵奋为河南提学副使",此即赵氏出任河南提学时间。至于赵奋卸任河南提学的时间则无相关记载。从其接任者李向阳的上任时间来看,以万历五年(1577)二月为其离任时间为宜。

38. 李向阳(1577—1579 在任)

字忠卿,四川雅州人,嘉靖三十八年(1559)进士。李向阳出任河南提学一

---

① (明)叶向高等:《明神宗实录》卷 46。
② (清)谢旻等:《江西通志》卷 69。

事,《明神宗实录》有确切记载:"(万历五年即1577)升武昌知府李向阳为河南提学副使。"其离任时间该书也有记录,在万历七年(1579)九月因巡按御史苏民望弹劾李向阳"徇情玩法,任气作威",结果被革职回籍。

39. 王鼎爵(1581在任)

字家驭,南直隶太仓人,隆庆二年(1568)进士。据《明神宗实录》记载,"(万历九年即1581)升南京吏部验封司郎中王鼎爵为河南提学副使",这正是衷贞吉再任河南提学时的卸任时间。至于王鼎爵卸任河南提学的时间相关资料无直接记载,但其接任者王象坤在万历九年(1581)十一月到任的事实说明此时王鼎爵已经离任。按:其兄王锡爵在万历十三年(1585)十一月给皇帝的上疏中称:"臣弟原任河南提学副使鼎爵已于闰九月二十五日病故。"①由此说明王鼎爵是因病离任,且在万历十三年(1585)病故。

40. 王象坤(1581—1583在任)

字子厚,山东新城人,嘉靖四十四年(1565)进士。王象坤督学河南的时间《明神宗实录》记载得非常清楚,其文曰:"(万历九年即1581)以原任江西副使王象坤为河南提学副使。"②万历十一年(1583)正月,该书又载:"升河南提学副使王象坤于本省……右参政。"③据其族孙清人王士禛记载,象坤"藻鉴尤精"颇能识人。

41. 赵鹏程(1583—?)

字号不可考,北直隶通州人,隆庆五年(1571)进士。据《明神宗实录》记载,万历十一年(1583)二月,"升右参议赵鹏程为河南副使……提调学校"。此即赵氏出任河南提学的时间,而其卸任时间则全无可考。

*42. 李化龙(1588?—1590?)

字于田,北直隶长垣人,万历二年(1574)进士。《河南通志·职官》三处载录其名,说明他在河南曾出任多职。除了一次总理河道,其余两次都与提学有

---

① (明)叶向高等:《明神宗实录》卷168。
② (明)叶向高等:《明神宗实录》卷118。
③ (明)叶向高等:《明神宗实录》卷132。

关。左参议任上则曰:"河北守道又提学道。"①说明李化龙在参议任上便兼任河南提学。而根据《明神宗实录》的记载他又曾由郎中升河南提学佥事,故此他在河南佥事任上的职责也是督学。而据《明实录》记载:"(万历十八年即1590)升河南参议李化龙为山东提学副使。"②说明此即李氏卸任河南提学的确切时间。至于其到任时间,则难以考证,但是根据其在万历十六年(1588)三月方出任道御史的情况来判断,这一时间应该在此之后。《河南通志》称其"教化洽于中州,作为文章,时有山斗之望"③。著述有《李襄毅公诗文稿》。

43. 王士性(1591—1592 在任)

字恒叔,浙江临海人,万历五年(1577)进士。据《明神宗实录》记载,万历十九年(1591)七月,"以云南副使王士性调河南提学副使"④。王氏卸任河南提学的时间该书也有明确记载:"遣……河南提学副使王士性为山东督粮左参政。"⑤时间是在万历二十年(1592)十二月。著述有《五岳游记》《玉砚集》。

*44. 王国(1593 在任)

字之桢,陕西耀州人,万历五年(1577)进士。《明神宗实录》曾两次记载王国出任河南提学副使一事,时间分别是万历二十年(1592)十二月和万历二十一年(1593)正月。因后一时间距离王国到任河南提学的实际时间更近一些,故取后者为其督学河南的开始时间。王国卸任河南提学一职的时间,该书也有记载。其文曰:"升河南副使王国为山东右参政兼佥事整饬霸州。"⑥时间在万历二十一年(1593)九月。

*45. 萧良誉(1593—1595 在任)

字汉颖⑦,湖广汉阳人,万历八年(1580)进士。《明神宗实录》记载,万历二十一年(1593)九月,萧良誉由宁国府知府升为河南提学副使,而对其卸任河

---

① (清)王士俊等:《河南通志》卷 31。
② (明)叶向高等:《明神宗实录》卷 219。
③ (清)王士俊等:《河南通志》卷 54。
④ (明)叶向高等:《明神宗实录》卷 238。
⑤ (明)叶向高等:《明神宗实录》卷 255。
⑥ (明)叶向高等:《明神宗实录》卷 264。
⑦ 据《江南通志》《福建通志》所载,萧良誉字以孚。

南提学之事则无明确记载。但据《明神宗实录》卷322记载:"(万历二十六年五月)起……原任河南副使萧良誉为广西提学副使。"则说明,萧氏极有可能是在河南提学副使上暂时致仕。因此,下任河南提学张我续于万历二十三年(1595)三月由陕西副使调任河南提学副使的时间很可能就是萧良誉卸任的时间。《湖广通志》谓其"两任提学,衡鉴超异,卓绝一时"①。

46. 张我续(1595—1597?)

字叔子,北直邯郸人,万历八年(1580)进士。据《明神宗实录》记载,张我续于万历二十二年(1594)由礼部郎中升为陕西副使,翌年(1595)六月,由陕西调河南,"提督学政"。但张氏卸任河南提学的时间,《明神宗实录》则无相关记载,该书对张氏事迹的记载最近则是在万历三十二年四月,由山西右参议补任河东右参政。故此,张我续卸任河南提学的时间也应以下任提学到任时间为准,即在万历二十五年(1597)初徐秉正出任河南提学时张氏卸任的可能性较大。

*47. 徐秉正(1597—1598?)

字朝直,江西南昌人,万历八年(1580)进士。据《明神宗实录》记载:"(万历二十五年即1597)改贵州副使徐秉政提督河南学政。"②此即徐秉正出任河南提学的时间,其卸任时间则不可考。但是从徐氏在万历十九年(1591)二月即升为云南副使,并于是年五月即出任贵州提学副使的经历来看,徐秉正在河南提学任上的时间应该不会太久。按:《明神宗实录》在万历二十七年(1599)正月已称徐秉正为"陕西参政",也就是说在这一时间之前,徐秉正已经卸任河南提学。

48. 吴中明(1601—1605?)

字知常,南直隶歙县人,万历十四年(1586)进士。《明神宗实录》记载:"(万历二十九年即1601)以广西副使吴中明调补河南提学副使。"此即吴中明出任河南提学的时间,至于其卸任时间则无可考。但根据吴氏在万历三十三年(1605)三月在河南参政任上乞休一事可知,他在这一时间之前早已不再担任提学一职。

49. 董光宏(1608—1610在任)

字君谟,浙江鄞县人,万历二十九年(1601)进士。董光宏督学河南的起止

---

① (清)迈柱等:《湖广通志》卷47。
② (明)叶向高等:《明神宗实录》卷308。

时间，《明神宗实录》均有记载。万历三十六年(1608)四月，该书记载"升刑部郎中董光宏为河南佥事提督学政"①；万历三十八年(1610)五月，该书又云"丁卯，河南佥事董光宏为本省右参议"②。据《明诗综》等书记载，董光宏官居佥事、参议、副使，参政时都在河南，其由佥事升迁至参议的时间即是其卸任提学的时间。著述有《历官纪录》《秋水阁集》。

50. 叶秉敬(1610—1613 在任)

字敬君，浙江西安人，万历三十五年(1607)进士。《明实录》对叶秉敬督学河南之事无明确载录，但《浙江通志》和《河南通志》对此均有记载。前者有文曰："守大梁，督学中州，士民称之。参江藩，以忧归。"③考案《明神宗实录》，叶秉敬升任开封府知府是在万历三十五年(1607)十二月，而据同书记载他改任江西参政则是在万历四十一年(1613)三月。根据《浙江通志》《河南通志》的相关记载可知，后一时间正是其卸任河南提学副使的时间。而根据明代官员考满晋升的制度，叶氏出任河南提学副使的时间也大约在万历三十八年(1610)左右。而叶秉敬的前任提学董光宏恰在是年五月离任，故而以此时为叶氏河南提学的上任时间较为妥当。叶秉敬督学河南颇受好评："讲学历暑忘倦，发明孔孟，大义善古，文辞尤工，临池翰墨，为世所宝，一时士风丕变。"④著述有《荆关丛语》《赋集》。

51. 张邦俊(1613—1617 在任)

字襟黄，陕西韩城人，万历二十三年(1595)进士。《明神宗实录》载："(万历四十一年即 1613)升南京河道御史张邦俊为河南副使提督学政。"该书于万历四十五年(1617)十二月又记载，"调河南副使张邦俊为湖广副使"⑤。因为张邦俊在河南副使任上除督学职任外并无其他记载，而此期间又无其他提学官员到任，且张氏本人也无暂时致仕的记录，故此张氏从河南提学副使调任湖

---

① (明)叶向高等：《明神宗实录》卷 445。
② (明)叶向高等：《明神宗实录》卷 471。
③ (清)嵇曾筠等：《浙江通志》卷 177。
④ (清)王士俊等：《河南通志》卷 54。
⑤ (明)叶向高等：《明神宗实录》卷 564。

广的可能性较大。

52. 吕邦耀(1618？—1619？)

字元韬,锦衣卫籍顺天人,万历二十九年(1601)进士。《明神宗实录》有明确记载:"(万历四十一年四月)改福建副使郑三俊,河南副使吕邦耀,各提督本省学政。"此即吕氏出任河南提学的时间。但是该书在同年八月又记载了南京河道御史张邦俊升任河南提学一事。故此,吕邦耀也理当应时卸任。而《明神宗实录》在万历四十六年(1618)八月的载录中则称"布政秦大夔,提学副使吕邦耀,参政施复明各考满复职"①。考虑到此时张邦俊已经离任,且接任张氏的下任河南提学陈腾凤并未到任的事实,吕邦耀于万历四十六年八月至四十七年六月出任河南提学的可能性较大。按:《明光宗实录》有文曰:"起升原任提学副使吕邦耀为通政司右参议。"②说明吕邦耀之前是在河南提学副使任上暂时致仕,那么他之前所复之职也必然是河南提学副使一职。

53. 陈腾凤(1619—1622在任)

字鸣周,福建莆田人,万历三十五年(1607)进士③。据《明神宗实录》记载:"(万历四十七年即1619)升……兵部武选司员外陈腾凤为河南提学佥事。"④而稍后,在天启元年(1621)十月,《明熹宗实录》则记载其升任本省参议而仍旧提学之事。直到天启二年(1622)九月"升……河南布政使司参议陈腾凤为浙江按察司副使"⑤,陈腾凤方才卸任河南提学一职。陈腾凤为万历、泰昌、天启三朝河南提学。

(八)熹宗时期(含光宗)

54. 何应瑞(1622—1625在任)

字圣符,山东曹州人,万历三十八年(1610)进士。《明熹宗实录》记载:

---

① (明)叶向高等:《明神宗实录》卷573。
② (明)叶向高等:《明光宗实录》卷8。
③ 朱保炯、谢沛霖:《明清进士题名碑录索引》,上海古籍出版社,1979年,第2168页。
④ (明)叶向高等:《明神宗实录》卷583。
⑤ (明)温体仁等:《明熹宗实录》卷26。

"升……常州府知府何应瑞河南按察司副使,督理学政。"①时值天启二年(1622)九月,正是前任提学陈腾凤卸任的时间。而何应瑞调离河南提学的原因则是因大梁道"奸宄盗贼往往出没其间,诚不可一时缺人"②。天启五年(1625)二月,何应瑞就近升补,"为本省布政使司右参政,分巡大梁道"③。《山东通志》称其"督学河南,所拔皆知名士"④。

55. 曹履吉(1626—1627 在任)

字根遂,湖广当涂人,万历四十四年(1616)进士。曹履吉于何应瑞卸任的次月出任河南提学一职,据《明熹宗实录》记载:"(天启五年三月)改浙江按察司佥事曹履吉为河南按察司提学佥事。"据该书记载,天启六年(1526)十二月,曹履吉加升右参议但"照旧提督学政"。由此来看,曹履吉督学河南的时间很有可能直至天启末年。著述有《博望山人稿》。

(九)思宗时期

56. 潘曾纮(1628?)

字昭度,浙江乌程人,万历四十四年(1616)进士。据《河南通志》记载:"潘曾纮,浙江乌程人,进士,提学道。"⑤且文中注明潘氏以副使在任。稍后文中还记载其"督学中州,士风大振"⑥。以此说明潘氏确有督学河南的经历。但是其督学时间难以考证。不过从其仕宦经历来看,他在万历四十七年(1619)方在新蔡知县任上,且后又调任商城知县,故此他在万历年间是不可能出任提学一职⑦。而泰昌直至天启六年(1526)底这一段时间内,河南提学陈腾凤、何应瑞、曹履吉前后相续,并无他人在任的可能。再从崇祯七年(1634)潘氏方巡抚江西的时间来推断,潘曾纮在天启末年至崇祯年初出任河南提学副使的

---

① (明)温体仁等:《明熹宗实录》卷 26。
② (明)范景文:《文忠集》卷 1。
③ (明)温体仁等:《明熹宗实录》卷 56。
④ (清)岳浚等:《山东通志》卷 28 之 3。
⑤ (清)王士俊等:《河南通志》卷 31。
⑥ (清)王士俊等:《河南通志》卷 54。
⑦ 提学一职最低官衔应为佥事正五品,而知县一般为正七品。

可能性较大。故此,《河南通志》把潘曾纮列为崇祯年间第一位提学。

57. 吕一经(?)

字子传,南直隶吴县人,崇祯四年(1631)进士。《河南通志》以其为明朝最后一位佥事,并注明为"提学道",但是吕一经任河南提学明显应该在巩焴之前。《新法算书》曾载远臣汤若望等人设器测验,其中"札委祠祭司主事吕一经"①参与其事。故此,吕一经出任河南提学副使应在此后。另外,根据《河南通志》记载,在吕一经之前还有一位河南提学:"刘昌,陕西人,进士,提学道。"②考索《明清进士题名碑录索引》并无此人。故疑其载录有误,与天顺年间刘昌者相混。

58. 胡潓(1635?)

名淑会,字练海,湖广澧州人,天启二年(1622)进士。据《古今图书集成》记载:"按《澧州志》,潓字连海,天启壬戌会魁,以文章名世。授行人司,升河南督学。赋性刚正,忤亲藩退归。"③《贵州通志》对此事也有记载。但其具体督学时间难以确考。

59. 巩焴(?—1644)

字成我,号育炉,甘肃真宁人,崇祯元年(1628)进士。巩焴曾在崇祯十七年(1644)被李自成授职"礼政尚书"④,后南明朝廷治从贼之罪,"河南提学佥事巩焴"⑤则赫然在列。由此说明巩焴就是明朝最后一位河南提学。至于其出任河南提学佥事的具体时间则难以考证。

六、陕西提学简考

正统元年(1436)明廷添设提学官,陕西为首批添设提学的行省。万历十

---

① (明)徐光启:《新法算书》卷3。
② (清)王士俊等:《河南通志》卷31。
③ (清)陈梦雷:《古今图书集成》卷6。
④ (清)吴伟业:《绥寇纪略》卷9。
⑤ (清)张廷玉等:《明史》卷275。

五年(1587)年底明廷命甘肃巡按兼督学政。

(一)英宗时期(含代宗)

1. 庄观(1436—1449 在任)

字居正,南直隶歙县人,永乐间举人。英宗于正统元年(1436)五月"设提督学校官"①,而在英宗任命的首批 12 名提学官中,庄观为其中之一。由国子监学正调任陕西佥事提调学校,是为明朝首任陕西提学。庄观在陕督学日长,据《明英宗实录》载:"(正统十一年八月)升陕西按察司佥事庄观为本司副使仍提督学校。"②且此处文字又载庄观已于此任"九年秩满"。故而可知,庄氏以佥事督学陕西的时间从正统元年(1436)受命至正统十一年(1446),其间未曾中断。而正统十一年(1446)后庄氏仍以提学副使督学陕西。考正统年间陕西提学相关记录也并无他人在籍,且《大清一统志》又记载庄氏升任提学副使之后于"景泰初奉表赴京乞归"③,故正统一朝陕西提学,唯庄观一人而已。

2. 冯献(1461—1463 在任)

字号不可考,浙江山阴人,宣德元年(1426)举人。据《明英宗实录》记载,天顺五年(1461)十一月,"升……冯献陕西佥事……俱提调学校,以吏部会廷臣荐举也"。④ 此乃明英宗归位、恢复提学制度之后,有史记载的唯一一任陕西提学。冯献事迹不可考,据其上任时间与下任陕西提学到任时间推断,其任职年限应以天顺五年(1461)至天顺七年(1463)间为宜,在任 2 年左右。

3. 刘安止(1464—1466 在任)

字号不可考,江西安福人,宣德七年(1432)举人。《吉安府志》载其官至"佥事"。由《明宪宗实录》可知,他在天顺八年(1464)三月由翰林院检讨兼国子监助教改任陕西提学佥事,其余事迹不可考。根据其授职与接任者赴任时间来判断,刘氏督学陕西的时间应在天顺八年(1464)春至成化二年(1466)春

---

① (清)张廷玉等:《明史》卷 10。
② (明)李贤等:《明英宗实录》卷 144。
③ (清)和珅等:《大清一统志》卷 79。
④ (明)李贤等:《明英宗实录》卷 334。

之间,在任2年。著述有《云峰清赏集》。

(二) 宪宗时期

4. 伍福(1466—1478 在任)

字天赐,江西临川人,正统九年(1444)举人。《明宪宗实录》记载其到任陕西提学的时间在成化二年(1466)春,由教授改任陕西提学佥事。成化九年(1473)吏部考核,以贤能于翌年升任副使,"仍提调学校"①。《陕西通志》中有关省内州县学、书院、寺庙多有提学伍福题记。而题记时间从成化四年至十四年未曾中断,说明伍福在陕西提学任职期间未曾调离。但该书记录山阳县学时却有文传曰:"十五年知县杨隆修,督学伍福有记。"②按:《明宪宗实录》记载:"(成化十四年即1478)升监察御史戴珊为陕西按察司副使,提调学校。"③戴珊到任,则伍福在此之前应卸任,《陕西通志》所载恐有出入。故此,伍福在陕西督学的时间是成化二年(1466)春至成化十四年(1478)年中,在任大概有12年之久。著述有《南山居士集》《云峰清赏集》《陕西通志》等。

*5. 戴珊(1478—1484 在任)

字廷珍,江西浮梁人,天顺八年(1464)进士。戴珊事迹《明史》记载甚详,故此处只对其陕西提学任略作考述。据上文所引《明宪宗实录》可知,戴珊与成化十四年(1478)九月由监察御史升任陕西按察副使。根据《明宪宗实录》记载可知,成化二十年(1484)春,戴珊升任浙江按察使,而同时娄谦接续其任。故戴珊在陕督学当在成化十四年(1478)九月至成化二十年(1484)春,在任6年。戴珊乃首位进士出身的陕西提学,且直接以副使职衔到任。

*6. 娄谦(1484—1488 在任)

字克让,江西上饶人,成化二年(1466)进士。《明宪宗实录》载:"升监察御史娄谦为陕西按察司副使提调学校"④,时值成化二十年(1484)五月。而娄谦

---

① (明)刘吉等:《明宪宗实录》卷128。
② (清)嵇曾筠等:《浙江通志》卷27。
③ (明)刘吉等:《明宪宗实录》卷182。
④ (明)刘吉等:《明宪宗实录》卷252。

离任之期实乃其升任本省按察使之时。据《明孝宗实录》所载,其时当在弘治元年(1488)二月。故此,娄氏在陕督学时限当在成化二十年(1484)五月至弘治元年(1488)二月,在任3年左右。

(三)孝宗时期

*7. 潘璋(1488)

字栗夫,浙江金华人,成化八年(1472)进士。《明孝宗实录》载,弘治元年(1488)三月升四川佥事潘璋等人为按察司副使,其中"璋陕西,仍提调学校"①。据此可知,潘氏提学关陇之前先在蜀地督学。但潘氏卸任陕西提学之时日,《明实录》与《明史》两书均未提及。然考其子潘希曾所著《竹涧集》,其附录有文曰:"逮擢关中,教士如蜀,不逾年而卒。"据此可知,潘璋当在弘治元年(1488)卒于任上,其督学陕西之时限当在弘治元年(1488)三月之后,在任时长应有半载左右。

8. 马中锡(1489—1491在任)

字天禄,北直隶故城人,成化十一年(1475)进士。《明孝宗实录》记载其于弘治二年(1489)八月由陕西按察司管粮佥事改为提调学校。同书又载弘治四年(1491)二月,马中锡由佥事升至副使,但职守未明。考《明史·马中锡传》有文记载:"历陕西督学副使。弘治五年,召为大理右少卿。"则说明马中锡为陕西副使时仍旧督学,且其应在弘治五年(1492)离任。按:杨一清接任马中锡当在弘治四年(1491)三月,则说明马氏晋升副使不久即离任。故此,马中锡督学陕西当在弘治二年(1489)八月至弘治四年(1491)三月,在任一年半载左右。其著述有《东田诗集》《东田集》等。

*9. 杨一清(1491—1498在任)

字应宁,云南安宁人,成化八年(1472)进士。《明史》对杨一清相关事迹记载甚详,本传中谓其"以副使督学陕西"②,而据《明孝宗实录》记载,弘治四年(1491)三月,杨一清因丁忧服阕由山西佥事改任陕西,提督学校。同书又载:

---

① (明)李东阳等:《明孝宗实录》卷12。
② (清)张廷玉等:《明史》卷198。

"(弘治七年十二月)升陕西按察司佥事杨一清为本司副使,仍提调学校。以巡按监察御史荐也。"①由此说明,杨一清先以佥事官衔督学陕西,三年后方升任提学副使之职。又据《明孝宗实录》可知,弘治十一年(1498)十二月杨一清因升任太常寺少卿而卸陕西提学任。故杨氏督学陕西当在弘治四年(1491)三月至弘治十一年(1498)十二月,在任近8年。著述有《关中奏议》《石淙诗集》等。

10. 王云凤(1498—1501,1504—1507在任)

字应韶,山西和顺人,成化二十年(1484)进士。《明孝宗实录》有文曰:"升河南陕州知州王云凤为陕西按察司佥事,提调学校。"②是以杨一清卸任陕西提学副使之时,王云凤以佥事续任,其时亦在弘治十一年(1498)年末。而王氏此次离任则在弘治十四年(1501)五月,据《明孝宗实录》记载:"升陕西按察司佥事王云凤,为本司副使,整饬岷州等处边备。"③该书与此同时也记载了下任提学到任之事,由此说明此时王云凤确实调离了陕西提学任。然此乃王云凤首任陕西提学经历,弘治十七年七月王氏又由兵备副使改任提学副使。而此次任职直到正德二年春王氏升任山东按察使方止。故王云凤督学陕西之时限应分别是:首任于弘治十一年(1498)十二月至弘治十四年(1501)五月,再任于弘治十七年(1504)七月至正德二年(1507)春,前后两任时长共计约5年。著述有《订正复古易》《虎谷集》。

*11. 李逊学(1501—1504)

字希贤,河南上蔡人,成化二十三年(1487)进士。其事迹《河南通志》有记载,其文曰:"选翰林院庶吉士,授检讨。以荐出补浙江按察司佥事,升陕西副使,以忧去。服阕,改山东。三任俱督学政。"④以此说明李逊学曾在浙江、陕西、山东三省督学。然于其丁忧服阕之期,《明孝宗实录》则有不同记载,其文曰:"浙江按察司佥事李逊学,丁忧服阕,复除陕西按察司,仍提调学校。"⑤两

---

① (清)刘于义等:《陕西通志》卷95。
② (明)李东阳等:《明孝宗实录》卷125。
③ (明)李东阳等:《明孝宗实录》卷174。
④ (清)王士俊等:《河南通志》卷60。
⑤ (明)李东阳等:《明孝宗实录》卷193。

书不但存有时间上的抵牾,品轶上亦有出入,根据两书的可信度来判断应以后者为是。又据《明孝宗实录》记载,李逊学到任陕西提学之时应在弘治十四年(1501)五月。按:此正是王云凤第一次卸任陕西提学时间。而李逊学由佥事升任副使之时则在弘治十六年(1503)三月。根据王云凤在弘治十七年(1504)七月改任陕西提学的事实以及《明武宗实录》中有关李氏的相关记载①,李逊学督学陕西应在弘治十四年(1501)五月至弘治十七年(1504)七月,在任3年。著述有《悔轩集》。

(四)武宗时期②

12. 沈文华(1509—1510 在任)

字崇实,湖广安陆人,弘治九年(1496)进士。《明武宗实录》记载:"(正德四年即1509)升河南府知府沈文华为陕西按察司副使,提调学校。"此即沈氏到陕督学之时。翌年三月,该书载云沈氏因约束不严,故有生员酗酒殴伤分守官吏之事,结果沈文华被降为右参议而仍提调学校。与《明武宗实录》记载有所不同,《明一统志》《湖广通志》则认为沈氏降职乃至罢黜实乃忤逆权贵所致。结合《明诗综》所载京师杂谣③与《明实录》中模棱两可的词语④来看,沈氏得罪权势而遭罢官的可能性较大。据《明武宗实录》记载,在生员生事案不久,即正德五年(1510)八月,陕西按察司佥事李昆改提调学校,故而沈文华也应在此时前后卸任陕西提学。故沈文华督学陕西应在正德四年(1509)春至正德五年(1510)八月,在任1年左右。

13. 李昆(1510—1511 在任)

字承裕,山东高密人,弘治三年(1490)进士。据《明武宗实录》记载,正德五年(1510)八月命陕西按察司佥事李昆提调学校。考《山东通志》所载李氏相

---

① (明)杨廷和等:《明武宗实录》卷26记载:"改起复陕西按察司提学副使李逊学为山东副使仍提调学校。"时值正德二年五月。

② 王云凤实为武宗朝第一任提学,因其再任提学时恰在弘治与正德之间,亦视为弘治年间陕西提学。

③ "有事勿忙,须问沈郎。"语出(清)朱彝尊:《明诗综》,中华书局,2007年,第4563页。

④ (明)杨廷和等:《明武宗实录》中所载,多以"不严""不谨"言沈文华之罪过。

关事迹,其文有曰:"分巡汉中,值流寇猖獗,昆督兵讨之……随命督陕西学政。"①由此可知李昆是由分巡道佥事改任提学。而据《明武宗实录》又知正德六年(1511)二月李昆升任"本司副使",至于其具体职守则并未言明,但延平府知府朱应登与此同时升任陕西提学副使之事实②,则说明李昆已调离提学职任。故李昆督学陕西当在正德五年(1510)八月至正德六年(1511)二月,在任半载。著述有文集《东岗小稿》。

14. 朱应登(1511—1514 在任)

字升之,南直隶宝应人,弘治十二年(1499)进士。朱应登与李梦阳、何景明等号称"弘治十才子",于当时文坛颇有声名。据《明武宗实录》记载,朱氏以延平知府升任陕西提学副使,时值正德六年(1511)三月。这与《陕西通志》所载"杨一清掌铨政,擢陕西提学副使"③之说也完全相符。但即便是这位得人才犹胜于杨一清的陕西提学,竟在正德九年(1514)受人弹劾,言其"才力不及"④,而于当年四月改任云南兵备副使,整饬澜沧等处。考察《明史·杨一清传》,朱氏遭劾及改任正与此时钱宁、江彬等人在朝中排挤杨一清有关。而考虑到续任祝萃升任陕西提学副使的时间已经确定在正德九年(1514)正月。朱氏卸任提学的时间也应该在其改任之前。故朱应登在陕西督学当在正德六年(1511)三月到正德九年(1514)一月左右,在任 3 年。著述有《凌溪集》。

15. 祝萃(1514—1515 在任)

字维真,浙江海宁人,成化二十年(1484)进士。据《浙江通志》卷 167 记载,其"正德壬申起为陕西提学副使"。按:正德壬申即正德七年(1512)。根据《明武宗实录》记载,祝萃由工部员外郎升任陕西提学副使当在正德九年(1514)正月。而其离任时间在其升任广东布政司左参政之时,亦是接任者秦文到任之时,时间均在正德十年(1515)七月。故祝萃督学陕西当在正德九年

---

① (清)岳濬等:《山东通志》卷 28 之 3。
② (明)杨廷和等:《明武宗实录》卷 72 记载:"升延平府知府朱应登为陕西按察司副使,提调学校。"时值正德六年二月。
③ (清)刘于义等:《陕西通志》卷 52。
④ (明)杨廷和等:《明武宗实录》卷 108。

(1514)一月至正德十年(1515)七月,在任一年又半载。著述有《礼经私录》《虚斋遗稿》《古文集成》等。

*16. 秦文(1515—1518 在任)

字从简,浙江临海人,弘治六年(1493)进士。秦文任职陕西提学的时间,《明武宗实录》卷 127 有明确记载:"(正德十年七月)除服阕贵州按察司副使秦文于陕西,提调学校。"按:这一时间与其前任祝萃卸任时间也完全吻合。但秦文调离提学任的时间,《明武宗实录》则无直接记载。检索全书只有"(正德十四年四月)河南布政司左参政秦文乞致仕,许之"①一条记录与此相关。考《浙江通志》,其文有曰:"(秦文)迁贵州提学副使,改陕西,两督学政。以抑奔竞、斥浮薄为先,士习为之丕变。迁河南布政司左参政,抵任,睹河洛居民彫敝而武宗巡游,调度日急,遂告病归。"②由此可知,秦文在河南左参政任上时间较短,故而与其督学陕西的时间就非常相近。据此可判断秦文卸任陕西提学一任也应在正德十四年(1519)左右,再考虑其接任者何景明到任时间(下文有考述),则以正德十三年(1518)年中为是。故此,秦文在陕西督学当在正德十年(1515)九月至正德十四年(1519)六月左右,在任约 4 年。著述有《迹东集》与《关东稿》。

17. 何景明(1518—1521 在任)

字仲默,河南信阳人,弘治十五年(1502)进士。何景明与李梦阳同为明"前七子"首领,在当时文坛颇有声名,其事迹《明史·文苑传》有载。然而关于其到陕督学时间,《明史》《明实录》均无记载。而前七子成员之一,与何氏交往甚密的康海则对此有所提及,其《何仲默集序》有言曰:"武宗皇帝之三年,予以忧罢修撰,归。十有三年,仲默以提学来关中,数能以公事过予。"③由此看来,何景明赴任陕西应在正德十三年(1518)内,但这一时间还不够明确。今人金荣权根据《皇明史概》与《国榷》相关记载,考证何氏任职陕西提学副使应在正

---

① (明)杨廷和等:《明武宗实录》卷 173。
② (清)嵇曾筠等:《浙江通志》卷 169。
③ (明)何景明著,李淑毅等点校:《何大复集》,中州古籍出版社,1989 年,第 6 页。

德十三年(1518)五月①,证据确凿,可以据信。而何氏卸任陕西提学的时间,《明世宗实录》则有确切记载,其文曰:"(正德十六年七月)陕西提学副使何景明以疾求致仕",何氏辞官虽终获允,归家不日竟去世。故此,何氏在陕西督学当在正德十三年(1518)五月至正德十六年(1521)七月之间,在任约有3年。何氏督学陕西,颇有政绩。"工古文辞,尚气节,鄙荣利。与李梦阳齐名,海内之士称曰何李。正德初阉瑾用事,景明谢病归。瑾败,复职。直内阁制敕房,防乾清宫灾,应诏陈时政,语颇激切,不报。历迁副使,督学关中,士习文体,为之一变。"②著述有《雍大记》《何大复集》等。

(五)世宗时期

18. 唐龙(1521—1526在任)

字虞佐,浙江兰溪人,正德三年(1508)进士。唐龙生平事迹《明史》有传记载,但对其擢升陕西提学副使的具体时间则并未提及。考《明世宗实录》有文记载:"升河南道监察御史唐龙为陕西按察司副使提调学校。"时值正德十六年(1521)七月。年号虽为正德,实则嘉靖皇帝已经在位,故而唐龙实际上应是嘉靖朝首任陕西提学。而据该书记载,嘉靖五年(1526)十一月,唐龙又由陕西按察司副使升任山西按察使。考按《陕西通志》相关记录,嘉靖二年至五年间,唐龙以提学副使一职从事的活动多有记载,故而唐龙由陕西提学副使任升任山西按察使无疑。因此,唐龙在陕西督学的时间是正德十六年(1521)七月至嘉靖五年(1526)十一月,在任5年有余。著述有《渔石集》《易经大旨》等。

* 19. 刘天和(1526—1527在任)

字养和,湖广麻城人,正德三年(1508)进士。《明史·刘天和传》载其"嘉靖初,擢山西提学副使",但并未提及督学陕西之事。而王一鸣所撰《刘庄襄公列传》对刘氏事迹记录最称详善,其文有曰:"晋副使,视陕以西学政,其职益

---

① 金荣权:《何景明年谱新编》,《信阳师范学院学报》(哲学社会科学版)1995年第1期,第101页。

② (清)王士俊等:《河南通志》卷14。

称。明年迁太常,即以其年为右佥都御史。"①考《明世宗实录》刘天和于嘉靖六年(1527)十二月先晋太常寺少卿继而再升右佥都御史,与王氏之说完全相符,由此说明刘氏由山西提学改任陕西应在嘉靖五年(1526)无疑。而刘氏卸任陕西提学的时间,《明世宗实录》则有明确记载:"(嘉靖六年十月)升陕西副使刘天和为南京太仆寺少卿。"②故此,刘天和督学陕西当在嘉靖五年(1526)十一月至嘉靖六年(1527)十月,在任约有1年。著述有《问水集》。

* 20. 敖英(1527—1531 在任)

字子发,江西清江人,正德十五年(1520)中会试,翌年赐进士出身③。敖英到陕督学的具体时间不可考,但从其所撰《自述履历》中的有关记述来看,他最早上任陕西提学佥事的时间也得在嘉靖六七年之间,考虑到刘天和的离任时间,我们确定在嘉靖六年(1527)末左右应该没有问题。而敖氏离任的时间,《明世宗实录》则有明确记载,其文曰:"升陕西按察司佥事敖英为河南按察司副使,提调学校。"时值嘉靖十年(1531)正月。故而敖英督学陕西的时间当在嘉靖六年(1527)末左右至嘉靖十年(1531)一月之间,在任3年。敖英著述颇丰,据今人李国梁考证,有《慎言集训》《东谷赘言》等。

21. 王邦瑞(1531—1532 在任)

字惟贤,河南宜阳人,正德十二年(1517)进士。王氏到任陕西提学的时间应该在前任敖英卸任之时,即嘉靖十年(1531)正月。但此次督学却以考送"岁贡生员左经等十名"④在翰林院考试居于下等,而与任职河南提学副使的敖英等人一并被降级改用。时间当在夏言上疏言选举事宜之后,即嘉靖十一年(1532)六月之后。据《明史·王邦瑞传》记载,王氏还有一次督学陕西的经历,其文曰:"以祖母忧去。服除,复提学陕西,转参政。"考其他相关文献,王氏再次督学陕西则全无记录。按:《山西通志》有申时行《王襄毅公墓碑》,记载王氏

---

① (清)黄宗羲:《明文海》卷388。
② (明)徐阶等:《明世宗实录》卷83。
③ 敖英中正德庚辰科会试,但因武宗此时在南巡游未返,返且病亡,故直至第二年世宗即位方举行殿试。
④ (明)夏言:《南宫奏稿》卷1。

生平事迹甚详。其文有曰:"寻,丁继母忧。起,补陕西鄜延兵备,转参政。无何,擢按察使。"①据此而论,王氏并无再任陕西提学的经历。再根据违例提学官"改用"之制,王氏再任提学之可能性较小,故《山西通志》之说较为可信。故王邦瑞督学陕西当在嘉靖十年(1531)一月至嘉靖十一年(1532)六月,在任 1 年有余。著述有《王襄毅公集》。

* 22. 孔天胤(1532—1534 在任)

字汝锡,山西汾州人,嘉靖十一年(1532)进士。据《明世宗实录》记载,孔天胤本为嘉靖壬辰科榜眼,因其为国戚之故②,不得在朝为官,授陕西按察佥事,时值嘉靖十一年(1532)三月。同年七月,"改陕西按察司佥事孔天胤,俱提调学校"③,此即孔天胤始任陕西提学时间,但孔氏卸任陕西提学的时间有关文献则无明确记载。考《明世宗实录》,嘉靖十三年(1534)八月有一则文字记载,其文曰:"降陕西提学佥事孔天锡为直隶祁州知州。"④按:嘉靖朝无孔天锡其人。而原书解释"孔天锡"降职原因,则曰:"以廷试岁贡生员潢所考上者黜落三人,天胤考上者黜落六人故也。"⑤由此可知,此处所谓"孔天锡"就是孔天胤本人。又按:《明诗综》第一百卷所录杂谣歌辞中所谓的"有所疑问安祁,莫忧悚有张孔","孔"正是祁州知州孔天胤。故此,《明世宗实录》卷 166 所载孔天锡事迹系孔天胤无疑。因之,孔天胤在陕督学当在嘉靖十一年(1532)七月至嘉靖十三年(1534)八月,在任 2 年。著述有《汾州志》《孔文谷集》。

23. 王凤灵(1534—1535 在任)

字应时,福建莆田人,正德十二年(1517)进士。《明世宗实录》明确记载,"(嘉靖十三年七月)升……淮安府知府王凤灵为陕西按察司副使提调学校"⑥。王氏陕西提学副使的任命时间正与其前任孔天胤离任时间相符,故实录可以据信。然王氏卸任该职时间则无明确记载,考该书嘉靖十四年(1535)

---

① (清)觉罗石麟等:《山西通志》卷 198。
② 其父为王府仪宾,其姑为王妃。
③ (明)徐阶等:《明世宗实录》卷 140。
④ (明)徐阶等:《明世宗实录》卷 166。
⑤ 同上。
⑥ (明)徐阶等:《明世宗实录》卷 165。

正月的一则记录,其文曰:"科道以拾遗例论劾……副使屠应坤、王凤灵……各不职。下吏部覆言……大轮,应坤、凤灵、世骠、洪降用。从之。"①由此可知王凤灵在此时调离陕西提学副使的可能性较大,再根据其继任者汪文盛于是年三月到任的事实,这一判断基本可以确定。故王氏在陕督学当在嘉靖十三年(1534)七月至嘉靖十四年(1535)一月,在任半载。著述有《笔峰诗文集》《淮阳稿》等。

24. 汪文盛(1535 在任)

字希周,湖广崇阳人,正德六年(1511)进士。汪文盛在陕有过短暂的督学经历,据《明世宗实录》记载:"复除服阕浙江按察司副使汪文盛于陕西,提调学校。"时值嘉靖十四年(1535)三月,然稍后不久该书又记录了汪文盛由陕西提学副使升任云南按察使一事,时间在同年六月。故而汪文盛在陕督学当在嘉靖十四年(1535)三月至六月,在任仅有3月。著述有《白泉文集》《节爱府君诗集》等。

25. 龚守愚(1535—1537 在任)

字师贤,江西清江人,正德六年(1511)进士。如《明世宗实录》所载,龚守愚接任汪文盛担任陕西提学副使一职的时间正是后者卸任提学副使之时,即在嘉靖十四年(1535)六月。直至嘉靖十六年(1537)九月,龚氏升任湖广布政司右参政,方才离任。故此,龚守愚督学陕西当在嘉靖十四年(1535)六月至嘉靖十六年(1537)九月,在任2年有余。著述有《临江先哲言行录》。

26. 龚辉(1537—1540?)

字实卿,浙江余姚人,嘉靖二年(1523)进士。《明世宗实录》记载:"(嘉靖十六年九月)复除福建按察司副使龚辉于陕西,提调学校。"②龚辉卸任陕西提学的时间暂不可考,根据其继任者章衮到任的时间来判断,最迟不晚于嘉靖十九年(1540)八月。如此算来,龚辉督学陕西的时间也有3年左右。

*27. 章衮(1540—1542 在任)

字汝明,江西临川人,嘉靖二年(1523)进士。据《明世宗实录》记载:"(嘉

---

① (明)徐阶等:《明世宗实录》卷171。
② (明)徐阶等:《明世宗实录》卷204。

靖十九年即1540)升南京吏部考功司郎中章衮为陕西按察司提学副使。"此即章氏赴任陕西提学时间,而章氏离任时间《明世宗实录》也有记载:嘉靖二十一年(1542)五月,其因乞休不候命而被降黜为民。因此,章衮督学陕西当在嘉靖十九年(1540)八月至嘉靖二十一年(1542)五月,在任约2年。著述有《介庵先生文集》《随笔锁言》等。

*28. 谢少南(1542—1543在任)

字应午,南直隶上元人①,嘉靖十一年(1532)进士。《明世宗实录》并未载录其督学陕西之事,但《陕西通志》记载其"江西赣县人,提学道"。《万姓统谱》记载其事更详,谓其"以宪佥督学粤西,以宪副督学秦中。所至皆司文墨,郁有时名"②。考索相关文献,则有沈佳《明儒言行录》记载其督学陕西的相关活动,其文有曰:"壬寅七月朔卒……陕西提学谢少南与郡守李文昇祀之。"③按:嘉靖朝的壬寅年即二十一年,此时正当章衮离任而杨守谦尚未到任陕西提学之时,故谢氏督学其间无疑。其具体时间应该在嘉靖二十一年(1542)六月至嘉靖二十二年(1543)八月,在任1年余。著述有《粤台稿》等。

29. 杨守谦(1543—1545在任)

字允亨,彭城卫籍长沙人,嘉靖八年(1529)进士。关于杨守谦的生平事迹,《明史》记载较为翔实。称其"改职方,历郎中,练习兵计。出为陕西副使改督学,政有声,就拜参政"④。考《明世宗实录》相关记录,杨守谦改督学政的时间是在嘉靖二十二年(1543)九月,而杨氏卸任陕西提学副使的时间,该书也有记载:"(嘉靖二十四年正月)副使杨守谦改升添设参政,令……守谦专理庆阳,许之。"⑤故此,杨守谦在陕西督学的时间就可以确定在嘉靖二十二年(1543)九月到嘉靖二十四年(1545)一月之间,在任约1年有余。著述有《兵部集》《大宁考》《屯田议》等。

---

① 一说江西赣县人,见下文。
② (明)凌迪知:《万姓统谱》卷105。
③ (清)沈佳:《明儒言行录》卷4。
④ (清)张廷玉等:《明史》卷204。
⑤ (明)徐阶等:《明世宗实录》卷249。

30. 靳学颜(1550—1552,1555—1556 在任)

字子愚,山东济宁人,嘉靖十四年(1535)进士。《明世宗实录》记载:"(嘉靖二十九年即 1550)升江西吉安府知府靳学颜为陕西按察司副使,提调学校。"①此即靳氏调任陕西提学时间。嘉靖三十四年(1555)十一月,该书又载"除服阕陕西按察司副使靳学颜于原任,提督学校"②。根据官员丁忧三年的时间来推算,靳学颜因丁忧暂时离任陕西的时间应当在嘉靖三十一年(1552)十月左右。而靳氏调离陕西的时间,则无从考证。根据其在嘉靖三十八年(1559)五月已经考满而由陕西按察使升任该省右布政使的事实来推算,这个时间也应该在嘉靖三十五年(1556)左右。故而,靳氏督学陕西的时间一次在嘉靖二十九年(1550)九月至嘉靖三十一年(1552)末,一次在嘉靖三十四年(1555)十一月至嘉靖三十五年(1556)八月,共在任时间约有 3 年。著述有《靳两城先生集》。

31. 薛应旂(1557—?)

字仲常,南直隶武进人,嘉靖十四年(1535)进士。《明实录》等史料未载录薛氏督学陕西事迹,但《陕西通志》《千顷堂书目》《明文海》《钦定四库全书总目》等书均记录其陕西提学经历。考《明世宗实录》载薛应旂任职浙江提学一事:"庚辰升礼部署郎中薛应旂为浙江按察司副使提调学校",时值嘉靖二十九年(1550)十月。按:薛应旂在嘉靖三十三年(1554)撰写的《告常州府城隍文》中称自己为"原任浙江提学副使",据此可知其至少在此之前卸任浙江。而据赵时春与马理两人的《方山先生文录序》③可知其调任陕西副使(鄜延兵备)的时间约在嘉靖三十三年(1554)初。又据《关中胜迹图志》可知薛氏在嘉靖三十六年(1557)十月为马理作墓志,故而其仍旧在陕西任职的可能性较大。而根据时间推算此时薛氏卸任兵备副使而改任提学的可能性也更大。

32. 李攀龙(1556—1558 在任)

字于鳞,山东历城人,嘉靖二十三年(1544)进士。《明世宗实录》对李攀龙

---

① (明)徐阶等:《明世宗实录》卷 357。
② (明)徐阶等:《明世宗实录》卷 428。
③ (明)薛应旂:《方山先生文录》,齐鲁书社,1997 年,第 223—226 页。

到陕任职时间有明确记载，其文曰："升直隶顺德府知府李攀龙为陕西按察司副使，提调学校。"①时值嘉靖三十五年(1556)八月。而李氏卸任陕西提学的时间，有关文献均无明确记载。《陕西通志》但云："乡人殷至，为巡抚，以檄致攀龙使属文，攀龙不怿曰：'副使而属视学政，非而属也。且文可檄致耶？'即上疏乞骸骨拂衣东归。"②另王世贞《李于鳞传》也有类似记载。考《陕西通志》，殷姓巡抚正是山东东阿人殷学，嘉靖三十六年(1557)三月后到任。那么，李攀龙只可能在此时间之后卸任。蒋鹏举《李攀龙简谱》③检索李氏与王世贞书信内容，认为李攀龙卸任陕西提学副使的时间应在嘉靖三十七年(1558)八九月间，可供参考。据此，可以大致判断李攀龙在陕督学的时间是在嘉靖三十五年(1556)八月至嘉靖三十八年(1558)左右，在任约2年。著述有《沧溟集》等。

33. 尚维持(1559—？)

字国相，河南罗山人，嘉靖二十年(1541)进士。《明世宗实录》卷469记载其出任陕西提学一事，其文曰："升浙江道御史尚维持……俱为提学副使。维持陕西，本省④澄广西。"时值嘉靖三十八年(1559)二月，故其接任李攀龙的可能性较大。但尚氏卸任陕西提学副使的时间则全无可考，暂存疑。

34. 冯惟讷⑤(1560？)

字汝言，山东临朐人，嘉靖十七年(1538)进士。冯氏到陕督学，它书均无记载，唯《陕西通志·职官·按察司副使》载其名录并注明其职守为提学道，大概冯氏任职时间较短。然则冯惟讷还担任过陕西右布政使，在陕任职也较长，故《陕西通志》所载应可据信，但其督学时间则只能存疑。按：据《明神宗实录》记载，与冯惟讷同为浙江副使的陈庆曾于嘉靖四十年(1561)因军功升按察使。以此推算，冯惟讷在嘉靖四十年(1561)应仍为副使，且在浙江任上的可能性更大。而冯氏到隆庆二年(1568)已经由陕西右布政使改任江西左布政使，其间

---

① （明）徐阶等：《明世宗实录》卷438。
② （清）刘于义等：《陕西通志》卷52。
③ 蒋鹏举：《李攀龙简谱》，《聊城大学学报》(社会科学版)2005年第1期，第19页。
④ 疑漏"臣"字，此句应为维持陕西、臣本省、澄广西。
⑤ （清）刘于义等：《陕西通志·职官》"副使"一栏写作"马惟讷"，误。

尚有七年时间,笔者以为他在其间以副使到陕督学的可能性较大。

35. 孙应鳌(1561—1564 在任)

字山甫,贵州清平卫人,嘉靖三十二年(1553)进士。《明世宗实录》卷 497 有文记载:"(嘉靖四十年五月)升江西布政使司左参议孙应鳌为陕西按察司副使,提调学校。"此即孙氏任职陕西提学时间。而孙应鳌卸任陕西提学副使的时间,相关史料则均未提及。但南充人任瀚所作《孙山甫诗集序》却有相关记述,其文曰:"上命督学关西,善作士,与遽庵、渔石齐名。甲子春移镇剑南。"①孙氏卸任陕西提学副使后即担任四川右参政,从其前任邬琏调离四川的时间来看也正是嘉靖四十三年(1564),即任瀚所谓的甲子年。故此,孙应鳌于是年卸任陕西提学无疑。故孙应鳌在陕督学当在嘉靖四十年(1561)五月至嘉靖四十三年(1564)春,在任 3 年左右。著述有《教秦绪言》《学孔精舍》等。

36. 曾省吾(1566—1569 在任)

字恺庵,承天籍江西彭泽人②,嘉靖三十五年(1556)进士。《明世宗实录》卷 565 记载:"升工部郎中曾省吾为陕西佥事,提调学校。"时值嘉靖四十五年(1566)十一月。而其卸任时间《明穆宗实录》也有确切记载,其文曰:"(隆庆三年即 1569)升陕西按察司副使曾省吾为浙江布政司左参政。"③故此,曾省吾督学陕西当在嘉靖四十五年(1566)十一月至隆庆三年(1569)十一月,在任 3 年。

(六) 穆宗时期

37. 徐善庆(1569—1571 在任)

字元祯,江西金溪人,嘉靖三十二年(1553)进士。据《明穆宗实录》卷 39 记载:"改广东按察司副使徐善庆于陕西,提调学校。"时值隆庆三年(1569)十一月。徐善庆卸任陕西提学的时间,该书虽无直接记载,但却提到徐善庆因在知府任上"不谨",而被罢黜的事实,《江西通志》则解释为"与分宜不和,弃官归养"④。

---

① (明)孙应鳌:《孙应鳌集》,人民文学出版社,2017 年,第 520 页。
② (清)迈柱等:《湖广通志》《四川通志》记为湖广安陆人。
③ (明)于慎行等:《明穆宗实录》卷 39。
④ (清)谢旻等:《江西通志》卷 82。

总之,隆庆五年(1571)正月徐善庆罢陕西提学任。故此,徐善庆督学陕西的时间是隆庆三年(1569)十一月至隆庆五年(1571)一月,在任1年有余。据《江西通志》记载,其著述有《武选集》《来清轩诗》等。

38. 刘有诚(1571—1572在任)

字存甫,山西宁乡人,嘉靖三十五年(1556)进士。据《明穆宗实录》卷53记载:"(隆庆五年正月)调山东按察司副使刘有诚于陕西,提调学校。"此即刘氏任职陕西提学副使时间。其离任时间同书亦有记载:"升陕西副使刘有诚为山东右参政,分守海右道。"①时值隆庆六年(1572)十一月。故此,刘有诚督学陕西的时间是隆庆五年(1571)一月至隆庆六年(1572)十一月,在任近2年。据《山西通志》载,其著述有《自警语》《宦游二纪》。

(七) 神宗时期

39. 陆光祚(1572—1574在任)

字与培,锦衣卫籍浙江平湖人,嘉靖三十八年(1559)进士。陆光祚出仕陕西提学一事,相关史书与《陕西通志》均未提及,但《浙江通志》与《礼部志稿》均有载述。《浙江通志》载录较为详细,其文有曰:"出为湖广副使,移提学陕西,以疾卒官。"②《礼部志稿》也有类似之说,故此陆光祚出任陕西提学之事应该可以确定。考《明穆宗实录》《明神宗实录》与陆氏相关文字,有一则记述与此有关。其文曰:"(隆庆六年即1572)改湖广副使陆光祚于陕西。"③这一说法正与《浙江通志》载录吻合。其后陆氏事迹《明实录》全无可考,此应是其"以疾卒官"之故。故此,陆光祚在陕西督学的时间应在隆庆六年(1572)十一月至万历二年(1574)之间。按陆氏去世时间应在其接任者徐用检上任之前,后者于万历二年(1574)十二月到任,故陆氏在万历二年(1574)去世的可能性最大。

*40. 刘奋庸(1574—?)

字试可,河南洛阳人,嘉靖三十八年(1559)进士。据《神宗实录》记载,万

---

① (明)叶向高等:《明神宗实录》卷7。
② (清)嵇曾筠等:《浙江通志》卷158。
③ (明)叶向高等:《明神宗实录》卷7。

历元年(1573)九月,"升山西提学佥事刘奋庸为陕西右参议,驻扎商州"①。由此可知刘奋庸是由山西提学改任陕西。但是不久刘奋庸即改任提学:"升陕西右参议刘奋庸为本省副使,提调学政。"②时间是在万历二年(1574)二月。但是该书并未记载其卸任时间,据《明史》记载:"奋庸谪官两月,会神宗即位,遂擢山西提学佥事,再迁陕西提学副使。以病乞归,卒。"③据此可知,刘奋庸在陕西提学任上因病辞职,考虑下任陕西提学到任时间,刘氏卸任时间当在万历二年年底。

41. 徐用检④(1575—1577 在任)

字克贤,浙江兰溪人,嘉靖四十一年(1562)进士。据《明神宗实录》记载:"调江西副使徐用简为陕西提学副使。"时值万历二年(1574)十二月,此即徐氏任职陕西提学时间。徐用检卸任陕西提学的具体时间不可考,根据其接任者李维桢到任陕西提学的时间推断,应该在万历五年(1577)之内。故此,徐用检督学陕西的时间应该是万历二年(1574)十二月至万历五年(1577),在任 2 年有余。据《千顷堂书目》载,其著述有《鲁源文集》。

42. 李维桢(1577—1580 在任)

字本宁,湖广京山人,隆庆二年(1568)进士。李维桢陕西提学之任命时间史书有明确记载:"升陕西右参议李维桢为本省副使提督学政。"⑤时值万历五年(1577)八月。而其卸任时间该书也有记录:"(万历八年即 1580)升陕西提学副使李维桢为右参政。"⑥故此,李维桢在陕西督学的时间是万历五年(1577)八月至万历八年(1580)八月,在任 3 年。据《千顷堂书目》载,其著述有《四游集》《大泌山房全集》。

﹡43. 王世懋(1581 在任)

字敬美,南直隶太仓人,嘉靖三十八年(1559)进士。王世懋《关中纪行》对

---

① (明)叶向高等:《明神宗实录》卷 17。
② (明)叶向高等:《明神宗实录》卷 22。
③ (清)张廷玉等:《明史》卷 215《刘奋庸传》。
④ (明)叶向高等:《明神宗实录》写作"徐用简",其余文献资料均写作"徐用检",实为一人。
⑤ (清)和珅等:《大清一统志》卷 65。
⑥ (清)和珅等:《大清一统志》卷 103。

其赴任陕西提学副使的时间有明确记载,其文曰:"万历辛巳春正月,余奉督学副使敕之关中。"①而其卸任陕西提学的时间,《明神宗实录》则有记录:"陕西提学副使王世懋以疾乞休,许之。"故此,王世懋督学陕西的时间是万历九年(1581)一月至八月,在任约半年时间。王世懋著述颇丰,著述有《王奉常集》《关洛记游稿》等。

44. 潘允哲(1581—1582 在任)

字伯明,南直隶上海人,嘉靖四十四年(1565)进士。据《明神宗实录》记载,潘允哲于前任王世懋卸任之时由山东副使改任陕西提学。其离任一事该书也有记载:"(万历十年即1582)陕西提学副使潘允哲,贵州按察使郭孝,各患病乞休,吏部覆许之。"②故此,潘允哲在陕西督学的时间是万历九年(1581)八月至万历十年(1582)十一月,在任1年余。

＊45. 成宪(1582—1584 在任)

字君迪,号监吾,据《陕西通志》卷22记载其为"北直蓟州人",考《蓟州志》亦有其事迹记载,谓其"文章博洽一时"③。《明神宗实录》记载:"(万历十年即1582)升……南京户部郎中成宪为陕西提学副使。"④此即其出任陕西提学时间。其离任时间不可考,但根据《明神宗实录》记载成氏于万历十五年(1587)十一月恢复副使官秩而由陕西改调山西的事实,以及下一任陕西提学许孚远到任的时间来判断,成宪在万历十二年(1584)卸任陕西提学的可能性较大。

46. 许孚远(1584—1587 在任)

字孟中,浙江德清人,嘉靖四十一年(1562)进士。许孚远《明史》有传,但对其任职陕西提学的时间该书并未交代。据《明神宗实录》记载,许氏于万历十二年(1584)八月由建昌府知府改任。而其调离的时间该书也有记载:"(万历十五年即1587)升陕西副使许孚远为顺天府府丞。"⑤故此,许孚远在陕西督

---

① (明)王世懋:《王奉常集》卷12。
② (明)叶向高等:《明神宗实录》卷130。
③ (明)潘希曾:《竹涧集》卷9。
④ (明)叶向高等:《明神宗实录》卷130。
⑤ (明)叶向高等:《明神宗实录》卷185。

学的时间是万历十二年(1584)八月至万历十五年(1587)四月,在任近3年。据《钦定四库全书总目》载,其著述有《敬和堂集》。

47. 余寅(1587—1590 在任)

字君房,改字僧杲,浙江鄞县人,万历八年(1580)进士。据《明神宗实录》记载,在许孚远卸任陕西提学的同时,即万历十五年(1587)四月,"升礼部郎中余寅为陕西提学副使"①。此即余寅上任陕西提学时间,而其离任时间有关文献则无明确记述。按:《浙江通志》有文记载,余氏"以按察副使视学陕西,请谒一无得。入迁左参政,改山东"②,故而余寅陕西提学、左参政应该是连续的两任。又按:据《明神宗实录》记载,余寅于万历十九年(1591)四月由陕西左参政补山东右参政。据此推断,余寅卸任陕西提学副使的时间应以万历十八年(1590)左右为宜。因而余寅在陕西督学的时间大约在万历十五年(1587)四月至万历十八年(1590)之间,在任约3年。据《千顷堂书目》载,其著述有《农丈人集》《宦游历记》等。

*48. 姜士昌(1592—1593 在任)

字仲文,南直隶丹阳人,万历八年(1580)进士。《明史》有姜士昌传,其中有言曰:"稍迁陕西提学副使,江西参政。"③其具体时间则并未提及。考《明神宗实录》对其陕西提学副使相关事迹也并无记载,但该书记录其调离陕西提学一事。其文曰:"(万历二十一年即 1593)以……陕西副使提调学政姜士昌为河南右参政,大名府驻札。"④该书又载姜士昌由户部江西司郎中升任浙江提学之具体时间,即万历十八年(1590)十二月。考索《明神宗实录》,紧接姜士昌之后的浙江提学则为陈应芳,其上任时间则有明确记载:"(万历二十年即 1590)陈应芳以原官督学浙江。"⑤按:接任者陈应芳上任时间即是其前任姜士昌卸任时间,而姜士昌浙江提学任的下一任职正是陕西提学。故姜士昌在陕

---

① (明)叶向高等:《明神宗实录》卷 185。
② (清)嵇曾筠等:《浙江通志》卷 180。
③ (清)张廷玉等:《明史》卷 230。
④ (明)叶向高等:《明神宗实录》卷 258。
⑤ (明)叶向高等:《明神宗实录》卷 249。

督学时间则可据此确定,即万历二十年(1592)六月至万历二十一年(1593)三月,在任近1年。据《千顷堂书目》载录,其著述有《雪柏堂集》八卷。

*49. 杨德政(1593在任)

字公亮,浙江鄞县人,万历五年(1577)进士。杨德政调任陕西提学一事,《明神宗实录》有明确记载:"调河南副使杨德政于陕西提督学政。"时值万历二十一年(1593)三月。其卸任时间是书亦有记载:"(万历二十一年七月)升陕西副使杨德政为山东左参政。"①故此,杨德政在陕督学的时间就非常容易确定了,即万历二十一年(1593)三月至七月,在任仅4个月。著述有《梦鹿轩稿》,《明诗综》载录其诗二首。

50. 沈季文(1593—1596在任)

字少卿,南直隶吴县人,万历五年(1577)进士。《明神宗实录》载录其出任陕西提学一事,其文曰:"(万历二十一年即1593)吏部推南京刑部主事邹元标为陕西提学,以工部郎中沈季文副,上点副者。"②由此可知,沈季文以万历皇帝权衡取舍之故而赴任陕西。沈氏卸任时间该书则无相关记载,考《陕西通志》,其中岐山县学、宝鸡县学之学田记文均为提学沈季文所撰,而其撰写时间均在万历二十四年(1596)。据此断定沈氏在万历二十四年(1596)仍旧在任,再考虑到接任者薛士彦于是年八月方任命陕西提学的事实,其卸任时间应以该年七月为宜。故此,沈季文督学陕西的时间是万历二十一年(1593)七月至万历二十四年(1596)七月,在任3年。

*51. 薛士彦(1596—1598在任)

字道誉,福建漳浦人,万历八年(1580)进士。《明神宗实录》载其于万历二十四年(1596)八月由湖广提学佥事改任陕西,而其卸任时间则未见记载。但该书卷322有言云:"升……薛士彦为湖广右参议。"时值万历二十六年(1598)五月。按:提学佥事为正五品,参议为从四品,薛士彦应是从提学佥事升任,故此即其卸任陕西提学之时。因而,薛士彦在陕西督学的时间是万历二十四年(1596)八月至万历二十六年(1598)五月,在任近2年。

---

① (明)叶向高等:《明神宗实录》卷262。
② 同上。

52. 李应祥①(1598—1599 在任)

字善征,南直隶无锡人,万历五年(1577)进士。据《明神宗实录》记载李应祥由湖广副使调任陕西提学副使任的时间是万历二十六年(1598)六月,而其离任时间则无文记载。考他书如《江南通志》,其文载曰:"参议陕西,调护矿事,官私咸便,寻调督学卒。"②由此看来,李应祥卒于提学任上。故应以接任者臧尔劝调任时间为其卸任时间,即万历二十七年(1599)七月。故此,李应祥督学陕西的时间是万历二十六年(1598)六月至万历二十七年(1599)七月,在任 1 年左右。

53. 臧尔劝(1599—1603)

字九岩,山东诸城人,万历二十年(1592)进士。据《明神宗实录》记载,"万历二十七年即1599)改陕西兵备副使臧尔劝为提学副使",其改任原因很可能是李应祥在任上病卒的缘故。而其卸任时间该书也有明确记载:"升陕西……提学副使臧尔劝为右参政,分守关内道。"③时值万历三十一年(1603)十一月。故此,臧尔劝督学陕西的时间是万历二十七年(1599)七月至万历三十一年(1603)十一月,在任 4 年有余。

54. 祁伯裕(1604—1607 在任)

原名光宗,因避庙号以字行,河南滑县人,万历十六年(1588)进士。《明神宗实录》记载:"(万历三十二年即1604)升礼部主客司郎中祁伯裕为陕西提学副使。"此即其任职陕西提学时间,其离任时间该书则无明确记载。按:据《明神宗实录》载,万历三十八年(1610)三月,祁氏已经由陕西右参政升任本省按察使。此时距祁伯裕出任副使时间恰好为两次三年考满的时间,故而其提学副使任截止时间在第一个考满时即万历三十五年(1607)为宜。又按:此时间恰与下任提学段猷接任时间吻合。故而,祁伯裕在陕西督学的时间是万历三十三年(1604)七月至万历三十五年(1607)八月,在任 3 年。据《千顷堂书目》载,其著述有《关中陵墓志》《余清馆集》等。

---

① 有同名者李应祥,湖广九溪卫人,武生出身,曾为四川总兵。
② (清)赵宏恩等:《江南通志》卷 142。
③ (明)叶向高等:《明神宗实录》卷 390。

55. 段猷显(1607—1610 在任)

字号不可考,河南商城人,万历二十年(1592)进士。据《明神宗实录》记载,万历三十五年(1607)七月,"升……湖广副使段猷为陕西提学"①,这里的"段猷"应是"段猷显"之误。因为根据《明神宗实录》记载万历三十八年(1610)三月"段猷"改任"浙江右政"②。而到了《明熹宗实录》时又有一条有关这位浙江参政的记录:天启三年(1623)二月,"起补原任浙江参政段猷显为陕西参政西安兵备道"③。显然,《明神宗实录》记载姓名时漏字造成错误。

56. 洪翼圣(1611—1613?)

字季邻,南直隶歙县人,万历二十六年(1598)进士。《陕西通志》记载,洪氏于"四十一年任陕西提学副使"。考《明神宗实录》并未记录其陕西提学经历,但文中记载"(万历四十年七月)升……陕西副使洪翼圣为河南参政"④,同时该书还记载了洪氏于万历四十六年(1618)十一月由河南参政升任本省按察使一事。究竟《陕西通志》与《明实录》何者为是,难下确论。但考虑其前后出任陕西提学之年时,洪氏在万历三十九年(1611)至万历四十一年(1613)之间在陕督学的可能较大。

57. 李橒(1614—1616 在任)

字长孺,浙江鄞县人,万历二十九年(1601)进士。《明史·李橒传》记述其生平事迹较详,然多为其巡抚贵州后之经历,故督学陕西之事未能提及。然《明神宗实录》卷 525 有确切记载,其文曰:"丁亥,升山东右参议李橒为陕西提学副使。"时值万历四十二年(1614)十月。其离任时间不可考,但《明神宗实录》载其于万历四十四年(1616)二月已由陕西副使升任山东参政,故而其卸任时间应该在此之前。按:《明史》称李橒巡抚贵州之前,历"山东参议、陕西提学副使、山东参政、按察使"⑤。据此说明李橒是从陕西提学副使任直接调任

① (明)叶向高等:《明神宗实录》卷 436。
② (明)叶向高等:《明神宗实录》卷 468。
③ (明)温体仁等:《明熹宗实录》卷 31。
④ (明)叶向高等:《明神宗实录》卷 497。
⑤ (清)张廷玉等:《明史》卷 249。

山东参政,故而其卸任陕西提学的时间也以此时为宜。又按:这一时间与其接任者尹坤的到任时间基本相符。因此,李榗在陕西督学的时间应该是万历四十二年(1614)十月至万历四十四年(1616)二月,在任约有一年半时间。据《千顷堂书目》载,其著述有《全黔纪略》《李忠毅公集》等。

58. 尹伸(1616—1618 在任)

字子求,四川宜宾人,万历二十六年(1598)进士。关于尹伸出任陕西提学的时间,《明神宗实录》有明确记载:"(万历四十四年即 1616)以陕西副使尹伸提调本省学政。"①此即尹氏出任陕西提学的时间。而据该书记载,尹伸于万历四十六年(1618)十月考满,并于该年十二月"为湖广参政备兵苏松"②,此即其卸任陕西提学之时。故此,尹伸在陕西督学的时间是万历四十四年(1616)十月至万历四十六年(1618)十二月,在任 2 年有余。

(八)熹宗时期(含光宗)③

59. 陈应元(1622—1623?)

字思昌,号右白,福建莆田人,万历四十一年(1613)进士。据《明熹宗实录》记载"(天启二年即 1622)升陕西西安府知府陈应元本省提学副使"④,此即其任职陕西提学的时间。但陈氏卸任陕西提学的具体时间则不可考,然而根据他在天启六年(1626)正月由陕西右参政升任湖广按察使的事实,大致可以推断其卸任的时间,应以天启三年(1623)左右为宜。

60. 顾大章(?)

字伯钦,南直隶常熟人,万历三十五年(1607)进士。顾大章《明史》有传,其文有曰:"五年起官。历礼部郎中,陕西副使。"⑤此处未言明其具体职守,考《东林列传》则有文曰:"陕西提学副使顾大章死于刑部狱中。"⑥故此,顾大章

---

① (明)叶向高等:《明神宗实录》卷 550。
② (明)叶向高等:《明神宗实录》卷 577。
③ 光宗在位仅一月,期间无有关陕西提学的记载,故本文于此省略。
④ (明)温体仁等:《明熹宗实录》卷 18。
⑤ (清)张廷玉等:《明史》卷 244。
⑥ (清)陈鼎:《东林列传》卷末下。

应有督学陕西的短暂经历。

＊61. 邹嘉生(1623—1624?)

字元毓,号静长,南直隶武进人,万历四十四年(1616)进士。据《陕西通志》记载,文中称其"抚治商洛道",而不提督学一事。按：《武进阳湖县志》谓其"由户部郎中知陕西西安府……举卓异督学江西",亦无督学陕西之经历。但是《明熹宗实录》有文记载："(天启五年二月)调陕西按察司副使提督学政邹嘉生于江西。"①由此而论,邹嘉生在调任江西之前已经担任陕西提学,只是时间短暂而已。故此《陕西通志》《武进阳湖县志》不予记载也完全有其可能。

62. 熊师旦(1625—1626)

字于侯,四川富顺人,万历四十四年(1616)进士。据《明熹宗实录》记载"升……户部员外郎熊师旦为陕西按察司提学"②,时值天启五年(1625)三月。该书亦记载其卸任一事："(天启六年即 1626)升……陕西按察司佥事熊师旦为浙江布政使司右参议,宁绍道。"③故此,熊师旦督学陕西的时间是天启五年(1625)三月至天启六年(1626)八月,在任 1 年有余。

63. 钱天锡(1626—1628?)

字公永,湖广沔阳人,天启二年(1622)进士。钱氏接任熊师旦担任陕西提学一职,此事《明熹宗实录》亦有明确记载："(天启六年即 1626)升……冀南道户部郎中钱天锡为陕西按察司提学佥事。"④钱天锡卸任陕西提学具体时间不可考,应在天启年末。据《钦定续文献通考》载,其著述有《诗牗》十五卷。

（九）思宗时期

64. 贾鸿洙（1628—1630?)

字孔澜,北直隶清苑人,万历四十四年(1616)进士。《明史》《明实录》有关

---

① （明）温体仁等：《明熹宗实录》卷 56。
② （明）温体仁等：《明熹宗实录》卷 57。
③ （明）温体仁等：《明熹宗实录》卷 75。
④ 同上。

贾鸿洙提学陕西的事迹均不可考,唯《陕西通志》谓其"由户部郎历升陕西提学参政"①。根据《明实录》《明史纪事本末》等史料考按贾鸿洙仕宦履历,其在天启二年(1622)由户部郎中升为陕西右参议分守关内道,天启七年(1627)为河南副使分守怀庆,崇祯四年(1631)已为河南布政使。据此推算,贾氏担任陕西提学参政的时间则应在崇祯元年(1628)之初,即崇祯元年(1628)至崇祯三年(1630)之间。当然,只能说这种可能性较大。因仰慕秦地文化,贾鸿洙编辑有《周雅续》一书。

65. 汪乔年(1638—1641 在任)

字岁星,浙江遂安人,天启二年(1622)进士。《明史》有汪乔年传,文中记载其督学陕西经历,但具体时间并未提及。考《东林列传》所载王氏事迹甚详且与史合,其文曰:"居父丧,复起备兵河东,十一年诏廷臣举边,才方逢年时为礼部荐。乔年长才真品,操守无玷,升参政,督学陕西,治行又第一。十四年升陕西按察使。"②据此可知,汪乔年在陕西督学时间是崇祯十一年(1638)至崇祯十四年(1641),在任 3 年。

七、四川提学简考

(一) 英宗时期(含代宗)

1. 康振(1436—1449 在任)

字号不可考,江西庐陵人。康振是正统元年(1436)五月明英宗初设提学官时,首任四川提学。其卸任时间《英宗实录》有明文记载:"四川按察司提调学校佥事康振乞致仕,从之。"③时间是在景泰元年(1450)六月,但是下任提学王麟于正统十四年(1449)十二月已经到任,说明此时康振实应卸任。

---

① (清)刘于义等:《陕西通志》卷 52。
② (清)陈鼎:《东林列传》卷 6。
③ (明)李贤等:《明英宗实录》卷 193。

*2. 王麟(1449—1450 在任)

字号不可考,浙江德清人,宣德四年(1429)举人。据《英宗实录》记载,正统十四年(1449)十二月"庚午,升……国子监学正王麟为四川佥事,提调学校"①。其卸任之事该书也有记载:"壬申,复除江西按察司佥事高旭调湖广佥事,韩阳于江西,四川佥事王麟于山东。先是旭等以提调学校裁革,至是有缺,故调补之。"②时间是在景泰元年(1450)十二月。由此可知王麟卸任四川提学是因景泰初撤革提学所致。

3. 陈良弼(1461—1464)

字号不可考,福建闽县人,正统六年(1441)进士。据《英宗实录》记载,天顺五年(1461)十一月,英宗复位后再一次任命一批提学官员:"庚申,命监察御史严浧、陈政于南北直隶提调学校。升……学正陈良弼四川佥事,知州周濛山东佥事,教授邵玉云南佥事,俱提调学校,以吏部会廷臣荐举也。"③其卸任时间不可考。成化五年(1469)春正月,"刑科给事中萧彦庄等劾奏太子少保吏部尚书李秉任情行私,事多不法"④。其中包括任用老病的佥事陈良弼,结果陈氏被明廷勒令"冠带闲住"。

(二)宪宗时期

4. 颜正(1464—1468 在任)

字廷表,南直隶华亭人,景泰五年(1454)进士。据《宪宗实录》记载,天顺八年夏四月"己丑,升……监察御史颜正四川佥事"⑤,其职守应为提学。颜正卸任提学则是在成化四年(1468)夏四月"辛酉,升四川按察司佥事颜正为本司副使,整饬泸叙边备。时山都掌初平,提督军务兵部尚书程信等建议设卫所增营堡及长官司衙门,故令正统领泸州等卫并戎珙等县,官军民快往来,调度

---

① (明)李贤等:《明英宗实录》卷 186。
② (明)李贤等:《明英宗实录》卷 199。
③ (明)李贤等:《明英宗实录》卷 334。
④ (明)刘吉等:《明宪宗实录》卷 62。
⑤ (明)刘吉等:《明宪宗实录》卷 4。

修护城池,清理河道,整理屯种诸事"①。

＊5. 吴智(1469—1476 在任)

字号不可考,福建莆田人,景泰二年(1451)进士。吴智出任四川提学,《明实录》并没有明文记载。但是浙江提学张悦曾撰文提及此事:"莆田宏哲吴公两膺是任,盖以学行举也。公始以名进士授尚书郎,寻擢按察佥事提学四川。严轨范,抑骄惰,以身率人,不屑屑于法制之末,六七载间之向化者,盖骎骎然。"②张悦与吴智为同时代人,且曾出任四川副使,与吴智应有交往,故而他的记载是完全可信的。吴智卸任四川提学则有明文记载,成化十二年(1476)七月,"升四川按察司佥事吴智为湖广副使,提调学校"③。以这一时间为节点倒推六七年,即成化五六年左右。再考虑到上任四川提学颜正的卸任时间,则吴智出任四川提学的时间便大致可确定在成化五年(1469)左右。

6. 石淮(1476—1481?)

字号不可考,南直隶江浦人,成化二年(1466)进士。《宪宗实录》记载石淮出任提学之事,成化十二年(1476)九月,"升户部员外郎石淮为四川按察司佥事,提调学校"④。其卸任时间不可考,姑且以下任提学任职时间为其下限。

＊7. 潘璋(1481—1486 在任)

字栗夫,浙江金华人,成化八年(1472)进士。据《宪宗实录》记载,成化十七年(1481)九月"丙戌,升工部员外郎潘璋,南京大理寺左寺正潘祯俱为按察司佥事,提调学校。璋四川,祯山东"⑤。这是有关潘璋出任四川提学的明文记载。弘治元年(1488)三月,明廷有一次集中任命:"升江西按察司佥事钱山,湖广佥事张晓,四川佥事潘璋,山东佥事许晟,监察御史徐瑁,俱为按察司副使。山本司,晓四川,晟云南,瑁广西,璋陕西仍提调学校。"⑥这是潘璋卸任四川提学,出任陕西提学确切记载,但其实际卸任四川提学的时间可能更早。

---

① (明)刘吉等:《明宪宗实录》卷 53。
② (明)张悦:《定庵集》卷 3。
③ (明)刘吉等:《明宪宗实录》卷 155。
④ (明)刘吉等:《明宪宗实录》卷 157。
⑤ (明)刘吉等:《明宪宗实录》卷 217。
⑥ (明)李东阳等:《明孝宗实录》卷 12。

《四川通志》记载其督学"重文学,敦风化,一时人才多所奖进"①。《浙江通志》亦记载其督学事迹:"作兴士类,尚书周洪谟谓全蜀之士,仰之若山斗,爱之若父母。"②由此可见其督学四川的积极影响。潘璋著有《静虚斋稿》。

8. 伊乘(1486—1488)

字德载,南直隶吴县人(应天籍),成化十四年(1478)进士。据《宪宗实录》记载,成化二十二年(1486)七月"丁巳,升南京刑部员外郎伊乘,刑部员外郎廖中俱为按察司佥事。乘四川,中山东"③。此后再无其相关记载,且不知其具体职守。据《千顷堂书目》记载伊乘为"四川提学佥事"④,《古今图书集成》亦有相关记载:"按《江宁县志》:乘字德载,弱冠砺志,登成化戊戌进士。累官四川佥事,分巡郡县,每视学毕,即审狱中冤滞,一方称神。拯荒捕盗,民赖以安,以亲老乞归。"⑤据此而论,伊乘很可能兼任提学。伊乘著述颇丰,有《伊乘集》《六书考》《音韵指掌》《李杜诗句图》。

(三)孝宗时期

＊9. 焦芳(1488—1490 在任)

字孟阳,河南泌阳人,天顺八年(1464)进士,宪宗时任经筵讲官,又任东宫(孝宗)侍读,后官吏部尚书华盖殿大学士。据《孝宗实录》记载,弘治元年(1488)三月,"升南京礼部员外郎罗璟为福建按察司副使,山西霍州知州焦芳为四川按察司副使,俱提调学校。"⑥由此可知焦芳实际上是接替潘璋出任四川提学。该书也记载焦芳卸任四川提学之事:弘治三年(1490)二月,"命调湖广按察司副使沈钟于山东,四川按察司副使焦芳于湖广"⑦。这是焦芳以养亲辞官,明孝宗以特例改调湖广。

---

① (清)黄廷桂等:《四川通志》卷6。
② (清)嵇曾筠等:《浙江通志》卷170。
③ (明)刘吉等:《明宪宗实录》卷280。
④ (明)黄虞稷:《千顷堂书目》卷1。
⑤ (清)陈梦雷:《古今图书集成》卷2。
⑥ (明)李东阳等:《明孝宗实录》卷12。
⑦ (明)李东阳等:《明孝宗实录》卷35。

*10. 王敕(1490—1500在任)

字嘉吁,号云芝,山东历城人,成化二十年(1484)进士。据《孝宗实录》记载,弘治三年(1490)三月明廷任命一批官员:"升刑部员外郎马璠,湖广夷陵州判官王敕,河南光山县知县周洪,湖广郴州判官张萧,大理寺寺副张轼,福建光泽县知县刘俊俱为按察司佥事。璠陕西,敕、洪俱四川,敕提督学校。"①由此可知王敕正是接替焦芳出任四川提学。王敕在川督学时间较长,直到弘治十四年(1501)十二月,明廷"升四川按察司佥事王敕为河南按察司副使,仍提调学校"②。但是因下任提学已于弘治十三年(1500)十一月到任,所以王敕实际卸任时间应提前一年,即弘治十三年(1500)。王敕能占卜未知,"弘治中督学四川,能前知休咎,尝煮云母石为粮"③。著述有《五经通旨》《漫游稿》《云芝稿》等。

*11. 苏葵(1500—1506在任)

字伯诚,广东顺德人,成化二十三年(1487)进士。《孝宗实录》记载苏葵出任四川提学之事:"丙辰,调江西按察司佥事苏葵为四川佥事,仍提调学校。"④时间是在弘治十三年(1500)十一月。弘治十五年(1502)九月,"升四川按察司佥事苏葵为本司副使仍提调学校"⑤。苏葵督学四川的时间也较长,直到正德元年(1506)十一月方有改任:"己丑,升四川按察司副使苏葵为福建布政司右参政。"⑥苏葵在江西本已督学有声,在川清廉。著述有《吹剑集》,《明诗综》录其诗作一首。

(四)武宗时期

12. 杨二合(1509—1510在任)

字恭甫,江西进贤人,弘治六年(1493)进士。杨二合出任四川提学有明文

---

① (明)李东阳等:《明孝宗实录》卷36。
② (明)李东阳等:《明孝宗实录》卷182。
③ (清)黄廷桂等:《四川通志》卷38之3。
④ (明)李东阳等:《明孝宗实录》卷168。
⑤ (明)李东阳等:《明孝宗实录》卷191。
⑥ (明)杨廷和等:《明武宗实录》卷19。

记载,正德四年(1509)二月"辛卯,升……山东按察司佥事毛广,常州府知府杨二和为按察司副使。广湖广,二和四州"①。文中"四州"显然为"四川"之误,但杨氏具体职守仍未言明。根据《世宗实录》记载,嘉靖初,"四川道御史刘源清言:'臣先任进贤知县,值逆濠之变,孤城危急,人无固志,所以得全完民社皆原任四川提学副使乡官杨二和勤力保助之功,宜加叙录。'"②刘源清的话应该可以据信,那么杨二合正德四年(1509)之任,正是督学之职无疑。

* 13. 王崇文(1511—1513 在任)

字叔武,山东曹县人,弘治六年(1493)进士。据《武宗实录》记载,正德六年(1511)春正月,"除江西按察司副使王崇文于四川按察司,以丁忧服阕也"③。说明丁忧服阕之后王崇文由江西提学改任四川提学。其卸任时间该书也有明确记载。正德八年(1513)八月"己亥,升四川按察司副使王崇文为山西布政司右参政"④。其著述有《蒙训》《兼山遗稿》。

* 14. 刘节(1513—1517 在任)

字介夫,江西大庾人,弘治十四年(1501)解元,弘治十八年(1505)年进士。《武宗实录》记载刘节出任四川提学之事:正德八年(1513)八月"甲辰,升广德州知州刘节为四川按察司佥事,提调学校"⑤。其卸任之事该书也有明确记载,正德十二年(1517)六月"壬子,升四川按察司提学佥事刘节为云南副使,整饬金腾兵备"⑥。刘节督学四川颇有声绩,"师道尊严,拳拳以培气节为务,士习丕变"⑦。著述有《梅国集》《周诗遗轨》等,《粤西诗载》录其诗作。

* 15. 王廷相(1517—1521 在任)

字子衡,号浚川,河南仪封人,弘治十五年(1502)进士。据《武宗实录》记

---

① (明)杨廷和等:《明武宗实录》卷 47。
② (明)徐阶等:《明世宗实录》卷 1。
③ (明)杨廷和等:《明武宗实录》卷 71。
④ (明)杨廷和等:《明武宗实录》卷 103。
⑤ 同上。
⑥ (明)杨廷和等:《明武宗实录》卷 150。
⑦ (清)黄廷桂等:《四川通志》卷 6。

载,正德十二年(1517)六月"升松江府同知王廷相为四川按察司佥事"①。此处虽然没有明确其值守,但是刘节恰在此之前卸任提学,且此时并无他人出任该职,王廷相出任提学的可能性较大。其卸任则是调任山东提学副使,时间是在正德十六年(1521)正月。王氏著述及督学事迹前文已述,此不赘。

16. 卢雍(1521)

字师邵,南直隶长洲人,正德六年进士(1511)。卢雍出任四川提学,《武宗实录》有明文记载:"升监察御史卢雍、河南按察司佥事江文敏为副使,工部郎中戴恩、兵部署郎中陶心为布政司右参议,雍、敏俱四川,恩陕西,心云南。"②未到任而卒。著述有《古园集》《祥刑集览》。

17. 张原明(1521 在任)

字孟复,河南仪封人,正德六年(1511)进士。《武宗实录》记载张原明出任四川提学之事:正德十六年(1521)春正月"甲子,升……刑部郎中张原明,礼部郎中郑元为副使。原明四川,元云南,提调学校"③。其卸任时间不可考,在任时间较短,应以下任提学到任时间为限。

*18. 欧阳重(1521—1523 在任)

字子重,江西庐陵人,正德三年(1508)进士。《世宗实录》记载欧阳重出任提学之事:正德十六年(1521)十一月,"命四川按察司副使欧阳重提督学校"④。由此可见欧阳重是改任提学。欧阳重卸任四川提学时间不可考,应参考下任提学任职时间。

(五)世宗时期

*19. 张邦奇(1523—1524 在任)

字常甫,浙江鄞县人,弘治十八年(1505)进士。据《世宗实录》记载,嘉靖

---

① (明)杨廷和等:《明武宗实录》卷 150。
② (明)杨廷和等:《明武宗实录》卷 195。
③ 同上。
④ (明)徐阶等:《明世宗实录》卷 8。

二年(1523)二月,"复除病痊湖广按察司副使张邦奇于四川,仍提督学校"①。其卸任之事该书也有记载,嘉靖三年(1524年)十一月,"四川提学副使张邦奇以母老乞休,许之"②。也就是说张邦奇督学四川仅一年有余。张邦奇在湖广督学有声。著述有《张文定公集》,《御选明诗》《明诗综》录其诗作。

20. 韩邦奇(1527—?)

字汝节,号苑洛,陕西朝邑人。正德三年(1508)进士。《世宗实录》记载韩邦奇督学四川之事:嘉靖六年(1527)十月"辛亥,起致仕江西按察司副使魏校于河南,山西按察司副使韩邦奇于四川,调广西副使祝品于广东,各提调学校"③。稍后明廷考察天下提学官,韩邦奇任职如故,然而不久即改调山西。著述有《苑洛集》。

21. 蔡宗衮(1528—1529 在任)

字希渊,浙江山阴人,正德十二年(1517)进士。据《世宗实录》记载,嘉靖九年(1530)正月,"四川巡抚都御史唐凤仪劾奏提学佥事蔡宗尧以疾乞休,未奉明旨则离职任,命巡按御史逮问以闻"④。这是四川提学蔡宗尧卸任的明证。但是其出任四川提学的时间却没有明文记载。另有同名者蔡宗尧,字中父,自号东郭子,浙江临海人,嘉靖十六年(1537)举人。显然不可能在嘉靖九年出任四川提学。但是根据《明史·儒林传》记载:"蔡宗衮,字希渊。正德十二年进士。官至四川提学佥事。"⑤据此可知,《世宗实录》所记载的四川提学"蔡宗尧"实际上是"蔡宗衮"之误。

22. 张鲲(1530—1532 在任)

字子鱼,河南钧州人,正德十二年(1517)进士。张鲲接替蔡宗衮出任四川提学是在嘉靖九年(1530)正月"壬子,改湖广按察司副使张鲲于四川提调学校"⑥。嘉靖十一年(1532)六月,明廷考察提学官,"以生员被黜五名以上,降

---

① (明)徐阶等:《明世宗实录》卷 23。
② (明)徐阶等:《明世宗实录》卷 45。
③ (明)徐阶等:《明世宗实录》卷 81。
④ (明)徐阶等:《明世宗实录》卷 109。
⑤ (清)张廷玉等:《明史》卷 283《儒林传二》。
⑥ (明)徐阶等:《明世宗实录》卷 109。

提学官。湖广副使崔桐,四川副使张鲲,河南副使敖英,陕西佥事王邦瑞,各一级"①。按照文中所讲此时张鲲应被降级,但是此时下任提学顾阳和已经到任。且据夏言在嘉靖十一年(1532)六月十六日所撰《议处岁贡事宜以惜人才疏》一文称张鲲为"原任四川提学副使"②来看,可知张鲲在此时的确已经卸任。另据《世宗实录》记载,嘉靖十三年(1534)六月"己未,升山东按察司副使张鲲为江西按察司使"③。说明张鲲在嘉靖十一年(1532)六月之前已经调任山东副使而卸任。

*23. 顾阳和(1532—1536 在任)

字志仁,福建莆田人,正德十六年(1521)进士。据《世宗实录》记载,嘉靖十一年(1532)二月"甲申,升……南京吏部稽勋司署郎中顾阳和为四川按察司佥事,提调学校"④。其卸任时间则是在嘉靖十五年(1536)十一月"丁卯,升四川按察司佥事顾阳和,直隶河间府知府徐嵩俱为按察司副使,阳和河南,嵩湖广"⑤。实际上,顾阳和在河南仍提调学校。

24. 阮朝东(1536—1538?)

字子西,号南村,湖广麻城人,嘉靖二年(1523)进士。据《世宗实录》记载,嘉靖十五年(1536)十一月"庚午,升四川按察司佥事阮朝东为本司副使,提调学校"⑥。由此可知,阮朝东是接替顾阳和出任四川提学。其卸任时间不可考,应参考下任提学任职时间。

25. 毛衢(1538—1540)

字大亨,南直隶吴江人,嘉靖二年(1523)进士。据《世宗实录》记载,嘉靖十七年(1538)十月,"升云南布政使司左参议毛衢,直隶真定府知府宋宜俱按察司副使。衢四川,提调学校。宜湖广,管屯田水利"⑦。又据该书记载,嘉靖

---

① (明)徐阶等:《明世宗实录》卷 139。
② (明)夏言:《南宫奏稿》卷 1。
③ (明)徐阶等:《明世宗实录》卷 164。
④ (明)徐阶等:《明世宗实录》卷 135。
⑤ (明)徐阶等:《明世宗实录》卷 193。
⑥ 同上。
⑦ (明)徐阶等:《明世宗实录》卷 217。

二十年(1541)正月,言官弹劾官员其中毛衢在列,结果被罢职处理,这应该是毛衢卸任四川提学的原因。

26. 周复俊(1543?—1544)

字子吁,南直隶太仓人,嘉靖十一年(1532)进士。据《世宗实录》记载,嘉靖二十三年(1544)六月,"礼科右给事中陈棐劾江西、四川提学副使陆时雍、周复俊旷职,宜改调"①。此后不久下任提学即就任,说明这应该是周复俊卸任的大致时间。根据比周复俊稍早任职四川副使的朱宪章任职时间来判断,周氏任职应在嘉靖二十二年(1543)左右。周复俊著述颇丰,有《东吴名贤记》《泾林集》《全蜀艺文志》《太仓文略》等。

27. 易宽(1544—1548?)

字栗夫,江西安福人,嘉靖十四年(1535)进士。嘉靖二十三年(1544)六月"丁亥,升礼部祠祭司署郎中易宽为四川按察司副使,复除原任贵州按察司佥事蔡克廉于江西,俱提调学校"②。显然易宽是接替周复俊出任四川提学,可惜其卸任时间暂不可考。据《同治安福县志》记载,易宽"升四川提学副使,教先本实。卒于官"③。著有《释义》一编。

28. 尹祖懋(1546?—1548?)

字德卿,江西永新人,嘉靖二十年(1541)进士。《同治永新县志》记载尹祖懋生平履历,其文曰:"历官广东参议、四川提学副使,以原职告归。刻意诗文,有《峡阳稿》行世。"④同时《雍正江西通志》也记载其为"永新人提学副使"⑤。而其出任四川提学副使的具体时间则无文献可考。但考虑到《雍正四川通志》在职官"副使"一栏中,将其名字列于陈鎏之前,故此尹祖懋在陈鎏之前出任四川提学副使的可能性较大。

29. 陈鎏(1548—1552?)

字子兼,南直隶吴县人,嘉靖十七年(1538)进士。《世宗实录》记载,陈鎏

---

① (明)徐阶等:《明世宗实录》卷287。
② 同上。
③ (清)姚濬昌等:《同治安福县志》卷1。
④ (清)萧玉春等:《同治永新县志》卷16。
⑤ (清)谢旻等:《江西通志》卷54。

出任四川提学之事：嘉靖二十七年(1548)十月"辛未，升工部署郎中陈鎏为四川按察司佥事，提调学政"①。其卸任时间不可考，应参照下任提学任职时间。陈鎏所作《铁牛记》文中有"佥事陈鎏以督学入灌口"②，而时间在嘉靖二十九年(1550)，由此可知此时陈鎏仍旧在任。

30. 曾于拱(1552—1553)

字思极，号鲁源，江西泰和人，嘉靖二十年(1541)进士。曾氏出任提学之事在《明史》和《明实录》中均没有明确记载。但其乡人郭子章所作《嘉议大夫都察院右副都御史曾鲁源先生于拱墓志铭》一文却有相关记述，其文曰："公复官勤恪，尤加意文教，在蜀鲁两摄督学事，所赏识后皆为闻人。"③说明曾于拱可能出任过四川和山东提学。按《明世宗实录》确有记载曾于拱出任四川按察副使之事：嘉靖三十一年(1552)三月"己丑升工部都给事中唐禹为布政使司右参政，浙江道御史王应钟、兵部郎中谢东山、工部郎中曾于拱俱为按察司副史。应钟河南、东山贵州俱提调学校。于拱四川。"④单看这则文献记载确实难以确定曾于拱的授职情况，但是结合郭子章为曾氏作的墓志铭则基本可以确定文中所谓的"俱提调学校"其实应该包括曾于拱在内。那么这就应该是曾于拱出任四川提学副使的时间，至于其卸任则应该是调任山东提学之故，时间应在次年十月之前。著述有《曾于拱文集》。

31. 洪朝选(1553—1556?)

字汝尹，一字舜臣，福建同安人，嘉靖二十年(1541)进士。《世宗实录》记载洪朝选出任四川提学之事：嘉靖三十二年(1553)十月，"升南京吏部郎中洪朝选为四川按察司副使，提调学校"⑤。嘉靖三十七年(1558)九月，"巡按广西御史龚恺劾两广总兵王瑾贪耄，原任广西左布政使熊洛庸鄙，参政洪朝选残酷，俱不职，当罢。得旨，令瑾闲住，洛致仕，朝选调用"⑥。文中称洪朝选为广

---

① (明)徐阶等：《明世宗实录》卷341。
② (清)黄廷桂等：《四川通志》卷13上。
③ (明)焦竑：《国朝献徵录》卷59。
④ (明)徐阶等：《明世宗实录》卷383。
⑤ (明)徐阶等：《明世宗实录》卷403。
⑥ (明)徐阶等：《明世宗实录》卷464。

西参政,根据一个考满周期来推算,洪朝选由副使晋升右参政应该在嘉靖三十五年(1556)左右,这也可能是其卸任四川提学的时间。洪朝选"督学四川,以公严校士,素不为严嵩所喜"①。著述有《静庵集》等。

32. 宋国华(1556—1559 在任)

字崇乐,江西奉新人,嘉靖二十三年(1544)进士。《世宗实录》记载其出任四川提学:"升兵部左给事中殷正茂,河南道御史胡志夔,兵部署郎中宋国华,俱为按察司副使,志夔河南,国华四川,正茂广西,提调学校。"②时间是在嘉靖三十五年(1556)三月。督学四川,"敷教以宽,怜才若不及"③。

*33. 姜宝(1560—1562 在任)

字廷善(一作惟善),号凤阿,南直隶丹阳人,嘉靖三十二年(1553)进士。《世宗实录》记载姜宝出任四川提学之事:嘉靖三十九年(1560)五月,"升翰林院编修王学颜、姜宝俱按察司佥事。学颜广东,宝四川,俱提调学校"④。姜宝卸任四川提学时间不可考,应参考下任提学任职时间。姜宝督学四川,"能鉴识才器,与诸生倡明道学,一时蜀士彬彬,文教翔洽"⑤。著述有《稽古编大政记纲目》《凤阿文集》。

34. 韩子允(1562—?)

字明仲,一字升仲,号旋峰,浙江慈溪人,嘉靖二十六年(1547)进士。据《世宗实录》记载,嘉靖四十一年(1562)三月"丁未,升江西瑞州府知府韩子允为四川按察司副使,提调学校"⑥。这是韩子允出任四川提学的明文记载,然而其卸任时间却未见记载。

*35. 胡直(1565?—1566?)

字正甫,号庐山,江西泰和人,嘉靖三十五年(1556)进士。胡直出任四川提学,《明实录》并没有明文记载。然而其督学四川的经历,《明儒学案》《雍正

---

① (清)李清馥:《闽中理学渊源考》卷63。
② (明)徐阶等:《明世宗实录》卷433。
③ (清)谢旻等:《江西通志》卷12。
④ (明)徐阶等:《明世宗实录》卷484。
⑤ (清)和珅等:《大清一统志》卷291。
⑥ (明)徐阶等:《明世宗实录》卷507。

江西通志》都有记载:"出为湖广佥事,领湖北道,晋四川参议,寻以副使督其学政,请告归。"①而根据《穆宗实录》相关记载,隆庆三年(1569)六月"乙酉,原任四川按察司副使胡直于广东提调学校"②。说明胡直出任四川提学副使是在此之前,而且应该有一段"告归"的时间。同时,考察隆庆初年四川提学相关信息,其人物、事迹相当清楚,由此说明胡直应该在隆庆之前已出任四川提学副使,而很可能是嘉靖时期最后一任四川提学。

(六)穆宗时期

36. 金立敬(1567—1568 在任)

字中夫,浙江临海人,嘉靖二十九年(1550)进士。据《穆宗实录》记载,隆庆元年(1567)七月,"调山东按察司副使金立敬于四川提调学校"③。这是金立敬出任四川提学的明文记载,其卸任之事该书也有记载:隆庆二年(1568)正月,"升四川按察司副使金立敬,山西按察司副使孙一正,陕西按察司副使朱衿,俱左参政"④。因此,金立敬督学四川也仅有不到一年的时间。著述有《圣谕注》。

37. 劳堪(1568—1571 在任)

字任之,号道亭,又号庐岳,江西德化人,嘉靖三十五年(1556)进士。《穆宗实录》记载劳堪出任四川提学之事:隆庆二年(1568年)正月,"升江西按察司按察使张柱为布政使司右布政使、湖广德安府知府远随、直隶保定府知府张烈文、陕西平凉府知府祁天叙、浙江布政使司右参议劳堪,俱按察司副使,刑部署郎中杨修按察司佥事。柱江西,随、烈文俱山西,天叙陕西,堪四川,修云南"⑤。该书还记载劳堪因晋升而卸任四川提学:隆庆五年(1571)正月,"升……四川按察司副使劳堪为布政使司左参政"⑥。著述有《诗林伐柯》《词海遗珠》等。

---

① (清)黄宗羲:《明儒学案》卷 22。
② (明)于慎行等:《明穆宗实录》卷 33。
③ (明)于慎行等:《明穆宗实录》卷 10。
④ (明)于慎行等:《明穆宗实录》卷 16。
⑤ (明)于慎行等:《明穆宗实录》卷 16。
⑥ (明)于慎行等:《明穆宗实录》卷 53。

38. 屠羲英(1571—1572在任)

字淳卿,南直隶宁国人,嘉靖三十五年(1556)进士。隆庆五年(1571)正月,明廷"复除浙江按察司副使屠羲英于四川,提调学校"①。由此可见屠氏正是接替劳堪出任四川提学,然而其卸任时间不可考,应参考下任提学任职时间。屠羲英曾任南京祭酒,因坚决反对张居正夺情,被万历皇帝赐字"春风化雨,蔚为人宗"②。

*39. 管大勋(1572—1574?)

字世臣,浙江鄞县人,嘉靖四十四年(1565)进士。《穆宗实录》记载管大勋出任四川提学之事:隆庆六年(1572)二月,"升南京吏部考功司郎中袁尊尼,江西临江府知府管大勋为按察司副使。尊尼山东,大勋四川,俱提调学校"③。其卸任时间不可考,应以下任四川提学任职时间为限。著述有《休休斋集》《光禄集》。

(七)神宗时期

40. 陈文烛(1574—1577在任)

字玉叔,湖广沔阳人,嘉靖四十四年(1565)进士。《神宗实录》记载陈文烛出任四川提学之事:万历二年(1574)正月,"升扬州府知府贾应元、延安府知府陈烨、淮安府知府陈文烛、云南大理府知府史诩俱为副使。应元山西,烨陕西,文烛四川提学,诩云南"④。其卸任之事该书也有记载,万历五年(1577)十一月"丙子以四川副使陈文烛为山东左参政"⑤。《四川通志》对其评价颇高:"万历三年以副使督四川学校,表彰先达,振起后进,惟日不足。公余,复追寻名胜,访问往迹,题咏记述,几遍蜀中山川。后三任监司,大著恩惠,蜀

---

① (明)于慎行等:《明穆宗实录》卷53。
② (清)赵宏恩等:《江南通志》卷148。
③ (明)于慎行等:《明穆宗实录》卷66。
④ (明)叶向高等:《明神宗实录》卷11。
⑤ (明)叶向高等:《明神宗实录》卷69。

士民感之。"①陈文烛甚有文名,"时七子有时名,意不可一世,文烛雁行其间,不少让"②。著述颇丰,有《淮安府志》《二酉阁文集》《五岳山房集》等。

41. 郭棐(1577—1579在任)

字笃周,广东南海人,嘉靖四十一年(1562)进士。郭棐出任四川提学,《神宗实录》有明确记载:万历五年(1577)十一月,"调湖广副使郭棐于四川,提学"③。从时间上看恰是接替陈文烛担任四川提学。其卸任时间不可考,据《神宗实录》记载可知,万历十一年(1583)十一月,"调原任四川副使郭棐为广西副使"④,那么说明郭棐在此之前已经卸任四川提学。明代万历时期的《四川通志》由郭棐以提学身份负责编撰,他为该书作序文时开篇便言明时间是在万历七年。由此可知此时郭氏仍在四川提学任上。郭棐督学四川,颇有政绩:"万历五年始改四川提学,棐抡选公明,所拔置前茅,学士范醇敬辈,登乡会榜几三百人,皆屈指豫定,人服其藻鉴。"⑤著述有《四川通志》《粤大记》《右江大志》《梦菊全集》等。

*42. 高则益(1580在任)

字汝谦,江西南昌人,嘉靖四十一年(1562)进士。高则益出任四川提学,《神宗实录》有明文记载:万历八年(1580)正月,"调浙江左布政使劳堪于福建,广西提学副使高则益于四川,广西左参议秦舜翰于贵州"⑥。其卸任时间该书也有明文记载:"戊午,以违禁驰驿降四川按察使梁问孟,副使高则益三级。"时间是在万历八年(1580)八月。而实际上,下任四川提学早此之前(闰四月)已有任命,由此看来高则益实际上在川督学较短。《明诗综》录其诗作。

43. 杨节(1580—1582在任)

字号不可考,河南祥符人,隆庆二年(1568)进士。杨节出任四川提学,《神

---

① (清)黄廷桂等:《四川通志》卷6。
② (清)迈柱等:《湖广通志》卷57。
③ (明)叶向高等:《明神宗实录》卷69。
④ (明)叶向高等:《明神宗实录》卷143。
⑤ (清)郝玉麟等:《广东通志》卷45。
⑥ (明)叶向高等:《明神宗实录》卷95。

宗实录》有明确记载：万历八年（1580）闰四月，"升黄州府知府杨节为四川副使，提调学政"①。其卸任四川该书也有记载："调四川提学副使杨节为山东副使。"②时间是在万历十五年（1587）二月。但是在此期间明廷还任命了两名提学官员，说明杨节实际上早此之前已经卸任提学一职。参考下一任提学任职时间，当在万历十年（1582）为宜。

*44. 陈允升（1582—1583）

字霁衡，南直隶昆山人，隆庆二年（1568）进士。陈允升出任四川提学是在万历十年（1582）七月"甲戌，复除陈允升为四川提学佥事"③。而其卸任则是在次年（1583）闰二月因病辞官。"四川提调学政佥事陈允升以病乞休，允之。"④陈允升在四川督学时间较短，之前在湖广督学时颇有政绩。

45. 曹楼（1583—1586 在任）

字号不可考，南直隶歙县人，隆庆五年（1571）进士。万历十一年（1583）闰二月，"升户部郎中曹楼为四川副使，提调学政"⑤。由此可见曹楼正是接替陈允升出任四川提学。曹楼卸任四川提学时间不可考，但根据其所作《重修成都府儒学记》一文内容可知，他与当时刚到任不久的耿定力商讨修葺学校，结果三月竣工。而耿定力出任成都知府约在万历十三年（1585）左右，说明此时曹楼依旧在任。可参考以下任提学任职时间。据《四川通志》记载曹楼"以副使督四川学校，朗鉴映人，士论允服，所取士子豫决，元魁多如其言"⑥。

46. 郭子章（1586—1589 在任）

字相奎，江西泰和人，隆庆五年（1571）进士。郭子章出任四川提学之事，《神宗实录》没有明文记载。但其卸任时间该书却有明确记录：万历十七年（1589）四月，"升四川按察司副使郭子章为浙江布政司右参政"⑦。这里所指

---

① （明）叶向高等：《明神宗实录》卷 99。
② （明）叶向高等：《明神宗实录》卷 183。
③ （明）叶向高等：《明神宗实录》卷 126。
④ （明）叶向高等：《明神宗实录》卷 134。
⑤ 同上。
⑥ （清）黄廷桂等：《四川通志》卷 6。
⑦ （明）叶向高等：《明神宗实录》卷 210。

的按察副使就是提学副使,说明此时郭子章已正式卸任四川提学。而实际上《四川通志》对其出任提学之事有直接交代:"万历十四年以副使提督四川学校。"①《大清一统志》则记为"万历四年官四川提学副使",万历四年(1576)郭子章仍在工部主事任上显然不可能出任四川提学副使。因此此处是漏掉"十"字,恰恰印证了郭子章于万历十四年(1586)出任四川提学的事实。郭子章盛有文名,"子章天才卓越,于书无所不读,著述几于汗牛,燕闽晋粤蜀浙吴楚,所历皆有草"②。《明诗综》《御选明诗》《粤西诗载》录其诗作。郭子章督学四川,颇有政绩,"品士称得人,尤工词章,为士林佩服。又搜求遗贤,以激励后学"③。著述有《蠙衣集》《黔记》《豫章书》《豫章诗话》《闽草》等。

47. 方万山(1589—1591?)

字仰之,南直隶歙县人,万历五年(1577)进士。据《神宗实录》记载,万历十七年(1589年)四月,"升南京河南道御史方万山为四川按察司副使,提督学政"④。由此可见,方万山正是接替郭子章出任四川提学一职。其卸任时间暂不可考,应参考下任提学任职时间。

*48. 冯时可(1591在任)

字敏卿,一字元成,南直隶华亭人,隆庆五年(1571)进士。《神宗实录》只记载冯时可卸任四川提学之事:万历十九年(1591)九月,"以四川提学副使冯时可补广西副使"⑤。其出任四川提学时间,《实录》虽没有明确记载,但却有间接信息足以证明:万历十九年(1591)七月"以原任贵州副使冯时可任提学副使"⑥,八月又有言官称其不堪学宪,故此九月才有改任之命。由此看来,万历十九年(1591)七月冯时可任提学副使正是四川之任。著述有《诗臆》《元成选集》《俺答前后志》等。

---

① (清)黄廷桂等:《四川通志》卷6。
② (清)谢旻等:《江西通志》卷79。
③ (清)黄廷桂等:《四川通志》卷6。
④ (明)叶向高等:《明神宗实录》卷210。
⑤ (明)叶向高等:《明神宗实录》卷240。
⑥ (明)叶向高等:《明神宗实录》卷238。

49. 汪应蛟(1591—1592 在任)

字潜夫，南直隶婺源人，万历二年(1574)进士。万历十九年(1591)九月，明廷"以福建副使汪应蛟调四川提学副使"①，接替冯时可担任四川提学。汪应蛟卸任则是在万历二十年(1592)十月"丙午，升四川副使汪应蛟为山东分守济南道右参政"②。汪应蛟著述颇丰，有《蜀语》《病吟草》《抚畿奏疏》等。

50. 黄克缵(1592—1595 在任)

字绍夫，福建晋江人，万历八年(1580)进士。《神宗实录》记载黄克缵出任四川提学：万历二十年(1592)十月"癸丑，升江西赣州知府黄克缵为四川提学副使"③。其卸任之事该书也有记载，"四川提学副使黄克缵升湖广左参政"④，时间是在万历二十三年(1595)五月。黄克缵著述有《疏治黄河全书》《数马集》，《御选明诗》录其诗作。

51. 王孟煦(1595—1598 在任)

字号不可考，山东安丘人，万历十四年(1586)进士。王孟煦出任四川提学，《世宗实录》有明文记载："乙卯，升户部郎中刘应蕙佥事云南，陕西参议王孟煦四川副使，各提学。"⑤时间是在万历二十三年(1595)六月，可见王孟煦正是接替黄克缵出任四川提学官。该书也记载其卸任之事：万历二十六年(1598)八月，"升四川副使王孟煦为江西参政"⑥。王氏"工诗兼善书法，著有《云耕山房稿》"⑦。

*52. 李开藻(1598—1599 在任)

字叔玄，福建永春人，万历十一年(1583)进士。李开藻出任四川提学，《神宗实录》有明文记载，万历二十六年(1598)九月，"调四川佥事李开藻为本省提

---

① （明）叶向高等：《明神宗实录》卷 240。
② （明）叶向高等：《明神宗实录》卷 253。
③ 同上。
④ （明）叶向高等：《明神宗实录》卷 285。
⑤ （明）叶向高等：《明神宗实录》卷 286。
⑥ （明）叶向高等：《明神宗实录》卷 325。
⑦ （清）岳浚等：《山东通志》卷 28 之 3。

学"①。显然是接替王孟煦担任提学。其卸任则是在万历二十七年(1599)三月,明廷"升……四川佥事李开藻为山东右参议"②,因此离任。

53. 傅光宅(1603—1604 在任)

字伯俊,山东聊城人,万历五年(1577)进士。傅光宅出任四川提学有明文记载,万历三十一年(1603)正月,"改四川副使播州兵备傅光宅提督学政"③。其卸任时间不可考,应参考下任提学任职时间。《御选明诗》录其诗作。

54. 江盈科(1604—1605 在任)

字进之,湖广桃源人,万历二十年(1592)进士。江盈科出任四川提学有明文记载,万历三十二年(1604)七月,"升户部员外江盈科为四川提学副使"④。其卸任提学时间不可考,因病故而离任,应参考下任提学任职时间。江盈科当时有文名,著述有《明朝小传》《雪涛阁集》。

55. 王志(1605—1607 在任)

字心盘,江西东乡人,万历十四年(1586)进士。王志出任四川提学有明文记载,万历三十三年(1605)九月,"四川参议王志升提学副使"⑤,应是接替江盈科之故。王志卸任四川提学时间不可考,但根据万历三十六年(1608)"升广东副使王志为云南右参政"⑥的相关记载,王志调离四川应是赴广东副使之任,因此其卸任时间应以下任提学到任时间为限。

56. 吴士奇(1607—1609 在任)

字无奇,南直隶歙县人,万历二十年(1592)进士。吴士奇出任四川提学有明文记载,万历三十五年(1607)六月"癸卯,升……兵部郎中陈大绶为浙江提学副使,吉安府知府吴士奇为四川提学副使"⑦。其卸任时间暂不可考,应参

---

① (明)叶向高等:《明神宗实录》卷 326。
② (明)叶向高等:《明神宗实录》卷 332。
③ (明)叶向高等:《明神宗实录》卷 380。
④ (明)叶向高等:《明神宗实录》卷 398。
⑤ (明)叶向高等:《明神宗实录》卷 413。
⑥ (明)叶向高等:《明神宗实录》卷 452。
⑦ (明)叶向高等:《明神宗实录》卷 434。

考下任提学任职时间。著述有《绿滋馆稿》《白鹭洲书院三祀志》。

57. 魏说(1609—1612 在任)

字肖生,湖广蒲圻人,万历二十六年(1598)进士。魏说出任四川提学,《神宗实录》有明确记载,万历三十七年(1609)七月"癸卯,以工部主事魏说为四川提学佥事"①。其卸任时间暂不可考。郭正域《李得轩墓志铭》一文记述李宗鲁(得轩)生平,其中提到:"孙三,长应槐,郡庠廪生,娶今四川提学参议魏说女。"②说明郭氏撰写此文时,魏说仍在四川提学任上(尚在考满期内)。而考察郭氏此文,作于万历辛亥年即三十九年(1611),因此魏说卸任时间应在此之后。考虑到魏说此后晋升山东参政,又在万历四十六年(1618)三年考满,因此将其卸任时间大致确定在万历四十年(1612)为宜。

58. 戴燝(1613—1613 在任)

字亨融,福建长泰人,万历十四年(1586)进士。戴燝出任四川提学,《神宗实录》有明文记载,万历四十一年(1613)四月,"改江西副使戴燝为四川副使,提督学政"③。这也恰好印证了上文对魏说卸任四川提学时间的推测,说明戴燝应是接替魏说出任四川提学。戴燝卸任副使时间,《明熹宗实录》有明确记载,天启二年(1622)十月,"升……四川按察司副使戴燝为本省布政使司右参政,仍管四川道"④。但是需要注意的是,文中"仍分管四川道"足以说明此时戴燝应该不在提学职位上。因此其卸任时间应参照下任提学任职时间。

59. 张之厚(1613—1616 在任)

字号不可考,湖广应城人,万历二十九年(1601)进士。张之厚出任四川提学,《明神宗实录》有明文记载,万历四十一年(1613)十月,"升四川成都府知府张之厚为本省提学副使"⑤。其卸任则是因晋升为陕西参政,时间在万历四十

---

① (明)叶向高等:《明神宗实录》卷460。
② (清)迈柱等:《湖广通志》卷47。
③ (明)叶向高等:《明神宗实录》卷507。
④ (明)温体仁等:《明熹宗实录》卷27。
⑤ (明)叶向高等:《明神宗实录》卷519。

四年(1616)正月。

60. 杜应芳(1615?—1619)

字怀鹤,湖广黄冈人,万历三十五年(1607)进士。杜应芳出任四川提学的时间并没有明文记载。据《明神宗实录》记载,杜氏于万历四十年(1612)六月出任河间知府,而万历四十七年(1619)二月"升四川副使杜应芳为福建参政"①。据此推测,杜应芳在万历四十三年(1615)前后出任四川副使的可能性较大。"督学四川,无敢以片牍干者"②,督学四川期间杜氏编著《续补蜀艺文志》一书。

61. 梁鼎贤(1618—1619 在任)

字有实,河南夏邑人,万历三十五年(1607)进士。梁鼎贤出任四川提学有明文记载,万历四十六年(1618)十二月"辛巳……升祠祭司郎中史树德为陕西副使,西安知府梁鼎贤为四川提学"③。其卸任时间不可考,应参考下任提学任职时间。

62. 胡承诏(1619—1621 在任)

字君麻,湖广景陵人,万历三十二年(1604)进士。胡承诏出任四川提学有明文记载,万历四十七年(1619)六月"丁巳,升礼部祠祭司郎中胡承诏为四川提学副使"④。其卸任时间则在天启元年(1621)九月,"升四川按察司副使胡承诏河南布政使司右参政"⑤。

(八)熹宗时期

63. 来复(1621—1623 在任)

字阳伯,陕西三原人,万历四十四年(1616)进士。天启元年(1621)九月,

---

① (明)叶向高等:《明神宗实录》卷 579。
② (清)迈柱等:《湖广通志》卷 10。
③ (明)叶向高等:《明神宗实录》卷 577。
④ (明)叶向高等:《明神宗实录》卷 583。
⑤ (明)温体仁等:《明熹宗实录》卷 14。

明廷"升户部郎中来复四川提学副使"①。由此可见,来复正是接替胡承诏出任四川提学。其卸任时间不可考,但据《明熹宗实录》记载,天启五年(1625)四月,"升……四川布政使司右参议来复为山西冀北道按察司副使"②。文中称来复为"四川右参议",说明来复此时已经不再兼任提学副使。结合下任提学任职时间,来复在天启三年(1623)初卸任的可能性较大。

*64. 张邦翼(1623—1625在任)

字君弼,湖广蕲州人,万历二十六年(1598)进士。天启三年(1623)三月,明廷"升……浙江布政司右参政张邦翼为四川按察使,备兵建昌兼摄学政"③。张邦翼以按察使之职兼理学政,由此看来,他也是四川提学官员中职衔最高的一位提学。其卸任时间不可考,暂以下任提学任职时间为限。任广东提学时编著《岭南文献》。

65. 王振奇(1625—?)

字石鲸,江西安福人,万历四十七年(1619)进士。王振奇出任四川提学有明文记载,天启五年(1625)五月,"升礼部郎中王振奇为四川布政使司右参议兼按察司佥事,提督学政"④。其卸任时间不可考。

（九）思宗时期

66. 杨景明(1631—?)

字号不可考,河南光州人,万历四十七年(1619)进士。崇祯四年(1631)由礼部郎中迁四川按察副使。卸任时间及督学事迹不可考。

*67. 陈士奇(1642—1644?)

字平人,福建漳浦(镇海卫)人,天启五年(1625)进士。据《福建通志》记载:"由中书授礼部主事,转郎中,历迁四川督学。"⑤可见其曾任职四川提学。

---

① （明）温体仁等:《明熹宗实录》卷14。
② （明）温体仁等:《明熹宗实录》卷58。
③ （明）温体仁等:《明熹宗实录》卷32。
④ （明）温体仁等:《明熹宗实录》卷59。
⑤ （清）郝玉麟等:《福建通志》卷46。

《四川通志》记载其督学"藻鉴甚明"。后张献忠大军入川,陈士奇"坚守重庆,城陷死之"①。著述有《巴黔署草》。

八、湖广提学简考

(一) 英宗时期

1. 刘虬(1436—1444 在任)

字号不可考,江西永丰人,建文二年(1400)进士。明正统元年(1436)五月,明廷添设提学官时,刘虬由广西郁林州知州升任湖广提学佥事。其卸任时间不可考。但《英宗实录》却有一条相关记载,正统十四年(1449)夏四月,"先是湖广郴州桂阳县学署教谕事举人周冕奏:'近年增设学校风宪官,俾其每年遍历所属儒学考察生员,盖欲得真材以资任用也。如本县僻处万山,自正统七年前任佥事刘虬到州,行取生徒考选,迨今六年未有至者,是致生徒不谙文理书算,惟以入学食粮先后为序,每遇岁贡补廪,即肆争竞。'"②由此可知至少在正统七年(1442)前,刘虬尚在湖广提学任上。周冕的疏奏直接导致当时在任提学韩阳被降职处罚。而韩阳出任该职的时间则是在正统九年(1444)十二月,这就是刘虬下任湖广提学的时间下限。据《吉安府志》记载:"两为会试考官,升湖广提学佥事,训迪裁成,大振风教。秩满,乞休归。"③秩满需九年,因此,刘虬则应该在正统九年(1444)卸任。

2. 韩阳(1444—1449 在任)

字伯阳,浙江山阴人,永乐十五年(1417)举人。正统九年(1444)十二月,明廷任命一批官员其中包括湖广提学:"丁巳,升……监察御史邢端为湖广副

---

① (清)黄廷桂等:《四川通志》卷 12。
② (明)李贤等:《明英宗实录》卷 177。
③ (清)定祥等:《光绪吉安府志》卷 28。

使,韩阳为佥事,提调学校。"①正如上文所述,周冕的奏疏引起朝廷的重视,当时礼部尚书胡濙要求韩阳"自陈",其给出的解释是:"以冒岚气,遘疾不能行,属诚为有罪。"②结果英宗命令巡按御史逮治问罪。所以这个事件之后,韩阳应该已经卸任湖广提学。韩阳后于景泰元年(1450)因废除提学官而调补江西。实际上,韩阳督学湖广颇有好评:"公廉静正,善作士类,谕诸生出入必巾服。时武昌刘生有学行,家贫被火为营,其居助以薪米。居楚数年,文物丕变,士人怀之。"③著述有《思庵稿》《西江诗选》。

* 3. 熊炼(1451—?)

字学渊,江西进贤人,宣德五年(1430)进士。据《英宗实录》记载,景泰二年(1451)二月,"调浙江按察司佥事熊炼于湖广按察司。炼先提调浙江学校,至是革罢,故调之"④。既然提学在此时革罢,熊炼此任就不应该在担任提学之职。但是《古今图书集成》却记载为:"历升湖广提学佥事,秉性刚直,不避权势。以正本惇行为先,士民畏爱。"⑤姑列其名,存疑。

4. 王度(1461—1464 在任)

字洪量,江西吉水人,景泰五年(1454)进士。天顺五年(1461)十一月,英宗复位后重新任命一批提学:"庚申,命……升南京刑部郎中张为浙江按察司副使,南京工部郎中刘昌河南副使,刑部主事王度湖广佥事……教授邵玉云南佥事,俱提调学校,以吏部会廷臣荐举也。"⑥其卸任时间不可考,以下任提学出任该职时间为下限。

5. 裴斐(1464—1466 在任)

字成章,陕西渭南人,正统十二年(1447)举人。天顺八年(1464)四月"己丑,升……监察御史颜正四川佥事,裴斐湖广佥事,刑科给事中夏时山东佥事,大理评事翟政山西佥事,翰林院检讨兼国子监助教刘安止陕西佥事提

---

① (明)李贤等:《明英宗实录》卷 124。
② (明)李贤等:《明英宗实录》卷 177。
③ (明)李贤等:《明一统志》卷 59。
④ (明)李贤等:《明英宗实录》卷 201。
⑤ (清)陈梦雷:《古今图书集成》卷 1。
⑥ (明)李贤等:《明英宗实录》卷 334。

督学校"①。裴斐因病告归,其卸任时间不可考,以下任提学出任该职时间为下限。

(二)宪宗时期

6. 陈方(1466—1469 在任)

字正观,江西庐陵人,正统十年(1445年)进士。成化二年(1466)正月,明廷在京三品官员推荐任命一批官员:"行人陈方,府同知应颙,知县胡谧、尚褫,教授伍福俱金事。瑛河南,珩广东,清、方、颢、褫湖广,齐,篪广西,材、谧山西,善山东,述贵州,骐江西,福陕西,方、福、谧三人提调学校。"②从文中所述可知,陈方此时被任命为湖广提学金事。其卸任时间不可考,卒于任上。著述有《直庵集》。

*7. 吴智(1476—1478 在任)

字号不可考,福建莆田人,景泰二年(1451)进士。吴智出任湖广提学有明文记载,成化十二年(1476)七月,"升四川按察司金事吴智为湖广副使,提调学校"③。其卸任时间不可考。以下任提学出任该职时间为下限。

8. 薛纲(1478—1487 在任)

字之纲,浙江山阴人,天顺八年(1464)进士。据《宪宗实录》记载,成化十四年(1478)正月"辛卯,升福建按察司金事钟珹,监察御史薛纲为副使。珹江西,纲湖广,俱提调学校"④。其卸任时间不可考,以下任提学出任该职时间为下限。著述有《三湘集》。

*9. 沈钟(1487—1490 在任)

字钟律,南直隶上元人,天顺四年(1460)进士。成化二十三年(1487)三月,明廷任命一批提学官员:"壬戌,升翰林院编修敖山,检讨郑纪,湖广按察司金事沈钟,俱为按察司副使。行人司司副车玺,中书舍人杨一清,户部主事陈

---

① (明)刘吉等:《明宪宗实录》卷4。
② (明)刘吉等:《明宪宗实录》卷25。
③ (明)刘吉等:《明宪宗实录》卷155。
④ (明)刘吉等:《明宪宗实录》卷174。

绶,户科给事中韦斌,俱佥事提调学校。山江西,纪浙江,钟原任,玺河南,一清山西,绶云南,斌广东。"①其卸任则是因焦芳之请孝宗皇帝将其调整至山东,时间在弘治三年(1490)二月。著述有《休斋集》。

(三)孝宗时期

*10. 焦芳(1490—1492 在任)

字孟阳,河南泌阳人,天顺八年(1464)进士,宪宗时任经筵讲官,又任东宫(孝宗)侍读,后官吏部尚书华盖殿大学士。据《孝宗实录》记载焦芳出任四川提学之事:弘治三年(1490)二月,"命调湖广按察司副使沈钟于山东,四川按察司副使焦芳于湖广"②。这是焦芳以养亲辞官,明孝宗以特例改调湖广。弘治五年(1492)十月,孝宗查明焦芳受人诬陷的事实后,授意有司以"两京相应职事用之","既而吏部奏芳今任湖广按察副使,与南京通政司右通政品俱正四,应改用。俟服阕,行取赴任,从之"③。此后焦芳正式卸任湖广提学。但是根据文中记述可知,焦芳丁忧期间实际上也不可能开展督学活动。

11. 王纯(1492—1495 在任)

字宏文,号一斋,浙江仙居人,成化十七年(1481)进士。王纯出任湖广佥事有明文记载,弘治五年(1492)十一月,"升工部郎中林号□土为湖广布政司右参政,南京都察院经历王纯为湖广按察司佥事"④。虽然这次任命并未交代其具体职守,但是《明史》对此却有相关说明:"弘治中,屡迁湖广提学佥事。"⑤据此可知,王纯在湖广佥事任上应担任提学之职。其卸任时间不可考,考虑下任提学出任该职时间,应以一个考满时间来计算。

12. 杨春(1495—1498?)

字号不可考,四川新都人,成化十七年(1481)进士。杨春出任湖广提学有

---

① (明)刘吉等:《明宪宗实录》288。
② (明)李东阳等:《明孝宗实录》卷35。
③ (明)李东阳等:《明孝宗实录》卷68。
④ (明)李东阳等:《明孝宗实录》卷69。
⑤ (清)张廷玉等:《明史》卷180。

明文记载,弘治八年(1495)七月,"升行人司司正杨春为湖广按察司佥事,提调学校"①。其卸任时间不可考,暂以一个考满时间计算。

*13. 欧阳旦(1499?—1502)

字子相,江西安福人,成化十七年(1481)进士。欧阳旦出任湖广提学的时间不可考,其卸任时间有明文记载,弘治十五年(1502)三月,"升湖广按察司佥事欧阳旦为陕西按察司副使"②。《武宗实录》称其督学湖广、浙江"以宽厚得士心"③。《粤西诗载》录其诗作。

14. 姚文灏(1502—1504 在任)

字秀夫,江西贵溪人,成化二十年(1484)进士。弘治十五年(1502)三月,"升刑部主事姚文灏为湖广按察司佥事,提调学校"④。《江西通志》称姚文灏在湖广提学佥事任上"官三载卒"⑤,据此推测,姚文灏应在弘治十七年(1504)去世,这与下任提学出任湖广提学的时间也完全吻合。姚文灏督学湖广,"慨然以作人自任,崇正学,黜浮靡,规条甚悉,尝自谓所能者三:毁誉不入,请托不行,贿赂不通而已"⑥。著述有《中庸本义》《学斋心学录》《学斋稿》等。

15. 陈凤梧(1504—1509 在任)

字文鸣,江西泰和人,弘治九年(1496)进士。弘治十七年(1504)九月"乙卯,升刑部员外郎陈凤梧,户部员外郎冯夔俱为按察司佥事。凤梧湖广,提调学校,夔广东,清理盐法兼管屯田"⑦。其卸任之事《武宗实录》有明确记载:正德四年(1509)冬十月"辛丑,升湖广按察司佥事陈凤梧,河南布政司右参议詹玺俱为按察司副使。凤梧山西,玺广东"⑧。《湖广通志》记载陈凤梧出任湖广提学佥事和参政的事迹:"……历湖广提学佥事。推衍圣制,为十八条,刊示郡

---

① (明)李东阳等:《明孝宗实录》卷102。
② (明)李东阳等:《明孝宗实录》卷184。
③ (明)杨廷和等:《明武宗实录》卷125。
④ (明)李东阳等:《明孝宗实录》卷185。
⑤ (清)谢旻等:《江西通志》卷86。
⑥ (明)李贤等:《明一统志》卷59。"二",应作"三",根据该书卷51改正。
⑦ (明)李东阳等:《明孝宗实录》卷216。
⑧ (明)杨廷和等:《明武宗实录》卷56。

县。正德六年任衡永郴道时,粤寇劫掠南赣,梧檄宜章守弁提兵营于交界,以备夹攻。所至询民疾苦,暇则召诸生论文,督武士教射。民间颂曰:'词章宋玉,号令条侯。'"①由此可见,陈凤梧在湖广地方教育和社会安定方面均有卓越贡献。著述有《毛诗集解》《周礼校正》《周礼合训》《射礼集要》《困知记》《修辞录》。

(四)武宗时期

16. 马应祥(1509—1511 在任)

字公顺,陕西西安人,弘治九年(1496)进士。据《武宗实录》记载,正德四年(1509)十月,"升吏部署员外郎马应祥为湖广按察司佥事"②。虽然文中并未明确马应祥职责,但是其后一则有关马应祥的任职信息则说明当时马氏的确是接替陈凤梧出任湖广提学之职。正德六年(1511)正月,"六科给事中清一溴、十三道御史曹岐等言:'近日考黜不职官有遗漏者,如河南右布政使沈杰,佥事张琎,浙江佥事李情……湖广佥事马应祥,两淮盐运使吕贤……琎、应祥不宜于提学。钫才短,宜调用。健之、时中、情,本才尚可用。天球督军有功、颤严而不苛,俱宜晋。'诏从之"③。文中涉及官员较多,但是朝廷认为马应祥不适合担任提学之任是清楚的。说明此后马氏此后不久也从湖广提学佥事任上改任他职。

17. 蔡潮(1511—1515 在任)

字巨源,浙江临海人,弘治十八年(1505)进士。据《明武宗实录》记载,正德六年(1511)二月"癸未,升……原任御史刘玉、兵科右给事中蔡潮俱为按察司佥事。文贵州,梦阳江西,玉河南,潮湖广"④。该书卷 125 还记载其卸任湖广之事:"升湖广按察司佥事蔡潮为贵州布政司右参议",时间在正德十年(1515)五月。尽管文中并未言明其具体职守,但是《国朝献征录》《千顷堂书

---

① (清)迈柱等:《湖广通志》卷 41。
② (明)杨廷和等:《明武宗实录》卷 56。
③ (明)杨廷和等:《明武宗实录》卷 71。
④ (明)杨廷和等:《明武宗实录》卷 72。

目》均记载其督学湖湘之事,且其出任、卸任湖广提学时间正与前后提学卸任、出任时间相吻合。著述有《湖湘学政》《霞山集》等。

*18. 张邦奇(1515—1520?)

字常甫,浙江鄞县人,弘治十八年(1505)进士。正德十年(1515)五月"壬子,升翰林院检讨张邦奇为湖广按察司副使,提调学校"①。其卸任时间不可考,督学时间应该较长。张邦奇督学湖广,颇有政绩。"出为湖广提学副使,下令曰:'学不师孔、颜,行不希曾、闵,即才如雄、褒,吾且斥之。'至今楚人言善教者,必曰张提学云。"②著述有《张文定公集》,《御选明诗》《明诗综》录其诗作。

19. 杨叔通(1521—1523在任)

字号不可考,浙江鄞县人,正德三年(1508)进士。正德十六年(1521)三月,"升南京礼部郎中杨叔通为湖广按察司副使,提调学校"③。其卸任之事《世宗实录》有明确记载,嘉靖二年(1523)十月,"升湖广按察司副使杨叔通为陕西右参政"④。

(五)世宗时期

20. 郭持平(1527在任)

字号不可考,江西万安人,正德十二年(1517)进士。嘉靖六年(1527)二月,"升吏部员外郎郭持平为湖广按察司副使,提调学校"⑤。但是就在这一年十月,明廷考察天下提学官员时,郭持平"宜改别用"⑥。也就说明郭持平不久即卸任湖广提学。

21. 许宗鲁(1527—1529在任)

字东侯,一字伯诚,陕西咸宁人,正德十二年(1517)进士。许宗鲁正是接替郭持平出任湖广提学之人:嘉靖六年(1527)十月,"命礼部都察院推有学行

---

① (明)杨廷和等:《明武宗实录》卷125。
② (清)嵇曾筠等:《浙江通志》卷175。
③ (明)杨廷和等:《明武宗实录》卷197。
④ (明)徐阶等:《明世宗实录》卷32。
⑤ (明)徐阶等:《明世宗实录》卷73。
⑥ (明)徐阶等:《明世宗实录》卷81。

者代之,已而复除四川按察司副使张邦奇于福建,调山东副使许宗鲁于湖广,湖广副使萧鸣凤于广东,江西佥事高贲亨于贵州,皆提调学校"①。其卸任之事,《世宗实录》也有明确记载:嘉靖八年(1529)八月"丙寅,升湖广按察司提学副使许宗鲁为太仆寺少卿"②。"视湖广学政,士风丕振"③。著述有《少华山人前集》《少华山人续集》,《御选明诗》《明诗综》录其诗作。

22. 崔桐(1529—1531 在任)

字来凤,南直隶海门人,正德十二年(1517)探花。崔桐出任湖广提学副使,有明文记载:嘉靖八年(1529)八月,"升湖广布政使司右参议崔桐为本按察司副使,提调学校"④。其卸任之事《世宗实录》也有明确记载:嘉靖十年(1531)十一月,"升……湖广按察司提学副使崔桐为福建布政司左参议"⑤。但是嘉靖十一年(1532)六月,"以生员被黜五名以上,降提学官湖广副使崔桐,四川副使张鲲,河南副使敖英,陕西佥事王邦瑞,各一级"⑥。著述有《海门县志》《东洲集》,《粤西诗载》《御选明诗》《明诗综》录其诗作。

23. 郭登庸(1531—1533 在任)

字汝征,浙江山阴人,正德九年(1514)进士。据《世宗实录》记载,嘉靖十年(1531)十二月,明廷任命"陕西道御史郭登庸为湖广按察司副使,提调学校"⑦。该书也记载郭登庸卸任副使之事,嘉靖十二年(1533)十二月,"升湖广按察司副使郭登庸为应天府府丞"⑧。郭登庸"督湖广学政,力正文体。所拔士后多为名卿"⑨。

24. 杨抚(1534—1535 在任)

字安世,浙江余姚人,正德十六年(1521)进士。杨抚出任湖广提学有明文

---

① (明)徐阶等:《明世宗实录》卷81。
② (明)徐阶等:《明世宗实录》卷104。
③ (清)刘于义等:《陕西通志》卷60。
④ (明)徐阶等:《明世宗实录》卷104。
⑤ (明)徐阶等:《明世宗实录》卷132。
⑥ (明)徐阶等:《明世宗实录》卷139。
⑦ (明)徐阶等:《明世宗实录》卷133。
⑧ (明)徐阶等:《明世宗实录》卷155。
⑨ (清)觉罗石麟等:《山西通志》卷118。

记载,嘉靖十三年(1534)十月"丁未,调云南按察司副使杨抚于湖广,提调学校"①。其卸任时间不可考,以下任提学出任该职为下限。杨抚与人合编有《余姚志》,著有《西槎集》。

*25. 田顼(1535—1536,1537—1538 在任)

字希古,福建大田人,正德十六年(1521)进士。嘉靖十四年(1535)二月"己未,升礼部署郎中田顼为湖广按察司佥事,兵部署员外郎江以达为福建按察司佥事,俱提调学校"②。其卸任之事也有明确记载:嘉靖十七年(1538年)十月,"升湖广提学佥事田顼为贵州按察司副使,仍提调学校"③。然而实际上,在这一时间段内,王慎中曾出任过湖广提学之职。因此,田顼应前后两次出任提学。《闽中理学渊源考》记述其督学事迹:"历官礼部郎中,与张治道、廖道南、王用宾、郑善夫辈以文章相砥。及督学湖广,辟濂溪书院,规饬诸生,先行后文,相与讲明性命经济之学,所识拔多为名隽。"④

*26. 王慎中(1536—1537 在任)

字道思,福建晋江人,嘉靖五年(1526)进士。嘉靖十五年(1536)四月,"升南京礼部署郎中王慎中为湖广按察司佥事,提调学校"⑤。其卸任《明实录》并未记载。但是根据本文之前对其督学山东时间的考察可知:《闽中理学渊源考》称"年余,改江西参议",则说明王慎中在山东提学职任上只有一年多的时间。而王慎中由山东改任江西却有明文记载,嘉靖十七年(1538)二月,"升……山东按察司佥事王慎中为江西布政使司左参议"⑥。据此倒推则王慎中出任山东提学应在嘉靖十六年(1537)前后。而这一时间也正是王慎中卸任湖广提学的时间。著述有《家居集》《遵岩文集》等,《御选明诗》《御选历代诗余》录其作品。

---

① (明)徐阶等:《明世宗实录》卷 168。
② (明)徐阶等:《明世宗实录》卷 172。
③ (明)徐阶等:《明世宗实录》卷 217。
④ (清)李清馥:《闽中理学渊源考》卷 84。
⑤ (明)徐阶等:《明世宗实录》卷 186。
⑥ (明)徐阶等:《明世宗实录》卷 209。

* 27. 江以达(1538—1539 在任)

字于顺,号午坡,江西贵溪人,嘉靖五年(1526)进士。嘉靖十七年(1538)十月,"升……福建提学佥事江以达为湖广按察司副使,仍提调学校"①。其卸任则是在嘉靖十八年(1539)十月,因忤楚王遭其弹劾,"辛卯,诏夺湖广按察司提督学校副使江以达职为民"②。著述有《午坡集》,《明诗综》《粤西诗载》《御选明诗》录其诗作。

28. 刘汝楠(1539—1540 在任)

字孟木,号南郭,福建同安人,嘉靖十一年(1532)进士。刘汝楠出任湖广提学的具体时间不可考,但仍有相关记载,嘉靖十九年(1540)二月"乙酉,广西道御史舒鹏翼奏言湖广提学佥事刘汝楠,前乡试之文,艰深诡异,谬窃魁名,遂令海内人士争相效法。今令督学士习,将自此大坏矣。乞罢汝楠,仍敕吏部今后提学员缺用会推事例。疏名上请部覆。汝楠为文初颇好奇,其后乃渐就平正,且受命方新,未可遽议罢黜。得旨:命汝楠供职如旧,不称听抚按官参劾。其提学员缺,仍照旧推用,但欲遴选得人,务协公论"③。刘汝楠因其文章风格而受人弹劾,这在提学官员中也并不是个例。文中提到"受命方新",说明刘汝楠出任湖广提学的时间应该不会太长,考虑其接替江以达的缘故,确定在嘉靖十八年(1539)年底较为合适。然而到嘉靖十九年(1540)年底,刘汝楠还是卸任湖广提学一职。

29. 孙继鲁(1540—1542 在任)

字道甫,云南右卫人,嘉靖二年(1523)进士。继广西道御史舒鹏翼弹劾刘汝楠之后不久,嘉靖十九年(1540)十二月"癸亥,升贵州黎平府知府孙继鲁为湖广按察司副使,提调学政"④。其卸任之事又有明文记载,嘉靖二十一年(1542)十月,"升湖广按察司副使孙继鲁,河南按察司副使焦维章俱为布政使

---

① (明)徐阶等:《明世宗实录》卷 217。
② (明)徐阶等:《明世宗实录》卷 230。
③ (明)徐阶等:《明世宗实录》卷 234。
④ (明)徐阶等:《明世宗实录》卷 244。

司左参政。吏部拟继鲁浙江,维章贵州"①。孙继鲁督学湖广颇能识人,"每从帖括,相士数语,尽其生平,合若左券"②。

30. 应槚(1542—1545 在任)

字子材,浙江遂昌人,嘉靖五年(1526)进士。嘉靖二十一年(1542)十月,"升礼部仪制司郎中葛守礼,辰州府知府应槚为按察司副使。守礼河南,槚湖广,俱提调学校"③。从时间上来看,应槚正是接替孙继鲁出任湖广提学。应槚卸任时间不可考,但是楚王朱显榕被其子朱英耀谋害时,提学副使应槚说服巡抚车纯揭发其事,说明此时应槚依旧在任。而楚王被弑是在嘉靖二十四年(1545)四月。从其嘉靖二十八年(1549)七月由山东左布政使晋升巡抚的履历来看,应槚在嘉靖二十四年(1545)离任的可能性较大,且此时正是其副使任上的考满期限。应槚"为湖广提学副使,清严方正"④。著述有《苍梧军门志》《明律释义》。

31. 乔世宁(1546—1550 在任)

字景叔,陕西耀州人,嘉靖十七年(1538)进士。嘉靖二十九年(1550)五月,"升湖广按察司提调学校副使乔世宁为河南布政使司左参政。时湖广抚按官林云同、王忬交章荐世宁:'校士精勤,寒暑不辍,且品裁服人,请稍假以岁月,俟有成效,不次拔擢。'疏俱下所司知之"⑤。文中不仅说明了乔世宁卸任湖广提学的原因,同时借其他官员之口也反映了乔氏督学湖广的政绩。同时也说明乔世宁的确已经到了考满离任的时间。实际上,据《四川通志》记载可知,乔世宁出任四川佥事的时间是在嘉靖二十二年(1543),而这正是乔氏担任湖广提学的前一个职务。根据一个满考时间来计算,则应在嘉靖二十五年(1546)左右。这一时间与我们上文推断的时间也完全吻合。且与上一任湖广提学应槚离任的时间也完全吻合。乔世宁著述有《丘隅集》《耀州志》等,《御选

---

① (明)徐阶等:《明世宗实录》卷 267。
② (清)鄂尔泰等:《云南通志》卷 21 之 1。
③ (明)徐阶等:《明世宗实录》卷 267。
④ (清)和珅等:《大清一统志》卷 257。
⑤ (明)徐阶等:《明世宗实录》卷 360。

明诗》《明诗综》录其诗作。

32. 林懋和(1551—1554 在任)

字惟介,福建闽县人,嘉靖二十年(1541)进士。林懋和接替乔世宁出任湖广提学有明文记载,嘉靖三十年(1551)七月,"升礼部仪制司郎中林懋和为湖广按察司副使,提调学校"①。其卸任之事没有明确记载,但《世宗实录》记述其晋升按察使:"癸亥,升湖广布政使司右参政林懋和为河南按察使。"②时间是在嘉靖三十五年(1556)七月。由此可知,林懋和是在湖广副使任上晋升右参政而卸任,时间当在嘉靖三十三年(1554)。著述有《双台诗选》,《明诗综》《御选明诗》录其诗作。

33. 吴三乐(1554—1556 在任)

字号不可考,河南卫人,嘉靖二十年(1541)进士。吴三乐出任湖广提学有明文记载,嘉靖三十三年(1554)十一月,"升兵部武选司郎中吴三乐为湖广按察司副使,提调学校"③。其卸任时间不可考,以下任提学出任该职时间为下限。著述有《郑州志》。

34. 刘起宗(1556—1558 在任)

字宗之,四川巴县人,嘉靖十七年(1538)进士。嘉靖三十五年(1556)十月"己亥,升湖广布政使司左参议刘起宗为本省按察司副使,提调学校"④。其卸任是时间不可考,以下任提学出任该职时间为下限。

35. 张天复(1558—1561 年)

字履亨,浙江山阴人,嘉靖二十六年(1547)进士。张天复出任湖广提学有明文记载,嘉靖三十七年(1558)四月,"升……礼部署郎中事张天复为湖广按察司副使,提调学校"⑤。其卸任时间不可考(应为调任云南之故),暂以下任提学出任该职时间为下限。著述有《鸣玉堂稿》。

---

① (明)徐阶等:《明世宗实录》卷 375。
② (明)徐阶等:《明世宗实录》卷 437。
③ (明)徐阶等:《明世宗实录》卷 416。
④ (明)徐阶等:《明世宗实录》卷 440。
⑤ (明)徐阶等:《明世宗实录》卷 458。

36. 杨豫孙(1561—1563 在任)

字幼殷,南直隶华亭人,嘉靖二十六年(1547)进士。杨豫孙出任湖广提学的时间,相关文献没有直接记载。据《世宗实录》可知,嘉靖三十九年(1560)九月,"升礼部祠祭司署郎中杨豫孙为福建按察司副使"①,而《国朝献征录》又载其不久"改湖广提学副使"②。据此说明,杨豫孙出任湖广提学的时间与其出任福建副使的时间应该相隔不远,很可能是在嘉靖四十年(1561)左右。而其卸任则是因为晋升为河南右参政,按照其在副使任上的考满时间计算,杨氏卸任湖广提学应该在嘉靖四十二年(1563)左右。

37. 吴文华(1563—1565 在任)

字子彬,福建连江人,嘉靖三十五年(1556)进士。吴文华由南京兵部主事迁湖广提学佥事,时间大约在嘉靖四十一年(1562)左右。据《湖广通志》记载:"黄安县儒学,在县治西南。明嘉靖癸亥都御史谷中虚、御史徐大壮、提学吴文华檄同知袁福、徽知县林葵建。"③也就是说,至少嘉靖四十二年(1563)吴文华已经在任上。以一个考满时间计算,吴文华应在嘉靖四十四年(1565)卸任,而这与下一任湖广提学出任该职时间正好吻合。吴文华督学有声,"端模范,决请托,所拔士多至公辅者"④。著述有《济美堂稿》《督抚奏议》等。

38. 徐栻(1565—1567 在任)

字世寅,南直隶常熟人,嘉靖二十六年(1547)进士。嘉靖四十四年(1565)六月,"升……河南布政使司右参议徐栻为湖广按察司副使,提调学校"⑤。其卸任之事《穆宗实录》有明确记载,隆庆元年(1567)二月,"升福建按察使刘佃江西按察使,江珍为布政司右布政使,湖广副使徐栻为右参政"⑥。著述有《仕学集》《南台奏疏》。

---

① (明)徐阶等:《明世宗实录》卷 488。
② (明)焦竑:《国朝献征录》卷 62。
③ (清)迈柱等:《湖广通志》卷 22。
④ (清)郝玉麟等:《福建通志》卷 43。
⑤ (明)徐阶等:《明世宗实录》卷 547。
⑥ (明)于慎行等:《明穆宗实录》卷 4。

（六）穆宗时期

*39. 颜鲸（1567—1568 在任）

字应雷，号冲宇，浙江慈溪人，嘉靖三十五年（1556）进士。隆庆元年（1567）二月，"升……南京吏部郎中颜鲸，岳州府知府姜继曾，西安府知府杨彩，为按察司副使。鲸、继曾俱湖广，彩山东"①。此处并未言明颜鲸职守。据《明史》颜鲸本传记载："隆庆元年历湖广提学副使，以试恩贡生失张居正指，降山东参议。"②说明颜鲸的确担任的是提学之职。而颜鲸在督学湖广时写下的文章《谒元公祭文》则更是明证："皇帝即位之二年。是为隆庆戊辰，慈溪颜鲸视学楚藩，以六月庚辰行部至于湖南。"③而隆庆四年（1570）七月则有一则关于颜鲸的任命："升山东布政使司左参议颜鲸为陕西行太仆寺少卿。"④考虑下任提学官出任该职的时间，颜鲸在隆庆二年（1568）卸任湖广提学的可能性较大。据《湖广通志》记载，颜鲸督学湖广"重实学，敦先型。试湖南，与诸生发明心体。在鄂，集诸生于濂溪书院，论孔颜曾孟要旨"⑤。督学"先风化而后文艺"⑥。著述有《春秋贯玉》，督学时著《原性》《订道》诸篇。

*40. 胡直（1569？—1571）

字正甫，号庐山，江西泰和人，嘉靖三十五年（1556）进士。胡直出任湖广提学，《穆宗实录》并没有明文记载。《明儒学案》记载胡直任职地方的经历："出为湖广佥事，领湖北道，晋四川参议，寻以副使督其学政，请告归。诏起湖广督学，移广西参政，广东按察使，疏乞终养，起福建按察使，万历乙酉五月卒官。"⑦这段记述与《江西通志》中的胡直人物传记基本相符，不过《江西通志》记载其首任提学是在四川而非湖广。但是无论如何，胡直以副使督学湖广的

---

① （明）于慎行等：《明穆宗实录》卷5。
② （清）张廷玉等：《明史》卷208。
③ （宋）周敦颐：《周元公集》卷8。
④ （明）于慎行等：《明穆宗实录》卷47。
⑤ （清）迈柱等：《湖广通志》卷41。
⑥ （清）黄宗羲：《明儒学案》卷53。
⑦ （清）黄宗羲：《明儒学案》卷22。

经历,两部文献都有记载,因而是比较可信的。而胡直由湖广副使升任参政,《穆宗实录》有明确记载,隆庆五年(1571)正月,"升……湖广按察司副使胡直,云南副使程大宾,山东副使董世彦,四川副使薛曾,陕西副使范懋和俱为布政使司参政"①。毫无疑问,这就是胡直卸任湖广提学的明证。在此之前,《穆宗实录》还有一则关于胡直的任命信息:隆庆三年(1569)六月"乙酉,原任四川按察司副使胡直于广东提调学校"②。但是实际上胡直并没有赴任,说明此后朝廷可能改任其为湖广提学副使,毕竟胡直家乡江西泰和与湖广的距离更近一些,这也是古代官员任职时考虑的重要因素。因此我们推测胡直出任湖广提学副使就在此后一段时间。著述有《衡庐精舍藏稿》。

41. 姚弘谟(1571—1573 在任)

字继文,浙江秀水人,嘉靖三十二年(1553)进士。隆庆五年(1571)正月,"升……湖广布政使司右参议姚弘谟……俱为按察司副使……汝梅山西,绛、琦、堪、弘谟、魁周、世相、希孟俱原省,弘谟提调学校"③。从时间上来看,姚弘谟正是接替胡直出任湖广提学副使。其卸任之事《神宗实录》有明确记载,万历元年(1573)九月,"升湖广提学副使姚弘谟为江西左参政,分守南昌道"④。督学湖广,"多所甄拔"⑤。著述有《宝纶阁集》。

(七) 神宗时期

42. 金学曾(1573—1574,1576—1579 在任)

字子鲁,浙江钱塘人,隆庆二年(1568)进士。金学曾前后有两次出任湖广提学。第一次是在万历元年(1573)九月,明廷"升……礼部精膳司郎中金学会为湖广提学副使"⑥。其卸任时间不可考,以下任提学陈允升出任该职时间为下限。金学曾第二次出任湖广提学则是在万历四年(1576)十二月"丙寅,复除

---

① (明)于慎行等:《明穆宗实录》卷53。
② (明)于慎行等:《明穆宗实录》卷33。
③ (明)于慎行等:《明穆宗实录》卷53。
④ (明)叶向高等:《明神宗实录》卷17。
⑤ (清)迈柱等:《湖广通志》卷41。
⑥ (明)叶向高等:《明神宗实录》卷17。

湖广提学副使金学曾为原官"①。而金学曾第二次卸任也有明确记载,万历八年(1580)七月,"升……湖广提学副使金学曾为云南左布政使"②。但是万历七年(1579)章甫端兼任提学副使,则说明金学曾可能此时不再实际担任提学一职。著述有《抚闽奏疏》。

*43. 陈允升(1574—1578 在任)

字霄衡,南直隶昆山人,隆庆二年(1568)进士。万历二年(1574)二月,"升兵部武选司员外郎陈允升为湖广佥事,提调学政"③。其卸任则是因丁忧之故。因此《神宗实录》记载,万历十年(1582)七月"甲戌,复除陈允升为四川提学佥事"④。倒推三年,万历七年(1579)左右即是陈允升卸任湖广提学的时间。考虑下任提学任职时间,其卸任时间确定在万历六年(1578)较为合适。陈允升督学湖广,善于识鉴人才:"英流寒俊,搜录无遗。首拔士如郭正域、孟养浩、方逢时皆为名臣。预决逢时领解,又见萧良有文,以会元目之。"⑤《御选明诗》录其诗作。

44. 章甫端(1579—1580 在任)

字号不可考,南直隶任丘人,嘉靖四十四年(1565)进士。万历七年(1579)二月,"以湖广右参议章甫端为辰沅兵备副使兼摄学政"⑥。其卸任则是在次年七月,"升……湖广提学副使金学曾为云南左布政使,副使章甫端为山西行太仆寺卿"⑦。这一则任命信息有两种可能,一是金学曾实际上在章甫端兼任提学副使时就已经卸任,只是没有新的任职而已;另一种可能是章甫端兼任提学一直到其晋升山西行太仆寺卿。从金学曾的实际情况来看,前一种情形的可能性较大。

45. 曹慎(1580—1582 在任)

字号不可考,南直隶丹徒人,嘉靖四十四年(1565)进士。曹慎出任湖广提

---

① (明)叶向高等:《明神宗实录》卷 57。
② (明)叶向高等:《明神宗实录》卷 102。
③ (明)叶向高等:《明神宗实录》卷 22。
④ (明)叶向高等:《明神宗实录》卷 126。
⑤ (清)迈柱等:《湖广通志》卷 41。
⑥ (明)叶向高等:《明神宗实录》卷 84。
⑦ (明)叶向高等:《明神宗实录》卷 102。

学有明文记载,万历八年(1580)八月,"升湖广武昌府知府曹慎为本省副使,调江西副使王世懋于陕西,各提督学政"①。其卸任则是在万历十年(1582)九月,明廷考察天下提学官时,曹慎被革职。

* 46. 管大勋(1580—1583)

字世臣,浙江鄞县人,嘉靖四十四年(1565)进士。管大勋出任湖广提学,《神宗实录》没有明确记载。但是《甬上耆旧诗》记载其生平时称其"竟积以亢直忤时,出知临江府。擢为四川提学副使,复降知延平府,再以副使督湖广学政"②。据《神宗实录》记载,管大勋出任湖广副使的时间是在万历八年(1580)正月。当时并没有明确其职守为提学,且稍后(八月)曹慎到任。卸任时间有明确记载,万历十一年(1583)二月,"升……湖广副使管大勋于广西,各参政"③。

47. 龙宗武(1582—?)

字澄源,江西泰和人,隆庆五年(1571)进士。据《(同治)泰和县志》记载,龙氏"累迁至金辰沅备兵事,平五开蛮,以功参议湖广布政司事兼兵备学政如故"④。根据《明神宗实录》记载,龙宗武因功升参议是在万历十年(1582)五月,说明在此前后,龙宗武兼任提学。该书有万历十年(1582)考察天下提学官的相关记载,其文有"广管大勋、龙宗武,广东唐可封等十四员"⑤。说明龙宗武与管大勋一样曾兼任提学之职。

48. 王圻(1582—1585)

字元翰,南直隶青浦人,嘉靖四十四年(1565)进士。万历十年(1582)九月,明廷将曹慎革职之后,"调湖广武昌兵备佥事王圻提督学政"⑥。由此可知,王圻正是接替曹慎出任湖广提学。其卸任时间没有明确记载,以下任提学出任该职时间为下限。

---

① (明)叶向高等:《明神宗实录》卷103。
② (清)胡文学:《甬上耆旧诗》卷17。
③ (明)叶向高等:《明神宗实录》卷133。
④ (清)彭启瑞等:《同治泰和县志》卷18。
⑤ (明)叶向高等:《明神宗实录》卷128。
⑥ (明)叶向高等:《明神宗实录》卷128。

49. 孙成名(1585—1588 在任)

字登甫,浙江兰溪人,隆庆五年(1571)进士。万历十三年(1585)十月,"升陕西参议熊惟学为广西提学副使,礼部员外郎孙成名为湖广提学佥事"①。孙成名卸任湖广提学佥事时间不可考,暂以一个考满时间计算。

50. 蔡文范(1587—1589?)

字伯华,江西新昌人,隆庆二年(1568)进士。据《神宗实录》记载,万历十三年(1585)五月,"以翰林院编修黄洪宪、兵部主事蔡文范为福建考试官"②。《江西通志》称其以兵部郎迁湖广提学,那么这一时间距离蔡氏出任湖广提学的时间就不会太远。而在两任提学孙成名和邹迪光出任湖广提学时间范围内,的确有另一位提学任职的可能。从现有文献来看,蔡文范很可能就是这位提学官员。著述有《青门先生文集》《缙云斋稿》《甘露堂集》,《御选明诗》《明诗综》录其诗作。

*51. 邹迪光(1589—1591 在任)

字彦吉,南直隶无锡人,万历二年(1574)进士。据《神宗实录》记载,万历十九年(1591)十一月,"礼科左给事中丁懋逊论劾湖广提学佥事邹迪光、职方司员外郎殷都,宜改调别职。依议行"③。说明此后邹迪光被迫卸任。而其出任湖广提学佥事之事则没有明文记载,但是万历十七年(1589)四月,明廷"降补原任福建按察司副使邹迪光为浙江按察司佥事"④。考察《浙江通志》也的确将邹迪光列为浙西兵备参议,说明邹迪光的确赴任。那么这一时间距离此后邹氏调为湖广提学佥事的时间就不会太远。实际上邹迪光督学湖广,"擅衡鉴,楚士爱之"⑤。著述有《调象庵稿》《愚公谷乘》《文府滑稽》,《御选明诗》《粤西诗载》录其诗文。

*52. 薛士彦(1591—1593 在任)

字道誉,福建漳浦人。薛士彦出任湖广提学有明文记载,万历十九年

---

① (明)叶向高等:《明神宗实录》卷 167。
② (明)叶向高等:《明神宗实录》卷 161。
③ (明)叶向高等:《明神宗实录》卷 242。
④ (明)叶向高等:《明神宗实录》卷 210。
⑤ (清)赵宏恩等:《江南通志》卷 166。

(1591)十一月,"以南京兵部职方司主事薛士彦任湖广提学佥事"①。其卸任时间不可考,但据《神宗实录》记载,万历二十四年(1596)九月"乙巳,吏部题改原任湖广提学薛士彦补陕西提学佥事"②。薛士彦三年后再任职,很可能是丁忧之故。那么,据此倒推三年,薛氏在万历二十一年(1593)前后卸任的可能较大。

53. 俞士章(1593—1595 在任)

字汝成,南直隶宜兴人,万历十一年(1583)进士。俞士章出任湖广提学有明文记载,万历二十一年(1593)二月,"以礼部主客司郎中俞士章为湖广提学佥事"。其卸任则是在万历二十三年(1595)六月"己未,升礼部郎中李景元为河南副使,湖广佥事俞士章为福建左参议,分守漳南道"③。

54. 熊宇奇(1595—1598 在任)

字正子,江西新建人,万历十四年(1586)进士。熊宇奇出任湖广提学《世宗实录》有明确记载:万历二十三年(1595年)八月,"以刑部郎中熊宇奇为湖广提学佥事"。其卸任之事,该书也有明确记载,万历二十六年(1598)五月,"升……湖广佥事熊宇奇,江西佥事史旌贤,户部郎中黎芳俱为四川参议"④。熊宇奇督学颇能识人,《湖广通志》记载相关事迹:"提学湖广,衡鉴公明,所拔多名士。丁酉科试江夏,置贺逢圣第一,熊廷弼第二。秋闱揭晓前一夕,藩臬诸司饮外帘,询省元当何在。曰:'在江夏,非熊即贺。'及发榜,果熊也,诸司叹服。尝评二人曰:'贺清庙瑚琏,熊干将镆铘。'后熊联捷入台端,赫奕有声,而贺仅司铎应城。奇复来参藩政,丙辰春,贺中鼎甲,捷音至,乃抚掌大喜曰:'鉴不爽矣。'鄂人传为佳话。"⑤

55. 曹璜(1598—1599 在任)

字于渭,山东益都人,万历十一年(1583)进士。曹璜出任湖广提学有明文

---

① (明)叶向高等:《明神宗实录》卷 242。
② (明)叶向高等:《明神宗实录》卷 302。
③ (明)叶向高等:《明神宗实录》卷 286。
④ (明)叶向高等:《明神宗实录》卷 322。
⑤ (清)迈柱等:《湖广通志》卷 41。

记载,万历二十六年(1598)六月"壬戌,升礼部郎中洪启睿为浙江提学佥事,西安知府曹璜为湖广提学副使"①。其卸任时间不可考,以下任提学出任该职时间为下限。著述有《大云集》。

56. 董其昌(1599,1604—1607在任)

字玄宰,号思白,别号香光居士,南直隶松江人,万历十七年(1589)进士。万历二十七年(1599)二月,"以年例升翰林院编修董其昌为湖广副使"②。这次出任湖广副使并没有明确其职守,但是《湖广通志》也并没有记载董氏担任其他职守,且其文称"起故官,督楚学政"③。目前从这些信息来看,董其昌初任湖广督学的可能性较大。但是这次担任提学时间较短,这一年十一月前即辞职卸任。董其昌第二次出任湖广提学时是在万历三十二年(1604)九月,"起原任湖广副使董其昌提督本省学政"④。这显然也是接替重伤在身的窦子偁出任该职(见下文)。但是董其昌这次出任湖广提学的时间也不是很长,其辞职原因居然也是因官署受到冲击:万历三十四年(1606)四月,"湖广提学副使董其昌上疏乞休。其昌以馆职出副楚臬,督学不徇请托,为势家所怨,阴嗾生童数百人群拥毁署,其昌求去。上以童生鼓噪非法,命部院参究。其昌仍供职,不允辞"⑤。但是董其昌不久还是辞官而去,时间应在万历三十五年(1607)左右。著述有《容台集》《南京翰林院志》等。

57. 周继昌(1599—1601在任)

字文白,南直隶无锡人,万历十七年(1589)进士。周继昌出任湖广提学有明文记载,万历二十七年(1599)十一月,"调湖广佥事周继昌为提学佥事"⑥。这很可能与董其昌第一次辞去湖广提学有关。其卸任时间不可考,以下任提学出任该职时间为下限。

---

① (明)叶向高等:《明神宗实录》卷323。
② (明)叶向高等:《明神宗实录》卷331。
③ (清)迈柱等:《湖广通志》卷41。
④ (明)叶向高等:《明神宗实录》卷200。
⑤ (明)叶向高等:《明神宗实录》卷420。
⑥ (明)叶向高等:《明神宗实录》卷341。

58. 窦子偁(1601—1604 在任)

字燕云,南直隶合肥人,万历二十年(1592)进士。万历二十九年(1601)正月"戊辰……升泉州府知府窦子偁为湖广督学副使"①。万历三十二年(1604),湖广巡按吴楷向朝廷通报:"恶宗三千余人各持凶器突入抚院,将副使周应治、窦子偁俱殴重伤,将巡抚赵可怀登时杀死,抢去劫扛盗宗等。"②由此可知,窦子偁因重伤也不得不卸任提学,这在整个明代提学官员中也是一个特例。著述有《敬由编》。

59. 王在晋(1607—1610 在任)

字明初,南直隶太仓人,万历二十年(1592)进士。王在晋出任湖广提学有明文记载,万历三十五年(1607)闰六月,"改湖广参议王在晋为提学参议"。其卸任之事《神宗实录》也有明确记载,万历三十八年(1610)三月,"升……湖广副使王在晋为浙江右参政兼佥事"③。王在晋著述颇丰,有《龙沙会草》《历代山陵考》《兰江集》《辽东集》《西湖小草》等。

60. 瞿汝说(1610—1612)

字星卿,号达观、娑主人,南直隶常熟人,万历二十九年(1601)进士。万历三十八年(1610)三月,"调补江西佥事瞿汝说为湖广佥事,提调学政"④。其卸任时间不可考。《神宗实录》记载,万历四十年(1612)三月,吏部尚书赵焕上言地方官员特别是提学、巡按、盐茶马御史缺员情况严重。他举例说:"若浙江,湖广,贵州,各省尚无人可差。不知大比,大计,属谁料理?"⑤据此可知,此时湖广提学缺员,那么,说明此时瞿汝说就应该已经卸任而去。著述有《明朝臣略纂闻》。

61. 马人龙(1613—1615 在任)

字霖汝,南直隶太湖人,万历四十一年(1613)三月,"升广平府等府知府南

---

① (明)叶向高等:《明神宗实录》卷 356。
② (明)叶向高等:《明神宗实录》卷 401。
③ (明)叶向高等:《明神宗实录》卷 468。
④ 同上。
⑤ (明)叶向高等:《明神宗实录》卷 514。

居益、马人龙为按察司副使,并提督学政。居益山东,人龙湖广"①。其卸任则是因为晋升本省参政:万历四十三年(1615)八月,"湖广巡抚梁见孟奏,将提学副使马人龙升补湖南道参政。报可"②。马人龙督学湖广,"衡文持正,不尚纤巧。楚士如刘民悦、李应选、吴裕中,皆其所拔前茅"③。

万历四十一年(1613)增南直隶、湖广学臣各一

*62. 葛寅亮(1616—1618在任)武昌等七府

字圣俞,浙江钱塘人,万历二十九年(1601)进士。葛寅亮出任湖广提学有明文记载,万历四十四年(1616)三月,"起原任江西参政葛寅亮,原任福建副使吕纯如为提学副使。寅亮湖广,纯如山西"④。文中并没有明确葛寅亮督学范围,但是稍后另一名督学官员的任命及其督学范围的确定,也间接说明葛寅亮督学区域,即武昌府、汉阳府、黄州府、承天府、德安府、襄阳府、郧阳府七府。据《神宗实录》记载,万历四十六年(1618)七月,"提督武汉等处学校副使葛寅亮进大学论语讲义"⑤。实际上这一年三月,黄景星出任提学后,葛寅亮可能已经卸任湖广提学。著述有《金陵梵刹志》。

63. 邹志隆(1616—1618在任)长沙等八府二州

字号不可考,南直隶武进人,万历三十五年(1607)进士。明廷虽然在万历四十一年(1613)十一月通过了在湖广和南直隶增设一名提学官的建议,但实际上,另一名湖广提学的添设,是从邹志隆开始的。万历四十五年(1617)二月,"添设湖广学臣。升九江府知府邹志隆为湖广副使,提督荆、岳、长、宝、衡、永、常、郴、靖八郡二州学政"⑥。也就是说邹志隆督理荆州府、岳州府、长沙府、宝庆府、衡州府、永州府、常德府、辰州府八府和郴州、靖州两个直隶州学政。那么剩下的武昌府、汉阳府、黄州府、承天府、德安府、襄阳府、郧阳府七府学政则应该归另一位提学管辖。邹志隆卸任时间不可考,下一任提学黄景星

---

① (明)叶向高等:《明神宗实录》卷506。
② (明)叶向高等:《明神宗实录》卷535。
③ (清)迈柱等:《湖广通志》卷41。
④ (明)叶向高等:《明神宗实录》卷543。
⑤ (明)叶向高等:《明神宗实录》卷572。
⑥ 同上。

出任该职时间为其卸任时间的可能性较大。

64. 黄景星(1618—1620 在任)

号若顷,福建莆田人,万历二十九年(1601)进士。万历四十六年(1618)三月,"升湖广武昌知府黄景星为湖广提学副使"①。文中并未明确黄景星督学地域范围,则应默认为整个湖广行省。其卸任时间是在泰昌元年(1620)十月,"升湖广按察司副使黄景星为江西布政使司右参政"②。

(八)熹宗朝(含光宗)

65. 尹嘉宾(1620—1622?)

字孔昭,南直隶江阴人,万历三十八年(1610)进士。泰昌元年(1620)十月,"升兵部职方司员外尹嘉宾为湖广按察司佥事提督学政"③,从时间上来看,尹嘉宾正是接替黄景星出任湖广提学之职,所以此处也并未有明确其督学地域范围。尹佳斌卸任湖广提学时间不可考,鉴于下任两位提学均在天启二年(1622)出任湖广提学,暂以此为其督学时间下限。著述有《焚余集》。

66. 虞大夏(1621?)

字元建,南直隶金坛人,万历三十五年(1607)进士。疑天启元年(1621)督学湖广。

67. 徐人龙(1622—1625 在任)督学湖南(含荆州府、岳州府)

字亮生,浙江上虞人,万历四十四年(1616)进士。天启二年(1622)六月,"升……工部郎中徐人龙为湖广按察司佥事,提督学政"④。其卸任之事《明熹宗实录》也有明确记载,天启五年(1625)正月,"升……湖广按察司佥事徐人龙为本省布政使司右参议"⑤。徐人龙督学颇有政绩:"督学湖南,浃岁周两试,皆手自评骘。集诸生详为举示,人服其鉴。所拔多单寒士,文风为之振起。"⑥

---

① (明)叶向高等:《明神宗实录》卷 567。
② (明)温体仁等:《明熹宗实录》卷 2。
③ 同上。
④ (明)温体仁等:《明熹宗实录》卷 23。
⑤ (明)温体仁等:《明熹宗实录》卷 55。
⑥ (清)迈柱等:《湖广通志》卷 41。

据此可知,徐人龙督学地域范围主要在湖南地界。

68. 周铉(?)

字号不可考,南直隶武进人,万历三十二年(1604)进士。据谭元春《楚才录序》记载,"赖闽周公复强起为诸生"①。但是周铉并非闽人,不知是指何人,目前只能存疑。

69. 顾起凤(1622—1625在任)督学湖北(无荆州府、岳州府)

一名汝绍,字羽王,一字醒石,南直隶上元人,万历三十八年(1610)进士。天启二年(1622)八月,"调湖广副使顾起凤为本省提学副使,升长沙府知府关守箴为上江道副使"②。其卸任之事,《明熹宗实录》有明确记载,天启五年(1625)正月,"准告病湖广按察司副使提督学政顾起凤致仕回籍"③。顾起凤与徐人龙同时在湖广提学任上,两任督学就应该有分工。而据上文可知,徐人龙督学在湖南,那么顾起凤督学就应该在湖北。《湖广通志》记载顾氏曾在襄阳府建凤山书院,也证实以上的推断。

天启五年(1622)二月,湖广两位提学官员的督学范围有所调整:"吏部言湖广设两提学官,士子分党鼓噪。宜复旧制,以安地方。将荆、岳诸府并归武汉提学道,定限三年完岁科两考,方与升转。其荆岳提学道,永免铨补。上是之。"④

(九) 思宗时期

70. 王志坚(1631—1633在任)

字弱生,后改字淑士,南直隶昆山人,万历三十八年(1610)进士。据《明史》记载:"崇祯四年复以佥事督湖广学政,礼部推为学政第一,六年卒于官。"⑤由此可知,崇祯四年(1631)王志坚出任湖广提学,崇祯六年(1633)因卒

---

① (明)谭元春:《谭元春集》,上海古籍出版社,2018年,第842页。
② (明)温体仁等:《明熹宗实录》卷25。
③ (明)温体仁等:《明熹宗实录》卷55。
④ (明)温体仁等:《明熹宗实录》卷56。
⑤ (清)张廷玉等:《明史》卷288。

于官。"督楚学,广科岁,二试士,无遗材。礼部推为学政第一。"①著述有《读史商语》《香岩室草》《古文续编》,《御选明诗》《明诗综》录其诗作。

71. 高世泰(1640—1643?)

字汇旃,南直隶无锡人,崇祯十年(1637)进士。据《江南通志》记载:"怀宗时以进士授礼部主事,历湖广提学佥事。严立教条,以理学训士。葺江夏濂溪书院,遴楚士讲习其间。任满乞归,与诸同志勤举讲会。"②高世泰卸任湖广提学并非明朝覆灭,而是因为任满,说明时间应在崇祯十七年(1644)之前。在此前提下,高世泰以进士出任礼部主事,再出任湖广提学,均以一个考满时间计算较为合理。

九、江西提学简考

(一) 英宗时期

1. 王钰(1436—1440 在任)

字孟坚,浙江诸暨人,永乐十年(1412)探花。王钰是明廷在正统元年(1436)添设提学官时,首任江西提学。正统四年(1439)八月,王钰还曾向朝廷建议在偏僻的龙南县建学,得以批准。但是正统五年(1440)夏四月,王钰却因得罪都御史而致仕:"时钰以满考诣都察院,都御史陈智怒其不跪,诃斥之。钰遂引疾抗章,乞致仕。钰淹贯经史,立心行己,罔不以正。其在江西,劝诱开导,品题得所,士气勃然。大学士杨士奇甚器重之,至是以直道而去,士论惜焉。"③

*2. 陈璲(1440—1444 在任)

字延嘉,号逸庵,浙江临海人,永乐九年(1411)进士。据《英宗实录》记载,正统五年(1440)五月,"广西按察司提调学校佥事陈璲,亲丧服阕复除江西按

---

① (清)迈柱等:《湖广通志》卷 41。
② (清)赵宏恩等:《江南通志》卷 142。
③ (明)李贤等:《明英宗实录》卷 66。

察司佥事,仍提调学校"①。其卸任时间该书也有记载,正统九年(1444)六月,"江西按察司提调学校佥事陈瑢以老疾,乞致仕,从之"②。著述有《逸庵集》《学庸图解》。

3. 黄纯(1445—1447 在任)

字粹衷,南直隶全椒人,永乐十八年(1420)举人。据《英宗实录》记载,正统十年(1445)三月,"升给事中黄纯为江西佥事,提调学校"③。其卸任提学时间不可考,应以下任提学任职时间为限。黄纯督学有声,"德行文章,为时所重"④。

4. 高旭(1447—1450 在任)

字时旭,福建侯官人,宣德八年(1433)进士。据《英宗实录》记载,正统十二年(1447)夏四月,"升……给事中高旭为江西佥事,提调学校,俱以在廷大臣荐举也"⑤。景泰元年(1450)十二月"壬申,复除江西按察司佥事高旭调湖广佥事,韩阳于江西,四川佥事王麟于山东。先是旭等以提调学校裁革,至是有缺,故调补之"⑥。由此说明高旭在景泰元年(1450)废除提学时卸任。督学江西"崇正黜浮,五年而教成"⑦。著述有《榕轩集》。

5. 李龄(1461—1469 在任)

字景龄⑧,广东潮阳人。据《英宗实录》记载,天顺五年(1461)十一月,"升……太仆寺寺丞李龄江西佥事……俱提调学校,以吏部会廷臣荐举也"⑨。其卸任江西提学之事,《宪宗实录》有记载。成化五年(1469)春,刑科给事中萧彦庄等弹劾李龄,应以老迈致仕。李龄督学有声,"以躬行率士,察其孝悌、力

---

① (明)李贤等:《明英宗实录》卷 67。
② (明)李贤等:《明英宗实录》卷 117。
③ (明)李贤等:《明英宗实录》卷 127。
④ (明)凌迪知:《万姓统谱》卷 47。
⑤ (明)李贤等:《明英宗实录》卷 152。
⑥ (明)李贤等:《明英宗实录》卷 199。
⑦ (清)郝玉麟等:《福建通志》卷 43。
⑧ (明)黄虞稷:《千顷堂书目》卷 19 记载,字景熙。
⑨ (明)李贤等:《明英宗实录》卷 334。

田者礼之,以为诸生式。后被蜚语去,归未逾月,卒"①。著述有《宫詹遗稿》。

(二) 宪宗时期

6. 夏寅(1469—1477在任)

字时正,改字正夫,南直隶华亭人,正统十三年(1448年)进士。成化五年(1469)二月,夏寅由南京吏部郎中升任为江西提学副使。其卸任时间不可考,但是根据《宪宗实录》记载,成化十九年(1483)夏四月,"复除江西按察司副使夏寅于山东管理海道"②,说明至少在此之前三年,夏寅已经卸任,应以下任提学任职时间为准。著述有《禹贡详节》《夏文明公集》《记行集》《备遗录》等。

*7. 钟珹(1478—1484在任)

字德卿,南直隶当涂人,景泰五年(1454)进士。据《宪宗实录》记载,成化十四年(1478)正月"辛卯,升福建按察司佥事钟珹、监察御史薛纲为副使,珹江西、纲湖广,俱提调学校"③。钟珹督学有声:"士子经品题者,多所造就。"④

8. 冯兰(1484—1487在任)

字佩之,浙江余姚人,成化五年(1469)进士。据《宪宗实录》记载,成化二十年(1484)二月,"升刑部郎中冯兰、张玘,湖广按察司佥事汪进、浙江佥事江孟纶、江西佥事方中为按察司副使。兰江西,提调学校。玘山东,进福建,孟纶河南,中贵州"⑤。该书记载冯兰曾在成化二十三年(1487)三月被人弹劾,遭罢黜。《宪宗实录》记载:"兰素有善誉,在江西提学颇得士心,其黜也,众论惜之。"⑥著述有《雪湖集》。

*9. 敖山(1487—1490在任)

字静之,山东莘县人,成化十四年(1478)进士。据《宪宗实录》记载,成化

---

① (清)郝玉麟等:《广东通志》卷46。
② (明)刘吉等:《明宪宗实录》卷239。
③ (明)刘吉等:《明宪宗实录》卷174。
④ (明)凌迪知:《万姓统谱》卷2。
⑤ (明)刘吉等:《明宪宗实录》卷249。
⑥ (明)刘吉等:《明宪宗实录》卷287。

二十三年(1487)三月,明廷更换一批地方提学官:"升翰林院编修敖山,检讨郑纪,湖广按察司佥事沈钟,俱为按察司副使,行人司司副车玺,中书舍人杨一清,户部主事陈绶,户科给事中韦斌,俱佥事提调学校。山江西,纪浙江,钟原任,玺河南,一清山西,绶云南,斌广东。"①由此可见,敖山在此时出任江西提学。其卸任时间没有明确记载,但《孝宗实录》记载,弘治六年(1493)四月,"江西按察司副使敖山,丁忧服阕复除山西按察司,仍提调学校"②。说明敖山是因丁忧而卸任,则时间应倒推三年,即弘治三年(1490)。

(三) 宪宗时期

10. 黄仲昭(1492—1496 在任)

原名潜,以字行,号退岩居士,世称未轩先生,福建莆田人,成化二年(1466)进士。从弘治三年(1490)至弘治九年(1496)间,《明实录》未记载江西提学的任命信息。实际上黄仲昭可能在此期间曾出任江西提学。《闽中理学渊源考》有文记载:"家居十年,弘治元年,以御史姜浩荐,起为江西提学佥事。"③考察《孝宗实录》所载,在弘治元年(1487)的确有巡按直隶御史姜洪曾上书进谏,其第四条"辨邪正"条,认为黄仲昭等人"学问渊博,议论持正"④,但是也并没有立刻起用黄仲昭。故而黄仲昭出任江西提学的时间还是不能确定。不过根据"弘治丙辰,再疏乞致仕"⑤可知,黄仲昭是在弘治九年(1496)卸任。而黄仲昭上书致仕所作《乞恩致仕疏》有文文"抵任迄今已余四载"⑥,则说明黄氏是在弘治五年(1492)出任江西提学。黄仲昭督学颇有声绩,万历时期江西提学姜士昌将其列为督学名臣。"海士先行检而后文艺,以身倡率之。宦家子弟,未尝假借,识拔皆名士,如罗钦顺、刘玉、汪伟、陈凤梧是也。"⑦著述

---

① (明)刘吉等:《明宪宗实录》卷288。
② (明)李东阳等:《明孝宗实录》卷74。
③ (清)李清馥:《闽中理学渊源考》卷50。
④ (明)李东阳等:《明孝宗实录》卷7。
⑤ (清)李清馥:《闽中理学渊源考》卷50。
⑥ (明)黄仲昭:《未轩文集》卷1。
⑦ (清)李清馥:《闽中理学渊源考》卷50。

有《八闽通志》《未轩集》。

*11. 苏葵(1496—1500 在任)

字伯诚,广东顺德人,成化二十三年(1487)进士。据《孝宗实录》记载,弘治九年(1496)四月,"升……翰林院编修苏葵为江西按察司佥事,提调学校"①。又据该书记载,弘治十三年(1500)十一月,"调江西按察司佥事苏葵为四川佥事,仍提调学校"②。苏葵亦是江西督学名臣,"李梦阳祀于白鹿洞先贤祠"③,曾被镇守太监董让诬陷,南昌诸生数百人强行将其救出,苏氏深受生员拥戴由此可见一斑。"与前督学李龄媲美焉。"④著述有《吹剑集》。

12. 邵宝(1500—1505 在任)

字国贤,南直隶无锡人,成化二十年(1484)进士。弘治十三年(1500)四月"升户部郎中邵宝为江西按察司副使,提调学校。"⑤其卸任时间无明文记载,但是在弘治十六年(1503)十月他曾上书建议都昌县学增祀元儒陈澔,且邵宝曾自述"自弘治庚申至乙丑,凡四视学"⑥,乙丑正是弘治十八年(1505),这就应该是邵宝督学江西的时间下限。邵宝督学"以身为教,先行而后文,咸称得师,远近向慕"⑦。著述有《学史》⑧《简端录》《惠山集》《宋大儒大奏议》等,《明诗综》录其诗作六首。

13. 蔡清(1505—1507 在任)

字介夫,福建晋江人,成化二十年(1484)进士。弘治十八年(1505)八月,"升南京吏部署郎中蔡清为江西按察司副使,提调学校"⑨。又据《武宗实录》

---

① (明)李东阳等:《明孝宗实录》卷 120。
② (明)李东阳等:《明孝宗实录》卷 168。
③ (清)郝玉麟等:《广东通志》卷 45。
④ (清)谢旻等:《江西通志》卷 58。
⑤ (明)李东阳等:《明孝宗实录》卷 161。
⑥ (明)邵宝:《容春堂前集》卷 9《瘗卷铭》。
⑦ (明)凌迪知:《万姓统谱》卷 103。
⑧ 为江西提学副使时所作。
⑨ (明)杨廷和等:《明武宗实录》卷 4。

记载,正德二年(1507)九月,"江西按察司提调学校副使蔡清乞致仕,许之"①。由此可知蔡清在任上时间并不久。蔡清素有声名,督学江西时,士子"莫不相庆以为得师"②。著述颇丰,有《四书蒙引》《通鉴随笔》《密箴》《虚斋文集》。

(四) 武宗时期

*14. 王崇文(1507—1508 在任)

字叔武,山东曹县人,弘治六年(1493)进士。王崇文由户部郎中接替蔡清升任江西提学,其卸任江西提学时间没有明确记载,但《武宗实录》记载,正德六年(1511)春正月,"除江西按察司副使王崇文于四川按察司,以丁忧服阕也"③。丁忧服阕之故,则应该在正德三年(1508)年卸任。著述有《蒙训》《兼山遗稿》。

15. 潘子秀(1508—1511 在任)

字人杰,湖广江陵人,弘治六年(1493)进士。潘子秀出任江西提学有明文记载,正德三年(1508)七月"丙辰,升兵部员外郎潘子秀为江西按察司副使,提调学校"④。其卸任时间不可考,以下任提学出任江西提学时间为其下限。

16. 李梦阳(1511—1513 在任)

字献吉,陕西庆阳人,弘治六年(1493)进士。正德六年(1511)二月,"升……刑部郎中秦文,户部员外郎李梦阳俱为按察司副使……文贵州,梦阳江西"⑤。其卸任时间没有明确记载,但其因得罪上司而被夺职时间在正德八年(1513)之后。李梦阳督学江西,"振作士气,风教大行"。著述有《空同集》《文选增定》。

17. 田汝耔(1513—1517 在任)

字勤父,号水南,河南祥符人,弘治十八年(1505)进士。正德八年(1513)十一月,"升监察御史原轩为陕西按察司佥事,林琦为山东按察司副使,刑科给

---

① (明)杨廷和等:《明武宗实录》卷 30。
② (明)李贤等:《明一统志》卷 75。
③ (明)杨廷和等:《明武宗实录》卷 71。
④ (明)杨廷和等:《明武宗实录》卷 40。
⑤ (明)杨廷和等:《明武宗实录》卷 72。

事中田汝秄为江西按察司佥事"①。这也应该是李梦阳卸任江西提学的时间。田汝秄卸任江西提学是因"吏部会都察院考察天下诸司官",将其列为"才力不及,并不谨"②之类而改用。著述有《周易纂义》《律吕会通》《水南集》《莘野集》等。

18. 唐锦(1517—1519 在任)

字士绸,南直隶上海人,弘治九年(1496)进士。据《武宗实录》记载,正德十二年(1517)春正月,"升刑部署郎中事主事唐锦福建按察司佥事,胡铎为按察司副使,提调学校。锦江西、铎福建"③。但是宁王朱宸濠叛乱时④,唐锦被拘而没有反抗,故遭弹劾卸任。著述有《大名府志》《龙山集》,《明诗综》录其诗作一首。

*19. 邵锐(1519—1522 在任)

字思仰,号端峰,别号半溪,南直隶仁和人,正德三年(1508)进士(会元)。正德十四年(1519)冬十月,"升……病痊礼部祠祭员外郎邵锐,监察御史李素于江西,刑部广西司员外郎谷高于山西,俱按察司佥事,锐提调学政"⑤。其卸任时间,《世宗实录》有明确记载,嘉靖元年(1522 年)十月,"升……江西按察司佥事邵锐为福建按察司副使"⑥。督学江西,"抑浮崇实,耻于近名,不立门户"⑦。《福建通志》则称其督学"造士有方,文风大振"⑧。著述有《端峰存稿》,《明诗综》录其诗作一首。

(五) 世宗时期

20. 周广(1522—1523 在任)

字克之⑨,南直隶昆山人,弘治十八年(1505)进士。嘉靖元年(1522)十

---

① (明)杨廷和等:《明武宗实录》卷 106。
② (明)杨廷和等:《明武宗实录》卷 145。
③ 同上。
④ 正德十四年六月十四宁王朱宸濠起兵造反。
⑤ (明)杨廷和等:《明武宗实录》卷 179。
⑥ (明)徐阶等:《明世宗实录》卷 19。
⑦ (清)谢旻等:《江西通志》卷 58。
⑧ (清)郝玉麟等:《福建通志》卷 7。
⑨ 一字充之。此处采用《明史·周广传》的说法。

月,周广由江西按察副使改任提学,嘉靖二年(1523)得到朝廷嘉奖旌异。但不久即调别用,嘉靖四年(1525)五月,"升江西按察司副使周广为广东按察使"①。督学江西,"士习因之以变"②。后曾任江西巡抚。著述有《玉岩集》,《明诗综》录取诗作一首。

21. 查约(1523—1525 在任)

字原博,浙江海宁人,弘治十五年(1502)进士。据《世宗实录》记载,嘉靖二年(1523)五月,"复除原任副使何塘于浙江,查约于江西,俱提督学校"③。其卸任时间该书也有记载,嘉靖四年(1525)七月,"升江西按察司副使查约为福建布政司左参政"④。查约督学江西,"多惠政,冰蘖自励,治行为一时最"⑤。著述有《毖斋集》。

22. 徐一鸣(1525—1527 在任)

字伯和,湖广醴陵人,正德十二年(1517)进士。据《世宗实录》记载,嘉靖四年(1525)四月,"升吏部验封司署郎中徐一鸣为江西按察司副使,提督学校"⑥。徐一鸣在嘉靖六年(1527)十二月,"以拆毁寺观被逮至京"⑦。说明在此前不久他已经卸任江西提学。徐一鸣督学有声,"崇正学,正文体,创东湖书院"⑧,被姜士昌列为江西督学名臣。著述有《渌水集》。

23. 赵渊(1527—1529 在任)

字弘道,浙江临海人,正德三年(1508)进士。嘉靖六年(1527)十月,"初,礼部尚书桂萼等言天下提学官多不得人,无以风励人才。请加考核。上从之。至是,萼等疏其名以上言,直隶则御史张衮、郑洛书,浙江副使万潮,江西副使赵渊,河南副使魏校,山东副使余本,四川副使韩邦奇,广西副使李中,云南副

---

① (明)徐阶等:《明世宗实录》卷 47。
② (明)李贤等:《明一统志》卷 8。
③ (明)徐阶等:《明世宗实录》卷 27。
④ (明)徐阶等:《明世宗实录》卷 53。
⑤ (清)谢旻等:《江西通志》卷 58。
⑥ (明)徐阶等:《明世宗实录》卷 50。
⑦ (明)徐阶等:《明世宗实录》卷 83。
⑧ (清)谢旻等:《江西通志》卷 58。

使唐胄，宜皆任职如故"①。由此说明赵渊在此之前已经出任江西提学。其卸任之事，《世宗实录》有明确记载，嘉靖八年(1529)五月，"升山东按察司副使吴昂、江西按察司副使赵渊俱布政使司左参政。……昂福建、渊四川"②。著述有《竹江集》。

*24. 陈琛(1529—1530?)

字思献，福建晋江人，正德十二年(1517)进士。据《世宗实录》记载，嘉靖八年(1529)五月，"改贵州按察司佥事陈琛于江西，江西佥事黄佐于广西，各提调学校"③。陈琛卸任江西提学时间不可考，概其请辞而离任。陈琛是江西提学蔡清得意门生，其师督学江西时"请琛偕行"④，师生前后督学江西，传为美谈。著述有《紫峰先生文集》。

*25. 潘潢(1530—1531 在任)

字荐叔，南直隶婺源人，正德十六年(1521)进士。嘉靖九年(1530)六月，"升礼部精膳司郎中潘潢为江西按察司副使，提调学校"⑤。潘潢卸任江西提学时间不可考，应以下任提学任职时间为参考。督学福建，颇有政绩。著述有《朴溪集》等。

26. 张时彻(1531—1532 在任)

字惟静，浙江鄞县人，嘉靖二年(1523)进士。据《世宗实录》记载，嘉靖十年(1531)三月"戊申，升南京礼部仪制司郎中张时彻为江西副使，礼部主客司署郎中张岳为广西佥事，俱提督学校"⑥。该书还记载，嘉靖十一年(1532)十月，张时彻因督学江西时淘汰生员过于严苛而被停职回籍听调。著述颇丰，有《宁波府志》《芝园集》《皇明文选》等。

*27. 张岳(1532—1533 在任)

字维乔，号净峰，福建惠安人，正德十二年(1517)进士。据《世宗实录》记

---

① (明)徐阶等:《明世宗实录》卷81。
② (明)徐阶等:《明世宗实录》卷101。
③ 同上。
④ (清)郝玉麟等:《福建通志》卷45。
⑤ (明)徐阶等:《明世宗实录》卷114。
⑥ (明)徐阶等:《明世宗实录》卷102。

载,嘉靖十一年(1532)十月,"升广西佥事张岳为江西按察司副使,提调学校"①。该书没有记载张岳卸任提学时间。据《闽中理学渊源考》记载:"十一年,入贺圣寿……居一年,卒用广西选贡事,谪广东监课司提举,转守廉州。"②由此说明张岳在嘉靖十二年(1533)卸任江西提学。著述有《交事纪文》《圣学正传》《净峰稿》。

28. 李舜臣(1533—1535 在任)

字懋卿,号愚谷又号未村居士,山东乐安人,嘉靖二年(1523)进士。据《世宗实录》记载,嘉靖十二年(1533)十二月,"升户部浙江司郎中李舜臣为江西按察司佥事,提调学校"③。其卸任之事该书也有记载,嘉靖十四年(1535)十月"乙未,以江西按察司提学佥事李舜臣为南京国子监司业"④。著述有《愚谷集》,《明诗综》录其诗作两首。

29. 汪应轸(1535—1536?)

字子宿,浙江山阴人,正德十二年(1517)进士。汪应轸接替李舜臣出任江西提学,只不过他是由江西按察佥事改任,时间自然是在李舜臣卸任的嘉靖十四年(1535)十月。其卸任时间不可考。但据《浙江通志》记载:"督学江西,其教条一本躬行,寻丁外艰,归卒。"⑤著述有《泗州志》《青湖先生文选》。

* 30. 徐阶(1536—1539 在任)

字子升,南直隶松江华亭人,嘉靖二年(1523)进士。嘉靖十五年(1536)十月,"升浙江按察司佥事徐阶为江西按察司副使,仍提调学校"⑥。徐阶下一任官职是司经局洗马,根据《明史·徐阶传》记载:"皇太子出阁,召拜司经局洗马兼翰林院侍讲。"⑦考索《明史·世宗本纪》可知,皇太子出阁是在嘉靖十八年(1539)春二月。由此可知徐阶正是在此时卸任江西提学。徐阶督学江西,"视

---

① (明)徐阶等:《明世宗实录》卷143。
② (清)李清馥:《闽中理学渊源考》卷64。
③ (明)徐阶等:《明世宗实录》卷157。
④ (明)徐阶等:《明世宗实录》卷180。
⑤ (清)嵇曾筠等:《浙江通志》卷160。
⑥ (明)徐阶等:《明世宗实录》卷192。
⑦ (清)张廷玉等:《明史》卷213。

学政,正文体、端士习,创文成祠及同仁祠"①。著述有《存斋教言》《世经堂集》《少湖集》,《明诗综》录其诗作十三首。

31. 苏祐(1539—1542 在任)

字允吉,一字舜泽,河南濮州人,嘉靖五年(1526)进士。嘉靖十八年(1539)六月,"升广东道御史苏祐、云南鹤庆府知府韩儒俱为按察司副使。祐江西,提调学校。儒四川"②。其卸任提学应是晋升山西右参政之故,《明实录》无明确记载。但是《世宗实录》记载,嘉靖二十三年(1544)十一月,"升山西布政使司右参政苏祐为大理寺右少卿"③。根据三年一个考满的惯例,则说明苏祐很可能是在嘉靖二十年(1541)前后卸任江西提学。考虑下任提学陆时雍任职时间,则这一时间确定在嘉靖二十一年(1542)为宜。著述有《孙子集解》《三关纪要》《法家剖集》《谷原诗文草》《奏疏》《建牻珦官》《云中纪要》等书。

32. 陆时雍(1542—1544 在任)

字幼淳,浙江归安人,嘉靖二年(1523)进士。据《世宗实录》记载,嘉靖二十一年(1542)九月,"升……四川按察司佥事陆时雍为江西副使,提督学校"④。其卸任则是在嘉靖二十三年(1544)六月,遭礼科右给事中陈棐弹劾改任。督学江西,"雍力挽文体"⑤。著述有《平川遗稿》《辨德稿》《南游漫稿》。

*33. 蔡克廉(1544—?)

字道卿,福建晋江人,嘉靖八年(1529)进士。陆时雍改调的同时(嘉靖二十三年即1544),蔡克廉出任江西提学。"升礼部祠祭司署郎中易宽为四川按察司副使,复除原任贵州按察司佥事蔡克廉于江西俱提调学校。"⑥其卸任时间不可考。著述有《可泉集》。

34. 郑廷鹄(1550—1554 在任)

字元侍,广东琼山人,嘉靖十七年(1538)进士。嘉靖二十九年(1550)七

---

① (清)谢旻等:《江西通志》卷 58。
② (明)徐阶等:《明世宗实录》卷 225。
③ (明)徐阶等:《明世宗实录》卷 292。
④ (明)徐阶等:《明世宗实录》卷 266。
⑤ (明)凌迪知:《万姓统谱》卷 111。
⑥ (明)徐阶等:《明世宗实录》卷 287。

月,"升工科左给事中郑廷鹄为江西按察司副使,提调学校"①。郑氏卸任时间不可考,应以下任提学任职时间为参考。郑廷鹄督学江西,"廉公有威,杜绝幸门。尝修白鹿洞志,增置书院田,寻晋参政"②。著述有《琼志稿》《石胡集》。

*35. 胡汝霖(1554—1556)

字仲望,四川绵州人,嘉靖十四年(1535)进士。据《世宗实录》记载,嘉靖三十三年(1554)六月,"升广东提学佥事胡汝霖,北直隶提学御史徐南金为按察使,汝霖江西,南金山东,俱仍提调学校"③。其卸任时间不可考,应以下任提学任职时间为参考。著述有《青崖集》。

*36. 王宗沐(1556—1559 在任)

字新甫,浙江临海人,嘉靖二十三年(1544)进士。据《世宗实录》记载,嘉靖三十五年(1556)三月,"升广东布政使司左参议王宗沐为江西按察司副使提调学校"④。其卸任时间该书也有记载,嘉靖四十年(1561)三月,"升江西按察使王宗沐为本省右布政使"⑤。据此说明,王宗沐在此之前已经卸任提学,如按一个考满周期推算则应在嘉靖三十八年(1559)⑥。王氏在江西督学时间较长,"修白鹿洞书院,引诸生讲习其中"⑦,颇有政绩,是江西督学名臣之一。著述有《江西省大志》《海运志》《朱子大全私抄》《敬所集》《敬所先生漕抚奏疏》,《粤西诗载》录其诗作三首。

37. 韩弼(1561—1562 在任)

字汝良,浙江平湖人,嘉靖二十六年(1547)进士。韩弼出任江西提学时间无相关记载,但是根据其嘉靖四十年(1561)仍在南昌知府任上的事实可知,韩弼出任江西提学应不早于嘉靖四十年(1561)。又据《世宗实录》记载,嘉靖四十一年(1562)十月,"江西按察司提学副使韩弼与巡抚都御史胡松争辩文庙两

---

① (明)徐阶等:《明世宗实录》卷 363。
② (清)郝玉麟等:《广东通志》卷 46。
③ (明)徐阶等:《明世宗实录》卷 411。
④ (明)徐阶等:《明世宗实录》卷 433。
⑤ (明)徐阶等:《明世宗实录》卷 494。
⑥ 这一年,《江西通志》仍记载其督学活动。
⑦ (清)谢旻等:《江西通志》卷 58。

庑牌座不合,弃官归。松具疏自劾。御史陈志谓曲在弼,请夺弼职而留用松。吏部覆议从之"①。

*38. 方弘静(1562—1564 在任)

字定之,南直隶歙县人,嘉靖二十九年(1550)进士。方弘静出任江西提学时间不可考,应参考上任提学离任时间。据《世宗实录》记载,方弘静卸任江西提学是在嘉靖四十三年(1564)十月,"调江西按察司副使方弘静于广西,提调学校"②。著述有《千一录》,《明诗综》录其诗作一首。

*39. 徐爌(1565—1568 在任)

字号不可考,南直隶太仓人,嘉靖三十二年(1553)进士。据《世宗实录》记载,嘉靖四十四年(1565)九月,"升山东道御史徐爌为江西按察司副使,提调学校"③。隆庆二年(1568)正月,"升山西按察司副使徐爌为山西行太仆寺卿"④。这应该是其卸任江西提学副使的时间,实录记述可能有误。著述有《古太极测》。

(六) 穆宗时期

40. 陈万言(1568—1570 在任)

字道襄,广东南海人,嘉靖三十五年(1556)进士。据《穆宗实录》记载,隆庆四年(1570)十二月,时任江西提学陈万言"以科举校士,士遗落者,悉诣巡按御史刘思问求覆校,几四万人"⑤。后来导致士子相互践踏死亡六十余人,陈万言也被撤职改用。而出任江西提学时间该书则没有明确记载。但是《广东通志》却对其督学江西之事有所记述:"迁江西副使,视学事二载。"⑥据此可知,陈万言出任江西提学应该在隆庆二年(1568),这恰与徐爌卸任时间相吻合。

---

① (明)徐阶等:《明世宗实录》卷 540。
② (明)徐阶等:《明世宗实录》卷 539。
③ (明)徐阶等:《明世宗实录》卷 550。
④ (明)于慎行等:《明穆宗实录》卷 16。
⑤ (明)于慎行等:《明穆宗实录》卷 52。
⑥ (清)郝玉麟等:《广东通志》卷 45。

（七）神宗时期

41. 邵梦麟（1572—1574 在任）

字道征，南直隶滁州人，嘉靖三十八年（1559）进士。万历二年（1574）正月，邵梦麟由江西提学副使升任山东参政，从而卸任江西提学一职。邵梦麟出任江西提学时间，没有记载。但是根据邵氏在隆庆四年（1570）十二月升任浙江提学副使的事实来看，其出任江西提学应该是在其后改任。而考察接任邵梦麟出任浙江提学的胡汝嘉是在隆庆六年（1572）到任，由此说明邵梦麟恰在此时调任江西提学。

42. 庄国祯（1574—1577 在任）

字君祉，福建晋江人，嘉靖四十一年（1562）进士。据《神宗实录》记载，万历二年（1574）正月，"调广西副使庄国祯于江西，提调学政"[①]。万历五年（1577）正月，晋升为广西右参政而卸任。庄国祯督学公正，"改视江西学政，直指使者，沿例收士，入闱既撤，悉充国子员，国祯坚持不听"[②]。

43. 江以东（1577—1579 在任）

字贞白，南直隶全椒人，隆庆二年（1568）进士。万历五年（1577）正月，江以东以礼部郎中之职晋升副使接替庄国祯出任江西提学，其卸任因其不满当政者干扰："操持方正，人不敢干以私，校士至南赣，当路者挠之，竟拂衣归。"[③] 根据其继任者任职时间倒推，江氏辞官应在万历七年（1579），辞官归时，"诸士攀留，江浒数日，舟不得行，嗣擢大参，竟致政去"[④]。江以东即将晋升参政，说明其辞官时间应在万历七年（1579）年底，即出任提学将满三年。姜士昌列其为江西督学名臣。著述有《岷岳遗集》。

44. 孙代（1579—1583 在任）

字绍甫，陕西扶风人，嘉靖三十八年（1559）进士。据《神宗实录》记载，万

---

① （明）叶向高等：《明神宗实录》卷21。
② （清）郝玉麟等：《福建通志》卷45。
③ （清）谢旻等：《江西通志》卷58。
④ （明）李贤等：《明一统志》卷49。

历七年(1579)十二月,"升光禄寺寺丞孙代为江西提学副使"①。据该书记载,万历十一年(1583)正月,孙代因升任浙江右参政而卸任江西提学。"督学江右,所抡皆知名士。"②

45. 沈九畴(1585—1589 在任)

字箕仲,浙江鄞县人,万历五年(1577)进士。据《神宗实录》记载,万历十三年(1585)十一月,"升刑部郎中沈九畴为江西副使,提督学政"③。据该书记载,万历十七年(1589)正月因升任四川右参政而卸任。著述有《曲辕居诗集》,《明诗综》《御选明诗》录其诗作两首。

46. 朱廷益(1589—1591 在任)

字汝虞,浙江嘉善人,万历五年(1577)进士。据《神宗实录》记载,万历十七年(1589)二月,"升礼部郎中李同芳为浙江按察使副使,南京吏部郎中朱廷益为江西按察司佥事,调福建按察司副使杨德政于广西,各提督学政"④。其卸任之事该书也有记载,万历十九年(1591)十月,"以江西佥事朱廷益任南京光禄寺少卿"⑤。朱廷益为江西督学名臣,督学刚正不阿。"督江西学政,屏绝干谒。益王馈古琴,受而椷诸学宫曰:'此琴贮文庙以彰贤王崇儒雅意。'翌日,王以妃弟嘱廷益。谢曰:'校阅时何由私识,执法所以敬王也。'发卷置劣等。"⑥著述有《清白遗稿》。

47. 马犹龙(1591—1592 在任)

字稚卿,河南固始人,万历十一年(1583)进士。据《神宗实录》记载,万历十九年(1591)十二月,"以礼部祠祭司员外郎马犹龙为江西提学佥事"⑦。其卸任时间不可考,应在下任提学任职前后。据《明史考证》卷 231 记载,马犹龙应被吏部尚书孙丕扬所黜。

---

① (明)叶向高等:《明神宗实录》卷 132。
② (清)刘于义等:《陕西通志》卷 60。
③ (明)叶向高等:《明神宗实录》卷 167。
④ (明)叶向高等:《明神宗实录》卷 208。
⑤ (明)叶向高等:《明神宗实录》卷 241。
⑥ (清)嵇曾筠等:《浙江通志》卷 158。
⑦ (明)叶向高等:《明神宗实录》卷 243。

48. 冯景龙(1592—1593在任)

其人生平不可考,据《神宗实录》记载,万历二十年(1592)九月,冯景龙由江西副使他职改任提学。其卸任时间不可考,应以下任提学任职时间为下限。

49. 查允元(1593—1598在任)

字虞皋,浙江海宁人,万历十一年(1583)进士。据《神宗实录》记载,万历二十一年(1593)十月,"升礼部主客司员外郎查允元为江西提学佥事"①。其卸任时间该书并无明文记载。但《浙江通志》有文称:"历礼部郎中,出为江西提学佥事,再任江西参政,持守廉介,莅事六载,始终不移。"②《江西通志》也有类似记载,说明查允元在提学任上有六年之久。那么他卸任提学的时间就应该是在万历二十六年(1598)左右,这与他曾出任广西副使的时间也基本吻合。其督学江西,"衡文不爽毫发,所拔士皆登第"③。

50. 王佐(1598—1601在任)

字翼卿,浙江鄞县人,万历十一年(1583)进士。万历二十九年(1601)正月"戊辰,升浙江按察使范涞为布政使,四川按察使沈季文为山西布政使,河南右参政韩学信为按察使,管理紫荆关。山东副使边有猷为右参政,整饬蜜云兵备。江西副使王佐为左参政"④。王佐是在江西副使任上晋升为参政,所以这一任命时间正是王佐卸任江西提学副使的时间。

51. 钱槚(1601—1604在任)

字岳阳,浙江会稽人,万历八年(1580)进士。据《神宗实录》记载,万历二十九年(1601)四月,钱槚出任江西提学副使。其卸任时间不可考,以下任提学出任该职时间为下限。

*52. 李开藻(1604—1605,1607—?)

字叔玄,福建永春人,万历十一年(1583)进士。据《神宗实录》记载,万历

---

① (明)叶向高等:《明神宗实录》卷265。
② (清)嵇曾筠等:《浙江通志》卷167。
③ (清)谢旻等:《江西通志》卷58。
④ (明)叶向高等:《明神宗实录》卷354。

三十二年(1604)九月,"调浙江副使李开藻为江西提学副使"①。又该书记载,万历三十五年(1607年)二月,"起原任江西副使,李开藻为江西提学副使"②。说明李开藻在此之前已经卸任江西提学,概因其父疾辞归。应以下任江西提学任职时间为参考。李开藻万历三十五年(1607)任职较短暂。

*53. 骆日升(1605—1607 在任)

字启新,号晋台,福建惠安人,万历二十三年(1595)进士。万历三十三年(1605)冬十月,"升……广东佥事骆日升为江西提学副使"③。其卸任则是在万历三十五年(1607)二月吏部衙门纠拾方面(官员),骆日升遭人弹劾,以"浮躁"的缘故而改任。而实际上骆日升督学江西,颇有政绩:"首拔陈际泰、罗万藻、章世纯、艾南英等,学者宗之。"④《粤西文载》录其文章一篇。

54. 苏茂相(1607—1608)

字弘家,福建晋江人,万历二十年(1592)进士。据《神宗实录》记载,万历三十五年(1607)十月,"调江西按察副使苏茂相为提学副使"⑤。其卸任之事,该书也有记载,万历三十六年(1608)九月"己丑,江西提学副使苏茂相致仕,调本省南昌兵备副使蔡增誉补之"⑥。著述有《苏氏韵辑》《读史韵言》《读史咏言》。

55. 蔡增誉(1608—1610 在任)

字宏耀,号情符,福建晋江人,万历二十六年(1598)进士。蔡增誉接替苏茂相出任江西提学副使,时间是在万历三十六年(1608)。据《神宗实录》记载,万历三十八年(1610)五月,"江西副使沈蒸为本省参政,提学副使蔡增誉为本省参政兼佥事"⑦。此即蔡增誉卸任江西提学时间。蔡增誉于南昌"督学名臣祠"增祀王钰、陈璲、李龄、夏寅、潘子秀、邵锐、张岳等人。

---

① (明)叶向高等:《明神宗实录》卷 400。
② (明)叶向高等:《明神宗实录》卷 430。
③ (明)叶向高等:《明神宗实录》卷 414。
④ (清)郝玉麟等:《福建通志》卷 45。
⑤ (明)叶向高等:《明神宗实录》卷 439。
⑥ (明)叶向高等:《明神宗实录》卷 450。
⑦ (明)叶向高等:《明神宗实录》卷 471。

56. 洪佐圣(1610—1612在任)

字仲麟,南直隶歙县人,万历二十九年(1601)进士。据《神宗实录》记载,万历三十八年(1610)六月,"升江西副使洪佐圣提本省学校,江西参议胡廷晏为本省副使兼右参议"①。此即洪佐圣出任江西提学时间。其卸任时间该书没有明确记载,但是下任提学胡应台到任之时,应是洪氏卸任之时。洪佐圣改任他职,在万历四十一年(1613)三月升任本省参政。

57. 胡应台(1612—1613,1614—1617在任)

字征吉,湖广浏阳人,万历二十六年(1598)进士。据《神宗实录》记载,万历四十年(1612)七月,"复江西参议胡应台调本省参议,提督学政"②。这是胡应台初次出任江西提学。此任卸任时间则应于此期江西提学到任时间为准。又据《神宗实录》记载,万历四十二年(1614)九月,"升江西分守湖东道左参议胡应台为本省提学副使"③。此次卸任是因其升任太仆少卿,时间在万历四十六年(1618)十一月之前,应以下任提学任职时间为准。《湖广通志》称其督学得人。

58. 真宪时(1613—1614在任)

字侯法,福建松溪人,万历三十二年(1604)进士。据《神宗实录》记载,万历四十一年(1613)四月,"升……刑部陕西司郎中真宪时为江西参议,云南司员外林述祖为广西佥事,并提督学政"④。其卸任时间不可考,应在胡应台再次出任提学即万历四十二年(1614年)之前。

59. 黄汝亨(1617—1618在任)

字贞父,浙江仁和人,万历二十六年(1598)进士。据《神宗实录》记载,万历四十五年(1617)四月,"升南京礼部郎中黄汝亨为江西副使,提督学政"⑤。其卸任时间不可考。督学有声,"衡文一以先民为法,如临川陈际泰、东乡艾南

---

① (明)叶向高等:《明神宗实录》卷472。
② (明)叶向高等:《明神宗实录》卷497。
③ (明)叶向高等:《明神宗实录》卷524。
④ (明)叶向高等:《明神宗实录》卷507。
⑤ (明)叶向高等:《明神宗实录》卷556。

英,皆其首录士。不受请托"①。著述有《江西学政申言》《寓庸子游记》《寓林集》等,《御选明诗》录其诗作六首。

*60. 杨瞿崃(1619 在任)

字稚实,福建晋江人,万历三十五年(1607)进士。据《神宗实录》记载,万历四十七年(1619)二月,"升广东佥事杨瞿崃为九江道参议"②,但并没言明其职守。但是另有文献记载杨氏"官至提督江西学政,未几告归"③,说明杨瞿崃出任江西提学时间较短暂。其著述除了《岭南文献补遗》,还有《明文翼统》《易经疑丛》。

61. 魏诏(1619—1621)

字奉之,湖广蒲圻人,万历三十五年(1607)进士。据《神宗实录》记载,四十七年(1619 年)四月,"升兵部武选郎中魏诏为江西提学副使"④,此即魏诏出任江西提学时间。后因辞职而卸任,时间不可考,以下任提学任职时间为下限。魏诏督学以"崇雅黜浮,拔幽疏滞为务"⑤,颇有政绩。

(八)熹宗时期

62. 张京元(1621—1623 在任)

字思德,别字无始,南直隶泰兴人,万历三十二年(1604)进士。据《熹宗实录》记载,天启元年(1621 年)十月,"升……江西按察司佥事张京元本省提学参议"⑥。其卸任提学之事该书也有记载:"升……江西布政使司右参议张京元为四川按察司副使,分巡上川东道。"⑦时间是在天启三年(1623)五月。督学所拔皆名士且查处学政贪赃,有惠政。"臣乡提学参议张京元,将历年各学师生空月事故斋膳银一查便有二万八千余两之多。使皆如京元任劳怨,真心

---

① (清)谢旻等:《江西通志》卷 58。
② (明)叶向高等:《明神宗实录》卷 579。
③ 张天禄等:《鼓山艺文志》卷 2。
④ (明)叶向高等:《明神宗实录》卷 581。
⑤ (清)迈柱等:《湖广通志》卷 47。
⑥ (明)温体仁等:《明熹宗实录》卷 15。
⑦ (明)温体仁等:《明熹宗实录》卷 34。

厘剔,其所补于国家,岂浅鲜哉。"①著述有《楚辞删注》《寒灯随笔》《湖上小记》。

63. 钱继登(1623—?)

字尔先,一字龙门,浙江嘉善人,万历四十四年(1616)进士。钱继登接替张京元出任江西提学:"升饶州府知府钱继登为江西按察司副使,提督学政。"时间当然是在天启三年(1623)五月。其卸任时间不可考,但据《明熹宗实录》记载,天启六年(1626)六月,"复除原任江西副使钱继登为江西副使,管粮道"②。说明钱氏很可能在三年前即已卸任提学。著述有《鏊专堂集》。

64. 黄元会(1623—1625在任)

字经甫,南直隶太仓人,万历四十一年(1613)进士。据《熹宗实录》记载,天启三年(1623年)七月,"调江西清军副使黄元会为提学副使"③。当年十二月,该书又有文记载:"留任江西提学道按察司副使黄元会,照旧管事。"④说明黄氏可能在副使任满。天启五年(1625)正月,"升江西按察司副使黄元会为山东布政使司右参政,分守东昌道。"此即黄元会卸任江西提学时间。

＊65. 邹嘉生(1625在任)

字元毓,号静长,南直隶武进人,万历四十四年(1616)进士。天启五年(1625)二月,"调陕西按察司副使提督学政邹嘉生于江西"⑤,不久即卸任。

66. 陆之祺(1625—?)

字筠修,浙江平湖人,万历四十七年(1619)进士。天启五年(1625)九月,"升工部都水司郎中陆之祺为江西提学右参政"⑥。其卸任时间不可考。

67. 虞大复(1627?—1628?)

字号不可考,浙江金坛人,万历三十五年(1607)进士。督学事迹不可考。

---

① (明)温体仁等:《明熹宗实录》卷42。
② (明)温体仁等:《明熹宗实录》卷34。
③ (明)温体仁等:《明熹宗实录》卷36。
④ (明)温体仁等:《明熹宗实录》卷42。
⑤ (明)温体仁等:《明熹宗实录》卷56。
⑥ (明)温体仁等:《明熹宗实录》卷63。

（九）思宗时期

68. 陈懋德（1628—?）

字维立，一字公虞，号云怡。原姓蔡，后复姓，南直隶昆山人，万历四十七年（1619）进士。李调元《制艺科琐记》卷三记载："蔡公懋德视学江西。是时，崇祯以登极恩，没学拔一人贡京师。"①说明此时蔡懋德在江西提学任上。蔡懋德识拔陈际泰、揭重熙等才俊，其余督学事迹不可考。

69. 吴炳（1637—?）

字可先，号石渠，晚年自称"粲花主人"，南直隶宜兴人，万历四十七年（1619）进士。据《明史》记载："崇祯中，历官江西提学副使。江西地尽失，流寓广东。"②说明吴炳可能在崇祯十年（1637）左右出任江西提学。

70. 郭都贤（?）

字天门，湖广益阳人，天启二年（1622）进士。《湖广通志》记载其生平："授行人，升江西提学，号称得士。累迁都御史巡抚江西，黜贪墨，奖循良，冰霜凛凛，人不敢干以私。凡关国计民生章疏，反覆必待奏可乃已。晋兵部侍郎归。"③然其督学时间不可考，应在崇祯初年。著有《补山堂诗集》。

71. 陆锡明（?）

字玉井或字防舆④，浙江平湖人，天启五年（1625）进士。《浙江通志》《古今图书集成》《明诗综》《御选明诗》等书记载为"江西提学副使"，其具体督学时间、相关事迹不可考。疑其为崇祯初年江西提学，在郭都贤之后。

72. 侯峒曾（1640?— ）

字豫瞻，南直隶嘉定人，天启五年（1625）进士。据明史记载："授南京武选司主事，丁父忧。崇祯七年入都。兵部尚书张凤翼荐为职方郎中，峒曾力辞，

---

① 陈文新、何坤翁、赵伯陶等撰：《明代科举与文学编年》，武汉大学出版社，2015年，第3096页。
② （清）张廷玉等：《明史》卷279。
③ （清）迈柱等：《湖广通志》卷10。
④ 《浙江通志》卷23记为"字玉井"，《江西通志》卷9为"字防舆"。

乃改南京文选司主事。由稽勋郎中迁江西提学参议。"①据此推测,侯峒曾入仕以来两任后再出任江西提学,说明侯氏出任江西大概应在崇祯十三年(1640)左右。他也可能是明代最后一任江西提学。

十、浙江提学简考

(一) 英宗时期

1. 胡㽬(1436—1437 在任)

字敬同,江西丰城人,永乐十三年(1415)进士。胡㽬是明廷在正统元年(1436)六月添设提学官之后,首任浙江提学。胡㽬由两浙盐运司同知改任副使,也是首批提学官当中官阶最高的一位。据《英宗实录》记载,正统五年(1440)九月,"浙江按察司副使胡㽬亲丧服阕,复除山西按察司"②。由此可知胡㽬因丁忧卸任,时间应在三年之前(正统二年即 1437),恰与下任浙江提学赵礼任职时间。胡㽬督学有声,"士人宗之",与台阁诗人杨士奇有诗文酬酢。

2. 赵礼(1437—1439 在任)

字秉礼,江西南丰人,永乐十年(1412)进士。据《英宗实录》记载,正统二年(1437)六月"甲子,升……广东按察司佥事赵礼为浙江按察司提调学校副使"③。《浙江通志》所载提学官赵礼为河南洛阳人,永乐十六年(1418)进士,但河南赵礼并无督学事迹。而《江西通志》记载江西南丰人赵礼为永乐十年(1412)进士,且"尝校两浙士……历官提学副使",似应以《江西通志》为据。赵礼卸任时间不可考,应以下任提学任职时间为参考。

3. 花润生(1439—1445 在任)

字蕴玉,福建邵武人,永乐二年(1404)进士。据《英宗实录》记载,正统四

---

① (清)张廷玉等:《明史》卷 277。
② (明)李贤等:《明英宗实录》卷 71。
③ (明)李贤等:《明英宗实录》卷 31。

年(1439)冬十月,"命浙江按察司佥事花润生提调本处学校"①。同时该书还记载,正德十年(1445)二月,"浙江杭州府学廪膳生诉提调学校佥事花润生违例黜罢之事,下巡按浙江监察御史艾茂核实,命都察院逮润生,鞠之"②。这应该就是花润生卸任提学的时间,当然后来也因其年龄老迈而释放不问。花润生督学"规矩详密,考校精严"③,被生员控诉也可能与此有关。诗文雅淡,著述有《介轩集》。

*4. 熊炼(1445—1447 在任)

字学渊,江西进贤人,宣德五年(1430)进士。据《英宗实录》记载,正统十年(1440)九月,升寺正熊炼为浙江佥事,提调学校。景泰二年(1451)二月,"调浙江按察司佥事熊炼于湖广按察司。炼先提调浙江学校,至是革罢,故调之"④。其卸任时间应以下任提学任职为准。

5. 罗经(1447—1450?)

字号不可考,福建上杭人,永乐十六年(1418)进士。据《英宗实录》记载,正统十二年(1447)夏四月,罗经升任浙江提学佥事。其卸任时间该书没有明确记载,暂以一个考满时间计算。

6. 张和(1461)

字节之,南直隶昆山人,正统四年(1439)进士。张和是天顺五年(1461)英宗重新恢复提学官时,明廷任命的浙江提学。据《姑苏志》卷52记载,张和在浙江提学副使任上病卒,故其卸任时间也应以下任提学任职时间为准。张和督学有声,深受士人爱戴。"仪范肃然,待生有恩义。殁后浙士数百人赙,哭哀之如父。"⑤著述有《篠庵集》,《明诗综》收录诗作三首。

7. 刘伦正(1461—1464)

字理叙,江西安福人,景泰五年(1454)进士。据《明英宗实录》记载:"癸亥升浙江道监察御史陈勋为山东按察司佥事,南京刑科给事中刘伦正为浙江按

---

① (明)李贤等:《明英宗实录》卷60。
② (明)李贤等:《明英宗实录》卷126。
③ (明)李贤等:《明一统志》卷128。
④ (明)李贤等:《明英宗实录》卷201。
⑤ (清)赵宏恩等:《江南通志》卷140。

察司佥事。"①时间是在天顺五年(1461)九月,但这则记载对刘伦正的具体职守却并未说明。然而《同治安福县志》则有相关记载,其文记述刘氏仕宦经历:"任南京刑科给事中,督学云贵、浙江,俱以除积弊、拔真才为务,宣猷树绩,期不负朝廷养士之恩,所最鉴赏者辄脱颖。去后以忤阉宦罢归,琴书自娱。著有《休休庵文集》藏于家。"②考虑到张和在浙确有督学经历,故而刘伦正在张和卒于任上之后改任提学佥事的可能性更大,暂以一个三年的任期计算。据《同治安福县志》记载,其著述有《休休庵文集》。

(二)宪宗时期

8. 刘釪(1464—1470在任)

字伏和,江西安福人,景泰五年(1454)进士。据《宪宗实录》记载,天顺八年(1464)八月,"升……监察御史刘釪为浙江按察司副使,提调学校"③。刘釪卸任提学是在成化六年(1470)冬十月升任本省按察使,所以刘釪督学浙江的时间比较明确。

9. 张悦(1470—1475在任)

字时敏,南直隶松江华亭人,天顺四年(1460)进士。据《宪宗实录》记载,成化六年(1470)十二月"己未,调江西按察司佥事张悦于浙江,提调学校"④。该书又记载成化十一年(1475)二月,张悦因升任四川按察副使而卸任。其督学浙江,"力拒请托,校士不胡名,曰'我取自信而已'"⑤。著述有《张庄简公集》。

*10. 胡荣(1475—1481在任)

字希仁,江西临江新喻人,景泰五年(1454)进士。据《宪宗实录》卷140记载,成化十一年(1475)夏四月,胡荣由广东按察佥事升任浙江提学副使。后丁忧归,其卸任时间应在下任提学任职前后。著述有《道器图》《东洲稿》。

---

① (明)李贤等:《明英宗实录》卷332。
② (清)姚濬昌:《同治安福县志》卷1。
③ (明)刘吉等:《明宪宗实录》卷81。
④ (明)刘吉等:《明宪宗实录》卷86。
⑤ (清)张廷玉等:《明史》卷185。

11. 李士实(1481—1487)

字若虚,江西新建人,成化二年(1466)进士。据《宪宗实录》记载,成化十七年(1481)八月,"升……刑部郎中李士实、监察御史王锦、湖广按察司佥事萧祯、浙江佥事万礼,俱为按察司副使。锦江西,祯本司,礼云南,士实浙江,提调学校"①。其卸任时间不可考,应在下任提学任职前后。

12. 郑纪(1487—1489 在任)

字廷纲,福建仙游人,天顺四年(1460)进士。据《宪宗实录》记载,成化二十三年(1487)三月,明廷任命一批提学:"壬戌,升翰林院编修敖山、检讨郑纪、湖广按察司佥事沈钟俱为按察司副使。行人司司副车玺、中书舍人杨一清、户部主事陈绶、户科给事中韦斌、俱佥事提调学校。山江西、纪浙江、钟原任、玺河南、一清山西、绶云南、斌广东。"②郑纪正是在此时接替李士实出任浙江提学。其卸任时间是在弘治二年(1489)十月,郑纪由浙江提学副使晋升为国子监祭酒。著述有《东园文集》《圣功图》《东园遗稿》,《明诗综》录其诗作一首。

(三)孝宗时期

*13. 吴伯通(1489—1496 在任)

字原明,四川广安州人,天顺八年(1464)进士。据《孝宗实录》卷32记载,弘治二年(1489)十一月,吴伯通由河南提学佥事晋升为浙江提学副使。其卸任时间该书也有记载:"壬寅,升浙江按察司副使吴伯通为云南按察使。"③时间是在弘治九年(1496)四月。《四川通志》谓其督学河南、浙江,"学务躬行,以道自任……振起士类,拳拳以治兴,养性为训"④。著述有《达意稿》《近思录》《石谷遗言》《甘棠书院录》。

*14. 李逊学(1496—1498 在任)

字希贤,河南上蔡人,成化二十三年(1487)进士。据《孝宗实录》记载,弘

---

① (明)刘吉等:《明宪宗实录》卷218。
② (明)刘吉等:《明宪宗实录》卷288。
③ (明)李东阳等:《明孝宗实录》卷112。
④ (清)黄廷桂等:《四川通志》卷8。

治九年(1496)五月丁未朔,"升翰林院检讨李逊学为浙江按察司佥事,提调学校"①。李逊学后因丁忧卸任,而其丁忧复除是在弘治十四年(1501),由此倒推三年,李逊学丁忧卸任时间则很可能是在弘治十一年(1498)。这一时间与明廷任命下任提学的时间正好吻合。李逊学督学颇有政绩,"教人宽而有制,以敦行尚实为本,人才高下甄别不爽。其有奔竞者,裁抑之,士习翕然一变"②。著述有《悔轩集》。

15. 赵宽(1498—1504在任)

字栗夫,南直隶吴江人,成化十七年(1481)进士。据《孝宗实录》记载,弘治十一年(1498)三月,"升刑部郎中赵宽为浙江按察司副使,提调学校"③。弘治十七年(1504)升广东按察使而卸任。《浙江通志》对赵宽督学评价颇高,其文曰:"提督学政,学问淹贯,能推所得以变士习。经指授者,为文皆有程度,不以权势有所轩轾。遇人坦率,不事表襮,浙士爱而重之。"④著述有《半江集》,《明诗综》录其诗作一首。

*16. 陈玉(1504—1508在任)

字德卿,南直隶高邮人,弘治六年(1493)进士。据《孝宗实录》记载,弘治十七年(1504)五月,"升监察御史陈玉为浙江按察司副使提调学校"⑤。此时陈玉是从北直隶督学御史改任浙江提学。而在正德三年(1508)六月因得罪刘瑾之故被贬为湖广布政司照磨。而据《武宗实录》记载,正德四年(1509)六月,"改起复浙江按察司副使陈玉于福建,仍提调学校"⑥。由此可知,陈玉应在此之前卸任。

*17. 欧阳旦(1508—1509在任)

字子相,江西安福人,成化十七年(1481)进士。据《明史》记载:"其在湖

---

① (明)李东阳等:《明孝宗实录》卷113。
② (清)嵇曾筠等:《浙江通志》卷148。
③ (明)李东阳等:《明孝宗实录》卷135。
④ (清)嵇曾筠等:《浙江通志》卷19。
⑤ (明)李东阳等:《明孝宗实录》卷212。
⑥ (明)杨廷和等:《明武宗实录》卷51。

广、浙江,提督学政,以宽厚得士心。"①说明欧阳旦出任浙江提学在其湖广任(弘治十五年即1502)之后。而弘治十五年(1502)二月,欧阳旦改任四川副使,应于正德三年(1508)六月即陈玉被贬之后出任浙江提学副使。又据《武宗实录》记载,正德四年(1509)十一月"丙寅,升浙江布政司右参政舒昆山为广东右布政使,浙江按察司副使欧阳旦为广西左参政"②。这正是欧阳旦卸任浙江提学副使的时间。

(四)武宗时期

18. 杨旦(1509—1510在任)

字晋叔,福建建安县人,弘治三年(1490)进士。据《武宗实录》记载,正德四年(1509)十一月,"升……浙江按察司佥事高江,温州府知府杨旦俱为按察司副使,江四川,旦浙江"③。该书还记载,正德五年(1510)冬十月,"升浙江按察司副使杨旦为应天府府丞"④。这应当是杨旦卸任提学的时间。著述有《惜阴小稿》,《明诗综》录其诗作一首。

19. 陈仁(1510—1512在任)

字子居,号三渠,福建莆田人,成化二十三年(1487)进士。据《武宗实录》记载,正德五年(1510)冬十月"己未起降职郎中陈仁、致仕员外郎王泰、御史方溢、聂贤、发戍御史王时中俱为按察司副使,仁浙江,泰福建,溢广东,贤云南,时中四川"⑤。同时该书还记载,正德七年(1512)八月"丁卯,升……浙江按察司副使陈仁为浙江布政司右参政"⑥。虽然《明实录》明确记载陈仁出任、卸任浙江按察副使的时间,但是该书并未点明其职守为提学。但《浙江通志》将其列为"提学道",且陈仁在任时间正好与前后两任浙江提学卸任、到任的时间吻合,应该可以据信。著述有《三渠稿》。

---

① (清)张廷玉等:《明史》卷180。

② (明)杨廷和等:《明武宗实录》卷57。

③ 同上。

④ (明)杨廷和等:《明武宗实录》卷68。

⑤ 同上。

⑥ (明)杨廷和等:《明武宗实录》卷91。

20. 徐蕃(1512—1515 在任)

字宣之,南直隶泰州人,弘治六年(1493)进士。据《武宗实录》记载,正德七年(1512)八月"庚午,升江西布政司左参议徐蕃为浙江按察司副使"①。其卸任时间该书也有记载,正德十年(1515)十二月,"升浙江按察司副使徐蕃为山东布政司右参政"②。

*21. 刘瑞(1515—1519 在任)

字德符,四川内江人,弘治九年(1496)进士。据《武宗实录》记载,正德十年(1515)十二月,"复除服阕山西按察司副使刘瑞于浙江,提调学校"③。该书还记载,正德十四年(1519)八月,刘瑞由浙江副使晋升为南京太仆寺少卿,这正是其卸任浙江提学时间。刘氏督学浙江,"校士公明,先德行而后文艺,所行条约,切于身心"④。著述有《五清集》。

22. 盛端明(1519—1520 在任)

字希道,广东潮阳人,弘治十一年(1498)解元,弘治十五年(1502)进士。据《武宗实录》记载,正德十四年(1519)八月"己卯,升翰林院检讨盛端明为浙江按察司佥事,提调学校"⑤。又据《世宗实录》记载,嘉靖四年(1525)十月,"升浙江按察司副使盛端明为南京尚宝司卿"⑥,似乎这应是盛端明卸任提学时间。但是盛端明实际上在下任浙江提学黄芳任职时应该已经卸任,所以他虽然升任本省副使,但期间其职守已不再是提学。

23. 黄芳⑦(1521—1523 在任)

字仲实,广东崖州人,正德三年(1508)进士。据《武宗实录》记载,正德十六年(1521)春正月,"升……南京吏部郎中黄芳、山东佥事黄昭道、山西佥事马

---

① (明)杨廷和等:《明武宗实录》卷 91。
② (明)杨廷和等:《明武宗实录》卷 132。
③ 同上。
④ (明)李贤等:《明一统志》卷 67。
⑤ (明)杨廷和等:《明武宗实录》卷 177。
⑥ (明)徐阶等:《明世宗实录》卷 56。
⑦ (清)嵇曾筠等:《浙江通志》卷 46 记录为"钟芳","少育于外亲,冒姓黄,后始复之"。

应祥、贵州佥事詹源为副使。芳浙江,提调学校,昭道、应祥本司,源云南"①。又据《世宗实录》记载嘉靖二年(1523)五月,"升浙江按察司副使黄芳为广西布政司右参政"②,这应该就是黄氏卸任时间。

*24. 何瑭(1523—1524 在任)

字粹夫,河南武陟人,弘治十五年(1502)进士。正德十六年(1521)八月,何瑭出任山西提学副使,但据《明史》记载,何瑭实际上并没有赴任:"初起山西提学副使,以父忧不赴,服阕起提学浙江。"③据《世宗实录》记载,嘉靖二年(1523)五月,"复除原任副使何瑭于浙江,查约于江西,俱提督学校"④。其卸任则是在嘉靖三年(1524)八月,晋升为南京太常寺少卿。何瑭督学有声,著述有《柏斋集》《儒学管见》《阴阳律吕》。

(五)世宗时期

25. 万潮(1524—1529 在任)

字汝信,江西进贤人,正德六年(1511)进士。据《世宗实录》记载,嘉靖三年(1524)八月,"升兵部署郎中事主事万潮为浙江按察司佥事,提督学校"⑤。同时该书记载,嘉靖八年(1529)三月因升任本省参政而卸任。著述有《五溪文集》。

26. 王冀(1529?)

字东石,江西金溪人,正德六年(1511)进士。据《世宗实录》记载,嘉靖八年(1529)四月"戊辰,升南京礼部祠祭司郎中王冀为浙江按察司副使"⑥,由此可知王冀正是接替万潮出任浙江提学。但是汪文盛在嘉靖八年(1529)十二月出任浙江提学则说明王冀在此之前可能已经卸任,故其督学时间应该不长。然而据《国朝献征录》卷84 记载:"服阕,以胡世宁特荐升浙江提学副使。赍敕

---

① (明)杨廷和等:《明武宗实录》卷195。
② (明)徐阶等:《明世宗实录》卷27。
③ (清)张廷玉等:《明史》卷282。
④ (明)徐阶等:《明世宗实录》卷27。
⑤ (明)徐阶等:《明世宗实录》卷2。
⑥ (明)徐阶等:《明世宗实录》卷100。

就家起之,力辞不赴。"①则说明王蕡实际上并未赴任浙江提学副使一职。著述有《东石近稿》三卷。

27. 汪文盛(1529—1532 在任)

字希周,湖广崇阳人,正德六年(1511)进士。据《世宗实录》记载,嘉靖八年(1529)十二月,"复除山东按察司副使汪文盛于浙江,提调学校"②。该书又记载,嘉靖十四年(1535)三月,"复除服阕浙江按察司副使汪文盛于陕西,提调学校"③。由此时间倒退三年,汪文盛则是在嘉靖十一年(1532)丁忧而卸任。著述有《白泉文集》《节爱府君诗集》等,《明诗综》录其诗作一首。

*28. 陆深(1532—1533 在任)

字子渊,南直隶松江府上海人,弘治十八年(1505)进士。据《世宗实录》记载,嘉靖十一年(1532 年)九月"庚午,调山西按察司副使陆深于浙江,提调学校"④。这就是陆深出任浙江提学的明确记载。同时该书记载,嘉靖十二年(1533 年)正月,"升浙江按察司副使陆深为江西布政使司右参政"⑤,由此卸任。陆深督学有声誉。著述颇丰,有《俨山诗微》《书辑》《豫章漫抄》《翰林记》等。《四库全书》有《俨山外集》三十四卷。

29. 林云同(1533—1534 在任)

字汝雨,福建莆田人,嘉靖五年(1526)进士。据《世宗实录》记载,嘉靖十二年(1533)二月,"升礼部署员外郎林云同为浙江按察司佥事,提调学校"⑥。林云同卸任浙江提学时间不可考,应在下任提学徐阶到任即嘉靖十三年(1534)前后。著述有《文疏存稿》《林端简公存稿》。

*30. 徐阶(1534—1536 在任)

字子升,南直隶松江华亭人,嘉靖二年(1523)进士。据《世宗实录》记载,

---

① (明)王绍元:《浙江提学副使王公蕡墓志铭》。
② (明)徐阶等:《明世宗实录》卷108。
③ (明)徐阶等:《明世宗实录》卷173。
④ (明)徐阶等:《明世宗实录》卷142。
⑤ (明)徐阶等:《明世宗实录》卷146。
⑥ (明)徐阶等:《明世宗实录》卷147。

嘉靖十三年(1534)三月,"升湖广黄州府同知徐阶为浙江按察司佥事,提调学校"①。此即徐阶出任浙江提学时间。同书记载,嘉靖十五年(1536)十月,"升浙江按察司佥事徐阶为江西按察司副使,仍提调学士"②。此即徐阶卸任时间。徐阶督学影响甚大,"自翰林出为江浙文宗,崇正学,厉士风、藻鉴精明,时称得人"③。著述有《存斋教言》《世经堂集》《少湖集》,《明诗综》录其诗作十三首。

31. 陈儒(1536—1538 在任)

字懋学,江西吉水人,锦衣卫籍。据《世宗实录》卷192记载,陈儒接替徐阶出任浙江提学,由浙江副使巡视宁绍海道改任。同书记载陈儒卸任时间,嘉靖十七年(1538)七月,"升陕西按察司副使孙存,浙江按察司副使陈儒俱为布政使司右参政,存江西,儒陕西"④。"督学以崇经术,禁浮靡为己任。与诸生约数千言,皆以道德实行为先,士习翕然。"⑤

*32. 张岳(1538—1539 在任)

字维乔,号净峰,福建惠安人,正德十二年(1517)进士。据《世宗实录》记载,嘉靖十七年(1538)八月,"升广东廉州知府张岳、湖广襄阳府知府韩廷伟俱为按察司副使,廷伟湖广,岳浙江"⑥。嘉靖十八年(1539)十二月升为本省左参政而卸任。

33. 张鳌(1539—1542 在任)

字济甫,江西南昌人,嘉靖五年(1526)进士。据《世宗实录》记载,嘉靖十八年(1539)十二月"己卯,升礼部祠祭司郎中张鳌,江西南昌府知府程资俱为按察司副使,鳌浙江,提调学校,资福建"⑦。同时该书记载,嘉靖二十一年

---

① (明)徐阶等:《明世宗实录》卷161。
② (明)徐阶等:《明世宗实录》卷192。
③ (明)李贤等:《明一统志》卷49。
④ (明)徐阶等:《明世宗实录》卷214。
⑤ (清)嵇曾筠等:《浙江通志》卷148。
⑥ (明)徐阶等:《明世宗实录》卷215。
⑦ (明)徐阶等:《明世宗实录》卷232。

(1542)九月,张鳌因晋升辽东苑马寺卿而卸任。"督浙江学政,得人最盛。"①著述有《迁莺馆集》。

*34. 孔天胤(1543—1547?)

字汝锡,号文谷,山西汾州人,嘉靖十一年(1532)进士。孔天胤出任浙江提学之事,相关文献并没有明确记载,但薛应旂《与孔文谷提学》一文记载其写作时间:"某残腊至建昌,山郡间僻,杜门省咎,岑寂中每于记室寔勤想念。"②薛应旂得罪严嵩而贬任江西建昌府通判是在嘉靖二十四年(1545),据此可知,嘉靖二十四年前后,孔天胤在浙江提学任上。根据其前后提学任职时间推断其任职时间范围如上。孔氏在浙江督学事迹不可考。

35. 雷礼(1548—1550在任)

字必进,江西丰城人,嘉靖十一年(1532)进士。据《世宗实录》记载,嘉靖二十七年(1548)六月"丙辰,升南京礼部郎中雷礼为浙江按察司副使,提调学校"③。而其卸任该书也有明确记载:"丙子,升浙江按察司督学副使雷礼为南京太仆寺少卿。"④著述有《镡墟堂稿》《古和疏稿》《豫章人物记》等。

*36. 薛应旂(1550—1553在任)

字仲常,号方山,南直隶武进人,嘉靖十四年(1535)进士。《世宗实录》载薛应旂任职浙江提学一事:"庚辰,升礼部署郎中薛应旂为浙江按察司副使提调学校"⑤,时值嘉靖二十九年(1550)十月。按:薛应旂在嘉靖三十三年(1554)撰写的《告常州府城隍文》中称自己为"原任浙江提学副使",据此可知其至少在此之前卸任浙江。而据赵时春与马理两人的《方山先生文录序》其督学"其鉴识甚精","竟中考功法而归"⑥。著述有《方山集》《方山诗说》等。

*37. 阮鹗(1553—1556在任)

字应荐,南直隶桐城人,嘉靖二十三年(1544)进士。据《浙江通志》记载,

---

① (明)李贤等:《明一统志》卷49。
② (明)薛应旂:《方山先生文录》卷5。
③ (明)徐阶等:《明世宗实录》卷337。
④ (明)徐阶等:《明世宗实录》卷366。
⑤ 同上。
⑥ (明)薛应旂:《方山先生文录》,齐鲁书社,1997年,第223—226页。

"明嘉靖癸丑,提学阮鹗作心极图"①。该书又有关于"校士馆"的记载"嘉靖三十三年提学副使建为馆"②。由此说明阮鹗在嘉靖三十二年(1553)、三十三年(1554)在提学任上。著述有《章枫山年谱》。

38. 毕锵(1556—1559 在任)

字廷鸣,南直隶石埭人,嘉靖二十三年(1544)进士。嘉靖三十五年(1556)三月,"升户部署郎中毕锵为浙江按察司副使,提调学校"③。嘉靖三十六年(1557)建尊经阁,说明其在任。毕锵卸任浙江提学时间不可考,但他在嘉靖四十一年(1562)二月由广西按察使晋升为右布政使。从副使晋升为右布政使刚好需要两个考满六年的时间,故而推断其在副使任上有三年的任期。著述有《偃松斋集》。

39. 范惟一(1559—?)

字于中,南直隶华亭籍吴县人,嘉靖二十年(1541)进士。范惟一出任浙江提学时间不可考,《浙江通志》将其列为毕锵下任提学,故其出任时间可能在毕锵卸任的嘉靖三十八年(1559)。据《浙江通志》卷 224 记载:"嘉靖三十八年,提学副使范惟一以宋南轩张宣公栻亦曾守严,因并祀其中,故曰三先生祠。"由此可知范惟一应在嘉靖三十八年(1559)前后在浙江督学,这也恰好印证了以上推断。其著述有《范太仆集》,《明诗综》录其诗作两首。

*40. 殷迈(—1564?)

字时训,号秋溟,南直隶江宁人,嘉靖二十年(1541)进士。据《世宗实录》记载,嘉靖三十四年(1555)三月,"南京户部尚书孙应奎以浙江、江西、湖广等布政司、直隶应天等府节年通粮数多,参司府总部等官。参政顾中孚、参议郭惟清、殷迈等一十四员各违慢当罪,诏罚如降调如例"④。此后《世宗实录》再无殷迈记录。但隆庆元年(1567)正月,吏部奏起用的名单中就有"按察司副使

---

① (清)嵇曾筠等:《浙江通志》卷 29。
② (清)嵇曾筠等:《浙江通志》卷 30。
③ (明)徐阶等:《明世宗实录》卷 433。
④ (明)徐阶等:《明世宗实录》卷 420。

曹金、金立敬、殷迈"①,说明殷迈在遭遇嘉靖三十四年(1555)降职后,应该还出任过副使。而《穆宗实录》也记载,隆庆元年(1567)十月,"升贵州按察司副使殷迈为江西布政司右参政"②。说明殷迈出任浙江副使应该在其担任贵州副使前后,而《江南通志》记载:"仕至贵州提学副使以疾归,复起提学浙江。"③以此时间大致推断殷迈督学浙江就应该在嘉靖四十三年(1564)之前。

41. 屠羲英(1564—?)

字纯卿,号枰石,南直隶宣城人,嘉靖三十五年(1556)进士。据《世宗实录》记载,嘉靖四十三年(1564)九月,"升礼部祠祭司郎中屠义英、浙江按察司金事周思兼俱为按察司副使,刑部署员外郎徐梓为按察司金事,义英浙江,思兼广西,俱提调学校"④。其卸任时间不可考。著述有《童子礼》。

(六)穆宗时期

42. 林大春(—1570)

字井丹,广东潮阳人,嘉靖二十六年(1547)进士。据《穆宗实录》记载,隆庆四年(1570)六月,"罢浙江按察司提学副使林大春,以前广西副使郑云鏊代之。初大春患浙士剽窃,乃以己意割缀经传为试题,礼科左给事中章甫端论其谬妄,故罢"⑤。著述有《潮阳县志》《井丹集》,颇有文名。

43. 郑云鏊(1570?)

字邦用,福建闽县人,嘉靖三十五年(1556)进士。郑云鏊出任浙江提学时间上文已言明,其卸任时间《穆宗实录》并没有确切记载。隆庆六年(1572)四月,郑云鏊由浙江副使晋升为湖广布政司左参政,似乎说明其应在此时卸任,但邵梦麟在隆庆四年(1570)十二月升任为浙江提学副使的事实,则又说明郑云鏊只是短暂兼任浙江提学一职而已。《福建通志》谓其督学,"持正靡阿,请

---

① (明)于慎行等:《明穆宗实录》卷2。
② (明)于慎行等:《明穆宗实录》卷13。
③ (清)赵宏恩等:《江南通志》卷143。
④ (明)徐阶等:《明世宗实录》卷538。"义英"乃"羲英"之误。
⑤ (明)于慎行等:《明穆宗实录》卷46。

托断绝"①。

44. 邵梦麟(1570—1572 在任)

字道征,南直隶滁州人,嘉靖三十八年(1559)进士。据《穆宗实录》记载,隆庆四年(1570)十二月,"升河南布政司左参议邵梦麟为浙江按察司副使,提调学校"②。邵氏卸任浙江提学的时间该书没有明确记载,应参考下任提学任职时间。

*45. 胡汝嘉(1572—1578 在任)

字懋禧,南直隶鹰扬卫籍人,嘉靖四十四年(1565)进士。隆庆六年(1572)四月,"调广西按察司佥事胡汝嘉于浙江提调学校"③。又据《神宗实录》记载,万历六年(1578)十一月,"升浙江佥事胡汝嘉为四川右参议"④,由此卸任。著述有《心南稿》。

46. 滕伯轮(1574—1575)

字汝载,福建瓯宁人,嘉靖四十一年(1562)进士。隆庆六年(1572)十一月,"调贵州副使滕伯轮于浙江,提调学政"⑤,则很可能是替换胡汝嘉出任提学。据该书记载,万历三年(1575)三月,滕伯轮因晋升浙江右参政而卸任。滕伯轮"督学两浙,声教整严"⑥。

(七) 神宗时期

47. 乔因阜(1575—1579 在任)

字思绵,陕西耀州人,隆庆二年(1568)进士。《神宗实录》记载,万历三年(1575)三月,"升户部郎中乔因阜为浙江提学副使"⑦。该书还记载,万历七年(1579)十月,乔因阜晋升为太仆寺少卿,由此卸任浙江提学。《陕西通志》录其

---

① (清)郝玉麟等:《福建通志》卷 43。
② (明)于慎行等:《明穆宗实录》卷 52。
③ (明)于慎行等:《明穆宗实录》卷 69。
④ (明)叶向高等:《明神宗实录》卷 7。
⑤ (明)于慎行等:《明穆宗实录》卷 7。
⑥ (清)郝玉麟等:《福建通志》卷 48。
⑦ (明)叶向高等:《明神宗实录》卷 36。

诗文作品。

48. 刘东星(1579—1582 在任)

字子明,山西沁水人,隆庆二年(1568)进士。《神宗实录》记载,万历七年(1579)十月,"升陕西右参议刘东星为浙江提学副使"①。该书还记载,万历十年(1582)十一月,"升浙江副使刘东星为山东左参政"②,说明刘氏由此卸任。著述有《晋川集》。

*49. 王世懋(1583?)

字敬美,南直太仓人,嘉靖三十八年(1559)进士。据《神宗实录》记载,万历十二年(1584)十月,"复除浙江提学副使王世懋为福建提学副使"③,说明王世懋曾任浙江提学副使,疑未到任。王世懋著述颇丰,有《王奉常集》五十四卷。

50. 林偕春(1583—1585)

字孚元,福建漳浦人,嘉靖四十四年(1565)进士。据《神宗实录》记载,万历十一年(1583)二月,"起原任湖广副使林偕春为浙江副使,提调学校"④。又据该书记载,万历十五年(1587)八月,"升……江西副使林偕春为湖广右参政,驻承天府护守陵寝,分守荆西道,管承天德安二府"⑤。林氏由此卸任。林偕春督学有声,与苏濬并称林苏:"两浙言良督学,并称林苏焉。"⑥

51. 苏濬(1585—1589 在任)

字君禹,福建晋江人,万历五年(1577)进士。《神宗实录》卷 158 记载,万历十三年(1585 年)二月,"升礼部主客司主事苏濬为浙江佥事,提督学政"。又该书记载,万历十六年(1588)四月,"以文体险怪,夺浙江提学官苏濬等俸各两月"⑦。《神宗实录》记载,万历十七年(1589 年)正月,"升浙江按察司佥事苏

---

① (明)叶向高等:《明神宗实录》卷 92。
② (明)叶向高等:《明神宗实录》卷 130。
③ (明)叶向高等:《明神宗实录》卷 154。
④ (明)叶向高等:《明神宗实录》卷 153。
⑤ (明)叶向高等:《明神宗实录》卷 189。
⑥ (清)嵇曾筠:《浙江通志》卷 148。
⑦ (明)叶向高等:《明神宗实录》卷 197。

浚为陕西布政司右参议"①,由此卸任。苏濬督学有声,与林偕春并称。"学者称紫溪先生,有《三余集》《漫吟集》《鸡鸣偶记》诸书"②,另有《紫溪集》行世。

52. 李同芳(1589—1590 在任)

字济美③,南直隶昆山人,万历八年(1580)进士。据《神宗实录》记载,万历十七年(1589)二月,"升礼部郎中李同芳为浙江按察司副使……提督学政"④。该书记载,万历二十年(1592)五月,"升浙江副使李同芳为湖广右参政,整饬岳州兵备道"⑤。但是此时下任提学姜士昌已经在任,故而考虑李同芳在此之前已经改任其他职任。

*53. 姜士昌(1590—1592 在任)

字仲文,南直隶丹阳人,万历八年(1580)进士。据《神宗实录》记载,万历十八年(1590)十二月,"升户部江西司郎中姜士昌为浙江提学副使"⑥。这就是姜士昌出任浙江提学的明确记载。然而其卸任之事该书却没有相关记载,应以下任浙江提学出任该职时间为下限。其著述有《雪柏堂集》八卷。

54. 陈应芳(1592—1593 在任)

字元振,南直隶泰州籍,江西吉水人。万历二年(1574)进士。据《神宗实录》记载,万历二十年(1592)六月,"福建佥事陈应芳以原官督学浙江"⑦。该书又记载,万历二十一年(1593)九月,"升浙江提学佥事陈应芳为福建右参议"⑧。卸任浙江提学。有《敬止集》行世。

*55. 支可大(1593)

字有功,南直隶昆山人,万历二年(1574)进士。据《神宗实录》记载,支可大由原广东副使起补浙江,接替陈应芳为提学,其出任浙江提学副使的时间正

---

① (明)叶向高等:《明神宗实录》卷 207。
② (清)郝玉麟等:《福建通志》卷 51。
③ 一字晴原。
④ (明)叶向高等:《明神宗实录》卷 208。
⑤ (明)叶向高等:《明神宗实录》卷 248。
⑥ (明)叶向高等:《明神宗实录》卷 230。
⑦ (明)叶向高等:《明神宗实录》卷 249。
⑧ (明)叶向高等:《明神宗实录》卷 264。

是后者卸任之时。其卸任则是在同年(万历二十一年即1593)的十一月,"升浙江副使支可大为江西参政,分守南昌"①。故其督学时间不长。

56. 萧雍(1593—1596在任)

字宜用,南直隶泾县人,万历十一年(1583)进士。据《神宗实录》记载,万历二十一年(1593)十一月,"升江西左参议萧雍为浙江副使提调学政"②。可见萧雍是接替支可大出任浙江提学。萧雍在万历二十三年(1595)五月曾有关于学政的建言:"先是浙江提学萧雍陈学政,勤考较、崇正学、广进取三事,既下其疏于礼部。科臣薛三才复请重加申饬,礼臣范谦谓二疏严范端习,大有裨学政,宜通行天下著为令。诏如议行。"③万历二十四年(1596)五月致仕而卸任。著述有《酌斋遗稿》。

57. 洪启睿(1598—1601在任)

字尔介,别号认原,福建南安人,万历二十年(1592)进士。据《神宗实录》记载,万历二十六年(1598)六月,"升礼部郎中洪启睿为浙江提学佥事"④。据该书记载,万历二十九年(1601)五月,升本省右参政而卸任。

*58. 李开藻(1602—1604在任)

字叔玄,福建永春人,万历十一年(1583)进士。据《神宗实录》记载,万历三十年(1602)十一月,"补原任山东按察司副使李开藻为浙江按察司副使"⑤。此即李开藻出任浙江提学时间。其卸任时间该书也有记载,万历三十二年(1604)九月,"调浙江副使李开藻为江西提学副使"⑥。

59. 饶景曜(1605—)

字廷献,号昆圃,饶景晖弟,江西进贤人,万历二十年(1592)进士。饶景曜出任浙江提学并没有明文记载。但饶景晖传记中称其弟同为提学官,且《同治进贤县志》记载:"会浙督学迁去,景曜改督两浙学政。时会稽鹤阳钱公视学江

---

① (明)叶向高等:《明神宗实录》卷266。
② 同上。
③ (明)叶向高等:《明神宗实录》卷285。
④ (明)叶向高等:《明神宗实录》卷323。
⑤ (明)叶向高等:《明神宗实录》卷378。
⑥ (明)叶向高等:《明神宗实录》卷400。

右,景曜长子云琦与试,钱不以同官子故录科。景曜以钱公子文体怪僻置下等,人咸服其公。"①说明饶景曜的确出任过浙江提学。据《神宗实录》记载,"甲午,升浙江参议饶景曜为本省副使"②,时间是万历三十三年(1605)三月。这时浙江会稽钱榞也的确在江西提学任上,因此,饶景曜于此时出任浙江提学副使无疑,但任职时间应比较短暂。

60. 李作舟(1605—1607 在任)

字号不可考,四川合州人,万历二十年(1592)进士。据《神宗实录》记载,万历三十三年(1605)冬十月,李作舟由户部郎中升为浙江提学佥事。该书还记载,万历三十五年(1607)四月,"升浙江按察司佥事李作舟为湖广副使"③,由此卸任。

61. 陈大绶(1607—1610 在任)

字长卿,江西浮梁人,万历二十三年(1595)进士。据《神宗实录》记载,万历三十五年(1607)六月,"升……兵部郎中陈大绶为浙江提学副使"④。其卸任时间该书也有记载,万历三十八年(1610 年)二月,"升……浙江佥事陈大绶为湖广按察使兼右参议"⑤。

62. 毕懋良(1610—1614 在任)

字师皋,南直隶歙县人,万历二十三年(1595)进士。据《神宗实录》记载,万历三十八年(1610)三月,"升礼部郎中毕懋良为浙江提学副使"⑥。该书还记载,万历四十年(1612)十二月"壬辰,起原任浙江副使毕懋良补本省副使管理水利"⑦,说明毕懋良在此之前应该卸任。毕懋良督学"课士修学,皆善政也"⑧。

---

① (清)江璧等:《同治进贤县志》卷 18。
② (明)叶向高等:《明神宗实录》卷 407。
③ (明)叶向高等:《明神宗实录》卷 432。
④ (明)叶向高等:《明神宗实录》卷 434。
⑤ (明)叶向高等:《明神宗实录》卷 467。
⑥ (明)叶向高等:《明神宗实录》卷 468。
⑦ (明)叶向高等:《明神宗实录》卷 503。
⑧ (清)谢旻等:《江西通志》卷 60。

63. 周延光(1614—1617 在任)

字斗垣,湖广蕲水人,万历二十九年(1601)进士。据《神宗实录》记载,万历四十二年(1614)五月,"升浙江金华府知府周延光为本省提学副使"①。此即其出任浙江提学时间。其卸任时间没有明确记载,万历四十七年(1619)九月,"升浙江参政周延光为山东按察使"②,说明周延光应该在此之前卸任,应以下任提学任职时间为参照。

64. 蔡献臣(1617—1618 在任)

字体国,福建同安人,万历十七年(1589)进士。据《神宗实录》卷 556 记载,万历四十五年(1617)四月,"升浙江右参议蔡献臣为本省提学副使"。此即其出任浙江提学时间。据该书记载,万历四十六年(1618)十月,蔡献臣晋升为光禄寺少卿而卸任。著述有《同安志》《勘楚纪事》。

65. 刘广生(1618—1620 在任)

字号不可考,河南罗山人,万历二十九年(1601)进士。据《神宗实录》卷 576 记载,万历四十六年(1618)十一月,"升……常州知府刘广生为浙江提学副使"。据《明熹宗实录》记载,天启二年(1622 年)九月,"升浙江按察司副使刘广生陕西布政使司参政分守河西道"③。似乎这应该是刘广生卸任浙江提学的时间,但是考虑下任提学洪承畴已于万历四十八年(1620)到任的事实,刘广生在此时在副使职位上改任他职的可能性更大。

66. 洪承畴(1620—1622 在任)

字彦演,福建南安人,万历四十四年(1616)进士。据《神宗实录》记载,万历四十八年(1620)七月,"升刑部郎中洪承畴为浙江提学佥事"④,说明此时洪承畴已经接替刘广生为提学。其卸任时间《明熹宗实录》卷 21 有明确记载,天启二年(1622)四月,"升浙江按察司佥事洪承畴为本省布政使司右参议宁绍兵备道"。

---

① (明)叶向高等:《明神宗实录》卷 520。
② (明)叶向高等:《明神宗实录》卷 586。
③ (明)温体仁等:《明熹宗实录》卷 26。
④ (明)叶向高等:《明神宗实录》卷 596。

(八)熹宗时期

67. 孙昌裔(1622—1623 年在任)

字子长,福建侯官人,万历三十八年(1610)进士。孙昌裔接替洪承畴为浙江提学,天启二年(1622)五月,"调浙江水利道按察司副使孙昌裔为本省提督学政副使"①。据《熹宗实录》记载,天启三年(1623)十二月,孙昌裔卷入一场官司:"礼科给事中熊奋渭言,顷阅江西按臣生员被挞鼓噪一疏,益藩阉尉赵成等辱殴章缝之士,诸生张绍伊等鼓众雄行,逼迫府官徒步学宫犯上,无等阉尉诸人亟宜正以挞置之条,而首事诸生亦不能少宽于武断之律。因言士风之坏起于衡文者,惟凭竟见颠倒解部之卷,都非本色,或竟不解。惟顺天学臣左光斗及三吴学臣孙之益,崇雅黜浮,力挽嚣凌之习。浙江提学副使孙昌裔不模不范,当考试绍兴时,携带富阳裘贡生关节潜通,防维大溃,当急敕该部速行议处。得旨:宗藩生事,人役自当究处,生员狂肆,提学官约束何在? 以后著严行督率,毋得纵容。其试卷都著解部查阅,如违参究。"②此处并没有说明如何处置浙江提学孙昌裔,但《福建通志》记载甚详:"提督本省学政,得人为盛。有求不获者,从中中之,昌裔闻疏入,即治装归。"③说明孙昌裔在此时主动辞官,由此可见当时学风之坏乱。著述有《西天目山志》。

*68. 樊良枢(1625—1627 在任)

字致虚④,江西进贤人,万历三十二年(1604)进士。据《熹宗实录》卷 65 记载,天启五年(1625)十一月,"调云南提学副使樊良枢为浙江提学副使"。其卸任时间没有明文记载,但《浙江通志》有"以不作魏珰祠碑,解印绶归"⑤的记载,由此可知,樊良枢在魏忠贤立生祠的时候辞去浙江提学一职,故应当在天启六年。著述颇丰,有《樊致虚杂稿》《密庵初稿》《稗稿》《括风采》《西湖草》《客

---

① (明)温体仁等:《明熹宗实录》卷 22。
② (明)温体仁等:《明熹宗实录》卷 42。
③ (清)郝玉麟等:《福建通志》卷 43。
④ (清)谢旻等:《江西通志》卷 69 记作"尚植"。
⑤ (清)嵇曾筠等:《浙江通志》卷 148。

星咏》《匡山社诗》等。

*69. 邹嘉生(?)

字元毓,号静长,南直隶武进人,万历四十四年(1616)进士。《浙江通志》列其为提学副使,其督学时间不可考。

70. 黄鸣俊(1631—1632 在任)

字启甸,福建莆田人,万历四十七年(1619)进士。《浙江通志》记载:"知诸暨县,调繁会稽,历升浙江提学参议。取文不拘一体,高奇平淡,率归大雅。"① 著述有《静观轩诗集》。

(九)思宗时期

71. 黎元宽(1633?)

字左严,号博庵,江西南昌人,崇祯元年(1628)进士。《江西通志》卷55 称其为"浙江提学佥事",其督学时间不可考。著述有《进贤堂稿》。

72. 刘鳞长(—1638—)

字孟龙,号乾所,福建泉州人,万历四十七年(1619)进士。《崇祯实录》卷11 记载,崇祯十一年(1638)正月,浙江提学佥事刘鳞长上书言事,据此可知刘鳞长崇祯十一年(1638)在浙江提学任上。著述有《浙学宗传》《鞠躬堂集》。

73. 王应华(?—1641—?)

字崇暗,号园长,广东东莞人,崇祯元年(1628)进士。崇祯十四年(1641)正月"甲戌,命成国公朱纯臣、新乐侯刘文炳、礼部尚书林欲楫同浙江提学副使王应华相视皇陵,应华善形家言,林欲揖荐之,故有是命"②。由此可知王应华此时在任。

74. 许豸(1643?)

字玉斧,福建侯官人,崇祯四年(1631)进士。《浙江通志》将其列为明朝最后一任浙江提学,该书记载:"崇祯间浙江佥事分巡宁绍,筑郡城、歼海寇,陈奇老等。改督学政,厘正文体,得人为盛。时有权党镇浙,豸抗不为礼,士有儒服

---

① (清)嵇曾筠等:《浙江通志》卷 148。
② (明)佚名:《崇祯实录》卷 14。

郊迎者,立挞之。"①著述有《仓储汇核》《春及堂诗》。

十一、福建提学简考

(一) 英宗时期

1. 高超(1436—1446 在任)

字号不可考,江西吉水人,中永乐三年(1405)乡试。高超是正统元年(1436)明英宗初设提学官时首任福建提学,由监察御史改任。高超在任上的时间比较长,据《英宗实录》记载,正统十一年(1446)八月,"福建按察司佥事高超以老疾乞致仕,从之"②。至此卸任。

2. 董应轸(1449—?)

字宗南,湖广麻城人,宣德壬子乡举第一。《钦定续文献通考》有文记载:"英宗正统十四年六月,从福建巡海佥事董应轸言。"③说明董氏任职福建提学佥事应在此前后,则很可能董氏为第二任福建提学。

3. 游明(1461—1473 在任)

字大升,江西丰城人,景泰二年(1451)进士。明英宗归位后开始恢复由其倡导的提学制度,天顺五年(1461)十一月重新任命了一批提学官。游明就是其中一员,由刑部主事升任福建提学佥事。其卸任《宪宗实录》有记载,成化七年(1471)秋七月,"升福建按察司佥事游明为副使,仍提调学校。时巡视都御史滕昭等奏保,明提学有方,九年既满,乞量进其职,俾仍旧提调。吏部覆奏,从之"④。其卸任时间不可考,卒于官。考虑下任提学钟珹于成化九年(1473)三月出任福建提学的事实,说明游氏在此之前不久因病卒而卸任的可能性较

---

① (清)嵇曾筠等:《浙江通志》卷 148。
② (明)李贤等:《明英宗实录》卷 144。
③ (明)王圻:《钦定续文献通考》卷 26。
④ (明)刘吉等:《明宪宗实录》卷 93。

大。游明督学有声，"两督学政，待诸生有恩义，而尤以廉能著称"①。

（二）宪宗时期

＊4. 钟珹（1473—1478在任）

字德卿，南直隶当涂人，景泰五年（1454）进士。据《宪宗实录》记载，成化九年（1473）三月，"命福建按察司佥事钟珹提调学校"。该书也记载钟珹卸任之事，时间在成化十四年（1478）正月，"升福建按察司佥事钟珹、监察御史薛纲为副使，珹江西、纲湖广，俱提调学校"②。由此可知钟珹因升任江西按察副使而卸任福建提学佥事。钟珹督学有声，"士子经品题者，多所造就"③。

5. 周孟中（1478—1481在任）

字时可，江西庐陵人，成化五年（1469）进士。据《宪宗实录》记载，成化十四年（1478）二月，"升南京吏部主事周孟中为福建按察司佥事，提调学校"④。周孟中卸任福建提学时间不可考，但据《宪宗实录》记载，福建佥事周孟中于成化二十年（1484）正月，复除改任贵州。复除说明周孟中遭丁忧而卸任，时间则应在三年前即成化十七年（1481）。著述有《畏斋集》《地理真机》《广西通志》等。

6. 任彦常（1482—1488在任）

字吉夫，南直隶上元人，成化八年（1472）进士。据《宪宗实录》记载，成化十七年（1481）秋七月，"升监察御史徐英、段正为按察司副使，户部郎中林同为布政司左参议，南京户部员外郎任彦常为佥事，英四川、正浙江、同江西、彦常福建，提调学校"⑤。任彦常曾两次被弹劾，一次是在成化二十三年（1487）二月，巡按福建监察御史刘昺弹劾一批福建官员，任彦常在列。第二次是在弘治元年（1488），吏科左给事中宋琼等、湖广等道监察御史俞俊等交章劾奏大臣，

---

① （明）李贤等：《明一统志》卷74。
② （明）刘吉等：《明宪宗实录》卷174。
③ （明）凌迪知：《万姓统谱》卷2。
④ （明）刘吉等：《明宪宗实录》卷175。
⑤ （明）刘吉等：《明宪宗实录》卷217。

任彦常同样在列。结果任氏被勒令致仕,这也是提学官员中并不多见的例子。著述有《克斋稿》。

(三) 孝宗时期

7. 罗璟(1488—1492 在任)

字明仲,江西泰和人,天顺八年(1464)进士。罗璟于弘治元年(1488)三月,以"才识超卓举用"①,由南京礼部员外郎升任为福建提学副使。据《孝宗实录》记载,弘治五年(1492)十一月,"升福建按察司提学副使罗璟为南京国子监祭酒"②,罗氏由此卸任。著述有《北上稿》《周易程朱异同》。

*8. 韦斌(1493—1498 在任)

字彦质,南直隶山阳人(大河卫籍),成化十四年(1478)进士。据《孝宗实录》记载,弘治六年(1493)三月,"升……广东佥事韦斌、江西佥事赵艮、监察御史陈璧、吕璋俱为按察司副使,赘、德、安四川,缙、璧、文卿山东,肃、铨贵州,楫、圭山西,源广东,珦河南,木浙江,斌福建,艮江西,璋云南"③。其卸任时间则是在弘治十一年(1498),韦斌被福建邵武府通判汤珍弹劾不职而致仕。《福建通志》对其督学却又予以肯定:"严课程,重行检,诸生畏服……以耿直致仕。"④

*9. 刘丙(1499—1502?)

字文焕,江西安福人,成化二十三年(1487)进士。据《孝宗实录》记载,弘治十二年(1499)九月,"升监察御史刘丙为福建按察司副使,提调学校"⑤。其卸任时间不可考,据《武宗实录》记载,因为丁忧之故而卸任。督学有声,"道尊而教立"⑥。《四川通志·艺文志》载录刘丙所撰《忠义祠记》一文,该文为守城殉职的按察佥事吴景而作。文中有曰:"正德五年,蜀暴作。"据此可知,刘丙出

---

① (明)李东阳等:《明孝宗实录》卷 20。
② (明)李东阳等:《明孝宗实录》卷 69。
③ (明)李东阳等:《明孝宗实录》卷 73。
④ (清)郝玉麟等:《福建通志》卷 29。
⑤ (明)李东阳等:《明孝宗实录》卷 154。
⑥ (明)李贤等:《明一统志》卷 56。

任四川副使应在正德五年(1510)前后。

10. 范祺(1502—1504?)

字号不可考,南直隶溧水人。《(乾隆)福州府志》卷 29 载录提学佥事名录,其中有文曰:"范祺,溧水人,佥事。以上俱弘治间任。"据此可知,范祺在弘治年间曾出任福建提学佥事一职。而据《孝宗实录》卷 184 记载,范祺由户部员外郎升任福建佥事是在弘治十五年(1502)二月,这正是范祺出任福建提学佥事的时间。其卸任时间不可考。

11. 杭济(1504—1509 在任)

字世卿,南直隶宜兴人,弘治六年(1493)进士。据《孝宗实录》记载,弘治十七年(1504)四月,"升吏部郎中杭济为福建按察司副使,提调学校"①。又据该书记载,正德四年(1509)六月,杭氏因升任本省右参政而卸任。著述有《泽西集》,《明诗综》录其诗作一首。

(四) 武宗时期

*12. 陈玉(1509 在任)

字德卿,南直隶高邮人,弘治六年(1493)进士。据《武宗实录》记载,正德四年(1509)六月"改起复浙江按察司副使陈玉于福建,仍提调学校。"②该书也记载陈玉卸任之事,正德四年(1509)十一月,"升福建按察司副使陈玉为应天府府丞"③。著述有《奏议》《友石亭集》。

*13. 胡献(1509 未赴任)

字时臣,南直隶兴化人,弘治九年(1496)进士。正德四年(1509)十一月,"升……广西佥事胡献为福建副使"④。故此,胡献很可能在此时出任福建提学副使。其卸任时间不可考。但《大清一统志》记载:胡氏"迁福建提学副使,未任卒"⑤。说明胡献并未到任。

---

① (明)李东阳等:《明孝宗实录》卷 210。
② (明)杨廷和等:《明武宗实录》卷 51。
③ (明)杨廷和等:《明武宗实录》卷 57。
④ 同上。
⑤ (清)和珅等:《大清一统志》卷 68。

14. 杨子器(1510?)

字名父,浙江慈溪人,成化二十三年(1487)进士。杨子器出任福建提学有明文记载,正德五年(1510)二月"甲辰,升……湖广布政司右参议杨子器为福建按察司副使"①。其卸任福建也有明确记载,正德六年(1511)五月,"升福建按察司副使杨子器为河南布政司右参政"②。但实际上杨子器卸任福建提学应该更早,约在姚镆出任该职前后不久。

*15. 姚镆(1510—1514 在任)

字英之,浙江慈溪人,弘治六年(1493)进士。姚镆出任福建提学有明文记载,正德五年(1510)夏四月"癸卯,升……广西按察司佥事姚镆为福建副使"③。其卸任之事《武宗实录》有明确记载,正德九年(1514)五月"戊辰,升福建按察司副使姚镆为贵州按察使"④。姚镆督学有声,曾得朝廷旌奖。著述有《东泉文集》,《粤西诗载》录其诗文多篇。

*16. 刘玉(1514—1517 在任)

字咸栗,号执斋,江西万安人,弘治九年(1496)进士。据《武宗实录》记载,正德九年(1514)五月,"升河南按察司佥事刘玉为福建按察司副使,提调学校"⑤。其卸任提学时间是在正德十二年(1517)春正月,"升福建按察司副使刘玉为大理寺左少卿"⑥。著述有《执斋集》,《明诗综》录其诗作两首。

17. 胡铎(1517—1522 在任)

字时振,号支湖,浙江余姚人,弘治十八年(1505)进士。正德十二年(1517)正月,胡铎接替刘玉,以福建按察佥事晋升为提学副使。其卸任是在嘉靖元年(1522)十月,"升福建按察司副使胡铎为湖广布政使司左参政"⑦。胡

---

① (明)杨廷和等:《明武宗实录》卷60。
② (明)杨廷和等:《明武宗实录》卷75。
③ (明)杨廷和等:《明武宗实录》卷62。
④ (明)杨廷和等:《明武宗实录》卷112。
⑤ 同上。
⑥ (明)杨廷和等:《明武宗实录》卷145。
⑦ (明)徐阶等:《明世宗实录》卷19。

铎督学福建,"士风丕变,人称为胡道学"①,"教士先礼乐,特严朱陆之学,诸生化之"②。著述有《支湖集》。

*18. 邵锐(1522—1527在任)

字思仰,号端峰,别号半溪,南直隶仁和人。正德三年(1508)进士(会元)。嘉靖元年(1522)十月,胡铎卸任福建提学,由邵锐接任:"升……江西按察司金事邵锐为福建按察司副使。"③邵锐在任时曾与当时福建巡按御史杨瑞联合上疏奏请专设儒官校勘经籍,获朝廷批准。嘉靖六年(1527)六月,邵锐因升任湖广布政使司左参政而卸任。督学"顾名检,笃孝义,澹朴素,持退然若不胜衣。究心理学,文体赖之以正。且以敦行风土忠信之称,朝野同之"④。《福建通志》称其"造士有方,文风大振"⑤。著述有《端峰存稿》。

*19. 吴仕(正德末)

字克学,南直隶宜兴人,正德九年(1514)进士。《千顷堂书目》记载其曾任福建提学副使。督学事迹不可考。著述有《颐山私稿》。

(五)世宗时期

*20. 张邦奇(1527?)

字常甫,号甬川,别号兀涯,浙江鄞县人,弘治十八年(1505)进士。嘉靖六年(1527)十月,"复除四川按察司副使张邦奇于福建,调山东副使许宗鲁于湖广,湖广副使萧鸣凤于广东,江西金事高贲亨于贵州,皆提调学校"⑥。这个任命稍后不久,朝廷对张邦奇又有新的任命:"福建按察司副使张邦奇为左春坊左庶子兼翰林院侍讲"⑦。如此看来,张邦奇很可能并没有实际到任。嘉靖七年(1528)十月,出任南京国子监祭酒。督学湖广,"涵养端雅,谋猷醇确。明礼

---

① (清)和珅等:《大清一统志》卷227。
② (清)和珅等:《大清一统志》卷324。
③ (明)徐阶等:《明世宗实录》卷19。
④ (明)李贤等:《明一统志》卷49。
⑤ (清)郝玉麟等:《福建通志》卷29。
⑥ (明)徐阶等:《明世宗实录》卷81。
⑦ 同上。

教,崇行义,劝督有程,课试有常,以身率士,所奖拔者,往往知名。数年文体、士习丕变,然未尝大声色而潜移默动,有出于督率之外者"①。著述有《学庸传》《五经说》《张文定公集》等,《明诗综》录其诗作八首。

*21. 高贡亨(1528—1530)

字汝白,浙江临海人,正德九年(1514)进士。据《世宗实录》记载,嘉靖七年(1528)十一月,"升贵州按察司佥事高贡亨为福建副使,提调学校"②。其卸任时间该书这没有直接记载。但是该书卷143却记载了嘉靖十一年(1532)十月重新启用高贡亨的事实,说明之前高氏很可能由罢免而停职。

22. 马津(1530？—1531？)

字宗孔,南直隶徐州人,正德十二年(1517)进士。嘉靖八年(1529)十二月,马津在大理寺左寺丞任上被贬外任,而《江南通志》则记载:"抗疏敢言,迁大理寺丞,出为福建提学副使,端已帅物,秉经贞教,士皆悦服,所撰有克复诸篇。"③说明马津应在嘉靖八年(1529)后出任福建提学。

*23. 潘潢(1532—1534在任)

字荐叔,南直隶婺源人,正德十六年(1521)进士。潘潢于江西提学改任福建,应当是接替高贡亨。其卸任时间则应在嘉靖十三年(1534)八月,"下福建提学副使潘潢巡按御史达问,降陕西提学佥事孔天锡为直隶祁州知州,以廷试岁贡生员潢所考上者黜落三人,天锡考上者,默落六人故也"④。由此说明,潘潢于嘉靖十三年(1534)卸任福建提学。"以副使督闽学,品藻精当,世称得人。建书院,进诸生,讲学课业,先定士品而后文学,一时士风丕变。"⑤著述有《朴溪集》。

*24. 江以达(1535—1538在任)

字于顺,江西贵溪人,嘉靖五年(1526)进士。据《世宗实录》记载,嘉靖十

---

① (明)凌迪知:《万姓统谱》卷40。
② (明)徐阶等:《明世宗实录》卷93。
③ (清)赵宏恩等:《江南通志》卷163。
④ (明)徐阶等:《明世宗实录》卷166。
⑤ (清)郝玉麟等:《福建通志》卷29。

四年(1535)二月,"升……兵部署员外郎江以达为福建按察司佥事,俱提调学校"①。据该书记载,江以达卸任则是在嘉靖十七年(1538)十月因升任湖广提学副使而离职。著述有《午坡集》,《明诗综》录其诗作一首。

*25. 田汝成(1540—1542在任)

字叔禾,浙江钱塘人,嘉靖五年(1526)进士。据《明史·田汝成传》记载:"迁福建提学副使。岁当大比,预定诸生甲乙。比榜发,一如所定。"②然而田汝成出任福建提学的具体时间仍没有明确记载。事实上田汝成在嘉靖十八年(1539)因参与广西平乱有功而加升一级,此后出任福建提学副使的可能性较大。而根据《田叔禾集》目录中的相关记载,其中《学政集》下标注"嘉靖十九年公为福建提学副使时刻"③,证实了上述推测。其卸任时间以下任提学出任该职时间为下限。著述有《田叔禾集》《九边志》《西粤宦游记》《豫阳集》等,《明诗综》《御选明诗》《粤西诗载》录其诗作。

26. 夏浚(1542—1543在任)

字惟明,江西玉山人,嘉靖八年(1529)进士。据《世宗实录》记载,嘉靖二十一年(1542年)六月,"升礼部郎中夏浚为福建按察司副使,提调学校"④。又据该书记载,嘉靖二十二年(1543)十二月,夏浚因被南京六科给事中王烨等、十三道御史孙乔等列为"不慎"官员而遭罢黜。著述有《明大纪》。

27. 熊汲(1544—1546?)

字引之,号愚山,江西东坛人,嘉靖五年(1526)进士。熊汲出任福建提学的时间没有明文记载,但是根据《同治南昌府志》卷41可知,他是由知府而升任副使。又据《世宗实录》记载,嘉靖二十三年(1544)正月,"(升)浙江湖州府知府熊汲、山东济南府知府刘玺俱为按察司副使"⑤,且熊汲出任副使的省份恰恰是福建。因此,实际上这很可能就是熊汲出任福建提学副使的记载。因

---

① (明)徐阶等:《明世宗实录》卷172。
② (清)张廷玉等:《明史》卷287。
③ (明)田汝成:《田叔禾小集》目录。
④ (明)徐阶等:《明世宗实录》卷263。
⑤ (明)徐阶等:《明世宗实录》卷282。

升任广东左参政而卸任,时间不可考。

28. 周玬(1546—1549?)

字润夫,号石崖,湖广应城人,嘉靖十一年(1532)进士。周玬督学福建之事,《明实录》没有明文记载。但是《湖广通志》有相关记述:"知永嘉。拜吏科给事中,敢言直谏。世宗南巡,疏击权贵,杖谪典史。起知□源,为福建督学,能拔奇士,防倭乱。诏督苏、松等处军务,进兵部右侍郎,以病免归。"①同时,福建提学王慎中也在其文《萃英录序》中提到"督学周石崖公",因此可以断定周玬的确曾出任福建提学之职。而考察其仕宦履历,嘉靖二十四年(1545)九月,周玬以礼部仪制司郎中被吏部选用,引起当时礼部尚书费寀的不满。从周玬的官衔来看,此后出任福建提学(副使)的可能性较大。其卸任时间暂以一个任期计算,即嘉靖二十八年(1549),应是晋升任山东按察使之故。

29. 朱衡(1550—1554 在任)

字士南,号镇山,江西万安人,嘉靖十一年(1532)进士。据《世宗实录》记载,嘉靖二十九年(1550)五月,"升礼部主客司郎中朱衡为福建按察司副使,提调学校"②。其卸任时间没有明确记载。朱衡督学有声,"嘉靖间提学副使,待诸生蔼然可亲,极意搜采名隽,所拔多才誉"③。督学期间编著有《道南源委录》,推重地方乡贤。著述有《朱衡文集》《漕河奏议》,《明诗综》录其诗作一首。

30. 卢梦阳(1554—1556 在任)

字少明,号星野,广东南海人,嘉靖十七年(1538)进士。嘉靖三十三年(1554)三月,"升……刑部山东司郎中卢梦阳为福建按察司提学副使"④。据该书记载,嘉靖四十一年(1562)二月,由四川按察使晋升为福建右布政使。

31. 胡廷兰⑤(1556—1559 在任)

字伯贤,广东增城人,嘉靖二十九年(1550)进士。据《世宗实录》记载,嘉

---

① (清)迈柱等:《湖广通志》卷10。
② (明)徐阶等:《明世宗实录》卷360。
③ (清)郝玉麟等:《福建通志》卷29。
④ (明)徐阶等:《明世宗实录》卷408。
⑤ 或作胡庭兰。

靖三十五年(1556)五月,"升南京户部署郎中胡廷兰为福建按察司佥事,提调学校"①。胡廷兰于嘉靖三十八年(1559)五月被劾不职调用而卸任。著述有《相江子集》等。

32. 宗臣(1559—1560 在任)

字子相,南直隶兴化人,嘉靖二十九年(1550)进士。嘉靖三十八年(1559)二月,"升……福建左参议宗臣、广东佥事黎澄俱为提学副使,维持陕西,臣本省,澄广西"②。"转督学副使,卒于官。闽人立祠乌石山祀之。同时有胡廷兰者,以督学佥事守东城,亦有开门活人功。"③宗臣为明后七子之一,著述有《宗子相集》。

33. 金立敬(1562—1563?)

字号不可考,浙江临海人,嘉靖二十九年(1550)进士。据《明世宗实录》卷 522 记载,嘉靖四十二年(1563)六月,"巡按御史李邦珍勘上福建剿平旧倭状",嘉靖皇帝赏赐涉及金立敬:"仍与福建副使等官金立敬等四人各赏银有差。"说明此时金立敬恰好在福建副使任上。又据《(乾隆)福州府志》记载道南祠于"四十一年,提学金立敬重修"④,说明嘉靖四十一年(1562)金立敬已经到任。

*34. 姜宝(1563?—1565?)

字廷善(一作惟善),号凤阿,南直隶丹阳人,嘉靖三十二年(1553)进士。《明实录》并未记载姜宝出任福建提学之事,但《明史·姜士昌传》却有相关记述:"父宝,字廷善,嘉靖三十二年进士。官编修,不附严嵩,出为四川提学佥事,再转福建提学副使,累迁南京国子监祭酒。"⑤据此可知,姜宝是从四川提学佥事晋升为福建提学副使,那么时间就应在嘉靖四十一年(1562)左右。其卸任时间亦不可确考,以一个考满时间计算。著述有《姜凤阿文集》等。

---

① (明)徐阶等:《明世宗实录》卷 435。
② (明)徐阶等:《明世宗实录》卷 469。
③ (清)郝玉麟等:《福建通志》卷 29。
④ (清)徐景熹等:《乾隆福州府志》卷 14。
⑤ (清)张廷玉等:《明史》卷 230。

35. 蔡国珍(1565—1567?)

字汝聘,又名见麓,江西奉新人,嘉靖三十五年(1556)进士。《福建通志》将其列为姜宝之后的提学,那么蔡氏出任福建提学的时间就应在嘉靖四十四年(1565)左右。其卸任时间亦下任提学出任该职时间为下限。著述有《怡云堂集》。

(六) 穆宗时期

36. 张元卿(1567—1568?)

字号不可考,云南昆明人,嘉靖三十四年(1555)举人。嘉靖四十四年(1565)五月,张元卿由国子监助教改任山东道监察御史。隆庆元年(1567)二月,"升山东道御史张元卿、光禄寺寺丞万廷言俱按察司佥事,元卿福建,廷言云南,提调学校"①。其卸任时间不可考,以下任提学任职时间为其下限。

*37. 周弘祖(1568?—1570)

字徼凡,号石崖,湖广麻城人,嘉靖三十八年(1559)进士。隆庆三年(1569)正月,"升……江西道御史周弘祖为按察司副使,察河南、枝山西、弘祖福建,仍提调学校"②。仍提调学校,说明周弘祖可能在此之前已经在任。隆庆四年(1570)十月,被弹劾降职。著述有《内篇》《外篇》各一卷。

38. 陆泰(1570—1571 在任)

字号不可考,浙江鄞县人,嘉靖三十二年(1553)进士。隆庆四年(1570)十月,"升……南京礼部祠祭司郎中陆泰为福建按察司副使,提调学校"③。其卸任时间不可考,应参考下任提学任职时间。而据《神宗实录》记载,万历二年(1574)六月,"复除福建副使陆泰复于本省"④。从时间上来看,很可能是丁忧之故。

39. 宋仪望(1571—1572 在任)

字望之,江西吉安永丰人,嘉靖二十六年(1547)进士。隆庆五年(1571)十

---

① (明)于慎行等:《明穆宗实录》卷 4。
② (明)于慎行等:《明穆宗实录》卷 11。
③ (明)于慎行等:《明穆宗实录》卷 50。
④ (明)叶向高等:《明神宗实录》卷 26。

月,"调四川按察司副使宋仪望于福建,提调学校"①。其卸任时间,《神宗实录》亦有记载,隆庆六年(1572)十月,"升河南按察使程嗣功为广东右布政使,福建副使宋仪望为右参政"②。著述有《华阳馆集》《垂杨馆奏疏》,《明诗综》录其诗作三首。

40. 宋豫卿(1572—1573在任)

字号不可考,四川富顺籍江西新干人,嘉靖三十八年(1559)进士。宋仪望卸任时,宋豫卿接替其出任福建提学,由兵备副使改任。万历元年(1573)九月,升任本省右参政而卸任。

(七)神宗时期

41. 胡定(1573—1577在任)

字正叔,湖广崇阳人,嘉靖三十五年(1556)进士。胡定接替宋豫卿出任福建提学,时间正是在万历元年(1573)九月,"升陕西右参议胡定为福建提学副使"③。其卸任则是在万历五年(1577)二月升任浙江省右参政。

42. 赵参鲁(1577—1579,1583)

字宗传,浙江鄞县人,隆庆五年(1571)进士。《神宗实录》记载,万历五年(1577)三月,"升饶州府推官赵参鲁为福建提学佥事"④,由此可见赵参鲁也是接替胡定出任福建提学。据该书记载其卸任缘由:"赵参鲁以亲老身病,乞致仕,许之。"⑤时间是在万历七年(1579)八月。然而万历十一年(1583)二月以原任启用,同年十一月晋升为光禄寺少卿而再度卸任。

43. 王希元(1579—1583在任)

字号不可考,湖广蕲水人,隆庆五年(1571)进士。《神宗实录》记载,万历

---

① (明)于慎行等:《明穆宗实录》卷62。
② (明)叶向高等:《明神宗实录》卷6。
③ (明)叶向高等:《明神宗实录》卷17。
④ (明)叶向高等:《明神宗实录》卷60。
⑤ (明)叶向高等:《明神宗实录》卷90。

七年(1579)九月,"升江西右参议王希元为福建提学副使"①。其卸任时间该书也有记载,十一年二月晋升为江西右参政,但在万历十三年(1585)十一月被福建巡抚沉人种上奏献諂御史而"特以卑謟削籍"②。

*44. 邹迪光(1583—1584)

字彦吉,南直隶无锡人,万历二年(1574)进士。邹迪光出任福建提学,《神宗实录》有明确记载:万历十一年(1583)十一月,"升……湖广黄州府知府邹迪光为福建副使,提调学政"③。然而稍后不久,万历十二年(1584)九月,先后有福建巡抚和云南道御史诬陷邹迪光,一谓其狂肆,一谓其贪赃,因此落职。著述颇丰,有《郁仪楼集》《文府滑稽》等。

*45. 王世懋(1584—1585 在任)

字敬美,南直隶太仓人,嘉靖三十八年(1559)进士。据《神宗实录》记载,万历十二年十二月,"复除浙江提学副使王世懋为福建提学副使"④,概王世懋丁忧复除之后的任命。其卸任是在万历十三年(1585)八月,晋升为本省右参政。王世懋督学有声:"为福建提学副使,学问该博。督闽学,才七阅月而八郡考校俱遍。手不停,披口皆成诵,所拔士几无留良。居官清约严慎,人不敢干以私。"⑤王世懋著述颇丰,有《王奉常集》五十四卷,《明诗综》录其诗作四首。

46. 顾大典(1585—1587 在任)

字道行,南直隶吴江人,隆庆二年(1568)进士。万历十三年(1585)八月,"调山东副使顾大典于福建提督学政"⑥。其卸任时间不可考。著述有《清音阁集》。

47. 熊敦朴(1586—?)

字茂初,四川内江人,隆庆五年(1571)进士。据《神宗实录》记载,万历十四年(1586)十二月"辛巳,升刑部广西司署员外郎事主事熊敦朴为福建佥事"⑦。

---

① (明)叶向高等:《明神宗实录》卷 91。
② (明)叶向高等:《明神宗实录》卷 168。
③ (明)叶向高等:《明神宗实录》卷 143。
④ (明)叶向高等:《明神宗实录》卷 154。
⑤ (清)郝玉麟等:《福建通志》卷 29。
⑥ (明)叶向高等:《明神宗实录》卷 164。
⑦ (明)叶向高等:《明神宗实录》卷 181。

这与《福建通志》的记载相符。

48. 李盛春(1587—1588,1591—1592在任)

字号不可考,湖广蕲水人,隆庆五年(1571)进士。万历十五年(1587)二月,"升福建副使李盛春、山西太原府知府吴同春,俱提学副使。盛春仍福建,同春山东"①。其卸任时间不可考,应参考下任提学任职时间。但是万历十九年(1591)十一月,李盛春又再次出任福建提学:"以原任福建提学副使李盛春起补福建原职。"②万历二十年(1592)九月,因升任浙江参政而卸任。

49. 耿定力(1588—1591在任)

字子健,湖广麻城人,隆庆五年(1571)进士。据《神宗实录》记载,万历十六年(1588)三月,"升成都知府耿定力福建提学副使"③。其卸任之事该书也有记载:"以福建副使耿定力升河南左参政。"④督学有政绩:"万历间督学副使,具人伦藻鉴,所识拔皆知名士。未尝局取一途。"⑤"督闽学,颁杨、罗、李诸大儒微言以训士。"⑥

50. 徐即登(1592—1595在任)

字献和,又字德峻,号匡岳,江西丰城人,万历十一年(1583)进士。据《神宗实录》记载,万历二十年(1592)九月,"升礼部仪制司郎中徐即登为福建提学副使"⑦。其卸任时间该书也有记载,万历二十三年(1595)十二月,"升……福建副使徐即登为本省左参政,分守福宁道"⑧。著述有《徐匡岳先生来益堂稿》。

51. 方应选(1595—1598在任)

字众甫,南直隶华亭人,万历十一年(1583)进士。方应选由山东副使调任

---

① (明)叶向高等:《明神宗实录》卷183。
② (明)叶向高等:《明神宗实录》卷242。
③ (明)叶向高等:《明神宗实录》卷196。
④ (明)叶向高等:《明神宗实录》卷242。
⑤ (清)郝玉麟等:《福建通志》卷29。
⑥ (清)和珅等:《大清一统志》卷264。
⑦ (明)叶向高等:《明神宗实录》卷252。
⑧ (明)叶向高等:《明神宗实录》卷292。

福建,接替徐即登出任提学副使。其卸任时间不可考,当以下任提学任职时间为下限。著述有《众甫集》《汝州志》,《御选明诗》录其诗作九首。

52. 沈敬炌(1598—1602?)

字叔永,浙江吴兴人。据《神宗实录》记载:"升礼部郎中沈傲炌为福建提学副使。"①其督学事迹不可考。

53. 饶景晖(1602—1606 在任)

字廷奎,江西进贤人,万历二十三年(1595)进士。据《神宗实录》记载,万历三十年(1602)六月,"调福建副使分巡兴泉道饶景晖提调学校"②。该书还记载,万历三十三年(1605)九月,饶景晖加升参政职衔而依旧督学。万历三十四年(1606)十一月,饶景晖由福建右参政升任左参政分守福宁道而卸任提学。

*54. 熊尚文(1606—1610 在任)

字盖中,江西丰城人,万历二十三年(1595)进士。据《神宗实录》记载,万历三十四年(1606)十一月,"升礼部郎中潘士达为广东提学副使,员外熊尚文为福建提学佥事"③。熊尚文曾在任上上陈学政两事:一是"禁吏生以杜幸进";二是"议月粮以崇风教"④。又万历三十七年(1609)七月,"福建学臣熊尚文条议,教官当改用各省,以便管束"⑤。只是最后吏部以教官寒困,路途遥远之故没有采纳而已。万历三十八年(1610)二月,熊尚文升任浙江右参议兼佥事而卸任福建提学。著述有《周易家训》《倭功始末》《符司记》《天中明刑录》《抚楚奏疏》等。

55. 冯烶(1610—1613 在任)

字景曾,浙江慈溪人,万历二十年(1592)进士。据《神宗实录》记载:"辛未,升原任少卿吴华仍为大仆寺少卿,福建副使冯烶为本省提学副使,陕西副使张舜命调补固原兵备副使。"⑥时间是在万历三十八年(1610)二月,这应是

① (明)叶向高等:《明神宗实录》卷 324。
② (明)叶向高等:《明神宗实录》卷 373。
③ (明)叶向高等:《明神宗实录》卷 427。
④ (明)叶向高等:《明神宗实录》卷 459。
⑤ (明)叶向高等:《明神宗实录》卷 460。
⑥ (明)叶向高等:《明神宗实录》卷 467。

其出任福建提学副使的时间。其卸任时间无明文记载,但据《福建通志》卷3记载:"尊道祠,在提学道射圃内。明万历三十九年督学冯烶改建。祀巡按御史聂豹,学宪刘玉、吴仕、刘丙、熊汲、胡铎、潘潢、游明、金贲亨、姚镆、邵锐、江以达、朱衡、蔡国珍、赵参鲁凡一十五人。春秋有司致祭。今废。"据此可知,冯烶于万历三十九年(1611)仍旧在任。其卸任时间当以下任提学任职时间为下限。冯烶编有《至圣先师孔子刊定世家》一书。

56. 郑三俊(1613—1616? 在任)

字伯良、用章,号元岳、玄岳,又号影庵、巢云,南直隶池州建德人,明万历二十六年(1598)进士。郑三俊出任福建副使有明确记载,万历四十一年(1613)三月,"升归德府知府郑三俊,冯劳谦、阎溥、倪朝宾、黄体仁、郭维祯、乔进璠等俱为副使,三俊福建,体仁山东,溥、劳谦、朝宾四川,维祯、进璠并陕西"①。但此时郑三俊并未担任提学一职,直到次月,明廷才明确令其改任。其卸任时间不可考,暂以一个考满时间计算。

57. 岳和声(1616—1619 在任)

字尔律,浙江嘉兴人,万历二十年(1592)进士。岳和声出任福建提学,《神宗实录》有明文记载,万历四十四年(1616)十月,"以陕西副使尹坤提调本省学政,升东昌府知府岳和声为福建提学副使"②。其卸任之事,《神宗实录》也有记载,万历四十七年(1619)二月,"升福建副使岳和声为广东参政"③。

58. 谭昌言(1619—1621 在任)

字圣俞,浙江嘉兴人,万历二十九年(1601)进士。据《神宗实录》记载,万历四十七年(1619)四月,"升淮安知府蔡侃为广东副使,兵部车驾司郎中谭昌言为福建副使各督学政"④。又据《明熹宗实录》记载,天启元年(1621)九月,"升福建布政使司提学参议谭昌言山东按察司副使,管登莱沿海事务"⑤。此

---

① (明)叶向高等:《明神宗实录》卷506。
② (明)叶向高等:《明神宗实录》卷550。
③ (明)叶向高等:《明神宗实录》卷579。
④ (明)叶向高等:《明神宗实录》卷581。
⑤ (明)温体仁等:《明熹宗实录》卷14。

即谭昌言卸任福建提学时间。著述有《狷石居遗稿》,《明诗综》录其诗作一首。

(八) 熹宗时期

59. 钟惺(1621—1624?)

字伯敬,号退谷,湖广竟陵人,万历三十八年(1610)进士。天启元年(1621)九月,钟惺接替谭昌言出任福建提学:"升南京礼部祠祭司郎中钟惺福建按察司佥事,提督学政。"①其卸任时间不可考,应是因其父亡丁忧而卸任。著述有《隐秀轩集》《古唐诗归》《楞严如说》。

60. 周之训(1623—?)

字无逸,湖广黄冈人,万历四十一年(1613)进士。天启三年(1623)三月,"升兵部车驾司郎中周之训为福建按察司副使,提督学政"②。其卸任时间不可考。

*61. 葛寅亮(1623—1626 在任)

字圣俞,浙江嘉兴人,万历二十九年(1601)进士。据《熹宗实录》记载,天启五年(1625)九月,"升湖广按察佥事葛寅亮为福建布政使司右参议,管屯盐事务"③,说明葛寅亮在此时还并未出任福建提学。但天启六年(1626)十月,该书却记载,"升福建布政使司提学参议葛寅亮为南京尚宝司卿"④,说明此前葛寅亮已经出任提学。《明诗综》记载其督学事迹:"迨视学于闽,杜绝请托,试卷不假一人寓目,皆手自甄综。案未发,公子来省觐,寄食旅店中,不许入廨。尝自谓,此官可弃,此案不可移。盖视学三年而须发尽白矣。"⑤著述有《金陵梵刹志》。

62. 樊时英(1627?)

浙江钱塘人,万历四十七年(1619)进士。据《福建通志》卷 21 记载,"钱塘

---

① (明)温体仁等:《明熹宗实录》卷 14。
② (明)温体仁等:《明熹宗实录》卷 32。
③ (明)温体仁等:《明熹宗实录》卷 63。
④ (明)温体仁等:《明熹宗实录》卷 77。
⑤ (清)朱彝尊:《明诗综》卷 64。

人,提督学校",知其确有督学福建的经历。

(九)思宗时期

63. 何万化(—1632)

字宗元,南直隶青浦人,天启二年(1622)进士。据《明诗综》记载,何由礼部郎中升福建提学副使,时间不可考。《明诗综》录其诗作一首。

64. 吴之屏(?)

字邦维,号澹生,又号谔斋,湖广石门人,天启二年(1622)进士。其督学时间不可考,《福建通志》将其列在何万化之后。据《(乾隆)福建通志》记载:"万历进士,福建粮储道,寻转督学。杜苞苴,谢请谒,凡试士弊窦,摘发一清。尝建黄榦、陈孔硕特祠,以崇理学。"①

65. 王潆(1626—?)

字带如,号愚谷,山东益都人,万历三十八年(1610)进士。王潆出任福建提学有明文记载,天启六年(1626年)十月,"复除原任山西布政使司右参政王潆为福建提学参政"②。其卸任时间不可考。

66. 冯元飏(?—1637—?)

字尔庚,浙江慈溪人。崇祯元年(1628)进士。崇祯时为福建提学,时间不可考。据《江南通志》可知,崇祯十年(1637)为兵备副使,则其出任福建提学应在此前后不久。

67. 庄应会(?)

字春侯,南直隶武进人,崇祯元年(1628)进士。明朝末年出任福建提学副使。著述有《经武要略正集》。

68. 郭之奇(?—1642—?)

字正夫,广东揭阳人,崇祯元年(1628)进士。崇祯十五年(1642)在任。据《(乾隆)福建通志》记载:"任督学,藻鉴文艺,力追古雅,所赏识多英隽之

---

① (清)郝玉麟等:乾隆《福建通志》卷46。
② (明)温体仁等:《明熹宗实录》卷77。

士。"①著述有《稽古编》五十五卷。

十二、广东提学简考

(一) 英宗时期

*1. 彭琉(1436—1448 在任)

字毓敬,江西安福人,永乐十六年(1418)进士。正统元年(1436)五月,英宗添设提学官时,彭琉由编修出任广东提学佥事。其卸任广东则是改任山西提学:"己丑,升……广东佥事彭琉为山西按察司副使,赐敕提调学校。"②时间是在正统十四年(1449)七月。鉴于下任广东提学早此之前已有任命,彭琉卸任时间当推前一年。彭琉在粤督学长达十余年,颇得好评:"以成贤化俗为己任,增修各属州县黉舍。凡书籍缺者,求善本刻之。琉性刚而貌严,虽燕居无惰容,寡欲甘贫,动准先儒,岭南士风为之丕变。"③著述有《息轩集》《慎庵集》《备忘录》。

2. 刘武(1448—1450?)

福建莆田人,宣德五年(1430)进士。据《英宗实录》记载,正统十三年(1448)五月,"升……给事中刘孚,左司副刘武,推官吴伯辅,俱为广东佥事。武提督学校"④。其卸任时间不可考,因景泰元年(1450)裁革提学,暂以此为下限。

3. 邹允隆(1461—1462?)

名昌,以字行。福建泰宁人,正统七年(1442)进士。天顺五年(1461)十一月,复位的英宗也恢复了提学制度。邹允隆以太仆寺寺丞改任广东提学佥事。

---

① (清)郝玉麟等:《福建通志》卷46。
② (明)李贤等:《明英宗实录》卷180。
③ (清)郝玉麟等:《广东通志》卷40。
④ (明)李贤等:《明英宗实录》卷166。

其卸任时间不可考,卒于官。据《闽中理学渊源考》记述,邹氏"教诸生以立身行道,不徒习章句文词而已"①。《大明一统志》又称其督学"端轨范,严条约,察勤惰,公劝惩,学政肃然。未几以疾卒"②。邹允隆既然在广东督学已取得政绩,且其督学广东本已在天顺五年(1461)年底,故而其病故时间在天顺六年(1462)的可能性较大。

　　*4. 胡荣(1463—1466,1469—1475在任)

　　字希仁,江西新喻人,景泰五年(1454)进士。胡荣出任广东提学有明文记载,天顺七年(1463)二月,"升……户科给事中胡荣为广东按察司佥事,刑科给事中罗晟为河南按察司佥事。荣提调学校,晟抚民管屯"③。其卸任时间不可考,但根据胡荣于成化五年(1469)复除再任广东提学的记载可知,他大约在成化二年(1466)左右因丁忧之故而卸任离职。事实上,成化二年(1466)五月明廷的确有关于下任提学的任命。胡荣第二次督学广东有明文记载,成化五年(1469)六月"甲子,复除按察司佥事胡荣于广东,仍提调学校"④。其卸任则是因为改任浙江:"乙巳,升……广东佥事胡荣为浙江副使,仍提调学校。"⑤时间是在成化十一年(1475)夏四月,如此看来胡荣在粤前后督学长达九年之久。著述有《道器图》《东洲稿》。

(二) 宪宗时期

　　5. 林荣(1466—1467在任)

　　字从信,福建莆田人,天顺元年(1457)进士。据《宪宗实录》记载,成化二年(1466)五月,"升南京监察御史林荣为广东按察司佥事,提调学校"⑥。其卸任之事也有明文记载,成化三年(1467)秋七月,"改广东按察司佥事林荣于

---

① (清)李清馥:《闽中理学渊源考》卷89。
② (明)李贤等:《明一统志》卷78。
③ (明)李贤等:《明英宗实录》卷349。
④ (明)刘吉等:《明宪宗实录》卷68。
⑤ (明)刘吉等:《明宪宗实录》卷140。
⑥ (明)刘吉等:《明宪宗实录》卷30。

江西"①。

6. 赵珨(1475—1481 在任)

字德用,福建晋江人,成化二年(1466)进士。据《宪宗实录》记载,成化十一年(1475)秋七月,"升刑部员外郎赵珨为广东按察司佥事,提调学校"②。其卸任时间不可考,卒于官,故此暂以下任提学出任该职时间为下限。督学政绩卓著:"在广时,日以学术提醒士心。校士诸州,每卜其器业于文,而引之所向,士赖以成就者甚多。"③

7. 罗经(1481—1482 在任)

字大常,江西南丰人,成化二年(1466)进士。罗经出任广东提学有明文记载,成化十七年(1481)三月"壬子,命广东按察司佥事罗经提调学校"④。其卸任时间不可考,卒于官,以下任提学出任该职时间为下限。

8. 张习(1482—1486?)

字企翱,南直隶吴县人,成化五年(1469)进士。张习出任广东提学有明文记载,成化十八年(1482)夏四月"乙卯升礼部员外郎张习,南京户部署员外郎何俊俱按察司佥事,提调学校。习广东,俊云南"⑤。其卸任之事没有明确记载,然而据《宪宗实录》记述,成化二十一年(1485)正月"戊申,增设广东恩平县儒学训导二员,廪膳增广生各十名,从提调学校按察司佥事张习奏也"⑥,说明此时张习依旧在任。《御选明诗》《明诗综》录其诗作。

(三)孝宗时期

*9. 韦斌(1487—1493 在任)

字彦质,南直隶山阳人,成化十四年(1478)进士。成化二十三年(1487)三

---

① (明)刘吉等:《明宪宗实录》卷 44。
② (明)刘吉等:《明宪宗实录》卷 143。
③ (清)李清馥:《闽中理学渊源考》卷 58。
④ (明)刘吉等:《明宪宗实录》卷 213。
⑤ (明)刘吉等:《明宪宗实录》卷 226。
⑥ (明)刘吉等:《明宪宗实录》卷 261。

月,明廷任命一批提学官员:"壬戌,升翰林院编修敖山、检讨郑纪、湖广按察司佥事沈钟俱为按察司副使。行人司司副车玺、中书舍人杨一清、户部主事陈绶、户科给事中韦斌俱佥事提调学校。山江西,纪浙江,钟原任,玺河南,一清山西,绶云南,斌广东。"①韦斌卸任广东提学也有明文记载,弘治六年(1493)三月"癸巳,升……四川按察司佥事宋德,山东佥事罗安,山西佥事杨文卿,广东佥事韦斌,江西佥事赵艮,监察御史陈璧、吕璋俱为按察司副使。赞、德、安四川,缙、璧、文卿山东,肃、铨贵州,楫、圭山西,源广东,珣河南,木浙江,斌福建,艮江西,璋云南"②。这次任命涉及人数较多,但是韦斌由广东提学佥事晋升福建副使是较为明确的。韦氏督学有声,"藻鉴精明,士类咸服"③。

10. 欧阳晢(1493—1495,1498—1501 在任)

字子履,江西安福人,成化二十年(1484)进士。欧阳晢两次出任广东提学。第一次接替韦斌出任广东提学有明文记载,弘治六年(1493)闰五月,"升中书舍人欧阳晢为广东按察司佥事,提调学校"④。第一次卸任虽没有明文记载,但通过其复除任职时间和下任提学任职时间可以大致确定在弘治八年(1495)。第二次出任广东提学则是在弘治十一年(1498)十月,"广东按察司佥事欧阳晢丁忧服阕,复除原任"⑤。然而第二次卸任仍然没有明文记载,以下任提学出任该职时间为下限。

11. 宋端仪(1495—1498 在任)

字孔时,福建莆田人,成化十七年(1481)进士。宋端仪出任广东提学恰是在欧阳晢前后两任广东提学之间。据《孝宗实录》记载,弘治八年(1495)十二月,"升户部员外郎申磐、礼部员外郎宋端仪、刑部员外郎胡积学俱为按察司佥事。端仪广东、积学云南,俱提调学校。磐河南,提督直隶安庆等卫,屯种兼整饬兵备"⑥。其卸任之事并无明文记载,但是根据欧阳晢再次出任广东提学的

---

① (明)刘吉等:《明宪宗实录》卷288。
② (明)李东阳等:《明孝宗实录》卷73。
③ (明)李贤等:《明一统志》卷79。
④ (明)李东阳等:《明孝宗实录》卷76。"晢"原文为"晢",改正。
⑤ (明)李东阳等:《明孝宗实录》卷142。
⑥ (明)李东阳等:《明孝宗实录》卷107。

时间推断,应在弘治十一年(1498)内。

12. 丁玑(1501—1503 在任)

字玉夫,南直隶丹徒人,成化十四年(1478)进士。据《孝宗实录》记载,弘治十四年(1501)八月,"升南京礼部郎中丁玑为广东按察司副使,提调学校"①。其卸任时间不可考,以下任提学出任该职时间为下限。督学有声:"生平守程朱之学。其教人,正容端坐,澄心定气,使躁释虑消。为政先风化而一以诚意将之。"②著述有《补斋集》《大学疑义》等。

13. 潘府(1503—1505 在任)

字孔修,浙江上虞人,成化二十三年(1487)进士。潘府出任广东提学有明文记载,弘治十六年(1503)五月"甲戌,升南京兵部员外郎潘府为广东按察司副使,提调学校"③。其卸任时间不可考,因养亲辞官。应以下任提学出任该职时间为下限。著述有《孝经正误》《南山素言》《孔子通记》等。

14. 陈钦(1505—1510 在任)

字亮之,浙江会稽人,成化二十三年(1487)进士。陈钦出任广东提学有明文记载:弘治十八年(1505)三月,"升浙江按察司佥事陈辅,云南曲靖军民府知府焦韶,直隶广平府知府陈钦俱为按察司副使。辅、韶云南,钦广东提调学校"④。其卸任时间不可考,以下任提学出任该职时间为下限。

(四)武宗时期

*15. 江潮(1510—1512 在任)

字天信,江西贵溪人,弘治十二年(1499)进士。据《武宗实录》记载,正德五年(1510)冬十月,"命广东按察司副使江潮提督本省学校"⑤。江潮卸任之事并无明文记载,但是直到正德七年(1512)七月仍有其在广东副使任上的相

---

① (明)李东阳等:《明孝宗实录》卷 178。
② (清)赵宏恩等:《江南通志》卷 163。
③ (明)李东阳等:《明孝宗实录》卷 199。
④ (明)李东阳等:《明孝宗实录》卷 222。
⑤ (明)李东阳等:《明孝宗实录》卷 68。

关记载。而正德十一年(1516)八月,明廷还有一条关于江潮的任命:"戊申,改服阕广东按察司副使江潮于山东,提调学校。"①服阕,说明江潮之前卸任是遭受丁忧之故,因而时间应该倒推三年,那么他在正德八年(1513)左右卸任的事实则基本可以断定。再考虑下任提学到任时间,确定在正德七年(1512)。著述有《钟石遗稿》。地方志记述江潮督学有声,善于鉴人:"有知人鉴,谓萧与成、梁焯、金山等必擢上第,而魁天下者霍韬也。卒如其言。"②江潮以文观人,在金山身上得到很好的验证。

16. 章拯(1512—1517 在任)

字以道,浙江兰溪人,弘治十五年(1502)进士。章拯出任广东提学有明文记载,正德七年(1512)九月"己亥,升兵部署郎中章拯为广东按察司副使,提调学校。"③其卸任也有明确记载,正德十二年(1517)九月,"升……广东副使章拯为广东布政司右参政"④。章拯督学广东,"振孤寒,抑侥幸,标示正学,士习一变"⑤。

*17. 余本(1517—1520 在任)

字子华,浙江鄞县人,正德六年(1511)榜眼。正德十二年(1517)十一月,"升翰林院编修余本为广东按察司副使,提调学校"⑥。其卸任时间不可考,据《世宗实录》记载,嘉靖四年(1525)余本复除出任山东提学副使,由此可知其卸任是因丁忧之故。具体时间以下任提学出任该职时间为限。余本督学广东,颇有政绩、深受士人爱戴:"提督学校,诸生想望其风采。既至,敷教以宽,大都率先德行,士敬而爱之。然秉性刚直,不避权势,与巡按毛凤不协去任,士人攀辕载道。"⑦著述有《易经集解》《礼记拾遗》《南湖文录》等。

---

① (明)杨廷和等:《明武宗实录》卷139。
② (清)郝玉麟等:《广东通志》卷40。
③ (明)杨廷和等:《明武宗实录》卷92。
④ (明)杨廷和等:《明武宗实录》卷153。
⑤ (清)嵇曾筠等:《浙江通志》卷161。
⑥ (明)杨廷和等:《明武宗实录》卷155。
⑦ (清)郝玉麟等:《广东通志》卷40。

*18. 魏校(1520—1523在任)

字子材,南直隶昆山人,弘治十八年(1505)进士。魏校出任广东提学有明文记载,正德十五年(1520)十一月,"升浙江布政司右参政潘铎为右布政使,山东按察司副使江潮为按察使,南京兵部郎中魏校、济南府知府高屿为副使。校广东,提调学校。屿山东,整饬天津等处兵备"①。其卸任时间不可考,但是据《世宗实录》记载,嘉靖二年(1523)二月,魏校以广东提学副使之任成为"治行称最者"②,受到朝廷嘉奖。而嘉靖五年(1526)正月却又受人弹劾,结果是"当俟服阕选除"③。因此魏校卸任应在嘉靖二年(1523)初。《广东通志》对其督学事迹记述甚详:"正德末为广东提学副使。教士先德行,设科条,严黜陟。首禁火葬,令民兴孝,大毁淫祠改公署书院,余建社学。训童蒙,分肄歌诗,习礼演乐。僧尼多令还俗,男子咸编渡夫。其崇正辟邪之功,前此未有也。教诸生静坐潜心,内省气象,自中达外,如春风之和,乃见仁体,后以忧去。"④著述有《六书精蕴》《体仁说》《庄渠文录》《诗稿全编》等。

(五)世宗时期

19. 方凤(1523)

字时鸣,南直隶昆山人,正德三年(1508)进士,嘉靖二年(1523)二月,明廷升浙江道监察御史方凤为广东佥事,实际上是方凤等在大礼议中得罪嘉靖皇帝。这很可能是方凤出任广东提学的相关记载。据《万姓统谱》记载,方凤未上任而卒。著述有《改亭存稿》。

20. 欧阳铎(1523—1527在任)

字崇道,江西泰和人,正德三年(1508)进士。欧阳铎出任广东提学有明文记载,嘉靖二年(1523)七月"壬午……命改广东按察司副使欧阳铎、山东按察

---

① (明)杨廷和等:《明武宗实录》卷193。
② (明)徐阶等:《明世宗实录》卷23。
③ (明)徐阶等:《明世宗实录》卷60。
④ (清)郝玉麟等:《广东通志》卷40。

司金事高尚贤,各提督学校"①。其卸任也有明确记载,嘉靖六年(1527)十月"己酉,升……广东提学副使欧阳铎为云南布政使司左参政"②。欧阳铎督学与前几任提学一样,颇有好评:"以治行第一擢广东副使,改督学。承魏校后,明礼教,崇信义。劝督有程,子弟资稍颖辄收之学,文义疏劣不即黜,再试学不进,乃黜之。并黜其倜荡无行、累教不悛者,文体士习为之一变。所奖拔多名士,考校毕,豫拟中选如陈思谦、唐穆、岑万等,无不左验,人服其藻鉴。"③著述有《欧阳恭简集》。

21. 祝品(1528?)

字公叔,浙江龙游人,正德九年(1514)进士。《世宗实录》并没有记述祝品出任提学的相关事迹,但《浙江通志》记述其曾出任广东提学,同时根据《广东通志》卷40记载,祝品于嘉靖七年(1528)曾任广东副使。著述有《晓溪文集》。

*22. 萧鸣凤(1527—1531在任)

字子雝,号静庵,浙江山阴人,正德九年(1514)进士。嘉靖六年(1527)十月,礼部尚书桂萼建议考核天下提学官,之后有一批新任命:"已而复除四川按察司副使张邦奇于福建,调山东副使许宗鲁于湖广,湖广副使萧鸣凤于广东,江西金事高贲亨于贵州,皆提调学校。"④嘉靖十年(1531),萧鸣凤与肇庆知府郑漳发生争执,结果被降职调用,由此卸任。

*23. 田汝成(1532—1534?)

字叔禾,浙江钱塘人,嘉靖五年(1526)进士。嘉靖十一年(1532)七月"癸酉,升礼部仪制司署郎中田汝成为广东按察司副使,提调学校"⑤。其卸任因不久降职为滁州知州。而田汝成文集《田叔禾小集》目录中则有相关信息,其中卷一《乐洲先生文集序》一文下标注一行小字:"嘉靖十三年公为广东提学金事时刻。"⑥据此说明田汝成嘉靖十三年(1534)可能仍旧在任,当然这也并不

---

① (明)徐阶等:《明世宗实录》卷29。
② (明)徐阶等:《明世宗实录》卷60。
③ (清)郝玉麟等:《广东通志》卷40。
④ (明)徐阶等:《明世宗实录》卷81。
⑤ (明)徐阶等:《明世宗实录》卷140。
⑥ (明)田汝成:《田叔禾小集》目录。

排除在此之前田汝成仍有暂时离任的可能。著述有《田叔禾小集》《九边志》《西粤宦游记》《豫阳集》等,《明诗综》《御选明诗》《粤西诗载》录其诗作。

24. 王世芳(？—1533)

字尚义,南直隶太仓人,正德十六年(1521)进士。王世芳出任广东副使有明文记载,嘉靖九年(1530)九月"戊戌,升……江西赣州府知府王世芳为广东按察司副使"。但这次任命显然不是提学之职。据《世宗实录》记载,嘉靖十二年(1533)五月,"提督两广兼理巡抚、兵部左侍郎陶谐奏,两广郡县先奉钦限改正各儒学圣像,而广州等六府州、番禺等十九县,俱不行改正。提学副使王世芳亦不行催督,宜下巡按御史逮治。上怒,命巡按御史逮各府州县掌印官并世芳,俱从重问拟以闻"①。从时间上来看,王世芳任职时间应该不会太久。

*25. 潘恩(1533—1534 在任)

字子仁,南直隶上海人,嘉靖二年(1523)进士。据《世宗实录》记载,嘉靖十二年(1533)五月,"升刑部员外郎潘恩为广东按察司佥事,提调学校。"②其卸任之事,没有明确记载。卸任时间应以下任提学到任时间为下限。《御选明诗》《明诗综》《粤西诗载》录其诗作甚多。著述有《笠江集》《诗韵辑略》《祁州志》《笠江近稿》等。

26. 周琅(1534—1536 在任)

字光载,湖广蕲州人,正德十六年(1521)进士。周琅出任广东提学有明文记载,嘉靖十三年(1534)七月"辛巳,升山东按察司副使周琅于广东提调学校"③。周琅卒于任上,卸任时间不可考,以下任提学任职时间为下限。督学有声:"甄别士类,请托一无所徇。"④著述有《颛侗集》。

*27. 吴鹏(1536—1540 在任)

字万里,浙江秀水人,嘉靖二年(1523)进士。吴鹏出任广东提学有明确记载,嘉靖十五年(1536)八月"甲申朔,复除服阕贵州按察司佥事吴鹏于广东,提

---

① (明)徐阶等:《明世宗实录》卷 150。

② 同上。

③ (明)徐阶等:《明世宗实录》卷 165。

④ (清)迈柱等:《湖广通志》卷 48。

调学校"①。其卸任时间不可考。据《世宗实录》记载,嘉靖二十二年(1543)三月"戊辰升广西布政使司左参议吴鹏,为云南按察司副使,提督学校"②。也就是说,吴鹏卸任广东提学佥事应是其改任广西左参议之故。那么他晋升左参应在三年之前,即嘉靖十九年(1540),而这也是其卸任广东提学的时间。著述有《飞鸿亭稿》《历任疏稿》,《御选明诗》《明诗综》录其诗作。

28. 林云同(1540—1543在任)

字汝雨,福建莆田人,嘉靖五年(1526)进士。据《世宗实录》记载,嘉靖十九年(1540)九月"癸巳,升……河南按察司佥事林云同为广东按察司副使"③。林云同出任广东提学的相关记载,也验证了上文对吴鹏卸任广东提学时间的推测。其卸任也有明文记载,嘉靖二十二年(1543)十一月,"升广东副使林云同为浙江布政使司右参政"④。著述有《林端简公存稿》。

29. 程文德(1543—1544在任)

字舜敷,浙江永康人,嘉靖八年(1529)榜眼。程文德出任广东提学有明文记载,嘉靖二十二年(1543)十一月,"升兵部署郎中程文德为广东按察司副使,提调学校"⑤。从时间上来看,程文德正是林云同的继任者。嘉靖二十三年(1544)十二月,明廷"升广东按察司提调学校副使程文德为南京国子监祭酒"⑥。"以经术诱进诸生,为时所宗慕。"⑦著述有《程松溪先生文集》。

30. 陈垲(1545—1546?)

字山甫,浙江余姚人,嘉靖十一年(1532)进士(会魁)。嘉靖二十四年(1545)正月"乙卯,……补山西按察司副使陈垲于广东,提调学校"⑧。其卸任时间不可考,因晋升湖广参政之故。从起仕宦履历来看,卸任广东提学的时间

---

① (明)徐阶等:《明世宗实录》卷190。
② (明)徐阶等:《明世宗实录》卷272。
③ (明)徐阶等:《明世宗实录》卷241。
④ (明)徐阶等:《明世宗实录》卷280。
⑤ 同上。
⑥ (明)徐阶等:《明世宗实录》卷293。
⑦ (清)郝玉麟等:《广东通志》卷43。
⑧ (明)徐阶等:《明世宗实录》卷294。

可能在嘉靖二十五年(1546)左右。陈垲在任上曾编撰《名家表选》用于教导生员。识拔一批人才："海瑞、庞尚鹏,方为诸生,皆第之高等。"①

31. 张希举(1549—1552?)

字直卿,江西南昌人,嘉靖二十年(1541)进士。张希举出任广东提学有明文记载,嘉靖二十八年(1549)十一月"庚辰,升……礼部祠祭司郎中张希举为广东按察司副,使提调学校"②。其卸任时间不可考,暂以一个考满时间计算。

*32. 胡汝霖(1553—1554 在任)

字仲望,四川绵竹人,嘉靖十四年(1535)进士。《明实录》对胡汝霖出任广东提学之事没有明确记载,据《广东通志》卷 27 记载,胡汝霖嘉靖三十二年(1553)任按察司佥事。而《广东通志》记载的是实际到任的时间,其任命时间也有可能稍前。胡汝霖卸任之事,《世宗实录》则有明文记载,嘉靖三十三年(1554)六月,"升广东提学佥事胡汝霖、北直隶提学御史徐南金为按察使。汝霖江西,南金山东,俱仍提调学校"③。著述有《青崖集》。

33. 江治(1554—1556 在任)

字舜卿,江西进贤人,嘉靖二十六年(1547)进士。《世宗实录》记载江治出任广东提学之事,嘉靖三十三年(1554)七月"庚子,升刑部河南司署郎中江治为广东按察司佥事,提调学校"④。其卸任之事也有明文记载,嘉靖三十五年(1556 年)九月"壬戌,升广东按察司佥事江治为南京尚宝司卿"⑤。《江西通志》称其督学广东,"得士为多"⑥。

34. 李逊(1556—1560 在任)

字洪西,江西新建人,嘉靖二十三年(1544)进士。嘉靖三十五年(1556)九

---

① (清)嵇曾筠等:《浙江通志》卷 191。
② (明)徐阶等:《明世宗实录》卷 354。
③ (明)徐阶等:《明世宗实录》卷 411。
④ (明)徐阶等:《明世宗实录》卷 412。
⑤ (明)徐阶等:《明世宗实录》卷 439。
⑥ (清)谢旻等:《江西通志》卷 69。

月,"升直隶永平府知府李逊为广东按察司副使,提调学校"①。其卸任时间不可考,暂以下任提学出任该职时间为下限。

35. 王学颜(1560—1561在任)

字少潜,号会沙,湖广湘潭人,嘉靖三十二年(1553)进士。嘉靖三十九年(1560)五月"壬午……升翰林院编修王学颜、姜宝俱按察司佥事。学颜广东,宝四川,俱提调学校"②。其卸任时间不可考,暂以下任提学出任该职时间为下限。王学颜督学广东,"殚力校课,人文丕振"③。

36. 樊仿(1562—1565在任)

字一贤,江西进贤人,嘉靖三十二年(1553)进士。据《世宗实录》记载,嘉靖十一年(1562)二月,明廷任命一批官员:"庚辰,升工科右给事中邓栋,山东道御史陈瓒,四川道御史周斯盛俱为按察司副使。贵州道御史杨储为布政使司右参议,户科给事中李琏、工科给事中曾廷芝、樊仿,贵州道御史陈纪,广东道御史刘行素,山东道御史袁淳,浙江道御史金应南,南京给事中马出图俱为按察司佥事。栋、瓒山东,斯盛、琏、行素山西,储、淳湖广,廷芝、纪浙江,出图陕西,应奎四川,仿广东,提调学校。"④其卸任时间不可考,以下任提学出任该职时间为下限。

37. 罗元祯(1565—1568在任)

字号不可考,江西鄱阳人,嘉靖二十九年(1550)进士。嘉靖四十四年(1565)二月,明廷任命一批官员:"河南道御史罗元祯、山东道御史陈瑞、云南道御史杨衍庆俱为按察司副使。……命栋、志伊俱湖广,斗、瑞山西,元祯广东,衍庆、文健陕西。嘉楫浙江,文采河南,咨益福建,瑞、元祯俱提学校。"⑤据此而知,罗元祯由河南道御史改任广东提学副使。其卸任时间不可考,暂以下任提学出任该职时间为下限。

---

① (明)徐阶等:《明世宗实录》卷439。
② (明)徐阶等:《明世宗实录》卷484。
③ (清)迈柱等:《湖广通志》卷55。
④ (明)徐阶等:《明世宗实录》卷506。
⑤ (明)徐阶等:《明世宗实录》卷543。

（六）穆宗时期

*38. 佘立（1569—1572 在任）

字季礼，号乐吾，广西马平人，嘉靖四十一年（1562）进士。佘立出任广东提学，《穆宗实录》有明确记载，隆庆三年（1569）正月，"升礼部署员外郎佘立为广东按察司佥事，提调学校"①。其卸任之事该书也有记载，隆庆六年（1572）正月，"升广东按察司佥事余立为山东布政司右参议"②。

39. 王玺（1572—1575 在任）

字予信，号见行，江西南丰人，嘉靖四十四年（1565）进士。王玺出任广东提学有明文记载，隆庆六年（1572）正月，"升直隶大名府知府王玺为广东按察副使，提调学校"③。其卸任之事，《神宗实录》有明确记载，万历三年（1575）八月"甲申，升广东副使王玺为湖广右参政"④。著述有《南丰县志》。

（七）神宗时期

40. 林如楚（1575—1578，1601 在任）

字道茂，福建侯官人，嘉靖四十四年（1565）进士。林如楚出任广东提学有明文记载，万历三年八月（1575），"升刑部郎中林如楚为广东副使，提督学政"⑤。林如楚后遭降黜而卸任，具体时间不可考。暂以下一任提学出任该职时间为下限。万历二十九年（1601）五月，林如楚再次出任广东提学，不过这一次只是临时兼任："调广东右参政林如楚为琼州兵备副使兼摄学政。"⑥这次督学只有两个月时间。著述有《碧麓堂集》，《御选明诗》《明诗综》录其诗作。

41. 孙鑅（1578—1580 在任）

初名"钧"，为避神宗讳，改"鑅"，字文秉，号鹤峰，浙江余姚人，锦衣卫籍，

---

① （明）于慎行等：《明穆宗实录》卷 28。
② （明）于慎行等：《明穆宗实录》卷 65。
③ 同上。
④ （明）叶向高等：《明神宗实录》卷 41。
⑤ 同上。
⑥ （明）叶向高等：《明神宗实录》卷 359。

隆庆二年(1568)进士。孙鑨出任广东提学，《神宗实录》有明确记载，万历六年(1578)四月"辛卯，升河南副使孙鑨为广东提学副使"①。其卸任之事该书也有记载，万历八年(1580)二月，"升……广东副使孙鑨为山东右参政"②。

*42. 刘应麒(1580—1581 在任)

字道征，江西鄱阳人，隆庆二年(1568)进士。刘应麒出任广东提学有明文记载，万历八年(1580)二月，"升礼部郎中刘应麒为广东副使，提督学校"③。一年之后，刘应麒因病辞职而卸任，时间在万历九年(1581)七月。

43. 唐可封(1580—1583 在任)

字隆臣，四川富顺人，隆庆二年(1568)进士。据《神宗实录》记载，"丙子升广东琼州府知府唐可封为本省海内道整饬琼州兵备副使兼摄学政"④，时间在万历八年(1580)十一月。据此可知，唐可封于此时兼任广东提学。万历十年(1582)九月，明廷考察天下提学官时，"广东唐可封"在扩充提学官之列，可见他只是兼任提学官。万历十一年(1583)正月因贪遭罢黜。

*44. 支可大(1581—1585 在任)

字有功，南直隶昆山人，万历二年(1574)进士。刘应麒辞职离任的同时，明廷任命支可大为广东提学：万历九年(1581)七月"丁丑，以礼部员外郎署郎中事支可大为广东提学副使"⑤。万历十年(1582)九月，朝廷考察天下提学官，支可大得以留任。但其卸任时间仍无法确定，以下任提学官出任该职为下限。著述有《督抚楚台奏议》。

45. 郭子直(1585—1589 在任)

字舜举，浙江崇德人，隆庆五年(1571)进士。据《神宗实录》记载，万历十三年(1585)六月，明廷"升兵部武库司主事郭子直为广东佥事，提督学政"⑥。其卸任之事该书也有明确记载，万历十七年(1589)二月，"升广东按察司佥事

---

① （明）叶向高等：《明神宗实录》卷 74。
② （明）叶向高等：《明神宗实录》卷 96。
③ 同上。
④ （明）叶向高等：《明神宗实录》卷 106。
⑤ （明）叶向高等：《明神宗实录》卷 114。
⑥ （明）叶向高等：《明神宗实录》卷 162。

郭子直为山西右参议"①。著述有《二京三游草》,《御选明诗》《明诗综》录其诗作。

46. 罗万程(1589—?)

字时腾,号鹏云,江西广昌人,万历八年(1580)进士。罗万程接替郭子直出任广东提学:万历十七年(1589)二月,"升刑科给事中罗万程为广东按察司佥事,提督学政"②。其卸任时间不可考。著有《青琐遗编》。

47. 彭而珩(1593—)

字韫白,江西清江人,万历八年(1580)进士。彭而珩出任广东提学有明文记载,万历二十一年(1593)二月"己酉,升……福建道御史彭而珩于广东,兼提学"③。但是仅仅两月之后,彭而珩竟改任:"调广东副使彭而珩于福建管屯种带水利盐法"④。著有《闽汀集》《白下吟》《南台奏疏遗稿》。

48. 胡桂芳(1592—1595 在任)

字允垂,号瑞芝,江西金溪人,万历二年(1574)进士。胡桂芳出任广东提学有明文记载:万历二十一年(1593)四月,"升……山东左参议胡桂芳为广东副使,备兵琼州兼摄学政"⑤。其卸任广东副使也有明确记载,万历二十五年(1597)七月,"升广东副使胡桂芳为湖广右参政兼佥事,兵备岳州"⑥。鉴于下任广东提学在此之前已经到任,因此胡桂芳广东提学卸任时间应以下任提学任职时间为准。

49. 陈鸣华(1595—1598 在任)

字诚甫,福建晋江人,万历十四年(1586)进士。陈鸣华出任广东提学,《神宗实录》有确切记载,万历二十三年(1595 年)二月,"升礼部郎中陈鸣华为广东提学副使"⑦。其卸任之事该书也有记述:万历二十六年(1598)十一月,

---

① (明)叶向高等:《明神宗实录》卷 208。
② 同上。
③ (明)叶向高等:《明神宗实录》卷 257。
④ (明)叶向高等:《明神宗实录》卷 259。
⑤ 同上。
⑥ (明)叶向高等:《明神宗实录》卷 312。
⑦ (明)叶向高等:《明神宗实录》卷 282。

"升……广东副使陈鸣华为湖广参政"①。

50. 袁茂英(1599—1601在任)

字君学,浙江兰溪人,万历十四年(1586)进士。袁茂英出任广东提学有明文记载,万历二十七年(1599)九月"庚午,调山东副使袁茂英为广东提学副使"②。袁茂英两年后改任该省参政,"升广东副使袁茂英为右参政"③,时间在万历二十九年(1601)五月。

51. 朱燮元(1601—1606在任)

字懋和,浙江山阴人,万历二十年(1592)进士。万历二十九年(1601)七月,朱燮元接替临时兼任提学的林如楚出任广东提学:"调四川按察司副使朱燮元为广东提学副使。"④万历三十三年(1605)九月,朱燮元以参政职衔依旧督学。其卸任是在次年十一月,"升广东右参政朱燮元为左参政,守惠湖道"⑤。崇祯初,朱燮元总督贵湖云川广五省军务,平定叛乱。著述有《恒岳遗稿》,《御选明诗》《明诗综》录其诗作。

52. 潘士达(1606—1610在任)

字去闻,浙江安吉籍乌程人,万历二十年(1592)进士。潘士达出任广东提学有明文记载,万历三十四年(1606)十一月,"升礼部郎中潘士达为广东提学副使"⑥。其卸任之事也有明确记载,万历三十八年(1610)三月,"升广东副使潘士达为江西右布政使"⑦。著述有《论语外篇》《古文世编》。

53. 陈一教(1610—1612在任)

字硐云,南直隶宜兴人,万历二十九年(1601)进士。万历三十八年(1610)九月,"升户部郎中陈一教为右参议,主事韩仲雍为佥事,俱提督学校。一教广

---

① (明)叶向高等:《明神宗实录》卷328。
② (明)叶向高等:《明神宗实录》卷339。
③ (明)叶向高等:《明神宗实录》卷359。
④ (明)叶向高等:《明神宗实录》卷361。
⑤ (明)叶向高等:《明神宗实录》卷427。
⑥ 同上。
⑦ (明)叶向高等:《明神宗实录》卷468。

东,仲雍贵州"①。其卸任时间不可考,以下任提学出任该职时间为下限。

54. 姚履素(1612—1613 在任)

字允初,南直隶上元人,万历二十九年(1601)进士。据《神宗实录》记载,万历四十年(1612)正月,"升济南府知府丁浚为四川副使,南京刑部郎中姚履素为广东副使"②,然而其职守未名。但是《江南通志》又有相关记载:"万历辛丑进士,历升广东副使兼督学政。"③其卸任则是因为次年剿匪有功晋升四川参政。著述有《市隐园诗文纪》。

*55. 张邦翼(1613—1616 在任)

字君弼,湖广蕲州人,万历二十六年(1598)进士,据《广东通志》卷 40 记载,张邦翼在万历四十一年(1613)就任提学。而其卸任之事,《神宗实录》则有明文记载:万历四十四年(1616)正月,"升广东佥事张邦翼为四川参议"④。著述有《岭南文献》。

*56. 杨瞿崃(1616—1619 在任)

字稚实,福建晋江人,万历三十五年(1607)进士。《明实录》并没有记载杨瞿崃出任提学之事。《四库全书总目》在介绍《岭南文献补遗》时记载:"先是,广东提学张邦翼撰《岭南文献》三十二卷,瞿崃继为提学,复辑是书。"⑤也就是说,万历四十四年(1616)正月后杨瞿崃接替张邦翼出任广东提学佥事。据《神宗实录》记载,万历四十七年(1619)二月,"升广东佥事杨瞿崃为九江道参议,广西佥事姜志礼为湖广道参议,湖西佥事黄汝亨为本省参议"⑥。说明这就是杨氏卸任广东提学佥事的时间,而这一时间正好与下任广东提学相吻合。另有文献记载杨氏"官至提督江西学政,未几告归"⑦,说明杨瞿崃出任江西提学时间较短暂。其著述除了《岭南文献补遗》,还有《明文翼统》《易经疑丛》。

---

① (明)叶向高等:《明神宗实录》卷 475。
② (明)叶向高等:《明神宗实录》卷 491。
③ (清)赵宏恩等:《江南通志》卷 15。
④ (明)叶向高等:《明神宗实录》卷 541。
⑤ (清)永瑢:《四库总目提要》卷 193。
⑥ (明)叶向高等:《明神宗实录》卷 579。
⑦ 张天禄等:《鼓山艺文志》卷 2。

57. 蔡侃(1619—1622 在任)

字明标,福建晋江人,万历三十五年(1607)进士。蔡侃出任广东提学有明文记载,万历四十七年(1619)四月"戊寅,升淮安知府蔡侃为广东副使,兵部车驾司郎中谭昌言为福建副使,各督学政"①。其卸任之事,《明熹宗实录》有明确记载,天启二年(1622)正月,"升广东按察司副使蔡侃为江西布政使司右参政,管粮"②。

*58. 姚若水(1619?)

字义之,南直隶桐城人,万历二十九年(1601)进士。据《神宗实录》记载,万历四十七年(1619)七月,"升刑科给事中姚若水为广东提学副使,监察御史熊化为浙江副使,吴允中为江西副使"③。但是《广东通志》记载:"江南桐城人,进士,四十二年任。"④却不曾记载其职守为提学。目前只能存疑。

(八) 熹宗时期

59. 汤启华(1622—1625?)

字号不可考,南直隶宜兴人,万历三十五年(1607)进士。天启二年(1622)正月,"升户部陕西司郎中汤启华为广东布政使司右参议,提督学政"⑤。其卸任时间不可考,暂以一个考满时间计算。

60. 张玮(1625?)

字席之,南直隶武进人,万历四十七年(1619)进士。据《江南通志》记载:"由户曹调职方郎中,为广东提学,抚臣为魏党建祠欲玮撰上梁文,自投劾归。"⑥著述有《如此斋集》。

61. 董暹(1626—?)

字长驭,湖广江夏人,万历三十二年(1604)进士。天启六年(1626)十月,

---

① (明)叶向高等:《明神宗实录》卷581。
② (明)温体仁等:《明熹宗实录》卷18。
③ (明)叶向高等:《明神宗实录》卷584。
④ (清)郝玉麟等:《广东通志》卷7。
⑤ (明)温体仁等:《明熹宗实录》卷18。
⑥ (清)赵宏恩等:《江南通志》卷142。

"升礼部精膳司郎中董暹为广东布政使司提学参政"①。其卸任时间不可考。

(九)思宗时期

62. 张天麟(1628—?)

字季昭,浙江永嘉人,天启二年(1622)进士。崇祯元年(1628)四月,由湖广参政改任广东提学参政。因改任福建右参政而卸任,时间不可考。

63. 鲁化龙(1632—?)

字号、籍贯、出身不可考。崇祯五年(1632)三月,鲁化龙由兵部郎中迁广东提学佥事。

64. 何三省(1638—?)

字观我,江西广昌人,崇祯四年(1631)进士。据《广东通志》记载,崇祯十一年(1638)任广东提学。督学广东,"入境,首上'试士莫如造士,造士莫如养士'之疏。建立社学,捐俸以为倡"②。著有《古今广征集》《樽余集选》《梦斋诗集》《四书翼注定》等。

65. 魏浣初(?—1640—?)

字仲雪,南直隶常熟人,万历四十四年(1616)进士。《广东通志》记述朱实莲传记,其文有曰:"崇祯庚辰应学使魏浣初举荐,授德清知县。"③据此可知,崇祯十三年(1640)魏浣初应在广东提学任上。《御选历代诗余》录其词作。

66. 吴正启(1641—1643?)

字号、出身不可考,南直隶宜兴人。据《广东通志》记载:"江南宜兴人,进士,十四年任提学。"④因《通志》将其记载为林佳鼎之前的提学,故而我们推测吴氏应为崇祯十四年(1641)广东提学。

67. 林佳鼎(1643—1644 在任)

字汉宗,福建莆田人,崇祯七年(1634)进士。林佳鼎于崇祯十六年(1643)

---

① (明)温体仁等:《明熹宗实录》卷77。
② (清)曾毓璋等:《同治广昌县志》卷5。
③ (清)郝玉麟等:《广东通志》卷45。
④ (清)郝玉麟等:《广东通志》卷27。

由礼部郎中出任广东提学。《福建通志》记载其相关事迹："出为广东提学副使,公慎自矢,凛若神明,明亡蹈海死。"①由此可知,林佳鼎因明朝灭亡而殉职。

68. 李绮(1648—?)

字号不可考,南直隶华亭人,崇祯十三年(1640)进士。据《续明纪事本末》记载,永历二年(清顺治五年即1648)八月,"以曹烨为兵部尚书、耿献忠为工部尚书、洪天擢为吏部侍郎、潘曾纬为大理寺卿、毛毓祥为通政司、李绮为广东提学道,朝臣略备"②。实际上此时明朝已经灭亡,李绮出任广东提学已是南明政权时期。不久即遭罢黜,离任。又有"广东提学副使符溯中"者,南明亡,赴难。

十三、广西提学简考

明代广西提学自正统元年(1436)添设,中间曾于成化三年(1467)因两广战事影响,按察使夏埙建议"暂裁革提学官而以他官兼之"③,得到明宪宗允准。所以整个宪宗朝只有一位提学。

(一) 英宗时期

*1. 陈璲(1436—1437在任)

字廷嘉,号逸庵,浙江临海城关人,永乐九年(1411)进士、解元、会元。陈璲是明代首任广西提学,因此其出任广西提学时间是在正统元年(1436)五月。据《英宗实录》记载,正统五年(1440)元月,"广西按察司提调学校佥事陈璲,亲丧服阕,复除江西按察司佥事,仍提调学校"④。丁忧三年,据此推算陈璲卸任

---

① (清)郝玉麟等:《福建通志》卷44。
② (清)倪在田:《续明纪事本末》卷2。
③ (明)刘吉等:《明宪宗实录》卷40。
④ (明)李贤等:《明英宗实录》卷67。

提学当在正统二年(1437),恰与下任提学任职时间吻合。著述有《桥门听雨集》《逸庵集》,与杨荣有诗文酬唱。

2. 黄润玉(1437—1443 在任)

字孟清,浙江鄞县人,永乐举人。据《英宗实录》记载,正统二年(1437)秋七月"戊申,升行在广西道监察御史黄润玉为广西按察司提调学校佥事"①,此即黄润玉出任广西提学时间。正统八年(1443)黄氏遭人弹劾降职而卸任。黄润玉督学有声,"抑浮靡,奖实行,士风为变"②。著述颇丰,有《学庸通音》《宁波简要志》《四明文献录》《南山稿》等,《粤西诗载》录其诗文。

3. 萧鸾(1444—1450 在任)

字号不可考,广东潮阳人,宣德二年(1427)进士。据《英宗实录》记载,正统九年(1444)十二月"丁巳,升……监察御史邢端为湖广副使,韩阳为佥事提调学校,萧鸾为广西佥事提调学校"③。景泰元年(1450)秋七月"戊午,命广西按察司提调学校佥事萧銮理本司事",由此可知,萧銮在此时卸任广西提学。兴学育材,督学有声。后辞官归家,"时八桂诸生仕潮者,皆严事銮。适有以赃陨名者,銮竟泣而杖之。论者服其古道"④。可见督学对当地生员的影响。

4. 王濬(1461—1462 在任)

字文通,南直隶上元人,正统九年(1444)举人。天顺五年(1461)十一月,明英宗复位后重新任命一批提学官,其中国子监博士王濬被任命为广西提学佥事。其卸任时间不可考,应参考下任提学到任时间。其著述有《嘉遁子集》。

5. 刘斌⑤(1462—1467 在任)

字次珣,江西安福人,正统十年(1445年)进士。《英宗实录》记载,天顺六年(1462)十一月,"升……工科给事中刘斌为广西按察司佥事,提调学校"⑥。

---

① (明)李贤等:《明英宗实录》卷 32。
② (清)和珅等:《大清一统志》卷 354。
③ (明)李贤等:《明英宗实录》卷 124。
④ (清)金鉷等:《广西通志》卷 46。
⑤ 一作"刘斌"。
⑥ (明)李贤等:《明英宗实录》卷 346。

其卸任广西提学时间则是在成化三年(1467)夏四月,"改山东按察司副使陈政,广西佥事刘斌于云南。政以山东副使提调北直隶学校,言者谓其行事不便,请调用之。斌提调广西时,议暂罢广西提学者,遂皆改用之"①。刘斌因广西提学罢设而离任,此后一段时间广西提学没有设置。

(二) 宪宗时期

6. 吴玉(1474—1495 在任)

字廷献,四川内江人,成化二年(1466)进士。据《宪宗实录》记载,成化十年(1474)冬十月,"升户部主事吴玉为广西按察司佥事,提调学校"②。说明时隔七年后,广西提学一职才得以复置。该书还记载,成化二十年(1484)十一月,"升广西按察司佥事吴玉为副使,仍提调学校"③。说明吴玉此时依然在提学任上。吴玉在广西督学近二十年,在整个明代提学官员中也是一个特例。其卸任时间不可考,应以下任提学任职时间为参考。

(三) 孝宗时期

7. 彭甫(1495—1503 在任)

字原岳,福建莆田人,成化十七年(1481)进士。据《孝宗实录》记载,弘治八年(1495)二月,"升南京户部员外郎彭甫为广西按察司佥事,提调学校"④。其卸任时间不可考,应以下任提学任职时间为参考。其督学,"学有本原,尚志节。抗直自遂,以论笃君子。为时所称"⑤。《粤西诗载》录其诗文。

*8. 姚镆(1503—1510 在任)

字英之,浙江慈溪人,弘治六年(1493)进士。据《孝宗实录》记载,弘治十六年(1503)四月"庚子,升礼部员外郎姚镆为广西按察司佥事,提调学校"⑥。

---

① (明)刘吉等:《明宪宗实录》卷 41。
② (明)刘吉等:《明宪宗实录》卷 134。
③ (明)刘吉等:《明宪宗实录》卷 258。
④ (明)李东阳等:《明孝宗实录》卷 97。
⑤ (清)汪森:《粤西文载》卷 64。
⑥ (明)李东阳等:《明孝宗实录》卷 198。

其卸任时间，《明武宗实录》则有记载，正德五年(1510)夏四月"癸卯，升……广西按察司佥事姚镆为福建副使"①，改任福建提学，由此卸任广西。姚镆督学广西，"立宣城书院，延五经师以教士子。桂人祀山魈卓旺，镆毁之。俗遂变"②。著述有《东泉文集》，《粤西诗载》录其诗文多篇。

（四）武宗时期

*9. 胡献(1507—1509 在任)

字时臣，南直隶兴化人，弘治九年(1496)进士。据《武宗实录》记载，正德二年(1507)八月，"命广西按察司佥事胡献提督学校"③，此即胡献出任广西提学时间。该书记载其卸任之事：正德四年(1509 年)十一月，"升……广西佥事胡献为福建副使"④。

*10. 黄如金(1514—1515 在任)

字希武，福建莆田人，弘治十七年(1504)解元，弘治十八年(1505)进士。据《武宗实录》记载，正德九年(1514)二月，"升四川道监察御史黄如金为广西按察司副使"⑤。此文虽并未言明其职守，但是《明史·黄仲昭传》记载："仲昭兄深，御史。深子乾亨，行人。使满剌加，殁于海。乾亨子如金，广西提学副使。"⑥说明黄如金在广西的确担任的是提学之职。其卸任时间不可考，以下任提学出任该职时间为下限。

11. 陈伯献(1515—1519?)

字惇贤，福建莆田人，弘治十二年(1499)进士。据《武宗实录》记载，正德十年(1515)四月"丙戌，命广西按察司副使陈伯献提调学校"⑦。陈氏因其辞职而卸任，时间不可考。《武宗实录》记载，正德十三年(1518)冬十月，御史谢

---

① （明）杨廷和等：《明武宗实录》卷 62。
② （清）和珅等：《大清一统志》卷 354。
③ （明）杨廷和等：《明武宗实录》卷 29。
④ （明）杨廷和等：《明武宗实录》卷 57。
⑤ （明）杨廷和等：《明武宗实录》卷 109。
⑥ （清）张廷玉等：《明史》卷 179。
⑦ （明）杨廷和等：《明武宗实录》卷 124。

源等奏劾陈伯献,但吏部奏覆:"伯献以方云,诚如所劾,罪不止罢官,请再移勘。制可。"①由此可知陈伯献辞职在此之后,在正德十四年(1519)的可能较大。著述有《峰湖集》,颇有文名。

*12. 刘节(1519—1523 在任)

字介夫,江西大庾人,弘治十八年(1505)进士。刘节出任广西提学时间不可考,应在正德十四年(1519)左右。据《世宗实录》记载,嘉靖元年(1522)七月"己酉,诏两京国子监及各省提学官修补残缺经史,禁书坊妄肆改窜。从广西副使刘节议也"②。这应是刘节在广西提学任上的建议。其卸任之事,《世宗实录》有明确记载:"升广西按察司副使刘节山东按察司副使。"③时间是在嘉靖二年(1523)四月。刘节著述颇丰,有《梅国集》《周诗遗轨》等。

（五）世宗时期

13. 李中(1523—1524,1527—1529 在任)

字子庸,江西吉水人,正德九年(1514)进士。李中接替刘节出任广西提学副使,时间也是在嘉靖二年(1523)。此次出任,结合后面唐胄的任职时间,李氏应于嘉靖三年(1524)有职务的调动。嘉靖六年(1527)十月,礼部尚书桂萼建言考校天下提学官时,李中依旧留用。嘉靖八年(1529)五月,明廷"升……广西按察司副使李中布政使司右参政。宁国府同知罗玉按察司佥事。昂福建,渊四川,中浙江,玉山东"④。李中由此卸任。其督学广西,"守官廉,以身为教,择诸生高等聚五经书院,讲难不辍"⑤。

*14. 唐胄(1524—1527 在任)

字平侯,广东琼山人,弘治十五年(1502)进士。据《世宗实录》记载,嘉靖三年(1524)八月,"改广西按察司佥事唐胄提督学校"⑥,此即唐胄出任广西提

---

① （明）杨廷和等:《明武宗实录》卷 167。
② （明）徐阶等:《明世宗实录》卷 16。
③ （明）徐阶等:《明世宗实录》卷 25。
④ （明）徐阶等:《明世宗实录》卷 101。
⑤ （清）金鉷等:《广西通志》卷 67。
⑥ （明）徐阶等:《明世宗实录》卷 42。

学时间。其卸任时间不可考,考虑唐胄下一任是晋升为云南金腾兵备副使,且李中考核留用再次出任提学,则唐氏离任时间则很可能是在嘉靖六年(1527)之前。著述有《西洲存稿》。

15. 黄佐(1529—1531 在任)

字才伯,广东香山人,正德十六年(1521)进士。据《世宗实录》记载,嘉靖八年(1529)五月,"改贵州按察司佥事陈琛于江西,江西佥事黄佐于广西,各提调学校。"①由此可知黄佐是接替李中为广西提学。嘉靖十年(1531)三月,黄佐以病辞官卸任。黄佐著述颇丰,是当时文坛大家,有《通历》《广东通志》《罗浮山志》等,另有《泰泉集》传世。

*16. 张岳(1531—1532 在任)

字维乔,号净峰,福建惠安人,正德十二年(1517)进士。张岳出任广西提学有明确记载,嘉靖十年(1531)三月"戊申,升南京礼部仪制司郎中张时彻为江西副使,礼部主客司署郎中张岳为广西佥事,俱提督学校"②。又据《世宗实录》可知,嘉靖十一年(1532)十月,"升广西佥事张岳为江西按察司副使,提调学校"③。此即张岳卸任广西提学的确切记载。著述有《交事纪文》《圣学正传》《净峰稿》。

*17. 潘恩(1533—1537?)

字子仁,南直隶上海人,嘉靖二年(1523)进士。据《世宗实录》记载,嘉靖十二年(1533 年)五月,"升刑部员外郎潘恩为广东按察司佥事,提调学校"④。其卸任之事,没有明确记载。卸任时间应以下任提学到任时间为下限。著述有《笠江集》《诗韵辑略》《祁州志》《笠江近稿》等。《御选明诗》《明诗综》《粤西诗载》录其诗作甚多。

18. 李义壮(1537—1541 在任)

字稚夫,广东番禺人,嘉靖二年(1523)进士。据《世宗实录》记载,嘉靖十

---

① (明)徐阶等:《明世宗实录》卷 101。
② (明)徐阶等:《明世宗实录》卷 123。
③ (明)徐阶等:《明世宗实录》卷 143。
④ (明)徐阶等:《明世宗实录》卷 150。

六年(1537)十一月"壬辰,升礼部员外郎李义壮为广西按察司佥事提调学校"①。又据该书记载,嘉靖二十年(1541)二月,李义壮晋升为湖广按察副使而卸任。著述有《理数或问》《三洲初稿》。

19. 袁褧(1541—1543?)

字永之,南直隶吴县人,嘉靖五年(1526)进士。嘉靖二十年(1541)二月,袁褧接替李义壮出任广西提学:"升南京兵部员外郎袁褧为广西按察司佥事,提调学校。"②其卸任时间不可考,应在魏一恭出任广西提学之前。后辞官卸任,督学有声。袁褧当时甚有文名,著述颇丰,有《吴中先贤传》《世纬》《袁永之集》《岁时记》等。

20. 魏一恭(1543—1546?)

字道壮,福建莆田人,嘉靖八年(1529)进士。据《世宗实录》记载,嘉靖二十二年(1543)六月"戊寅,升户部署郎中魏一恭为广西按察司佥事,提调学校"③。其卸任时间不可考。据《福建通志》记载,魏一恭由佥事升任副使是在浙江,故而应是其卸任提学之时。又据《世宗实录》记载,嘉靖三十一年(1552)十一月,"升广西按察使魏一恭为山东右布政使"④。由上可知魏一恭升职基本都在一个考满周期之内,因此推测其卸任广西提学佥事的时间大约应在嘉靖二十五年(1546)左右。

*21. 王宗沐(1550—1553在任)

字新甫,浙江临海人,嘉靖二十三年(1544)进士。《世宗实录》记载其出任广西提学之事,嘉靖二十九年(1550)二月,"升刑部员外郎王宗沐,南京户部员外郎徐养正俱为按察司佥事,提调学校。养正贵州,宗沐广西"⑤。其卸任广西提学时间不可考,当以下任提学任职时间为下限。王宗沐督学有声:"行部遍试归,檄诸生会宣成书院论学。不徒校课文艺,且令反求本心。士多启

---

① (明)徐阶等:《明世宗实录》卷206。
② (明)徐阶等:《明世宗实录》卷246。
③ (明)徐阶等:《明世宗实录》卷275。
④ (明)徐阶等:《明世宗实录》卷391。
⑤ (明)徐阶等:《明世宗实录》卷357。

悟。"①著述颇丰,有《敬所集》行世。

＊22. 陈善(1553—1556 在任)

字思敬,浙江钱塘人,嘉靖二十年(1541)进士。嘉靖三十二年(1553)十二月,"升礼部署员外郎陈善为广西按察司佥事,提调学校"②。其卸任时间不可考,应参考下任提学任职时间。著述有《杭州府志》《黔南类稿》等。

23. 殷正茂(1556—1559 在任)

字养实,南直隶歙县人,嘉靖二十六年(1547)进士。嘉靖三十五年(1556)三月,"升兵部左给事中殷正茂,河南道御史胡志夔,兵部署郎中宋国华,俱为按察司副使。志夔河南,国华四川,正茂广西,提调学校"③。殷正茂于嘉靖三十八年(1559)正月被弹劾:"吏部会都察院考察天下诸司官老疾。参政张铁等六人罢软,副使王柄等三人不谨,布政使赵维垣等三十一人贪,副使殷正茂等十七人罢黜,调用如例。"④殷正茂由此卸任广西提学。

24. 黎澄(1559—?)

字本静,江西乐平人,嘉靖二十六年(1547)进士。黎澄接替殷正茂出任广西提学,"乙巳,升浙江道御史尚维持,福建左参议宗臣,广东佥事黎澄俱为提学副使。维持陕西,臣本省,澄广西"⑤。时间是在嘉靖三十八年(1559)二月。其卸任时间不可考。黎氏"督学广西,建学造士"⑥,颇有政绩。著述有《春草堂集》。

25. 朱天球(1562—?)

字君玉,福建漳浦人,嘉靖二十九年(1550)进士。《世宗实录》记载其出任提学之事,嘉靖四十一年(1562)十一月"丁未,升广东按察司佥事朱天球为广西按察司副使,提调学校"⑦。其卸任时间不可考。著述有《湛园存稿》。

---

① (清)金鉷等:《广西通志》卷67。
② (明)徐阶等:《明世宗实录》卷405。
③ (明)徐阶等:《明世宗实录》卷433。
④ (明)徐阶等:《明世宗实录》卷468。
⑤ (明)徐阶等:《明世宗实录》卷469。
⑥ (清)谢旻等:《江西通志》卷90。
⑦ (明)徐阶等:《明世宗实录》卷515。

26. 周思兼(1564)

字叔夜，南直隶华亭人，嘉靖二十六年(1547)进士。《世宗实录》记载其出任提学，嘉靖四十三年(1564)九月，"升礼部祠祭司郎中屠义英、浙江按察司佥事周思兼俱为按察司副使……义英浙江，思兼广西，俱提调学校"①。而据《江南通志》记载，周思兼"迁广西提学未赴而卒"②。著述有《周叔夜集》。

*27. 方弘静(1564—1567 在任)

字定之，南直隶歙县人，嘉靖二十九年(1550)进士。据《世宗实录》记载，嘉靖四十三年(1564)十月，也就是任命周思兼为广西提学的次月，"调江西按察司副使方弘静于广西，提调学校"③。其卸任时间没有明确记载，应参考下任提学任职时间。著述有《千一录》，《明诗综》录其诗作一首。

*28. 谢少南(?)

字应午，南直隶上元人，嘉靖十一年(1532)进士。嘉靖间曾任广西提学佥事，督学事迹不可考。著述有《粤台集》《全州志》《河垣稿》。

(六)穆宗时期

29. 阴武卿(1569—1571 在任)

字定夫，四川内江人，嘉靖三十五年(1556)进士。《穆宗实录》记载其出任提学，隆庆三年(1569)十一月"丁丑，改江西按察司副使阴武卿于广西，提调学校"④。该书还记载其卸任之事，隆庆五年(1571)一月，"升广西按察司副使阴武卿，陕西按察司副使张一霁俱为布政使司参政……武卿福建，一霁原省"⑤。

*30. 胡汝嘉(1571—1572 在任)

字懋禧，南京鹰扬卫籍，嘉靖三十二年(1553)进士。《穆宗实录》记载其出任提学，隆庆五年(1571)二月，"升南京礼部仪制司郎中胡汝嘉为广西按察司

---

① （明）徐阶等：《明世宗实录》卷538。
② （清）赵宏恩等：《江南通志》卷141。
③ （明）徐阶等：《明世宗实录》卷538。
④ （明）于慎行等：《明穆宗实录》卷39。
⑤ （明）于慎行等：《明穆宗实录》卷53。

佥事,提调学校"①。据该书记载,隆庆六年(1572)四月,"调广西按察司佥事胡汝嘉于浙江,提调学校"②。著述有《心南稿》等。

31. 江圻(1572—?)

字子望,浙江仁和人,隆庆二年(1568)进士。隆庆六年(1572)四月,"南京刑部江西司郎中江圻为广西按察司佥事,提调学校"③。其卸任时间不可考。

(七)神宗时期

32. 高则益(1574—1577?,1580)

字汝谦,江西南昌人,嘉靖四十一年(1562)进士。据《神宗实录》记载,万历二年(1574)十二月,"以广西参政高则益提调本省学校,改分巡辽海道"④。由此可知,高则益是由参政兼任提学官。其卸任时间暂不可考。但《神宗实录》又有记载,万历八年(1580年)正月,"调浙江左布政使劳堪于福建,广西提学副使高则益于四川,广西左参议秦舜翰于贵州"⑤。如果这则记录没有错误,说明高则益很可能还有临时出任提学的经历。

33. 钟继英(1577—1579在任)

字乐华,号心渠,广东东莞人,嘉靖四十四年(1565)进士。《明实录》并没记载钟继英督学广西的具体时间,但是《广西通志》却明确记载"万历五年任提学"⑥,且钟继英在《重修容县学记》一文中写道:"今上御极之五年,继英奉玺书,督视粤西学校。"⑦说明钟继英在万历五年(1577)的确出任广西提学。另外《怀集县新建层楼记》也是钟继英作于万历七年(1579)初,说明钟继英也很可能仍在提学任上。钟继英万历八年(1580)三月被降职:"庚申……勒云南副使徐可久致仕,降调河南左布政使郑云鋆,广西副使钟继英,陕西副使李贵和

---

① (明)于慎行等:《明穆宗实录》卷54。
② (明)于慎行等:《明穆宗实录》卷69。
③ 同上。
④ (明)叶向高等:《明神宗实录》卷32。
⑤ (明)叶向高等:《明神宗实录》卷95。
⑥ (清)金鉷等:《广西通志》卷53。
⑦ (清)汪森:《粤西文载》卷28。

等各有差。从科道官陈三谟王晓等奏也。"①钟继英督学广西,颇有政绩。万历十一年(1583)三月得以任用:"调原任广西副使提调学政钟继英为湖广副使。"②

34. 袁昌祚(1580—1583在任)

字茂文,原名炳东,广东东莞人,嘉靖三十四年(1555)乡试解元,隆庆五年(1571)进士。据《神宗实录》记载,"升户部云南司员外袁昌祚为广西佥事,提督学政"③。时间是万历八年(1580年)正月,说明袁昌祚恰是接替高则益出任广西提学。万历十年(1582)九月,明廷考察天下提学官,广西提学袁昌祚录用。万历十一年(1583)三月,"升福建佥事袁昌祚于四川,户部郎中孙佩于江西,各右参议"④。根据《四川通志》记载,袁昌祚是由福建佥事转任四川参议,因此这实际上应该是袁氏卸任广西提学佥事的时间。著述有《乐律考》《广东新通志》。

＊35. 范谦(1583在任)

字含虚,一字汝益,江西丰城人,隆庆二年(1568)进士。据《神宗实录》记载,范谦出任广西提学是在万历十一年(1583)三月,"升福建左参议范谦为广西副使提调学政"⑤。但是次月则有新的任命,"调广西副使范谦为山东副使提调学政"⑥。说明范谦在广西督学时间相当短暂。著述有《双柏堂集》。

＊36. 刘应麒(1583—1585在任)

字道征,江西鄱阳人,隆庆二年(1568年)进士。刘应麒是接替范谦出任广西提学:"起原任广东副使刘应麟为广西副使,提调学政。"⑦故而其时间也是在万历十一年(1583)四月。其卸任时间不可考,当参考下任提学任职时间。

---

① (明)叶向高等:《明神宗实录》卷97。
② (明)叶向高等:《明神宗实录》卷135。
③ (明)叶向高等:《明神宗实录》卷95。
④ (明)叶向高等:《明神宗实录》卷135。
⑤ 同上。
⑥ (明)叶向高等:《明神宗实录》卷136。
⑦ 同上。"刘应麟",应为"刘应麒"之误。

37. 熊惟学(1585—1589 在任)

字复吾,又字习之,江西南昌人,隆庆五年(1571)进士。《神宗实录》记载熊惟学出任提学之事,万历十三年(1585)十月,"升陕西参议熊惟学为广西提学副使"①。该书也记载其卸任时间,万历十七年(1589)正月"乙亥,升……江西按察司副使沈九畴,湖广按察司副使虞德烨,广西按察司副使熊惟学,贵州按察司副使陈颐,各布政司右参政。志隆本省,燿山西,九畴四川,德烨云南,惟学广东,颐本省"②。

*38. 杨德政(1589 在任)

字公亮,一字叔向,浙江鄞县人,万历五年(1577)进士。万历十七年(1589)二月,"调福建按察司副使杨德政于广西,各提督学政"③。但是杨德政督学广西的时间并不长,同年七月,"广西提学副使杨德政致仕。调陕西按察司副使周思宸以代"④。著述有《梦鹿轩稿》。

39. 周思宸(1589 在任)

字佐之,浙江余姚人,隆庆五年(1571)进士。如上文记述,周思宸接替杨德政出任广西提学是在万历十七年(1589)七月。但是周思宸任职不久即被人弹劾:河南汲县知县李赋秀投揭抚按,言原任卫辉府知府周思宸贪赃。《神宗实录》记载,万历十七年(1589)十二月,"是日始发潞王疏并发工部疏,令周思宸等俱革任,立限抚按从公勘奏"⑤。但《河南通志》谓其"提躬耿介,遇事有担荷,时值潞藩初建,百役繁兴,思宸力为调剂,民赖以安,后升陕西按察使,调广西提学,郡立祠祀之"⑥,评价颇高。

40. 李鋕(1589—1593 在任)

字廷新,浙江缙云人,万历二年(1574)进士。李鋕接替周思宸出任广西提

---

① (明)叶向高等:《明神宗实录》卷 167。
② (明)叶向高等:《明神宗实录》卷 207。
③ (明)叶向高等:《明神宗实录》卷 208。
④ (明)叶向高等:《明神宗实录》卷 213。
⑤ (明)叶向高等:《明神宗实录》卷 218。
⑥ (清)王士俊等:《河南通志》卷 55。

学,"癸未,升兵部郎中李鋕为广西按察司副使,提督学政"①。时间正是在万历十七年(1589)十二月。《神宗实录》也记载李鋕卸任广西提学之事:"升浙江参政夏良心为山东按察使,广西副使李鋕为广东参政。"②时间是在万历二十一年(1593年)正月。

*41. 甘雨(1593 在任)

字子开,江西永新人,万历五年(1577)进士。甘雨在出任贵州提学之前曾短暂担任广西提学一职。《同治永新县志》记载:"癸巳,迁粤西督学,乞骸归,淡然仕进。嗣郭公子章抚贵州,适学宪缺,乃起雨督贵州学。"③其督学时间应该不久。

*42. 李际春(1593—1594 在任)

字和元,湖广蕲州人,万历五年(1577)进士。据《神宗实录》记载,万历二十一年(1593)十一月,"调云南提学副使李际春于广西"④。其卸任时间不可考,应参照下任提学任职时间。据《湖广通志》记载,"以去任风影事见中,拂衣归"⑤,概因辞官而卸任。

43. 杨道会(1594—1598 在任)

字惟宗,号贯斋,福建晋江人,隆庆二年(1568)进士。万历二十二年(1594)十一月,"起原任广西副使杨道会提督广西学政"⑥。"校士精核,复赈其窭者。士为奋兴。"⑦卸任时间不可考,应参考下任提学任职时间。著述有《性理抄》。

*44. 萧良誉(1598—1600 在任)

字以孚,湖广汉阳人,万历八年(1580)进士。万历二十六年(1598)五月,

---

① (明)叶向高等:《明神宗实录》卷 218。
② (明)叶向高等:《明神宗实录》卷 256。
③ (清)萧玉春等:《同治永新县志》卷 16。
④ (明)叶向高等:《明神宗实录》卷 266。
⑤ (清)迈柱等:《湖广通志》卷 48。
⑥ (明)叶向高等:《明神宗实录》卷 279。
⑦ (清)嵇曾筠等:《浙江通志》卷 154。

"起温纯为都察院左都御史,原任河南副使萧良誉为广西提学副使"①。其卸任则是在万历二十八年(1600)二月,"以陕西右参政蔡应科升广东按察副使,广西副使萧良誉升福建右参政"②。督学有声,"两任提学,衡鉴超异,卓绝一时"③。

*45.骆日升(1600—1603在任)

字启新,号台晋,福建惠安人,万历二十三年(1595)进士。骆日升以江西佥事改调广西,接替萧良誉出任广西提学,时间正是在万历二十八年(1600)二月。其卸任之事《神宗实录》有明确记载:"以广西提学道佥事骆日升为广东右参议兼佥事,管盐屯水利道。"④时间是万历三十一年(1603)十月。《粤西文载》录其文。

46.杨逢时(1604—1607在任)

字号不可考,湖广江陵人,万历四年(1576)解元,万历二十年(1592)进士。据《神宗实录》记载,万历三十二年(1604)九月,"升广东高州知府杨运时为广西提学副使"⑤。"杨运时",应是"杨逢时"之误。其卸任之事,该书也有记载,万历三十五年(1607)六月,"升山西按察使广西副使杨逢时为四川参政,户部郎中靳于中为山东提学副使"⑥。《湖广通志》称其督学"有水镜之誉"⑦,说明善于识鉴人才。

*47.胡琳(1607—1609在任)

字璞完,浙江会稽人,万历十七年(1589)进士。据《神宗实录》记载,万历三十五年(1607)闰六月,"调贵州佥事胡琳为广西提学佥事"⑧。实际上胡琳是由贵州提学改调广西。该书也记载胡琳卸任提学之事:"丙午,升四川顺庆

---

① (明)叶向高等:《明神宗实录》卷322。
② (明)叶向高等:《明神宗实录》卷344。
③ (清)迈柱等:《湖广通志》卷47。
④ (明)叶向高等:《明神宗实录》卷389。
⑤ (明)叶向高等:《明神宗实录》卷400。
⑥ (明)叶向高等:《明神宗实录》卷434。
⑦ (清)迈柱等:《湖广通志》卷53。
⑧ (明)叶向高等:《明神宗实录》卷435。

知府昝云鹤为四川副使,广西佥事胡琳为福建右参政。"①时间是在万历三十七年(1609)七月。胡琳督学有声,善于识人。督学贵州时,"才品卓荦,精于藻鉴,毫发不爽"②。

48. 魏濬(1609—?)

字禹钦,福建松溪人,万历三十二年(1604)进士。《神宗实录》记载魏濬出任广西提学,万历三十七年(1609)八月,"升户部山西司郎中魏濬为广西提学佥事"③。其卸任时间不可考,概因辞官卸任。魏濬颇有诗名,《明诗综》《粤西诗载》录其诗作。著述有《周易古象通》《峤南琐记》《峡云草》等。

49. 林祖述(1613—1617在任)

字道卿,浙江鄞县人,万历十四年(1586)进士。据《神宗实录》记载,万历四十一年(1613)四月"庚辰,升礼部主客司郎中吴邦相为山东副使,刑部陕西司郎中真宪时为江西参议,云南司员外林祖述为广西佥事,并提督学政"④。林祖述卸任广西提学时间不可考。当以下任提学任职时间为下限。著述有《星历释义》。

50. 陆梦龙(1617—1619?)

字君启,浙江山阴人,万历三十八年(1610)进士。万历四十五年(1617)六月"丁酉,升……刑部郎中陆梦龙广西提学佥事"⑤。其卸任时间不可考。据《江西通志》记载陆梦龙天启间曾任江西兵备道,说明其很可能在天启元年(1621)之前已卸任。著述有《易略》《九江府志》《憨生集》。

＊51. 姚若水(1619—1620?)

字义之,南直隶桐城人,万历二十九年(1601)进士。《神宗实录》记载其出任提学之事,万历四十七年(1619)七月,"升刑科给事中姚若水为广东提学副

---

① (明)叶向高等:《明神宗实录》卷460。
② (清)鄂尔泰等:《贵州通志》卷19。
③ (明)叶向高等:《明神宗实录》卷461。
④ (明)叶向高等:《明神宗实录》卷507。
⑤ (明)叶向高等:《明神宗实录》卷558。

使,监察御史熊化为浙江副使,吴允中为江西副使"①。其卸任时间不可考,当以下任提学任职时间为下限。

(八)熹宗时期(含光宗)

52. 鲁史(1620—1622在任)

字雅存,浙江余姚人,万历三十二年(1604)进士。据《熹宗实录》记载,泰昌元年(1620年)十月,"升福建邵武府知府鲁史为广西按察司副使,提督学政"②。据该书记载,天启二年(1622)正月,鲁史遭言官弹劾,降级调用而卸任。

53. 黄于郊(1621—1622在任)

字号不可考,浙江长兴人,万历三十二年(1604)进士。据《熹宗实录》记载,天启元年(1621年)正月,"改广东布政使司右参议黄于郊为广西布政使司右参议,提督学政"③。天启二年(1622)正月,"升……广西布政使司右参议黄于郊为广东按察司副使,分守海北道"④。由此卸任广西提学。

54. 樊王家⑤(1622未赴任而卒)

字孟泰,号珠城,广东东莞人,万历三十五年(1607年)进士。据《明熹宗实录》记载,天启二年(1622年)正月,"升……工部屯田司郎中樊王家为广西按察司副使,提督学政"⑥。由此可知樊王家正是接替黄于郊出任广西提学。又据《(光绪)广州府志》记载其"转广西提学副使,未仕卒"⑦,说明樊氏尚未到

---

① (明)叶向高等:《明神宗实录》卷584。
② (明)温体仁等:《明熹宗实录》卷2。
③ (明)温体仁等:《明熹宗实录》卷5。
④ (明)温体仁等:《明熹宗实录》卷18。
⑤ 明代中后期有两位樊王家,一为湖广潜江人,万历三十二年(1604年)进士;一为广东东莞人,万历三十五年(1607)进士。《熹宗实录》记载天启五年(1625)十二月,尚宝司卿吴殿邦上疏参劾原任潮州府知府樊王家。根据明代异地为官原则,此樊王家应是湖广人氏。那么,在此之前出任广西提学副使之职的樊王家则应是广东人氏,概其因修皇陵功而超迁。
⑥ (明)温体仁等:《明熹宗实录》卷18。
⑦ (清)史澄、李光廷:《光绪广州府志》卷124。

任即病亡。

55. 关骥(1622—1623 在任)

字德甫,广东南海人,万历三十二年(1604)进士。《熹宗实录》记载其出任广西提学,天启二年(1622)六月"辛巳,升……直隶宁国府知府关骥为广西按察司副使,提督学政"①。关骥卸任广西提学时间不可考,应参考下任提学任职时间。

56. 曹学佺(1623—1626?)

字能始,福建侯官人,万历二十三年(1595)进士。据《广西通志》记载:"漓江书院在文昌门外。明天启间督学曹学佺建。今废。"②据此可知,曹学佺在天启年间曾出任广西提学一职。曹学佺在天启二年(1622)九月受到降职处罚:"降原任陕西按察司副使曹学佺为广西布政使司参议。"③次年(天启三年即 1623)九月又由参议升任副使,这应该就是曹氏出任广西提学的时间。其卸任时间不可考,约在天启六年(1626)之前。又《明史》记载:"崇祯初,起广西副使,力辞不就。"④著述颇丰,有《曹大理集》《石仓文稿》等。

57. 徐仪世(1626—1627 在任)

字号不可考,南直隶宜兴人,万历三十八年(1610)进士。据《熹宗实录》记载,天启六年(1626)十二月"升惠州府知府徐仪世为广西按察司提学副使"⑤。天启七年七月,"命广西提学副使徐仪世冠带闲住,因漕监劾其父徐廷凭官势以勒抑漕粮。吏部并议处其子也"⑥。

58. 陆化熙(1627—?)

字濬源,南直隶常熟人,万历四十一年(1613)进士。明廷在命徐仪世冠带闲住的同时,"升广东右参议陆化熙为广西提学副使"⑦。其卸任时间不可考。

---

① (明)温体仁等:《明熹宗实录》卷 23。
② (清)金鉷等:《广西通志》卷 37。
③ (明)温体仁等:《明熹宗实录》卷 26。
④ (清)张廷玉等:《明史》卷 288。
⑤ (明)温体仁等:《明熹宗实录》卷 80。
⑥ (明)温体仁等:《明熹宗实录》卷 86。
⑦ 同上。

（九）思宗时期

*59. 陈士奇（1631—1632 在任）

字平人，福建漳浦人，镇海卫籍，天启五年（1625）进士。据《明史》记载："举天启五年进士，授中书舍人。崇祯四年考选授礼部主事，擢广西提学佥事。父忧归，服阕起重庆兵备，寻改贵州，复督学政。"①据此可知其出任广西提学应在崇祯四年（1631）之后。著述有《巴黔署草》。

60. 程策（?）

字献可，南直隶休宁人，万历三十八年（1610）进士。据《粤西诗载》记载："任西安司理转南仪部。时魏珰窃权，拜其祠者如鹜，策独不往。出守德安，寻督学广西。具藻鉴，后三科榜首，皆其首拔士。升郧襄参政，卒于官。"②其具体督学时间不可考。

61. 余朝相（?）

后改名心度，字君卜，江西瑞昌人，崇祯四年（1631）进士。曾任广西提学佥事，事迹不可考。

62. 王鄘（?）

字孟侯，号偕五，江西上饶人，崇祯四年（1631）进士。王鄘因改任浙江而卸任，其督学事迹不可考。

63. 黄景明（1641—1644?）

字可文，福建晋江人，崇祯七年（1634）进士。据《广西通志》记载："黄景明，晋江人，崇祯十四年以礼部郎迁督学，力挽浮靡，文风一变，人不敢干以私。"③黄景明应该是广西最后一任提学。

---

① （清）张廷玉等：《明史》卷263。
② （清）汪森：《粤西诗载》卷7。
③ （清）金鉷等：《广西通志》卷9。

十四、云南提学简考

明英宗于正统元年(1436)添设各省提学官员时,"两京十三布政司"当中唯独云南和贵州没有设置。这一情况直到正统年间添设云南提学时才得以改变。

(一)英宗时期(含代宗)

1. 姜浚(1448—1455在任)

字子澄,南直隶江宁人,生员举楷书得官。正统十三年(1448)三月,据《英宗实录》记载:"丁酉,升云南广南府姜浚为云南按察司副使,提督学校及清理军政。浚以广南不可居,求黔国公沐斌等奏保之,故有是命。"① 由此可见明代云南提学官员的添设实际还是官员主动要求的结果。因此主动申请提学职位的姜浚也成为明代首任云南提学。景泰元年(1450)五月,姜浚还曾就云南学政向朝廷提出两条建议:一是不拘常例,学校军民生员相兼,不必刻意区分;二是贡举务在得人,不在年岁。两条建议得到朝廷采纳。姜浚卸任云南提学时间不可考。但是天顺二年(1458)六月,明廷"复除陕西右参政杨镛于浙江布政司,云南右参议萧俨于河南布政司,云南按察司副使姜浚于陕西按察司,福建按察司佥事王迪于江西按察司,俱以亲丧服阕也"②。据此可知姜浚卸任云南提学是因丁忧之故,时间应在三年前的景泰六年(1455)左右。

2. 邵玉(1461—1464在任)

字德温,浙江鄞县人,宣德十年(1435)举人。天顺五年(1461)十一月,英宗复位后重新任命一批提学官员,"庚申,命监察御史严诠、陈政于南北直隶提调学校。升……教授邵玉云南佥事,俱提调学校,以吏部会廷臣荐举也。"③ 邵玉由顺天府学教授升任云南提学佥事。其卸任时间不可考,概其引疾辞职而

---

① (明)李贤等:《明英宗实录》卷164。
② (明)李贤等:《明英宗实录》卷292。
③ (明)李贤等:《明英宗实录》卷334。

离任。邵玉督学云南颇有政绩:"其教士,先严义利之训,以身为范,尝三典文衡,得人为多。"①

3. 刘伦正(1465？—1468？)

字理叙,江西安福人,景泰五年(1454)进士。刘伦正出任云贵提学,《明英宗实录》《明史》均无相关记载。但《同治安福县志》记述刘氏传记称其"任南京刑科给事中,督学云贵、浙江"②,据此说明刘伦正在云贵和浙江都担任过提学。刘氏出任浙江提学一事上文业已考证,由此表明云贵提学是其在浙江提学卸任之后的仕宦经历。那么,刘伦正出任云南提学就应该是在成化元年(1465)左右,且其职衔很可能是副使。但不知何故,《云南通志》仍列其为"佥事"。著述有《休休庵文集》。

(二)宪宗时期

*4. 童轩(1469—1474 在任)

字士昂,江西鄱阳人,南京钦天监籍,景泰二年(1451)进士。《宪宗实录》记载童轩出任云南提学之事,成化五年(1469)二月,"升……浙江寿昌县知县童轩为按察司佥事"③。其卸任则是因晋升为太常寺少卿,时间在成化十年(1474)十二月。著述有《枕肱集》《清风亭稿》《筹边录》。

5. 黄明善(1474—1480 在任)

字号不可考,四川眉州人,贡士出身,曾为国子监学录,成化七年(1471)升为监丞。黄明善出任贵州提学的时间较为明确,据《宪宗实录》记载,成化十年(1474年)九月,"升国子监监丞黄明善为云南按察司佥事提调云南贵州学校"④。据该书记载黄氏又在成化十五年(1479)十二月升任本省副使,但其职守不变。其离任时间此书并未记载,但根据其继任提学萧奎于成化十七年(1481)七月到任的历史事实进行推断,黄明善督学云贵的时间最迟不晚

---

① (明)凌迪知:《万姓统谱》卷 103。
② (清)姚濬昌:《同治安福县志》卷 1。
③ (明)刘吉等:《明宪宗实录》卷 63。
④ (明)刘吉等:《明宪宗实录》卷 133。

于这一时间节点。故此黄明善在云南提学任上的时间大概有7年之久。

6. 萧奎(1481在任)

字汉文,南直隶常熟人,成化八年(1472)进士。《宪宗实录》记载萧奎出任云南提学,成化十七年(1481)秋七月,"升工部员外郎萧奎为云南按察司佥事,提调云南贵州学校"①。但稍后不久萧奎即离任,"庚午,调云南按察司佥事萧奎于贵州,初奎为员外郎管神木厂,尝忤中官。至是其人言于上,以奎不宜提调学校,故调之"②。时间是萧奎出任云贵提学的次月。

7. 陈谟(1481在任)

字号不可考,浙江余姚人,成化八年(1472)进士。据《宪宗实录》记载,成化十七年(1481)九月,"升礼部员外郎陈谟为云南按察司佥事,提调云南贵州学校"③。其卸任时间不可考,概因丁忧之故。成化二十一年(1485)三月,"复除云南按察司佥事陈谟于福建"④。据此倒推三年,则正是成化十七年(1481),由此说明陈谟在云南督学时间不长。

8. 何俊(1482?)

字号不可考,湖广郴州人,成化五年(1469)进士。《宪宗实录》记载何俊出任云南提学之事,成化十八年(1482)夏四月"乙卯,升礼部员外郎张习,南京户部署员外郎何俊俱按察司佥事,提调学校。习广东,俊云南"⑤。而根据《明一统志》记载:"擢云南按察司佥事,兼督云贵学政,随俗导化,济之以严,凡所陶铸多中器。"⑥

9. 陈绶(1487—?)

字号不可考,四川泸州人,成化十一年(1475)进士。据《宪宗实录》卷288记载,成化二十三年(1487)三月,明廷任命大批提学官员,陈绶被派往云南出任提学佥事。其卸任时间不可考。

---

① (明)刘吉等:《明宪宗实录》卷217。
② (明)刘吉等:《明宪宗实录》卷218。
③ (明)刘吉等:《明宪宗实录》卷219。
④ (明)刘吉等:《明宪宗实录》卷263。
⑤ (明)刘吉等:《明宪宗实录》卷226。
⑥ (明)李贤等:《明一统志》卷66。

(三)孝宗时期

10. 胡积学(1495—1498 在任)

字畏之,四川巴县人,成化十七年(1481)进士。弘治八年(1495)十二月,"升户部员外郎申磐,礼部员外郎宋端仪,刑部员外郎胡积学,俱为按察司佥事。端仪广东,积学云南,俱提调学校"①。其卸任时间不可考,当以下任提学任职时间为下限。

11. 王臣(1498—1502 在任)

字世赏,江西庐陵人,成化五年(1469)进士。弘治十一年(1498)六月"戊寅,升南京工部郎中王臣为云南按察司副使,提调学校"②。其卸任概因致仕之故,时间在弘治十五年(1502)三月。

12. 彭纲(1502—1505 在任)

字性仁,江西清江人,成化十一年(1475)进士。《孝宗实录》记载彭纲出任云南提学之事,弘治十五年(1502 年)三月,"升……河南按察司佥事彭纲为云南副使,提调学校"③。彭氏在正德三年(1508)正月因朝廷考核"发落致仕"而卸任。实际上彭纲督学云南,"以公明称,为人端凝朴茂,而不波逐于时流"④。著述有《云田集》。

(四)武宗时期

13. 周季凤(1508—1510 在任)

字公仪,江西宁州人,弘治六年(1493)进士。周季凤出任云南提学时间不可考,很可能是接替彭纲出任云南提学。其卸任时间《武宗实录》确有明确记载,"升云南按察司副使周季凤为山西行太仆寺卿"⑤,时间是在正德五年

---

① (明)李东阳等:《明孝宗实录》卷 107。
② (明)李东阳等:《明孝宗实录》卷 138。
③ (明)李东阳等:《明孝宗实录》卷 185。
④ (明)李贤等:《明一统志》卷 55。
⑤ (明)杨廷和等:《明武宗实录》卷 70。

(1510)十二月。

14. 李希颜①(1510—1514在任)

字号不可考,南直隶华亭人,弘治六年(1493)进士。据《明一统志》记载:"李希颜","弘治末云南提学副使,振作士气,滇人德之"②。考察明实录可知,弘治十八年(1505)二月"李希颜"尚在南京刑部广东司员外任上。所以李希颜的确有可能在这一年出任云南提学,但并不一定以副使职衔到任。但查阅《明清进士题名碑录索引》,并无"李希颜"此人,考虑生平仕宦经历,应该是"李希贤"之误。据《武宗实录》记载,正德五年(1510)十二月"辛卯,升云南布政司左参议李希贤为云南按察司副使"③。而正德九年(1514)八月"庚子,升云南按察司副使李希颜为本司按察使"④,说明这正是李希贤卸任云南提学的明确记载。

15. 郑元(1521—1523在任)

字号不可考,浙江仁和人,正德六年(1511)会元、进士。据《武宗实录》记载,正德十六年(1521)春正月"甲子,升广西副使张祐为本司按察使,刑部郎中张原明,礼部郎中郑元为副使。原明四川,元云南,提调学校"⑤。这是郑元出任云南提学的确切记载。其卸任时间不可考,应参考下任提学任职时间。

16. 孙继芳(1523—?)

字世其,江西进贤人,华容籍,正德六年(1511)进士。据《世宗实录》记载,嘉靖二年(1523)十月"乙丑,升……兵部郎中孙继芳为云南按察司副使,提督学校"⑥。此即孙氏出任云南提学的明文记载。孙氏因辞官离任,时间不可考。据《云南通志》记载:"嘉靖初,任提学副使,刚介有识,甄别无爽,会有挠之者,竟投劾去。"⑦说明孙继芳在任时间不长。著述有《石矶集》,《明诗综》《御

---

① 应是"李希贤"之误。
② (明)李贤等:《明一统志》卷12。
③ (明)杨廷和等:《明武宗实录》卷70。
④ (明)杨廷和等:《明武宗实录》卷115。
⑤ (明)杨廷和等:《明武宗实录》卷195。
⑥ (明)徐阶等:《明世宗实录》卷32。
⑦ (清)鄂尔泰等:《云南通志》卷19。

选明诗》录其诗作。

*17. 欧阳重(1526？—1527)

字子重,江西庐陵人,正德三年(1508)进士。《世宗实录》记载欧阳重卸任云南提学之事,嘉靖六年(1527)六月"戊午,升福建按察使周宣为广东左布政使,云南按察司副使欧阳重为浙江按察使"①。由此可见,此时欧阳重卸任云南提学一职。而据罗洪先《右金都御史三欧阳公重墓志铭》记载:"擢四川按察司副使,提督学校。以母忧去,服除补云南督学。"②由此可知欧阳重在四川、云南提学两任是前后相续的。而欧阳重卸任四川提学又是因为丁忧之故,考虑其下一任四川提学任命时间,则欧阳重卸任四川提学当在嘉靖二年(1523)左右。那么,三年服除出任云南提学的时间,就应该在嘉靖五年(1526)前后。

(五) 世宗时期

*18. 唐胄(1527—1529？)

字平侯,广东琼山人,弘治十五年(1502)进士。据《世宗实录》记载,嘉靖六年(1527)十月,礼部尚书桂萼建言考校天下提学官时,云南副使唐胄依旧留用。说明此时唐胄应该在云南提学副使任上。但是其出任云南提学副使的时间,该书却没有明文记载。据《云南通志》记载:"嘉靖间任金腾兵备,改提督学校。教士有法,振拔孤寒。"③也就是说唐胄在改任云南提学副使之前还在兵备副使任上有过短暂经历。根据唐胄在嘉靖三年(1524)二月才由户部河南司署员外郎晋升为广西按察司金事的履历来判断,他晋升副使的时间也应该在嘉靖六年(1527)左右。所以唐胄出任云南提学副使的时间也不可能距这一时间太远。而嘉靖七年(1528)十月,云南地方总兵官沐绍勋要求嘉奖平息木邦治乱诸官员时提到副使唐胄,说明此时唐氏依旧在任。后晋升云南右参政而卸任,根据其任职履历推测,时间应在嘉靖八年(1529)左右。

---

① (明)徐阶等:《明世宗实录》卷8。
② (明)焦竑:《国朝献征录》卷63。
③ (清)鄂尔泰等:《云南通志》卷19。

*19. 龚守愚(1530？—1532)

字师贤,江西清江人,正德六年(1511)进士。龚守愚出任云南提学只有一处文献记载:"调云南提学副使,外艰归,服除起提学陕西。"①龚守愚出任陕西提学是在嘉靖十四年(1535)六月,守丧三年,则说明龚氏在云南提学任上的时间应在嘉靖十一年(1532)之前。

20. 陈焕(1533—1538 在任)

字子文,浙江余姚人,正德十二年(1517)进士。《世宗实录》记载陈焕出任云南提学之事,嘉靖十二年(1533)八月,"升广西布政使司右参议陈焕为云南按察副使,提调学校"②。嘉靖十七年(1538)正月,"升……刑科给事中李士文浙江副使,底蕴云南副使陈焕俱为布政使司左参政"③。"底蕴"不知何意,但文中记述陈焕由副使晋升为参政的时间是较为明确的,这就是陈焕卸任云南提学的时间。

21. 李默(1538—1539 在任)

字时言,福建瓯宁人,正德十六年(1521)进士。据《世宗实录》记载,嘉靖十七年(1538)二月,"升广东按察司佥事李默为云南按察司副使,提调学校"④。说明李默是接替陈焕而出任云南提学副使。其卸任时间该书也有记载,"升云南按察司副使李默为江西布政使司左参政"⑤,时间是在嘉靖十八年(1539)闰七月。李默在云南督学,"首经术,崇行谊,购遗书,广厉学官,表贤者墓,穷荒僻远,文学响风"⑥,颇有政绩。著述有《天下舆地图》《群玉楼稿》等,《明诗综》《御选明诗》《粤西诗载》录其诗作。

*22. 吴鹏(1543—？)

字万里,浙江秀水人,嘉靖二年(1523)进士。嘉靖二十二年(1543)三月

---

① (清)潘懿等:《同治清江县志》卷 8。
② (明)徐阶等:《明世宗实录》卷 153。
③ (明)徐阶等:《明世宗实录》卷 208。
④ (明)徐阶等:《明世宗实录》卷 209。
⑤ (明)徐阶等:《明世宗实录》卷 227。
⑥ (清)李清馥:《闽中理学渊源考》卷 86。

"戊辰,升广西布政使司左参议吴鹏为云南按察司副使,提督学校"①。其卸任时间不可考。著述有《飞鸿亭稿》,《明诗综》《御选明诗》录其诗作。

*23. 徐养正(1552—1555 在任)

字吉夫,广西马平人,嘉靖二十年(1541)进士。徐养正出任贵州提学是在嘉靖二十九年(1550)二月,但是徐养正督学贵州时间较短,据《广西通志》记载因丁忧之故卸任,之后复起为云南提学。据此推断徐养正复除任职云南提学的时间应该在嘉靖三十一年(1552)左右,嘉靖三十四年(1555)闰十一月,"升云南按察司佥事徐养正为南京光禄寺少卿"②。徐氏卸任云南提学时间恰与其任职时间吻合(一个考满周期)。《粤西文载》记载:"服阕补云南,规条严肃,集诸生于五华书院,教以忠孝大节。"③著述有《蛙鸣集》。

24. 余文献(1555—?)

字可征,一字伯初,福建德化人,嘉靖二十三年(1544)进士。《世宗实录》记载余文献出任云南提学之事,嘉靖三十四年(1555)闰十一月"戊辰,升礼部郎中余文献为云南按察司副使,提调学校"④。由此可见,余文献恰是接替徐养正出任云南提学。其卸任时间不可考。著述有《九崖集》。

25. 陈善(?—1562)

字思敬,浙江钱塘人,嘉靖二十年(1541)进士。嘉靖三十二年(1553)十二月,"升礼部署员外郎陈善为广西按察司佥事提调学校"⑤。嘉靖四十一年(1562)六月"丁丑,令云南提学副使陈善,浙江慈溪县知县霍与瑕闲住"⑥。说明此前陈善曾在云南提学任上。

26. 沈绍庆(1562—1565 在任)

字子善,南直隶昆山人,嘉靖二十九年(1550)进士。嘉靖四十一年(1562)

---

① (明)徐阶等:《明世宗实录》卷 272。
② (明)徐阶等:《明世宗实录》卷 429。
③ (清)汪森:《粤西文载》卷 70。
④ (明)徐阶等:《明世宗实录》卷 429。
⑤ (明)徐阶等:《明世宗实录》卷 405。
⑥ (明)徐阶等:《明世宗实录》卷 510。

三月,"壬辰,升礼部署员外郎沈绍庆为云南按察司佥事,提调学校"①。其卸任时间不可考,可以下任提学任职时间为下限。著述有《光山县志》。

27. 张佳胤(1565—1567在任)

字肖甫,四川铜梁人,嘉靖二十九年(1550)进士。据《世宗实录》记载,嘉靖四十四年(1565)七月,"调河南按察司佥事张佳胤于云南提调学校"②。其卸任时间《穆宗实录》有明文记载:"升福建按察司佥事殷从俭,云南按察司佥事张佳胤俱布政司左参议,从俭浙江,佳胤广西。"③时间为隆庆元年(1567)二月。张佳胤盛有文名,《明诗综》《粤西诗载》录其诗作。

(六)穆宗时期

28. 万廷言(1567在任)

字以忠,号思默,江西南昌人,嘉靖四十一年(1562)进士。《穆宗实录》记载,隆庆元年(1567)二月,"升……山东道御史张元卿,光禄寺寺丞万廷言俱按察司佥事。元卿福建,廷言云南,提调学校"④。据此可知万廷言接替张佳胤出任云南提学。然而次月万廷言即被降职调任福建汀州推官而卸任。著述有《经世要略》。

29. 杨守鲁(1567—1568在任)

字允德,湖广长沙人,嘉靖二十六年(1547)进士。明廷调离万廷言的同时,"命云南按察司兵备副使杨守鲁提调学校"⑤,时间也是在隆庆元年(1567)三月。隆庆二年(1568)九月,杨守鲁由云南提学副使晋升浙江右参政而卸任。

30. 程大宾(1568—1571在任)

字汝见,南直隶歙县人,嘉靖三十五年(1556)进士。隆庆二年(1568)九月,程大宾接替杨守鲁,由广西副使调任云南提学副使。其卸任之事《穆宗实

---

① (明)徐阶等:《明世宗实录》卷507。
② (明)徐阶等:《明世宗实录》卷548。
③ (明)于慎行等:《明穆宗实录》卷4。
④ 同上。
⑤ (明)于慎行等:《明穆宗实录》卷5。

录》也有明确记载,隆庆五年(1571)正月,"升湖广按察司副使胡直、云南副使程大宾、山东副使董世彦、四川副使薛曾、陕西副使范懋和俱为布政使司参政"①。由此可知,程大宾因晋升贵州参政而卸任云南提学副使。

31. 薛天华(1571—1574?)

字君恪,福建晋江人,嘉靖二十九年(1550)进士。据《福建通志》记载,薛天华有任职云南经历:"迁云南提学副使,阐明正学,士争濯磨,晋广东按察使,转本省布政使,卒。"②然而《明实录》并无相关记载,考虑到云南提学在程大宾和胡维新两任提学之间有时间空缺,疑此为薛天华督学云南时间。根据《(道光)晋江县志》记载,薛氏著述有《明善斋经疑》《居官疏议》。

(七) 神宗时期

32. 胡维新(1575—1576 在任)

字文化,号云屏,浙江余姚人,嘉靖三十八年(1559)进士。《神宗实录》记载胡维新出任云南提学之事,万历三年(1575)九月"庚子,以山西副使胡维新调云南副使,提调学政"③。其卸任时间不可考,但是万历七年(1579)四月,明廷"复除原任云南副使胡维新为河南副使,整饬大名兵备"④。据此推测,胡维新丁忧卸任云南提学当在三年前的万历四年(1576)初。

33. 刘应峰(1576 在任)

字绍衡,湖广茶陵人,嘉靖三十五年(1556)进士。《神宗实录》记载刘应峰出任云南提学,万历四年(1576)二月"辛未,升广西左参议刘应峰为云南提学副使"⑤。然而仅仅五月后因"乞终养"而辞官卸任。

34. 方沆(1578—?)

字子及,福建莆田人,隆庆二年(1568)进士。《福建通志》记载其生平:"知

---

① (明)于慎行等:《明穆宗实录》卷 53。
② (清)郝玉麟等:《福建通志》卷 12。
③ (明)叶向高等:《明神宗实录》卷 42。
④ (明)叶向高等:《明神宗实录》卷 86。
⑤ (明)叶向高等:《明神宗实录》卷 47。

全州历南户刑二部郎,督学滇中,左迁知宁州。尝复濂溪书院及黄鲁直祠,后以湖广佥事致仕。"①说明方沆的确有督学云南的经历。虽然《明实录》并未记载方沆督学云南之事,但也有两条有关记载:一则是万历六年(1578)十一月,"降南京户部郎中方扬、方沆,主事王廷卿各一级,调外任"②。一则是万历二十一年(1593)三月,"覆南京刑科等科、河南等道所纠拾刑部郎中方沆,户部郎中吕子桂,主事胡载道,大理寺左评事朱禹臣,罢斥"③。显然第一则之后,方沆出任云南提学佥事的可能性更大。著述有《猗兰堂集》。

35. 荆光裕(1579—1582在任)

字孝启,号养吾,南直隶丹阳人,隆庆五年(1571)进士。据《神宗实录》记载,万历七年(1579)十二月,"升南京吏部考功司郎中荆光裕为云南提学副使"④,此即荆光裕出任云南提学时间。其卸任时间该书也有记载:"改调四川杨节,降云南荆光裕,革湖广曹慎职。"⑤时间是万历十年(1582)九月,明廷考察天下提学官之时。

36. 聂良杞(1582—1586在任)

字子实,号念初,江西金溪人,隆庆二年(1568)进士。明廷对荆光裕降职处理的同时,重新任命云南提学:"甲戌,升礼科给事中聂良杞为云南提学佥事。"⑥时间也是在万历十年(1582)九月。万历十四年(1586)升福建参议而卸任。聂良杞督学云南有政绩:"出典滇学,置五华书院,萃博士弟子读习其中,士风丕变。"⑦著述有《百泉书院志》。

37. 刘垓(1586—?)

字达可,湖广潜江县籍,江西安福县人,隆庆五年(1571)进士。据《神宗实

---

① (清)郝玉麟等:《福建通志》卷13。
② (明)叶向高等:《明神宗实录》卷81。
③ (明)叶向高等:《明神宗实录》卷258。
④ (明)叶向高等:《明神宗实录》卷94。
⑤ (明)叶向高等:《明神宗实录》卷128。
⑥ 同上。
⑦ (清)谢旻等:《江西通志》卷82。

录》记载:"辛亥,升礼部祠祭司署郎中主事刘垓为云南佥事,提督学校。"①时间是在万历十四年(1586)三月。其卸任时间不可考。

38. 王大谟(1591—1593 在任)

字惟允,湖广广济人,万历八年(1580)进士。万历十九年(1591)九月,"以刑部主事王大谟升云南提学副使"②。其卸任之事《神宗实录》也有明文记载:"升礼部主客司员外郎查允元为江西提学佥事,云南佥事王大谟为广西左参议。"③时间是在万历二十一年(1593)十月。王大谟"督学云南,捐俸构玉华书院,聚诸生讲业"④。

*39. 李际春(1593 在任)

字和元,湖广蕲州人,万历五年(1577)进士。明廷"升陕西右参议李际春为云南副使提调学政"⑤,以接替王大谟,时间自然也是在万历二十一年(1593)十月。然而次月即改任广西,所以李际春在滇督学时间甚短。

40. 黄廷宝(1593—1595 在任)

号二瞻,江西临川金溪人,万历十一年(1583)进士。万历二十一年(1593)十一月,明廷改任李际春的同时,"以云南佥事黄廷宝调云南提学"⑥。其卸任则在万历二十三年(1595)三月,"升梦雷为福建右布政,麻溶为山西按察使,黄廷宝为四川副使"⑦。其督学事迹不可考。著述有《滇游草》《问学真语》《藩臬偶谭》等。

41. 刘庭蕙(1595—1598 在任)

字蕙征,号云嵩,福建漳浦人,万历八年(1580)进士。据《神宗实录》记载,万历二十三年(1595)六月"庚子,升陕西右参议王孟煦任四川提学副使,户部

---

① (明)叶向高等:《明神宗实录》卷 172。
② (明)叶向高等:《明神宗实录》卷 240。
③ (明)叶向高等:《明神宗实录》卷 265。
④ (清)迈柱等:《湖广通志》卷 48。
⑤ (明)叶向高等:《明神宗实录》卷 265。
⑥ (明)叶向高等:《明神宗实录》卷 266。
⑦ (明)叶向高等:《明神宗实录》卷 283。

署郎中事刘廷蕙任云南提学佥事"①。其卸任之事该书也有记载:"甲戌,升……云南佥事郭宗贤为陕西行太仆寺少卿,刘廷蕙为本省参议。"②时间是在万历二十六年(1598)十月。刘庭蕙曾与张燮编撰《漳州府志》。

42. 范允临(1604—1607 在任)

字长倩,南直隶吴县人,万历二十三年(1595)进士。《神宗实录》记载范允临出任云南提学之事,万历三十二年(1604)七月,"升南京工部郎中范允临为云南提学副使"③。万历三十五年(1607)九月,"兵部请行云南巡按勘克获交夷功状,从巡抚陈用宾之请也。八寨之捷虽大首未得,而黄文通已斩,李世茂就擒,白麟已降。巡抚议以潊泸参将张世名,提学佥事署临安兵备范允临,出奇制胜,例应优叙"④。朝廷的意见是"从之",所以范允临应该在此后晋升福建参议而卸任。著述有《输寥馆集》,《明诗综》《御选明诗》录其诗作。

43. 康梦相(1607—1609?)

字子赉,江西泰和人,万历十四年(1586)进士。据《新纂云南通志》记载:"嘉靖间,以佥事提学云南,清操卓异,培养人才。宁州士子,歌咏不忘,至今祀之。"⑤康梦相在万历十四年(1586)才考中进士,不可能在嘉靖时期出任云南提学,文献记载显然存在错误。但是这则文献对其督学事迹记载甚详,也不能完全否定。康梦相出任云南参议之事,《神宗实录》有明确记载:"降补原任浙江副使康梦相为云南左参议。"⑥时间是在万历三十四年(1606)十二月,那么他实际到任就可能是在次年了。又据《同治泰和县志》康梦相事迹:"复移滇任,会阿克郑举陷武定城,梦相至,戡乱定变,恤亡扶伤,而言者纠中丞并波及,罢归。"⑦其卸任时间不可考,暂以下任提学任职时间为限。

---

① (明)叶向高等:《明神宗实录》卷 285。"刘廷蕙",应是"刘庭蕙"之误。
② (明)叶向高等:《明神宗实录》卷 327。
③ (明)叶向高等:《明神宗实录》卷 398。
④ (明)叶向高等:《明神宗实录》卷 438。
⑤ (清)鄂尔泰等:《新纂云南通志》卷 8。
⑥ (明)叶向高等:《明神宗实录》卷 428。
⑦ (清)宋瑛等:《同治泰和县志》卷 18。

44. 黄琮(1609—1613 在任)

字号不可考,山东海阳人,广东饶平籍,万历二十六年(1598)进士。《神宗实录》记载,万历三十七年(1609)正月,"以山西按察使孙承荣为山东布政使,河南副使曹愈恭为河南参政,临江知府黄琮为云南提学副使"①。此即黄琮任职时间。其卸任时间不可考。但据《神宗实录》记载,万历四十二年(1614)二月"甲申,……升云南右参政黄琮为福建右参政兼佥事"②。由此说明万历四十二年(1614)之前黄琮已经升任云南参政。而《云南通志》记载云南府庙学有文称:"四十年巡按邓渼,提学黄琮,以县学庙附于府。"③说明黄琮万历四十年(1612)仍在提学任上,那么他在万历四十一年(1613)卸任的可能性则较大。

45. 张誾(1614—1617 在任)

字号不可考,四川南溪人,万历二十九年(1601)进士。《神宗实录》记载张誾出任云南提学之事,万历四十二年(1614)十月,"升南京工部都水司郎中张誾为云南提学佥事"④。又据该书记载,万历四十五年(1617)四月,"吏部奏南京科道晏文辉、赵绞等纠拾南京户部主事谢宸、李春熙,郎中胡宗汉照浮躁例,原任南京都水司郎中今升云南提学佥事张誾照不及例,各降一级,调外任用。"⑤张誾因此卸任云南提学。

46. 江和(1617—1619 在任)

字不流,江西鄱阳人,万历三十五年(1607)进士。万历四十五年(1617)六月,"升南京刑部郎中张汝霖为贵州提学佥事,四川成都知府江和为云南提学佥事。"⑥其卸任之事《神宗实录》有明文记载:"升云南副使江和为广东参政。"⑦时间是在万历四十七年(1619)五月。著述有《恤刑录》《燕梦堂集》。

---

① (明)叶向高等:《明神宗实录》卷 454。
② (明)叶向高等:《明神宗实录》卷 517。
③ (清)鄂尔泰等:《云南通志》卷 7。
④ (明)叶向高等:《明神宗实录》卷 525。
⑤ (明)叶向高等:《明神宗实录》卷 556。
⑥ (明)叶向高等:《明神宗实录》卷 558。
⑦ (明)叶向高等:《明神宗实录》卷 582。

＊47. 樊良枢(1619—1621,1625在任)

字致虚，江西进贤籍南昌人，万历三十二年(1604)进士。《神宗实录》记载樊良枢出任云南提学之事，万历四十七年(1619)六月，"升刑部云南司郎中樊良枢为云南提学副使"①。天启五年(1625)十一月，"调云南提学副使樊良枢为浙江提学副使"②。似乎这应该是樊氏卸任云南提学时间，实际上，期间明廷曾任命两任提学(林士标和毛尚忠)。故此樊良枢任职云南提学的时间还需参考另外两任提学任职时间而定。樊良枢著述有《樊致虚杂稿》《八代金石古文》。

(八)熹宗时期

48. 林士标(1621—1623在任)

字号不可考，福建福清人，万历三十五年(1607)进士。《熹宗实录》记载林士标出任云南提学之事，天启元年(1621)闰二月，"升……永州府知府林士标为云南按察司副使，提督学政"③。其卸任则是因升任广西布政使司右参政桂林兵备道，时间是在天启三年(1623)六月。但是期间也有另一位提学到任。

49. 毛尚忠(1621—?)

字子亮，号诚庵，浙江嘉善人，万历三十二年(1604)进士。天启元年(1621)六月，"升工部虞衡司郎中毛尚忠为云南提学佥事"④。其卸任时间不可考，督学时间应该较短。著述有《四书会解》。

50. 张允登(1623—1625在任)

字号不可考，四川汉州人，万历三十八年(1610)进士。《熹宗实录》记载张允登出任云南提学是在天启三年(1623)十月"甲子……升浙江台州府知府张允登为云南按察司副使提督学政"⑤。该书记载天启五年(1625)正月，"吏部

---

① （明）叶向高等：《明神宗实录》卷583。
② （明）温体仁等：《明熹宗实录》卷65。
③ （明）温体仁等：《明熹宗实录》卷7。
④ （明）温体仁等：《明熹宗实录》卷11。
⑤ （明）温体仁等：《明熹宗实录》卷39。

覆科道拾遗疏……山东右参政苏宇庶,云南副使张允登,陕西右参议房楠俱照浮躁例,各降二级用"①。由此说明张允登此后改任(当年三月降贵州佥事)。

*51. 杨师孔(1623—1626?)

字泠然,贵州贵阳人,万历二十九年(1601)进士。天启三年(1623)十二月,"升工部郎中杨师孔为云南按察司佥事,提督学政"②。其卸任时间不可考,据《熹宗实录》记载,天启六年(1626)十二月,"升……云南布政使司右参议杨师孔为本省按察司副使临沅道"③。说明杨师孔在天启六年(1626)之前已由云南提学佥事改任右参议,其提学之职是否改任尚待考证。据《贵州通志》记载,杨师孔"性格孤高,丰仪峻整,官云南提学,范士以严,人皆敬惮"④。

52. 陈琦(1626—)

字号不可考,四川宜宾人,万历三十八年(1610)进士。据《熹宗实录》记载,天启六年(1626)十二月,"升……云南按察司副使陈琦为本省布政使司提学参政"⑤。陈琦改任提学,说明此时云南提学缺任,而陈琦以参政职衔任职也是云南提学中的首例。

(九)思宗时期

53. 胡克开(1628在任)

字号不可考,四川隆昌人,万历四十四年(1616)进士。崇祯元年(1628)二月,由刑部员外郎迁云南提学副使。其督学事迹不可考。

54. 康承祖(1628—?)

字号不可考,江西泰和人,万历四十七年(1619)进士。崇祯元年(1628)六月,由刑部郎中迁云南提学副使。督学事迹不可考。

*55. 张赞(1630—?)

字号、籍贯、出身不可考,疑为张缵曾,字公绪,号九野,别号静生,南直隶

---

① (明)温体仁等:《明熹宗实录》卷55。
② (明)温体仁等:《明熹宗实录》卷42。
③ (明)温体仁等:《明熹宗实录》卷79。
④ (清)鄂尔泰等:《贵州通志》卷28。
⑤ (明)温体仁等:《明熹宗实录》卷79。

无锡人,崇祯元年(1628)进士。崇祯三年(1630)十月,由礼部郎中迁云南按察副使。督学事迹不可考。

56. 邵名世(？—1631—？)

字翼兴,号空斋,南直隶无锡人,天启二年(1622)进士。据《云南通志》记载"鹤庆府庙学"相关文字:"崇祯四年庙灾,巡抚蔡侃、督学邵名世、知府陈开泰、丽江土官木增重建。"①说明此时邵名世在任。

57. 赵明铎(1645—)

疑为"赵明锋"之误。赵明锋,浙江东阳人,崇祯四年(1631)进士。据《明季南略》记载,弘光元年(清顺治二年即 1645)正月"二十一(乙巳),荫故山东巡抚陈应元子入监。郎中赵明锋为云南提学、黎永庆为贵州提学"②。后随永历入缅,被害。

十五、贵州提学简考

贵州建省较晚,明洪武十五年(1382)设置贵州都司,也主要是为了攻取云南的战略需要。直到永乐十一年(1413)二月"始设贵州布政司",独立成省,使明朝"两京十三布政"行政区域布局最终成型。明人杨慎《贵州通志序》曾言:"贵州为邦,在古为荒服。入圣代,始建官立学,驱骊介而衣裳之。伐狉狘而郡县之,铲寨落而卫守之。"③说明明代添设贵州省级行政区域之后,在文治武功方面都颇有建树。这一点若从一百年之后顾祖禹的角度来看,可能更清楚一些:"夫风气日开,人才亦渐出,今中国衣冠固多流寓其间者,且英雄俊伟之士,亦何地不生,而谓贵州终于狉獉之俗也,吾不信也。"④也就是说在贵州发展历史过程中,明代是一个非常重要的时期,而在这一时期,其文治武功都

---

① (清)鄂尔泰等:《贵州通志》卷7。
② (清)计六奇:《明季南略》卷2。
③ (明)谢东山修,张道纂:《嘉靖贵州通志》,西南交通大学出版社,2018年,第1页。
④ (清)顾祖禹:《读史方舆纪要》,中华书局,2005年,第5232页。

是值得关注的重要方面。而明代贵州的"文治"方面,贵州提学的功绩同样不可忽视。通过贵州提学的督学活动,我们能更为清晰地了解贵州文化在明代的发展变化。

贵州提学设立的时间较晚,是因为云南提学曾监管贵州学政。这一情况直到宪宗时期有所改变。成化六年(1470)夏四月,"巡抚贵州右副都御史秦敬奏,贵州学校悉属云南提调佥事兼理,相去动经千里,往来考试不便,乞令本官专理云南学政。本省从分官兼理,从之"①。秦敬的意见虽被采纳,但是稍后几年贵州提学却并没有单独添设,而是在任命云南提学时并称贵州提学,贵州学政并没有实质性改变。弘治四年(1491)正月,"巡按贵州监察御史汪律言,贵州学校以云南提学佥事兼领,地远不能遍历,请改命贵州兵备副使带管。礼部覆奏。从之"②。至此,贵州提学才真正单独设置。

(一)孝宗时期

1. 吴悼(1491—1494 在任)

字克大,浙江淳安人,成化十一年(1475)进士。根据上则文献记录可知,巡按御史汪律所称的贵州兵备副使应当是明朝贵州单独设置提学官之后的第一任提学。考察《孝宗实录》,在弘治三年(1490)五月,"升……贵州佥事吴悼为贵州副使"③。据此可知,吴悼即是明朝贵州第一任提学官。吴悼卸任是因其晋升为本省按察使:"升贵州按察司兵备副使吴悼为云南按察使,以有平苗功也。"④时间是在弘治七年(1494)七月。《贵州通志》记载其人其事:"倜傥有为,外严内宽,置学田以赡士,增站军粮,又为市田站。军思其德,建祠祀之,名曰表贤。"⑤吴悼作为明代贵州第一任提学,在武功和文治方面都有建树,实为难得。

---

① (明)刘吉等:《明宪宗实录》卷 78。
② (明)李东阳等:《明孝宗实录》卷 47。
③ (明)李东阳等:《明孝宗实录》卷 38。
④ (明)李东阳等:《明孝宗实录》卷 90。
⑤ (清)鄂尔泰等:《贵州通志》卷 19。

2. 戚昂(1494—?)

字号不可考,浙江金华人,成化十一年(1475)进士。《孝宗实录》记载戚昂出任贵州提学之事,弘治七年(1494)八月"癸亥,升……湖广按察司佥事戚昂为贵州副使"①。其卸任时间不可考。

3. 毛科(1503—1506?)

字应奎,号拙庵,浙江余姚人,成化十四年(1478)进士。《孝宗实录》记载毛科出任贵州提学之事,弘治十六年(1503)四月"壬寅,命贵州按察司副使毛科提调学校兼督理屯田"②。正德六年(1511)五月,《武宗实录》有文记载:"辛亥,以原任贵州按察司副使毛科为山东副使,整饬徐州等处兵备。科既罢废以例得复起,会都御史陶琰荐之,乃有是命。"③据此说明毛科在此之前已经卸任贵州提学,暂以一个考满为限。

(二) 武宗时期

4. 席书(1509—1511 在任)

字文同,号元山,四川遂宁人,弘治三年(1490)进士。席书出任贵州提学有明文记载,正德四年(1509)正月"辛酉,升监察御史邢缵于云南,河南按察司佥事席书于贵州,俱按察司副使"④。卸任也有明文记载,正德六年(1511)正月,"升……贵州按察司副使席书、建昌府知府宋恺、惠州府知府方良节,俱为右参政。文盛山东,渤云南,鉴浙江,经山东,玥、书俱河南,恺福建,良节广东"⑤。著述有《元山文选》《元山春秋论》。

*5. 秦文(1511—1512 在任)

字从简,浙江临海人,弘治六年(1493)进士。据《武宗实录》记载,正德六年(1511)二月"癸未,升浙江按察司副使匡翼之为陕西苑马寺卿,陈珀为甘肃

---

① (明)李东阳等:《明孝宗实录》卷91。
② (明)李东阳等:《明孝宗实录》卷198。
③ (明)杨廷和等:《明武宗实录》卷75。
④ (明)杨廷和等:《明武宗实录》卷46。
⑤ (明)杨廷和等:《明武宗实录》卷71。

行大仆寺卿,刑部郎中秦文,户部员外郎李梦阳俱为按察司副使。原任御史刘玉,兵科右给事中蔡潮俱为按察司佥事。文贵州,梦阳江西,玉河南,潮湖广"①。据此可知,秦文正是接替席书出任贵州提学。秦文卸任贵州该书没有明确记载,应为丁忧之故,所以正德十年(1515)七月,《武宗实录》记载:"戊子,除服阕贵州按察司副使秦文于陕西提调学校。"②据此倒推三年,秦文于正德七年(1512)卸任贵州提学的事实便基本可以确定。著述有《碛东集》。

(三) 世宗时期

6. 刘彭年(1525—1527 在任)

字惟静,四川巴县人,正德九年(1514)进士。《世宗实录》记载刘彭年出任贵州提学之事:"升……礼部精膳司署员外郎刘彭年为贵州按察司佥事,提督学校兼管屯田。"③时间是在嘉靖四年(1525)五月。其卸任时间则是在嘉靖六年(1527)十月,明廷考校天下提学官,"贵州佥事刘彭年,宜改别用"④。说明此后不久刘彭年改用他职而卸任。

*7. 高贲亨(1527—1528 在任)

字汝白,浙江临海人,正德九年(1514)进士。就在刘彭年改调他用的同时,明廷"调……江西佥事高贲亨于贵州,皆提调学校"⑤。也就是说高贲亨接替刘彭年出任贵州提学佥事,时间自然是在嘉靖六年(1527)十月。《世宗实录》也记载高氏卸任之事:"升……贵州按察司佥事高贲亨为福建副使,提调学校。"⑥时间是在嘉靖七年(1528)十月。

*8. 陈琛(1528—1529 在任)

字思献,福建晋江人,正德十二年(1517)进士。据《世宗实录》记载,陈琛接替高贲亨为贵州提学:"升南京吏部考功司主事陈琛为贵州按察司佥事,提

---

① (明)杨廷和等:《明武宗实录》卷 72。
② (明)杨廷和等:《明武宗实录》卷 127。
③ (明)徐阶等:《明世宗实录》卷 51。
④ (明)徐阶等:《明世宗实录》卷 81。
⑤ 同上。
⑥ (明)徐阶等:《明世宗实录》卷 93。

调学校。"①时间是也在嘉靖七年(1528)十月。该书亦记载陈琛卸任之事:"改贵州按察司佥事陈琛于江西,江西佥事黄佐于广西各提调学校。"②时间是在嘉靖八年(1529)五月。著述有《紫峰先生文集》。

9. 萧璆(1529—1532?)

字号不可考,湖广辰州卫人,嘉靖二年(1523)进士。据《湖广通志》记载:"有才华,精文翰,家贫克自振励。授吏部主事,擢贵州提学佥事,教第严正,乞休归。日与门人论学不倦。"③《明实录》并未记载其督学贵州之事,但《世宗实录》亦有相关记载,嘉靖七年(1528)八月,"升吏部文选司郎中戴时宗为太仆寺少卿,稽勋司主事萧璆为山东按察司佥事"④。此时萧璆明显属于越级晋升,曾在当时引起轰动。萧氏出任云南提学佥事当在此后不久,以次年即嘉靖八年(1529)左右为宜。《大清一统志》称其"督学黔省为当事模范"⑤。其卸任时间不可考,当以一个考满为限。

10. 黄国用(1532?—1535?)

字子忠,江西庐陵人,正德九年(1514)进士。黄国用出任贵州提学《明实录》并没有明确记载。原本在嘉靖二年(1523)十一月,"长芦巡盐御史"黄国用因用纸牌遣送罪臣刘最而触怒嘉靖皇帝,遭到贬斥,降为远方杂职。到了嘉靖八年(1529)正月,桂萼等人建议宽宥"先年建言缘事得罪诸臣","上然之,命于在外员缺酌量推用"⑥。嘉靖皇帝同意重新起用之前的一批罪臣,所以黄国用在此后几年赴任云南提学的可能性较大。《贵州通志》将其列为高贲亨之后的提学,恰好也印证了以上推断。著述有《义城文集》。

11. 阎闳(1535?—1538?)

字尚友,山东临清人,正德十二年(1517)进士。《古今图书集成》记述其生平,其中有文记载:"闳谪云南蒙自丞,居一年,诏复原官。闳归,疏以丞职致

---

① (明)徐阶等:《明世宗实录》卷93。
② (明)徐阶等:《明世宗实录》卷101。
③ (清)迈柱等:《湖广通志》卷9。
④ (明)徐阶等:《明世宗实录》卷91。
⑤ (清)和珅等:《大清一统志》卷37。
⑥ (明)徐阶等:《明世宗实录》卷97。

仕,不得请。进河南按察佥事、浙江副使,改贵州提学,五疏乞罢乃归。"①由此说明阎闳是在浙江副使任上改任贵州提学副使。根据《世宗实录》记载,嘉靖十年(1531)三月,明廷任命"吏科给事中阎闳为河南按察司佥事"②。据此推测,阎闳从河南佥事晋升为浙江副使,一般情况下需要三年时间。那么,他由浙江副使改任贵州提学副使就应该在嘉靖十三年(1534)之后。

*12. 田项(1538—1540 在任)

字太素,一字希古,福建尤溪人,正德十六年(1521)进士。《世宗实录》记载田项出任贵州提学之事,嘉靖十七年(1538)十月,"升湖广提学佥事田项为贵州按察司副使,仍提调学校"③。其卸任时间不可考,据《福建通志》记载,田项"迁贵州副使以母老乞归养"④。可参考下任提学任职时间。田项当时盛有文名,据《闽中理学渊源考》记载其"与张治具、廖道南、王用宾、郑善夫辈以文章相砥"⑤。著述有《秬山诗集》,《明诗综》《御选明诗》录其诗作。

*13. 蔡克廉(1540—1541?)

字道卿,福建晋江人,嘉靖八年(1529)进士。《世宗实录》记载蔡克廉出任贵州提学之事,嘉靖十九年(1540)七月,"升礼部主客司郎中蔡克廉为贵州按察司佥事,提调学校"⑥。该书虽并未记载蔡氏卸任贵州提学时间,但也有一则相关记载:"复除原任贵州按察司佥事蔡克廉于江西俱提调学校。"⑦时间是嘉靖二十三年(1544)六月。既然是复除,那卸任时间就应该倒退三年,则蔡氏卸任贵州提学很可能在嘉靖二十年(1541)前后。善于识鉴人才,著述有《可泉集》。

14. 蒋信(1540—1543 在任)

字卿实,号道林,湖广武陵人,嘉靖十一年(1532)进士。《世宗实录》记载

---

① (清)陈梦雷:《古今图书集成》卷 32。
② (明)徐阶等:《明世宗实录》卷 123。
③ (明)徐阶等:《明世宗实录》卷 217。
④ (清)郝玉麟等:《福建通志》卷 84。
⑤ (清)李清馥:《闽中理学渊源考》卷 84。
⑥ (明)徐阶等:《明世宗实录》卷 239。
⑦ (明)徐阶等:《明世宗实录》卷 287。

蒋信出任贵州提学,嘉靖十九年(1540)九月,"升四川按察司佥事蒋信为贵州按察司副使,提调学校"①。其卸任之事该书也有记载:"贵州按察司提学副使蒋信有病乞休,不待报回籍。巡按御史魏洪冕参奏其状。上以信任情玩法,黜为民。"②时间是在嘉靖二十二年(1543)九月。《大清一统志》记载,蒋信"迁贵州提学佥事,迪士以实行,不事虚谈,学者咸信从之"③。又《贵州通志》记载其督学之事:"蒋信,三十年以副使督学贵州,训生儒以默坐澄心,体认天理,一时士俗翕然丕变。虽喜怒不形第规,规自度而潜移默化,有出于劝督之外者。所奖拔尽名士。贵阳马廷锡从之游,粹然有成。贵州有万山,中多虎患,信为文驱之,患稍息,人比之昌黎驱鳄鱼云。被御史某诬劾,削籍归。"④可见蒋信督学贵州实际上颇有声绩。著述有《道林集》《古大学义》。

15. 徐樾(1543—1545?)

字子直,江西贵溪人,嘉靖十一年(1532)进士。据《世宗实录》记载,徐樾接替蒋信出任贵州提学,嘉靖二十二年(1543)九月"辛亥,升……福建布政使司左参议徐樾为贵州按察司副使,提调学校"⑤。其卸任时间不可考。《贵州通志》记载其督学事迹:"嘉靖二十三年以副使督学贵州,讲明心学,陶镕士类,不屑屑于课程。尝取苗民子弟衣冠之,训诲谆切,假以色笑。盖信此理:无古今,无中外,苟有以兴起之,无不可化而入也。"⑥由此说明徐樾嘉靖二十三年(1544)在任,且督学有声绩。根据徐樾在嘉靖二十七年(1548)十月由山东左参政晋升为云南按察使的事实推断,他在嘉靖二十四年(1545)左右因晋升参政而卸任的可能较大。著述有《波石集》。

*16. 徐养正(1550—?)

字吉夫,广西马平人,嘉靖二十年(1541)进士。徐养正出任贵州提学是在嘉靖二十九年(1550)二月,"升刑部员外郎王宗沐,南京户部员外郎徐养正,俱

---

① (明)徐阶等:《明世宗实录》卷241。
② (明)徐阶等:《明世宗实录》卷278。
③ (清)和珅等:《大清一统志》卷280。
④ (清)鄂尔泰等:《贵州通志》卷19。
⑤ (明)徐阶等:《明世宗实录》卷278。
⑥ (清)鄂尔泰等:《贵州通志》卷19。

为按察司佥事,提调学校。养正贵州,宗沐广西"①。但是稍后不久明廷又有关于贵州提学的任命。说明徐养正督学贵州时间较短,据《广西通志》记载因丁忧之故卸任,之后复起为云南提学。著述有《蛙鸣集》。

17. 莫如忠(1550—?)

字子良,南直隶华亭人,嘉靖十七年(1538)进士。据《世宗实录》记载,嘉靖二十九年(1550)十二月,"升礼部仪制司郎中莫如忠为贵州按察司副使,提调学校"②。其卸任时间不可考。著述有《丛兰馆集》,《明诗综》录其诗作一首。

18. 谢东山(1552—1556?)

字少安,四川射洪人,嘉靖二十年(1541)进士。《世宗实录》记载谢东山出任贵州提学,嘉靖三十一年(1552)三月"己丑,升……浙江道御史王应钟、兵部郎中谢东山、工部郎中曾于拱,俱为按察司副史。应钟河南,东山贵州,俱提调学校"③。其卸任时间不可考,因迁云南右参政而卸任,时间应在嘉靖三十五年(1556)后,谢东山很有可能此时卸任贵州提学副使。谢东山著述颇丰,有《中庸集说》《贵阳图考》《近甓轩集》《黔中小稿》等。

19. 万士和(1556?—1559)

字宜节,南直隶宜兴人,嘉靖二十年(1541)进士。万士和出任贵州提学时间不可考,但《明史》记载万士和任职贵州提学之事:"累迁江西佥事,岁裁上供瓷器千计。迁贵州提学副使,进湖广参政。"④而晋升湖广参政的时间,《世宗实录》却有明确记载,嘉靖三十八年(1559)八月"戊午,升贵州按察司副使万士和为湖广布政司右参政"⑤。据此推测,万士和由江西佥事晋升贵州提学副使则很可能是在三年之前即嘉靖三十五年(1556),而这一时间恰与推测的谢东山卸任贵州提学时间相吻合。

---

① (明)徐阶等:《明世宗实录》卷 357。
② (明)徐阶等:《明世宗实录》卷 368。
③ (明)徐阶等:《明世宗实录》卷 383。
④ (清)张廷玉等:《明史》卷 220。
⑤ (明)徐阶等:《明世宗实录》卷 475。

20. 况叔祺(1559—?)

字吉夫,江西高安人,嘉靖二十九年(1550)进士。况叔祺正是接替万士和出任贵州提学,"庚申,升礼部郎中况叔祺为贵州按察司副使,提调学校"①。时间也是在嘉靖三十八年(1559)八月。况叔祺因辞官离任,其卸任具体时间不可考。况叔祺督学有政绩,"贵州僻处蛮方,士多弗力于学。叔祺至,日为诸生讲说经义,士知响"②。在任时,撰有《提学道题名碑记》。著述有《考古词宗》。《江西通志》称其"与东吴王元美,南昌余德甫游,从以声诗相唱和"③。

*21. 殷迈(? —1561在任)

字时训,号秋溟,南直隶江宁人,嘉靖二十年(1541)进士。《江南通志》记载其生平:"江宁人,嘉靖辛丑进士,仕至贵州提学副使。以疾归,复起提学浙江。"④殷迈于嘉靖三十四年(1555)二月在参议职任上遭到"降调"处罚,说明他要晋升为副使至少还要经过一段时间。而上文我们考察殷迈督学浙江的时间,推断其在嘉靖四十三年(1564)之前,也就是说,殷氏出任贵州提学也应在此之前。如此看来,殷迈督学贵州必定在嘉靖三十五年(1556)和四十二年(1563)之间,而以嘉靖四十年(1561)之前为宜。

22. 舒春芳(1561?—1564?)

字景仁,江西鄱阳人,嘉靖二十三年(1544)进士。《江西通志》记载其生平,有文曰:"值景王之国,摄综供亿,事集费省,升贵州提学副使。春芳天性醇笃,口无妄言,其学师法薛河东,反身懋求,切问近取,不为空谈,所至以学为政。"⑤说明舒春芳出任贵州提学是在"景王之国"之后发生的事情。考察《明实录》可知,景王之国是在嘉靖三十九年(1560)年底,因此,舒春芳出任提学则应该在嘉靖四十年(1561)或之后。其卸任时间不可考,暂以一个考满时间计算。

---

① (明)徐阶等:《明世宗实录》卷475。
② (清)谢旻等:《江西通志》卷71。
③ 同上。
④ (清)赵宏恩等:《江南通志》卷16。
⑤ (清)谢旻等:《江西通志》卷14。

(四) 穆宗时期

23. 秦淦(1568—1570 在任)

字懋清,浙江慈溪人,嘉靖三十二年(1553)进士。《穆宗实录》记载秦淦出任贵州提学之事,隆庆二年(1568年)正月,"调湖广按察司副使秦淦于贵州提调学校"①。其卸任则是因为晋升为福建右参政,时间是在隆庆四年(1570)十月。

*24. 李蓘(1570—?)

字于田,河南内乡人,嘉靖三十二年(1553)进士。据《穆宗实录》记载,李蓘接替秦淦出任贵州提学:"山西左布政司左参议李蓘为贵州按察司副使,提调学校。"②时间也是在隆庆四年(1570)十月。其卸任时间不可考。李蓘盛有诗名,《明诗综》录其诗作六首。著述颇丰,有《丹浦款言》《黄谷琐谈》《于田文集》《宋艺圃集》《元艺圃集》等。

*25. 周之屏(1571 在任)

字鹤皋,湖广湘潭人,嘉靖三十八年(1559)进士。《穆宗实录》记载周之屏出任贵州提学:隆庆五年(1571)八月"壬寅,升江西吉安府知府周之屏为贵州按察司副使,提调学校"③。但是稍后不久,周之屏即卸任。当年十二月"调贵州提学副使周之屏于河南"④。

26. 吴国伦(1571—1574 在任)

字明卿,湖广兴国人,嘉靖二十九年(1550)进士。《穆宗实录》记载,隆庆五年(1571)十二月"丁酉,升……广东高州府知府吴国伦为贵州按察司副使提调学校"⑤。可见吴国伦是接替周之屏出任贵州提学。《神宗实录》记载其卸任之事:"升贵州副使吴国伦、广东副使李渭、福建副使徐中行,俱为参政。国

---

① (明)于慎行等:《明穆宗实录》卷16。
② 同上。
③ (明)于慎行等:《明穆宗实录》卷60。
④ (明)于慎行等:《明穆宗实录》卷64。
⑤ 同上。

伦河南,渭云南,中行本省。"①时间是在万历二年(1574)六月。《贵州通志》记载其督学,"课士以礼让为先,风气丕变"②。吴国伦盛有文名,与李攀龙等并称"七才子"。著述有《甀甀洞稿》。

(五)神宗时期

*27. 郑旻(1574—1576 在任)

字世卿,广东揭阳人,嘉靖三十五年(1556)进士。《神宗实录》记载郑旻出任贵州提学之事:"以河南归德府知府郑旻为贵州提学副使。"③时间是在万历二年(1574)五月,也就是在吴国伦升任河南参政之前,郑旻已经接替其出任贵州提学。据该书记载,万历四年(1576)九月考核天下提学官时,郑旻改用山西:"吏部尚书张瀚等考次各省直提学官以闻。上命传孟春内擢,乔因阜、褚鈇各晋一级。余令益坚初志,精勤职业,政成一体擢用。如恃考称怠玩徇私,仍黜不宥。郑旻调剧地,蔡叔达等别用,并如议。"④《广东通志》有文称郑旻"督学贵州、山西,所察士百不失一"⑤。《贵州通志》卷三十七收录郑旻《牂柯江解》一文。

28. 凌瑁(1577—1580 在任)

字惟和,南直隶歙县人,嘉靖四十一年(1562)进士。《神宗实录》记载,万历八年(1580)正月,"升……贵州副使凌瑁、福建副使吴孔性、广西副使彭富俱为参政"⑥。此处虽并未言明凌瑁提学身份,但根据《贵州通志》"万历五年提学副使"的记载,说明凌瑁的确为贵州提学副使,且万历五年(1577)已经到任。再考虑上任提学郑旻于万历四年(1576)调离的事实,凌瑁出任贵州提学应该在万历五年(1577)左右。凌瑁督学有政绩:"严气正性,世罕其伦。凡教士即以文行忠信四字为言,学者奉为山斗。每晨起必冠服,礼先圣像乃出。视事寒

---

① (明)叶向高等:《明神宗实录》卷 26。
② (清)鄂尔泰等:《贵州通志》卷 19。
③ (明)叶向高等:《明神宗实录》卷 25。
④ (明)叶向高等:《明神宗实录》卷 54。
⑤ (清)郝玉麟等:《广东通志》卷 46。
⑥ (明)叶向高等:《明神宗实录》卷 95。

燠不辍。"①

29. 李学一(1580—1581 在任)

字万卿,广东归善人,嘉靖三十七年(1558)解元,隆庆二年(1568)进士。《神宗实录》记载李学一出任贵州督学之事,万历八年(1580)正月"丁卯,升湖广左参议李学一为贵州副使,提督学政"②。其卸任是被弹劾改用,万历九年(1581)十月,"黜原任湖广右参议蒋劝、能为民,提学副使金学曾降三级,左参议李学一调简僻用。从湖广巡按朱琏论劾也"③。《广东通志》对此事也有记载:"督学贵州,得士心。而湖广御史承居正意,指论其前事,夺一级。"④说明李学一督学实际上颇受肯定。

*30. 冯时可(1582—1584 在任)

字敏卿,南直隶华亭人,隆庆五年(1571)进士。万历十年(1582)九月,明廷考察天下提学官时,冯时可得以录用。而其卸任则是因为其主动辞职,明廷在万历十二年(1584)五月给以回复"准贵州提学副使冯时可致仕"⑤。《明诗综》录其诗作六首,著述颇丰,有《易说》《俺答前后志》《雨航杂录》等。

31. 吴尧弼(1584—?)

字宗舜,云南鹤庆人,万历五年(1577)进士。据《神宗实录》记载,在批准冯时可致仕的同时,明廷"以兵部郎中吴尧弼为贵州提学副使"⑥。时间自然也是在嘉靖十二年(1584)五月。其卸任时间不可考,后改四川兵备。督学严明公正,"严冒籍,禁有直指某庇其乡人,弼不可,遂中伤之"⑦。

32. 伍让(1588—1591 在任)

字子谦,湖广衡阳人,隆庆五年(1571)进士。《神宗实录》记载伍让出任贵

---

① (清)鄂尔泰等:《贵州通志》卷19。
② (明)叶向高等:《明神宗实录》卷95。
③ (明)叶向高等:《明神宗实录》卷117。
④ (清)郝玉麟等:《广东通志》卷46。
⑤ (明)叶向高等:《明神宗实录》卷151。
⑥ (明)叶向高等:《明神宗实录》卷151。
⑦ (清)鄂尔泰等:《云南通志》卷21之1。

州提学,万历十六年(1588)四月"辛巳,调云南佥事伍让贵州提学佥事"①。然而该书却未记载其卸任时间。但根据万历二十二年(1594)三月"复除原任贵州佥事伍让为广西府江兵备"的记载,说明伍让曾因丁忧而卸任,时间应在万历十九年(1591)左右。著述有《镜湘馆集》《万历衡州府志》。

* 33. 徐秉正(1591—1597 在任)

字朝直,江西南昌人,万历八年(1580)进士。据《神宗实录》记载,万历十九年(1591)六月,明廷"以云南副使徐秉正任贵州提学"②。这一时间即是徐秉正出任贵州提学时间,这一时间与上文对伍让卸任贵州提学时间的推断相吻合。徐秉正卸任贵州提学该书也有记载:"改贵州副使徐秉政提督河南学政。"③"徐秉政"乃"徐秉正"之误。时间是在万历二十五年(1597)三月。

34. 徐来仪(1598—1601?)

字号不可考,南直隶兴华人,万历二十年(1592)进士。据《神宗实录》记载,万历二十六年(1598)十月,"升……户部郎中徐来仪为贵州提学副使"④。徐来仪卸任贵州提学时间不可考。据《贵州通志》记载,徐来仪是胡琳之前到任的提学,故此其卸任时间应在胡琳到任贵州之前不久(万历二十九年即1601)。

35. 胡琳(1601—1604 在任)

字璞完,浙江会稽人,万历十七年(1589)进士。《神宗实录》记载胡琳出任贵州提学之事,万历二十九年(1601)七月,"升中书舍人胡琳为贵州督学佥事"⑤。该书还记载胡琳于嘉靖三十五年(1607)闰三月调任广西提学佥事,似乎这应该是其卸任贵州提学时间,但实际上早在此前的万历三十二年(1604)九月明廷已经任命韩光曙为贵州学政,所以胡琳卸任贵州提学以后一时间为准。《贵州通志》载录其督学事迹:"初试黔东诸郡还,抚军郭子章问曰:'此行

---

① (明)叶向高等:《明神宗实录》卷197。
② (明)叶向高等:《明神宗实录》卷237。
③ (明)叶向高等:《明神宗实录》卷308。
④ (明)叶向高等:《明神宗实录》卷327。
⑤ (明)叶向高等:《明神宗实录》卷361。

已得元否?'曰:'铜仁饶生楷者,可元也。'已而省试毕。入见,复曰:'元当属贵阳潘生润民矣。'比撤棘,潘果元而饶亦登上第。其以首名得售者十八人,余皆前列,无遗录者。"①可见胡琳识人之精当。

36. 韩光曙(1604—1605?)

字号不可考,南直隶苏州人,万历十一年(1583)进士。据《神宗实录》记载,万历三十二年(1604)九月,"调在任贵州副使韩光曙提督本省学政"②,由此可知,韩光曙是接替胡琳的下一任贵州提学。其卸任贵州提学时间不可考,应参考下任提学任职时间。

37. 沈思充(1605—?)

字号不可考,浙江桐乡人,万历十四年(1586)进士。《神宗实录》并未记载沈思充任职贵州提学之事,但是《贵州通志》却又一段相关记载:"沈思充,桐乡人,进士。万历间任提学副使。雅意作人,留心文献,召绅士之有学识者,会纂《贵州通志》,手自裁定,犁然可观。"③该书还将沈思充位列甘雨之前,说明沈氏是甘雨之前的贵州提学官。

38. 甘雨(1605—1607在任)

字子开,江西永新人,万历五年(1577年)进士。据《神宗实录》记载,万历三十三年(1605年)四月,"起原任广西佥事甘雨为贵州提学佥事,以巡抚郭子章奏荐也"④。郭子章为万历时期督边名臣,也是甘雨的江西同乡。甘雨卸任贵州提学时间不可考,据《贵州通志》记载,吴中伟为其下任提学。所以其卸任时间应在万历三十五年(1607)年左右,卸任原因可能是晋升湖广副使之故。督学有声:"诸生纳卷,随阅随取,多士庆得师焉。"⑤著述颇丰,有《春秋注疏》《翠竹青莲山房集》《鹭州志》《古今韵注撮要》等。

39. 吴中伟(1607—1610在任)

字号不可考,浙江海盐人,万历二十六年(1598)进士。《神宗实录》记载吴

---

① (清)鄂尔泰等:《贵州通志》卷19。
② (明)叶向高等:《明神宗实录》卷400。
③ (清)鄂尔泰等:《贵州通志》卷19。
④ (明)叶向高等:《明神宗实录》卷408。
⑤ (清)萧玉春等:《同治永新县志》卷16。

中伟出任贵州提学之事,万历三十五年(1607)七月,"升……刑部员外吴中伟为贵州提学佥事"①。其卸任之事该书也有记载,万历三十八年(1610)五月,"升……贵州佥事吴中伟为福建参议"②。

40. 韩仲雍(1610—1613)

字壁哉,南直隶高淳人,万历三十二年(1604)进士。韩仲雍出任广东提学有明确记载,万历三十八年(1610)九月,"升户部郎中陈一教为右参议,主事韩仲雍为佥事,俱提督学校。一教广东,仲雍贵州"③。其卸任时间不可考,暂以一个考满时间计算。

41. 戴燝(1614?—1616?)

字亨融,福建长泰人,万历十四年(1586)进士。《贵州通志》列其为张汝霖之后贵州提学。其任职时间及督学事迹均不可考。但是戴氏有《文笔洞纪功铭》一文却有其督学的相关记述。其文曰:"适戴子校士兹土,事竣登临至文笔洞,徘徊久之,曰:是可借洞中片石以为燕然之封,岂可令孟坚专视千载。"④由此可知戴燝的确在万历年间督学贵州。其文又有:"万历甲寅冬,因两台缺,彼丑谓大兵难动,益肆匪茹,居民苦之。"⑤甲寅年即万历四十二年(1614),且根据文中提及刘观光、黄文炳、邓钟等人的职务来判断,时间应在万历四十二年(1614)后,这应该是戴燝出任贵州提学的大致时间,且戴氏称其校士完毕,因此其督学时间也不会过于短暂。又据《神宗实录》记载,万历四十六年(1618)八月,"补原任江西右布政王志远为河南右布政,贵州参议戴燝为四川参议,山东副使孙健为贵州参议"⑥。说明戴燝之前的确在贵州任上有暂时停职的经历。

42. 张汝霖(1617—1620 在任)

字雨若,山西山阴人,万历二十三年(1595)进士。《神宗实录》记载张汝霖

---

① (明)叶向高等:《明神宗实录》卷 436。
② (明)叶向高等:《明神宗实录》卷 471。
③ (明)叶向高等:《明神宗实录》卷 475。
④ (清)鄂尔泰等:《贵州通志》卷 37。
⑤ 同上。
⑥ (明)叶向高等:《明神宗实录》卷 573。

出任贵州提学之事，万历四十五年(1617)六月，"升南京刑部郎中张汝霖为贵州提学佥事"①。其卸任之事，《明熹宗实录》有明确记载："升贵州按察司佥事张汝霖为广西布政使司右参议。"②时间是在泰昌元年(1620)十月。《贵州通志》对其督学事迹有记载："万历末年以副使提督学政，范士以严，诸生无敢越绳尺者，考较鉴别精当，所拔皆知名士。"③著述有《周易因指》。

(六)熹宗时期(含光宗)

43.史高先(1620 在任)

字号不可考，山东陵县人，万历三十八年(1610)进士。泰昌元年(1620)十月，在明廷升任张汝霖的同时，"调湖广按察司副使史高先为贵州按察司副使，提督学政"④。由此可见，史高先接替张汝霖出任贵州提学。在史高先出任贵州提学不久的两个月后，下一任贵州提学再有任命，说明史高先督学贵州时间较短。

44.刘锡玄(1620—1622 在任)

字玉受，号心城、颂帚居士，南直隶长洲人，万历三十五年(1556)进士。据《熹宗实录》记载，泰昌元年(1620)十二月，明廷"升南京礼部祠祭郎中刘锡玄为贵州按察司佥事提督学政"⑤。又该书记载："升贵州副使缪国维为本省右参政，提学道佥事刘锡玄为贵州副使。"⑥时间是在天启二年(1622)八月。虽文中并未言明刘锡玄职守，但是稍后不久新任贵州提学到任的事实则说明，刘氏此时升任副使很可能不再担任提学一职。

45.陈忠爱(1622—1625?)

字号不可考，湖广崇阳人，万历十七年(1589)进士。天启二年(1622)十

---

① (明)叶向高等：《明神宗实录》卷 558。
② (明)温体仁等：《明熹宗实录》卷 2。
③ (清)鄂尔泰等：《贵州通志》卷 19。
④ (明)温体仁等：《明熹宗实录》卷 2。
⑤ (明)温体仁等：《明熹宗实录》卷 4。
⑥ (明)温体仁等：《明熹宗实录》卷 25。

月,明廷"升广西按察司参议陈忠爱为贵州提学副使"①,应是接替刘锡玄出任贵州提学。其卸任时间不可考,应参考下任提学任职时间。

46. 廖起岩(1625—?)

字号不可考,四川仁寿人,万历四十四年(1616)进士。天启五年(1625)三月,"升……湖广布政使司右参议廖起巘为贵州按察司提学副使"②。其卸任时间不可考。

47. 周诗雅(1628?)

字廷吹,南直隶武进人,万历四十七年(1619)进士。《江南通志》记载其生平:"令宝坻,革马户侵占。魏珰党庄客二人倡白莲教,畿辅骚动,以计除之。左迁上林簿,历贵州提学佥事。"③据此可知,周诗雅曾出任贵州提学。而《明实录》并无相关记载,但《贵州通志》将其列入崇祯时期官员之列,说明周诗雅于崇祯初年督学贵州的可能性较大。著述有《南北史抄》。

*48. 张赞(?)

字号、籍贯、出身不可考,上文已列入云南提学,疑为同一人。《贵州通志》亦将其列入提学之列,且记述其为"通海人,进士提学"④。查阅《明清进士题名碑录索引》,没有相关记载。目前只能存疑。

49. 龙文光(1630—?)

字焕斗,广西柳州人,天启二年(1622)进士。其督学贵州时间虽不可考,但《贵州通志》《广西通志》均有其督学贵州的履历,说明其曾出任贵州提学无疑。冯晋卿《题表吴氏节烈疏》有文曰:"故烈妇吴氏系普安州贡生蒋桥之妻,于万历三十二年生,一十四岁适夫。蒋桥于天启三年安贼陷城,氏夫蒋桥为贼击掠几死,复执吴氏。骂贼不辱,挺身投烈焰之中自焚。时年二十岁。道府通详到臣,复行提学佥事龙文光查核无异。呈报。"⑤此文说明龙文光天启三年

---

① (明)温体仁等:《明熹宗实录》卷27。
② (明)温体仁等:《明熹宗实录》卷57。
③ (清)赵宏恩等:《江南通志》卷15。
④ (清)鄂尔泰等:《贵州通志》卷3。
⑤ (清)鄂尔泰等:《贵州通志》卷34。

(1630)前后在任。

（七）思宗时期

50. 詹时雨（?）

字霖臣,一字敬五,江西鄱阳人,崇祯七年(1634)进士。詹时雨督学贵州具体时间不可考,应在崇祯中后期。《贵州通志》谓詹氏"在任执法不阿,虽当道无敢干者。所录士皆真才"[①]。"一秉虚公,黔中得人于斯为盛"[②],于乱世之中,詹时雨督学仍有声绩,颇为难得。他也是明朝最后一任贵州提学。

十六、明代提学总体数量及籍贯分布情况

（一）各省提学数量及籍贯分布

表5-1　明代各省提学数量与提学籍贯统计表

籍贯 省名	北直	南直	山东	山西	河南	陕西	四川	湖广	江西	浙江	福建	广东	广西	云南	贵州	不明	合计
北直		**17**	6	0	5	1	1	6	10	7	7	5	0	2	0	0	67
南直	3		4	4	4	3	3	9	13	**21**	10	1	0	1	0	1	77
山东	2	12		3	7	2	1	2	8	**16**	11	0	1	0	0	0	65
山西	6	8	5		**12**	5	4	7	3	10	4	1	0	1	0	0	66
河南	5	10	5	5		3	4	5	7	**9**	5	0	0	0	0	0	58
陕西	3	12	5	3	7		2	6	9	**13**	3	0	0	1	0	0	65
四川	0	**15**	4	0	7	2		8	14	7	8	2	0	0	0	0	67
湖广	0	**23**	1	0	2	4	2		13	17	8	0	0	1	0	0	71
江西	0	**20**	3	0	3	2	2	6		**20**	12	4	0	0	0	1	72

---

① （清）鄂尔泰等:《贵州通志》卷19。
② （清）谢旻等:《江西通志》卷90。

续 表

籍贯 省名	北直	南直	山东	山西	河南	陕西	四川	湖广	江西	浙江	福建	广东	广西	云南	贵州	不明	合计
浙江	0	**24**	0	2	3	1	3	2	17		19	4	0	0	0	0	75
福建	0	**19**	1	0	0	0	1	10	16	17		3	0	0	0	0	67
广东	0	16	0	0	0	0	2	4	**17**	16	11		1	0	0	1	68
广西	0	**14**	0	0	0	0	2	3	11	**14**	11	8		0	0	0	63
云南	0	8	1	0	0	0	8		**14**	9	6	1	1		1	1	57
贵州	0	**10**	2	1	1	0	4	6	7	9	4	2	2	1		1	50
合计	19	207	37	18	51	23	38	80	160	184	119	31	5	8	2	5	**988**

（二）明代提学总体数量估算

本文通过对明代各省提学督学相关信息包括姓氏字号、籍贯、出身、督学时间、督学评价及主要著述的梳理和考证，对其总体情况有了一个粗略的把握。就提学的总体数量来说，有一个明确、基本准确的数字。

明代提学的总体数量为982人次，各省提学人次在50—77人次之间不等。这其中包含两次担任提学者如陈璲、徐南金、黄升、周宣、黄如金、章衮、戴珊、娄谦、薛纲、王廷相、王慎中、李襄、李三才、刘天和、李化龙、成宪、彭琉、杨一清、边贡、刘瑞、何瑭、陆深、刘奋庸、王敕、萧鸣凤、魏校、敖英、李汶、萧良誉、潘璋、秦文、孔天胤、薛应旂、姜士昌、杨德政、薛士彦、吴智、焦芳、苏葵、王崇文、刘节、刘伦正、曾于拱、徐爌、詹事讲、周弘祖、王国、吴伯通、阮鹗、刘应麒、杨瞿崃、欧阳重、欧阳旦、顾阳和、姜宝、管大勋、陈允升、冯时可、张邦翼、陈士奇、熊炼、田顼、江以达、颜鲸、敖山、龚守愚、邵锐、陈琛、徐阶、胡汝霖、王宗沐、方弘静、骆日升、殷迈、胡汝嘉、樊良枢、钟珹、胡献、姚镆、刘玉、吴仕、田汝成、邹迪光、胡荣、韦斌、潘恩、吴鹏、支可大、姚若水、高则益、范谦、李际春、童轩、陈善、高贲亨、蔡克廉、徐养正、郑旻、徐秉正、陈琳、胡琳、胡直、佘立、张赞等共104人，相应地在提学数量上扣除104人次。

另外，三次担任提学者还有谢少南、沈钟、李逊学、周之屏、邹嘉生、张邦奇、张岳、陈玉、王世懋等9人，相应地在提学数量上扣除18人次。还有李开藻竟然四次分别担任山东、山西、四川、江西提学,相应地在提学人数上扣除3人次。总共扣除因以上提学多次担任提学官员造成的人次重复计算125人次,则实际上担任提学的人数为863人。这将是我们开展其他相关研究的基础数据。

参考文献

（一）古籍文献

[1]（汉）司马迁：《史记》，中华书局，1982年。

[2]（汉）郑玄注，（唐）贾公彦疏：《周礼注疏》，上海古籍出版社，2010年。

[3]（唐）柳宗元：《柳河东集》，上海古籍出版社，2008年。

[4]（宋）欧阳修：《新唐书》，中华书局，1975年。

[5]（宋）程颢、程颐：《二程集》，中华书局，2004年。

[6]（元）脱脱等：《宋史》，中华书局，1985年。

[7]（元）脱脱等：《金史》，中华书局，1975年。

[8]（明）杨一清：《石淙诗稿》，明嘉靖初刻本。

[9]（明）李梦阳：《空同集》，文渊阁《四库全书》本。

[10]（明）夏言：《南宫奏稿》，文渊阁《四库全书》本。

[11]（明）尹台：《洞麓堂集》，文渊阁《四库全书》本。

[12]（明）杨慎：《升庵集》，文渊阁《四库全书》本。

[13]（明）张岳：《小山类稿》，文渊阁《四库全书》本。

[14]（明）高叔嗣：《苏门集》，文渊阁《四库全书》本。

[15]（明）范景文：《文忠集》，文渊阁《四库全书》本。

[16]（明）徐光启：《新法算书》，文渊阁《四库全书》本。

[17]（明）凌迪知：《万姓统谱》，文渊阁《四库全书》本。

[18]（明）潘希曾：《竹涧集》，文渊阁《四库全书》本。

[19]（明）李贤等:《大明一统志》,文渊阁《四库全书》本。

[20]（明）张佳胤:《居来先生集》,文渊阁《四库全书》本。

[21]（明）谈迁:《国榷》,中华书局,1958年。

[22]（明）胡广等:《明太祖实录》,台北历史语言研究所校印本,1962年。

[23]（明）杨士奇等:《明太宗实录》,台北历史语言研究所校印本,1962年。

[24]（明）杨士奇等:《明仁宗实录》,台北历史语言研究所校印本,1962年。

[25]（明）杨士奇等:《明宣宗实录》,台北历史语言研究所校印本,1962年。

[26]（明）李贤等:《明英宗实录》,台北历史语言研究所校印本,1962年。

[27]（明）刘吉等:《明宪宗实录》,台北历史语言研究所校印本,1962年。

[28]（明）李东阳等:《明孝宗实录》,台北历史语言研究所校印本,1962年。

[29]（明）杨廷和等:《明武宗实录》,台北历史语言研究所校印本,1962年。

[30]（明）徐阶等:《明世宗实录》,台北历史语言研究所校印本,1962年。

[31]（明）叶向高等:《明神宗实录》,台北历史语言研究所校印本,1962年。

[32]（明）叶向高等:《明光宗实录》,台北历史语言研究所校印本,1962年。

[33]（明）温体仁等:《明熹宗实录》,台北历史语言研究所校印本,1962年。

[34]（明）宋濂等:《元史》,中华书局,1976年。

[35]（明）黄佐:《南雍志》,伟文图书出版社有限公司,1976年。

[36]（明）王圻:《续文献通考》,台湾商务印书馆,1986年。

[37]（明）何景明著,李淑毅等点校:《何大复集》,中州古籍出版社,1989年。

[38]（明）王廷相:《王廷相集》,中华书局,1989年。

[39] (明)王时槐:《吉安府志》,《日本藏中国罕见地方志丛刊》,书目文献出版社,1991年。

[40] (明)张悦:《定菴集》,《四库全书存目丛书》集部第37册,齐鲁书社,1997年。

[41] (明)马中锡:《马东田漫稿》,《四库全书存目丛书》集部第41册,齐鲁书社,1997年。

[42] (明)姚镆:《东泉文集》,《四库全书存目丛书》集部第46册,齐鲁书社,1997年。

[43] (明)王九思:《渼陂集》,《四库全书存目丛书》集部第48册,齐鲁书社,1997年。

[44] (明)徐阶:《世经堂集》,《四库全书存目丛书》集部第80册,齐鲁书社,1997年。

[45] (明)章衮:《章介菴文集》,《四库全书存目丛书》集部第81册,齐鲁书社,1997年。

[46] (明)田汝成:《田叔禾小集》,《四库全书存目丛书》集部第88册,齐鲁书社,1997年。

[47] (明)王慎中:《玩芳堂摘稿》,《四库全书存目丛书》集部第88册,齐鲁书社,1997年。

[48] (明)苏祐:《榖原文草》,《四库全书存目丛书》集部第89册,齐鲁书社,1997年。

[49] (明)江以达:《午坡文集》,《四库全书存目丛书》集部第89册,齐鲁书社,1997年。

[50] (明)孔天胤:《孔文谷集》,《四库全书存目丛书》集部第95册,齐鲁书社,1997年。

[51] (明)靳学颜:《举业正学序》,《四库全书存目丛书》集部第102册,齐鲁书社,1997年。

[52] (明)薛应旂:《方山先生文录》,《四库全书存目丛书》集部第102册,齐鲁书社,1997年。

[53] (明)陈棐:《陈文冈先生文集》,《四库全书存目丛书》集部第103册,

齐鲁书社,1997年。

[54](明)王维桢:《王氏存笥稿》,《四库全书存目丛书》集部第103册,齐鲁书社,1997年。

[55](明)万士和:《王文恭公摘集》,《四库全书存目丛书》集部第109册,齐鲁书社,1997年。

[56](明)吴国伦:《甔甀洞稿》,《四库全书存目丛书》集部第123册,齐鲁书社,1997年。

[57](明)姜宝:《姜凤阿文集》,《四库全书存目丛书》集部第127册,齐鲁书社,1997年。

[58](明)孙应鳌:《学孔精舍诗钞》,《四库全书存目丛书》集部第129册,齐鲁书社,1997年。

[59](明)王世懋:《王奉常集》,《四库全书存目丛书》集部第133册,齐鲁书社,1997年。

[60](明)陈文烛:《二酉园文集》,《四库全书存目丛书》集部第139册,齐鲁书社,1997年。

[61](明)刘瑞:《五清集》,《四库未收书辑刊》第五辑第10册,北京出版社,1997年。

[62](明)李龄:《宫詹遗稿》,《四库未收书辑刊》第五辑第17册,北京出版社,1997年。

[63](明)刘瑞:《五清集》,《四库未收书辑刊》第五辑第18册,北京出版社,1997年。

[64](明)亢思谦:《慎修堂集》,《四库未收书辑刊》第五辑第21册,北京出版社,1997年。

[65](明)杨一清:《杨一清集》,中华书局,2001年。

[66](明)王云凤:《博趣斋稿》,《续修四库全书》第1331册,上海古籍出版社,2002年。

[67](明)张邦奇:《环碧堂集》,《续修四库全书》第1337册,上海古籍出版社,2002年。

[68](明)张天复:《鸣玉堂稿》,《续修四库全书》第1348册,上海古籍出

版社,2002年。

[69]（明）敖英:《慎言集训》,《豫章丛书》子部一,江西教育出版社,2002年。

[70]（明）马理、吕柟:《陕西通志》,三秦出版社,2006年。

[71]（明）李东阳:《李东阳集》,岳麓书社,2008年。

[72]（明）王守仁:《王阳明全集》,上海古籍出版社,2012年。

[73]（明）焦竑:《国朝献征录》,广陵书社,2013年。

[74]（明）高启:《高青丘集》,上海古籍出版社,2013年。

[75]（明）朱元璋:《明太祖集》,黄山书社,2014年。

[76]（明）李攀龙:《沧溟先生集》,上海古籍出版社,2014年。

[77]（明）韩邦奇:《韩邦奇集》,西北大学出版社,2015年。

[78]（明）过庭训:《明朝分省人物考》,广陵书社,2015年。

[79]（明）张泰:《沧洲诗集》,《明别集丛刊》第一辑第57册,黄山书社,2013年。

[80]（明）蔡清:《蔡文庄公集》,《明别集丛刊》第一辑第69册,黄山书社,2013年。

[81]（明）王鸿儒:《王文庄公集》,《明别集丛刊》第一辑第74册,黄山书社,2013年。

[82]（明）席书:《元山文选》,《明别集丛刊》第一辑第76册,黄山书社,2013年。

[83]（明）顾潜:《静观堂集》,《明别集丛刊》第一辑第84册,黄山书社,2013年。

[84]（明）唐胄:《西洲存诗》,《明别集丛刊》第一辑第88册,黄山书社,2013年。

[85]（明）陈琛:《紫峰陈先生文集》,《明别集丛刊》第一辑第100册,黄山书社,2013年。

[86]（明）唐龙:《唐渔石集》,《明别集丛刊》第二楫第3册,黄山书社,2016年。

[87]（明）陈儒:《芹山集》,《明别集丛刊》第二辑第29册,黄山书社,

2016年。

[88](明)潘恩:《潘笠江先生集》,《明别集丛刊》第二辑第46册,黄山书社,2016年。

[89](明)吴鹏:《飞鸿亭集》,《明别集丛刊》第二辑第51册,黄山书社,2016年。

[90](明)张时彻:《芝园定集》,《明别集丛刊》第二辑第57册,黄山书社,2016年。

[91](明)乔世宁:《丘隅集》,《明别集丛刊》第二辑第80册,黄山书社,2016年。

[92](明)潘季驯:《留余堂集》,《明别集丛刊》第三辑第14册,黄山书社,2016年。

[93](明)范谦:《范文恪先生双柏堂集》,《明别集丛刊》第三辑第61册,黄山书社,2016年。

[94](明)孙应鳌:《孙应鳌集》,人民文学出版社,2016年。

[95](明)刘基:《刘伯温集》,浙江古籍出版社,2016年。

[96](明)黄仲昭:《八闽通志》,福建人民出版社,2017年。

[97](明)钟惺:《隐秀轩集》,上海古籍出版社,2017年。

[98](明)谭元春:《谭元春集》,上海古籍出版社,2018年。

[99](明)杨博:《杨博奏疏集》,上海古籍出版社,2018年。

[100](明)谢东山修,(明)张道纂:嘉靖《贵州通志》,西南交通大学出版社,2018年。

[101](明)张居正:《张太岳集》,中国书店,2019年。

[102](明)陈子龙等:《明经世文编》,上海书店出版社,2019年。

[103](清)沈锐:《蓟州志》,清道光十一年刻本。

[104](清)王士禛:《池北偶谈》,文渊阁《四库全书》本。

[105](清)毕沅等:《关中胜迹图志》,文渊阁《四库全书》本。

[106](清)陈梦雷:《古今图书集成》,文渊阁《四库全书》本。

[107](清)吴伟业:《绥寇纪略》,文渊阁《四库全书》本。

[108](清)李卫等:《畿辅通志》,文渊阁《四库全书》本。

[109]（清）赵宏恩等:《江南通志》,文渊阁《四库全书》本。

[110]（清）谢旻等:《江西通志》,文渊阁《四库全书》本。

[111]（清）嵇曾筠等:《浙江通志》,文渊阁《四库全书》本。

[112]（清）郝玉麟等:《福建通志》,文渊阁《四库全书》本。

[113]（清）迈柱等:《湖广通志》,文渊阁《四库全书》本。

[114]（清）王士俊等:《河南通志》,文渊阁《四库全书》本。

[115]（清）岳浚等:《山东通志》文渊阁《四库全书》本。

[116]（清）觉罗石麟等:《山西通志》,文渊阁《四库全书》本。

[117]（清）刘于义等:《陕西通志》,文渊阁《四库全书》本。

[118]（清）黄廷桂等:《四川通志》,文渊阁《四库全书》本。

[119]（清）郝玉麟等:《广东通志》,文渊阁《四库全书》本。

[120]（清）金鉷等:《广西通志》,文渊阁《四库全书》本。

[121]（清）鄂尔泰等:《云南通志》,文渊阁《四库全书》本。

[122]（清）鄂尔泰等:《贵州通志》,文渊阁《四库全书》本。

[123]（清）黄宗羲:《明文海》,中华书局,1987年。

[124]（清）和珅等:《钦定大清一统志》,上海古籍出版社,1987年。

[125]（清）王其淦等:《武进阳湖县志》,《中国地方志集成·江苏府县志辑》37,江苏古籍出版社,1991年。

[126]（清）顾祖禹:《读史方舆纪要》,中华书局,2005年。

[127]（清）顾炎武著,黄汝成集释:《日知录集释》,上海古籍出版社,2006年。

[128]（清）朱彝尊:《明诗综》,中华书局,2007年。

[129]（清）黄宗羲:《明儒学案》,中华书局,2008年。

[130]（清）钱谦益:《列朝诗集小传》,上海古籍出版社,2008年。

[131]（清）于成龙:《中国地方志集成·省志辑·江西》,凤凰出版社,2009年。

[132]（清）夏燮:《明通鉴》,中华书局,2013年。

[133]（清）谷应泰:《明史纪事本末》,中华书局,2015年。

[134]（清）李清馥:《闽中理学渊源考》,商务印书馆,2018年。

[135] (清)黄汝成:《日知录集释》,上海古籍出版社,2006年。

[136]《中国方志丛书》,台北成文出版社有限公司,1966—1985年。

(二) 今人论著与论文

1. 论著类

[1] 詹锳:《文心雕龙义证》,上海古籍出版社,1989年。

[2] 程树德:《论语集释》,中华书局,1990年。

[3] 张建仁:《明代教育管理制度研究》,台北文津出版社,1993年。

[4] 周伟民:《明清诗歌史论》,吉林教育出版社,1995年。

[5] 赵子富:《明代学校与科举制度研究》,北京燕山出版社,1995年。

[6] 孙培青:《中国教育管理史》,人民教育出版社,1996年。

[7] 张德意、李洪《江西古今书目》,江西人民出版社,1996年。

[8] 秦晖、韩敏、邵宏谟:《陕西通史·明清卷》,陕西师范大学出版社,1997年。

[9] 吴文治:《明诗话全编》,凤凰出版社,1997年。

[10] 王英志:《性灵派研究》,辽宁大学出版社,1998年。

[11] 汪涌豪、骆玉明:《中国诗学》,东方出版中心,1999年。

[12] 郭绍虞主编:《中国历代文论选》,上海古籍出版社,2001年。

[13] 钟林斌:《公安派研究》,辽宁大学出版社,2001年。

[14] 邓绍基、史铁良:《明代文学研究》,北京出版社,2001年。

[15] 刘绍瑾:《复古与复元古》,中国社会科学出版社,2001年。

[16] 钟林斌:《公安派研究》,辽宁大学出版社,2002年。

[17] 刘晓东:《明代士人生存状态研究》,吉林文史出版社,2002年。

[18] 金宁芬:《康海研究》,崇文书局,2004年。

[19] 钱茂伟:《国家、科举与社会》,北京图书馆出版社,2004年。

[20] 郭英德主编:《中国古代文学通论·明代卷》,辽宁人民出版社,2005年。

[21] 陈宝良:《明代儒学生员与地方社会》,中国社会科学出版社,2005年。

[22] 潘星辉:《明代文官铨选制度研究》,北京大学出版社,2005年。

[23] 王凯旋:《明代科举制度研究》,沈阳出版社,2005年。

[24] 孟森:《明史讲义》,中华书局,2006年。

[25] 冯小禄:《明代诗文论争研究》,云南人民出版社,2006年。

[26] 傅璇琮:《唐代科举与文学》,陕西人民出版社,2007年。

[27] 陈文新:《明代诗学的逻辑进程与主要理论问题》,武汉大学出版社,2007年。

[28] 陈国球:《明代复古派唐诗论研究》,北京大学出版社,2007年。

[29] 缪咏禾:《中国出版通史·明代卷》,中国书籍出版社,2008年。

[30] 郭培贵:《明代科举史事编年考证》,科学出版社,2008年。

[31] 杨学为主编:《中国考试通史》(1—5卷),首都师范大学出版社,2008年。

[32] 方志远、谢宏维:《江西通史·明代卷》,江西人民出版社,2008年。

[33] 汪维真:《明代乡试解额制度研究》,社会科学文献出版社,2009年。

[34] 吴宗国:《唐代科举制度研究》,北京大学出版社,2010年。

[35] 阎步克:《中国古代官阶制度引论》,北京大学出版社,2010年。

[36] 刘晓东:《明代的塾师与基层社会》,商务印书馆,2010年。

[37] 孙秋克:《明代云南文学研究》,云南人民出版社,2010年。

[38] 何宗美:《文人结社与明代文学的演进》,人民出版社,2011年。

[39] 贾三强:《清·雍正〈陕西通志·经籍志〉著录文集研究》,三秦出版社,2011年。

[40] 张学智:《中国儒学史·明代卷》,北京大学出版社,2011年。

[41] 邓子勉:《明词话全编》,凤凰出版社,2012年。

[42] 郭英德:《中国古代文学与教育之关系研究》,北京大学出版社,2012年。

[43] 徐永文:《明代地方儒学研究》,中国社会科学出版社,2012年。

[44] 叶德辉:《书林清话》,上海古籍出版社,2012年。

[45] 王凯旋:《明代科举制度研究》,北京联合出版传媒(集团)股份有限公司,2012年。

[46] 罗宗强:《明代文学思想史》,中华书局,2013年。

[47] 王志民、徐振宏:《中国地域文化通览·山东卷》,中华书局,2013年。

[48] 黄留珠、徐晔:《中国地域文化通览·陕西卷》,中华书局,2013年。

[49] 钟文典、刘硕良:《中国地域文化通览·广西卷》,中华书局,2013年。

[50] 宗韵主编:《中国教育通史·明代卷》,北京师范大学出版社,2013年。

[51] 蒋明宏等:《明清江南家族教育》,知识产权出版社,2013年。

[52] 邱心跃:《明代儒学的世俗化与民间文化心理研究》,西南交通大学出版社,2013年。

[53] 吴宣德、宗韵辑:《明人谱牒序跋辑略》,上海古籍出版社,2013年。

[54] 南炳文、汤纲:《明史》,上海人民出版社,2014年。

[55] 赵园:《明清之际士大夫研究》,北京大学出版社,2014年版。

[56] 左东岭主编:《明代文学研究的新进展》,生活·读书·新知三联书店,2014年。

[57] 刘廷乾:《江苏明代作家文集述考》,南京大学出版社,2014年。

[58] 郑晓江、杨柱才:《宋明时期江西儒学研究》,中国社会科学出版社,2014年。

[59] 陈文新、何坤翁、赵伯陶主撰:《明代科举与文学编年》,武汉大学出版社,2015年。

[60] 程嫩生:《中国书院文学教育研究》,中国社会科学出版社,2015年。

[61] 龚笃清:《明代八股文史》,岳麓书社,2015年。

[62] 邱进春:《明代江西进士考证》,中国社会科学出版社,2015年。

[63] 郑利华:《前后七子研究》,上海古籍出版社,2015年。

[64] 郑礼炬:《明代福建文学结聚与文化研究》,人民文学出版社,2015年。

[65] 周潇:《明代山东文学史》,中国社会科学出版社,2015年。

[66] 王熹、张英聘、张德信:《明代方志选编·序跋凡例卷》,中国书店,

2016年。

［67］冯建超：《中国古代人才培养与选拔研究——以明代科举官学为中心的考察》，浙江工商大学出版社，2016年。

［68］辛德勇：《中国印刷史研究》，生活·读书·新知三联书店，2016年。

［69］陈宝良：《明代士大夫的精神世界》，北京师范大学出版社，2017年。

［70］曾大兴：《文学地理学概论》，商务印书馆，2017年。

［71］郭培贵：《中国科举制度通史·明代卷》，上海人民出版社，2017年。

［72］郭红、靳润成：《中国行政区划通史·明代卷》（第二版），复旦大学出版社，2017年。

［73］韩文根：《何景明传》，人民出版社，2017年。

［74］陶道强：《明代监察御史巡按职责研究》，中国社会科学出版社，2017年。

［75］陈广宏：《闽诗传统的生成——明代福建地域文学的一种历史省察》，上海古籍出版社，2018年。

［76］李春青：《乌托邦与诗：中国古代士人文化与文学价值观》，北京师范大学出版社，2018年。

［77］牛建强：《明代社会研究》，上海人民出版社，2018年。

［78］范方俊：《影响研究》，北京大学出版社，2018年。

［79］廖可斌主编：《稀见明代戏曲丛刊》，东方出版中心，2018年。

［80］多洛肯：《明清甘宁青进士征录》，上海古籍出版社，2018年。

［81］陈维昭：《稀见明清科举文献十五种》，复旦大学出版社，2019年。

［82］郝润华：《李梦阳生平与作品考论》，人民出版社，2019年。

2. 论文类

［1］阎现章：《明朝官学制度初探》，《信阳师范学院学报》（哲社版）1989年第2期。

［2］赵子富：《明代的学校及其考试制度》，《清华大学学报》（哲社版）1992年第2期。

［3］陈宝良：《明代学官制度探析》，《社会科学辑刊》1994年第3期。

［4］万明：《朱元璋的教育思想与明初的教育发展》，《安徽史学》1994年

第 4 期。

[5] 饶龙隼:《明代隆庆、万历间文风的转变》,《文学评论》1996 年第 1 期。

[6] 郭培贵:《试论明代提学制度的发展》,《文献》1997 年第 4 期。

[7] 高春平:《明代教育监察制度述略》,《晋阳学刊》1997 年第 5 期。

[8] 赵慧军:《活动理论的产生、发展及前景》,《东北师范大学学报》(哲学社会科学版)1997 年第 1 期。

[9] 黄明光,徐书业:《明代省级教育行政官员——提学研究》,《广西教育学院学报》1998 年第 2 期。

[10] 陈宝良:《明代生员新论》,《史学集刊》2001 年第 3 期。

[11] 吴宣德:《明代地方教育建设与进士的地理分布》,《教育学报》2005 年第 1 期。

[12] 刘化兵:《明代洪武至正德时期的士风与文风》,《中华文化论坛》2006 年第 3 期。

[13] 高建旺:《明代广东作家和明代广东文学研究》,上海师范大学博士学位论文,2006 年。

[14] 杨挺:《明代诗人朱应登生平与创作考论》,《扬州教育学院学报》2007 年第 8 期。

[15] 汪如润:《明代河南作家研究》,上海师范大学硕士学位论文,2007 年。

[16] 刘方:《明代湖广作家研究》,上海师范大学硕士学位论文,2007 年。

[17] 程莉萍:《明代京畿作家研究》,上海师范大学硕士学位论文,2007 年。

[18] 乐万里:《明代四川作家研究》,上海师范大学硕士学位论文,2007 年。

[19] 杨挺:《明代陕西作家研究》,上海师范大学硕士学位论文,2007 年。

[20] 牛建强:《明代中后期士风异动与士人社会责任的缺失》,《史学月刊》2008 年第 8 期。

[21] 沈云迪:《明代福建作家研究》,上海师范大学硕士学位论文,2008 年。

［22］刘慧：《明代山西作家研究》，上海师范大学硕士学位论文，2008年。

［23］盛林忠：《杨一清研究》，浙江大学硕士学位论文，2008年。

［24］王钦华：《明代抚州府作家研究》，上海师范大学硕士学位论文，2009年。

［25］师海军,张坤：《教育、科举的发展与关陇作家群的兴起——明代中期关陇作家群形成原因探析之一》，《西北大学学报》（哲学社会科学版）2011年第1期。

［26］刘天振：《士风、学风、藏书风转变造就的文学奇观——明代中后期文言小说汇编繁盛原因新探》，《南开学报》2012年第5期。

［27］胡世强：《明代中前期政教之迁及士人心态与文风之变》，《社会科学家》2012年第10期。

［28］陈宝良：《从士风变迁看明代士大夫精神史的内在转向》，《故宫学刊》2013年刊。

［29］李波：《明代陕西提学简述》，《沧桑》2013年第4期。

［30］赵园：《由士大夫的讲学活动看明代士风》，《贵州文史丛刊》2014年第1期。

［31］李源：《明代提学官职能研究》，中南民族大学硕士学位论文，2015。

［32］张德建：《正文体与明代的思想秩序重建》，《文学遗产》2019年第1期。

［33］许娅：《明代贵州进士生平及作品考论》，贵州民族大学硕士学位论文，2019年。

（三）日韩及西人著述

［1］（比利时）乔治·布莱著,郭宏安译：《批评意识》，百花洲文艺出版社，1993年。

［2］（韩）李成茂：《高丽朝鲜两朝的科举制度》，北京大学出版社，1993年。

［3］（美）雷内·韦勒克著,张金言译：《批评的概念》，中国美术学院出版社，1999年。

[4]（美）哈罗德·布鲁姆著,徐文博译:《影响的焦虑》,江苏教育出版社,2006年。

[5]（法）加斯东·巴什拉著,张逸婧译:《空间的诗学》,上海译文出版社,2013年。

[6]（德国）威廉·狄尔泰著,艾彦译:《历史中的意义》,北京联合出版公司,2013年。

[7]（日）森正夫著,伍跃、张学锋等译:《明代江南土地制度研究》,江苏人民出版社,2014年。

[8]（美）M·H·艾布拉姆斯著,郦稚牛、张照进、童庆生译:《镜与灯——浪漫主义文论及批评传统》,北京大学出版社,2015年。

[9]（美）哈罗德·布鲁姆著,金雯译:《影响的剖析》,译林出版社,2016年。

[10]（英）柯律格著,黄晓鹃译:《明代的图像与视觉性》（第二版）,北京大学出版社,2016版。

[11]（日）宫崎市定著,宋宇航译:《科举》,浙江大学出版社,2018年。

[12]（美）段义孚著,志丞、刘苏译:《恋地情结》,商务印书馆,2019年。

（四）其他

[1]朱保炯、谢沛霖编:《明清进士题名碑录索引》,上海古籍出版社,1979年。

[2]谭其骧主编:《中国历史地图集》（元明时期）,中国地图出版社,1982年。

[3]中国古籍善本书目编辑委员会编:《中国古籍善本书目·集部》,上海古籍出版社,1998年。

[4]陈光主编:《中国历代帝王年号手册》,北京燕山出版社,2000年。

[5]孔令纪:《中国历代官制》,齐鲁书社,2000年。

[6]赵国璋、潘树广主编:《文献学大辞典》,广陵书社,2005年。

[7]翟国璋主编:《中国科举辞典》,江西教育出版社,2006年。

[8]张德信:《明代职官年表》,黄山书社,2009年。

［9］辞海编辑委员会编:《辞海》(第六版缩印本),上海辞书出版社,2010年。

［10］汉语大字典编辑委员会编:《汉语大字典》,四川辞书出版社等,2010年。

［11］罗竹风主编:《汉语大词典》,上海辞书出版社,2011年版。

［12］顾明远主编:《中国教育大百科全书》,上海教育出版社,2012年。

［13］李国庆编:《明代刊工姓名全录》,上海古籍出版社,2014年。

［14］吕宗力主编:《中国历代官制大辞典》(修订版),商务印书馆,2015年。

［15］李时人编:《中国文学家大辞典·明代卷》,中华书局,2018年。

后 记

对明代提学官与地域文学关系的注意,是我在撰写硕士学位论文期间的事情。此后10余年,从明代作家的官职身份入手来审视他们的文学活动便是我一直关注的问题。2015年以"提学官与地域文学关系研究"为题申报国家社科基金项目并获得立项。因此,本书实际上是笔者主持国家社科基金项目所完成的课题研究成果。

作为项目结题成果,该书稿接受了国家社科项目结题评审专家的审阅。本人也收获了许多较为中肯的意见和建议。其肯定之处自不必多说,其不足之处特别是目前尚未解决的问题需要在此予以交代。主要有以下几个方面:一是与附录《明代提学简考》相比较,正文理论分析部分略显单薄,对部分省区的论析还显得不够充分;二是研究虽然在整体上已初具规模,但在深入性和深刻性上还略显不够;三是文章的一些核心观点是建立在个案分析的基础上的,对提学官有别于其他地方官作用于地域文学的独特机制还缺乏深入的探讨。由此看来,项目研究虽然取得了一些成绩,但的确也存在较多不足。在后期的改进过程中,笔者尽量就专家的意见进行修改调整,但有些问题笔者依旧不能兼顾,还留下不少遗憾。这一方面是因为本人学养的不足、识力的有限;另一方面则是研究体量的庞大,短时间内还不能圆满完成研究任务。故此,直到书稿完成三校,我才意识到这部仍旧不太成熟的"著作"即将付梓并公之于众,然而内心的忐忑惶恐却胜过喜悦期盼之情。回想弱冠之时,以"初生牛犊不怕虎"的气势出版了个人第一部诗集,以至于常有"悔其少作"之叹。故而仍寄希望于将来留待更多的时间来完善这一研究课题。目前只能将评审专家的批评意见附列于此。一则是明确本书的不足，以免误导读者；二则是表达对盲审专家的感谢，同时提醒自己继续改正，特别是在另一部相关研究著述中能有所改进。

当然，即便是这一不太成熟的研究成果，在项目申报、论文撰写、结题验收乃至书稿付之剞劂等阶段也获得许多支持。硕导王佑夫师、博导袁济喜师对我"旁逸斜出"式的发展都是持开放支持的态度；博后工作站李浩师对我在学科交叉研究方面的探索总能给出前瞻性的建议；我的同事兼领导王炳社教授、邓声国教授、丁功谊教授、邱斌教授、龚奎林教授等，在我工作和学习中都提供了不少帮助。在此一并向他们表示感谢！同时也要感谢我的家人，实际上，这部书稿耗费的很多时间是从他们那里剥夺而来。

最后，还要特别感谢南京大学出版社为本书出版付出的心血。

是为后记。

李　波

2023年12月于庐陵青原山下

图书在版编目(CIP)数据

明代提学官与地域文学研究 / 李波著. —南京：南京大学出版社，2023.12
 ISBN 978-7-305-27304-9

Ⅰ.①明… Ⅱ.①李… Ⅲ.①文学研究－中国－明代 Ⅳ.①I209.48

中国国家版本馆 CIP 数据核字(2023)第 201924 号

出版发行　南京大学出版社
社　　址　南京市汉口路 22 号　　邮　编　210093

MINGDAI TIXUEGUAN YU DIYU WENXUE YANJIU

书　　名　明代提学官与地域文学研究
著　　者　李　波
责任编辑　马蓝婕

照　　排　南京紫藤制版印务中心
印　　刷　南京爱德印刷有限公司
开　　本　718 mm×1000 mm　1/16　印张 37.25　字数 600 千
版　　次　2023 年 12 月第 1 版　2023 年 12 月第 1 次印刷
ISBN　978-7-305-27304-9
定　　价　165.00 元

网　　址：http://www.njupco.com
官方微博：http://weibo.com/njupco
官方微信：njupress
销售咨询热线：(025)83594756

* 版权所有,侵权必究
* 凡购买南大版图书,如有印装质量问题,请与所购图书销售部门联系调换